李新宇学术文集

叁

回望百年文学

李新宇——著

山西出版传媒集团 北岳文艺出版社
BEIYUE LITERATURE & ART PUBLISHING HOUSE
·太原·

图书在版编目(CIP)数据

李新宇学术文集 / 李新宇著. —太原:
北岳文艺出版社,2020.5

ISBN 978-7-5378-6179-3

Ⅰ. ①李… Ⅱ. ①李… Ⅲ. ①中国文学-文学研究-
文集 Ⅳ. ①I206-53

中国版本图书馆CIP数据核字(2020)第057363号

李新宇学术文集·回望百年文学

李新宇◎著

//

项目负责人
范　戈

责任编辑
范　戈

封面设计
张永文

印装监制
郭　勇

出版发行:山西出版传媒集团·北岳文艺出版社
地址:山西省太原市并州南路57号
邮编:030012
电话:0351-5628696(发行部)　0351-5628688(总编室)
传真:0351-5628680
网址:http://www.bywy.com　E-mail:bywycbs@163.com
经销商:新华书店
印刷装订:山西人民印刷有限责任公司

开本:710mm ×1000mm　1/16
总字数:2688千字
总印张:159.5
版次:2020年5月第1版
印次:2020年5月山西第1次印刷
书号:ISBN 978-7-5378-6179-3
总定价:498.00元(全6卷)

2005年，在曲阜孔庙

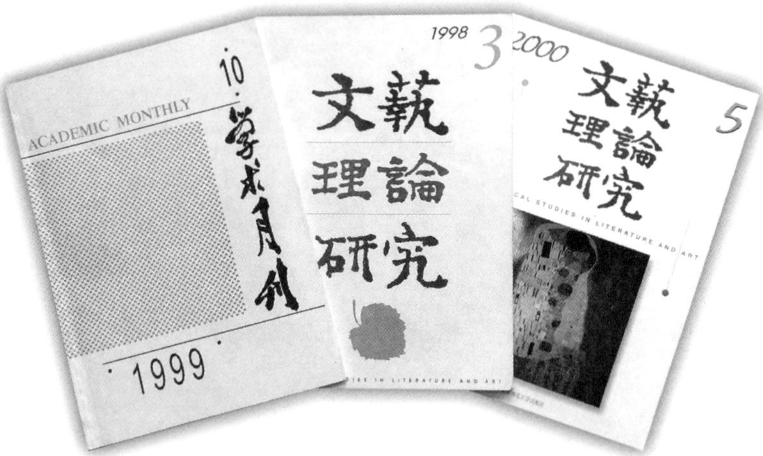

刊载作者学术文章的部分刊物

作者部分手稿

目　录

第一辑

第二辑

第三辑

第一辑

新文学的幸运与不幸
——纪念文学革命一百周年

今年是新文学运动开始一百周年。

一百年前，1月出版的《新青年》2卷5号发表了胡适的文章《文学改良刍议》，该文深得陈独秀赞赏，所以在刊发这篇文章的同时，自己立即写了《文学革命论》，并在2月出版的《新青年》2卷6号发表。他们的文章得到了刘半农、沈尹默、钱玄同、李大钊等人的支持，接着又得到了周作人、鲁迅以及北大学生傅斯年、罗家伦、康白情、俞平伯等人的支持，一场文学革命运动因而轰轰烈烈地开展了起来。于是，中国文学发展的道路发生了历史性的大转折，文学面貌从形式到内容都发生巨变，有了所谓新文学，也就是今日大学教育体系中的一个二级学科——中国现代文学。

百年之后回头望，许多事令人赞叹，许多事令人惋惜，许多经验和教训值得回顾和总结，但我首先想到的，却是新文学的幸运与不幸。

一

从事那场文学革命运动的人们真是太幸运了！

有谁比他们更幸运呢？没有，中国没有，世界也没有；古代没有，现代也没有。在全人类的文学史上，那是最最幸运的一群！那场文学革命，也是古今中外文学史上最最幸运的一场革命！

古今中外的文坛上，历来不乏反叛和创新的动力，更不缺少试图搞出点动静的人。因为从事文学艺术的人往往精神上很不安分，他们有自己的想法，有自己的追求，必然对现状常有不满。有不满就想革新，就想按照自己的意志改变文学的面貌，无论是为了纠正时代的某种弊端，还是把文学引向自己所认定的方向，甚至只是为了个人在文坛上的名声和建树那样的私欲，除旧布新，掀动新潮，也是一种很大的诱惑。即使在当下的中国文坛，尽管都知道大变革绝无可能，但照样会不断有人扯起旗帜、提出口号、发布宣言，鼓吹某种主义，虽然未必有改变文学面貌和走向的大志，却也盼着开一代新风或领一时风骚，哪怕是“各领风骚三五天”，也会乐此不疲。然而，结果如何呢？往往是口号喊过了，宣言发过了，创作实绩也不是没有，最终却是无人喝彩，甚至无人理睬。文学面貌依旧，文坛秩序依旧，那些新的主张和倡导，充其量像投入河水中的石子，即使溅起些许浪花，也会很快就似乎什么都没有发生过。

相比之下，“五四”那一代人就太幸运了，他们的收获是那么巨大！而他们的成功是那么容易！1917年提出文学革命的主张，并开始进行尝试，短短几年的时间，就成功地改写了文学的定义，改变了文学的面貌，确定了新的方向。他们改变了中国文学发展的历史，开创了中国的新文学。他们的成功容易得有点过分，包括那些实在不具备文学才华的人，那些一分才气加九分流氓气的浮浪青年，也成了众所周知的“著名作家”；包括那些实在不成熟的青涩作品，也成了家喻户晓的“文学经典”。

历史为什么如此青睐“五四”一代人？他们的成功为什么那么容易？因为种种原因，大半个世纪以来文学史对此几乎闭口不谈，人们也很少去想，但是，只要稍微一想，就不能不觉得有点奇怪：改变历史，怎么会这么容易？

原因其实并不复杂，概括地说，就是历史为他们提供了机遇，他们则适应了时代的需求。具体说来，就是终结帝制、创建共和之后，新国家的文化建设为他们提供了机遇和要求，而文学革命运动既适应了民主共和国文化建设的需要，又吻合了人类文明发展的大趋势。如果离开了这一点，就无法理解文学革命会那样迅速而顺利地成功。

有一点是流行的教科书所不讲的，但对理解文学革命的成功却是不可或缺的，那就是文学革命与政治革命的关系。面对文学革命发生的历史现场，就很容易清楚地看到，文学革命与新文化运动一样，是适应时代的巨变而发生的，但它不是革命的先驱，而是革命的后续工程。辛亥革命爆发之后，短短几个月的时间，中国人奇迹般地完成了告别帝制、创建共和的历史巨变，亚洲第一个民主共和国诞生了。革命的成功带来了与几千年传统完全不同的现代政治体制，巩固和完善着现代市场经济，随着国家建设的推进以及它所遇到的重重困难，人们开始思考政治和经济领域之外的问题，于是，思想文化领域的现代化提上了议事日程。也就是说，所谓新文化运动，是适应民主共和国的建立而发生的，运动的主旨是为已经成功的政治革命进行思想文化层面的补课，是中国现代化这个大工程的一个后续工程，也是一个使其完备的重要环节。所谓文学革命，也是以辛亥革命为主要标志的这个大工程的一个组成部分。

正因为这样，无论新文学运动还是新文化运动，都是在新国家的制度保障之下进行的，无论成功还是失败，革命者都无任何风险。就新的国家的主流意识形态而言，文学革命、文化革命都是它的迫切需要，因而不会扼制和阻挠，而是给予热切的期待和欢迎。即使文学革命者的言论和主张并不恰当，甚至让大多数国人难以接受，共和国的宪法也已经在保障着公民的言论自由和出版、结社的种种权利。所以，这是时代的赐予，那种自由是“五四”那代人所独有的。陈独秀说过的：“适之等若在三十年前提倡白话文，只需章行严一篇文章便驳得烟消灰灭。”[①]一篇文章就使新文化运动烟消灰灭，依靠的自然不是个人的力量，而是权力的力量和制度的力量。而胡适之、陈独秀们的幸运之处，就在于帝国已被民国取代，皇权已被民权取代，新的国家已经能够保障公民在文化上自由选择与自由创造的权利。因此，新文学运动遇到的阻力只是古老的传统和习惯势力，而不是国家权力。尽管章行严竭力反对，尽管像林纾那样的人也梦想让权力出来干预，但国家政府和各级地方政府却没有对文学革命和白话文运动进行压制和阻挠。

二

更重要的助力来自国家教育体制。

①《中国新文学大系·建设理论集》，上海良友图书公司1935年，第16页。

认真考察就会发现，是新国家的教育需求从根本上保证了文学革命的成功，并把新文学推向了全社会。新文学运动刚刚开花结果，就被社会普遍接受，新文学尝试者一个个成了家喻户晓的人物，这原因是什么？不是因为宣传，不是因为炒作，而是源自国家的教育法令和教学实践。

众所周知，中小学教育是社会知识结构和价值认同的重要基础。一种知识若想被民众广泛接受，一般需要广泛宣传。所以，报纸和刊物是重要的。然而，一个作品无论发表在多么有影响的报刊，也无论怎样炒作，即使作者天天在签名售书，即使把广告贴遍大街小巷，也不如让它进入中小学课本。即使像《新青年》那样的新文化运动核心刊物，发行量最好的时候也只有一万余份，在那里发表作品，能看到的人有限，看过而记住的人就更有限。但如果编入中小学课本，情况就不同了，千百万学生都会在老师的带领下分析它，背诵它，记住它，因而它就会成为一代人的共同知识。新文学的幸运，就在于运动刚刚开始，作品刚刚出现，就遇到了这样的机会：进入中小学课堂。

这机会真可谓千载难逢，因为帝国变为民国，社会各方面都需要改变。教育要改变，急需承载着现代理念的教材。中国几千年的教育形成了自己的传统，这传统如果放在前现代范围内讨论，不可谓不好，科举制有其不可磨灭的伟大之处。但是，无论传统的教育有多少优点，有一个根本问题却是无法否认的：它是与专制帝制相适应的，承载的是造就臣民、顺民的任务，却不能适应民主共和的需要而培养现代公民。时代变了，民国与帝国是完全不同的国家，有不同的国家理念，也有不同的制度和规范，教育的目标自然大不相同。

民国建立之初，蔡元培出任第一任教育总长，1912年2月11日的《政府公报》即刊出了他的《对于新教育之意见》。文中指出："专制时代（兼立宪而含专制性质者言之），教育家循政府之方针以标准教育，常为纯粹之隶属政治者。共和时代，教育家得立于人民之地位以定标准，乃得有超轶政治之教育。"这是蔡元培做教育总长的最先宣言，他告诉人们，新的教育应该是超越政治的，要发掘和培养学生的个性，完善学生的道德和人格，而不是把学生打造成哪家的工具。他又说："满清时代，有所谓钦定教育宗旨者，曰忠君，曰尊孔，曰尚武，曰尚实。忠君与共和政体不合，尊孔与信仰自由相违。”[①]于是，他果断废除“尊君”与“尊孔”，发展体育与美育，这一切，是蔡元培在专制时代的教育与共和时代的教育之间画出的一条界线。

教育部在短短的时间内颁布了《普通教育暂行办法》《普通教育暂行课程标准》等三十多种规章和法令，其中规定：“凡各种教科书，务合乎共和民国宗旨，清学部颁行之教科书，一律禁用。”[②]在课程设置上，教育部通令废止“有碍民国精神及非各种学校应授之科目”，重要内容之一，是小学废止读经。[③]

旧的教材废止了，新的教材在哪里？新旧交替之际，教材青黄不接。寻找新的教材，编撰新的教材，就成了教育当局的当务之急。新国家的建设者们很辛苦，也很艰难，因为他们做的是开天辟地的工作。要使学生掌握现代知识和现代道理，要培养学生的自由、民主、平等和个人权利观念，要培养学生的现代国家理念，要使学生知道自己在这个国家中的地位，要使学生懂得自己与总统、总理、部长们是一种什么关系，都需要课本中有相应的文本。可是，中国几千年留下的经史子集却恰恰缺少这样的文本。怎么办？这样的文本当然可以从欧美现代国家翻译而来，但一个大国的普通教育，教材全部来自外国，这毕竟不是最好的选择。如果有承载现代价值理念之国文，写的又是学生们身边的中国故事，该有多好啊！这是从1912年到“五四”期间我们国家的教育家们的正常感情。

文学革命发生，新文学出现了。它以现时代的白话语言承载了现时代的生活内容，张扬着现代的价值理念。它以“人的文学”取代“非人的文学”、以“人的文明”取代“吃人的文明”、以“人的道德”反对“吃人的道德”，以个人的独立自主否定依附和屈从……如此种种，虽不免有诸多幼稚之处，却在青黄不接的季节满足了东方第一个民主共和国的时代需求。

尽管大总统更欣赏旧体诗文，对白话诗之类不甚欣赏，但他只能是拿过

---

①《蔡元培全集》第2卷，中华书局1984年，第136页。

②蒋维乔、陆费逵：《临时政府公报·第四号》，《中国近代学制史料·第三辑》（上册），朱有瓛编，华东师范大学出版社，1990年版，第1—2页。

③《教育部禁用前清各书通告各省电文》，《临时政府公报》（第32号），1912年3月8日。

来翻翻付之一笑。因为他已经不可能像皇帝那样把自己的意志强加给国民。教育部的官员们更是如此。总长像走马灯一样更替，并不影响教育的大方向。

1920年，教育部通令全国，“自本年秋季起，凡国民学校一二年级，先改国文为语体文，以期收言文一致之效。”[①]不久，又规定初级中学的“国文”科改为“国语”科。这是白话文的一大胜利！于是，从20年代初开始，蔡元培、梁启超、陈独秀、胡适、周作人、鲁迅以至冰心等人的作品就进入了中学国语教材。早在1920年，商务印书馆就出版了洪北平等人编的《白话文范》（1—4册）、中华书局也出版了朱毓魁编的《国语文类选》（1—4册），此后，此类教材不断出现。根据黎锦熙《国语运动史纲》中的说法，1920年至1922年之间，经过“教育部国语统一筹备会”直接审定出版的国语、国文教科书就达四百册之多[②]。

这里的几个概念值得注意：小学教育改“国文”为“语体文”，中学教育改“国文”为“国语”。“语体文”的含义众所周知，它是相对书面体而说的，是相对文言文而说的，指的是在口语基础上写成的文章，也就是白话文。“国文”指的是从先秦以来历朝历代流传下来的文章，虽然不同时代的文章各有不同，但都是文言文。那么，改国文为语体文，也就是改文言文为白话文。至于“国语”与“国文”，含义与今天的用法略有不同。当下台湾仍称“国语”和“国文”，而大陆在中学称为“语文”，指的是“语言”与“文学”两个内容，到了大学，中文系仍然由“语言”和“文学”两个方面构成。“汉语言文学系”简称“中文系”，虽然字面上很不对称，称“汉语”而不称“汉文”，说“中文”而不说“中语”，也许只是为了避免“汉”对“中”的全面代替。不过，今日大陆“语”的方面既包括古代汉语也包括现代汉语，“文”的方面既包括古代文学也包括现代文学。而在民国初期，情况却并不如此，而是“国文”是古代文本、文言文；“国语”却面对当下，更偏重白话。

从这个意义上说，我们不能不承认胡适把“白话”置换为“国语”的重大意义。他在《建设的文学革命论》中提出了“国语的文学，文学的国语”

①黎锦熙：《国语运动史纲》，商务印书馆，1934年版，第110页。

②同上书，第121页。

的概念，认为："中国若想有活文学，必须用白话，必须用国语，必须做国语的文学。"他又说，"真正有功效有势力的国语教科书，便是国语的文学；便是国语的小说、诗文、戏本。国语的小说、诗文、戏本通行之日，便是中国国语成立之时。"[①]在这里，国语运动、文学革命、国语教育相互关联，为新文学与教育的衔接做好了准备。

事实证明，正是因教育需求而兴起的国语运动大潮，使文学革命迅速得到了肯定，使白话文学获得了市场。正是借助于教育机制，新文学才得到了广泛传播，不但站稳了脚跟，而且后继有人。

从这个过程还可以看到，新文学运动虽然高举"革命"旗帜，但对于当时的中国社会体制和秩序而言，并不具有革命的性质。它不是反政府的，更不是反体制的。后来的历史常常把它与"五四"学生运动、新文化运动一起纳入反政府、反体制的革命叙事之中，但事实上，这些运动在政治意义上的革命性质并不容易证明。比较明显的事实是：文学革命也罢，新文化运动也罢，与当时的国家体制不是对立的，而是相互配合的；与当时的政府也不是对立的关系，而是体制内外良性互动的关系，联手解决国家面临的文化问题。

所以，文学革命的成功，并不只是几个倡导者的功绩，而是文学界、教育界、政界共同努力的结果。

三

新文学是幸运的，但幸运却也伴随着不幸。

众所周知，新文学的特质首先表现在两个方面：一、"活的文学"；二、"人的文学"。"活的文学"主要是语言形式层面的问题；"人的文学"则涉及文学所承载的思想观念，主要是价值层面的问题。教育当局对"语体文"和"国语"的法令，只是保证了"活的文学"可以畅行无阻，也就是保证了白话文的胜利，却无力保证"人的文学"顺利发展。因为白话也可以写出"非人的文学"或反人性、反人道、反人类的文学。"人的文学"涉及思想观念的更新，所以面临更为复杂的问题，前行的道路就不会那么平

①《胡适文集》第2卷，北京大学出版社1998年，第47页。

坦。考察新文学后来发展的历史，作为“活的文学”的关键要素白话，是日益成熟的，发展比较顺利。而“人的文学”却很快严重受挫，一步步陷入困境。这是新文学运动的大不幸。

考察这不幸的原因，我以为首先在于新文学运动发动有点迟，至少耽误了五年大好时光。如果在1912年就发动，早上五年时间，成熟的作家就会多一些，也许能够形成更为坚实的基础。但非常遗憾，民国建立后的最初几年，文学界和文化界却没有及时进行这项工作。

考察历史的发展过程，事情多少有点奇怪：文化革新的努力在革命之前就开始了，但在革命胜利之后，这种努力却出现了停顿。革命之前，尤其是1903年之后，文化上革命已经有声有色。只要翻翻这期间出版的《江苏》《河南》《浙江潮》《新世纪》《女子世界》等杂志，就可以看到一个事实：《新青年》其实并不新，它没有多少新的见解，也没有多少新的主张，如果考察原创和首发权，《新青年》大多不敢去注册专利，因为它所提出的见解和主张大多早已出现。陈独秀等人不过是把几年前或十几年前人们已经提出过的问题重新提出，对某些主张进行了重申。比如，按照陈独秀的说法，新文化运动首先是伦理革命，用他的说法就是“最后之觉悟”。伦理革命的主要对象是“三纲”。而在1907年，《新世纪》已经发表过李石曾的文章，题目就《三纲革命》，明确反对“三纲”，对旧伦理进行了全面批判。陈独秀进行伦理革命，提出的口号是“科学”与“民主”。李石曾提出的则是“去迷信”与“去强权”。去迷信需要科学，去强权需要民主。相隔近十年，思路几乎完全一致。再比如，新文化运动引人注目的内容之一是批孔，但如果把目光往前推移，就会发现最先批孔的并不是《新青年》上吴虞等人的文章，而是早在十几年前知识界已经批判孔孟的大幕。《说国民》《箴奴隶》《法古》等文章已经意识到中国的历史是“三千年奴隶之历史”，传统则是千年未变的“奴隶风俗”，人们所受的教育是“奴隶教育”。到了1908年3月，《河南》杂志第3期发表署名“凡人”的《无圣篇》。文章直言“圣人”是“不可思议之怪物”，而且危害极大。同年6月，《新世纪》第52期发表署名“绝圣”的《排孔征言》。文章对中国传统进行了全面的批判，并且指出：“支那者，政教混合之国也，亦恐惧，亦迷信，故至今日始梦呓立宪。为此厉阶者，亦非孔丘乎！孔丘之为宗教家否，吾不过问。惟自政府之所利用、人民之所迷信之一方面观之，虽喙长三尺者，能辨其无宗教之现象乎？呜呼，孔丘砌专制政府之基，以荼毒吾同胞者，二千余年矣。……欲支那人之进于幸福，必先以孔丘之革命。”它所表达的见解与《新青年》非常相近；激烈程度也不相上下。新文化运动又一个重要内容是主张家庭革命，提倡男女平等。早在1904年，《女子世界》就发表过《女子家庭革命说》，鼓吹男女平等和女子解放，甚至发表过《毁家谈》等非常激进的文章。

然而，辛亥革命成功之后，他们的努力却似乎停了下来。也许是因为大功告成，有人当官去了，有人悠游去了。直到帝制运动发生，他们才知道这个值得骄傲的民主共和国根基原来如此不稳，思考原因，意识到只有政治革命的成功是不够的，只有新的法律和制度框架是不够的，还必须进行文化革命，才能使民众意识到自己是国家的主人，意识到自己的价值、尊严和权利，才能清楚自己与国家是什么关系，才能巩固民主共和国的国基。新文化运动初期的陈独秀冷静而清醒，没有把帝制复辟的责任都推给袁世凯，也没有只是指责筹安会等主张恢复帝制的人们，因为他知道，这件事的确体现着国情和民意，因为无论怎么说，恢复帝制是投票决定的。投票投出这样的结果，归因于威胁也罢，利诱也罢，体现的还是国民素质。所以，陈独秀创办《新青年》之际，明确声明他所关注的不是政治，刊物要做的不是批评时政，而是为民国培养现代公民。为此，他甚至不准备跟头脑僵化的老人对话，而是把目光投向青年。这从杂志的命名可以看到，从创刊号上的发刊词《敬告青年》可以看到，从创刊号的封面设计也可以看到——长案旁边那一排青年，才是《新青年》的预期读者。这时的陈独秀很伟大，他在思想文化领域充当了民主共和的卫士。

但是，陈独秀的工作进行得有点晚。某些事进行晚一点，看看再说，可能会有“后发优势”，但有些事进行晚了，却也会出现“后发劣势”。新文化运动和它的文学革命，进行得有点晚，世界大环境发生了变化，中国思想界也发生了变化，结果就处于非常不利的境地。

世界大环境的变化首先是第一次世界大战的发生。在人类文明发展的历史上，战争本不稀罕，但第一次世界大战的惨烈，却在很大程度上摧毁了西方现代主流文明的自信。本来，西方思想界对自己率先发展起来的现代文明是非常自信的。但大战发生了，无数的鲜血使一些人产生了怀疑：这是不是现代文明出了问题？所以，当梁启超依然带着朝圣的姿态拜访西方学者并表示要虚心学习时，那些不再自信的西方学者告诉他：西方文明已经破产，西方正在等待中国文明的拯救。于是，一种现象出现了：对于现代文明先发达的西方而言，因为根基已经稳固，虽然有人怀疑和批判，却已经不能动摇它的基本结构，反思也罢，批判也罢，吹毛求疵也会成为局部或细节上的修补。但对于后发的中国而言，现代国家的建筑却刚刚奠基，既然西方已经对这张图纸表示怀疑，我们还按照这张图纸施工吗？在许多人那里，这成了一个问题。中国的问题还在于，由于前现代传统的强大，无论政治上还是文化上，反现代的力量都非常容易集结。于是，新文化建设的蓝图很快不再是知识界的共识。在这个背景上，新文学"人的文学"的建设的规划也必然要受到种种新潮旧潮的冲击。所以，新文学开始演化为民族的、国家的、阶级的、集团的工具，与之相伴随的，是艺术水平日益走低，在很长时间里一代不如一代。

四

考察新文学生存环境的变化，除了第一次世界大战带来的消极影响之外，还有两个重要因素：一是中国在巴黎和会上的失败；二是苏俄的远东战略对中国的影响。

第一次世界大战结束之际，中国人曾经沉浸在战胜国的自豪和欢乐之中，与盟国一道狂欢，一道庆祝。北京的大学生挑灯游行，向政府表示祝贺，向力主参战的段祺瑞表示敬意。美国总统威尔逊的宣言受到热烈的拥护，人们梦想由此找回过去丢失的主权和尊严。然而，这梦想很快破灭了，收回山东主权的要求在巴黎和会上遭遇挫折。强烈的失败感使中国人对巴黎和会严重不满，对西方列强严重不满。曾经称威尔逊为"天下第一好人"的陈独秀转而指责他的宣言是"一文不值的空话"[①]。李大钊则撰文说："说什么人道、和平得了胜利，以后的世界或者不是强盗世界了，或者有点人的

①《陈独秀文章选编》上，北京三联书店1984年，第397页。

世界的彩色了。谁知道这些名辞，都只是强盗政府的假招牌。”[①]这种失望与不满严重影响了国人对西方国家的信任，也影响了对源自西方的现代文明的信仰与追求。

就在国人为在巴黎和会的失败而悲愤之时，苏俄于1919年7月发表了第一次对华宣言，宣布放弃俄罗斯帝国用侵略手段获得的领土和一切在华特权，并且表示要“援助中国人民”。苏俄因这一宣言而赢得了大批中国人的好感，曾经对“过激党”极为恐惧的人也开始赞扬苏俄，赞美他们的无私，同时以善意理解他们的革命，赞美他们为世界历史开了“新纪元”，“是为世界人类谋真正的自由、平等底幸福”。[②]

后来的事实证明，苏俄的对华宣言并无诚意，而是其远东战略的一个环节。发表那样的宣言，却在半年多的时间里迟迟不把文本送交中国政府，半年多后中国政府得到正式文本，却接着就收到了一份修改过的文本，不再有归还中东铁路等重要内容。到两国政府为此而举行谈判，苏俄又说1919年和1920年两个对华宣言都不作为谈判的依据。其实，苏俄此时的全部做法，都是在下一盘大棋。1917年，十月革命发生，红色政权建立，但革命后的新政权在西方列强眼里合法性不足，因而不予承认。莫斯科为争取英美等国的承认而付出了不少努力，结果却以失败告终。于是，一个新的战略设想诞生：争取一些国家，建立另一个“世界”，在苏俄的领导下“打倒帝国主义”，弄好了可以在全球实现无产阶级专政，即使不能，也可以与资本主义世界抗衡。为此，他们开始谋划可能的势力范围，目光投向东欧和远东，在国内经济极为困难的情况下拿出大量金钱，输出革命，到这两个地区去建立党组织或扶持反政府的武装力量。实施这个战略，必然会首先发现中国，因为掌握这样一个世界上人口最多的大国，比得到若干小国更有意义。于是，他们开始制订中国革命的计划，拟订中国革命的任务。

早在1918年，列宁、斯大林等高层领导人就对中国革命的问题进行了探讨，分析了在中国进行革命的两大障碍：一是政府和军队，即后来中国人熟悉的“反动政府”和“军阀”，这是“封建势力”；二是“帝国主义”，即

---

①李大钊：《公理战胜强权》，《每周评论》第7号。

②王章维等：《“五四”与中国现代化》，北京师范大学出版社1999年，第56页。

英、美、法、日等列强。斯大林说："中国反革命军阀的力量在哪里呢？在于他们背后站着帝国主义者，站着中国所有一切铁路、租界、工厂、银行和洋行的老板。"[①]这样一来，苏俄最为关心的"打倒帝国主义"就和推翻中国现有的政府结合了起来，"反帝"与"反封建"结合了起来。

为了创建与列强对立的另一个世界，列宁创建了第三国际。第三国际第一次代表大会于1919年3月2日在莫斯科召开，列宁在大会上向资本主义世界宣战，并且宣布苏维埃政权是全世界无产阶级"实施统治"的唯一形式。参加这次会议的有来自欧洲、亚洲等地的五十二名代表，但没有中国境内的代表，被称作中国代表的，是旅俄华人刘绍周和张永奎。1920年6月，列宁在《民族和殖民地问题提纲初稿》中提出，中国、朝鲜等国家的革命任务是反对帝国主义和封建主义。这个意见在1920年7月召开的国际第二次代表大会通过。但是，任务确定了，却仍然没有接受任务的人。所以，派人到中国活动就成了当务之急。学者李玉贞在《国民党与共产国际》一书中指出："当时共产国际对中国的了解还停留在极其浮浅的水平上，可是他们头脑中输出苏式革命和推行世界革命的念头十分强烈，所以无论马林还是其他来自苏俄的使者，无一不把捍卫苏俄，仿效苏俄，鼓动革命作为其指导思想。"[②]他们来华活动的主要目的，就是"利用广州政府作为在东方推进国民革命的工具，有了这场革命，中国就会与协约国对立起来"，以及在广州"寻找一些有能力在中国制造全民性起义"的力量。[③]

这力量何在？在中国"反帝反封建"的任务谁来完成？1918年至1920年，中国还没有无产阶级政党，而且苏俄与中国境内的政治力量缺少联系。怎么办？莫斯科多个方案同时实施：一是派人到中国建党；二是派人争取陈炯明、吴佩孚、孙中山等人；三是在旅俄华人中建立党的组织，并且设立"中央局"，机关"暂设莫斯科"，也就是说，如果中国境内建党不成，即把这个"中央局"送入中国境内。显然，这是一个备用的组织机构，因为只是

---

①《斯大林选集》上卷，人民出版社1979年，第486页。

②李玉贞：《国民党与共产国际》，人民出版社2012年，第67页。

③《索科洛夫-斯特拉霍夫关于广州政府情况的报告》（1921年4月21日），《联共、共产国际与中国》，台北，东大图书公司1997年，第34页。

备用，所以在陈独秀、李大钊等开始建党之后，它就失掉了价值，1920年后基本停止了活动。

中国境内的无产阶级政党诞生之后，苏俄似乎仍没有耐心等待其发展壮大，而且似乎没把陈独秀等书生放在眼里，他们更重视的，仍然是陈炯明、吴佩孚等军事将领，以及孙文这样因做过一任临时大总统而有较大影响力的人。然而，陈炯明、吴佩孚都没有答应与苏俄合作。四处求援而屡屡碰壁的孙文开始也不愿公开亲苏，但在陈炯明与之决裂之后，却在永丰舰上就派人送出了向莫斯科求援的信。于是，经过一系列策划和运作，就有了众所周知的《孙文越飞联合宣言》，然后是苏俄运送枪支弹药的军舰到达广州，同时到来的是庞大的政治顾问团和军事顾问团。

与作家、知识分子的个人力量相比，党派的力量是巨大的。改组后的国民党开动宣传机器，中国大地上很快就响遍了列宁的声音，青年人很快就学会了喊“打倒帝国主义”和“打倒封建军阀”的口号，“国民革命”轰轰烈烈地开展了起来。最终的结果众所周知，是孙中山的继承者以武力北伐取得胜利，民国易帜，国民党一党专政的新制度在中国建立。从理论上说，国民党代替国民行使主权只是暂时的，待训政成功，国民具有了行使民主的能力，就会把国家权力交还给人民，也就是“还政于民”。但是，接下来却是持续的战乱，最后是民主宪政成了泡影，思想和文化上的自由选择、自由创造也成了泡影。

文学的独立性是很有限的，因为它的发展无法回避政治和体制的影响。文学的健康发展需要相应的自由空间，需要作家人格的独立和思想的自由，也需要相应的价值观念、知识结构、文化心理和情绪状态。当作家的思想自由受到限制的时候，当作家的价值观念和知识结构因环境限制而残缺和扭曲的时候，当作家因种种问题而心理和情绪都不能自然舒展的时候，文学的健康发展就成了遥远的梦想。

新文学百年中的不幸，主要就在这里。

百年中国的文学遗憾

一、走向民间与认同大众

应该承认，20世纪中国文学有一个很好的起点。由于时代提供的条件，中国知识分子的生存状态发生了巨大的变化，不再陪伴君主处于政治权力的中心，而是开始被迫确立知识分子自己的位置，这种状况使他们在国家权威话语和民间大众话语之间建立了知识分子自己的话语空间。也正因为这一点，加之现代的制度保障，才有了五四新文化运动和新文学运动的辉煌。

遗憾的是，“五四”高潮过后，“五四”新文学的一些可贵的方面就逐渐丢失了。李泽厚在《中国现代思想史论》中曾经感叹救亡压倒启蒙。我以为更大的遗憾不只在于救亡压倒启蒙，而是在于一些知识分子缺少独立的人格，因而在反抗庙堂的同时一步步走向民间，放弃知识分子的启蒙立场而向大众认同。从所谓“革命文学”运动开始，经过30年代“大众文学”的倡导，再到40年代关于“民族形式”的讨论……知识分子从由于对苦难大众的人道主义同情而为其呐喊请命，到深入到大众生活中充当大众的“留声机器”，一步步放弃自己的话语而获得所谓民间大众话语。那些走向大众的作家因为在感觉中有了依靠而由本来浪漫文人的一副穷愁相而一下子变得语气强硬起来。他们向知识分子发出声声断喝，令其放弃“五四”，告别新文化运动的启蒙立场，甚至敦促那些不愿服从者“上断头台”。正是在这个过程中，知识分子一步步丢失了自己的主体性，不再有自己的话语权，最后落到必须通过思想改造而在思想感情上与工农大众保持一致的地步。甚至工农大众虽然手是黑的，脚上有牛屎，也比知识分子干净得多。甚至仅仅因为上过几年中学，也成为不可信任的，必须经过上山下乡接受贫下中农的“再教育”，才能获得参军、上学和就业的资格。正是这个过程导致了20世纪中国文学的一系列问题。特别是当代文学，几乎所有难以克服的弊端都与这个问题密切相关。文学民间化和大众化的顶峰是1958年的“‘大跃进’文艺”和1966年之后的“‘文革’文学”，而“‘文革’文学”的旗帜上写的也是“工农兵文艺”。

80年代，中国文学终于从死谷中走出，回到鲁迅，回到“五四”，重新接续一些被中断的主题，而且重新找回了丢失的知识分子／作家的主体性。然而，20世纪末文坛却再次出现了新的潮流，由于种种原因，作家们纷纷逃离知识分子的阵营而走向民间。一些批评家为之推波助澜，据说是那里最自由自在也最安全。他们一厢情愿地认定民间是自由的，自在的，远离权威的；是新鲜的，活泼的，充满生机的，因而给予了高度评价。20世纪末文坛的民间化倡导者同样劝说知识分子要克服自己的精英意识，要放弃启蒙导师的姿态，不要以为自己比大众更高明……呼唤和劝告再次影响了六神无主的作家，迅速推动了民间大众话语的膨胀。然而，事实是明显的：中国文学在民间再次大量收获了泡沫和浮藻，收获了在纸上反复克隆的平面化的大众生活。与之相伴随的，是文学精神品位的急剧下降。

面对20世纪中国文学的这一重大遗憾，我认为除了外在的原因之外，一个重要的原因是对民间文化、大众文化的认识。20世纪中国文学界一直有一种误解：占正宗地位的统治阶级的文化是腐朽的，而民间文化则是新鲜的、活泼的、富于生机的。其实，这是一种没有根据的机械观点，源自列宁一个民族、两种文化的论断。而只要真正面对民间，就不难看到，民间并不一定是充满生机的、新鲜的、活泼的，而往往是守旧的、僵化的、腐朽的。民间文化不过是不同时期废弃的主流文化汇集而成的一个垃圾场。垃圾场上也可能长出蘑菇，甚至开出花朵，但就其整体和根本来说，它并不是新鲜活泼而充满生机的。

必须注意的是，在20世纪的中国，民间一直具有一种历史的滞后性。由于中国现代化的外源性，现代性并不源自民间，而是首先由知识分子输入和承载的。因此，民间的则往往意味着传统的、非现代的；知识分子走向民间，则往往意味着放弃自身的现代性而回归传统。而且，由于伴随外来价值一道进入的还有列强的大炮，它导致了某种屈辱感。现代化一旦与这种屈辱感密切关联，至少是一部分国人，就会对现代化有更多的抵触、拒绝和反抗。这种抵触、拒绝和反抗的动力主要在庙堂，但作为对庙堂的响应，民间对“他们”的抵触和抗拒常常强烈，1900年的义和团运动就是例子。然而，放眼看去，现代化虽然可以被拖延，最终却无法避免。在这个过程中，民间的滞后力量值得重视。

民间之所以被看重，往往因为它的所谓自主性和自在状态，以及它与占统治地位的主流文化的不同。然而，民间的自主性和自在状态往往是被夸大的。从历史上看，主流意识形态对民间的支配和覆盖不容忽视。民间文化在价值层面上往往不过是正统与道统的民间版本。它与主流意识形态不同，常常主要表现为它更多地保留了上一个历史时期的主流意识形态。当然，民间有其复杂性，但任何复杂和多元事实上都有中心或强势，民间的中心和强势一直是占统治地位的国家意识形态和以此为中心形成的传统。

20世纪末的中国作家应该看到，无论乡土民间，还是都市民间，都经过了世纪风雨的高度污染。对于这样一个空间，我们没有理由对它过于信任。从20年代创造社和太阳社的人们，到今天的民间大众话语鼓吹者，往往都喜欢乐观地宣告阿Q时代已经死去，觉悟的大众已经不需要启蒙。然而，中国现实的民间健康状况无法令人乐观。历史证明，20世纪中国最丑恶的东西(包括“文革”的全部丑陋和卑鄙)，也都是从民间和它保存的传统中生长出来的。

20世纪中国文学走向民间并向大众认同的历程无疑是悲剧，但愿21世纪不再重蹈悲剧的覆辙。

二、独立人格与精神操守的欠缺

20世纪中国文学的现代性问题已经引起一些人的注意。如果认真考察20世纪中国作家，我以为一个重大的遗憾是作家人格现代性的欠缺。由于价值层面和制度层面现代性的匮乏，大多数作家在这个世纪没有完成自身人格的现代性转化，因而严重地影响了文学的品质。

那些从“五四”立场上迅速退下来的人，那些追风弄潮四处寻求依附的人，那些今天是叛逆而明天就成了惩罚叛逆的打手的人，已经充分暴露了20世纪中国作家整体存在的缺陷。正因为这样的作家太多，甚至也被称作“现代知识分子”，“五四”新文学的精神缺少继承者，应该被守护的东西往往没有被守护，不该丢失的东西往往丢失了。像五四新文化运动那样的高潮落潮之后，总是伴随着人群的转向、分化，甚至是反戈一击。这种现象带来了文学的种种变化，却没有带来真正的收获。绝大多数背离“五四”精神、放弃现代性追求的作家都没有再写出像样的作品，没有达到他们在“五四”时期和30年代曾经达到的高度。

谈到这个内容，人们很容易强调外在因素的影响，强调作家的无奈。是的，在强大的政治力量面前，作家是很无奈，但值得注意的是，从20年代末放弃自己话语而充当留声机器的喊叫，到后来对知识分子启蒙精神的声讨，一次次导致知识分子主体价值失落和文学枯萎的悲剧事件，开始的时候往往并不是政治力量的逼迫，而是一些文人自作聪明的自我调整。许多最终使文学陷落的口号都是作家自己首先喊出来的。令后人难以理解的是：作为作家，那么努力地消解自身存在的合法性；作为知识分子，竟然把知识分子说得一无是处；摇尾乞怜，自己并不脸红！在百年中国的文坛上，这样的人是否太多了点儿？

当然，并不是所有人都如此，但一大群这样的文人混迹于作家和知识分子之中，就导致了守护现代价值的作家的孤独、无奈、四面楚歌。

之所以如此，只能说是现代人格的欠缺。由于现代人格的欠缺，他们在反抗一种权威的同时必然寻找另一种权威，告别国家权威话语之后就走向民间大众话语。非庙堂即民间，总是简单地二元思考。当不成萧何就当吴用，吴用的目标仍然是萧何。这是中国传统文人的一种传统，遗憾的是一些人总是走不出这个传统。

中国文人很灵活，善于顺时应势，调整自己。这种灵活性可能与中国长期的专制统治有关，与中国文人长期以来需要看统治者的脸色吃饭有关。这种灵活性使20世纪中国作家暴露了很不光彩的一面：无操守，无恒心，容易摇摆而不能坚守；东风中西倒，西风中东歪，总是为潮流所裹挟。这就极大地影响了他们的创造和发现，影响了文学和一切精神生产的质量。

20世纪末的中国文坛再次发生了大分化。聪明人再次适时换季调整自己。一些人认为20世纪末中国需要的不是人文精神，而是知识分子反省。据说，中国知识分子千呼万唤的那一套，在西方已经面临危机，后现代思想家已经对其进行了掘祖坟式的批判，中国人更应该彻底告别。于是，一轮新的超越和自我否定席卷了大江南北，反思现代性，批判启蒙理性，抹黑知识分子，否定80年代和“五四”的努力，这种适时换季无所持守的遗憾可能真要带到21世纪了。

然而，清醒的作家和批评家，只要知道我们迫切需要的是什么，就不会轻易跟随他们而去。

三、“狗熊掰棒子”式的趋新择取

进化论给中国带来的东西很复杂。没有进化论就没有中国的现代启蒙运动，但是，一种将进化论简单化而形成的思维给中国文学的发展和现代化进程带来的负面效果是明显的。一个世纪中，中国作家更多的时间处于浮躁的盲目追潮中，像狗熊掰棒子一样，抓到新的就丢掉旧的，最后留在手中的，虽然是最新的，却未必是最好的。

20世纪的中国文坛往往只认新的包装，不愿鉴别质地，唯新是趋，制造着一场又一场的热闹。如果只是娱乐，那倒没有什么不可。可是，作为民族的精神文化建构，却往往是新事物还没有站稳脚跟，就遭到了新的炮火。人们往往把新生婴儿学步的蹒跚视作垂暮老人的龙钟之态，匆匆宣判它的末日。结果往往是极大地破坏了中国文化现代性的生长。

我们用有限的时间在幻觉中走完了西方文学几百年的历程。匆匆忙忙，没有消化的时间。这种匆匆走过的历史是没有质量的。看一看文学的发展历史，我们可以看到一个个新潮迅速推进构成的发展假象。但它本身是破碎的、残缺不全的、很不健康的。我们能够看到一堆又一堆没有长成就被流产的婴儿，看到一些刚刚出生就因为母亲再次怀孕而营养不良的孩子，看到地里种下的庄稼刚刚发芽就锄掉重新播种……这是悲剧，是20世纪中国文学给文学史留下的一个独特景观。由于过多的接纳使中国文坛这位体弱的母亲不胜重负。她匆匆忙忙，送往迎来，却已经难于孕育出健壮的果实。

新潮滚滚应该是值得庆幸的，因为20世纪中国文坛曾经有过死水一潭而容不得任何生机的时期。但是，浪潮过后积淀甚少，却也是一种悲剧。

一切思潮都可能是有价值的，但由于时差压缩而造成的共时性，各种有益的因素却可能相互冲突，相互抵消，结果只落得一片荒凉。

因此，在20世纪末的今天，应该特别警惕盲目的趋新和“过时论”的危害。常常看到一种简单的“过时论”。什么不好，什么应该否定，理由极为简单而明了：过时了。好像一天应该有一天的思想，一天应该有一天的学术，一天应该有一天的真理。人道主义过时了，因为人已经死了，还讲什么人道主义？现代性过时了，因为已经后现代了，还不扔掉现代性？

正因为这种过时论，创造社和太阳社的人们可以理直气壮地否定鲁迅、胡适和新文学运动，宣布阿Q时代已经死去，如今，90年代的新秀又可以理直气壮地与80年代划清界限。

应该注意，在人类文明的大背景上，一些理论和学说的发展并不完全呈线性的模式。而且，新的未必就是好的。无论在历史上还是在现实之中，我们那些激进的年轻人总以为最新的就是最好的。然而，即使最新的东西并不坏，也应该注意这样的问题：当时代的文化冲突正在进行一场新与旧的大较量，新势力正在对旧势力进行一场历史性的否定，最新的东西作为一种否定之否定的力量被引进，往往会成为旧势力的援军。它的作用往往是使新文化腹背受敌，因而一败涂地。先锋们当然有理由欢呼胜利，但真正的胜利者却往往不是先锋，而是根深蒂固的旧势力。面对90年代各种最时髦的西方思想，我们应该保持警惕，因为它的这种作用正在充分显露着。

四、精神承传的断裂

在发起人文精神讨论的时候，王晓明说过这样一段话：“今天的文学危机是一个触目的标志，不但标志了公众文化素养的普遍下降，更标志着整整几代人精神素质的持续恶化。文学危机暴露了当代中国人人文精神的危机……”[①]这段话在讨论中没有受到应有的重视，但它却是人文精神讨论必须首先明晰的前提。虽然一些人理所当然地不承认这一基本判断，但它不是凭空提出的，而是王晓明长期思考的结晶。这种忧思早已与知识分子的启蒙精神一起受到新潮后学的嘲笑，但它所指出的问题却并不因为嘲笑而有所改变。

为什么会出现这种精神素质持续恶化的现象？原因当然是复杂的。我认为，20世纪中国不是没有思考者，也不是没有出现一定的精神高度。可惜的是由于种种原因造成的精神承传的断裂，使探索者的思考成果往往得不到承传，使最珍贵的收获往往被遗忘于风暴过后的沙尘之下。

从20世纪初开始，精神的发展总是断断续续，一次次出征又一次次溃退，热潮过后往往是死寂和荒芜。春去秋来，潮起潮落，这之间往往造成代际的精神断裂：前一代人艰难的探索突然中断，脚印被风雨清洗，收获被风沙埋没；后一代再次出发，一切从零开始，进行艰难的摸索，终于获得一些进展，却又再次中断。尽管历史呈现着前仆后继的悲壮景观，但“前仆后继”却往往只是一次次重复，一代代都需要由自己重新证明一加一等于二的基础算式。当50年代的探索者呼唤“五四”精神的时候，他们是否还能理解陈独秀、胡适和鲁迅？当“文革”废墟上崛起的一代在“四五”天安门广场上思考的时候，有几人能知道50年代的探索者达到的高度？有多少人知道顾准到达的方位？30年代文学巨匠的后继者何在？40年代学术大师的衣钵授予了哪些弟子？

“文革”结束之后的文坛和学界可谓人才辈出，但如果认真考察，一个现象是值得注意的：在那些年轻人迅速成长的地方，往往存在私淑式承传。如今国内大学林立，几所年轻人文学者迅速成长的学校却格外引人注目。在那些优秀人才迅速成长的摇篮里，往往有一两个承载了某种精神积累的幸存者，他们像探险者最后遗弃的拐棍，在茫茫沙漠中充当了路标。

在传播工具高度现代化的时代，知识的传播仍然需要手工业时代的授徒方式，这也许非常可悲。但是，历史却应该感谢这种方式，因为20世纪中国曾经连一些基本知识都得不到传播，经过大嗓门传播的却往往是伪知识。

---

①王晓明等：《旷野上的废墟》，《上海文学》1993年第6期。

当写进教科书的知识因为适应某种需要而改写或遮蔽得极不可靠的时候，手工业时代的传授方式也是可贵的。

精神承传断裂的问题在20世纪末的今天并没有完全得到解决，对于20世纪末的青年来说，许多知识都是陌生的："五四"不过是一个片面抽象的概念，"文革"只是一个朦胧的传说，甚至80年代知识分子的思考和探索，虽然刚刚过去不过十年，却也已经是一片茫然。正因为这样，新生代作家和新生代学人往往与国外汉学界一样，许多研究都建立在不可靠的基本知识之上。比如，说20世纪的文学史是政治权威话语与知识分子精英话语压迫了民间话语的一部历史，认定"文革"与"五四"是一个历史的整体，把鲁迅说成遵命作家，不过是极"左"政治的一根棍子，等等。

但愿精神探索不再时时中断，但愿一代人的探索能够成为下一代探索者的铺路石。果然如此，民族的精神素质或可有所改观，21世纪文学的发展或许有望。

中国现代文学主题的三重变奏

自80年代中期以来，由于李泽厚“启蒙与救亡双重变奏”论题的影响，国内学人多以“双重变奏”的框架谈论现代文学。李泽厚的论题意义重大，其积极影响也有目共睹，然而，“双重变奏”并不能准确概括中国现代文学的历史，更难以清楚揭示文学思潮矛盾运动的复杂形态。由于对重大主题的忽略或回避，双重变奏论已经导致在一系列问题上认识的混乱。因此，要回顾和总结20世纪中国文学的历史，有必要重新认识文学主题更为复杂的结构。事实上，历史留下的印迹非常清楚：现代中国文学的发展不只是启蒙与救亡的双重变奏，而是由启蒙、救亡和翻身构成的三重变奏。由于历史的境遇，中国现代文学同时并存着三种核心意识：人的意识、民族意识和阶级意识。三种意识分别产生了三个中心主题：启蒙、救亡和翻身。三个主题相互联系而又相互冲突，各有自身的发展目标和运行轨迹，因而构成了现代中国文学最基本的矛盾结构并决定着文学发展的面貌。

一

中国新文学从诞生的那一天开始就面对着一系列复杂的矛盾，因而不可避免地同时面对着启蒙、救亡和翻身三大主题。

启蒙主题的基础是人的意识，即受西方文艺复兴运动以来的人文主义传统影响而产生的以个人自由为核心的人权意识。它以中国人非人的生存状态为前提，以人的解放和人权的保障为旨归。与现代性一样，人权意识显然不是中国固有之物，而是对外开放和文化引进的结果。一方面是外国文学和学术的翻译所发挥的重大作用，一方面是陆续派出的留学生在异国的土地上的生活感受，强烈的对比使中国人的生活显示了非人的状态。因而，人的觉醒成为一个不可避免的结果。正如鲁迅所说的："魔鬼手上，终有漏光的处所，掩不住光明，人之子醒了。"[①]这种觉醒必然意味着个性意识的觉醒，也必然意味着个体自由和权利的确认。

在当前学界，对于"启蒙"这一概念的认识是相当混乱的。因此，对于"五四"时期的启蒙主题，必须有一个明确的认识。它与梁启超等人的启蒙主义虽然存在着密切的联系，却已存在着根本的不同。梁启超等人的启蒙主义是沿着为"强国"而"维新"，为"维新"而"新民"的思路发展而来的，目的仍然在"国"而不在"人"；"五四"新文化的启蒙主义是以人权意识为基础，以改变几千年"吃人"的传统从而使人获得解放和权利保障为旨归，其根本目的在"人"而不在"国"。早在1914年，陈独秀在《爱国心与自觉心》中就说："爱国者何？爱其为保障吾人权利谋益吾人幸福之团体也。"《新青年》创办伊始，他又在《敬告青年》中明确提出"科学与人权并重"的基本原则。在《法兰西人与近世文明》一文中，他把"人权"作为法国人对近世文明的重大贡献而介绍，并且盛赞法国《人权宣言》，认为"人类之得以为人，不至永沦奴籍者，非法兰西人之赐而谁耶?"这也正是五四新文化运动领袖们一致选择西方文化的根本理由。

对于五四新文化运动的领袖们来说，人的觉醒、解放和人权的获得是其根本目的。为此，他们充分强调人的价值与尊严，把个人的自由和权利放在至高无上的地位。不仅陈独秀认为"举一切伦理、道德、政治、法律、社会之所向往，国家之所祈求，拥护个人自由权利与幸福而已。思想言论之自由，谋个性之发展也，法律之前，个人平等也。个人之自由权利，载诸宪章，国法不得而剥夺之，所谓人权是也"。[②]李大钊在《"少年中国"的"少年运动"》中也说："我们应该承认爱人的运动比爱国的运动更重要。"胡适

①《鲁迅全集》第1卷，人民文学出版社1981年，第322页。

②陈独秀：《东西民族根本思想之差异》，《青年杂志》第1卷第4号。

倡导易卜生主义，并且以文艺复兴运动的姿态告诉人们："信任天不如信任人，靠上帝不如靠自己。""人格是神圣的，人权是神圣的。"[①]鲁迅从留学日本时期就高度关注个人。面对当时中国的现状，他的主张是："人立而后凡事举，若其道术，乃必尊个性而张精神。"[②]甚至蔡元培在《〈国民〉杂志序》一文中也说："苟倡绝对的国家主义，而置人道主义于不顾，则虽以德意之强，而终不免于失败。"由此可见五四新文化运动中一代先驱的共识。

五四新文化运动反对旧道德而提倡新道德，反对旧文学而提倡新文学，主张个性解放，鼓吹恋爱自由，倡导妇女解放，批判贞操观念，以及反孔、非孝、讨论自杀等一系列活动，其根本目的正是把人从吃人的制度和文化规范中解放出来，使人获得价值、尊严与权利。新文化运动之所以高举科学与民主的大旗，因为科学与民主都与人权密切相关，并且是可以为其服务的：科学可以帮助人从各种迷信中解放出来，民主可以帮助人从专制制度中解放出来。新文化运动领袖们的一切行为，都可以在争人权这一目标中得到解释。

人的意识在文学中形成一股强大的启蒙主义潮流，鲁迅和胡适毫无疑问是这种启蒙文学的主要代表。

救亡主题的核心意识是19世纪中期以来日益高涨的民族意识。它有深厚的现实基础：从鸦片战争到抗日战争，在一百年的时间里，中国一直面临着国家存亡的危机。20世纪的中国人从上一世纪继承的是一个危机四伏的残局和极为不良的国际处境。面对外族的入侵，抵抗一败再败，一个自大的民族终于暴露了在专制政治、小农经济和儒家文化基础上形成的国家不堪一击的真实面目。割地赔款和不平等条约使国人深刻地感受到民族的危机，于是，争取民族独立而不做亡国奴的呼声响彻四面八方。强烈的民族意识强化着排外心理，排外心理又以各种复杂的形式强化着民族意识。虽然中国人已经知道落后就要挨打，也知道文明必然沿着优胜劣汰的逻辑演进，一种文明由于自身的原因而衰弱的时候，任何心理上的不平衡都无济于事。然而，有着悠久历史传统的民族却很难轻松地接受外来文明。越是清楚地意识到民族

①胡适：《我们对于西洋文明的态度》，《现代评论》第4卷第83期。

②《鲁迅全集》第1卷，人民文学出版社1981年，第57页。

的困境，民族意识就越是强烈。考察“五四”时期中国人的意识形态，民族主义仍然是一个响亮的音符。无论北洋军阀还是革命党人，都表现了很强的民族主义思想和情感。加之一战之后西方思想界对西方文化的某种破灭感，使中国迅速兴起了一种文化民族主义。这一切都极大地影响着文学界。因此，虽然新文化运动的中心目的是通过对旧传统的批判和价值体系的改造而推动人的解放，但它在一开始就必然同时承载了民族解放的任务。

特别值得注意的是，一战的胜利几乎使中国人忘记了自己的真实处境，巴黎和会却使国人又一次认识了中国在世界的可悲地位。5月4日的学生运动因此而发生。这一运动集中反映了当时中国青年知识分子的爱国热情和民族情绪，同时也进一步强化了民族意识。由这场学生运动，不仅可以看到救亡文学主题存在的必然性和合理性，也可以看到当时的启蒙运动是如何直接助长着救亡的热情。

然而，值得注意的是，“五四”时代从前人继承的民族意识是复杂的，其中既有革命党人的民族意识，也有保皇党人的民族意识，还有义和团与慈禧太后式的民族意识。因此，启蒙主题与救亡主题的矛盾和抵牾不可避免。这种矛盾从孙中山及国民党对新文化运动的态度中可以清楚地看到，从一些激进的热血青年的言论中也可以看到。“五四”刚刚过去不久，北大学生中就出现了这样的言论：“外人自侵入中国之后，做了不少的宣传，说中国人是野蛮民族，是贱种，性质如何卑劣，习惯如何腐败，道德如何堕落，自经‘拳匪之乱’，他们更振振有词认为这是中华民族性不良的铁证了。一般吃洋饭放洋屁的留学生西崽，更是推波助澜，说中华民族性果然如洋大人所云。中国人民因知识不如人，机器不如人，政制不如人，经种种失败，受种种苦痛，也不期然而然的自视实有不如洋族的地方，于是颓然的自暴自弃起来了。古人说：‘哀莫大于心死’，一个民族的心死了，而欲图民族之自存，行得吗？况且洋族的民族性，不见得比我们高尚或且比我们还低下，我们已经屡次指出。所以我们要做新诗人的青年们，关于表现民族伟大精神的作品，要特别多做，儆醒已死的人心，抬高民族的地位，鼓励人民奋斗，使人民有为国效死的精神。”[①]毫无疑问，这种见解显示着强烈的民族意识和爱国

①邓中夏：《贡献于新诗人之前》，1923年12月《中国青年》第10期。

情感，却与新文化运动领袖们所主张的新文化精神相去甚远。

翻身主题的核心意识是阶级意识。在80年代以来的现代文学研究中，由于双重变奏框架影响，有人把它看作救亡，有人将其解释为启蒙，造成许多混乱。其实，翻身主题虽然与启蒙主题和救亡主题都存在着某些联系，但自身有其与启蒙或救亡完全不同的目的指向。翻身与救亡主题的联系是密切的，比如“五四”学生运动的口号是“外争主权，内除国贼”，这是一个救亡的口号，但“内除国贼”可以引申为翻身主题，而且翻身主题也可以通过这一口号而获得救亡的意义。翻身主题与启蒙主题的联系也是密切的，比如为劳苦大众呐喊请命，它是人道主义题内之义，却也可以引申到翻身主题。不过，就其根本目的来说，翻身主题有其独立的体系。无论它与人的意识或民族意识有多少重叠之处，都不可能消融于民族意识或人的意识之中。因此，把翻身主题归入启蒙或者救亡，都会导致严重的混乱。

如果进行历史的考察，朴素的阶级意识和下层大众翻身的愿望是中国古已有之的。因为只要社会不平等，人们就有不平感，处于社会底层的劳苦大众就会有翻身的愿望。作为一种朴素的阶级意识，中国文学中早有“朱门酒肉臭，路有冻死骨”的表现。但是，面对社会的不平，在一般文人的笔下，往往只是像杜甫的表现一样表现为一种人道主义的同情和叹息，并不指向翻身主题；在革命家那里却往往表现为“帝王将相宁有种乎”的质问和“彼可取而代也”的豪情壮志。后者集中显示了传统翻身主题的精神。正因为这样，这种翻身的愿望经常处于被压制的状态，但一旦社会失控，就会强烈地表现出来，并且导致社会的动荡。中国是一个专制主义传统悠久的国家，专制制度必然导致政治上的不平等和经济上的分配不公，而且最终必然导致贫困。越是贫穷和落后，社会不公的现象就越是触目惊心地助长着人们强烈的不满和反抗情绪。中国历史上一次又一次由于灾荒和统治的腐败而导致的农民起义正是这种古老的翻身愿望的最好说明。

由于种种原因，“五四”前后的中国社会存在各种危机，民不聊生是众所周知的事实。在一般情况下，由于文化传统的制约，苦难的大众并不一定有足够的“阶级觉悟”。但是，“五四”新文化却像助长民族意识一样从各方面助长了阶级意识的觉醒。一些知识分子因为接受了西方观念而深刻认识了社会的不公，因而无论从一般人道主义立场还是从社会主义、无政府主义立场出发，都努力为大众鸣不平，并试图改变不平的现状。翻开《新青年》就可以看到，新文化运动引人注目的主题之一就是对下层劳苦大众的同情和对社会不平的抗议。1919年五四运动爆发之时，《每周评论》正刊载了陈独秀的《贫民的哭声》。文章展示了贫民可怜的生存状况之后写道："这十几万人何以到了这样苦恼的境遇？懒惰，没有能力，并不是他们人人造成苦恼的唯一原因。有些享福的老爷太太，能力不比他们高，而且比有些贫苦的人还要懒惰十倍。那么到底是什么缘故呢？"陈独秀看到的问题是官僚的疯狂掠夺："今天这样捐，明天那样税，弄得民穷财尽，钱用到哪里去了？替人民办了什么事？……养了议员去嫖赌，恭维督军；养了文官去刮地皮，借外债卖路矿得回扣；养了武官去杀人，抢劫，贩卖烟土；养了法官警官去捉拿那贫苦的烟犯赌犯来罚钱。现在的时代，还无人敢说政府官吏没有什么用处。可惜他们的功效，只造成一片贫民的哭声！"[①]此时的陈独秀还不是阶级论者，他是从人道主义立场上为下层民众鸣不平的。20世纪上半叶的中国文学史上，这种"不平之鸣"是常见的，虽然出发点各不相同，但在客观上都强化着阶级意识。在"五四"时期，这一现象非常明显。如刘半农的《相隔一层纸》《学徒苦》，刘大白的《卖布谣》《田主来》，都鲜明地体现着阶级意识，不过，反映贫富悬殊和阶级差别的目的指向仍然是社会平等，因而所表达的也大多是人道主义的同情。"生我者亦父母"的呼声是一种典型的声音。即使在刘大白的《红色的新年》等赞美俄国十月革命的作品中，所大声呼叫的也是"不公！不公！！不平！不平！！"所表现的愿望也是"那潮头上涌着无数的锤儿锄儿，直要锤匀锄光了世间的不平不公"。因此，这种声音并没有与启蒙主题发生冲突。最先呼唤为阶级翻身而斗争的是蒋光慈。在1923年写的《中国劳动歌》中，他写下了这样的句子："起来吧，中国劳苦的同胞呀！我们尝足了痛苦，做够了马牛；……快啊，快啊，快动手！"但这只是个别的表现。在"五四"时期，这三种主题基本能够和谐统一，并且以人的意识为中心形成了启蒙主义文学主潮。

但是，三个主题的潜在的矛盾是明显的，致力于民族独立的人们往往既不赞同以个人自由为基础的启蒙主题，也不赞同以阶级意识为基础的翻身主

①《每周评论》第19号。

题；致力于阶级翻身的人们往往既不满足于一般的人道主义，也不愿意接受民族和国家利益高于一切的民族中心价值观。这种矛盾在“五四”高潮过后开始一步步明朗化。

二

三种主题尖锐而复杂的冲突是从20年代中期开始的。由于国民革命运动高潮的到来及其结果——国民党政权的建立，民族意识与阶级意识都同时得到了强化。在文学界，阶级意识强化的结果是革命文学运动的兴起，民族意识强化的结果是民族主义文艺运动的兴起。普罗文艺运动与民族主义文艺运动分别代表了20年代末到30年代初中国文艺运动的两大潮流，同时也集中显示了翻身主题和救亡主题的面貌。民族文艺运动表现着民族意识，其主旨在于民族的独立和民族国家的巩固。普罗文艺运动代表着阶级意识，努力的目标是阶级的解放和翻身。这两种力量尖锐地对立着，却共同否定着“五四”时期形成的以人权意识为基础的启蒙文学。过去的研究往往过分夸大了普罗文艺运动与民族文艺运动之间的对立性，忽略了它们之间的共同性和产生这共同性的文化基础。事实上，民族主义文艺运动和普罗文艺运动在文学观念、审美意识和对文学的具体要求等方面，都表现着高度的一致性。不同之处只在于前者张扬的是民族意识，而后者张扬的是阶级意识；前者致力于民族国家的巩固，后者致力于劳苦大众的翻身。

从社会生活对文学的影响看，两大主题的兴起都与国民革命密切相关。正是国民革命的高涨同时带来了民族意识和阶级意识的强化，带来了救亡主题和翻身主题在文学中的迅速增长。

一方面，在国民党的指导思想中，本来就存在着强烈的民族意识。国民党以孙中山的三民主义为其指导思想，而三民主义之一就是民族主义。人们一般把孙中山称作资产阶级革命家，但这位资产阶级革命家却没有完整地接受西方资产阶级的思想体系，而是保留了很多国粹主义色彩。虽然他在20年代领导的革命事实上以打倒军阀为目的，却总是以打倒帝国主义为号召。这里的逻辑是中国的军阀已经成为帝国主义的走狗，因而打倒军阀的意义就不只是推翻旧统治，而是实现民族的独立和解放。在国民革命的过程中，国民党正是通过这种方式以及与西方列强的一系列冲突特别是在省港罢工中对工人运动的支持进一步获得了革命的合法性，并且在调动革命热情的同时直接强化了国人的民族意识。从五卅惨案到省港大罢工，面对列强的枪弹和同胞的血，全国各界万众同心，打倒帝国主义的怒吼响彻四面八方。民众的民族情绪直接推进了国民革命军的北伐，并且保证了最后的胜利。这种民族情绪影响着作家，使那些本来民族情绪并不强烈的作家也心情激动起来，开始抒写强烈的愤怒，呼唤反抗和斗争。从此之后，人们不仅开始批评为艺术而艺术，要求文学服务于社会运动，而且希望文学能够致力于唤醒国民抵抗帝国主义侵略。

另一方面，由于俄国十月革命的影响，加之李大钊、陈独秀等人的帮助，孙中山充分地看到了工农力量的重要性。因而在国民党第一次全国代表大会发表的《宣言》中，明确宣称民族的解放事业“其所恃为后盾者，实为多数之民众”。并且做出允诺：“吾人欲证实民族主义实为健全之反帝国主义，则当努力于赞助国内各种平民阶级之组织，以发扬国民之能力。”[①]这就为追求阶级翻身的运动留有了广阔的空间，使下层工农大众追求翻身解放的运动搞得轰轰烈烈。尤其是广东、江西、湖南等地的农民运动，正如毛泽东所描写的：“其势如暴风骤雨，迅猛异常，无论什么大的力量都将压抑不住。”“农民的主要攻击目标是土豪劣绅，不法地主”。他们“把几千年封建地主的特权，打得落花流水。地主的体面威风，扫地以尽”。他们翻身了：“一切从前为绅士们看不起的人，一切被绅士们打在泥沟里，在社会上没有了立足地位，没有了发言权的人，现在居然伸起头来了。……他们发号施令，指挥一切。他们站在一切人之上。”“土豪劣绅家里，一群人涌进去，杀猪出谷。土豪劣绅的小姐少奶奶的牙床上，也可以踏上去滚一滚。”[②]这一切充分表现了穷苦农民闹翻身的积极性。

更为重要的是，1928年，蒋介石政权的建立进一步同时强化了民族意识和阶级意识，并使这两种意识都在文学中得到了强烈的表现。

一方面，蒋介石政权建立之后需要意识形态方面的凝聚力，于是，国民

①《孙中山选集》，人民出版社1956年，第591—592页。

②《毛泽东选集》，人民出版社1967年，第14—16页。

党本来具有的民族主义被大力发展起来。从理论上讲，三民主义应该包括民主和人权等知识分子启蒙主题的核心内容，也应该包括社会平等和大众解放的内容，但在实际的操作中，它却只是一纸空话，只有民族主义成为国家权力努力倡导并试图用以实现文化统一的思想核心。加之蒋介石个人的儒家思想基础和民族主义倾向，使占据了统治地位的国民党一心只想在爱国主义和传统文化的旗帜下统一民众的思想文化和舆论，毫不顾及现代知识分子对传统文化的批判和在这种批判中形成的以民主和人权为核心的社会理想，也不考虑受压迫阶级由于贫穷和苦难而酝酿着的阶级反抗情绪和翻身欲望，而只是一味为了政权的稳定而千方百计扑灭它。

从政治稳定出发，他们对个人自由的张扬和阶级翻身的鼓吹都有点深恶痛绝，理所当然地支持民族主义文学运动。在政治权威的支持和赞助之下，民族主义文艺运动在30年代初终于形成一个强大的潮流。过去的现代文学研究对这一潮流缺少真正的研究，往往只是简单地把它看作官办文学运动。事实上，无论国民党如何为实现国家权威对文化的控制而插手这一文学运动，它仍然并不只是遵命的结果，而是与当时民族的处境密切相关。

民族主义文艺运动的倡导者们认为，文艺的最高使命应该是弘扬民族精神，一切文学活动都应该以唤起民族意识为中心，促进民族向上发展的意志，唤起民族的情绪和斗志，鼓舞民族的自信心，而最终的目的是促进民族国家的建立。《民族主义文艺运动宣言》中宣称：“现今我们中国文坛艺坛的当前的危机是对于文艺缺乏中心意识。那么，我们要突破这个危机，并促进我们的文艺的开展，势必在形成一个对于文艺的中心意识。从历史的教训，我们须集中我们此后的努力于民族主义的文学与艺术的创造。我们此后的文艺活动，应以我们的唤起民族意识为中心；同时，为促进我们民族的繁荣，我们须促进我们民族的向上发展的意志，创造民族的新生命。我们现在所负的，正是建立我们的民族主义文学与艺术重要伟大的使命。”这与他们对时代以及民族出路的认识有关。他们认为：“我们当前的时代，我们以为是一个民族求生存的时代，是一个民族争自由平等的时代，尤其是一个全世界弱小民族求生存和争自由平等的时代！试看世界虽大，哪里有弱小民族立足之地？哪里听不到弱小民族哀痛的绝叫？哪里看不见弱小民族狼藉的血肉？哪里不是帝国主义为胜利狰狞的狂笑？在这样一个时代，被压迫的民族，虽常不免因为社会经济组织的不良，而发生民族内部阶级的分化和冲突，然这种不幸的现象，只是时代的一隅，而绝不是时代的本身！在整个时代的前面，生息于其下的任何个人任何阶级，都应当认清时代的全体，而不应固执时代的片断！彻底说来，在当前的时代下，只有全民族的利益值得夺取，只有全民族的搏战值得参与，此外个人和阶级间的一切得失，都是细微渺小的争持，宏伟磅礴的民族意识和民族精神应该能够扫荡一切，消除一切，融合一切！——这是这个时代下一切从事文学者所应明白体认的一个原则！"[①]

因此，他们反对致力于阶级翻身的文学运动，为此而向左翼作家大声呼叫："请暂养息一下你的嗓子吧，把叫黄包车夫打坐客的功夫抽出一点去放到那挽救国家的危亡的上头。"[②]同时，也反对以个人的解放为目的的启蒙文学，认为"'五四'时代的思想，是自己从新来创造一切，旧的一切从新来估值。……但只有个个独立的人，而没有发现积人而成的民族社会"[③]，因此，他们对胡适、鲁迅、《语丝》《新月》都不以为然，而且给予猛烈攻击。

另一方面，与蒋介石的政权的建立相伴随，轰轰烈烈的工农运动平息了。早在毛泽东为农民运动大声叫好之时，蒋介石就对此不以为然。他的态度正如毛泽东在《湖南农民运动考察报告》中所嘲弄的："嘴里天天说'唤起民众'，民众起来了又害怕得要死。"既然害怕得要死，就要采取措施。于是农民运动不但不再被支持，而且受到了限制和镇压。组织发动和支持者受到了清洗。然而，翻身的愿望被压制之后表现更为强烈，而且有了尖锐的斗争性。当然，劳苦大众翻身求解放的声音并不是自己在文学中喊出的，因为他们没有掌握文学工具，无法在文学中表现自己的声音。但是，一些文人却在投身于国民革命的过程中把目光投向社会底层，而且早就向文学家发出了"到兵间去，民间去，工厂间去，革命的漩涡中去！"[④]的号召。当以阶级斗

①《民族文艺论文集》，杭州正中书局1934年，第409页。

②同上书，第88页。

③同上书，第130—131页。

④郭沫若：《革命与文学》，《创造月刊》1926年4月。

争的方式谋求翻身解放的行动失掉了合法性的时候，一些文人开始转向文学运动。由于各种国际流行的理论影响，他们认为“资本主义已经到了他的最后一日，世界形成了两个战垒，一边是资本主义的余毒‘法西斯蒂’的孤城，一边是全世界农工大众的联合战线。各个的细胞在为战斗的目的组织起来，文艺的工人应当担任一个分野”[①]。他们要走向大众，充当他们的代言人。这种代言人的资格是令人怀疑的。鲁迅在《路》中曾经如此讽刺说：“上海的文界今年是恭迎无产阶级文学使者，沸沸扬扬，说是要来了，问问黄包车夫，车夫说并未派遣。这车夫的本阶级意识形态不行，早被别阶级弄歪曲了罢。另外有人把握着，但不一定是工人。于是只好在大屋子里寻，在客店里寻，在洋人家里寻，在书铺子里寻，在咖啡馆里寻……”在鲁迅看来，本人并非无产者而声称代表无产阶级，真正的工人却被认定并不具备无产阶级意识，这是非常荒诞的。但是，鲁迅的讽刺并不能动摇他们要做大众代言人的决心。他们要努力获得阶级意识，并且要求作家放弃知识分子的自我而去做大众的留声机器。

这种主张与他们对大众的认识密切相关。他们认为，“一切被压迫群众不但是反抗统治阶级的力量，而且是创造新社会的主人。”[②]他们认为，“现在的中国农民第一是不像阿Q时代的幼稚，他们大都有了很严密的组织，而且对于政治也有了相当的认识；第二是中国农民的革命性已经充分地表现了出来，他们反抗地主，参加革命……”所以他们断言：“阿Q时代是早已死去了！阿Q时代是死得已经很遥远了！”[③]诗人向着阿Q呼喊：“粗暴起来啊，阿Q！粮食／工作／爱情／你要的，你的权利……”[④]

因此，他们就要反对鲁迅、胡适式的启蒙主义立场，对“五四”新文学予以全面的批判。他们说鲁迅“暴露了知识阶级的厚颜，暴露了人道主义的丑恶”[⑤]，甚至宣判鲁迅为“文艺战线上的封建余孽”，“二重性的反革命的

①成仿吾：《从文学革命到革命文学》，《创造月刊》1928年2月。

②蒋光慈：《关于革命文学》，《太阳月刊》1928年2月。

③钱杏邨：《死去了的阿Q时代》，《太阳月刊》1928年3月。

④邹荻帆：《跨过阿Q》，《新诗选》第二册，上海教育出版社1979年。

⑤成仿吾：《毕竟是“醉眼陶然”罢了》，《创造月刊》1928年5月。

人物”，“不得志的Fascite（法西斯谛）”[①]。

在激烈批判启蒙文学的同时，他们坚决反对民族主义。这不仅表现在他们对民族主义文艺运动的坚决批判，而且表现在自己创作中对民族意识的摒弃，表现在对一切表现民族意识的作品持否定态度。在阶级意识的支配之下，他们接受了工人无祖国的名言，认定被统治阶级没有义务去爱统治阶级的国家。所以，不仅在中东路事件引发的中苏战争中持“保卫苏联”的态度，即使面对“九一八”之后的形势，他们也决不一般地表现救亡主题，而是坚持以阶级意识看待中国与日本之间的战争：“中国也有大地主，日本也有大地主／他们要打仗，他们在打仗／我们联合起来”[②]。甚至支持抗战也不是因为日本侵略中国，而是因为日本威胁着苏联。《总退却》《伟大的开始》等作品受到严厉的批评，其原因就是作者描写中日战争时“没有站在阶级的立场上”[③]，批评者甚至发出了这样的指责：“他是为了父母妻儿民族和国土而抵抗，他并不是为了阶级的利益而战斗！”[④]

面对两大潮流对启蒙文学的挑战，“五四”启蒙主义的持守者进行了抵抗。当时新文化阵营早已分化，胡适与鲁迅也走向了不同的道路。但是，在守卫“五四”启蒙主义这一点上，他们是一致的。他们从不同的方面捍卫着启蒙主义的新文化和新文学。面对革命文学倡导者对“五四”新文学特别是启蒙主义的攻击，鲁迅进行了有力的反击，与之展开了长期的论战。鲁迅与革命文学倡导者的矛盾是复杂的，但是，冲突的根本之处是启蒙与翻身的冲突，其关键在于鲁迅坚守“五四”的文化目标和启蒙主义立场。革命文学论者对“五四”新文学运动方向的否定是鲁迅所不能容忍的；革命文学论者强调作家放弃知识分子的启蒙主体地位而充当大众的留声机器，是鲁迅难以接受的；革命文学论者认为阿Q时代已经死去，大众已经觉悟而不再需要启蒙，也是鲁迅不能认同的。与此同时，胡适打响了另一战场上的一场“五四”精神保卫战。面对国民党以党化教育愚弄人民、以三民主义统一思想、

---

①杜荃（郭沫若）：《文艺战线上的封建余孽》，《创造月刊》1928年8月。

②陶晶孙：《谁是真正的好朋友》，1931年《北斗》第1卷第4期。

③丹仁：《关于〈总退却〉和〈豆腐阿姐〉》，1932年《北斗》第2卷第2期。

④《文学新地》，1932年第1卷第1期。

以弘扬传统整合精神以及限制自由思想、大搞现代迷信、剥夺自由权利和瓦解“五四”成果等种种倒行逆施，胡适终于忍无可忍，连续写了《名教》《人权与约法》《我们什么时候才可有宪法》《知难行亦不易》《新文化运动与国民党》等文章，与国家权威意识形态展开了激烈的斗争。他尖锐地指出：“从新文化运动的立场看来，国民党是反动的。”“根本上国民党的运动是一种极端的民族主义运动，自始便含有保守的性质，故起了一些保守的理论。这种理论便是后来当国时种种反动行为和反动思想的根据了。”[①]而胡适说的“反动思想”包括孙中山的民族主义思想。胡适与国民党冲突的关键正是五四新文化运动的启蒙立场与民族主义的守旧立场不可调和的矛盾。

三

谁是冲突的胜利者呢？应该说，国难当头之际，长期的冲突以民族主义文学的胜利告一段落。抗战前夕，左联解散，无条件放弃全部的理论主张而服从于民族解放战争的需要，就是一个鲜明的标志。“两个口号”的论争虽然进行得非常激烈，但双方都赞同新文学必须为民族解放而斗争的目标和任务。它显示着30年代以阶级意识为核心意识的左翼文学向民族意识的归顺。周扬主张“国防文学”，要求“文学上反帝反封建的运动集中到抗敌反汉奸的总流”[②]。虽然“民族革命战争的大众文学”仍然保存了“大众”的字样，意味着仍然存在阶级意识，却也承认“在一切救亡运动解放运动里面，抗敌战争——民族革命战争的运动是一个共同的最高的要求”[③]。一切不愿当亡国奴的作家都聚集到了抗日救亡的大旗之下，服务于争取民族解放的战争，四分五裂的文坛也形成了一个统一战线。“统一战线”是一个非常模糊的概念，但无论怎样解释，都无法抹杀一个事实：统一战线必然统一于某个中心。在民族主义旗帜下形成的统一战线的中心意识必然是民族意识。因此，抗战开始，文学意识形态和审美倾向上的矛盾开始转入次要地位，一

①胡适：《新文化运动与国民党》，1929年《新月》第2卷第10号。

②周扬：《关于国防文学》，1936年6月《文学界》创刊号。

③《胡风评论集》（上），人民文学出版社1984年，第375页。

切服从抗战的要求。各派作家联合起来成立“中华全国文艺界抗敌协会”，其《简章》中明确地宣布着他们的宗旨：“以联合全国文艺家共同反对日本帝国主义的侵略，完成中国民族自由解放，建设中国民族革命的文艺。”当时的情形确如郭沫若在《抗战与文化问题》中所说：“‘八·一三’以来，所有国内的种种颉颃状态几乎完全停止了，所有一切有利于抗战的力量也渐渐地集中了起来，就已感觉着有集中的必要。就简单拿文化问题来说吧，所有以前的本位文化或全盘欧化的那些空洞的论争，似乎早已是完全停止了。而在文化的分野里面受着鼓舞的，是抗战言论，抗战诗歌，抗战音乐，抗战戏剧，抗战漫画，抗战电影，抗战木刻……”左翼作家不但不再把苏联放在自己祖国之上，甚至认为：“全国的军队必须有统一的编制，统一的指挥，然后才能做到配备恰当，进退有序的地步，文艺作家也同样，必须自身有整齐严密的组织，然后才能有系统，有计划地执行自己的工作。”

这种一切服从于民族救亡的形势从文坛的两件事可以看得非常清楚：一是“与抗战无关论”引起的风波；一是所谓“反对作家从政论”导致的批判。其实，梁实秋并非主张文学与抗战无关，他的原话是“与抗战有关的材料，我们最为欢迎，但是与抗战无关的材料，只要真实流畅，也是好的”[①]。结果却引发了激烈的批判。反对者从根本上否认在抗战中有与抗战无关的材料，好像写作或者发表与抗战无关的作品就是对抗战的破坏。沈从文在1939年发表文章《一般与特殊》，对一些作家投笔从政提出批评。因为在他看来，作家从政之后满足于一般宣传，是创作质量下降的原因。他并不反对文学创作为抗战服务，却实在看不起一些文人满足于风云际会。文章一发表就受到了激烈的批评，最严厉的指责也是以此破坏抗战。这些高举民族主义大旗的批判者，原来大多是阶级论者。

由于全力配合抗战，文学集结于民族主义的旗帜之下，民族意识成为文学的中心意识。30年代初开始的民族主义文艺运动在抗战时期终于取得事实上的胜利。这个过程是一个救亡压倒启蒙的过程，也是一个救亡压倒翻身的过程。

如果到此为止，救亡压倒启蒙的结论是正确的。但是，救亡主题的胜利

①《编者的话》，《中央日报》1938年12月1日。

只是暂时的。进入40年代之后，文学的中心主题再次发生变化，压倒一切的主题已经不是救亡。

在抗战形势下，虽然似乎一切都服从于救亡的需要。但如果深入考察，不难发现抗战文学中一直存在着一种虽然统一在抗战大旗之下却并不甘心于服从抗战的声音。虽然民族矛盾已经成为主要矛盾，但总是有人更关心阶级矛盾而不愿意把民族矛盾的解决作为压倒一切的主题。面对这种现象，救亡宣传的权威机构一次次试图通过劝导和警告实现整合。其方式无非是张扬孙中山"取民族而摒阶级"的主张，希望全国上下，同心同德，一致抗日，保卫国家。并因此而号召作家"不专写社会黑暗"，"不挑拨阶级的仇恨"，为全民族的利益而创作。①但是，民族中心意识日益失掉了整合的能力。面对民族主义的宣传，人们不但不再像抗战初期那样响应，而且表现出强烈的反感。战国策派受到来自左翼作家和自由主义作家的同时批判，就是一个证明。它意味着启蒙主题和翻身主题的重新复活。

在这种复活中，对陈铨剧本《野玫瑰》的批判是深有意味的。该剧受到批判的原因之一是"美化特务"。剧中的主人公夏艳华是一个为了抗战把生死置之度外的特工，是作者热情歌颂的民族英雄。批判者却把她称作"罪恶昭著的法西斯特务"，真让后人摸不着头脑，甚至以为批判文章出自日本人或汉奸之手。事情很简单，仅仅因为她是政府派遣的，受命于当时的统治者。这种批判使我们看到，在一些人的思想中，阶级意识已经再次压倒民族意识。

在延安，经过文艺整风运动之后，文艺的发展改变了方向，其重要特点之一也是阶级意识的迅速强化和救亡主题迅速让位于翻身主题。延安平剧院演出《逼上梁山》。毛泽东看后给平剧院写信说："我向你们致谢，并请代向演员同志们致谢！历史是人民创造的，但在旧戏舞台上（在一切离开人民的旧文学旧艺术上）人民却成了渣滓，由老爷太太少爷小姐们统治着舞台，这种历史的颠倒，现在由你们再颠倒过来，恢复了历史的面目，从此旧戏开了新生面，所以值得庆贺。"接着，歌剧《白毛女》轰动延安。当《白毛女》刚刚演出的时候，人们的认识并不一致，据张庚回忆，"当

①张道藩：《我们所需要的文艺政策》，1942年9月《文艺先锋》第1卷第1期。

时在墙报上就出现过文章，攻击《白毛女》，说它是破坏统一战线的戏。”[①]攻击者显然站在团结抗战的民族主义立场上。可是，毛泽东、周恩来等看过这个戏之后，不仅给予了高度的评价，并且指示修改，加了枪毙黄世仁的结尾。由此可以看到的是：民族意识中心论者在阶级意识中心论者面前的溃败。

接下来出现的现象是在创作中翻身主题对救亡主题中心地位的取代。从文学的题材内容上看，文学开始表现新的主题，新的人物。阶级战争、土地改革、复仇清算以及从属于阶级翻身之下的妇女翻身成为主要内容。以《白毛女》《血泪仇》《赤叶河》《逼上梁山》为代表的戏剧，以《王贵与李香香》《漳河水》《赵巧儿》《王九诉苦》《铁算盘子来算账》等为代表的诗歌，以《李有才板话》《暴风骤雨》《太阳照在桑干河上》等为代表的小说，充分显示着翻身文学主潮的到来。无论以什么形式表现什么故事，其主题词差不多都是：“要报千年的冤和恨，咱们穷人要翻身。”

在翻身主题压倒救亡主题的同时，文坛出现的一个重要现象是启蒙主题在文学中的边缘化和迅速萎缩。考察启蒙文学萎缩的主要原因，可以清楚地看到，李泽厚“救亡压倒启蒙”的论断在40年代已经不是历史的事实。40年代后，启蒙文学多次受到沉重的打击，但没有一次来自民族救亡。

一次是1942年延安文艺整风运动。它批判的是个人主义和人性论，要调整的是大众化与化大众的关系，要改变的是知识分子的启蒙立场。考察文艺整风中受批判的作家和作品，不难发现它之所以受到严厉批判的主要原因就在于继承了“五四”启蒙精神。呼唤杂文时代也罢，强调文学家与政治家的不同也罢，都显示着启蒙主题的守护。但是，要求一切服务于翻身解放的根据地政治却不能容忍“五四”式的启蒙立场。无论王实味还是萧军，其问题都在于从鲁迅那里继承的启蒙精神。丁玲的问题也在于她与“五四”启蒙精神没有能够真正一刀两断。他们对等级观念特别敏感，无法接受家长式的组织管理，接受不了对人的漠视和对个性的压抑，并且试图揭露新形式下的封建主义货色。这种启蒙的声音因其有可能动摇人们的信

①《历史就是见证》，《人民日报》1977年3月13日。

仰和削弱人们的热情而必然受到了打击。为了解决这一问题，进一步的措施是通过思想改造的形式解构知识分子的主体地位，以保证彻底放逐启蒙文学。

一次是稍后展开的对胡风的批判。这一批判运动一直持续到50年代“胡风反革命集团”被关押。胡风之所以受到批判，主要原因在于他不愿意放弃从鲁迅那里继承来的启蒙立场，不愿意放弃启蒙知识分子在创作中的主体地位。因而，也不愿意承认工农大众即使脚上有牛屎也比知识分子干净，更不承认知识分子必须在思想感情上与工农兵取得一致然后才能从事创作的金科玉律。胡风的惨败当然与30年代左翼作家的宗派有关，但这宗派本身在当时就是以是否在接受阶级意识之后仍然保持启蒙立场而画线的，胡风与周扬的矛盾仍然是鲁迅与创造社、太阳社矛盾的延续。因此，胡风的惨败事实上是鲁迅文学道路的惨败，是启蒙主义文学的惨败，同时，也标志着左翼作家中启蒙主义者的最后消失。

还有一次是对“自由主义文艺”的批判。以“京派”为主要力量的所谓“自由主义文艺”之所以受到批判，原因在于他们对人的解放等一系列“五四”新文学主题的持守。严格地说，“京派”并非“五四”启蒙精神的嫡传，但在特殊的背景上，无论沈从文还是朱光潜和萧乾，却都不愿被某种统一的思想所吞没，而顽强地守护着自由和个性。由于这种持守，在抗战时期民族意识大一统的时候，他们是不合时宜的；在抗战结束阶级意识取而代之的时候，他们仍然不合时宜。他们试图以知识分子的独立精神重整“五四”新文化阵地，于是，理所当然地受到了严厉的打击。打击他们的主要理由正是郭沫若在《斥反动文艺》一文开头所说的：“今天是人民的革命势力与反人民的反革命势力作短兵相接的时候，衡定是非善恶的标准非常鲜明。凡是有利于人民解放的革命战争的，便是善，便是是，便是正动；反之便是恶，便是非，便是对革命的反动。我们今天来衡论文艺也就是立在这个标准上的，所谓反动文艺，就是不利于人民解放战争的那种作品，倾向，和提倡。”[①]这种尺度与当年倡导革命文学运动时的尺度是相同的。只要不利于闹翻身的文艺都属于“反动文艺”，启蒙文学自然是“反

①《大众文艺丛刊》第1辑，1948年3月1日出版。

动文艺”。

从以上几个事件可见，40年代文坛上压倒启蒙的力量已经不是救亡，迫使启蒙主题从文坛消失的不是救亡主题，而是阶级意识和翻身主题。

1988年12月初稿,1998年10月修改

国民革命与新文学环境的恶化

在中国现代历史叙述中，发生在20年代的国民革命一直受到高度的评价。然而，且不谈政治影响，只从文化发展的角度考量这场革命，就无法回避这样一个问题：国民革命在文化上并未带来发展和进步，而是产生了一系列的负面影响。革命高潮的到来使新文化受到了多方面的冲击和挤压，革命的结果又使新文化面临严重危机。这一切都使新文学的生存环境迅速恶化。

一、国民革命指导思想与五四新文化运动的矛盾

国民革命以国民党为领导核心。国民党的革命目标与五四新文化运动的目标并不完全一致。从一般意义上说，国民党是中国现代的第一个革命政党。然而，这个革命政党却缺乏现代思想意识的全面武装，因而明显缺少一个现代政党应有的现代性。考察五四新文化运动的历史，可以看到一些国民党的领袖人物是支持新文化运动的，而且直接参与了新文化运动，如戴季陶、胡汉民等。然而，只要认真考察，却可以发现他们的态度非常复杂，与新文化运动领袖集团思路大相径庭。而且，即使这样的成员也毕竟是少数，整个党的思想面貌和文化选择与五四新文化运动的理想相去甚远。

国民党及其领导的革命以孙中山的三民主义为其指导思想，而三民主义与五四新文化运动精神极不一致。人们一般把孙中山看作资产阶级革命家，但考察他的思想观念形态，所缺少的恰恰是现代资产阶级革命家所具有的那种现代意识。这位资产阶级革命家没有完整地接受西方资产阶级的思想体

系。作为一个志在行动的革命鼓动家和领导者，他努力追求的是使自己的思想纲领能够为更多的国人所接受，因而更多地保留了本土的传统和所谓中国特色。这些中国特色却往往与现代文化格格不入，使他的思想在许多方面与新文化运动的价值取向背道而驰：

（一）五四新文化运动作为辛亥革命之后的一次思想文化补课，旨在通过对传统的批判而铲除几千年专制政体的文化根基。面对共和政体建立之后仍然存在的专制传统，新文化运动的领袖们认识到，中国的文化传统与专制政治是相互适应的，在儒家学说基础上形成的君君臣臣父父子子的伦理观念是中国专制政治的文化基础，因此，要在中国建立现代体制，就必须借助西方文化彻底批判旧文化。孙中山的思想却恰恰相反。他高度评价中国文明，极力肯定旧传统，甚至认为“近来欧洲盛行的新文化，和所讲的无政府主义与共产主义，都是我们中国几千年以前的旧东西”[①]。五四新文化运动的领袖们最无法容忍的就是中国的政治传统，因而在呼唤科学的同时努力呼唤民主、自由和人权。孙中山却说：“欧洲之所以驾乎我们中国之上的，不是政治哲学，完全是物质文明。……我们现在要学欧洲，是要学中国没有的东西。中国没有的东西是科学，不是政治哲学。至于讲到政治哲学的真谛，欧洲人还要求之于中国。”[②]五四新文化运动的领袖们竭力批判旧道德，把伦理的觉悟看作“最后的觉悟”，全力推进道德革命。孙中山却几乎全盘接受了与专制政治相适应的道德观念，努力弘扬旧道德。他说：“讲到中国固有的道德，中国人至今不能忘的，首先是忠孝，次是仁爱，其次是信义，其次是和平。这些旧道德，中国人至今还是常讲的。但是现在受外来的民族的压迫，侵入了新文化，那些新文化的势力此刻横行中国。一般醉心新文化的人，便排斥旧道德，以为有了新文化便可以不要旧道德。”[③]

（二）五四新文化运动的价值核心是人，努力争取的是个人的自由和权利的保障。孙中山却总是以民族和国家的名义要求人们放弃个人的自由和权利。也许是专制传统之下生成的领袖意识的作用，他总是强调他的党员和民

---

①《孙中山选集》，人民出版社1956年，第666页。

②同上书，第666—667页。

③同上书，第680页。

众对领袖的服从，强调思想和行为的一致。为此，他不仅对科学、民主、自由和人权没有兴趣，而且不遗余力地进行抵制。这是中国人的一个大不幸：政治家们往往在自己也处于专制压迫之下的时候喊几句民主、自由之类的口号，但在革命尚未成功的时候，就已经开始考虑如何实现自己的专制统治，因而对一切有可能危害专制统治的思想抱有足够的警惕。从某种意义上说，孙中山没能稳坐统治宝座也许并非中国人的憾事，因为他的确不一定能为国人带来更多的人权保障，更不会给国人带来更多的自由。在《三民主义》中，孙中山曾经明确宣布："我们革命党向来主张三民主义去革命，而不主张以革命去争自由。"像一切实用主义政治家一样，孙中山更多地致力于寻找动员民众的口号。在他看来，中国人的自由已经太多，而且从来没有受过专制的痛苦，所以自由不能成为有号召力的口号。他说："欧洲人民因为从前受专制的痛苦太深，所以一经提倡自由，便万众一心去赞成。假若现在中国来提倡自由，人民向来没有受过这种痛苦，当然不理会。"[①]他又说，"欧洲人当时争自由，不过是一种狂热，后来狂热渐渐冷了，便知道自由有好的和不好的两方面，不是神圣的东西。……中国人现在因为自由太多，发生自由的毛病，不但是学校内的学生这样，就是我们革命党里头也有这种毛病。所以从前推倒清朝之后，至今无法建设民国，就是错用了自由之过也。"所以，他主张："自由这个名词究竟要怎么样应用呢？如果用到个人，就成一片散沙。万不可再用到个人上去，要用到国家上去。"[②]

由此可见，孙中山梦寐以求的也是一个没有个人自由的所谓共和国。他还没有像五四新文化运动的领袖们那样意识到个人自由和权利的神圣性，更没有意识到人们之所以需要国家和政府，是因为自由和权利需要保护，如果离开了对个人自由和权利的保护，国家和政府就失去了存在的根据。

（三）五四新文化运动在政治上追求的是民主与法治。孙中山作为一个资产阶级民主革命的领袖，却严重缺乏民主与法治的观念，而习惯于个人的独裁，总是不自觉地要剥夺人们的权利。人们都会承认，民国元年临时参议院制定的《临时约法》是中国第一部现代法典，并且为中国推行宪政提供了

①《孙中山选集》，人民出版社1956年，第717页。

②同上书，第721—722页。

依据。也许正因为这样，在反袁斗争和其后一系列针对北京政府的斗争中，孙中山都曾以“护法”为号召。但是，这位“护法”领袖进行的政治设计以及他的政治实践却与《临时约法》体现的精神相去甚远。在他的设计中，“凡于革命军未起义之前进党者，名为首义党员；凡于革命军起义之后、革命政府成立以前进党者，名为协助党员；凡于革命政府成立之后进党者，名为普通党员。”这三类党员享有不同的权利：“革命成功之日，首义党员悉隶为元勋公民，得一切参政、执政之优先权利；协助党员得隶为有功公民，能得选举及被选举权利；普通党员得隶为先进公民，享有选举权利。”而“凡非党员在革命时期之内不得有公民资格”[①]。在这里，他不仅要建立一党专政的政治体系和特权等级制，而且要在一定时期内剥夺大多数国民的公民权。这样，革命就不是为国民谋利益，而是为革命党谋特权，使党员成为特权阶层。在革命时期，这也许是进行动员的一种手段，但是，以特权为诱饵，而且剥夺他人的权利，这显然与现代民主政治大相径庭，也与五四新文化运动的方向背道而驰。

更为遗憾的是，国民党在1924年的改组不仅没有克服这些反民主的观念，而且使这些观念得以延伸。《中国国民党第一次全国代表大会宣言》中声称：“近世各国所谓民权制度，往往为资产阶级所有，适成为压迫平民之工具”，而“国民党之民权主义，与所谓‘天赋人权’者殊异，而惟求所以适合于现在中国革命之需要，盖民国之民权，惟民国之国民乃能享之，必不轻授此权于反对民国之人，使得借以破坏民国。详言之，则心真正反对帝国主义之个人及团体，均得享有一切自由及权利；而凡卖国罔民以效忠于帝国主义及军阀者，无论其为团体或个人，皆不得享有此等自由及权利”[②]。

即使在党内，孙中山也习惯于独裁而不习惯于民主。在组织中华革命党时，他宣布要求他的党员以服从命令为唯一重要的条件，而且必须甘愿服从他一人的领导。甚至要求党员写下誓约，按下手印，表示愿意牺牲一切而服从孙中山。中华革命党的组织原则给人留下的印象更像一个传统的秘密帮会，而不像一个现代革命政党。这种做法曾经导致国民党的分裂，包括黄兴

①程思远主编《中国国民党百年风云录》，延边大学出版社1995年，第3389页。

②同上书，第3405页。

在内的一大批国民党要员都因为不愿接受这一有损人格尊严的条件而拒绝参加中华革命党。但是，孙中山却固执己见，直到去世也没有改变他的这种中国特色。在国民党改组的时候，他仍然认为革命之所以不成功的原因就在于党人没有绝对服从他的领导，所以一再强调人们对他的服从，要求党员即使发现了领导者的错误，也仍然要服从，理由是“党员的奋斗，是和军队的奋斗一样，军队在奋斗的时候，如果司令官的命令一时不对，当兵士的都要服从”①。正因为这样，当他走投无路转向苏联时，只看到苏联革命的成功，却看不到它在政治上的非现代性质。

如果只是思想和学术上的一家之言，也许并不值得特别关注，但作为一个革命领袖，这些思想在指导中国革命的过程中产生的影响就不同寻常了。

二、国民革命高潮对五四新文化的瓦解

在国民革命的过程中，重组之后的国民党接受了来自苏俄的影响。苏式极权主义体制和意识形态在国民革命过程中与孙中山的三民主义结合起来，对五四新文化运动的成果形成了严重的威胁和瓦解。

由于种种原因，国民革命无法拒绝苏俄的援助。这种援助不仅是道义上的，而且是物质上的。革命需要钱，但任何革命家都不是从自己家里拿了钱来发动革命的。革命军需要吃饭，需要购买枪支弹药，革命领袖也需要吃饭，需要活动经费，这些都需要钱。在中国现代史上，革命大都离不开外来的援助。二次革命失败之后，孙中山一直在苦苦寻找外援，却一直找不到所谓“平等待我之民族”。在一次又一次的失败之后，他甚至拿出比二十一条更有损民族利益的条件以换取日本的支持，最后却仍然遭到拒绝。原因很简单：无论英国还是日本，都更愿意支持掌握政权的北京政府。这时候，只有苏联是一个例外，在得不到列强承认的情况下，形影孤单而又野心勃勃，所以能够做出不同于西方列强的选择。最后，是斯大林援助了国民党的北伐，但是，任何援助都需要代价，包括政治的、军事的，也包括文化的。

在国民革命高潮中，文化的走向与五四新文化运动的方向恰恰相反。

①程思远主编《中国国民党百年风云录》，延边大学出版社1995年，第3421页。

（一）为了鼓动民众的革命热情，国民党最大限度地助长和利用了民族主义情绪。对此，研究者一般把它解释为民众自发的爱国情感。然而，只要认真考察，就可以发现，民众自发的民族主义往往是被夸大的。在更多的情况下，它并非民众自发，而是宣传和引导的结果。国民革命高潮中的民族主义潮流与其说是源于民众的爱国情感，不如说是源于孙中山三民主义中的民族主义，与其说是源于孙中山三民主义中的民族主义，不如说是源于国民党当时的需要。原因当然是复杂的：首先，鲍罗廷所代表的苏联的作用绝不是可以忽略不计的，反对帝国主义是苏联的重要战略，国民党接受苏联的经济援助，就要同时接受反对帝国主义的任务。其次，它与英、日等国对北京政府的支持有关。在20世纪的中国，所谓“平等待我之民族”与“帝国主义”的界限是不容易划分的，正如在国内对“军阀”的界定难以把握一样。历史留下的只是一些这样的事实：当孙大元帅要求分享广州关税而遭到北京政府拒绝的时候，他宣布将夺取广州海关，并任命自己的官员。这自然危及列强的利益，激化了国民党与列强的矛盾，甚至导致一系列后果：“有利害关系的列强派炮舰前往广州阻止夺取海关，以此对付孙的挑战。国民党人太弱，无力战斗，取而代之的是，他们转而求助于群众示威和在外国首都进行宣传。危机过去了，但孙逸仙由于他向外国统治挑战，在中国取得了巨大的政治资本，国民党更明显地趋向民族主义：反帝国主义成为它的重要主题，完全像共产国际所主张的那样。”[①]孙中山为此付出了代价，他与列强的关系严重恶化，这迫使他更进一步依靠共产国际，也就更进一步反对帝国主义。在孙中山去世之后，这种基本的路向在胡汉民、汪精卫、蒋介石等人那里延续了下来。

从1925年开始，被调动起来的民族主义情绪发展为文化上的行为。游行、演讲、散发传单，反对西方教会的活动在革命的策源地搞得轰轰烈烈，甚至军队也像群众一样参与。1926年1月，在广州举行的国民党第二次全国代表大会公开表示支持反基督教的运动，并且指责传教士办的学校和刊物服务于帝国主义的侵略，是“帝国主义的喉舌和爪牙”。在一些革命领袖看来，西方文化是与革命对立的，要反对帝国主义，就要同时反对西方文化。

①费正清编《剑桥中华民国史》上卷，中国社会科学出版社1994年，第605页。

（二）为了调动农工大众参加革命的积极性，国民革命的领导者高唱大众的赞歌，鼓吹工农崇拜，迅速强化了劳工神圣的观念和民粹主义情绪。中国社会存在着严重不平等，下层民众的苦难是不可否认的事实。“五四”时期，一些知识分子就开始努力描写下层的苦难，表现对劳动者的同情，但是，所体现的大多是知识分子的人道精神。当革命高潮到来之际，情况完全不同了，国民革命的领袖们看到了工农的力量，为了调动他们的革命积极性，开始对其给予更多的赞美，也给予了更多的承诺。中国国民党第一次全国代表大会宣言中指出：“吾人欲证实民族主义实为健全之反帝国主义，则当努力于赞助国内各种平民阶级之组织，以发扬国民之能力。盖惟国民党与民众深切结合之后，中国民族之真正自由与独立，始有可望也。”[①]“国民革命之运动，必恃全国农夫工人之参加，然后可以决胜。盖无可疑者。国民党于此，一方面当对于农夫工人之运动，全力助其开展，辅助其经济组织，使日趋于发达，以其增进国民革命运动之实力；一方面又当对于农夫工人要求参加国民党，相与为不断之努力，以促国民革命运动之进行。盖国民党现在从事于反帝国主义与军阀，反抗不利于农夫工人之特殊阶级，以谋农夫工人之解放；质言之，即为农夫工人而奋斗，亦即农夫工人为自身而奋斗也。”[②]在《中国国民党第二次全国代表大会宣言》中，工农的力量受到了进一步的重视。宣言说：“凡民族革命运动，欲求成功，必须有广大的民众参加。而农工民众，尤为必须。过去民族革命运动之失败，由于参加者限于知识阶级，故不能得广大之基础，与广大之势力。于现在及将来，为民族革命运动，必须以其意义普及于田间与工厂，且必须使之组织于反抗帝国主义的奋斗中。”[③]因此，在北伐过程中，革命军一直很注意宣传，也很注意动员群众。在共产国际的指导下，国民党中央成立工人、农民、青年、妇女等几个部，并且开始组织农民协会，成立农民运动讲习所。

这一策略调动了下层农工的革命积极性，而且使一些知识分子开始走向民间。郭沫若进入国民革命军不久，就发出了这样的呼唤：“青年！青年！

---

①程思远主编《中国国民党百年风云录》，延边大学出版社1995年，第3404页。

②同上书，第3406页。

③同上书，第3444页。

我们现在处的环境是这样，处的时代是这样，你们不为文学家则已，你们既要矢志为文学家，那你们赶快要把神经的弦索扣紧起来，赶快把时代的精神提着。我希望你们成为一个革命的文学家，不希望你们成为一个时代的落伍者，这也并不是替你们打算，这是在替我们全体的民众打算。彻底的个人的自由，在现代的制度之下也是求不到的，你们不要以为多饮得两杯酒便是什么浪漫的精神，多诌得几句歪诗便是什么天才的作者。你们要把自己的生活坚实起来，你们要把文艺的主潮认定！你们应该到兵间去，民间去，工厂间去，革命的漩涡中去……"[①]人们很容易感觉到这语气的变化，其实也很简单，此时的郭沫若已经就职于国民革命军。

在这种呼声之中，五四新文化运动确立的以人为中心的价值系统开始受到批判和否定。在农工大众日益神圣的光圈之下，知识分子的现代性承担开始受到时代的冷落。

（三）要求思想统一，限制言论自由，文化专制主义倾向以革命名义迅速发展。由于指导思想中存在的问题，也由于革命力量本身的传统重负，革命没有推进文化上的开放和自由，而是恰恰相反，革命总是试图以一种思想来指导人们的思想，以一种声音取代众多的声音，以革命的意识形态取代人们的自由思想。

关于当时革命策源地广州的文化氛围，鲁迅曾经写下过许多感触：在K委员的眼里，"写长信，就是反革命的"；广州作为革命策源地，却连白话都视为异端；报刊成了宣传工具，言论要符合革命的尺寸，否则就不能发表。他曾这样叙述过自己的遭遇："后来往往斗胆说几句坏话。然而有什么用呢？在一处演讲时，我说广州的人民并无力量，所以这里可以做'革命的策源地'，也可以做反革命的策源地……当译成广东话时，我觉得这几句话似乎被删掉了。给一处做文章时，我说青天白日旗插远去，信徒一定加多。……然而终于没有印出。"[②]那么，文学呢？鲁迅曾经形象地描述道："只剩了一条'革命文学'的独木小桥，所以外来的许多刊物，便通不过，扑通！扑通！都掉下去了。"鲁迅看到，孙中山"革命尚未成功"的语录虽

①郭沫若：《革命与文学》，1926年4月《创造月刊》。

②《鲁迅全集》第4卷，人民文学出版社1981年，第33—34页。

然常见，但仿佛已经成了一句谦虚话，在大部分的人们的心里，是“革命已经成功”或“将近成功”。“既然已经成功或将近成功，自己又是革命家，也就是中国的主人翁，则对于一切，当然有管理的权利和义务。刊物虽小事，自然也在看管之列。”[①]鲁迅的感受绝非毫无依据。早在北伐开始的时候，对言论自由的限制就已成为一种明显的倾向。国民党中央宣传部官员宣称，如果北伐军占领了上海，《时事新报》之类的报刊一定要查封，“言论只让多数人自由，那少数人的自由一定给他剥掉”，中间派的思想也决不允许公开宣传。[②]这些思想显示着中国本土专制主义的胎记，同时也带有来自苏俄的影响。

（四）国民党成了一个不受限制的组织，可以凌驾于国家之上，肆意侵害民众权利，干预社会各个领域的独立性。

孙中山似乎一直不清楚党和国家的正常关系，因而总是把党和国家混为一谈，以党的意志代替国家的意志。孙中山在组党之初所设计的就是一党专制的非现代政治形态。直到去世前改组国民党，也仍然没有对党和国家有所区分。考察国民党的一系列文件，可以发现一种根深蒂固的“党即国家”的观念。党的会议决定的不仅是党内的事务，还是在不经任何授权的情况下商定国家大事，替国家立法。后来流行的“党国”一词是一个生动的写照。然而，“党国”虽不同于“帝国”，却已不是辛亥革命所换取的“民国”，也不是五四新文化运动所向往的现代国家。因为根据五四新文化运动的理念，现代政体必须承认政见的多元，尊重多数的选择而又保护少数的权利，任何政党都无权代表国家，更不能凌驾于国家之上。党国混淆，以党治国，国民党的“党国”之说，事实上把党变成了夺天下、坐天下的团伙。

在国民革命高潮中，国民党努力实现各个领域的“党化”。首先，公然取消司法独立，而推行所谓“党化司法”。在北京政府那里，虽然一再出现各种政治丑剧，但即使虚伪，也还有一个现代的形式，司法独立至少还是一个门面。在宋教仁案中，地方法庭传讯政府总理就是一个证明。在国民革命

---

①《鲁迅全集》第3卷，第485—488页。

②子任（毛泽东）：《上海民国日报反动的原因及国民党中央对该报的处置》，《政治周报》第3期。此处转引自袁伟时先生《告别中世纪的思想革命》。

高潮中，广州国民政府司法行政委员会主席却公然宣布："所谓以党治国，即以党为最高权之所在……故离党而独立之机关，绝对不容其存在也。"为此，司法制度"非根本改造不可，而根本改造，即非提倡党化的与革命化的司法不可"[①]。其次，公然破坏辛亥革命后已经初步形成的教育独立格局，而推行所谓"党化教育"。在"五四"时期，由于蔡元培等现代教育家的努力，教育独立的现代模式已经初具雏形。然而，广州国民政府成立之后，首先做的却是系统地推行"党化教育"，以党的意识形态干预正常的教育内容。戴季陶出掌中山大学之后，大声疾呼要"实施大学之党化"，宣称"吾党所持之原则在以党建国，则大学政治训育之必施党化主义，至无疑义"。不仅如此，他还要求"大学之一切学问的研究应造成科学的党化，一切科学之发展，皆能完全为革命的发展而存在"[②]。正是戴季陶的思想，开了通过学校教育灌输党派观念的先河。

三、国民革命的结果与新文化的困境

因为上述种种情况，1927年蒋介石在政治和军事上的胜利后果是复杂的。对于北伐的胜利，任何否定都可能有失偏颇，但是，从文化上看，一个事实却无法否认：它没有推进新文化的发展，而是直接和间接地带来了各种形式的旧文化复辟。北伐成功之后，中国出现的不是一个有利于新文化生长的环境。

一方面，新的政权及其建造的统治秩序没有给新文化提供一个发展的空间。北伐的成功使中国出现了统一的政权，但是，这个新政权在思想文化方面首先做出的努力不是扩大公民的自由权利，而是为巩固其在政治上的一党专政而努力加强意识形态方面的控制；不是努力巩固与现代民主制度相适应的新文化，而是努力弘扬与专制制度相适应的旧文化。

也许，1928年之后中国的传统文化回潮与蒋介石个人的思想基础有关。

---

①《民国日报》1926年9月20日。

②戴季陶：《中大的改进》，见黄仕忠编《老中大的故事》，江苏文艺出版社1998年，第5页。

无须详细考察就可以发现，蒋介石像孙中山一样，对新文化运动不感兴趣。作为一代领袖，他反复鼓动的是国民的自信心，竭力张扬的是爱国主义，希望看到的是全民族的统一和步调一致。作为曾国藩的真诚崇拜者，他信奉儒家传统，对理学有着浓厚的兴趣。因此，他一直埋怨五四新文化运动对中国传统文化没有给予足够的尊重，不赞成新文化运动领袖们的西化态度。他认为新文化运动所倡导的那一套不适应中国国情，对启蒙运动的后果深恶痛绝。因为他认为新文化运动导致青年背离传统道德、不愿遵从权威、只要个性而不要纪律。他曾这样说过："我们试看当时所谓新文化运动，究竟是指什么？就当时一般实际情形来观察，我们实在看不出它具体的内容。是不是提倡白话文就是新文化运动！是不是零星介绍一些西洋文艺就是新文化运动！是不是推翻礼教否定本国历史就是新文化运动！是不是打破一切纪律，扩张个人自由就是新文化运动！是不是盲目崇拜外国，毫无抉择地介绍和接受外来文化，就是新文化运动！如果是这样，那我们所要的新文化，实在是太幼稚、太便宜、而且是太危险了。"①由于这样一种认识，他无心推动新文化，却有志弘扬旧传统。

但是，更重要的原因大概还是统治的需要。在中国，只要想坚持和巩固专制统治，就必然要强调中国特色，弘扬文化传统。所以，在没有获得统治权的时候，一些政治家对五四新文化运动破坏偶像、反对权威、要求民主和自由的精神往往是能够容忍的，但在获得统治权力之后，就往往难以忍受了。这一切都不难理解，因为新文化精神对于专制和独裁是一种威胁，的确不利于中国式的政治秩序重建。所以，在20世纪的中国历史上，一切在骨子里与科学、民主、自由、人权等普世价值背道而驰的力量都对"五四"新文化抱有警惕，而且总是努力消解或改写它。国民党通过北伐获得统治权力之后，与新文化运动的矛盾日益加剧。主要原因就在于新的政权一心巩固自己的统治，而巩固统治的途径大都来自中国传统而很少取自西方现代政治经验。按照中国传统的做法，新政权开始致力于意识形态的统一，试图用三民主义统一人们的思想，用传统道德整合人们的精神，通过

①《哲学与教育对于青年的关系》，1941年7月发表的演讲，见周策纵《五四运动》，江苏人民出版社1996年，第474页。

努力弘扬传统而在爱国主义和民族传统的旗帜下实现思想和舆论的一致，而毫不顾及现代知识分子以科学、民主、自由和人权为核心的现代文化理想。

当然，国民党政权对知识分子是重视的，对教育部门给予了一系列优惠政策。比如，不再拖欠大学教师的薪水，并且使大学教授的实际收入随着币制的改革等一系列措施而得到了大幅度的提高。但是，伴随着物质生活待遇的提高，同时出现的却是自由权利的限制。虽然国民党没有把知识分子完全纳入体制枷锁，却试图通过政治思想工作而对知识分子的思想和言论进行限制，试图通过学校教育灌输党派的私货，使教育为一个党派的利益服务。

为了统治秩序的稳定，新政权在意识形态领域采取了一系列措施：(一) 开动宣传机器，拼命制造舆论，在全社会强化新的政治意识形态。党的宣传成为压倒一切的声音，成为不容置疑的东西。在党的控制之下，报纸失去了真实的新闻，没有了公正的批评，而大量存在的是根据需要而进行的宣传。（二）制造新的偶像，宣扬个人崇拜和对领袖的迷信。北京不能叫了，改为“北平”，孙文的名字很少用了，党员们口口声声“先总理”。口号满天飞，标语贴满墙，开大会，游行示威，20世纪的政治巫术开始流行。一方面是对民众的煽动和愚弄，一方面是把领袖造成偶像。而这一切正是“五四”一代人所努力破除的。（三）在学校实行党化教育，要求教师和学生学习“总理遗嘱”，做纪念周，以三民主义统一人们的思想。（四）弘扬民族文化传统，重振旧道德，甚至要重建所谓“黄金世界”。

这种文化控制的导向是在五四新文化运动基础上的大踏步后退，意味着五四新文化运动及其成果面临着严重危机！

另一方面，新政权的建立培养了新的反抗者，反抗者的努力同样不利于新文化的发展。在革命的高潮中，由于积极的宣传和鼓动，农民运动的烈火借着国民革命的东风熊熊燃烧起来。被发动起来的农民当然不满足于只为革命做牺牲而不获得回报。于是，在江西、湖南等地，穷苦农民进行了翻身的尝试：“一切从前为绅士们看不起的人，一切被绅士们打在泥沟里，在社会上没有了立足地位，没有了发言权的人，现在居然伸起头来了。……他们发号施令，指挥一切。他们站在一切人之上。”“土豪劣绅家里，一群人涌进去，杀猪出谷。土豪劣绅的小姐少奶奶的牙床上，也可以踏上去滚一滚。”[①]1927年横峰年关暴动的组织者方志敏也曾这样写道：“从前我们的头踏在他们的脚下；现在我们的脚也要踏在他们的头上；从前求他们让一角一分的利钱不肯，现在却驯服地捧出借字来作废；从前求他们让一升一合的租谷不肯，现在把他们占有的土地夺过来，烧契分田。从前他们管事，现在我们自己管理自己的事。”[②]

这对于信仰阶级斗争学说并致力于阶级翻身的人们来说当然一点都不可怕，但对国民革命的最高领导者来说，却是一个非常头疼的问题。贫穷的农民在革命中要求直接的利益。要保护其革命积极性就必须满足他们的利益要求。作为保守的方式，他们所做的只是抗拒沉重的田租和高利贷，逼迫地主减租减息；而作为激进的方式，却是直接没收地主的土地，甚至干脆把地主杀掉。在一些地方，贫苦农民对地主的打击得到了国民革命军的支持，在另一些地方，则没有得到支持。因为人们对农民运动的看法并不一致，有人为之大声叫好，有人则对此不以为然。特别值得注意的是，那些出身富裕家庭的军官们已经无法忍受自己家中财产被抢、亲人被杀的事实，党和军队的最高领导者也因此而不愿承认这种翻身运动的合法性。他们的态度正如毛泽东在《湖南农民运动考察报告》中所嘲弄的：“嘴里天天说‘唤起民众’，民众起来了又害怕得要死。”张国焘说：“所谓‘国民革命军，士兵多数是农民，军官多数是地主’这句当时在武汉流行的话，确是切合当时的实情。”正是这种“实情”，使得鲍罗廷也不得不主张约束工农运动的过激行动，并特别强调“农运和土地革命应不侵犯革命军人家属及其土地财产为前提”[③]。但是，正如张国焘所说：“如果将军人家属算在土豪劣绅以外，而且又采用广义的解释，则在湖南就根本没有土豪劣绅可以反对了。尤其重要的是有些军人家属已经被农协侵犯了，要想补救更为棘手。农协的负责人觉得如果一一翻案，农协将要垮台。”[④]矛盾的确难以解决。

①《毛泽东选集》，人民出版社1967年，第14—16页。

②《方志敏文集》，人民出版社1985年，第189页。

③张国焘：《我的回忆》第二册，现代史料编刊社1981年，第221页。

④同上书，第221—222页。

最后的结果众所周知，无论是乡村的农民运动还是城市的工人运动，都转眼间风平浪息了。手段是残酷的，工农运动的积极参与者付出了血的代价，发动者也受到了清洗。

然而，屠刀和鲜血必然培养着激烈的反抗者。历史没有理由要求从血泊中站起来的反抗者以平和的态度走向渐进的变革之路，而一旦走向暴力革命，就必然要更多地借助传统资源，并最大程度地迁就和迎合古老传统之下形成的国民性。翻身的强烈愿望必然像救亡的迫切任务一样，冲击着知识分子的启蒙使命，延缓着文化的现代化进程。以创造社和太阳社为代表的文学社团所做出的正是这样的选择。

正是在各方面构成的合力之下，中国新文学与新文化进入了一个风雨飘摇的时期。

20世纪中国文学民间化走向的反思

一方面，走向民间的倾向是总结20世纪中国文学经验和教训所无法回避的问题；另一方面，20世纪末的一些作家正再次走向民间和大众，一些理论家也为之欢呼，使民间化成为一种新的时髦。文学潮流的发生和发展必然有其现实的合理性，但现实的合理性却往往包含了历史的盲目性。文学史的研究应该为文学发展道路的选择提供参照，因此，当20世纪末文学昂首阔步向民间进军之时，就更有必要回顾一下20世纪文学走向民间的历程及其后果。

一

“五四”新文学运动是现代知识分子话语的一次辉煌胜利，但是，它一开始就为民间话语的生长留下了广阔的空间。无论是《文学改良刍议》《文学革命论》等纲领性文件中的理论主张，还是纷纷写人力车夫、工匠、学徒等下层劳动者生活的创作实践，都显示着新文学一开始就存在的对民间大众的热情。正因为这样，20年代初就有了“到民间去”的口号。但是，新文学的开拓者们倡导白话，力求作品通俗易懂，出发点是使新文学更容易为广大读者接受，而不是要求文学去迁就和适应大众。新文学运动致力于语言工具改良的全部目的在于现代性启蒙。新文学的开拓者不会为通俗之手段而牺牲启蒙之目的。周作人提倡平民文学，但他特别强调的却是“平民文学不是专做给平民看的，乃是研究平民生活——人的生活——的文学。他的目的，并非要想将人类的思想趣味，竭力按下，同平民一样，乃是想将平民的生活提高，得到适当的一个地位”[①]。在那股启蒙思潮还没有完全过去之时，人们还没有忘记“五四”高举科学民主大旗的启蒙主义方向。

然而，“五四”高潮过后，由于思想资源的复杂化和社会改革现实的影响，一些年轻的知识分子在热心于社会运动的同时在文坛寻求新的超越，开始向民间和大众靠拢。转变的开始是一些本来一心一意表现自我而很少关注社会现实的作家开始表现社会生活。郭沫若在1924年到宜兴进行了一次社会调查后写了《水平线下》等反映农民生活的作品，宣布以后要把头埋到水平线下，多领略受难的人生。这不过意味着由为艺术而艺术转向为人生，由浪漫主义转向现实主义，而现实主义正是“五四”新文学的主流，为人生也正是新文学开拓者们早就那么做的。然而，伴随着郭沫若等这种转变的却是他们对自己在“五四”高潮中粗略接受的现代观念的清算，和对“五四”新文学的再革命。创造社对新文学进行再革命的愿望可谓由来已久，当他们刚刚回国的时候，就曾经进行过发动，从郭沫若《我们的文学新运动》等文章可以看到他们进行超越的意图。然而，由于缺少新的理论支撑，这个愿望没有能够实现。到了“革命文学”运动，他们依靠的不再是自我表现和个性的张扬，而是走向民间大众，走向革命。1926年，穿上国民革命军军装的郭沫若发出了新的呼唤：“青年！青年！我们现在处的环境是这样，处的时代是这样；你不为文学家则已，你们既要矢志为文学家，那你们赶快要把神经的弦索扣紧起来，赶快把时代的精神提着。我希望你们成为一个革命的文学家，不希望你们成为一个时代的落伍者。这也并不是在替你们打算，这是在替我们全体的民众打算。彻底的个人的自由，在现在的制度之下也是求不到的；……你们要把自己的生活坚实起来，你们要把文艺的主潮认定！你们应该到兵间去，民间去，工厂间去，革命的漩涡中去！”[②]接着，创造社和太阳社的成员们纷纷发表文章，认定个人主义的文艺早已过去，继之而起的将是民众的文艺。“旧式的作家因为受了旧思想的支配，成为个人主义者，因之

---

①周作人：《平民文学》，《中国新文学大系·建设理论集》，上海良友图书公司1935年，第211—212页。

②郭沫若：《革命与文学》，《创造月刊》1926年4月。

他们写出来的作品，也就充分地表现出个人主义的倾向。他们以个人为创造的中心，以个人生活为描写的目标，而忽视了群众的生活，他们心目中只知道有英雄，而不知道有群众，只知道有个人，而不知道有集体。”他们明确地提出：“革命文学应当是反个人主义的文学，它的主人翁应是群众，而不是个人，它的倾向应当是集体主义，而不是个人主义。”[①]他们要“以农工大众作我们的对象”，“努力获得阶级意识”，并且在语言上“接近农工大众的用语”[②]。作为“五四”文坛上颇有影响的社团，创造社和后起的太阳社一起，最先表现了走向民间话语的倾向。

到了30年代，新文学进一步向民间和大众倾斜。大众文艺运动的民间走向有目共睹，无须多谈。需要注意的是，左翼文艺运动和民族主义文艺运动虽然尖锐对立，却同时对文学发出了走向民间和大众的传唤。在30年代初期中国文坛上的几大流派和他们进行的文学运动中，左翼文艺运动更多地代表着民间大众话语，民族主义文艺运动更多地代表着国家权力话语，然而，尖锐对立的两大阵营都一样拒绝继承“五四”新文学的传统，一样要求文学走向民间大众。原因很简单，因为他们都要获得大众，都要争取广大读者。这就形成一种合力，使更多的作家走向民间，向大众靠拢，加快了文学民间化的进程。抗日战争爆发之后，由于战争的需要，文学迅速集中到民族救亡的旗帜之下。从某种意义上说，抗战文学的兴起意味着民族主义文学的胜利（抗战前夕左联的解散是一个象征），意味着国家权力话语的胜利（爱国的思想和行为总是国家权力最希望的），但是，从另一方面看，却也是民间话语的胜利。在20世纪的中国，民族化必然意味着大众化，大众化必然导致民族化，两者高度统一，只有现代化与之矛盾重重难以合流。其实，左翼文艺运动与民族主义文艺运动之间，对立的只是政治意识，而文化观念和文化立场都相差无几，文学观以及对文学的要求也极为相同。何况，现实的需要是：既然一切服从抗战动员和宣传的需要，文学就不能不迁就和适应大众的要求。文学的民间化不仅表现在快板诗、枪杆诗、街头剧的大量涌现，而且表现在理论上的民族形式讨论。民间旧形式的利用是这个时期文学走向

①蒋光慈：《关于革命文学》，《当代中国文艺论集》，上海乐华图书公司1933年。

②成仿吾：《从文学革命到革命文学》，《创造月刊》1928年2月。

民间的更有力的证明。它同时完成着文学的大众化和民族化。然后是在陕甘宁边区首先确立而在40年代末推向全国的文学大众化方向：“秧歌扭到天安门，全国上演《白毛女》”，陕北民歌响彻中国大陆。50年代文学是民间话语与新的国家权力话语的结合，它以民间的形式承载着刚刚从民间转化而来的国家权力话语。1958年的“大跃进”民歌运动毫无疑问是对当代文学规范的一种巩固，因为在“双百方针”提出的背景上，曾经有人试图脱离这个方向，而且破坏了刚刚建立的规范。从“革命文学”到“‘文革’文学”，这是一个不可分割的完整过程，而与这个过程相伴的就是民间化的过程。

我们需要思考的是：这个长达半个世纪的民间化过程究竟给文学带来了什么？

二

在文学走向民间、走向大众的过程中，首先显示的就是否定“五四”新文学，排斥西方文化、复归民族传统。

最先向着民间大众“开步走”的创造社和太阳社以最激进的面貌批判和否定“五四”，改造旧社会的迫切之情是可以理解的，但是，为了寻找改造旧社会的力量而建立的对群众的认识，却使他们陷入了一种貌新而实旧的境地。他们的批判和否定是激烈的，但显而易见，他们反对的所谓“旧式的作家”，正是以鲁迅为代表的“五四”新文学运动的先驱。他们所反对的所谓“旧思想”正是五四新文化运动中出现的新思想。他们热烈赞美并且用以反对和否定个人主义的所谓新思想，也不全是新从国外引进的新思想，而往往正是在五四新文化运动中受到冲击的中国几千年专制社会所形成的群体意识。他们以为发现了新大陆，却没有认识到那仍然是一片旧泥潭。这些激情满怀却缺乏深刻的年轻人自以为找到了新的价值而超越了“五四”新文化精神，却没有意识到这种超越恰恰是在传统力量的作用下不由自主地扮演起来的。他们以最激进的面貌出现，承载的却是传统的惯性。对中国文化传统缺乏认识，加之超越和否定的浮薄激情，使他们以最激进的姿态站到了旧文化的一边，以求新的意志帮助了旧文化的回归。

冯乃超对鲁迅的批判紧紧抓住的是人道主义。他对鲁迅“愚弱的国民”

和"改变我们的精神"等启蒙话语大不以为然①。成仿吾认为鲁迅的《"醉眼"中的朦胧》一文"暴露了知识阶级的厚颜，暴露了人道主义的丑恶"②。钱杏邨严厉批判鲁迅的"小资产阶级的恶习性"之后指出："鲁迅所以陷于这样的状态之中，我们也可以说完全是所谓自由思想害了他，自由思想的结果只有矛盾，自由思想的结果只有徘徊，所谓自由思想在这个世界上只是一个骗人的名词，鲁迅便是被骗的一个。"③他们以为完成了一种超越，所以大胆地指责这一切，却没有意识到这正是新文化精髓之所在。这种批判没有使他们进入更为先进的行列，而是暴露了他们思想的简单、心理的浮躁和观念中陈旧传统的积淀在动荡的时代中发挥的作用。

"五四"已经成为中国现代和传统的界标。这个界标不是时间意义上的，而是价值意义上的。20世纪中国发生的对"五四"的一次次否定，无论以多么激进的面貌出现，其实质都是旧的而不是新的。直到20世纪末的90年代，"五四"还没有经受过一次真正的新思想的挑战。每一次对"五四"的否定，都意味着对传统的回归。即使今天那些以后现代主义行头装束起来的否定者，也无须仔细查看，就会发现那新衣之下所隐藏的腐朽。

如果说在创造社和太阳社走向民间和大众的时候复旧的表现还不明显的话，在大众文艺运动和关于民族形式的讨论中，以小农意识和狭隘的民族主义思想排斥西方现代文化的倾向就非常明显了。对"五四"的否定就其本质而言就是对西方现代性对中国传统的否定之否定。对知识分子的否定也是通过对其载体的否定而否定以个人主义为核心的现代文化。向大众认同也就是向中国古老的传统认同。因为在中国现代史上，"五四"—现代—西方—知识分子是一体化的。对这个整体的任何一个部分的态度都意味着对这个整体的态度，显示着在东与西、传统与现代之间的选择。文学的民间化运动明显地表现出一种复旧和排外的倾向。这种复旧和排外的倾向与尊孔读经不同，但在本质上并无多大差异。如果说有什么差异的话，儒家经典的确比民间文化精致和含蓄，孔子孟子也不像梁山好汉们那样赤裸裸。

---

①冯乃超：《人道主义者怎样地防卫着自己?》，《文化批判》1928年4月。

②成仿吾：《毕竟是"醉眼陶然"罢了》，《创造月刊》1928年5月。

③钱杏邨：《死去了的阿Q时代》，《太阳月刊》1928年3月。

无论是大众文艺的讨论还是民族形式的讨论，都一样首先反对欧化，通过对“民族形式”“民间形式”的强调而排斥对西方文学的学习，并客观上实现着对传统形式和内容的回归。无论从哪个方面看，瞿秋白都不是守旧派或国粹派，然而，这个最激进的理论家在《大众文艺的问题》中强调语言形式问题时却明确指出“革命的大众文艺必须开始利用旧的形式的优点”，并且号召改作《新岳传》《新水浒》，试图以此抵制知识分子以欧化的文学教育群众。大众文艺运动的一个突出特点就是反对欧化。尽管瞿秋白等人有时也在理论上表示不一般地反对欧化，但批判的锋芒所向却往往是“五四”新文学的“欧化倾向”。他们认为“五四”新文学运动“产生了一种新式的欧化的‘文艺上的贵族主义’：完全不顾群众的，完全脱离群众的，甚至于是故意反对群众的欧化文艺，——在言语文字方面造成了一种半文言（“五四”式的假白话），在体裁方面尽在追求着怪僻的摩登主义，在题材方面大半只在知识分子的‘心灵’里兜圈子”[①]。所以，文艺大众化的中心任务之一就是“继续在知识青年小资产阶级群众之中进行反对一切反动的欧化文艺的斗争”[②]。这种反对欧化的倾向在后来的民族形式讨论中得到了更进一步的发展，陈伯达在《关于文艺的民族形式杂记》中说：“关于民族传统，在文艺上所接受的，不是限于旧形式；凡是中国民族战斗史绩及其精神，中国人的一切固有美德，中国历史上大人物对于民族和社会的一切立德、立言、立功，为中国人所服膺不忘的，都应以之充实文艺的内容。”向林冰等人从狭隘的民族主义与小农意识出发，指责“五四”以来的新文学非大众化、非民族化，而对封建社会产生的民间旧形式大加礼赞，把它看作民族形式的“中心源泉”。中国现代悲剧性的文学历史证明，当时能够认识到这种复辟性质的只有胡风。当否定或歪曲“五四”传统而强调继承民间传统成为一种时髦之际，他坚决捍卫“五四”文学传统，反对那种认为“五四”新文艺“割断了历史的优秀传统，割断了人民大众的联系”的论点，反对“民间文艺为中国文学的正宗”的论调。他反复地批判向林冰等人“新质发生于旧质的胎

①瞿秋白：《欧化文艺》，《瞿秋白文集》（二），人民文学出版社1953年，第880、881页。

②瞿秋白：《大众文艺的问题》，《文学月报》1932年创刊号。

内”的理论，因为他看到了“五四”新文艺在实践和理论上“不但和古文相对立，而且也和民间文艺相对立”[①]。在这一点上，也许胡风没有表述清楚，但他已触及一个根本性的认识问题，即民间文艺与“五四”反对的旧文艺在意识形态的性质上并没有什么质的不同。列宁一个民族两种文化的论断可以帮助人们认识民间文化和统治阶级文化的不同，但在同一文化传统中，统治阶级与被统治阶级之间，价值观念和文化心理却往往是相同的。胡风以自己的文学生命为代价所捍卫的正是“五四”新文学运动的方向，但在强大的浪潮面前，却终归失败。

三

走向民间的另一个结果是放弃启蒙，迎合大众。它导致知识分子主体地位的失落，导致中国文学现代性的失落。“五四”新文学运动最有价值的历史贡献之一就是启蒙主义文学方向的确立。先驱们从人本立场出发，致力于国民性的批判与人的解放。他们揭露社会黑暗，关心大众疾苦，但决不在思想意识上迁就大众，决不因为同情而无视大众的弱点，决不为获得大众的拥护而赞美大众的脓疮。当新文学一步步走向民间的时候，这种启蒙精神不能不首先面临威胁，而且一步步被消解。

“革命文学”兴起之际，倡导者们就高呼要“克服自己的小资产阶级的根性，把你的背对向那将被‘奥伏赫变’的阶级，开步走，向那龌龊的工农大众”[②]。这可以说是知识分子改造的先声。在大众化的讨论中，倡导者高声呼唤文艺“向着大众飞跃”。他们认为革命的先锋队不应该离开群众的队伍，而自己单独去成就什么“英雄的高尚的事业”。“什么只应该提高群众的程度来欣赏艺术，而不应当降低艺术的程度去迁就群众，——这一类话是‘大文学家’的妄自尊大！”[③]在讨论中，也并不是没有清醒者，包括普罗文学队伍内部也有比较清醒的人们。可是，这些比较清醒的人们往往一发表意

①胡风：《论民族形式问题》，《胡风评论集》（中），人民文学出版社1984年，第232页。

②成仿吾：《从文学革命到革命文学》，《创造月刊》1928年2月。

③瞿秋白：《大众文艺的问题》，《文学月报》1932年创刊号。

见就受到激烈的批评。郑伯奇曾经提出文艺大众化的第一重困难在于大众自己，因为他们还缺乏接受文艺作品的基本条件。这一见解刚刚提出，瞿秋白就严厉地指责作者和他代表的知识分子“还没有决心走进工人阶级的队伍，还自己以为是大众的教师，而根本不肯向大众去学习”，“企图站在大众之上去教训大众”，并且指出“这篇文章充分地表现着知识分子脱离群众的态度，蔑视群众的态度。这种病根必须完全铲除”。[①]

本来肩负着启蒙使命的知识分子，从这时开始，已经不能理直气壮地“站在大众头上教训大众”。他们开始被引导去向大众学习，去迁就和迎合大众的思想感情和审美心理。五四运动刚刚过去不过十年时间，觉醒的知识分子就已经开始放弃自己的话语权，放弃自己的历史主体地位，向工农大众认同。它意味着“五四”新文学启蒙精神的丧失，意味着新文化运动开始发生逆转。这是中国现代历史上一个深刻的悲剧。我不愿指责这些年轻作家的浅薄，无论怎么说，他们密切关注政治革命并且投身于这种革命，要求自己的一切都服从于这种革命，这一切都无可指责。由于革命的热望，他们不再满足于暴露社会的黑暗和罪恶，不再满足于功效缓慢的启蒙运动，急切地渴望新势力的壮大和发展，因而急于燃起希望之光和革命之火，也是可以理解的。那么，这新的力量在哪里？他们认为“一切被压迫群众不但是反抗统治阶级的力量，而且是创造新社会的主人”[②]。的确，在中国，如果要寻找革命的力量，除此之外别无选择。所以，当他们寻找革命力量时，便不自觉地陷入了一种工农崇拜。而这种崇拜又使他们陷入了一种貌新实旧、貌似激进实则保守的境地。

他们的迫切之情和对大众的崇拜使他们不愿承认大众的落后性，结果却使他们自己最后也落入了自己挖下的陷阱。

此后的岁月里，文艺全面民间化，工农崇拜走向了新的顶峰。与工农崇拜结伴而行的，是知识分子的思想改造。改造的核心就是克服小资产阶级个人主义的思想感情，说到底也就是克服五四新文化在中国知识分子身上留下

---

①瞿秋白：《“我们”是谁?》，《瞿秋白文集》（二），人民文学出版社1953年，第875、878页。

②蒋光慈：《关于革命文学》，《当代中国文艺论集》，上海乐华图书公司1933年。

的痕迹。而改造的目标，就是向工农大众认同，求得与工农大众在思想感情上的一致。用《在延安文艺座谈会上的讲话》的语言说，就是“我们知识分子出身的文艺工作者，要使自己的作品为群众所欢迎，就得把自己的思想感情来一个变化，来一番改造”。用我们直到今天仍然流行的解释，就是“变得跟广大群众一致；适合广大群众需要”。[①]因此，文艺的大众化不仅意味着文艺工作者自身价值的丧失，而且意味着工农本位的价值取向和知识分子的思想改造，意味着知识分子与工农大众之间的教育关系的倒错。“五四”高潮过后二十年，由对大众启蒙到向大众认同，这个逆转终于完成。

令人难以理解的是，同样作为革命队伍的一员，人们对工农是那样热情地歌颂，对知识分子却总是那样无情地贬斥？对工农是那样崇拜，对知识分子则视作异类！对工农是那样信任，而对知识分子却总是不放心。当知识分子努力改造自己与工农大众一道前进的时候，为什么作为知识分子的作家自己也要那样怀疑自己？为什么杰出的头脑会想出这样的价值尺度：“革命的或不革命的或反革命的知识分子的最后分界，看其是否愿意并且实行和工农民众相结合。他们的最后分界仅仅在这一点，而不在乎口讲什么三民主义或马克思主义。”[②]为什么一定要让知识分子去迁就工农大众？而不是相反或者相互迁就和适应？我无法相信毛泽东这样杰出的人物会认识不到它的荒谬，因为他并不是不懂得重要的问题是教育农民。那么，唯一能够解释的就是当时的斗争所面临的迫切任务。他毕竟是一个急于推翻旧统治的政治家而不是启蒙思想家。从一个政治家实用的角度出发，这是一种必然的选择。既然文艺是政治斗争的工具，它最为重要的作用就是提高工农大众的斗争热情和胜利信心。那么，抨击蒙昧，张扬个性，强调权利，呼唤人道，这种启蒙精神也许不仅多余，而且有害。相反，传统文化无论多么腐朽，只要能够鼓舞起斗争热情和胜利信心，只要能使人服从命令听指挥，就是有用的。调动传统

---

①《现代汉语词典》，商务印书馆1996年，第200页。这是直到今天我们出版的词典中仍然保持的解释。“大众化”辞条之下的全部解释就是：“变得跟广大群众一致；适合广大群众需要。”根据这个解释来理解和判断大众化，更可以看出它与“五四”新文学精神背道而驰的性质。

②《毛泽东选集》合订本，人民出版社1967年，第523—524页。

农民积极性的有效工具当然出自传统。旧事物就是这样相互巩固着。

革命作家和革命领袖之所以都做出这样的选择，是中国革命的主要依靠力量所决定的。在革命的整个过程中，工农大众毫无疑问是革命的依靠力量。虽然革命的发起者和直接领导者事实上多是知识分子，但清醒的革命家都正确地认识到了革命所必须依靠的是工农大众。没有工农大众的参加，就没有革命的胜利。与工农相比，知识分子在革命队伍中的地位的确太不重要了。这一点就是知识分子自己也能认识到。在浩浩荡荡的革命队伍里，知识分子的面容是苍白的，他们不再是叱咤风云的先驱，不再是民族命运所系的文化斗士，“五四”时代的风采已经成为遥远的过去，眼下的情况是由于体弱而不太合格，由于思考而走不好步伐。他们的主体意识使他们常常不能成为一颗好的螺丝钉。他们的思想能力，他们的个性意识，他们的清醒与敏感，在革命队伍里都显得有点不合时宜。

同时，我们应该承认，知识分子和工农大众之间存在着种种差别和矛盾。所以革命队伍内部就存在一个调节工农大众和知识分子之间关系的问题。革命由城市转向农村之后，工农的重要性明显地显示了出来。为保护工农大众的革命热情，在指导思想上就必然要更多地抑制知识分子而迁就大众，而不必考虑矛盾和冲突的性质和是非。这是革命的功利主义，也是一种必然的选择。因为武装革命是那么迫切，改变国民的落后性以适应知识分子是不可能的，所以只有迎合大众而抑制知识分子。在当时的情况下，在革命队伍内部进行鲁迅所致力的改造国民性的工程是不可想象的。为了革命，中国知识分子付出了惨重的牺牲，中国历史也付出了惨重的牺牲。作为古老文化载体的工农大众如海涛般吞没了作为现代文化载体的知识分子。回顾现代知识分子的命运，我总有几分悲哀，他们如夹缝中的弱草，感受到了阳光的召唤，艰难地生长出来而肩负起了民族新生的使命。但是，历史却注定要让他们忍辱负重。没有阳光，没有水，他们既承担着帝国主义蹂躏下的民族伤痛（在这一点上，他们的感受要比工农深刻得多），又承担着专制传统的各种打击，既为专制统治所不容，又为工农大众所拒绝，在民族的危难之秋，他们觉醒得不合时宜，在现实面前，他们付出了沉重的代价，中国的文化革命和民族的发展历史也付出了沉重的代价。我不愿为此而指责任何人，因为无论谁领导中国革命，只要他充分认识了中国的国情，同时又急于推翻旧的统治，就必然要做出这样的选择。这就是沉重的历史。

四

民间化和大众化的又一结果是带来了文学艺术水平的降低。从“革命文学”到“‘文革’文学”，一直存在着公式化、概念化、标语口号化的问题。不是人们不愿意克服这些弊端，而是没有能力克服这些弊端。因为在知识分子主体失落的情况下，创作中概念化、公式化、标语口号化的问题是无法解决的。文学创作需要自我生命的融入，需要真情实感，然而，民间化大众化却要求作家获得大众的意识，放弃真实的自我而扮演民间大众，这就出现了“真实的自我”和“佯装的自我”的矛盾，出现了“真实主体”与“模拟主体”的矛盾。

从20年代末开始，很多知识分子就非常自觉地代大众立言，而且很积极地走向民间，走向大众。他们对知识分子的独立地位和自由的思想，对“五四”精神和启蒙主义，对西方文化和现代化，已经没有多少留恋。为了大众的解放，他们心甘情愿地放弃自己的立场而努力获得大众的思想感情。他们自身毕竟不是工农大众的一员，要代大众立言并非一件容易事。创造社和太阳社的努力显然是不成功的。他们虽然高喊着要做工农大众的留声机，但当留声机也并不容易。对此，鲁迅在《路》中曾经讽刺说：“上海的文界今年是恭迎无产阶级文学使者，沸沸扬扬，说是要来了。问问黄包车夫，车夫说并未派遣。这车夫的本阶级意识形态不行，早被别阶级弄歪曲了罢。另外有人把握着，但不一定是工人。于是只好在大屋子里寻，在客店里寻，在洋人家里寻，在书铺子里寻，在咖啡馆里寻……”从洋人家里也好，从咖啡馆里也好，当然寻不出真正的无产阶级意识。鲁迅讽刺的是他们无法真正代表无产者这一事实。因为鲁迅一直相信从血管里流出的是血而从水管里流出的是水。创造社的人们血管里流的并不是无产阶级的血，但这并不影响他们表现所谓“无产阶级意识”的努力。工农大众的代言人往往本人并不是工农大众，真正的工人却往往被判定并不具有无产阶级意识，这是一个值得注意的现象。20世纪文学中真正的民间大众话语是极为少见的，因为劳动大众还没有能力在文坛上建立自己的话语空间。所谓民间大众话语大都还是一些知识分子走向民间、走向大众而代其表达的。

他们要很好地表现大众的声音，就必须深入生活，去努力体会大众的思想和感情，甚至要学习他们的语言。这就需要改造。从大众文艺运动开始，反复强调的就是这一点。且不说这种改造是否正确，也不说知识分子愿意不愿意把自己改造成真正与大众在思想感情和生活方式上都一致的人，即使他真正愿意改造，要改造好也决非易事。由于改造的艰难性，创作中就出现了两个自我：一个是知识分子真实的自我，一个是根据体验而获得的代表大众的自我。真实的自我非常顽强，它往往在这一时刻压抑了自己的声音，在另一时刻又会顽强地冒出来。丁玲的创作是一个突出的例子。她的《莎菲女士的日记》显然表现着一种强烈的个性解放的要求，表现着作者的思想和心理。参加左联后，丁玲写出了表现群体生活的《水》，因此受到左联的赞扬，冯雪峰特意写了一篇《关于新的小说的诞生》，赞美她从自我小天地走向了社会，从个人主义走向了工农大众的革命道路。然而，大家都知道，作者自己也未必不清楚，《水》这样的作品无法与《莎菲女士的日记》相比。丁玲一生在这条路上走得曲折而疲惫。作为一个追求革命的青年作家，丁玲到达延安的感觉是到了家的感觉，由此也可以证明在政治上丁玲与延安并不存在什么矛盾。但是，丁玲在到家之后的放松里，写的却是《我在霞村的时候》《在医院中》这样的带有强烈的个性主义色彩和启蒙主义精神的作品。为此，丁玲只有再次虚心地向人民大众学习，彻底地克服自己的知识分子立场和观点，使自己完全地进入正在准备成为国家权威话语的民间话语。

在30年代到40年代的文坛上，出身于工农大众的作家极为少见，于是也就无法回避这种矛盾的普遍性。作家大都是受过现代教育的知识分子，他们有的是知识分子的思想感情，知识分子的对于社会和人生的看法，知识分子的思维方式和情感表达方式，这一切构成了知识分子真实的自我。然而，这自我失掉了表现的合法性，他们需要表现的是工农大众的思想感情、价值观念、思维方式和情感形式等。他们常常像丁玲那样表达不成功，那就需要反复改造。的确，重要的不是他们对工农生活是否了解，而是像毛泽东所注意到的一样，是思想感情问题，是立场问题。所以，他们需要的就不仅仅是深入生活，而是改造思想。深入生活的意义不仅是获得素材，而是在深入生活中改造思想，获得思想、感情、态度和立场。从大众文艺运动到“文革”

时期，作家们都在进行这方面的努力。然而，我们可以看到，成功的经验不多，而失败的教训却比比皆是。真实的自我与佯装的自我总在较量，然而，一旦真实的自我完全被遮掩之后，作品就会变成公式化、概念化、标语口号化的说教，而真实的自我出现之时，作品就会放射出艺术的光彩。左联的创作是一个突出的例子。那些到今天仍然没有被完全忘记的作品，往往不是他们理论上所倡导的，而是恰恰相反，是那些知识分子话语精髓仍在的作品。柔石的《二月》，殷夫的诗，之所以有艺术魅力不是因为它的民间化，不是因为它彻底放弃了知识分子的自我，而是因为它还鲜明地打着作家真实自我的印记，不是因为他们获得了大众的思想感情和价值观念，而是因为表现了他们自己真实的思想情感，融入了作家的生命自我。

对于从40年代到70年代的中国作家来说，还有一层无法回避的矛盾。知识分子作家即使深入生活，完全体会到工农大众的思想和感情，充分担负起代言人的职责，成功地完成对模拟主体的模拟；或者作家自身就是工农兵，表现的就是自己真实的思想和感情，仍然是不够的。工农作家的作品被认为表现了小资产阶级思想感情而没有表现无产阶级思想感情的批评在当代文学史上并不罕见。知识分子的真诚代言更常常被指责为别有用心。很多作品之所以受批判，不是因为作家没有深入生活和获得大众的思想感情，而是恰恰因为深刻地表现了生活中具体的真实。这种情况反映着知识分子话语与民间话语及国家权力话语的复杂关系，但是，同时也说明，大众话语的确是一个很难把握的存在。它有具体的存在和抽象的存在两种形态。我们当然可以指责国家权力话语以自己的声音代替大众而扼杀真正的大众的声音。然而，由于大众的广大性，它事实上存在一种无法把握的虚幻性。一个作家在深入生活中把握了一个工人的思想感情或者一群工人的思想感情，我们仍然无法严格地实证它是否是大众的思想感情。因此，面对大众思想感情的权威代表，任何反驳都往往是无力的。正如面对非全民选举而表达的所谓民意。在这种情况下，就只有服从权威，听命于神谕。这就导致了创作主体的多重分裂，产生了在半个多世纪的文学中日益严重的一个现象："真实主体""模拟主体"和"权威主体"的矛盾。在这种矛盾中当然产生不了血肉丰满并且情真意切的作品。

当然，个人的话语与大众或者权威话语的关系并不是完全排斥的。当代文学创作给我们提供的一个经验是：文学创作成功于隐形主体与表象主体的重合之处。它的成功取决于那个隐形的真实主体的暴露。取决于那个真实自我与佯装自我的重合。然而，这却是夹缝之中比例极小的成功经验。它从反面告诉我们，文学的生命在于真实的自我，作家无论自愿还是被迫，放弃自己的生活而去体验别人的生活，放弃自己的立场而去获得别人的立场，放弃自己的话语而去操作其他的任何话语，都难以获得真正成功。它带给文学的都将是损失。

文化冲突与人格冲突

——《鲁迅和他的论敌》札记之一

在中国，做人是一门学问，但这学问的真谛也不外乎中庸之道。鲁迅对中国人看得很透，自然懂得那些小把戏。然而，他深知在中国做人的规则却不遵循它，总是与人过不去，论争一场又一场，因此获得“好斗”的恶谥(抑或美誉?)。

多少年来，总想系统清理一下鲁迅与他的论敌的是是非非，却苦于原始资料的欠缺。感谢学界同仁的努力，终于有了《被亵渎的鲁迅》《一个也不饶恕》《鲁迅和他的论敌文选》等资料集，使我不必再去图书馆翻阅陈年报刊，一卷在手，就能考察当年的论战。

在此首先考察的是鲁迅与“革命文学”论者的论争。

众所周知，鲁迅对创造社一直没有好感。但论争却决不仅仅因为个人情感的好恶。虽然一些创造社成员穿着高统军靴在广州的大街上昂首阔步的姿态令鲁迅心中不快，但在他们受到压迫时，鲁迅的同情却是明显的。鲁迅与创造社、太阳社的矛盾不是一般意义上的理论冲突和派系之争，而是20世纪中国文化冲突在20年代末的特殊背景上的一种特殊表现，它与中国文化的发展方向有关，与20世纪中国现代化的进程有关。不过，这种文化冲突的性质却是半个多世纪以来一直被掩盖了的。在20世纪即将结束的时候，我们的确有必要拂去那些掩盖着矛盾实质的灰尘。

一

有必要看一看那场论争的文化背景。

1928年，中国大地上最重要的事件就是蒋介石在政治上和军事上的胜利。然而，这个结果没有给中国带来新文化，而是直接和间接地带来了旧文化的复辟。这大概与胜利的政治家们对“五四”新文化的态度有关。事实上，孙中山对“五四”的态度就是矛盾的，他看重新文化运动的社会影响力，但决不赞同新文化运动的根本精神，更不赞同以人的解放为目标的思想启蒙运动。革命党人对新文化运动的态度一直非常矛盾，在未拥有统治权的时候，革命党人对五四新文化运动的破坏偶像、反对权威等是能够容忍的。然而，当通过北伐战争获得统治权之后，作为新的国家权威力量，却对新文化日益不满。这一切都不难理解，因为新文化从个体生命的角度反传统，反权威，破坏偶像，都对中国式的政治秩序的重整产生消极的影响，甚至是致命的威胁。因此，冲突是不可避免的：新文化运动竭力批判旧道德，全面批判传统文化，而国民党在取得社会的统治权之后却要努力弘扬文化传统，重建中国本来那个“由美德筑成的黄金世界”。因此，就当时的整个文化发展趋势而言，出现的是一种传统文化的回潮。

这股文化潮流首先要努力抵制的是新文化运动所传播的以科学、民主和人权为核心的西方文化观念，为此，就必然要否定“五四”新文化，而在“五四”新文化中首先要否定的就是威胁权威破坏偶像的启蒙主义、不愿老老实实做奴隶的个人主义和总是使屠杀者很不舒服的人道主义。

看看从革命高潮到胜利之后文坛的一系列言论吧——

郭沫若：

“彻底的个人的自由，在现代的制度之下也是求不到的，你们不要以为多饮得两杯酒便是什么浪漫的精神，多诌得几句歪诗便是什么天才的作者。你们要把自己的生活坚实起来，你们要把文艺的主潮认定！你们应该到兵间去，民间去，工厂间去，革命的漩涡中去，你们要晓得我们所要求的文学是表同情于无产阶级的社会主义的写实主义的文学，我们的要求已经和世界的要求是一致，他们昭告着我们，我们努力着向前猛进！”①

“个人主义的文艺老早过去了，然而最丑猥的个人主义者，最丑猥的个人主义者的呻吟，依然还是在文艺市场上跋扈。”几年前，他们还是为艺术而艺术主义者，还是中国文坛最典型的颓废派，现在却开始强调文艺的宣传作用，向青年发出了新的号召：“当一个留声机器——这是文艺青年们的最好的信条。”②

蒋光慈：

“旧式的作家因为受了旧思想的支配，成为个人主义者，因之他们所写出来的作品，也就充分地表现出个人主义的倾向。他们以个人为创造的中心，以个人生活为描写的目标，而忽视了群众的生活，他们心目中只知道有英雄，而不知道有群众，只知道有个人，而不知道有集体。……但是现代革命的潮流，很显然地指示了我们，就是群众已登上了政治舞台，集体的生活已将个人的生活送到不重要的地位了。……革命文学应当是反个人主义的文学，它的主人翁应当是群众，而不是个人；它的倾向应当是集体主义，而不是个人主义。”③

《民族主义文艺运动宣言》：

“现今我们中国文坛艺坛的当前的危机是对于文艺缺乏中心意识。那么，我们要突破这个危机，并促进我们的文艺的开展，势必在形成一个对于文艺的中心意识。从历史的教训，我们须集中我们此后的努力于民族主义的文学与艺术的创造。我们此后的文艺活动，应以我们的唤起民族意识为中心；同时，为促进我们民族的繁荣，我们须促进我们民族的向上发展的意志，创造民族的新生命。我们现在所负的，正是建立我们的民族主义文学与艺术重要伟大的使命。”④

《〈初阳旬刊〉发刊辞》：

“‘五四’时代的思想，是自己从新来创造一切，旧的一切从新来估值。

①郭沫若：《革命与文学》，《创造月刊》1926年4月。

②郭沫若：《英雄树》，《创造月刊》1928年1月。

③蒋光慈：《关于革命文学》，《太阳月刊》1928年第2期。

④《民族主义文艺运动宣言》，1930年6月29日、7月6日《前锋周报》第2、3期。

概括地说，是推翻封建社会宗法社会的羁绊，而发现了‘人’，发现了‘自我’；‘我’是‘人’，‘人’不是封建主子和宗法家庭的奴隶。它的法宝，一个是‘民治’，一个是‘科学’。它不工作，一方是旧思想的评价，一方是新思想的介绍。束缚个人的封建隶属的关系摧毁了，但只有个个独立的人，而没有发现积人而成的民族社会，所以发生个人主义的思想，与个人主义的文学。而在新的创造方面，思想的法式是只谈问题，不谈主义，各依个人所感受到的问题，以自己的臆断来解决社会，表现自我。……归结来说一句，是个人主义的文学对封建文学的革命。封建文学原应淘汰，但梦幻的表现自我的个人主义的文学，又何尝能适应民族生存与生活改善的企求?”①

三民主义文艺理论家金平欧：

“文艺不是无目标，改进人生就是她的目标，而在此目标下的文艺作品，不应只是呼号个人的痛苦，应该代表群众来呼号。本来社会现象是太矛盾了。其给予人们的痛苦是太难受了。然而这决不是某一个人所独受，只有集合全体的人们共同走上新的生活之途径，个人才有出路。如果仅是个人内心生活的描写，个性发达的表现。结果会种下个人主义的流毒，而且违反了文艺的目标。”②

按照传统的派别划分，这其中，有左翼文坛的声音，也有右翼文坛的声音，有代表反抗者而发出的声音，也有代表统治者发出的声音。如果认真考察，我们还可以看到，在文化倾向上，“革命文学”与“民族主义文学”是一致的，他们都反对个人主义和人道主义，都否定精神的自由和人格的独立，都反对启蒙主义，都强调群体而否定个人。在这些方面，他们处于同一文化阵营，其根本问题是不愿意接受思想观念方面的现代化，试图消解五四新文化运动带来的那些非传统的价值观。

这就是那个时代的文化新态势，我把它称作“五四”过后的文化回潮。

①《〈初阳旬刊〉发刊辞》，《民族文艺论文集》，杭州正中书局1934年，第414页。

②金平欧：《文艺与三民主义》，《民族文艺论文集》，杭州正中书局1934年，第228页。

二

任何人都有权发表自己的文艺主张，无论主张文艺是机关枪还是扑克牌。但值得注意的是《英雄树》中那种不容他人说话的口气：你不同意做一个留声机器吗？“那没有同你说话的余地，只好敦请你们上断头台！”

这是创造社转向之后的声音。我曾经为他们转变之后说话的强硬态度而感到惊奇。因为稍微接受过一点现代自由观念的人都不会用这种口气说话，知识分子更不应该用这种口气说话。当然，创造社和太阳社的成员中有多少可以算知识分子，是一个需要讨论的问题。因为“现代知识分子”这一概念不是可以随便用的，生活于现代的文人不一定是现代知识分子。

我曾经有过的惊奇还在于：一个文人如何有这样的底气？

后来一想，这并不奇怪，它不过是没有实现现代人格转化的文人终于找到依靠之后的心理展露。用他们的话说，就是找到了出路。

谈到出路，鲁迅曾有如此一问：“出路？中状元么？”也许，那感觉就是中了状元。总司令麾下的政治部主任应该算几品？也许比状元的品级还要高。

一个穷困潦倒的人与一个前程似锦的人说话的声音是不一样的；一个手捧书卷的人与一个挎了指挥刀的人发出的声音是不一样的；一个背后站了几个面色苍白的文学家和思想家的人，与背后站着总司令和他的百万大军的人，说话的声音自然也是不一样的。此时的创造社社员已经不是刚刚从日本留学回来到处找不到工作因而对欧美派留学生无限嫉恨的落魄文人，而是中国国民革命军的军官，穿了军装，挎了指挥刀，再对文坛发声，自然有些腰粗气壮。

鲁迅说：“从前我以为指挥刀是指挥兵的，现在我觉得指挥刀也是指挥文学家的；指挥刀在前，文学家在后，什么文学革命，不过受指挥刀的驱使——如是而已。”

它所显示的人格：是传统的，不是现代的。

三

我在想，创造社社员对鲁迅的进攻和对“五四”的否定，是否与他们个人的境遇有关。他们虽然都外出留学，却未能学成正果。无论学的是什么，回国之后都没有弄到一份理想的工作。

中国20世纪文坛和学界有许多不公正，痞子成为名人早已不新鲜，无才无德者也许恰恰会红极一时。不过，那个时期的学界还比较公正，包括北京大学聘周作人当教授而不聘鲁迅，这都是一种公正的体现。欧美留学生们回国之后都立即得到了学院的重用，而大学却对到外国去混了几年，拿不到学位也没有学到什么专业知识的人不予承认。

我想，如果这些人回国之后不是那么潦倒，而是像胡适、蒋梦麟、赵元任等那样立即功成名就，将是什么样子？如果当时的政府能够对他们破格重用，一个个给予高官厚禄，又是一种什么景象？可是，大学用人有尺度，政府用人也有它的基本尺度。

一个好的村子里，老人们都知道如何安顿流民和那些吃不上饭的人，因为如果这些人生存成为问题，全村就会不得安宁。文坛的运动专家往往都是自己尚未在文坛上得到满意的位置，所以才发动一次又一次的“革命”。

甘人的一段描述让我读了一遍又一遍：

“他虽有解放的意识，不肯攻击当在压迫之下挣扎的人们，免张压迫者的气焰，但他缺乏热烈，既不会学社会革命家大呼疾走，永远戴革命领袖的荣衔，又不肯盲从，替人摇旗呐喊。他只是一个清道夫，一步步，慢慢的，稳稳的，细致的，剥掘，扫除，一群自命无产阶级的游卒，打着旗号，鲁撞地冲过去，拉他同走，他不肯，游卒大笑，骂：‘第一第二阶级的拥护者。’未几，游卒大散，乌合之众，片时星散，战场上更不见一个革命的战士，只剩下清道夫还在剥掘扫除。……”

鲁迅遇上一群这样的游卒，的确无处可逃。

但是，我仍然以为，这种自我实现的目的和实现的方式上的流氓气仍然不是最重要的。

四

他们一齐拿鲁迅开刀，鲁迅抵抗而拒不投降。冲突的症结究竟何在？什么是矛盾的焦点？

郑伯奇在《文坛的五月》中曾经声明：“我们所批评的不是鲁迅个人，也不是语丝派几个人，乃是鲁迅与语丝派诸君所代表的一种倾向。这种倾向也许支配着许多青年，然而这种倾向在现阶段是有害的。”

郭沫若在《“眼中钉”》一文中也曾经辩解：“他们的批判不仅限于鲁迅先生一人，他们批判鲁迅先生，也决不是对于‘鲁迅’这一个人的攻击。他们的批判对象是文化的整体，所批判的鲁迅先生是以前的‘鲁迅’所代表，乃至所认为代表着的文化的一个部门，或一部分的社会意识。”

这是不错的。他们批判的的确不是鲁迅一个，而是批判着一种文化。这文化是什么？毫无疑问，他们所批判和否定的文化，正是五四新文化运动所刚刚建立起来的新文化，正在与吃人的旧文化进行着激烈决战的新文化。

他们首先要否定的，是个人主义和人道主义，是以批判社会和批判国民性两翼组成的以人的觉醒和解放为目标的现代启蒙主义。

他们说鲁迅的《“醉眼”中的朦胧》一文“暴露了知识阶级的厚颜，暴露了人道主义的丑恶”[①]。这显示了在他们的眼里，知识阶级已经很不光彩，人道主义是丑恶的。这就使他们与“五四”新文学和新文化运动彻底划清了界线。

他们说鲁迅“从幽暗的酒家的楼头，醉眼陶然地眺望窗外的人生”，“反映的只是社会变革期中的落伍者的悲哀，无聊赖地跟他弟弟说几句人道主义的美丽的说话。”[②]

他们在鲁迅的文章中看到的是“人道主义者怎样地防卫着自己”，看到的是“人道主义者的裸体照相”。他们否定鲁迅，首先因为鲁迅是一个人道主义者。他们对鲁迅立人的目的，对他改变国民精神的努力方向，都大不以为然。

---

①成仿吾：《毕竟是“醉眼陶然”罢了》，《创造月刊》1928年5月。

②冯乃超：《艺术与社会生活》，1928年1月《文化批判》创刊号。

钱杏邨对鲁迅的批判比其他人更有代表性。而且，他对鲁迅的概括是准确的。他说鲁迅“始终是一个个人主义者”，“一切的行动是没有集体化的”；说鲁迅倔强，固守己见而不认错；说鲁迅不是唯物史观而是“唯我史观”；等等，大概都不是没有抓住鲁迅的特征。他解读《影的告别》，做出的是这样的评价：“在这一节叙述里，鲁迅把自己的小资产阶级的恶习性完全暴露了出来，小资产阶级的任性，小资产阶级的不愿认错，小资产阶级的疑忌，我们是可以看得出来的。所以横在他面前的虽有很光明的出路，他要有所不乐意，他不愿去。既不甘于现实，在理想中又没有希望，结果只有徘徊歧途，彷徨于无地了！这是鲁迅没有出路的心理原因，是小资产阶级的脾气害了他！其实，具有这样习性，而葬送了他们的一生的，我们随时随地都可以遇到；这种人若不把领袖思想英雄思想从他们的脑中赶掉，总归是没有希望的！”在批判鲁迅的“小资产阶级的恶习性”之后，还有更进一步的指出：“鲁迅所以陷于这样的状态之中，我们也可以说完全是所谓自由思想害了他，自由思想的结果只有矛盾，自由思想的结果只有徘徊，所谓自由思想在这个世界上只是一个骗人的名词，鲁迅便是被骗的一个。”①

鲁迅说：“倘使那时不说‘不革命就是反革命’，革命的迟滞是语丝派之所为，给人家扫地也可得到半块面包吃，我便将于八小时工作之暇，坐在黑房里，续抄我的《小说旧闻钞》，有几国的文艺也还是要谈的，因为我喜欢。”钱杏邨立即抓住这句话，批判鲁迅的“坏脾气”和“不可救药的劣根性”：

> 这是小资产阶级知识分子特有的坏脾气，也是一种不可救药的劣根性。或许有人以为我们的话是不对的，觉得鲁迅的这一种不屈不挠坚持到底铁一般的坚硬的态度的表白，正足以证明他的反抗精神与革命心理。果真有这样的观察者，那么也可以看出这样的读者也还没有认清目前我们所需要的是哪一种革命，和所谓真正的革命党人应该有哪些特质。“因为我喜欢”，所以我要反抗：这不是革命党人的态度，这是个人主义的小资产阶级者的丑态。“因为我喜欢”，所以我要写一篇《在钟楼上》咒诅国民政府，这只是他自己说的“高兴”和“玩玩”而已。他的出发点，不是集

①钱杏邨：《死去了的阿Q时代》，《太阳月刊》1928年3月。

体，而是个人，他的反抗，只是为他个人的反抗。虽然有时也为着别人说几句话，我们若果细细地考察起来，究竟是抛不开“我”的成分的。他始终是一个个人主义者。他是倔强。这可以看引文，他只要有饭吃，他是不怕什么的，还可以谈谈几国的文学，续抄《小说旧闻钞》，“因为我喜欢”。他的心目中，何曾有群众，除去了“趣味”与“幽默”而外，他又何曾看到什么是文艺的使命？一个个人主义的享乐者。革命的态度是这样的么？革命党人的个性能这样的倔强么？我们觉得从事实际工作和革命党人的革命文学作家的特性是没有分别的。鲁迅只是任性，一切的行动是没有集体化的，虽然他并不反对劳动阶级的革命。根据目前的政治状况看将起来，他不是革命的。这样的“毒笔的文人”（《语丝》十七，页五）“也糊涂到而今”（借用《语丝》十六，冬芬的话），真是“五十一年后能否就有出路，是毫无把握的”（《语丝》十八，页三八）。[①]

反对个性主义，反对人道主义，反对自由思想，反对启蒙主义精神，试图用“国父”或者什么人的思想来统一鲁迅的思想。这是一个重要的关键。面对以文化人自居的人的这种表现，也许只有一种解释：要么他们本来就不是“五四”新文化传人，要么是传统的文化积淀使他们在新形势下从“五四”的文化立场上退了回去。

五

重要的是对时代的认识。

成仿吾说：“资本主义已到了它最后的一日，世界形成了两个战垒，一边是资本主义的余毒‘法西斯蒂’的孤城，一边是全世界农工大众的联合战线。各个的细胞在为战斗的目的组织起来，文艺的工人应当担任一个分野。前进，你们没有听见这雄壮的呼声么？谁也不许站在中间。你到这边来，或者到那边去！”[②]

①钱杏邨：《“朦胧”以后》，1928年5月《我们月刊》创刊号。

②成仿吾：《从文学革命到革命文学》，《创造月刊》1928年2月。

钱杏邨说："五卅惨案发生以后，中国的阶级地位又突然地起了一大变化，工农阶级的力量逐渐地表现出来，上海的工人对于惨案的奋斗，香港工人的十九个月的大罢工，湘鄂工人的响应革命运动，上海工人驱逐奉鲁军的三次大暴动，以及前此的京汉路的二七惨案，以及革命军所到的地方的农民对于革命的帮助，以及革命军的以工农为革命的主力军，都给予青年以莫大的刺激，使他们对于第二期的思潮发现了不满，彻头彻底地站到工农一方面来向着压迫他们的资产阶级抗斗，激起了还没有终止奋斗的激烈的血潮，逃出了国的制度的束缚，思潮转向全世界被压迫阶级联合的抗斗。"①

冯乃超说："农村零落了，都市普罗列塔利亚特（Proletariat）发生了。谁人能说中国依然是（封建的）文明之邦，礼教之国？封建老人不常叹世风日下，人心浇薄么？这就是中华民族的精神渐向市民的习气同化了的佐证。别的方面我们可以从大学教授们的'欧化'问题中寻活生生的铁证。"②

这就是他们所认识的中国当时的社会。这就是他们所认识的时代。当时的中国，真的已经是资本主义与农工大众的联合战线的两大战垒了吗？真的已经不是封建的文明之邦了吗？真的到了必须消灭资产阶级和小资产阶级以及人道主义和个人主义的时代了吗？真的已经不需要启蒙主义而只需要做工农大众的留声机器了吗？

鲁迅说："现在所号称革命文学家者，是斗争和所谓超时代。""超时代其实就是逃避，倘自己没有正视现实的勇气，又要挂革命的招牌，便自觉地或不自觉地必然地要走入那一条路的。身在现世，怎么离去？这是和说自己用手提着耳朵，就可以离开地球者一样地欺人。社会停滞着，文艺决不能独自飞跃，若在这停滞的社会里居然增长了，那倒是为这社会所容，已经离开革命，其结果，不过多卖几本刊物，或在大商店的刊物上挣得揭载稿子的机会罢了。"③

①钱杏邨：《死去了的阿Q时代》，《太阳月刊》1928年3月。

②冯乃超：《艺术与社会生活》，1928年1月《文化批判》创刊号。

③鲁迅：《文艺与革命》，《鲁迅全集》第4卷，人民文学出版社1981年，第83页。

六

对时代的认识之中，一个重要的问题是对大众的认识。

这是鲁迅与创造社、太阳社冲突的一个焦点。“革命文学”的倡导者们认为阿Q的时代已经死去，“五四”之后的时代已经不是阿Q的时代。鲁迅却仍然关注着中国依然如故的真相。

在钱杏邨的眼里，“十年来的中国农民是早已不像那时的农村民众的幼稚了。所以根据文艺思潮的变迁的形式去看，阿Q是不能放在‘五四’时代的，也不能放在五卅时代的，更不能放在大革命的现在的时代的，现在的中国农民第一是不像阿Q时代的幼稚，他们大都有了很严密的组织，而且对于政治也有了相当的认识；第二是中国农民的革命性已经充分地表现了出来，他们反抗地主，参加革命，近且表现了原始的Baudon（即暴动）的形式，自己实行革起命来，决没有像阿Q那样屈服于豪绅的精神；第三是中国的农民知识已不像阿Q时代农民的单弱，他们不是莫名其妙的阿Q式的蠢动，他们是有意义，有目的的，不是泄愤的，而是一种政治的斗争了。……阿Q的时代是早已死去了！阿Q的时代是死得已经很遥远了！我们如果没有忘记时代，我们早就该把阿Q埋葬起来！勇敢的农民为我们又已创造了许多可宝贵的健全的光荣的创作的材料了，我们是永不需要阿Q时代了！”[①]

因为阿Q时代已经过去，时代已经进入一个新时代，因为阿Q已经不是过去的阿Q，他们已经觉悟并且革命，这个新时代的文坛当然已经不需要鲁迅。鲁迅如果想继续生存下去，就需要转向。这种意思他们表达得非常清楚。钱杏邨检查鲁迅的创作，提出的疑问是鲁迅“究竟能代表哪一个时期的思想?”他说鲁迅的小说“大多数是没有现代的意味！不仅没有时代思想下所产生的小说，抑且没有能代表时代的人物！阿Q、陈士成、四铭、高尔础这一些人物究竟是什么时代的人物呢？曾经读过《呐喊》与《彷徨》的人大概总能说得出来。《在酒楼上》篇里的吕纬甫说：‘老年人记性真长久!’我们觉得这句话真可以移赠鲁迅，老年人的记性真长久，科举时代的事件，

①钱杏邨：《死去了的阿Q时代》，《太阳月刊》1928年3月。

辛亥革命时代的事件，他都能津津不倦的，不知有汉，无论魏晋地叙述出来，来装点‘现代’文坛的局面……站在时代的观点上，我们是不需要这种东西的”[①]。所以，他们认为“鲁迅他自己也已走到了尽头，再不彻底觉悟去找一条生路，也是无可救济了”[②]。既然时代已经不需要鲁迅，他当然应该找一条生路，而这生路大概就是接受阿Q的再教育，成为与阿Q们思想感情上保持一致的进步作家。鲁迅太冷静，没有革命感情，他总是看到阿Q的落后，而没有看到他的革命因素，所以，鲁迅是跟不上时代的。时代一片光明，鲁迅却总看到黑暗，“光明的大道呈现在自己的眼前，他偏偏不走上去，只是沿着三面夹道的墙去专显碰壁的精神，这究竟是什么意义呢?”[③]这发问很可以说明问题。

《太阳月刊》编者在发表钱杏邨的《死去了的阿Q时代》时鼓吹说：“很多人总以为鲁迅是时代的表现者，其实他根本没有认清十年来新生命的原素，尽在自己狭窄的周遭中彷徨呐喊；利用中国人的病态的性格，把阴险刻毒的精神和俏皮的语句，来淆乱青年的耳目；这篇论文，实足澄清一般的混乱的鲁迅论，是新时代的青年第一次给他的回音。”

对于阿Q的认识，关系到中国文学是否需要启蒙精神。因为对时代和大众的认识，他们对鲁迅的启蒙主义思想不以为然。阿Q已经觉悟，还需要启蒙吗？这是一般人都能想到的。

鲁迅的确顽固，在如此批评之下仍然固执己见。第十七期的《语丝》一期就发表他那么多的文章：《扁》《路》《头》《通信》《太平歌诀》《铲共大观》。而且都是4月10日这一天写的。他一方面继续他的对于黑暗的暴露，一方面用这黑暗证明着他们超时代的虚妄。

鲁迅告诉人们，阿Q的时代真的过去了吗？阿Q真的已经觉悟到不是阿Q了吗？这样的大众，与之认同的结果会是什么？

他们攻击鲁迅看不清时代。然而，历史的发展已经证明，看不清时代的

---

①钱杏邨：《死去了的阿Q时代》，《太阳月刊》1928年3月。

②钱杏邨：《死去了的鲁迅》，《现代中国文学作家》第1卷，上海泰东图书局1928年7月。

③钱杏邨：《死去了的阿Q时代》，《太阳月刊》1928年3月。

正是他们自己。

七

在自我感觉中，“革命文学”的倡导者们都认为已经完成了对鲁迅的超越，完成了对“五四”的超越。所以，他们才能够理直气壮地否定鲁迅和否定“五四”。然而，这超越却非常可疑。

他们以自我反省和自我否定的方式指责“五四”：“在以一个将被‘奥伏赫变’的阶级为主体，以它的‘意德奥罗基’为内容，创制一种非驴非马的‘中间的’语体，发挥小资产阶级的恶劣的根性。”[①]他们要再把自己否定一遍，要努力获得大众意识，要使接近农工大众的用语，要以农工大众为对象，并且要求知识分子变为大众的留声机器。

他们要超越“五四”，超越五四新文化运动，超越“五四”新文学，超越“五四”的意识形态和价值观念。然而，在中国20世纪，已经呈现了一种规律，但凡条件不具备的情况下，只要超越，跳起之后，必然落到更可怕的泥沼中。

否定是应当的，历史正是因为有了不断的否定而得以进展。然而，要紧的是自己站在什么样的现实基点上进行否定。

一系列批判文章都在完成着对鲁迅的资产阶级和小资产阶级属性的指认。为了实现对鲁迅的超越，他们把鲁迅判给资产阶级，而自己则扮演起了对资产阶级进行革命的角色。

代表人民大众，代表第四阶级，当然可以理直气壮。特别是在中国。然而，鲁迅说：“上海的文学界今年是恭迎无产阶级文学使者，沸沸扬扬，说是要来了，问问黄包车夫，车夫说并未派遣。这车夫的本阶级意识形态不行，早被别阶级弄歪曲了吧。另外有人把握着，但不一定是工人。于是只好在大屋子里寻，在客店里寻，在洋人家里寻，在书铺子里寻，在咖啡馆里寻……”[②]

---

①成仿吾：《从文学革命到革命文学》，《创造月刊》1928年2月。

②鲁迅：《路》，《鲁迅全集》第4卷，第89页。

在大屋子里也好，在洋人家里和咖啡馆里也好，大概都寻不出真正的无产阶级意识的代表者。无产阶级文学和无产阶级意识形态一样难以成立。真正的无产阶级自己的思想是什么样子？真正的无产阶级思想不是无产阶级思想，而无产阶级思想却产生于非无产阶级文人的头脑。这是非常荒谬的。小资产阶级的文人认为无产阶级的思想不是无产阶级思想，而去改造真正的无产阶级，这是荒唐的。同时，如果真正的无产阶级思想就是真正的无产阶级思想的话，那么，认定无产阶级思想具有先进性，就更加荒唐。在20年代的中国，能够如鲁迅一样思考者可惜太少。

他们以最激进的面貌批判和否定“五四”，否定启蒙主义文学。改造旧社会的迫切之情可以理解，但为了寻找改造旧社会的力量而建立的对群众的认识，却使他们陷入了一种貌新而实旧的境地。他们反对的所谓“旧式的作家”，是以鲁迅为代表的“五四”新文学先驱。他们所反对的所谓“旧思想”正是五四新文化运动中出现的新思想。他们用以否定个人主义的所谓新思想，正是在五四新文化运动中受到冲击的中国几千年社会所形成的群体意识。这些激情满怀却缺乏深刻的年轻人自以为找到了新的价值而超越了“五四”新文化精神，却没有意识到他们以最激进的面貌出现，承载的却是旧传统。

历史已经证明，在20世纪，尽管新的招牌不断挂出，每一轮都认为自己是最先进的，但是，还没有哪个人比鲁迅更先进，没有谁的思想比鲁迅的思想更具现代性。

八

鲁迅对革命文学的态度与对1927年前后那场革命的态度是一致的。当革命文学的字眼刚刚出现的时候，鲁迅就说：因为此时是“革命”的政府，所以做起文学来必须有“革命”二字。这样的文学当然不会是好文学。任何依附于“强有力”即权力的文学都是鲁迅所不屑一顾的。他说：“从前我以为指挥刀是指挥兵的，现在我觉得指挥刀也是指挥文学家的；指挥刀在前，文学家在后，什么文学革命，不过受指挥刀的驱使——如是而已。”在后来与革命文学运动的论争中，鲁迅又谈到过不应该把两类文学误以为革命文学：一类是在一方的指挥刀的掩护下斥骂敌手的文学，一类是在纸上写满“打，打”，“杀，杀”或“血，血”的文学。而且，从指挥刀下骂开去，从官办的报纸上骂开去，从裁判席上骂下去，好在被骂者不敢开口。这算什么革命文学？

鲁迅知道，中国从事文艺的人大多不是无产阶级，以其他阶级的思想感情和生活经历去创作无产阶级的文学，其结果不会是真实的。他在上海的报告中说在广州曾经看见党部出了一个题目，叫作《青年的烦闷》，文章居然说：恋爱算什么？我们要革命。他说：“这完全是假话……我觉得还不如老老实实地说，我愿恋爱，我宁愿放弃革命。”没有什么比鲁迅举的这个例子更能说明为政治服务的文学的虚假本质了。什么叫文学家的良心，什么叫知识分子的真诚，什么叫直面现实？在这里，我们可以得到一种检验。为了宣传革命，为了让青年感觉到革命比恋爱伟大，于是就编造这样的文学。其实，这是中国人一贯的办法，在过去的几千年里，是为了忠孝而不要恋爱，革命开始之后便是为了革命而不要恋爱。当然不要的不仅仅是恋爱，而是一切属于个人的生活和生命。

鲁迅的文学活动以立人为根本任务，当然不能接受这样的“革命文学”。

九

在关于革命文学的论争中，我们不得不承认，还是郭沫若厉害。只有他意识到了他们对鲁迅的批判会把他们推到一个极为不利的境地。因此，他不像他们中的一些年轻人那样把鲁迅看作资产阶级，而是判定鲁迅是“封建阶级的余孽”，是“二重反革命”。虽然他找不出多少理由，只好强词夺理，而且有点声嘶力竭，但他的这种思路的确高人一筹。他找到了一个证据：“像这样的尊重籍贯，尊重家族，尊重年纪，甚至于尊重自己的身体发肤，这完全是封建时代的观念！”这就使郭沫若不同于他人，在反资产阶级的同时意识到与封建阶级拉开一定的距离。20世纪的一些聪明人都这样干的，但这并不能掩盖他们自身比资产阶级落后和腐朽的底色。

郭沫若的厉害在于他的“第三判断的引证”。在这里，他说：“连资产阶级的意识形态都还不曾了解的人，当然更说不上无产阶级的意识形态。鲁迅在此也正好做一个证明。”他举了鲁迅两段话：

“林琴南先生是确乎应该想起的，他后来真是暮年景象，因为反对白话不能论战，便从横道儿做一篇影射小说，使一个武人痛打改革者，——说得‘美丽’一点，就是神往于‘武器的文艺’了。”

“旧的和新的，往往有极其相同之点——如：个人主义者和社会主义者往往都反对资产阶级，保守者和改革者往往都主张为人生的艺术，都讳言黑暗，棒喝主义者和共产主义者都厌恶人道主义等——”

郭沫若之所以要把鲁迅说成是封建阶级的余孽，是因为意识到了这些话的力量，因而意识到自己应该挂出一个不同于封建文人的招牌。而要实现这一切，最好的办法就是把鲁迅判定为封建主义的，然后再施以攻击。这样，他们就不再是封建主义的守护神，而成为反对封建主义的战士。这是一个很好的战略。可惜的是，郭沫若虽然意识到了鲁迅的这些话对他们的威胁，却仍然没有力量批判鲁迅的这几句话，一旦进入对这些话的反驳，就立即让人感觉到理论的缺乏和依靠浮躁的激情而进行论争的各种局限。什么“石器时代”，什么“电气时代”，什么“老虎吃牛”……让我们看到的，是一个思想和理论都严重缺乏者面对强敌的慌乱。最后，他只有使用这样的语言：

> 他自己的立场呢？是资产阶级？是为艺术的艺术家？是人道主义者？
>
> 否，否，否，不是，不是，不是！①

一般的“革命文学”家都判定鲁迅是资产阶级和小资产阶级，判定他是人道主义者。相比之下他们还都太老实，还比较尊重事实。郭沫若与他们不同，他急于否认鲁迅是人道主义者，否定鲁迅的资产阶级和小资产阶级属性。因为他能够意识到在中国把资产阶级和人道主义的领地都通通留给论敌将意味着什么。

郭沫若的厉害之处在他的《“眼中钉”》中也可以看到。在这篇论述结束之后的文章中，郭沫若说：“在当时的所谓‘语丝’也，所谓‘创造’也，

①杜荃（郭沫若）：《文艺战线上的封建余孽》，《创造月刊》1928年8月。

所谓周鲁也，所谓成郭也，要不过一丘之貉而已！说得冠冕一些是有产者社会中的比较进步的‘因迭里根治’的集团，说得刻薄一些便是旧式文人气质未尽克服的文学的行帮和文学的行帮老板而已。成郭对周鲁自然表示过不满，然周鲁对于成郭又何尝是开诚布公？（例如周作人先生便刻薄过成仿吾是苍蝇。）始终是一些旧式的‘文人相轻’的封建遗习在那儿作怪，这是我自己在这儿坦白地招认的。”

郭沫若对自己有非常清楚的认识。这是一种难得的真诚招认。

然而，这种承认错误的高姿态却显示了厉害之处：把自己与鲁迅绑在一起，既借对手抬高了自己，又是在中国市井无赖中常见的“拉了对手跳污水”的战略。看似自我批判和反省，实际是拿一顶文人相轻帽子，试图把鲁迅与自己扣在一起。

十

在20世纪的中国文化史上，郭沫若是一个名人，而且有些才气。按照他自己的说法，他没有读过《新青年》，更没有兴趣读鲁迅的小说，然而，却在康白情的影响之下开始写新诗，并且不自觉地以《女神》应和了“五四”的回响。然而，当《女神》中那个年轻的叛逆者离开“五四”高潮之后，一步步走去的身影让人感觉到的，却是他与中国传统文人的密切联系。毫无疑问，郭沫若比鲁迅年轻得多，但思想却比鲁迅陈旧得多。

因此，鲁迅的确应该纠正对进化论的偏颇理解，的确不该相信青年胜过老年。历史的进化，在具体的阶段上往往并不能以年龄划分。有些年轻人在历史进化的链条上的位置并不先进于老人。因为与他们相连的往往不是最进化的一环。

从郭沫若半个世纪的表现可以看到，他身上的传统是浓重的。他没有能够像鲁迅等人那样实现人格的现代转变。郭沫若一生的问题都在于这种转变没有完成。他全部的成功和失败也都在于这种未完成的状态。

这种思想意识上的革命没有完成的状态其实在“五四”时期就充分地表现着。表面上看来，郭沫若的诗是很“洋”的，题材不乏外国货，诗体是欧美的自由体，诗中常常夹杂了外语的音译，而且诗中呼唤着个性的解放，高叫着破坏和创造。但是，只要研究一下他的审美理想，就会发现，最终的归依却往往是中国传统的东西。他的反传统不过是年轻人因为某种刺激而发生的勃然一跳，跳过之后是还要落到原处的。而且，他所反抗的既不是旧的制度也不是旧的文化传统。看看他的那些诗剧，无论是《孤竹君之二子》，还是《棠棣之花》，都显然暴露了他头脑中与几千年传统观念的联系。这种联系不是无法切断的那种联系，而是一种认识的不清和价值选择上的不自觉，是一种现代知识准备的不足和现代思想资源的欠缺。所以，他虽然歌颂创造精神，表现反抗精神，但作品中所表现的抒情主体意识，还没有挣脱传统文化的锁链。这不仅是他自己的问题，而是体现了一群人对传统的因袭。现代中国的历史证明，没有经过"五四"新文化洗礼的人，没有真正理解"五四"精神而且使之在自己内心深处扎下根的人，都容易把旧文化直接翻新成时髦的东西，以新的面目维护着旧的传统。

五四新文化运动以对儒家文化传统的彻底反叛为显著标志，但郭沫若与这一方向背道而驰。他一开始就站在新文化的对立面，在新文化运动"打孔家店"的运动高潮中，在诗中高喊着破坏与创造的郭沫若却在给朋友的信中对新文化运动对孔子的冲击表示了强烈不满。他为孔子辩护，谈孔子如何伟大，如何光照千秋[①]。他高喊个性解放，但他的个性解放与《新青年》集团所倡导的大不相同。他的个性解放的标本是孔子，而不是别人。"五四"新文化阵营一致地反对国粹派，反对中国古已有之的思路，反对复古的梦想。而郭沫若却认为中国古代文化是光辉灿烂的，可惜的是"固有的文化久受蒙蔽，民族的精神已经沉潜"，所以，要救中国，首先是"唤醒我们固有的文化精神"[②]。所以，从根本上说，郭沫若虽然以《女神》引起新文化阵营的关注，但在思想意识上并不属于新文化阵营。而且，终其一生，他没有成为现代知识分子。

50年代，在中国的大学也准备培养硕士并授予学位的时候，曾组织高层专家讨论，郭沫若的意见让许多人惊诧不已。因为按照世界通例，大学毕业授予学士学位；再读研究生，可以获得硕士学位。但是，郭沫若提议大学毕

①《郭沫若全集》（文学编）第15卷，人民文学出版社1982年，第21页。

②同上书，第157页。

业叫“举人”，研究生毕业叫“进士”，科学院最高层专家也不要称“院士”，而称“翰林”。这虽然不是大事，但透露的却是一个人头脑里面的东西。

十一

“革命文学”倡导者们对于鲁迅的批判集中于这样一点：鲁迅对于时代没有正确的认识，只知道暴露，只知道启蒙，而不知道大众已经突变，已经不需要启蒙。时代前进了，鲁迅却还守着“五四”的那一套，所以，他是时代的落伍者。

看上去，双方的冲突仍然具有新旧之争的性质。创造社、太阳社的人们是“新”的，而鲁迅是“旧”的。

然而，在《我的态度气量和年纪》中，鲁迅说：“旧的和新的，往往有极其相同之点——如个人主义者和社会主义者往往都反对资产阶级，保守者和改革者往往都主张为人生的艺术，都讳言黑暗，棒喝主义者和共产主义者都厌恶人道主义等。”

有人把鲁迅比作林琴南，鲁迅由此说出了一句非常重要的话：林琴南之所以不行之故，关键在于生得太早，不知道这一阶级将被“奥伏赫变”，所以也不知道及时地更换服色。

鲁迅的话说得并不直露，但创造社社员们肯定能够感觉到力量。鲁迅说，将为将来柱石的青年，竟也像林琴南一样东拉西扯。什么叫“东拉西扯”？就是拉了武人来为自己消灭论敌。在这一点上，这些青年倒真是林琴南的继承者。

十二

在《写在〈坟〉的后面》中，鲁迅由于深感自己也同样背了“古老的鬼魂”而写下了这样一段话：“大半也因为懒惰罢，往往自己宽解，以为一切事物，在转变中，是总有多少中间物的。动植之间，无脊椎和脊椎动物之间，都有中间物；或者简直可以说，在进化的链子上，一切都是中间物。当开首改革文章的时候，有几个不三不四的作者，是当然的，只能这样，也需要这样。他的任务，是在有些警觉之后，喊出一种新声；又因为从旧营垒中来，情形看得较为分明，反戈一击，易制强敌的死命。但仍应该和光明偕逝，逐渐消亡，至多不过是桥梁中的一木一石，并非什么前途的目标，范本。跟着起来便该不同了，倘非天纵之圣，积习当然也不能顿然荡除，但总得更有新气象。”

这里充分显示了鲁迅的进化论思想，而且可见他的美好愿望，同时，也显示着他的自谦。难得如此，中国的英雄们都想做顶峰，把自己的一套封为顶峰，决不允许有超越之举。而鲁迅却意识到自己只是历史进化的链子上的一个环，一个中间物。什么是历史的观念，这才是历史的观念。

然而，事情却也并不非常简单，任何一种东西都可能有许多复杂性，有许多复杂的作用。从理论上讲，当然任何人都是中间物。因为历史的进化不可能在某一点上停止。

然而，这只是对漫长的进化历史或者文明发展史的宏观考察，如果在具体的时间段落里，甚至是相当长的时间段落里，个体与个体的价值却极不相同，一些个体并不在进化的链子上具有意义，而另一些个体在具体的时间段落里并不是中间物。历史是一条链子，但进化的过程并不是按照时间的顺序而生长出一个个的环。有时它生长极快，有时则生长极慢甚至不再生长。也许，在某一阶段中，孤独的前驱可能总是不见后来者，因为后出现的生命不一定接在新生的环上。那些生命虽然在时间上后出，延续的却是已经生了锈的那一段古老的链子上的某一个环。这就使得历史匆匆过去几十年甚至几百年，前驱仍然是前驱，先锋仍然是先锋，没有更先锋的人物来取代先锋的位置而使先锋成为中间物。

在20世纪的中国，鲁迅就是这样的前驱。在中华民族的文明进化的历史上，鲁迅注定了是中间物，但在20世纪，鲁迅不是中间物，百年风雨现代路，没有人曾经超越鲁迅，不存在比鲁迅更具有先锋意义的人物，也不存在比鲁迅更具有前驱意义的思想。一切对鲁迅实现超越的宣言都是虚假的。在超越旗帜下出现的批判否定，往往只是鲁迅所批判和否定的旧事物卷土重来。

“文艺大众化”运动反思札记

文艺大众化运动开始于20年代末的革命文学运动，在40年代形成高潮。大众化运动一开始就与“五四”新文学运动划开了界限，否定“五四”新文学和新文化，批判个人主义和人道主义，反对知识分子的启蒙立场，明确提出知识分子通过改变自我以适应大众的主张。它以大众喜闻乐见为艺术的评判标准，以顺应大众心理而鼓动大众热情为艺术旨归，完全颠倒了知识分子与大众在文明发展中的关系，最后终于使文学陷入迷途，使知识分子失掉了精神存在的合法性。而这一过程是一个从主动到被动，从自我迷失到被迫归顺的过程。

一

在20世纪中国文坛上，大众化是一个使用率颇高的概念，但是，何谓“大众化”？人们的理解并不一致。从一开始直至今日，使用者往往对其不作深究。其实，必须注意最权威的解释。毛泽东《在延安文艺座谈会上的讲话》中的解释是：“许多同志爱说‘大众化’，但是什么叫作大众化呢？就是我们的文艺工作者的思想感情和工农大众的思想感情打成一片。”什么叫“打成一片”呢？《现代汉语词典》的解释是：“变得跟广大群众一致，适合广大群众需要。”这是大众化的本义，别的理解和解释往往都是一厢情愿。

二

文艺大众化运动应该从何时开始？最先应该是身着军装的郭沫若在1926年发出的呼喊："我希望你们成为一个革命的文学家，不希望你们成为一个时代的落伍者。这也并不是在替你们打算，这是在替我们全体的民众打算。彻底的个人的自由，在现在的制度之下也是求不到的；你们不要以为多饮得几杯酒，便是什么浪漫的精神；多谄得几句歪诗，便是什么天才的作者。你们要把自己的生活坚实起来，你们要把文艺的主潮认定！你们应该到兵间去，民间去，工厂间去，革命的漩涡中去！"[①]这种倾向的进一步发展是1928年创造社、太阳社的革命文学运动。他们纷纷表示要到大众中去，获得大众意识，以大众为对象，创造服务于大众的革命文学。

最值得注意的是成仿吾的《从文学革命到革命文学》。在这篇文章中，他说："我们还得再把自己否定一遍（否定的否定），我们要努力获得阶级意识，我们要使我们的媒质接近农工大众的用语，我们要以农工大众为我们的对象。"他向文学家发出号召："谁也不许站在中间。你到这边来，或者到那边去！……克服自己的小资产阶级的根性，把你的背对向那将被'奥伏赫变'的阶级，开步走，向着那龌龊的大众！以明了的意识努力你的工作，驱逐资产阶级的'意德沃罗基'在大众中的流毒与影响，获得大众，不断地给他们以勇气，维持他们的自信！"[②]

虽然此文尚未提出大众化的口号，但从以自我为表现对象到以农工大众为表现对象，从为艺术而艺术到为大众而艺术，从轻视大众到崇拜大众并且要求作家充当大众的"留声机器"，大众化运动事实上已经开始。这些主张已经与"五四"新文学运动划开了界限，并且道出了后来几十年文艺大众化的基本方向和内容，也埋下了以后全部悲剧的种子。它是当时一些文人的自觉选择，并无权威力量的逼迫，但这一选择已为文学的前途预设了全部的坎坷，为知识分子划出了一条荆棘路。

---

①郭沫若：《革命与文学》，《创造月刊》1926年4月。

②成仿吾：《从文学革命到革命文学》，《创造月刊》1928年2月。

三

考察大众化运动，应该注意瞿秋白和鲁迅的不同见解。

瞿秋白的观点有几点值得特别注意：一、他像创造社太阳社的人们一样，以革命的姿态面对“五四”新文学，并且从内容到形式对“五四”新文学进行了彻底的否定。在《学阀万岁》等文章中，他全盘否定了“五四”文学革命的成果，认为这次革命“差不多等于白革”，因为它的结果只是“产生了一个非驴非马的新式白话”，一种“不人不鬼，不今不古——非驴非马的骡子文学”。因此，他主张再来一次革命，而这革命就是文艺的大众化，目标就是创造大众文艺。二、他明确提出作为知识分子的作家应该向大众学习，通过改变自我以适应大众。在《大众文艺的问题》《“我们”是谁?》等文章中，他反复强调向大众学习和改造自我，尖锐批评知识分子只愿意做群众的先生而不愿意做群众的学生的倾向，认为“革命的先锋队不应当离开群众的队伍，而自己单独去完成什么‘英雄的高尚的事业’。笼统地说什么新的内容必须用新的形式，什么只应当提高群众的程度来鉴赏艺术，而不应当降低艺术的程度去迁就群众——这一类的话是‘大文学家’的妄自尊大!”瞿秋白已经明确地要求作家放弃知识分子的主体性，放弃知识分子的话语立场，为革命的事业而努力与群众结合。在这里，我们看到了毛泽东文艺思想的蓝本。后来毛泽东《在延安文艺座谈会上的讲话》的观点其实多出自瞿秋白30年代的文艺思想。三、瞿秋白最先提出了旧形式的利用，因而开了回归民间旧文学的先河。

鲁迅关于大众化的意见是一个并不和谐的音符。当瞿秋白们努力倡导大众化、要求作家改变自身去适应大众时，鲁迅说：“若文艺设法俯就，就很容易流为迎合大众，媚悦大众。迎合和媚悦，是不会于大众有益的。”他不反对文艺的通俗化，主张“应该多有为大众设想的作家，竭力来做浅显易解的作品，使大家能懂，爱看”，但是，他的目的却是“挤掉一些腐朽的劳什子”[①]，而不是变得与大众相一致。“五四”文学革命的主将虽然身处面向

①《鲁迅全集》第7卷，人民文学出版社1981年，第349页。

大众的文学阵营，却从未忘却"五四"确立的启蒙使命。当瞿秋白们努力倡导旧形式的时候，鲁迅写了《论"旧形式的采用"》，表示赞成旧形式的采用，不同意有人把采用旧形式看作是对旧文学投降，但是，他关注的重点仍然是形式的革新："旧形式的采取，必有所删除，既有所删除，必有所增益，这结果是新形式的出现，也就是变革。"

鲁迅明确感觉到了大众化运动潜在的危机与歧途。在《答曹聚仁先生信》中，他说："譬如'妈的'一句话罢，乡下是有许多意义的，有时骂骂，有时佩服，有时赞叹，因为他说不出别样的话来。先驱者的任务，是在给他们许多话，可以发表更明确的意思，同时也可以明白更精确的意义。如果也照样的写着'这妈的天气真是妈的，妈的再这样，什么都要妈的了'，那么于大众有什么益处呢？"其次是旧势力的乘机反扑。他警告说："还有一层，是文言的保护者，现在也有打了大众语的旗子的了……这一点也须注意的。要不然，我们就会自己缴了自己的械。"在答曹聚仁的另一封信中，他说："有些论者，简直是狗才，借大众语以打击白话的，因为他们知道大众语的起来还不在目前，所以要趁机会先将为害显然的白话打倒。……照现在的情形看，倘不小心，便要弄到大众语无结果，白话文遭毒打，那么，剩下来的是什么呢？"[①]以鲁迅的洞察力，当然很容易感觉到这一运动本身与他所坚守的启蒙主义方向的矛盾，因而试图以各种形式给予反击或矫正。他在《门外文谈》中说：

> 这一回，大众语文刚一提出，就有些猛将趁势出现了，来路是并不一样的，可是都向白话、翻译、欧化语法、新字眼进攻。他们都打着"大众"的旗，说这些东西，都为大众所不懂，所以要不得。……说话作文，越俗，就越好。这意见发展开来，他就要不自觉地成为新国粹派。或则希图大众语文在大众中推行得快，主张什么都要配大众的胃口，甚至于说要"迎合大众"，故意多骂几句，以博大众的欢心。这当然自有他的苦心孤诣，但这样下去，可要成为大众的新帮闲的。

① 《鲁迅全集》第12卷，人民文学出版社1981年，第496页。

捍卫“五四”白话，为欧化语法和新字眼而辩护，坚持直译，反对迎合大众，揭露新国粹派，反对做大众的帮闲……这一切都与瞿秋白等人的主张恰恰相反。

四

进一步的发展来自非文学的力量。40年代是一个全面政治动员和军事动员的年代。政治动员或军事动员与思想启蒙有形式上的共同之处，那就是都需要大众接受。然而，动员与启蒙不同，前者指向人的自我的解放和发展，后者指向的是将其纳入某种目标。思想启蒙以启蒙者自身为本，即使不被接受也不会改变自身。宣传动员则不然，如果民众不能被成功地动员起来，就必须调整策略。只要不是白痴，就能够意识到提高大众是困难的，那么，为了有效地进行动员，就需要毫不犹豫地适应大众，不仅要适应大众的理解力，而且适应大众的趣味，还要以种种方式取悦于大众。群众大会上高呼群众万岁，战前动员时盛赞士兵勇敢，这种本领是一般政治领袖和军事统帅都具备的。在特定的时代背景上，任何一个实用主义的政治家和军事家都不会赞同知识分子在他的队伍中进行思想启蒙，也不会听任知识分子在他的队伍前面居高临下地指手画脚。为了政治和军事目的，他们必然以最大的力量保护其追随者的积极性，不管这种积极性是建立在什么样的精神状态和心理基础之上。陈伯达在《思想的自由与自由的思想》一文中的表述直截了当，他说：“我们在文化上反对独断，反对迷信，但对于那迷信任何独断，迷信任何宗教的同胞，我们不但不应反对他们，而且要尽力避免刺激他们。”在这种情况下，“大众喜欢”成了重要的尺度。如何顺应大众心理而鼓动他们的热情，成了艺术的全部奥秘。为了大众喜闻乐见，文学在形式和内容上全面地迁就和适应大众，走向了投其所好的媚俗之路。

五

在大众化运动的过程中，始终存在一种否定“五四”新文化和新文学的倾向。

创造社、太阳社的人们从各个方面否定过五四新文化运动和文学革命，对文学革命的中心北京文坛很不以为然，而且要施之以“十万两无烟火药”(成仿吾《从文学革命到革命文学》)。他们命令作家们转向，否则，就要“敦请他们上断头台”（郭沫若《英雄树》)。在30年代初，瞿秋白像创造社、太阳社的人们一样，以革命的姿态从内容到形式对“五四”新文学进行了彻底的否定。认为这次革命“差不多等于白革”，因为它的结果只是“产生了一个非驴非马的新式白话”，一种“不人不鬼，不今不古——非驴非马的骡子文学”。在30年代末到40年代初的民族形式讨论中，向林冰的观点众所周知：“‘五四’以来的新兴文艺形式，由于是缺乏口头告白性质的‘畸形发展的都市的产物’，是‘大学教授、银行经理、舞女、政客以及其他小布尔的恰切的形式’，所以在创造民族形式的起点上，只应置于副次的地位。”[①]在当时的讨论中，这种观点并不是个别的，不少人都曾直接指责“五四”新文学割断了历史的优秀传统，割断了与人民大众的联系。他们把“五四”文学革命受外国影响看作不可容忍的错误，提出要“完成对‘五四’文艺运动的否定”。[②]

值得注意的是，在文艺大众化运动中，对“五四”的态度一直存在着两种不同的表现：一种是在否定“五四”的前提下倡导大众化；一种是在肯定“五四”的前提下倡导大众化。创造社、太阳社和瞿秋白等大多属于前者，他们把大众化运动看作对“五四”新文学的再革命，因而拚命否定“五四”新文学。冯雪峰、胡风等人属于后者，他们把大众化运动解释为对“五四”新文学运动的继承和发展，所以并不一般地否定“五四”。因为后者的存在，文艺大众化运动为“五四”新文学留下了一定的空间，因而能够在某种程度上容纳鲁迅和他所代表的“五四”启蒙话语。

然而，只要认真考察，就会发现，它所保留的往往只是“五四”的空壳，一个改写过的招牌。即使如冯雪峰等人，也常常是在抽象肯定之中具体否定了“五四”新文化和新文学的精神。他们虽然并不正面否定“五四”，却往往热情赞美那些与“五四”精神背道而驰的东西。冯雪峰热情赞美丁玲

①向林冰：《论民族形式的中心源泉》，1940年3月20日《大公报》副刊《战线》。

②黄绳：《当前文艺运动的一个考察》，1939年8月《文艺阵地》第3卷第9期。

的《水》，而否定她此前作品的倾向。在他看来，这篇小说的最高的价值就是看到了大众自己的力量，并且相信大众是会转变的。他进一步希望丁玲的是“对于自己的脱胎换骨的努力”[①]。我们知道，在《水》之前，丁玲的创作更多接受的正是“五四”新文学的传统。冯雪峰的批评清楚地显示着他的价值观念与“五四”已经拉开了距离。

在对“五四”的两种态度中，直接否定“五四”者往往不被接受，但其态度是坦率而诚实的；举着“五四”旗帜倡导大众化的人们情况却相当复杂。只要了解中国现代知识界与“五四”的联系，聪明人就不会贸然否定“五四”。所以，他们决不仿效瞿秋白和向林冰的做法，而是回避尖锐的矛盾，在继承“五四”的旗号之下悄悄对“五四”进行改写。应该承认，这种方式比直接否定“五四”更明智。所以，越到后来，这种聪明人越多，并且美其名曰“辩证地看问题”。在民族形式的讨论中，郭沫若有一个著名的论点：“中国新文艺，事实上也可以说是中国旧有的两种形式——民间形式与士大夫形式——的综合统一。”[②]何其芳也有类似的见解：“‘五四’以来的新文学是旧文学的正当的发展。”[③]他们都不否定“五四”，但把“五四”新文学说成是中国传统旧文学的发展，早已改写了“五四”新文学的性质。

六

人们不会忘记20年代末创造社和太阳社对鲁迅的围攻。通过对鲁迅和“五四”一代作家的批判，他们首先否定的是人道主义和个人主义。他们在鲁迅的文章中看到的是“人道主义者的裸体照相”（冯乃超）。他们说鲁迅的文章“暴露了人道主义的丑恶”（成仿吾）。他们说鲁迅“始终是一个个人主义者”，“一切的行动是没有集体化的”（钱杏邨）。个人主义与人道主义、民主、自由、人权等这些在“五四”新文化中的光辉词汇，在他们那里已经成为恶谥。钱杏邨解读鲁迅《影的告别》，从中发现了“个人主义的小

①冯雪峰：《关于新小说的诞生》，1932年《北斗》第2卷第2期。

②郭沫若：《民族形式商兑》，1940年6月9—11日重庆《大公报》。

③何其芳：《论文学上的民族形式》，1939年《文艺战线》第1卷第5号。

资产阶级者的丑态”“小资产阶级知识分子特有的坏脾气”和“不可救药的劣根性”。他认为：“鲁迅所以陷于这样的状态之中，我们也可以说完全是所谓自由思想害了他，自由思想的结果只有矛盾，自由思想的结果只有徘徊，所谓自由思想在这个世界上只是一个骗人的名词，鲁迅便是被骗的一个。”①

“五四”一代人最闪光的特征之一就是独立人格和自由思想。他们从传统人格中走出，摆脱各种羁绊而获得了现代知识分子的独立人格。他们不再寻求依附，更不因为能够为王前驱而得意扬扬。大众化的倡导者们所批判的却正是这样一种人格。这些激情满怀却缺乏认识能力的浪漫文人自以为找到了新的价值而超越了“五四”以人为中心的新文化精神，却没有意识到这种超越恰恰是在传统力量的作用下不由自主地扮演起来的。有一点特别需要指出：在政治倾向上，大众化运动初期的倡导者们与国民党的统治是对立的。但是，他们对个人主义和人道主义的批判却与统治者的要求非常一致。原因很简单，他们对个人主义的反感与其说是来自外来学说的影响，不如说是受了国民革命军宣传教育的影响。因为从孙中山的学说到蒋介石的训话，都与新文化格格不入，对个人主义和自由思想深恶痛绝。这也不难理解，一切握有权力和争取获得权力的人，只要想滥用权力，都会反对“五四”新文化运动所传播的以科学、民主和人权为核心的西方文化观念，都会否定怀疑权威破坏偶像的启蒙主义、不愿老老实实做奴隶的个人主义和总是使血腥和残暴不能理直气壮的人道主义。

在30年代，普罗文艺运动与民族主义文艺运动尖锐对立，却携手批判个人主义和人道主义，共同瓦解着人的文学。正是这种合力，最终导致了文学中人情、人性、人道主义主题的失落。

七

大众化运动一开始就是否定启蒙主义的。他们呼唤文艺向着大众飞跃，呼唤文艺家走向农工大众，并且要求他们放弃启蒙立场，去做一台大众的留

①钱杏邨：《死去了的阿Q时代》，1928年3月《太阳月刊》。

声机器。在30年代初的大众化讨论中，倡导者们坚决反对“依赖欧化的知识青年去做一种自由主义的‘教训’民众的文化运动”[①]，把启蒙立场看作文学家的“妄自尊大”。当有人提出文艺大众化的困难在于大众自己还缺少接受文艺作品的准备的时候，瞿秋白严厉指出：这是一种“知识分子脱离群众的态度，蔑视群众的态度”，是“企图站在大众之上去教训大众”，并且认为这是实现大众化的“深刻障碍”，必须“彻底铲除”。[②]

在30年代初的左翼群体内部，知识分子已经不能够理直气壮地承担启蒙的使命。中国知识分子在五四新文化运动中觉醒，痛苦于中国人非人的生活而探寻新的生存可能，因而走上了启蒙立人之路。可是，五四运动刚刚过去不久，他们就被召唤去向大众认同。在中国现代文化史上，这是一种悲剧！在此后的岁月里，他们一步步被引导去向大众学习，迎合大众的思想感情和审美趣味，以博得大众的喜闻乐见。为此，他们需要克服自己的所谓小资产阶级的思想感情，进行思想改造，以期脱胎换骨。他们再也不敢以先知先觉自居，再也不敢居高临下地面对大众，而是虚心地向农工大众学习，接受他们的教育和改造。经过漫长的大众化过程，启蒙与被启蒙的关系终于被颠倒。

考察最先的倡导者反对启蒙的理由和动因，首先在于对时代的认识。大众化运动的倡导者们大都没有真正经受过五四新文化运动的全面洗礼，并不了解新文化运动的意义，自身没有经过现代思想启蒙，因而无法清楚地认识思想启蒙对于中国历史进程的重要性。他们常常批评别人不能把握时代，而他们的失误却恰恰在于对时代的认识。成仿吾在《从文学革命到革命文学》中说：“资本主义已经到了他的最后的一日，世界形成了两个战垒，一边是资本主义的余毒‘法西斯蒂’的孤城，一边是全世界农工大众的联合战线。”冯乃超在《艺术与社会生活》中说：“农村零落了，都市普罗列塔利亚特（Proletariat）发生了。谁人能说中国依然是（封建的）文明之邦，礼教之国？”他们据此指责鲁迅跟不上时代，指责鲁迅的作品没有“现代的意

---

①瞿秋白：《大众文艺的问题》，《文学月报》创刊号。

②瞿秋白：《“我们”是谁》，《瞿秋白文集》第2册，人民出版社1953年，第875—878页。

味"，并且嘲笑鲁迅："光明的大道呈现在自己的眼前，他偏偏不走上去，只是沿着三面夹道的墙去专显碰壁的精神，这究竟有什么意义呢？"①

工农大众需要不需要启蒙？这是大众化倡导者与启蒙文学持守者的一个根本分歧。启蒙主义者致力于国民性的批判，阿Q形象是其辉煌的成果，并且已经成为一个象征性的符号。在大众化的过程中，这一直是一个无法回避的问题。于是，否认阿Q形象的普遍意义成了一种常见的思路。20年代末，"革命文学"的倡导者们就认定阿Q的时代已经死去，阿Q已经不是过去的阿Q。在他们看来，"现在的中国农民第一是不像阿Q时代的幼稚，他们大都有了很严密的组织，而且对于政治也有了相当的认识；第二是中国农民的革命性已经充分地表现了出来，他们反抗地主，参加革命，近且表现了原始的Baudon（即暴动）的形式，自己实行革起命来，决没有像阿Q那样屈服于豪绅的精神……"②周扬在抗战时期又有大致相同的表述："这是一个怎样变化万端令人惊异的环境啊！在这个环境之下，人又是变化得怎样的迅速啊！……昨天还是落后的，今天变成了进步的；昨天还是愚蒙的，今天变成了觉醒的；昨天还是消极的，今天变成了积极的。革命时期必然地伴以人类心灵上的深刻剧烈的变化，只适合于社会停滞期的艺术家的那种静的看法现在是完全不适用了。……现在，阿Q们抬起头来了。关于觉醒了的阿Q，值得写一部更大的作品。"③

既然阿Q时代已经死去，既然阿Q已经觉醒，启蒙文学自然成为多余。既然阿Q已经成为时代的英雄，当然不容知识分子去对他们指手画脚。越到后来，时代越是光明，阿Q的觉悟也越是不容怀疑，在文学中全面驱逐启蒙主义自然顺理成章。

八

这是一个从主动到被动，从自我迷失到被迫归顺的过程。在其开始，不

①钱杏邨：《死去了的阿Q时代》，1928年3月《太阳月刊》。

②同上。

③周扬：《新的现实与文学上的新任务》，《抗战文艺论集》，第18页。

过是一些年轻的知识分子由于浪漫的激情而不满足于暴露社会的黑暗和罪恶，急切地寻找出路而发现了农工大众。在社会思潮的影响下，他们认为一切被压迫群众不但是反抗统治阶级的力量，而且是创造新社会的主人。于是，他们不自觉地陷入了一种以“劳工神圣”的观念为标志的大众崇拜。这种崇拜使他们不愿承认劳动大众的落后性，更不愿意承认革命的依靠力量也需要国民性改造，而是毅然相随而去。他们没有意识到此路遥远而艰难，天真地以为只要自己向着大众开步走，并且努力获得大众意识，就能创造出大众文艺。在发现自身与大众的差距的时候，他们也往往为了一个遥远的目标而宁愿否定自己。但是，在后来的发展过程中，残酷的事实却使他们知道了问题并不这么简单。从40年代开始，大众化作为一种方向被确定了下来，知识分子的思想改造提上议事日程。工农兵总是伟大的，知识分子总是渺小的；工农兵总是受到热情歌颂，知识分子总是受到严厉的贬斥；工农兵是神圣不可侵犯的主人，知识分子成了让人不放心的异类；时代给知识分子留下的任务就是不断地反省自己、批判自己、改造自己。好像多读了几年书就成了无法摆脱的“原罪”，他们需要永远地忏悔。他们一步步否定自我，却一次次受到训斥，并且训斥之声越来越严厉。直至知识分子精神存在的合法性完全丧失。甚至仅仅上了几年中学的“知青”，也必须接受“再教育”。

1991年10月初稿
1998年12月修改

1958：文艺“大跃进”的战略

在20世纪中国文学流变的历史上，1958年的文艺“大跃进”是一个内涵极为丰富的事件。从表面上看，文艺“大跃进”无疑是荒诞的，但是，作为当代文学流变链条上的一个关键环节，它不仅一点也不荒诞，而且是解决当时文化危机的重要措施和实现文化战略意图的关键之举。从某种意义上说，它不仅成功地解决了1957年给文坛留下的一系列问题，而且成功地解决了1949年之后中国文学一直面对的一些难题。从知识分子话语的角度考察文学发展流变的历史，文艺“大跃进”的作用更是至关重要，因为正是在这一群众性的文艺运动中，权威话语与民间话语一道彻底扫荡了残存的知识分子话语，并决定了此后二十年文学运动的方向和基本形态。

一

面对1958年的中国文坛，首先使人为之惊异的是“大跃进”民歌运动。

在这片古老的土地上，无论哪一个时代都有民歌。它产生于民众的口头创作，以口头的形式在民间传播，有的因为种种原因而被历史记载，而大多数作品都会很快自行消亡。因为新的创作不断出现，流传于口头的民歌也会不断更新。这是艺术生产和消费的一个自然过程，一代又一代，自生自灭，少为人知。可是，当历史的长河流经1958年，民歌却引起了国家领袖的关注，创作和收集民歌成了社会生活中的一件大事，甚至成了一项重要的“政治任务”。从这年3月开始，毛泽东连续发出指示，要求收集民歌。于是，收集民歌的活动迅速开展起来：《人民日报》发表题为《大规模地收集全国民歌》的社论；中国文联、中国作协立即进行“采风大军总动员”；各省党委或宣传部陆续发出了关于组织收集民歌的通知；全国各地迅速成立了采风组织和编选机构；各地报刊纷纷开辟了民歌专栏……一场声势浩大的民歌运动就这样全国范围内迅速掀起。“大跃进”民歌运动影响了当时整个文坛。1958年9月2日，郭沫若在《人民日报》发表《跨上火箭篇》，提出文艺也要“大跃进”，并且呼唤：“文艺也有试验田，卫星何时飞上天?”《文艺报》立即以专论的形式正式向艺术家发出号召，要求“文艺放出卫星来”。《人民日报》《文艺报》等报刊及时报道了各地收集、创作民歌和文艺“大跃进”的辉煌战果，并对各地的先进经验进行介绍。一场文艺“大跃进”运动轰轰烈烈地迅速开展了起来。

当历史的尘埃落定之后，我们透过发黄的报刊遥望四十多年前的那场运动，仍然能够感受到那种特殊的氛围。作为一场有组织、有领导、自上而下开展起来的文艺运动，引人注目之处至少有两点：

一、对产量的高度重视和极端追求。全国各地都在制订计划，下达指标，像完成钢铁产量和粮食征购任务一样完成文艺创作任务。比如：呼和浩特市决定搜集五十万首民歌；内蒙古全区要搜集一千万首；安徽肥东一个县半年创作民歌五十一万首；南京市五十天中产生群众创作一百三十万余篇；河南省据九十六个县的统计已有创作组三万零七百五十一个，创作量是上千万篇；许昌一个专区在几个月中就创作了作品三百一十六万件；河北省委发起了一个一千万篇的群众创作运动，结果却被保定一个地区全包了……[①]运动轰轰烈烈，作品产量惊人，各种选集纷纷出版。据不完全统计，仅1958年的大半年间，全国省市以上的出版社正式出版的集子就近八百种。大量由于纸浆未经漂白到处都是东倒西歪的字迹残骸的灰色再生纸被用于印刷民歌。诗集出版量远远超出了“五四”以降几十年的总和!

二、对作者数量的高度重视和对作家艺术家的迅速培养。从当时的各种报道看，似乎有一种撒豆成兵的魔法，使中国一夜之间出现了那么多的作

①《文艺报》1958年第15期。

家、诗人和艺术家。田间地头，车间靶场，几乎到处都在赛诗；男女老幼，干部群众，一群群都在进行文艺创作。也许这个民族潜在的能量的确不可估量，重要的是如何挖掘和调动这种潜力，并将其发挥到极致。在这一点上，1958年是一次空前的尝试。有些地方要求从七八岁的孩子到七八十岁的老太婆都必须完成一定的指标，有的地方提出了“村村要有李有才，社社要有王老九”和“县县要有郭沫若”的口号。山西省提出一年内要产生三十万个“李有才”和三十万个“郭兰英”；甘肃规划半年产生五百名作家，一年出现两千名作家，三年出现一万名作家；河南商丘县委宣传部的总结中说，他们那里出现了大批作家、艺术家，“这些农村里的诗人、演员、艺术家，没有什么高深的学问，有的只上过几年小学，更多的是没有进过学校的门，刚摘掉文盲的帽子。”因此，被称为“作家”的人数迅速增长，由1957年的不足一千人，迅速增长到1958年的二十万人。[①]中国作家在这一年中增长了二百倍！

具体的做法正如当时的报刊在经验介绍中所透露的：“起初，有一些劳动群众对民歌创作有自卑感，认为自己文化水平低，不能写，有一些人对于民歌的政治作用还估计不足，因而进展不快。我们就选择了工厂、农村、街道各一个点，首先通过一些普通劳动人民创作民歌的事例，向广大群众作典型介绍，用演唱、展览等方式，大张旗鼓破除迷信，克服自卑感，使大家明白自己也可以创作民歌，这一关冲破了，群众劲头就大了。如清平街开始搞时只有十来篇稿，后来抓住了一个七十多岁的老太婆欧富女创作民歌歌颂毛主席的事例，召开全街群众大会宣传，并演唱了她的作品，第三天全街居民就写了两千三百多件作品，又通过这些作品街头展览，居委会普遍举行民歌演唱晚会，七天便写了一万多件，使这条街道处处是民歌。”[②]

面对这一切，我们有理由发问：十万火急地动员大众参与文艺生产，大张旗鼓地培养工农作家和诗人，目的究竟是什么？是领袖“采风”的雅兴？问题大概并不这么简单。所谓“重要的政治任务”，大概不是一句空话。那么，它的重要性究竟何在？

---

①R.麦克法夸尔、费正清编《剑桥中华人民共和国史·革命的中国的兴起》，中国社会科学出版社1990年，第459页。

②《文艺报》1958年第15期。

二

毫无疑问，1958年的文艺“大跃进”与1957年政治上的反右派斗争是紧紧联系在一起的。从1956年开始到1957年春天形成高潮的“百花齐放”和“百家争鸣”的潮流给当代中国文学带来了空前的活跃气氛和“百花欲放”的局面。然而，活跃的气氛中出现了尖锐的批评，“双百方针”威胁着刚刚建立的文艺规范。这一切超出了政治权威的预期，于是，一场“反击右派分子猖狂进攻”的战斗迅速打响，探索者被迫停止了探索，争自由者进一步失掉了自由，补天者也被作为破坏者打入地狱。短短几个月的时间，全国有五十五万多人成了“右派分子”。用当时和后来都颇为流行的话说：文艺界是重灾区。

历史没有理由忽视五十五万右派分子被送往改造之途给文坛带来的实际后果。因为无论以什么方式都无法掩盖这一后果给文坛带来的大面积荒芜。特别是那些崭露头角、创作力旺盛的年轻作家和诗人：公刘、白桦、邵燕祥、流沙河、王蒙、从维熙、刘绍棠、李国文、高晓声……他们在50年代中国文坛上不是无足轻重的。因为无论郭沫若等老一代作家多么努力地配合新时代，他们的创作都已经失掉了生命的活力，那些勉为其难的配合之作总是透露着思想的苍白和感情的虚假。真正支撑着50年代大陆文坛的是革命队伍自己培养的年轻一代，因为他们虽然呈现着普遍的知识资源的贫乏和思想的浮浅，却有真挚而充沛的感情，因而能够发出响亮的声音。但是，他们随着反右斗争的利刃而大面积倒下了。这给文坛留下了一个迫切的课题：填充空白，再造文艺繁荣之景。而文艺“大跃进”正是制造文艺园地繁荣景象最有效的方式。它以铺天盖地之势迅速填补了反右派运动给文坛留下的荒芜空间，并象征性地宣告：即使没有那些自以为是的知识分子，文学艺术照样繁荣。只有明白这一点，我们才能明白为什么要制订指标、规定任务甚至要求从七八岁的孩子到七八十岁的老太太都要进行“文学创作”；我们才能理解为什么要以大刮“浮夸风”的方式制造作家队伍迅速壮大的假象。因为它可以告诉人们，反右之后文艺园地不仅没有萧条，而且出现了一个轰轰烈烈的发展高潮。

当时文艺界面对的问题当然不仅是填补空白和制造文艺繁荣景象。清醒的文艺界领导者都会意识到，更重要的问题是在惩罚越规分子的同时修复文艺规范。从“向右派开火”的批判文章可见，当时的权威批评把自身与右派作家的斗争解释为无产阶级与资产阶级之间的斗争，但是，这都是当时人们经常使用而难以把握实质的语言，其实，如果说存在根本冲突的话，冲突的实质就在于文学艺术要不要无条件地接受政治权威的领导，要不要无条件地为政治服务，文艺家应该不应该有思想的自由和艺术探索的自由。总而言之，也就是要不要坚持文艺界已经形成的规范。这一规范在40年代开始形成，在50年代得以在全国普及和完善。它最突出的特征就是文学必须为政治服务，配合中心工作，为新时代高唱颂歌。但是，1956年之后，由于“双百方针”的提出，文坛出现了直面现实、干预生活、勇于探索和要求创作自由的新潮流。被划为右派的作家差不多都是一些越轨者，他们不满于规范的限制，而且突破规范进行种种新的探索，因而产生了一些被称作“毒草”的作品。所以，文艺界的反右斗争必然一方面表现为对越轨者的打击，一方面表现为对“双百方针”提出之前建立起来的文艺规范的修复和巩固。但是，仅仅依靠政治上的打击，大概不能解决当时文艺规范已经面临的危机，文化的问题最终需要以文化的形式解决。

毫无疑问，文艺“大跃进”正是解决这个问题的有效途径。从民间涌现的文艺作品与知识分子的新探索绝然不同，它全面地承袭着50年代初期中国文学形成的颂歌主题，并把它推向了一个新的高度。绝大多数作品都在歌颂党，歌颂领袖，歌颂新中国，歌颂社会主义，歌颂社会主义建设中的英雄及其革命斗志。在大量作品中，毛泽东是永远不落的红太阳，他驱散了黑暗，驱退了严寒，给世间带来了光明与希望；他把人民从苦难的深渊中拯救了出来，使他们翻身解放当家做主人；他使贫穷落后的中国变得繁荣富强……在这些作品中，毛泽东威力无边，无往而不胜，不仅领导革命队伍战胜了敌人，而且可以号令天地，使万物顺从。大地山川则无不为之欢呼和歌唱：“主席走遍全国，山也乐来水也乐。峨眉举手献宝，黄河摆尾唱歌。”（《主席走遍全国》）在这些作品中，新旧对比和忆苦思甜的创作模式被广泛采用：“奶奶用过这只篮，领着爹爹去讨饭。妈妈用过这只篮，篮篮野菜度荒年。嫂嫂用过这只篮，金黄窝头送田间。我今挎起这只篮，去到食堂领花卷。人民公社无限好，党的恩情大如天。”（《一只篮》）这是一种最常见的歌颂模式。如果考察这种模式的源头，我们不难发现，在中华人民共和国建立之初的颂歌浪潮中，许多作家和诗人都曾这样写过他们的作品。但是，随着时间的推移，一部分知识分子出身的作家逐渐开始对这种模式化的单调歌唱感到厌倦，并且开始了新的探索和追求。50年代中后期的历史为我们提供的现实是，当一部分作家对这种模式开始厌倦的时候，大众却正在接受这一普遍的模式，并按照这一模式歌唱。这是同一个规范在知识分子与大众两个不同的群体之中的不同遭遇。从生活层面考察，当时的中国农民虽然已经面临着失掉土地自主权的危机，但农民不像知识分子那样敏感，只要普遍的饥饿和深重的灾难还没有降临，就有更多的人仍然处于合作化的新鲜感之中。因此，来自民间的声音成为颂歌的延续，成为修复颂歌规范的重要资源。事实上，无论哪一个时代，民间都是旧规范的存放地。民间话语总是滞后于知识分子话语。在21世纪的中国，情况尤其如此。在这种情况下，只要征用民间文化资源，就会有效地修复旧的文化规范。文艺“大跃进”的客观后果是声势浩大的民歌运动压倒了诗人们的声音，工农兵文艺创作压倒了知识分子的创作，来自民间的力量非常有效地修复了被知识分子破坏的文艺规范，并使颂歌主题再次成为文艺创作的主旋律。

认真考察50年代文化战略实现的过程，其主要途径有二：一是改造知识分子作家，使其脱胎换骨；二是工农兵以自己的创作占领文艺阵地。显然，前者远远不如后者更可靠。知识分子的脱胎换骨工程从1951年已经开始，却显然并不怎么成功，所以到1957年仍然出现了那么多右派。这一事实使政治权威对知识分子改造运动不再抱有过于乐观的态度，而清楚地意识到社会主义的文艺阵地必须由无产阶级自己去占领。一方面是“真正依靠工农群众自己办，办一个工农群众自己看的通俗文艺刊物”[①]。一方面是依靠工农群众自己写，开展工农群众自己的文艺运动。从这个意义上说，文艺“大跃进”运动最突出的意义就是政治权威话语以民间话语的形式对知识者盘踞的文艺园地进行占领和改造。事实证明这个运动是成功的，它不仅使反右之后萧条的文艺园地轰轰烈烈热闹非凡，而且使被一些知识分子所厌弃的

①《北京文艺》1958年征稿启事。

颂歌在村村户户男女老幼之中掀起了新的创作热潮。

三

在1958年春天的成都会议上，毛泽东发表了他对诗歌发展道路问题的看法：“中国诗的出路，第一条民歌，第二条古典，在这个基础上产生出新诗来。”这段语录对中国当代诗歌的发展产生了重大影响，也对整个文学创作发生了重大影响。

有一点不难发现：毛泽东对诗歌发展道路的看法以忽略的方式排除了四十多年形成的新诗传统。他强调的一是民歌——民间，二是古典——传统，唯独没有外国文学。这不是偶然的，而是毛泽东文艺思想的一贯倾向。他一生写过很多诗，也发表过不少诗。因为材料所限，我不敢断定毛泽东是否写过新诗，但公开发表的作品全是旧体诗词。在1965年7月21日致陈毅的信中，他认为“用白话写诗，几十年来，迄无成功”。由此可见，毛泽东对新诗一直带有很大的偏见，这种偏见直接影响到他对诗歌发展道路的设计。他的设计是本土化的，排斥了外国诗歌这一新诗建设中的重要资源，同时也抛弃了“五四”以来新诗几十年建立的基础。因此，1958年的民歌运动是对诗歌进行的一场另起炉灶的革命。这场革命切断了中国新诗借助于世界资源以实现现代化的路程，同时也中止了中国新诗的现代性追求。

在关于诗歌发展道路问题的讨论中，关于过去新诗成就的评价成为一个重要的问题。中国新诗与整个新文学一样，产生于五四新文化运动。没有五四新文化运动就没有中国新文学，就没有中国新诗。中国现代知识分子是从“五四”走来的，他们的基本价值观念来源于“五四”。然而，在50年代，知识分子从“五四”新文化中获得的思想价值却早已不合时宜。要实现对知识分子的改造，首先要克服的就是五四新文化运动形成的精神传统，亦即现代知识分子的传统。全面否定“五四”是困难的，因为历史已经证明，像创造社、太阳社以及左联某些领导人的做法并不成功，所以，明智的方法是抽象的肯定与具体的否定相结合，对“五四”新文学传统进行重写。在关于诗歌发展道路的讨论中，这种重写和否定都很有意味。有人说“五四”以来新诗的主流是民歌，洋化的新诗是逆流。人们纷纷谈论新诗的教训，认为它之所以不成功，就在于严重的欧化和洋化倾向，在于从知识分子的立场出发，严重地脱离群众，没有很好地与人民群众相结合。诗人们纷纷表示愿意拜倒在民歌面前，向大众学习，努力锻炼和改造自己，而且认为“只要诗人能脱胎换骨，自然诗歌也能脱胎换骨”[①]。由此，我们可以看到一些诗人对新文学传统的彻底背离，而对新文学传统的背离也正是对现代知识分子话语的背离。所谓“脱胎换骨”，也就是彻底放弃知识分子的自我而归顺政治化了的民间话语。

因为毛泽东的意见当时没有公开传达，所以讨论中对以民歌作为新诗的发展道路存在着不同的看法。有人指出民歌的局限，担心对民歌的片面强调会使诗歌发展的道路越来越窄。这种观点显然不合时宜，所以立即受到了批评。值得注意的是当时那些代表着权威意志的批评所透露的认识：在1958年下半年《星星》开展的讨论中，李亚群在发言中激烈地批评了肯定自由诗和怀疑民歌道路的观点，并且尖锐地指出：“这不仅是形式问题，更不只是雁翼和其他几位同志所说的语言问题。这是马克思列宁主义的美学原则和毛泽东思想；是诗歌发展的历史规律和真理。”“关于形式问题的争论，还是一个谁跟谁走的问题”，“关于谁是主流之争，实质上是知识分子要在诗歌战线争正统、争领导权的问题。”[②]

既然民歌形式问题涉及的是谁跟谁走的问题，谁是主流之争涉及的是领导权之争，那么，知识分子就只有老老实实地交出文学艺术园地的全部特权，虚心地充当大众的小学生。因此，民歌运动空前有力地完成了对新诗和整个“五四”新文学运动方向的扭转，更彻底地实现了对知识分子先知先觉地位的颠覆。从这个意义上说，“大跃进”文艺运动是权威话语借助民间话语全面覆盖知识分子话语的一个运动，是彻底否定“五四”新文学传统而回到民间传统的一个文学运动。它意味着知识分子被迫放弃自己的话语立场和话语形式而向民间大众话语无条件彻底归顺。因此，“大跃进”民歌运动是权威话语支配下的民间文化的一次盛典，也是现代知识分子话语的一次葬礼。它使20世纪中国文学中的现代启蒙精神全面消失，使20世纪中国文学

①公木：《诗歌的上山下乡问题》，《人民文学》1958年第5期。

②《新诗歌的发展问题》第1集，第176页。

的现代性追求基本中断。

如果把各个方面的情况联系起来，才更容易看到问题的根本。在文艺领域，国家领袖亲自关心民歌的创作和搜集；“村村要有李有才，社社要有王老九”；不会写字的老太太当诗人，没上过学的农民当作家。在教育领域，全民办教育，“大学”遍及穷乡僻壤，正如徐迟在《钢和粮食》中报道的：“徐水县现有正规大学一所，红专大学九所。按照它的规划，将来要有县办综合大学一所，七个人民公社办的综合大学七所，以及村办的红专大学，每个村一所。”于是，不识字的老贫农当了“教授”，喂猪的老太太成了家学院养猪系的“专家”。这一切的意义就在于彻底打破知识分子在文化教育领域里的一统天下。它与知识分子改造的政策以及后来出现的工农兵管理学校和知识青年上山下乡接受贫下中农再教育的思路是一致的。

四

除此之外，文艺“大跃进”运动还给中国当代文学带来了所谓革命的现实主义与革命的浪漫主义相结合的“两结合”创作方法。“两结合”创作方法的出现最显著的意义在于有效地进一步遏制了文学的现实主义精神，使粉饰生活、歌舞升平和以说谎吹牛为主要特征的“假大空”文学在理论上得以合法化。

“两结合”创作方法的关键在于所谓革命的浪漫主义。其现实的针对性即新文学业已存在的现实主义传统。事实上，当代中国文学从一开始就一直面临着如何对待现实主义的问题。毫无疑问，现实主义是以批判精神为其根本特征的。因此，它与政治的关系非常复杂，与国家权力话语的关系也非常复杂。一般地说，当一种政治力量致力社会变革之时，它与文学的现实主义精神是一拍即合的，因为现实主义文学对社会问题的揭露与批判都会有效地服务于现实的变革。但是，当一种政治力量建立自己的统治秩序之后，与现实主义精神的关系就往往走向复杂化。如果新的秩序仍然致力于不断改革和完善，现实主义精神可能仍然受到欢迎；如果新的秩序以自身的巩固为主要目的，并不致力于自身的改革和完善，现实主义的批判性就不仅不受欢迎，而且成为讨厌的东西。因为现实主义文学与政治权威话语的这种复杂关系，在50年代的中国文坛上，现实主义一直处于非常尴尬的境地。

当然，这种状况并非中国文坛所独有，而是苏联文坛早已存在的问题。当政治权威要求文学艺术致力于为时代大唱赞歌的时候，作家所遵守的现实主义精神却要求文学对现实持怀疑和批判的态度，这就使得文学很难成为政治机器上的齿轮和螺丝钉。因此，为了适应政治的需要，现实主义必然受到限制。在苏联，社会主义现实主义的口号就是这种限制的产物。日丹诺夫在第一次全苏作家代表大会上的讲话中说过："革命的浪漫主义应当作为一个组成部分列入文学的创造里去，因为我们党的全部生活、工人阶级的全部生活及其斗争，就在于把最严肃的、最冷静的实际工作跟最伟大的英雄气概和雄伟的远景结合起来。我们党之所以始终是强有力的，就是因为它过去和现在都把加倍的实事求是精神和实际性，去跟辽阔的远景、不断前进的志向、为建设共产主义社会的斗争结合起来。苏联文学应当善于表现出我们的英雄，应当善于展望到我们的明天。这并不是乌托邦，因为我们的明天已经在今天被有计划的自觉的工作准备好了。"[①]

由此可见，所谓两结合的创作方法与社会主义现实主义并没有根本的不同。但是，社会主义现实主义是苏联的而非中国的，被借用到中国来之后并没有从理论上真正解决政治需要与生活真实的关系问题。在"大跃进"的背景上，生活中的浮夸风却使现实与理想的确失掉了界限。据说，现实主义与浪漫主义之所以能够实现完美的结合，就在于生活中现实和理想不再是矛盾的，而是统一的。这种说法很有代表性："在我们生活中，现实（社会主义的现实）和理想（共产主义的理想）总是结合在一起的。理想是现实基础上的理想，现实是理想指导下的现实。"[②]

"大跃进"文艺为这种理论提供了范本。它突出的艺术特征是所谓革命的浪漫主义。理想、豪情是其基本内涵，想象和夸张是其基本手法。在那些作品中，理想和豪情代替了对现实的描绘；想象和夸张成为"放卫星"和浮夸的手段。看看这些作品吧——写谷子大丰收："一个谷穗不算长，黄河上面架桥梁，十辆卡车并排走，火车驶过不晃荡"；写玉米大丰收："俺社玉

---

①《苏联文学艺术问题》，人民文学出版社1959年，第22页。

②《文艺放出卫星来》，《文艺报》1958年第18期。

米田，玉米长高钻上天，飞机不按航线行，碰断俺社玉米秆”；写小麦大丰收：“麦秸粗粗像大缸，麦芒尖尖到天上，一片麦壳一片瓦，一粒麦子三天粮”。诗歌可以这样写，报告文学也可以这样写：徐迟在《钢和粮食》中兴奋地写了亩产十二万斤的水稻田，并说“十二万斤并不是一个稀奇的数字，更不算是一个先进的数字，中国的农民在向着更高的高峰攀登了”。他还写了一棵长了三个杈的玉米，上面结了三十五个大棒子。你不相信吗？作者说他是“一个一个的数了的，而且数了三遍。”康濯激情满怀地在《徐水人民公社颂》中报道过“一亩山药一百二十万斤”“一棵白菜五百斤”“小麦亩产十二万斤”“亩产皮棉五千斤”的丰收景象……当时的中国作家怎么了？他们的神智是否正常？是不是在发烧？是不是正被邪教控制？因为直到今天，我们的土地上也没有长出一棵结了三十五个大棒子的玉米，小麦亩产也无法达到十二万斤，山药亩产也无法达到一百二十万斤。那么，这显然不是作家们自己对生活的感知，而是一种夸张和想象。这种夸张和想象，就是1958年的“革命浪漫主义”。它为文学回避生活的真实提供了经验，为文学超越现实生活的真实而直接表现理想状态提供了方法，并直接成为两结合创作方法的基础。这种创作正如周扬进行的理论阐释：“我们处在一个社会主义大革命的时代，劳动人民的物质生产力和精神生产力都获得了空前的解放、共产主义精神空前高涨的时代。人民群众在革命和建设的斗争中，就是把实践的精神和远大的理想结合在一起的。没有高度的浪漫主义精神是不足以表现我们的时代，我们的人民，我们工人阶级的共产主义风格。”[①]对于作者来说，当然不必为自己的浮夸而脸红，因为把理想化为现实正是“高度的浪漫主义精神”或“革命的浪漫主义精神”。

作为一个关键的环节，文艺“大跃进”所催生的“两结合创作方法”为文学回避矛盾、粉饰生活、拔高人物、神化英雄提供了理论依据，也为文学配合政治需要而虚构生活开了方便之门。到此为止，中国当代文学终于在理论上摆脱了现实主义精神的威胁。

①《红旗》创刊号，1958年6月1日出版。

迷失之旅及其代价

——20世纪中国文艺大众化运动再思考

在20世纪中国文学发展的历史上，大众化运动是一个持续了半个世纪并导致了一系列严重后果的运动。然而，正像一些人所希望的一样，真实的历史正在随着时光的流逝而被遗忘，只有书写在历史尘封之上的抽象口号被反复强化着，从而进一步遮蔽着历史真实。作为一个抽象的口号，大众化是一个使用率颇高的概念，但是，何谓“大众化”？使用者却往往不作深究，一些人使用的显然并非其流行的含义。因此，有必要首先看一看最权威的解释：根据毛泽东的说法，“许多同志爱说‘大众化’，但是什么叫作大众化呢？就是我们的文艺工作者的思想感情和工农大众的思想感情打成一片。”[①] 根据最流行的辞书，“大众化”一词的解释是：“变得跟广大群众一致，适合广大群众需要。”[②]这两种解释虽然词语并不完全相同，但意义是一致的，所谓“和工农大众的思想感情打成一片”，也就是“变得跟广大群众相一致”。我们不能不承认，这就是大众化的本义，其他一切理解都是一厢情愿。

面对这样一个概念，我一直无法克服这样的疑问：它是否有益于文学艺术的健康发展？文艺为大众服务或许无可厚非，但是，“为大众”与“变得与群众相一致”并非等义的，把在思想感情上与大众相一致作为追求的目标，对于文学来说，结果会是什么？“五四”新文学是新文化运动的一个重

①《毛泽东选集》，人民出版社1967年，第808页。

②《现代汉语词典》，商务印书馆1996年，第200页。

要组成部分，而五四新文化运动就其本质而言，是一场以人的解放为旨归的现代启蒙运动，其显著特征之一就是化大众。那么，从“五四”时期以鲁迅为代表的以批判国民性为标志的化大众的文学运动，到以“变得跟广大群众相一致”为目标的大众化的文学运动，文学是如何完成这种转变的？既然以反启蒙的大众化作为追求的目标，如何能够仍然高举以化大众为旨归的“五四”旗帜？文学当然需要充分考虑其接受者，但大众的喜闻乐见能否成为艺术的价值尺度？与大众相一致是否应该成为文艺运动的方向？……正是这样一些疑问，使我走向了大众化运动的历史。漫游于发黄的故纸堆中，我悲哀地发现，这是20世纪中国文艺的一次大面积持续迷失。历史已经证明，任何迷失都会付出难以预料的代价。

世纪之交，人们正在对20世纪中国文化走过的路程进行回顾，对其精神遗产进行清理和选择。处于矛盾和困惑之中，任何脚印都可能成为新的路标。正因为这样，为了前行的路，任何过去的脚印和路标都应该受到理性的审视。

上篇：漫长的迷失之旅

一

大众化运动缘何而起？在过去占主导地位的文学史叙述中，它是“五四”文学革命的必然发展。其理由是“五四”文学革命提倡白话文，鲜明地反映着面向大众的倾向，而且大大地缩小了文学与大众的距离。应该承认，“五四”文学革命的确使中国文学走近了平民大众，这是其历史功勋之一，但是，把文艺大众化运动与“五四”文学革命作一体化处理，却不能反映历史的真实。因为文艺大众化运动与五四新文化运动的方向是相互背离的。五四新文化运动是中国现代知识分子发起的一场以现代化为旨归的启蒙运动，新文学是新文化运动的一个组成部分，因而其最显著的特征是启蒙主义，是化大众而不是大众化。虽然“五四”新文学运动不仅以白话文代替文言文，而且提出了“平民文学”的概念，但是，它与大众化相去甚远。五四新文化运动领袖集团和新文学革命的倡导者们更多地看到了大众的愚昧，因而致力于国民性的批判和民族灵魂的重铸。他们关心大众的疾苦，为他们的命运而呐喊，但在思想感情上却不愿与大众保持一致。胡适、鲁迅等人的态度自不待言，即使那些积极投身于大众翻身运动的人们，也深知“群众心理都是盲目的”，甚至认为“一旦置身群众，便失了理性”[①]。周作人提出了“平民文学”的口号，但对这一概念的界定却只是“普遍”与“真挚”：“第一，平民文学应以普通的文体，记普遍的思想与事实。我们不必记英雄豪杰的事业，才子佳人的幸福，只应记载世间普通男女的悲欢成败。……第二，平民文学应以真挚的文体，记真挚的思想与事实。既不坐在上面，自命为才子佳人，又不立在下风，颂扬英雄豪杰。”为了避免误解，周作人特意强调“平民文学不是专做给平民看的”，“他的目的，并非要想将人类的思想趣味，竭力按下，同平民一样，乃是想将平民的生活提高，得到适当的一个地位。”并且说明“凡是先知或引路的人的话，本非全数的人尽能懂得，所以平民的文学，现在也不必个个‘田夫野老’都可领会”[②]。两年之后，他又专门为此写了《贵族的与平民的》一文，指出文学不能片面追求平民化。作为五四新文化运动领袖集团的成员，他看到了平民意识中的传统重负，知道文学迎合大众必将导致的后果是与文学革命的初衷背道而驰的。他担心的是“求生的意志固然是生活的根据，但如没有求胜意志叫人努力地去求‘全而善美’的生活，则适应的生存容易是退化的而非进化的了”。他的主张是“从文艺上说，最好的事是平民的贵族化”，非常明显，这里显示的是五四新文化运动的启蒙立场。新文化运动的主将们都很难以适应大众作为追求的目标，很难以大众的喜闻乐见作为评价文学艺术的价值标准，更不会为了其他什么目的而改变新文化运动的初衷。

真正开始走上大众化道路的是五四新文化运动的一些年轻叛逆者。那些叛逆者之所以从五四新文化运动的追随者变成五四新文化运动的叛逆者，主要原因在于他们虽然参与了“五四”新文学运动，但大多远离新文化运动的

①陈独秀：《再答区声白书》，《新青年》第9卷第4期。

②《中国新文学大系·建设理论集》，上海良友图书公司1935年，第211—212页。

中心，对新文化运动缺少根本的了解。他们有反抗的冲动而没有确定的立场，有创造的热情而没有清晰的目标。所以，他们常常表现为时代泡沫的追逐者和文坛风波的弄潮儿，为破坏而破坏，为创造而创造，不断飞跃而无精神的持守。他们虽然大多曾经留学国外，但学业鲜有所成，回国后苦于找不到满意的位置，于是，渴望破坏和创造，努力在文坛不断地制造革命。在“五四”高潮过去之前，他们的理想无法实现，全部的努力只不过是卖出了一些稿子。然而，“五四”高潮过后，由于国民革命的新形势，农工大众开始受到高度的重视，他们开始把目光投向大众，并且纷纷离开文学，直接投身于国民革命。革命活动使他们进一步看到了大众的力量，因而很快发生了转变，由表现自我到表现社会、由主张抒情到主张写实。他们对青年发出了新的呼唤：“我希望你们成为一个革命的文学家，不希望你们成为一个时代的落伍者。这也并不是在替你们打算，这是在替我们全体的民众打算。……你们要把自己的生活坚实起来，你们要把文艺的主潮认定！你们应该到兵间去，民间去，工厂间去，革命的漩涡中去！”[①]1928年，创造社、太阳社的成员纷纷发表文章，要到大众中去，获得大众意识，以大众为对象，创造服务于大众的革命文学。成仿吾向文学家发出号召：“我们还得再把自己否定一遍（否定的否定），我们要努力获得阶级意识，我们要使我们的媒质接近农工大众的用语，我们要以农工大众为我们的对象。”他认为“资本主义已经到了他的最后的一日，世界形成了两个战垒，一边是资本主义的余毒‘法西斯蒂’的孤城，一边是全世界农工大众的联合战线”。在这种形势下，他的态度是“谁也不许站在中间。你到这边来，或者到那边去！……克服自己的小资产阶级的根性，把你的背对向那将被‘奥伏赫变’的阶级，开步走，向着那龌龊的大众！以明了的意识努力你的工作，驱逐资产阶级的‘意德沃罗基’在大众中的流毒与影响，获得大众，不断地给他们以勇气，维持他们的自信！”[②]

虽然这时还没有提出大众化的口号，但从以自我为表现对象到以农工大众为表现对象，从为艺术而艺术到为大众而艺术，从轻视大众到崇拜大众并

①郭沫若：《革命与文学》，《创造月刊》1926年4月。

②成仿吾：《从文学革命到革命文学》，《创造月刊》1928年2月。

且要求作家充当大众的“留声机器”，大众化运动事实上已经开始。这些主张已经与“五四”新文学运动划开了界限，并且道出了后来几十年文艺大众化的基本方向和内容。它是当时一些文人的自觉选择，并无权威力量逼迫，但这一选择已为文学的前途预设了全部的坎坷，为知识分子划出了一条荆棘路。

经过大半个世纪的风风雨雨，我们终于清楚，无论主观动机多么强烈，知识分子要获得大众意识从而创造真正属于大众的文学都决非易事。关于这一点，鲁迅看得非常清楚，在《路》中，他说：“上海的文界今年是恭迎无产阶级文学使者，沸沸扬扬，说是要来了。问问黄包车夫，车夫说并未派遣。这车夫的本阶级意识形态不行，早被别阶级弄歪曲了罢。另外有人把握着，但不一定是工人。于是只好在大屋子里寻，在客店里寻，在洋人家里寻，在书铺子里寻，在咖啡馆里寻……”无论从洋人家里，还是从咖啡馆里，寻找到的当然很难说是真正的无产阶级文学的使者。鲁迅相信从血管里流出的是血，而从水管里流出的是水，所以不相信从咖啡馆里寻找出来的文学使者能够真正代表大众。然而，这并不影响年轻的革命文学倡导者们按照自己的理解表现所谓大众意识。在鲁迅看来，非无产阶级的文人自命无产阶级的代表，真正的无产者如黄包车夫却被宣布“本阶级的意识形态不行”，这是荒诞的。然而，这是一种世界性的荒诞，正是这种荒诞为非无产阶级的文人提供了方便，使他们能够理直气壮地以大众代言人自居，并且态度强硬地命令文学走向他们所代表的“农工大众”，去表现他们所理解的“大众意识”。

进入30年代，大众化的涛声在上海响起。虽然左联成立时的理论纲领中没有写进有关“大众化”的字样，但是，在左联成立大会上就已通过了成立“大众文艺研究会”的议案。在次年左联执行委员会决议中明确指出革命文学“首先第一个重大的问题，就是文学的大众化”①。因此，上海文艺界对大众化问题进行了反复讨论。从当时的讨论情况看，人们对大众化的理解和主张都很不相同。其中，瞿秋白和鲁迅的观点显然具有较大的影响并最有代表性。然而，他们的观点并不像一些文学史所描述的那样一致。

---

①《中国无产阶级革命文学的新任务》，1931年11月《文学导报》第1卷第5期。

考察瞿秋白的大众化理论，有几点值得特别注意：一、他像创造社、太阳社的人们一样，以革命的姿态面对“五四”新文学，并且从内容到形式都对“五四”新文学进行了彻底否定。在《学阀万岁》等文章中，他全盘否定了“五四”文学革命的成果，认为这次革命“差不多等于白革”，结果只是“产生了一个非驴非马的新式白话”，一种“不人不鬼，不今不古——非驴非马的骡子文学”。因此，他主张再来一次革命，而这革命就是文艺的大众化，目标就是创造大众文艺。二、他明确提出作为知识分子的作家应该向大众学习，通过改变自我以适应大众。在《大众文艺的问题》《“我们”是谁?》等文章中，他反复强调向大众学习和改造自我，尖锐批评知识分子只愿意做群众的先生而不愿意做群众的学生的倾向，认为“革命的先锋队不应当离开群众的队伍，而自己单独去完成什么‘英雄的高尚的事业’。笼统地说什么新的内容必须用新的形式，什么只应当提高群众的程度来鉴赏艺术，而不应当降低艺术的程度去迁就群众——这一类的话是‘大文学家’的妄自尊大!”瞿秋白已经明确地要求作家放弃知识分子的主体性，放弃知识分子的话语立场，为革命的事业而努力与群众结合。在这里，我们看到了毛泽东文艺思想的蓝本。后来毛泽东《在延安文艺座谈会上的讲话》的观点其实多出自瞿秋白30年代的文艺思想。三、瞿秋白最先提出了旧形式的利用，因而开了回归民间旧文学的先河。

对于大众化运动来说，鲁迅是一个并不和谐的音符。当瞿秋白们努力倡导大众化时，鲁迅说：“若文艺设法俯就，就很容易流为迎合大众，媚悦大众。迎合和媚悦，是不会于大众有益的。”他不反对文艺的通俗化，主张“应该多有为大众设想的作家，竭力来做浅显易解的作品，使大家能懂，爱看”，但是，他的目的却是“挤掉一些腐朽的劳什子”①，而不是变得与大众相一致。“五四”文学革命的主将，虽然身处面向大众的文学阵营，但是，他关注的重点仍然是形式的革新：“旧形式的采取，必有所删除，既有所删除，必有所增益，这结果是新形式的出现，也就是变革。”

更值得注意的是，置身潮流之中，鲁迅明确感觉到了大众化运动潜在的危机与歧途。首先是迎合大众的水平和趣味。在《答曹聚仁先生信》中，他

①《鲁迅全集》第7卷，人民文学出版社1981年，第349页。

说："譬如'妈的'一句话罢，乡下是有许多意义的，有时骂骂，有时佩服，有时赞叹，因为他说不出别样的话来。先驱者的任务，是在给他们许多话，可以发表更明确的意思，同时也可以明白更精确的意义。如果也照样的写着'这妈的天气真是妈的，妈的再这样，什么都要妈的了'，那么于大众有什么益处呢？"其次是旧势力的乘机反扑。他警告说："还有一层，是文言的保护者，现在也有打了大众语的旗子的了……这一点也须注意的。要不然，我们就会自己缴了自己的械。"在答曹聚仁的另一封信中，他说："有些论者，简直是狗才，借大众语以打击白话的，因为他们知道大众语的起来还不在目前，所以要趁机会先将为害显然的白话打倒。……照现在的情形看，倘不小心，便要弄到大众语无结果，白话文遭毒打，那么，剩下来的是什么呢？"①以鲁迅的洞察力，当然很容易感觉到这一运动本身与他所坚守的启蒙主义方向的矛盾，因而试图以各种形式给予反击或矫正。在《门外文谈》中，他说：

> 这一回，大众语文刚一提出，就有些猛将趁势出现了，来路是并不一样的，可是都向白话、翻译、欧化语法、新字眼进攻。他们都打着"大众"的旗，说这些东西，都为大众所不懂，所以要不得。其中有的是原是文言余孽，借此先来打击当面的白话和翻译的，就是祖传的"远交近攻"的老法术；有的是本是懒惰分子，未尝用功，要大众语未成，白话先倒，让他在这空场上夸海口的，其实也还是文言文的好朋友，我都不想在这里多谈。现在要说的只是那些好意的，然而错误的人，因为他们不是看轻了大众，就是看轻了自己，仍旧犯着古之读书人的老毛病。
>
> 读书人常常看轻别人，以为较新，较难的字句，自己能懂，大众却不懂，所以为大众计，是必须彻底扫荡的；说话作文，越俗，就越好。这意见发展开来，他就要不自觉地成为新国粹派。或则希图大众语文在大众中推行得快，主张什么都要配大众的胃口，甚至于说要"迎合大众"，故意多骂几句，以博大众的欢心。这当然自有他的苦心孤诣，但这样下去，可要成为大众的新帮闲的。

①《鲁迅全集》第12卷，人民文学出版社1981年，第496页。

捍卫“五四”白话，为欧化语法和新字眼而辩护，坚持直译，反对迎合大众，揭露新国粹派，反对做大众的帮闲……，这一切都与瞿秋白等人的主张恰恰相反。

尽管一些人早就想对鲁迅进行彻底的扫荡或改造，尽管鲁迅在左联并没有真正获得盟主的地位和权力，但其影响却使一些既定方针不能不大大地打了折扣。因为只要他活着，只要有人还想用他这块招牌，他的影响就足以使种种反“五四”、反启蒙、反现代性和打击知识分子的理论不能实现其一统天下，使大众化的口号中装进了化大众的内容，使大众化运动难以按照既定的轨道大面积地迅速推进。

同时，在大众化运动初期，它毕竟只是文坛一部分人的追求和倡导，因此，无论主张如何激烈，态度如何专横，也只是一种语言暴力。就文坛整体而言，由于新月派的存在（他们在倡导健康与尊严），由于周作人、林语堂等人的存在（他们在提倡趣味与闲适），由于巴金、曹禺、老舍、沈从文等人的存在（他们埋头于艺术生产而对搞运动和喊口号不感兴趣），加之大众化运动虽然口号喊得很响，但运动健将多不是真正的作家，拿不出像样的创作，因而对文学创作整体的影响事实上非常有限。

二

抗战开始，“文章下乡，文章入伍”成为响亮的口号。作家们满怀民族激情，纷纷走向前线，走向街头，以各种方式进行抗日救亡宣传。中华全国文艺界抗敌协会的《发起旨趣》如此写道：“……现在情形已完全不同了，全国上下，已集中目的于抗敌救亡，在最高领袖精诚领导之下，抗战形势，日益坚强，政治上的统一战线日益巩固，除了甘心媚敌出卖民族的汉奸，已无一不为亲密的战友，无一不为民族的力量。我们应该把分散的各个战友的力量，团结起来，像前线战士用他们的枪一样，用我们的笔，来发动民众，捍卫祖国，粉碎敌寇，争取胜利。”①

①《中华全国文艺界抗敌协会发起旨趣》，1938年4月《文艺月刊》第9期。

既然文学要全面地服务于抗战，就要首先致力于唤起民众的抗战热情；要唤起民众的抗战热情，就必须使艺术适应于民众。深奥的道理、晦涩的语言和复杂的形式都难以适应民众的要求，为了适应政治宣传和军事动员的要求，作家们纷纷以短小通俗的艺术形式报道艰苦卓绝的战争，歌颂抗战英雄。理论家则呼唤文学充分实现大众化，以创造大众能够接受的文艺。第三厅发布的“艺术工作者信条”中说：“吾辈艺术工作者的全部努力，以广大抗战军民为对象，因而艺术大众化成为迫切之课题。必须充分忠实于大众之理解，趣味，特别是其苦痛和要求，艺术才能真正成为唤起大众，组织大众的武器。”在特定的背景上，甚至有人提出：“在抽象的理论上，非大众的抗战文艺是不能存在的。抗战的文艺同时必然是大众的文艺。”[①]“现在，面对着这样紧张的局势，我们应该严重地提出：‘大众化’是一切文艺工作的总原则，所有的文艺工作者都必须沿着‘大众化’的路线进行，在文艺工作的范围内，应该没有非大众化的文艺工作，更没有反大众化的文艺工作。”[②]因此，大众化运动进入了又一高潮。

在其开始，对于多数人来说，所谓“大众化”，不过意味着为大众动员而力求通俗性。茅盾等人的观点基本如此，《七月》社、通俗读物编刊社等组织的讨论观点也大多如此。人们所关注的主要是“旧形式的利用”“旧瓶装新酒”的功效等形式问题，与当年鲁迅的见解相去不远。但是，情况很快发生了变化，大众化运动向着两个方向迅速发展：一是旧形式的问题转向了民族形式问题，大众化开始显示其民族化内涵；二是民间形式受到高度重视，成为所谓民族形式的中心源泉。

1938年，毛泽东在《中国共产党在民族战争中的地位》一文中写下了这样一段话：“我们这个民族有数千年的历史，有它的特点，有它的许多珍贵品。对于这些，我们还是小学生。今天的中国是历史的中国的一个发展；我们是马克思主义的历史主义者，我们不应当割断历史。从孔夫子到孙中山，我们应当给以总结，承继这一份珍贵的遗产。……因此，使马克思主义在中

①周行：《我们需要开展一个抗战文艺运动》，《抗战文艺论集》，上海书店1986年影印，第10页。

②以群：《关于抗战文艺活动》，《抗战文艺论集》，第54—55页。

国具体化，使之在其每一表现中带着必须有的中国特性，即是说，按照中国的特点去应用它，成为全党亟待了解并亟须解决的问题。洋八股必须废止，空洞抽象的调头必须少唱，教条主义必须休息，而代之以新鲜活泼的、为中国老百姓所喜闻乐见的中国作风和中国气派。”其实，文章的针对性非常明显，毛泽东的用意在于以中国作风和中国气派反对党内那些教条主义者及其洋八股。然而，它却极大地影响了文艺界的大众化运动。由此而发生的关于民族形式的论争在理论上没有多大建树，但影响却非同寻常。一些人考察新文学的历史，认为“五四”以来的新文学的主要缺点就在于思想内容上的小资产阶级思想感情和形式上的欧化，缺少中国作风和中国气派，因而不能为中国老百姓所喜闻乐见。要改变这些缺点，就必须转变方向，由学习西方转向学习中国传统，特别是民间艺术形式。

边区的报刊首先连续发表文章，展开了对民族形式和中国气派的讨论。参加讨论的人们纷纷表示要充分利用大众所喜闻乐见的旧形式，高度重视民族形式的创建。他们认为每一个民族都有自己的气派，中华民族有浓厚的中国气派，它保留在中国多数老百姓当中。文艺必须带有这种中国气派，才能被大众所喜闻乐见，才能“粘得住人”，文艺要想获得这种气派，就必须到大众中去，向大众学习。①他们提出：“话剧大众化在今天必须是民族化，主要的是要它把过去的方向转变到接受中国旧剧和民间遗产这点上面来，而不仅仅是从描写都市生活，转变成描写农村这一个意义。因此，话剧必须向一切民族传统的形式学习，在这学习中间一变过去对于旧东西轻视漠视的态度。”他们指责“五四”：“全盘接受西洋”和“全盘否定中国”，认为“‘五四’并没有创造出自己民族的新文化，因而也没有创造出新戏剧来。”所以，要创造自己的新文化，就要把学习的中心“转移到中国自己的旧遗产上面来”。②

在民族形式讨论中，向林冰的观点众所周知。他写下了《论“民族形式”的中心源泉》《“国粹主义”简释》《再论民族形式的中心源泉》等文章，认为民间形式是民族形式的中心源泉，他说：“新质发生于旧质的胎

①柯仲平：《谈中国气派》，1938年2月7日《新中华报》。

②张庚：《话剧民族化与旧剧现代化》，1939年《理论与现实》第1卷第3期。

内，通过了旧质的自己否定过程而成为独立的存在。因此，民族形式的创造，便不能是中国文艺运动的‘外铄’的范畴，而应该以先行存在的文艺形式的自己否定为本质。在民族形式的前途，有两种文艺形式存在着：其一，‘五四’以来的新兴文艺形式，其二，大众所习见常闻的民间文艺形式。那么，民族形式的创造，究竟是以何者为中心源泉呢?”根据他的观点，民族形式的中心源泉当然不是“五四”以来的新文艺，而是民间文艺的旧形式。因为在他看来，“‘五四’以来的新兴文艺形式，由于是缺乏口头告白性质的‘畸形发展的都市的产物’，是‘大学教授、银行经理、舞女、政客以及其他小布尔的恰切的形式’，所以在创造民族形式的起点上，只应置于副次的地位。”[①]在当时的讨论中，这种观点并不是个别的，不少人都曾直接指责“五四”新文学割断了历史的优秀传统，割断了与人民大众的联系。他们把“五四”文学革命受外国影响看作不可容忍的错误，提出要“完成对‘五四’文艺运动的否定”。[②]

只要略作考察，就会发现向林冰的观点是符合大众化方向的。他的民间化立场，他对民间形式的张扬，他对“五四”的否定，都集中体现了大众化运动的基本立场和必然路向。他的观点大多源于30年代文艺大众化讨论中瞿秋白等人的见解，是30年代大众化理论的再发展，而且与毛泽东的文艺思想是一致的。在当时的讨论中，很少有人像他那样在思路上触及毛泽东文艺思想深层的真谛：“在确定民族形式中心源泉问题上，如果脱离了中国社会变革动力的理解，如果抹杀了主导契机与从属契机的差别，则必然在文艺运动的政治实践上导出偏差来。”[③]然而，向林冰的观点却受到了来自各方面的严厉批评。有些批评是必然的，它来自“五四”新文化的维护者，说明文学界对“五四”新文学的认同并非能够轻易扭转。有些批评却令人费解，其真正的理由也许仅仅在于向林冰对“五四”的否定不该那么直截了当而缺少策略，也就是所谓片面和缺少辩证的观点。大众化运动对“五四”新文化和新文学一直存在两种不同的态度：一种是以否定“五四”为前提而进行新的

①③向林冰：《论民族形式的中心源泉》，1940年3月20日《大公报》副刊《战线》。

②黄绳：《当前文艺运动的一个考察》，1939年8月《文艺阵地》第3卷第9期。

革命；一种是举着“五四”的旗帜进行新的革命。前者是坦率的，但并不成功；后者是策略的，因而更容易被知识界接受。从这个意义上说，向林冰也许真的有点“左”倾冒险主义。他没有意识到，既然可以为获得大众而迎合大众，为什么不能为避免与现代知识分子的对立而暂且肯定“五四”，同时把新的文艺运动解释为“五四”新文学运动的继承和发展呢？只要认识到现代知识分子与“五四”的联系，聪明人就不会公开地直接否定“五四”。可是，不公开否定“五四”，并不意味着放弃既定的方向。正因为如此，向林冰虽然受到批评，他的观点却事实上被大众化运动接受了下来。

然而，在抗战初期的大众化讨论中，我们仍然能够听到一些独立而清醒的声音。一些人担心对通俗化的追求降低了艺术水平。一些人不赞成简单地利用旧形式，而强调对旧形式的批判和改造。一些人认识到旧形式与新文学的矛盾，担心文艺的复旧。艾青说：“我自己对于利用旧形式这一口号是取怀疑的态度的。……我们的文学革命已这么多年了，一开始，它就否定了旧形式，现在如果又把旧形式肯定了，将来不是又要重新来一次否定么？”[①]吴奚如等人也认为利用旧形式只是宣传的需要，是文学在战争中的权宜之计，“不能说是达到了文学上的进步”[②]。一贯热情提倡通俗文学的老舍也认为一些作品“往往是故意迎合迁就读者……只顾自己的行销，而忘了更高的责任”[③]。在抗战初期，老舍曾经利用旧形式写过戏剧、大鼓书、河南坠子和数来宝。几年之后，在《三年写作自述》中，他对自己的创作进行了反省，并且写下了这样的话：“新的是新的，旧的是旧的，妥协就是投降！”[④]当向林冰的观点发表的时候，葛一虹立即进行批评，认为民间形式是旧形式，旧形式的顽强存在是中国封建社会长期停滞和旧经济与旧政治在中国占据优势的反映，因此，旧形式虽然为大众所“习闻常见”，却是没落文化的“回光返照”。葛一虹尖锐地指出：向林冰等是抱着旧形式的残骸跳舞的理论家，

①《宣传·文学·旧形式的利用》，1938年5月《七月》第3卷第1期。

②《关于“旧瓶装新酒”的创作方法座谈会记录》，《通俗读物论文集》，生活书店1938年。

③《读通俗文艺》，1938年5月《自由中国》第1卷第2号。

④《三年写作自述》，1941年1月《抗战文艺》第7卷第1期。

是与遗老遗少有着血缘关系的新国粹主义者，他们的主张事实上是叫大众永远处于愚昧之中，叫文艺运动永远为落后状态代言。他认为向林冰等人对于“五四”以来的新文艺的看法“实在是一种含着侮辱的偏见”，新文艺不能被普遍接受的主要原因是“一般人民大众的知识程度低下”，所以，“目前我们迫切的课题是怎样提高大众的文化水平，而不是怎样放弃了已经获得的比旧形式‘进步与完整’的新形式。”[①]由此可见，尽管特殊的时代背景已经驱赶文学走向另一条道路，却仍然有人试图保卫“五四”新文学的成果，坚持鲁迅代表的启蒙主义方向，不愿在大众面前顶礼膜拜。

大众化运动进一步的发展来自非文学的力量。这是一个全面政治动员和军事动员的年代。政治动员或军事动员与思想启蒙有形式上的共同之处，那就是都需要大众接受。然而，动员与启蒙不同，前者指向人的自我的解放和发展，后者指向的是将其纳入某种目标。思想启蒙以启蒙者自身为本，即使不被接受也不会改变自身。宣传动员则不然，如果民众不能被成功地动员起来，就必须调整策略。只要不是白痴，就能够意识到提高大众是困难的，那么，为了有效地进行动员，就需要毫不犹豫地适应大众，不仅要适应大众的理解力，而且适应大众的趣味，还要以种种方式取悦于大众。群众大会上高呼群众万岁，战前动员时盛赞士兵勇敢，这种本领是一般政治领袖和军事统帅都具备的。在特定的时代背景上，任何一个实用主义的政治家和军事家都不会赞同知识分子在他的队伍中进行思想启蒙，也不会听任知识分子在他的队伍前面居高临下地指手画脚。为了政治和军事目的，他们必然以最大的力量保护其追随者的热情和积极性，不管这种积极性是建立在什么样的精神状态和心理基础之上。陈伯达在《思想的自由与自由的思想》一文中的表述直截了当，他说：“我们在文化上反对独断，反对迷信，但对于那迷信任何独断，迷信任何宗教的同胞，我们不但不应反对他们，而且要尽力避免刺激他们。”在这种情况下，“大众喜欢”成了唯一的目标。如何顺应大众心理而鼓动他们的热情，成了艺术的全部奥秘。为了大众喜闻乐见，文学在形式和内容上全面地迁就和适应大众，走向了投其所好的媚俗之路。而文艺理论家的工作就比较复杂，他们需要千方百计地说明战争已经使民族获得了新生，

---

①1940年4月10日《新蜀报》。

并且使大众提高了觉悟，阿Q已经觉醒并且成为时代的英雄。在这一方面，周扬等人的文章提供了范本。

回顾大众化运动的过程，无法回避40年代初发生在延安的文艺整风和毛泽东的讲话。毛泽东说："小资产阶级出身的人们总是经过种种方法，也经过文学艺术的方法，顽强地表现他们自己，宣传他们自己的主张，要求人们按照小资产阶级知识分子的面貌来改造党，改造世界。在这种情形下，我们的工作，就是要向他们大喝一声，说：'同志'们，你们那一套是不行的，无产阶级是不能迁就你们的，依了你们，实际上就是依了大地主大资产阶级，就有亡党亡国的危险。"按照他的说法，"最干净的还是工人农民，尽管他们手是黑的，脚上有牛屎，还是比资产阶级和小资产阶级知识分子都干净。……知识分子出身的文艺工作者，要使自己的作品为群众所欢迎，就得把自己的思想感情来一个变化，来一番改造。""要彻底地解决这个问题，非有十年八年的长时间不可。但是时间无论怎样长，我们都必须解决它，必须明确地彻底地解决它。"以此为界，大众化已经不是通俗化的问题，也不是一般的向大众学习的问题，而是知识分子要放弃自己的立场和观点，放弃自己的思想感情和审美趣味，努力与大众取得一致。它意味着作家主体性的丧失和精神存在合法性的丧失。

三

进入50年代之后，40年代在延安确立的大众化方向借着政治的力量迅速在全国确立。这个确立的过程迅速而不顺利。说它迅速，是因为随着军事上的推进，陕北秧歌迅速扭遍了大江南北，《兄妹开荒》之类的小戏在全国城乡普遍上演，延安形成的文艺规范随即完成了对大陆文坛的占领。说它并不顺利，是因为知识分子对于接受文艺为政治服务而放弃自我的主体性显然有所抵触，特别是那些对延安文艺政策还相当陌生的人们，他们往往在口头上表示接受，而在行动上却无法适应，所以，包括来自延安的文艺工作者也屡屡出现"犯规"现象，累及新生的国家权威在一系列重大的政治经济和军事斗争之余，一次次开展文艺上的批判运动。这些批判运动与知识分子的思想改造运动一起，终于完成了新的文艺规范在全国的确立。

然而，后来的事实证明，新规范的确立并不牢固，不少知识分子虽然表面上接受了新的规范，承认文艺必须为政治服务和为工农兵服务，但思想深处的问题并没有解决。1956年“双百方针”提出之后，有人说“松了一口气”（朱光潜语），有人欢呼“知识分子的早春天气”（费孝通语），有人结束了长期的沉默，有人试图重新找回文学独立的批判精神和自由的生存状态。众所周知，这场文学突围的努力被随之而来的反右派运动所平息。但是，文化问题不能只靠政治方式解决，所以，紧跟而来的是1958年的“大跃进”民歌运动。20世纪中国文学史没有任何理由忽视这一运动，因为它的意义绝不仅仅是收集民歌，而是一场文学规范修复运动，——修复被“双百方针”提出后的文学思潮所破坏了的文学规范，重新确立大众化方向。因此，1958年的民歌运动是大众化运动的又一里程碑。

1958年春天，毛泽东指示要收集民歌。于是，《人民日报》发表题为《大规模地收集全国民歌》的社论；中国文联、中国作协等单位立即进行“采风大军总动员”；各省党委或宣传部陆续发出了关于组织收集民歌的通知；全国各地迅速成立了采风组织和编选机构；各地报刊纷纷开辟了民歌专栏，一场声势浩大的民歌运动就这样在全国范围内迅速掀起。这是一场有组织、有领导、自上而下开展起来的文艺运动。各级组织都要制订计划，下达指标，像完成钢铁产量和粮食征购任务一样完成文艺创作任务。如：呼和浩特市决定搜集五十万首民歌；安徽肥东一个县半年创作民歌五十一万首；南京市仅仅五十天就产生了群众创作一百三十万篇；河南许昌专区在几个月中就创作了作品三百一十六万件；河北省委发起了一个一千万篇的群众创作运动，结果却被保定地区全包了……[①]为了完成这些指标，有些地方要求从七八岁的孩子到七八十岁的老太婆都必须完成诗歌创作的定额。从当时的报道看，似乎工农大众一夜之间都成了作家和诗人。田间地头，车间靶场，到处都在赛诗；男女老幼，干部群众，人人都在创作。各地都订出了大规模地培养作家和诗人的计划。有的地方提出了“村村要有李有才，社社要有王老九”的口号，有的地方提出“县县要有郭沫若”。有的省份提出一年内要产生三十万个“李有才”和三十万个“郭兰英”。因此，“作家”的人数迅速增长，由

①1958年《文艺报》第15期。

1957年的不足一千人，迅速增长到1958年的二十万人。[①]那么，这些作家的情况如何呢？河南商丘县委宣传部的总结中说，他们那里出现了大批作家艺术家，“这些农村里的诗人、演员、艺术家，没有什么高深的学问，有的只上过几年小学，更多的是没有进过学校的门，刚摘掉文盲的帽子。”[②]

毫无疑问，这种情形与1957年政治上的反右派斗争密切相关。短短几个月的时间，全国有五十五万多人被划为右派分子，而文艺界是公认的“重灾区”。历史没有理由忽视五十五万右派分子被送往改造之途而给文坛带来的实际后果。无论以什么方式都无法掩盖它给文艺园地带来的大面积荒芜。因此，填充空白，创造文艺繁荣之景显然是一个迫切的课题。民歌运动以“大跃进”的方式造成了铺天盖地之势，迅速填补着文坛的荒芜空间，并且象征性地宣告：即使没有那些自以为是的知识分子，文学艺术照样可以繁荣。

然而，采用群众性的文学运动来填补政治运动造成的文坛虚空，只是“大跃进”民歌运动的功能之一，对于1958年的中国文坛来说，民间创作已经成为修复文学规范的重要资源。事实上，无论哪一个时代，民间都是旧规范的存放地。大众话语总是滞后于知识分子话语。在21世纪的中国，由于现代化的外源性，情况尤其如此。在这种情况下，征用民间文化资源以修复旧的规范，显然是一种英明的举措。在“双百方针”提出的背景上，作为知识分子的作家和诗人对为政治服务的文学规范已经厌倦，因而试图冲出重围进行新的探索，然而，此时的一般工农却刚刚接受了这种新的文学模式。于是，通过“大跃进”民歌运动和文艺“大跃进”，我们看到的是声势浩大的民歌运动彻底压倒了诗人们的声音，工农兵文艺创作压倒了知识分子的创作，来自民间的力量非常有效地修复了被知识分子破坏的规范，并使50年代初期的颂歌再次成为文艺创作的主旋律。

“大跃进”民歌运动带来了关于诗歌发展道路问题的讨论。讨论的指导思想来自毛泽东的指示：“中国诗的出路，第一条民歌，第二条古典，在这个基础上产生出新诗来。”不难发现，毛泽东对诗歌发展道路的看法排除了

---

①R.麦克法夸尔、费正清编《剑桥中华人民共和国史》，中国社会科学出版社1990年，第495页。

②1958年《文艺报》第15期。

“五四”以降几十年的新诗传统。像历史上的每一次大众化问题讨论一样，问题仍然涉及“五四”新文学。看来，“五四”新文学与大众化的确很难两立，只要大众化运动兴起，必然否定“五四”新文学，这已经成为规律。在关于诗歌发展道路的讨论中，人们再次重复了历次大众化问题讨论中的话题，纷纷声讨“五四”新诗，认为它形式欧化，脱离群众，没有大众化，所以很不成功。有人对新诗和民歌进行比较，对民歌竭力赞扬，对新诗则贬得一无是处，一位诗人说：“新诗新民歌，好比两台戏，对台对唱对比：新民歌如同海起潮，新诗如同水在滴，你把几滴水来尝一尝，嘴里尝着碎玻璃。”[①]诗人们纷纷表示要拜倒在民歌面前，向大众学习，努力改造自己，而且相信诗人能脱胎换骨，诗歌也能脱胎换骨。不少诗人都放弃了自己多年形成的艺术风格，而改写民歌体。

事实上，无论诗人还是理论家，就其真实的见解而言，未必有多少人认为民歌代表着中国新诗的方向。虽然人们已经逐渐习惯以权威的声音作为自己的声音，但诚实的人仍然是存在，加之当时毛泽东的意见并未公开发表，所以，讨论中有人表示了不同看法，指出民歌的局限，担心对民歌的片面强调会使诗歌发展的道路越来越窄。但是，他们的声音立即受到了权威人士的批评，因为“这不仅是形式问题，更不只是雁翼和其他几位同志所说的语言问题。这是马克思列宁主义的美学原则和毛泽东思想；是诗歌发展的历史规律和真理”。“关于形式问题的争论，还是一个谁跟谁走的问题”，“关于谁是主流之争，实质上是知识分子要在诗歌战线争正统、争领导权的问题。”[②]

既然如此，知识分子只有老老实实地交出文学艺术园地的全部特权，虚心地充当大众的小学生。因此，民歌运动空前有力地完成了对新诗和整个“五四”新文学运动方向的扭转，更彻底地实现了对知识分子启蒙主体地位的颠覆。从这个意义上说，“大跃进”文艺运动是权威话语借助民间话语全面覆盖知识分子话语的一个运动，是彻底否定“五四”新文学传统而回到民间传统的一个文学运动。它意味着知识分子被迫放弃自己的话语立场和话语形式而向民间大众话语无条件归顺。它使20世纪中国文学中的现代启蒙主

①《新诗歌的发展问题》第1集，第157页。

②同上书，第176页。

义精神彻底消失，使20世纪中国文学的现代性追求终于全面中断。

也许，把各个方面的情况联系起来更容易看到问题的根本之所在。在文艺领域“村村要有李有才，社社要有王老九”的同时，在教育领域让全世界为之目瞪口呆的创举是“大学”如雨后春笋般地出现于全国城乡，不识字的老农民当上了“教授”。一篇著名的报告文学曾经如此报道：“徐水县现有正规大学一所，红专大学九所。按照它的规划，将来要有县办综合大学一所，七个人民公社办的综合大学七所，以及村办的红专大学，每个村一所。”[①]这一切的重要意义就在于彻底打破知识分子在文化教育领域里的一统天下。它与“大跃进”民歌运动的目标是一致的。

在1958年的大众化运动高潮中，文学作品存在的问题已经不仅是艺术水平的粗糙和概念化模式化等老问题，而且出现了一个新的后果——所谓革命的浪漫主义：理想和豪情代替了对现实的描绘，想象和夸张成为“放卫星”的手段。不仅诗歌如此描写丰收景象：“一个谷穗不算长，黄河上面架桥梁，十辆卡车并排走，火车驶过不晃荡”；“麦秸粗粗像大缸，麦芒尖尖到天上，一片麦壳一片瓦，一粒麦子三天粮”。报告文学也可以像《徐水人民公社颂》《钢和粮食》那样向人们兴奋地报道“一亩山药一百二十万斤”“一棵白菜五百斤”“小麦亩产十二万斤”的丰收景象，煞有介事地描写一棵结了三十五个大棒子的玉米，而且言之凿凿地声称自己“一个一个的数了的，而且数了三遍”。这一切显然不是作家们自己对生活的真实认知，而是作家主体性丧失的结果，是向民歌学习、与广大工农群众保持一致的结果。

然而，就是在这个基础上形成了所谓“两结合”创作方法。在“两结合”创作方法的指引下，1966年至1976年间的“‘文革’文学”终于形成。

面对这段长达几十年的路，过去的权威文学史把它描述为一个不断发展、不断深化的过程，然而，只要回到知识分子自身的角度，从现代化的进程着眼，却不难看到一个文学迷失、现代性一步步失落的过程。也不难看到知识分子在这个过程中的疲惫身影和一步步迷失和深陷的悲剧。他们从主动到被动，从自觉的选择到无奈的顺从，最终彻底否定了自身，也葬送了文学。

①徐迟：《钢和粮食》，《人民文学》1958年第10期。

下篇：惨重的代价

无论是一种理论主张，还是一个文学运动，若要评判它的历史功过，必须坚持以实践进行检验的原则。重要的不是倡导者的动机，也不是理论家的论证，而是它所带来的后果。如果一种理论不能带来好的实践后果，如果一个运动不能带来发展和繁荣，那么，无论以什么理由为其辩护，都无法使其逃避被审判的命运。

那么，大众化运动给20世纪中国文学带来了什么？给20世纪中国文化和知识分子自身以及中国人所渴望的现代化带来了什么？

一、“五四”精神的放逐与人的沉没

只要直面历史的真实，就无法否认，正是大众化运动使新文学运动发生了根本性的逆转，并在其发展的过程中一步步失落了“五四”新文学曾经获得的价值。

文艺大众化运动从一开始就以革命的姿态面对“五四”新文学，对其进行了彻底的批判和否定。革命文学运动的健将们首先把批判的矛头指向“五四”新文学和新文化。他们否定鲁迅，嘲弄胡适，批判“五四”的意识形态和价值观念，扫荡几乎所有的“五四”作家。他们对《新青年》集团嗤之以鼻，对新文学的大本营北京文坛怀有莫名的敌对情绪，对文学革命的成就给以否定性的评价。从成仿吾的《从文学革命到革命文学》可见，在他们看来，启蒙是浅薄的，新文化运动“不曾收到应有的效果”，“胡适之流才叫喊了几声就好像力竭声嘶般地逃回了老巢”，“其余一些半死不活的大妖小怪也跟着一齐乱喊”，新文化运动“不到三五年就寿终正寝”，原因在于新文化的“这些‘名流’完全不认识他们的时代，完全不了解他们的读者，也完全不了解自己的货色”。“他们不知道那时候的觉悟的青年已经拒绝了他们的迷药”。他们的批判态度决绝而蛮横。面对“五四”新文学的中心北京文坛，他们认为是“一片乌烟瘴气”，所以需要“十万两无烟火药”。他们对文坛发出命令：“谁也不许站在中间，你到这边来，或者到

那边去！”[①]并且声称要“替他们打包，打发他们去”，或者“踢他们出去”。[②]他们宣布：“不能和我们联合战线的就是我们的敌人！”“必须先把这些敌人打倒！”[③]郭沫若在《英雄树》中号召文艺青年“当一个留声机器”时的态度尤其引人注目：如果谁不愿响应他的号召，“那没有同你说话的余地，只好敦请你们上断头台！”因为鲁迅不愿听从他们的命令改变“五四”时期确立的方向，就立即成为他们的众矢之的，被称作：“文艺战线上的封建余孽”，“二重性的反革命的人物”。[④]

在30年代初关于大众化的讨论中，瞿秋白像创造社、太阳社的人们一样，以革命的姿态对“五四”新文学进行否定。他认为“五四”文学是一场没有意义的革命，结果只是产生了一种“非驴非马的新式白话”，一种“不人不鬼，不今不古——非驴非马的骡子文学”，因而需要一场新的革命。周扬也认为：“‘之乎也者’的文言，‘五四’的白话，都不是劳苦大众所看得懂的，因为前者是封建的残骸，后者是民族资产阶级的专利。”[⑤]因而自然应该受到无产阶级文学使者的批判和否定。

在此后的历次大众化运动高潮中，总是伴随着对“五四”新文化和新文学的声讨。欧化、知识分子趣味、脱离群众因而不能为大众所喜闻乐见，是新文学的主要罪名。在民族形式讨论中，向林冰等人认为：“‘五四’以来的新兴文艺形式，由于是缺乏口头告白性质的‘畸形发展的都市的产物’，是‘大学教授、银行经理、舞女、政客以及其他小布尔的恰切的形式’，所以在创造民族形式的起点上，只应置于副次的地位。”[⑥]不少人指责“五四”新文学因为欧化而产生了非民族的形式，割断了历史的优秀传统，割断了与人民大众的联系，因而要“完成对‘五四’文艺运动的否定”。[⑦]在1958年

①《从文学革命到革命文学》，1928年2月《创造月刊》第1卷第9期。

②成仿吾：《打发他们去》，1928年2月《文化战线》。

③王独清：《祝词》，1928年5月《我们月刊》创刊号。

④杜荃（郭沫若）：《文艺战线上的封建余孽》，1928年8月《创造月刊》第2卷第1期。

⑤周扬：《关于文学大众化》，《北斗》第2卷第3、4期合刊。

⑥向林冰：《论民族形式的中心源泉》，1940年3月20日《大公报》副刊《战线》。

⑦黄绳：《当前文艺运动的一个考察》，1939年《文艺阵地》第3卷第9期。

的“大跃进”民歌运动中，对诗歌发展道路问题的讨论同样伴随着对“五四”新诗的讨伐。中国新诗是“五四”文学革命的产物，几十年的成果难以一笔抹杀，但是，在毛泽东的眼里，却是“迄今一无成功”。正因为这种认识，毛泽东对诗歌发展道路的设计提出了两个基础，一是民歌，二是古典诗歌，却没有考虑“五四”新诗已经存在的事实。这就导致参加讨论的人们纷纷寻找“五四”新诗的缺点，谈论“五四”新诗的教训，认为“五四”新诗存在着严重的欧化倾向，严重地脱离群众，没有实现大众化。人们对新诗和民歌进行过这样的对比，把民歌说得美妙无比，把新诗说得一无是处。所以，“大跃进”民歌运动事实上是一个彻底否定“五四”新文学传统而回到权威话语支配下的民间传统的一个文学运动。

当然，在文艺大众化运动中，对“五四”的态度一直存在着两种不同的表现：一种是在否定“五四”的前提下倡导大众化；一种是在肯定“五四”的前提下倡导大众化。创造社、太阳社和瞿秋白等大多属于前者，他们把大众化运动看作对“五四”新文学的再革命，因而拼命否定作为革命对象的“五四”新文学。冯雪峰、胡风等人属于后者，他们把大众化运动解释为对“五四”新文学运动的继承和发展，所以并不一般地否定“五四”。因为后者的存在，文艺大众化运动似乎为“五四”新文学留下了一定的空间，因而能够在某种程度上容纳鲁迅和他所代表的“五四”启蒙话语。然而，只要认真考察，就会发现，它所保留的往往只是“五四”的空壳，一个改写过的招牌。即使如冯雪峰等人，也常常是在抽象肯定之中具体否定了“五四”新文化和新文学的精神。他们虽然并不正面否定“五四”，却往往热情赞美那些与“五四”精神背道而驰的东西。冯雪峰热情赞美丁玲的《水》，而否定她此前作品的各种倾向。在他看来，这篇小说的最高的价值就是看到了大众自己的力量，并且相信大众是会转变的。他进一步希望丁玲的是“对于自己的脱胎换骨的努力”[①]。我们知道，在《水》之前，丁玲的创作更多接受的正是“五四”新文学的传统。冯雪峰的批评清楚地显示着他的价值观念与“五四”已经拉开了距离。

①《关于新小说的诞生》，1932年《北斗》第2卷第2期。

更值得注意的是，在对“五四”的两种不同态度中，直接否定“五四”者虽然往往不被接受，但其态度是坦率而诚实的。举着“五四”的旗帜倡导大众化的人们情况却相当复杂。只要了解中国现代知识界与“五四”的联系，聪明人就不会贸然否定“五四”。所以，他们决不仿效瞿秋白和向林冰的做法，而是回避尖锐的矛盾，在继承“五四”的旗号之下悄悄对“五四”进行改写。应该承认，这种方式比直接否定“五四”更明智。所以，越到后来，这种聪明人越多，并且美其名曰“辩证地看问题”。在民族形式讨论中，郭沫若有一个著名的论点：“中国新文艺，事实上也可以说是中国旧有的两种形式——民间形式与士大夫形式——的综合统一。”①何其芳也有类似的见解：“‘五四’以来的新文学是旧文学的正当的发展。”②他们都不否定“五四”，但把“五四”新文学说成是中国传统旧文学的发展，早已改写了“五四”新文学的性质。

所以，透过现象看实质，无论人们怎样抹平裂痕，都无法掩盖这样一个事实：大众化运动始终存在着否定“五四”新文化和新文学的倾向。它一步步消解着“五四”新文学的精神，直接导致了“人”的沉没。“五四”文学革命最显著的意义在于使中国文学获得了“人的文学”性质。重估一切价值，清算非人的传统，呼唤人的解放，高扬人的主体，是“五四”新文化领袖集团的共识，也是新文学的中心主题。陈独秀早在《敬告青年》中就要求青年养成“独立自主之人格”，在《东西民族根本思想之差异》一文中又提出必须“以个人本位主义，易家族本位主义”。胡适在《易卜生主义》中说：“信任天不如信任人，靠上帝不如靠自己”，“人格是神圣的，人权是神圣的”。鲁迅痛感中国人从来没有获得做人的资格，因而确立了自己的启蒙立人之路。周作人主张“个人主义的人间本位主义”。正是这一切使“五四”新文学成为人的文学。然而，大众化运动却一开始就批判个人主义、否定人道主义、消解主体、背离“人的文学”，并使文学一步步丢失了人学本性。

大众化运动的倡导者们在命令作家向着大众开步走的同时，就开始了对

---

①《民族形式商兑》，1940年6月9—11日重庆《大公报》。

②《论文学上的民族形式》，1939年《文艺战线》第1卷第5号。

个人主义和人道主义的批判。他们描绘了一种文明发展的新趋势："我们社会生活之中心，渐由个人主义趋向到集体主义。个人主义到了资本社会的现在，算是已经发展到了极度，然而同时集体主义也就开始了萌芽，无政府式的个人主义之发展的结果，只是不平等，争夺，混乱，无秩序，残忍，兽性的行为……这种现象实在不能再继续下去了，今后的出路只有向着有组织的集体主义走去，现代革命的倾向，就是要打破以个人主义为中心的社会制度，而创造一个比较光明的，平等的，以集体主义为中心的社会制度。"[①]他们认为"旧式的作家因为受了旧思想的支配，成为个人主义者，因之他们所写出来的作品，也就充分地表现出个人主义的倾向。他们以个人为创造的中心，以个人生活为描写的目标，而忽视了群众的生活，他们心目中只知道有英雄，而不知道有群众，只知道有个人，而不知道有集体。……现代革命的潮流，很显然地指示了我们，就是群众已登上了政治的舞台，集体的生活已经将个人的生活送到不重要的地位了"[②]。于是，他们纷纷对"旧式的作家"展开了猛烈的攻击，而首选的目标就是鲁迅。

人们不会忘记在20年代末他们对鲁迅的围攻。对于这次围攻，郑伯奇在《文坛的五月》中曾经声明："我们所批评的不是鲁迅个人，也不是语丝派几个人，乃是鲁迅与语丝派诸君所代表的一种倾向。"郭沫若在《"眼中钉"》中曾经解释："他们批判鲁迅先生，也决不是对于'鲁迅'这一个人的攻击。他们的批判对象是文化的整体。"那么，鲁迅所代表的"倾向"是什么？这"文化的整体"又是什么？通过对鲁迅的批判，他们首先否定的是人道主义。他们在鲁迅的文章中看到的是"人道主义者的裸体照相"，是"人道主义者怎样地防卫着自己"（冯乃超语）。他们说鲁迅的文章"暴露了人道主义的丑恶"（成仿吾语）。他们称托尔斯泰是"卑污的说教人"，认为人道主义是丑恶的、虚伪的。其次是个人主义和小资产阶级的习性。他们说鲁迅"始终是一个个人主义者"，"一切的行动是没有集体化的"（钱杏邨语）；说鲁迅倔强，固守己见而不认错；等等。这些说法大概都不是太错。但是，个人主义与人道主义、民主、自由、人权等这些在"五四"新文化中的光辉词汇，在他们那里已经决非赞美之辞，而是用以讨伐的恶谥。钱杏邨

---

①②蒋光慈：《关于革命文学》，1928年2月《太阳月刊》。

解读鲁迅《影的告别》，认为“鲁迅把自己的小资产阶级的恶习性完全暴露了出来”。他从中发现了“个人主义的小资产阶级者的丑态”，在对鲁迅“小资产阶级知识分子特有的坏脾气”和“不可救药的劣根性”进行批判之后，他进一步指出：“鲁迅所以陷于这样的状态之中，我们也可以说完全是所谓自由思想害了他，自由思想的结果只有矛盾，自由思想的结果只有徘徊，所谓自由思想在这个世界上只是一个骗人的名词，鲁迅便是被骗的一个。”①

“五四”一代人最闪光的特征之一就是独立人格和自由思想。他们从传统人格中走出，摆脱各种羁绊而获得了现代知识分子的独立人格。他们不再寻求依附，更不因为能够为王前驱而得意扬扬。大众化的倡导者们所批判的却正是这样一种人格。这些激情满怀却缺乏认识能力的浪漫文人自以为找到了新的价值而超越了“五四”以人为中心的新文化精神，却没有意识到这种超越恰恰是在传统力量的作用下不由自主地扮演起来的。有一点特别需要指出：在政治倾向上，大众化运动初期的倡导者们与国民党的统治是对立的。但是，他们对个人主义和人道主义的批判却与统治者的要求非常一致。原因很简单，他们对个人主义的反感与其说是来自外来学说的影响，不如说是受了国民党革命军宣传教育的影响。因为从先总理孙中山的学说到总司令蒋介石的训话，都对新文化表示不满，对人格独立和思想自由深恶痛绝。这也不难理解，一切握有权力和争取获得权力的人，只要想滥用权力，都会反对五四新文化运动所传播的以科学、民主和人权为核心的西方文化观念，都会否定怀疑权威破坏偶像的启蒙主义、不愿老老实实做奴隶的个人主义和总是使血腥和残暴不能理直气壮的人道主义。

一个现象很值得注意，从30年代开始，普罗文艺运动与民族主义文艺运动尖锐对立，却携手批判个人主义和人道主义，共同瓦解着人的文学。正是这种合力，最终导致了文学中人情、人性、人道主义主题的失落。

二、启蒙精神的失落与知识分子的主体性丧失

大众化运动带来的又一后果是现代启蒙精神和知识分子精神存在合法性

---

①《死去了的阿Q时代》，《太阳月刊》1928年3月号。

的丧失。在大众化运动的发展过程中，迎合大众的倾向可谓愈演愈烈，从向大众学习到在思想感情上与农工大众相一致，“五四”新文学本来具有的启蒙精神被一步步消解，知识分子的主体地位一步步陷落。

大众化运动一开始就是否定启蒙主义的。面对“五四”启蒙主义文学的杰出代表鲁迅，冯乃超曾经如此嘲笑：“‘改变他们的精神’。现在他究竟改变了谁的精神，愚弱的国民么，讲趣味的有闲阶级么？上帝哟，微笑吧！”[①]他们呼唤文艺向着大众飞跃，呼唤文艺家走向大众，并且要求他们放弃启蒙立场，去做一台大众的留声机器。在30年代初的大众化讨论中，倡导者们坚决反对“依赖欧化的知识青年去做一种自由主义的‘教训’民众的文化运动”[②]，把启蒙立场看作是文学家的“妄自尊大”。当有人提出文艺大众化的困难在于大众自己还缺乏接受文艺作品的准备的时候，瞿秋白严厉指出：这是一种“知识分子脱离群众的态度，蔑视群众的态度”，是“企图站在大众之上去教训大众”，并且认为这是实现大众化的“深刻障碍”，必须“彻底铲除”。[③]

由此可见，在30年代初的左翼群体内部，知识分子已经不能够理直气壮地承担启蒙的使命。中国知识分子在五四新文化运动中觉醒，痛苦于中国人非人的生活而探寻新的生存可能，因而走上了启蒙立人之路。可是，五四运动刚刚过去不久，他们就被召唤去向大众认同。在中国现代文化史上，这是一种什么样的悲剧！在此后的岁月里，他们一步步被引导去向大众学习，迎合大众的思想感情和审美趣味，以博得大众的喜闻乐见。为此，他们需要克服自己的所谓小资产阶级的思想感情，进行思想改造，以期脱胎换骨。他们再也不敢以先知先觉自居，再也不敢居高临下地面对大众，而是虚心地向农工大众学习，接受他们的教育和改造。经过漫长的大众化过程，启蒙与被启蒙的关系终于颠倒。

考察最先的倡导者反对启蒙的理由和动因，首先在于他们对时代的认识。大众化运动的倡导者们大都没有真正经受过五四新文化运动的全面洗

①《人道主义者怎样地防卫着自己》，《文化批判》1928年4月号。

②瞿秋白：《大众文艺的问题》，《文学月报》创刊号。

③《瞿秋白文集》第2册，人民出版社1953年，第875、878页。

礼，不了解新文化运动的意义，自身人格没有完成现代转化，因而无法清楚地认识思想启蒙对于中国历史进程的重要性。在这种情况下，他们却努力寻求超越，积极拥抱新潮，并且自以为走到了历史的前列。他们常常批评别人不能把握时代，而他们的失误恰恰在于对时代的认识。成仿吾在《从文学革命到革命文学》中说过："我们要研究文学运动今后的进展，必须明白我们现在的社会发展的现阶段"，那么，现阶段是如何呢？他的分析是："资本主义已经到了他的最后的一日，世界形成了两个战垒，一边是资本主义的余毒'法西斯蒂'的孤城，一边是全世界农工大众的联合战线。"冯乃超在《艺术与社会生活》中说："农村零落了，都市普罗列塔利亚特（Proletariat）发生了。谁人能说中国依然是（封建的）文明之邦，礼教之国？"这就是他们所认识的时代。且不说资本主义在当时是否已经到了最后的一日，仅就当时的中国而言，真的已经是资本主义的余毒与农工大众的联合战线这两大战垒了吗？真的已经不是封建的文明之邦了吗？回答当然是否定的。但是，他们却据此否定五四新文化运动的目标，否认启蒙的必要性。

钱杏邨曾经检查鲁迅的作品，质问鲁迅"究竟能代表哪一个时期的思想？"他说鲁迅的小说"大多数是没有现代的意味！不仅没有时代思想下所产生的小说，抑且没有能代表时代的人物！阿Q、陈士成、四铭、高尔础这一些人物究竟是什么时代的人物呢？"他感叹道："老年人的记性真长久，科举时代的事件，辛亥革命时代的事件，他都能津津不倦的，不知有汉，无论魏晋地叙述出来，来装点'现代'文坛的局面。"在钱杏邨们看来，当时革命已经高潮迭涌，时代一片光明，鲁迅却总是盯着国民的劣根性，总是看到社会的黑暗，真是跟不上时代。所以，他们嘲笑鲁迅："光明的大道呈现在自己的眼前，他偏偏不走上去，只是沿着三面夹道的墙去专显碰壁的精神，这究竟有什么意义呢？"[①]面对这样的嘲笑和指责，鲁迅真是无话可说。他们是那么天真，不能认识现实的黑暗和历史的沉重，因而也不能意识到启蒙之重要。

其次是对大众的认识。大众化的倡导者之所以反对启蒙主义，重要的理由是大众已经不需要启蒙。中国大众究竟需要不需要启蒙？这是大众化倡导

①《死去了的阿Q时代》，《太阳月刊》1928年3月号。

者与启蒙文学持守者的一个根本分歧。启蒙主义者致力于国民性的批判，阿Q形象是其辉煌的成果，并且已经成为一个象征性的符号。这个象征符号必然成为大众化的障碍。阿Q是大众的一员，大众化是不是要使作家化为阿Q，使文学化为阿Q的“土谷祠畅想”？所以，在大众化的过程中，这一直是一个无法回避的问题。于是，在阿Q形象上做文章，否认阿Q形象的普遍意义，是一种常见的思路。20年代末，“革命文学”的倡导者们就认定阿Q的时代已经死去，阿Q已经不是过去的阿Q。在他们看来，“十年来的中国农民是早已不像那时的农村民众的幼稚了。所以根据文艺思潮的变迁的形式去看，阿Q是不能放在‘五四’时代的，也不能放在‘五卅’时代的，更不能放在大革命的现在的时代的。现在的中国农民，第一是不像阿Q时代的幼稚，他们大都有了很严密的组织，而且对于政治也有了相当的认识；第二是中国农民的革命性已经充分地表现了出来，他们反抗地主，参加革命，近且表现了原始的Baudon（即暴动）的形式，自己实行革起命来，决没有像阿Q那样屈服于豪绅的精神；第三是中国的农民知识已不像阿Q时代农民的单弱，他们不是莫名其妙的阿Q式的蠢动，他们是有意义，有目的的，不是泄愤的，而是一种政治的斗争了。”[①]

周扬在抗战时期又有大致相同的表述：“这是一个怎样变化万端令人惊异的环境啊！在这个环境之下，人又是变化得怎样的迅速啊！昨天还是落后的，今天变成了进步的；昨天还是愚蒙的，今天变成了觉醒的；昨天还是消极的，今天变成了积极的。革命时期必然伴以人类心灵上的深刻剧烈的变化，只适合于社会停滞期的艺术家的那种静的看法现在是完全不适用了。我们的现实中正涌现着新的人，新的抗日英雄的典型。……中国新文学中可以称为不朽的典型的，只有鲁迅的阿Q。在这个可笑又可悯的人物身上，反映出了中国农民的软弱的黑暗的一面，因为中国的农民性和落后性，他又被视为中国国民性的代表者。现在，阿Q们抬起头来了。关于觉醒了的阿Q，值得写一部更大的作品。”[②]

对于阿Q的认识，关系到中国文学是否需要启蒙精神。既然阿Q时代已

---

①《死去了的阿Q时代》，《太阳月刊》1928年3月号。

②《新的现实与文学上的新任务》，《抗战文艺论集》，第18页。

经死去，既然阿Q已经觉醒，启蒙文学自然成为多余。既然阿Q已经成为时代的英雄，当然不容知识分子去对他指手画脚。越到后来，时代越是光明到不容说有半点阴影，阿Q的觉悟也越是不容怀疑，在文学中全面驱逐启蒙主义自然顺理成章。

启蒙精神与知识分子的主体地位是连在一起的。既然不再需要启蒙主义，知识分子的主体地位自然成了问题。因此，文艺大众化的过程，又必然是知识分子主体失落和一步步丧失其精神存在合法性的过程。

在最初的讨论中，人们往往接过大众化的口号而对其含义缺少追问，不同的人有不同的理解，不同的人向着不同的方向努力。鲁迅等人参加了讨论，但他们所理解的大众化却显然不是“变得与大众相一致”，而只是努力把作品写得浅显易懂，以利于大众接受。即使到了抗战时期，也有很多人像胡风等人一样试图在大众化中保留启蒙主义的位置。然而，他们没有意识到，这不过是他们的一厢情愿。大众化运动从一开始就要求作家丢掉自我，去做大众的“留声机器”，就高呼要“克服自己的小资产阶级的根性，把你的背对向那将被‘奥伏赫变’的阶级，开步走，向那龌龊的工农大众”。[①]对于知识分子来说，这条路注定了无比艰难而最终归于自我丧失。

这是一个从主动到被动，从自我迷失到被迫归顺的过程。在其开始，不过是一些年轻的知识分子由于浪漫的激情而不满足于暴露社会的黑暗与邪恶，急切地寻找出路而发现了农工大众。在社会思潮的影响下，他们认为一切被压迫的群众不但是反抗统治阶级的力量，而且是创造新社会的主人。于是，他们不自觉地陷入了一种以“劳工神圣”观念为标志的大众崇拜。这种崇拜使他们不愿承认劳苦大众的落后性，更不愿意承认革命的依靠力量也需要国民性改造，而是毅然相随而去。他们没有意识到此路遥远而艰难，天真地以为只要自己向着大众开步走，并且努力获得大众意识，就能创造出大众文艺。在发现自身与大众的差距的时候，他们也往往为了一个遥远的目标而宁愿否定自己。但是，在后来的发展过程中，残酷的事实却使他们知道了问题并不这么简单。从40年代开始，大众化作为一种方向被确定了下来，知识分子的思想改造提上议事日程。工农兵总是伟大的，知识分子总是渺小

①成仿吾：《从文学革命到革命文学》，1928年2月《创造月刊》第1卷第9期。

的；工农兵总是受到热情歌颂，知识分子总是受到严厉的贬斥；工农兵是神圣不可侵犯的主人，知识分子成了让人不放心的异类；时代给知识分子留下的任务就是不断地反省自己、批判自己、改造自己。好像多读了几年书就成了无法摆脱的“原罪”，他们需要永远地忏悔。他们一步步否定自我，却一次次受到训斥，并且训斥之声越来越严厉，最终顶着“臭老九”的帽子走入了完全丧失精神存在合法性的死谷。

历史留下了一连串的疑问：为什么一定要让知识分子迁就和适应大众，而不是互相之间的迁就和适应？为什么让知识分子无条件地接受工农大众的教育和改造，而不是让工农大众接受知识分子的教育和启蒙？如果从现代化的角度思考问题，最迫切的任务是改造知识分子还是提高工农大众的精神素质？如果后者是重要的，中国现代的历史为什么会选择与现代化追求明显背道而驰的做法？面对这些疑问，唯一的解释是政治斗争的现实要求。对于20世纪中国的暴力革命而言，农工大众毫无疑问是主要的依靠力量。没有农工大众的参加，就无法迅速推翻旧的统治。谁拥有了工农大众，谁就拥有了胜利，这是时代和国情提供的常识。在浩浩荡荡的工农革命队伍里，知识分子毫无疑问是极少数。虽然任何一个革命领袖都不会绝对排斥知识分子的参与，但相比之下，知识分子远远不如农工大众更为重要。因为知识分子的作用是有限的，真正的夺城守土流血牺牲需要的是成千上万的工农大众。毫无疑问，知识分子和大众之间在各方面存在着重大的差距，差距就是矛盾。在以农工大众为绝大多数的队伍中，矛盾的解决别无选择：为保护大众的革命热情，必然更多地抑制知识分子。甚至不必考虑矛盾的性质和是非曲直。革命是那么迫切，改造国民性决非一朝一夕可以完成，所以，为确保革命的胜利，只有迎合大众而抑制知识分子。作为革命的领导者，只要他充分认识中国的国情，同时又急于在旧国情的基础上取得胜利，就必然要做出这样的选择。

而且，知识分子觉醒的个性使他们常常不能成为驯服工具，他们的思想能力，他们的个性意识，他们的清醒与敏感，他们无法忘怀的民主与自由之梦，在现实的革命队伍里面都有点不合时宜。为了有效地指挥庞大而素质低下的队伍，20世纪中国的革命领袖往往强调思想统一和步调一致，因而对个人主义和自由主义毫不留情。为了把思想和艺术都纳入其绝对的统一指挥之下，就需要以极大的努力进行知识分子的改造。

从这两个方面的意义上说，中国知识分子都因为革命而付出了沉重的代价，现代化也为此付出了沉重的代价。

遗憾的是，在新的社会秩序建立之后，这种做法也被沿袭了下来，从50年代到70年代，知识分子不但没有在新生活的阳光下成为新时代的主人，而且走向了更加沉重的思想改造之路。这条路一直走到“文革”时期，那是“工农兵文艺”的顶峰时期，也是知识分子被彻底驱逐于苦难深渊的时期。不仅“臭老九”们必须老老实实接受改造，甚至仅仅因为上过几年中学的“知识青年”也必须到农村去接受贫下中农的“再教育”，才能重新获得社会的信任。

这是不是大众化在文化上的题内之义？

三、传统的回归与现代性的萎缩

中国新文学是在批判传统和走向世界的过程中诞生的。因而，新文学的发展一直伴随着西方与本土、传统与现代的冲突。在这个框架中考察大众化运动，就会发现它的基本指向是传统而不是现代。大众化运动的发展过程事实上是一个传统文化逐步回归而现代性逐步萎缩的过程。

考察一下大众化运动启动时期的文化背景是必要的，因为正是这个背景决定了新文学运动的逆转和大众化运动的发生。在20年代末，中国大地上最重要的事件就是蒋介石在政治上和军事上的胜利。然而，这个结果没有给中国带来新文化的巩固，而是直接和间接地带来了旧文化的回归。这种文化复旧与政治家们对“五四”新文化的态度有关。事实上，孙中山对“五四”的态度是矛盾的，他看重新文化运动的社会影响力，却不赞同新文化运动的根本精神。所以，国民党人对新文化运动的态度一直非常矛盾，在没有拥有统治权的时候，他们对破坏偶像、反对权威等行为是能够接受的，然而，北伐成功获得政权之后，作为新的国家权威力量却对新文化运动日益不满，而竭力弘扬传统文化，甚至声称要重建那个“由美德筑成的黄金世界”。尽管有胡适、鲁迅等人进行了坚决的抵抗，但是结果不难预料，鲁迅所深恶痛绝的那桌人肉的宴席仍然具有极大的诱惑力，人们往往一旦获得主席的地位，就再也不愿把它掀翻。因此，就当时的整个文化而言，出现的是一种传统文化的回潮，而且极大地影响了此后中国文化的发展。

从政治上考察，革命文学的倡导者多是国民党统治的反抗者。但是，一个事实不容忽视：反抗者与他们的反抗对象之间，虽然在政治上尖锐对立，在文化观念上却保持着高度的一致。而且，“革命文学”的口号最先就是从国民革命军中喊出的。30年代的普罗文艺运动和民族主义文艺运动也是如此，他们都反对个人主义和人道主义，都否定精神的自由和人格的独立，都反对启蒙主义，都以民众的名义指责“五四”欧化而强调回归传统。他们反对的所谓“旧式的作家”，正是以鲁迅为代表的“五四”新文学运动的先驱；他们所反对的所谓“旧思想”，正是五四新文化运动中出现的新思想；他们用以反对个人主义的所谓新思想，也明显地夹杂了五四新文化运动所冲击的中国传统的群体意识。他们的一个共同特点是貌新而实旧。

在民族形式的讨论中，由于民族化口号的提出，回归旧传统的倾向更为突出。相当多的人认为文艺必须带有中国气派才能被大众所喜闻乐见，而中国气派就保留在大众之中。正是沿着这样一种思路，人们进一步批判“五四”的欧化倾向，认为仅仅谈大众化是不够的，而必须强调民族化。人们呼唤文学“要把学习的中心转移到中国自己的旧遗产上面来”[①]。向一切民族传统的形式学习，并且要在这一学习的过程中改变过去对于传统的轻视态度。

众所周知，大众化决不是一个语言形式问题，关于民族形式的讨论所涉及的也决不只是形式。在这个问题上，陈伯达在《关于文艺的民族形式杂记》中说得非常清楚：“关于民族传统，在文艺上所接受的，不是限于旧形式；凡是中国民族战斗史绩及其精神，中国人的一切固有美德，中国历史上大人物对于民族和社会的一切立德、立言、立功，为中国人所服膺不忘的，都应以之充实文艺的内容。”所以，关于民族形式的讨论从形式和内容全面推动了民族化，而民族化也就是民族传统化。传统化与现代性是背道而驰的。

当然，主张大众化的人并非都是自觉的守旧派，他们往往以激进的面目出现，而且有些人在文化上也自以为是激进主义者。直到今天，也仍然有学

①张庚：《话剧的民族化与旧戏的现代化》，1939年《理论与现实》第1卷第3期。

人把他们划入激进主义阵营。但是，他们却不自觉地走向了传统。他们虽然以激进的姿态出现，承载的却是传统的惯性，自以为是在不断革命，事实上却是帮助着旧文化的复辟。这与大众化很有关系。一个民族两种文化的观点影响了一代人，但是，大众文化却并不像他们想象的那样生动活泼而代表着新生和未来。一般而言，在历史发展的过程中，占统治地位的规范文化总是在不断发展和流变，其发展流变过程中被淘汰的部分大都进入民间，并被保存了下来。从这个意义上说，民间简直是一个庞大的历史文化垃圾场。当然，在一般情况下，民间文化可能是富有生机的，其生机可能有益于文化的发展。比如，欧洲走出中世纪就是首先从世俗化开始的。但是，中国的情形却并非如此，因为从根本上说，中国传统社会闭关锁国状态之所以打破，不是由于本土现代性萌芽的生长，而是外来文化冲击的结果。因此，更多承载了现代性的是更多地接触西方文化的知识分子而不是农工大众。而且，由于伴随外来文化一道进入中国的是帝国主义的大炮，它所给予这个民族的屈辱感导致了普通民众对文化也像对枪炮一样怀有强烈的抵触和反抗。愈是民间，这种抵触心理愈为强烈。这就造成了民间文化与知识分子文化的巨大差距，传统文化更多地保留在民间。因此，在现代中国，大众的则意味着传统的，走向大众则意味着走向传统，向大众认同也就意味着向传统认同，同时也意味着对五四新文化运动成果的背弃和消解。

正因为这样，大众化讨论中的一些观点虽然貌似激进，但事实上却从旧的一面否定五四新文化运动，让新文学重新回到旧文艺的基点，导致了“五四”批判过的旧内容和旧形式东山再起。20世纪中国社会难以克服的所谓封建余毒，正是通过这样一个复旧的过程被发扬和保护了下来。

四、艺术的困境

从“革命文学”到“‘文革’文学”，是文艺大众化运动震荡盘升最终达到其顶峰的全过程。正是在这样一个过程中，文学艺术一步步陷入了困境。从30年代的左翼文艺开始，就一直存在着公式化、概念化、标语口号化的严重问题，从50年代到70年代，“假大空”现象日益严重。当然，这首先是文学充当政治斗争工具的结果。但是，也应该看到，它是文艺大众化的必然结果。

回顾大众化的历程，无法否认艺术水平逐步降低的事实。因为大众没有较高的欣赏水平，就降低水平去迁就；因为大众读不懂深奥的作品，就努力将其写得浅显直白；因为大众习惯的语言是简陋的，文艺作品就决不追求文雅，甚至开口就是“他妈的”，而且因为是“国骂”而实现了民族化。这当然不会带来艺术水平的提高。在30年代，大众化运动轰轰烈烈，但一个无可争辩的事实是它没有提供高水平的创作。为中国现代文坛提供了高水平作品的恰恰是一些当时对大众化运动不感兴趣的作家，如巴金、老舍、沈从文的小说，徐志摩、戴望舒的诗歌，周作人、林语堂等人的散文和曹禺的戏剧。即使在左翼文学内部，写出较好作品也恰恰是一些没有听从呼唤而彻底放弃知识分子自身立场的作家。其作品的魅力甚至恰恰来自被理论家们反复批判的所谓小资产阶级思想感情。50年代到70年代创作中的重要问题是公式化、概念化和标语口号化，而这一切都是文艺大众化的必然产物。只要大众化，就无法避免模式化和概念化，也无法避免标语口号化。甚至可以说，只要真心想要大众化，就必须坚持公式化、概念化和标语口号化的道路，就必须使用既成的模式，必须把复杂的内容简化为概念，必须大量使用标语口号。只有这样，才能为大众所喜闻乐见。考察传统的大众文艺就会发现，离开了模式化就没有大众文艺。包括“文革”中的“三突出”创作原则那样的工农兵文艺的经典理论，之所以创造了模式化理论之最，主要原因就在于它的基础是已经充分大众化了的京剧艺术。在高度模式化的京剧艺术形式基础上创建的文艺原则，当然会指导文艺走向全面的模式化并将大众化运动推向顶峰。同样，考察大众的生活和艺术活动，不以简单的概念表达，就无法实现有效的信息传递。无论官方还是民间，只要组织大众活动，都无法避免以标语口号的方式表达思想和感情。因此，应该承认模式化、概念化和标语口号化是大众化的题内之义。

需要说明的是，在战争的年代，因为宣传动员的需要而付出艺术的代价是不可避免的，任何人都不会对战地艺术有太多的苛求。但是，并非一切宣传都是艺术，也并非一切艺术都需要服务于宣传。即使是战争时期，也没有理由要求一切艺术创作都为战争服务。更重要的是，为宣传而粗制滥造不应该成为艺术的标准。然而，在大众化的过程中，一些很有影响的人物却常常主张彻底放弃文学的艺术性，而单纯以服务于宣传为标准，甚至反对作家对艺术水平的追求。郭沫若在《抗战与文化问题》中说：“抗战所必须的是大众动员，在动员大众上用不着有好高深的理论，用不着有好卓越的艺术——否，理论愈高深，艺术愈卓越，反而愈和大众绝缘，而减弱抗战的动力。”周扬在《新的现实与文学上的新的任务》中也说：“我们现在所要求于作家的就是用这种大众化的小型作品敏速地去反映当前息息变化的实际情况，而不是离开实际，关起门来去创造什么‘伟大的作品’。”这样的要求和指导当然不会有利于文艺水平的提高。

关于大众化与文学水平的矛盾，人们并非没有及时意识到，但是，那些大众化的倡导者们却有各种雄辩的说法：“文学大众化不仅不是降低文学，而且是提高文学，即提高文学的斗争性、阶级性。”①“如果真的能大众化了，它不会降低艺术水准，反而可能逐渐提高了艺术水准。因为今天所要求的艺术水准，决不是知识分子或亭子间诗人所想出来的，而是被人民大众所欢喜、所公认的艺术水准。”②这样，艺术就不再以知识分子的艺术为准，而以人民大众的喜闻乐见为价值标准。但是，根据这个标准生产出来的作品，即使贴上“优秀”的商标，也最终难以进入艺术的殿堂，而且也不被大众所公认。郭沫若在50年代的示范之作《学科学》《学文化》《防治棉蚜歌》就是例子。就连工人和农民也不承认“学科学，学科学，科学人人都要学”和“毛主席告诉咱，咱们工人阶级当了家”这样的句子是优秀的诗。

更深层的问题是，文学创作需要自我生命的融入，需要真情实感，需要真实个性的自由飞翔，而大众化却要求作家获得大众的意识，获得大众的立场和思想感情，也就是放弃真实的自我而扮演大众。这就出现了演员和角色的矛盾，出现了两个主体的冲突。我把这种冲突称作“真实主体”与“模拟主体”的冲突。正是这种冲突导致了作品普遍的虚假和一系列问题。

从大众化运动开始，一些知识分子就非常自觉地代大众立言，为了大众的解放，他们心甘情愿地放弃自己的立场而努力获得大众意识。然而，他们的努力显然并不成功。他们虽然高喊着要做大众的留声机器，但留声机器所

---

①周扬：《关于文学大众化》，《北斗》第2卷第3、4期合刊。

②王亚平：《论诗歌大众化的现实意义》，1946年《文艺春秋》第3卷第5期。

放出来的却并不是真正大众的声音。人们意识到了资产阶级或者小资产阶级作家表现大众思想感情的困难，但不是放弃大众化的努力，而是开始实施对创作主体的改造，并且形成了一种理论：只要作家能够脱胎换骨，作品就能脱胎换骨。但是，知识分子要彻底脱胎换骨并非易事。由于改造的艰难性，创作中就出现了两个自我：一个是知识分子真实的自我，一个是通过深入生活和思想改造而获得的代表大众的自我。真实的自我非常顽强，它往往在这一时刻被抑制了，在另一时刻却又顽强地冒了出来。然而，这个自我失掉了表现的合法性，必须表现的是工农大众的思想感情、价值观念、思维方式和情感形式。所以，他们不仅需要深入生活，而且需要艰难地模拟大众的思想感情。从40年代到70年代，我们都可以看到作家们在这两个方面进行的努力。然而，成功的经验不多，失败的教训却足够记取。真实的主体与模拟的主体常常处于矛盾冲突之中，一旦真实的自我完全被遮掩之后，作品就会变成公式化、概念化、标语口号化的说教，而真实的自我出现之时，作品就会放射出艺术的光彩。可是，知识分子的真实主体只要一出现，就要受到严厉的斥责。

同时存在的另一矛盾是，作家无论如何努力，都注定了无法获得所谓的“大众意识”。因为艺术家虽然受命做人民大众的代言人，但是，无论“人民”还是“大众”，都是一个宏大的能指，空泛而又高度抽象。人们可以随时发现人民大众的某些分子，却无法把握大众意识和人民的声音。你可以通过深入生活而完全获得某个工人或农民的思想和感情，并且在忘我的状态下在作品中成功地完成对它的模拟表现。但是，你不能断定是否表达了“大众”的声音。对生活的真实摩写往往被批判为歪曲现实，对大众思想感情的成功模拟常常被指责为别有用心。很多作品之所以受批判，不是因为作家没有深入生活或没有获得大众的思想感情，而是恰恰因为深刻表现了生活真实并表达了人们的思想感情。然而，面对“不真实”的指责，文学家无法为自身辩护，因为无论你怎样深入生活，所熟悉和把握的也只是大众的一部分，你无法断定它究竟是不是能够代表“大众”。这种情况说明，大众的思想感情是一个很难把握的存在，只能使文学艺术家无所适从。那么，解决的方式就是把握生活的“主流”和“本质”。什么是“主流”和“本质”？文学家无法断定，最后只有服从权威，到中央文件、报纸社论和领导讲话中去寻找。

这就导致了创作主体的多重分裂，一是作家真实的主体，它是非法的，必须时时注意隐蔽；二是作家模拟的主体——大众的思想感情，它是合法的，却是无法把握的；三是权威主体，来自权威意识形态，它才是真正的支配者，却往往与作家自己的认识、大众的感受都不一致。文学的生命在于真实的自我，在于富于个性的主体精神的自由飞扬。主体多重分裂的尴尬处境不可能产生出优秀的作品。半个多世纪的实践证明，作家无论自愿还是被迫，放弃自己的生活而去体验别人的生活，放弃自己的立场而去获得别人的立场，放弃自己的思想感情而去获得别人的思想感情，都是对文学生命的摧残，都是对作家艺术才华的扼杀。

结　语

考察文艺大众化的历程及其后果，我们不难发现：这个在20世纪中国文学史上持续了半个世纪的文艺运动，这个在当代中国文坛上一直闪闪发光的词语，其实包含了中国现代知识分子太多的迷惘和失误，包含了一系列不堪回首的记忆。它是由一些人的自我迷失而导致的一场悲剧，是20世纪中国文学的悲剧，是中国现代知识分子的悲剧，也是中国现代化的悲剧。从历史上看，它是“五四”新文学运动方向发生逆转、中国知识分子在特定的历史条件下在寻求中迷失继而被迫向大众认同的产物。它意味着五四新文化运动中觉醒的个性重新泯灭于群体之中，意味着受到现代化冲击的传统的卷土重来，意味着先驱者们奋力肩起大门放进来的西方进步文化在文学中受到排斥，意味着觉醒的知识分子在特定的历史条件下对工农大众所做出的迁就和顺从，意味着启蒙这一时代主题不仅让位于民族救亡，而且让位于阶级的翻身……那么，今天，在新的时代条件下，我们还需要不需要大众化?

文学无论在什么时候都需要赢得读者，特别是为人生的文学，只有赢得读者才能影响人们，这是非常清楚的道理。那么，文学如何才能赢得读者，如何才能为广大读者所接受，这永远是值得认真思考的问题。文学既要以先进的意识影响读者，又要为精神滞后的读者所接受，这的确不是一件容易事。因为读者在阅读一篇作品的时候并不完全是被动的，接受主体的选择起着很大的作用。这种选择取决于已有的价值观念、文化心理和审美习惯所形成的接受机制。这种接受机制有一种纳同排异的特点。所以，越是观念陈旧的作品越容易赢得最广大的读者，越是超前的东西越容易受到广大读者的排斥。所以，文学的一个重要课题就是寻找既能赢得广大读者又能影响广大读者的途径。也许这是一项困难的探索。但无论如何，清醒的人们应当知道，文学不能满足于大众喜闻乐见，更不应以思想感情上与大众一致作为追求的目标。

知识分子无论在什么时候都应该关心民众的疾苦。道义感和同情心永远是文学最珍贵的元素。然而，这一切都不应与人类文明的发展相抵牾，不应以牺牲现代化进程为代价。世纪之交，中国知识分子再次面临各种矛盾的困扰和选择的困惑，由于各种社会问题的存在，民粹主义倾向持续升温，新左派倾向迅速蔓延，一些人从神圣的道义出发，再次走向大众立场，并以大众代言人自居。这种选择无可厚非，但此路的陷阱值得警惕。特别是那些试图重拾左翼文艺取向的朋友，更值得面对历史而三思。

大众化的教训昭然在前，我们没有理由重蹈历史的覆辙！

公式化与概念化

——当代文艺症状分析之一

公式化和概念化是中国当代文学艺术长期存在的问题，从20世纪50年代到70年代，一直没有得到解决。进入新时期之后，随着思想的解放和创作自由空间的扩大，整体的情况大有好转，但问题并未完全解决，尤其是在主旋律文学中，公式化、概念化的表现仍然十分严重。作为当代文艺的顽症之一，很有探讨的必要。本文只是对其长期难以克服的原因进行粗略的分析。

一

其实，公式化、概念化的问题可谓源远流长，早在革命文学运动初期就已经产生了。无论是20年代末的革命文学，还是30年代初的普罗文艺，公式化、概念化和标语口号化都是其突出的特点。在那些作品中，空洞的议论往往代替生动的形象描绘，概念化的理解往往代替丰富的生活。作家不是从生活出发，而是从概念出发，不是忠实于生活，而是为了概念的需要而编造生活，因而必然导致了作品的概念化。比较清醒的批评家们当时就已指出：那些小说把革命的理念强加给了那些不识字的工人，让他们具有非常高的政治觉悟，并且开口就是豪言壮语；革命只有胜利而没有失败，地主资本家一打就倒，英雄总有美人相伴；而且普遍存在“脸谱主义”：“许多革命者只有一张面孔，——这是革命者的脸谱，许多反革命者也只有一张面孔，——

这是反革命者的脸谱；……这些人物不是‘活’的革命者而是奉行革命的机械人。”[①]

然而，这些问题不仅没有得到解决，而且随着政治对文学的进一步要求而表现得更为严重。进入50年代之后，中国大陆文坛形成大一统格局，公式化和概念化也成为一个普遍现象：同样的题材，同样的主题，同样的人物，相互雷同的构思，真可谓千篇一律，千人一面。虽然作品产生于不同的作家，但不同的作家拥有同样的模子，因而可以把作品铸造得一模一样：革命总是从胜利走向胜利，生活总是从苦难走向幸福，革命者总是光荣正确，敌人总是卑鄙无耻，社会主义建设一定是热火朝天、一日千里，农业合作化运动则必然是带头人立场坚定、贫下中农积极响应，富裕中农犹豫不定，地主富农从中破坏……

这种公式化和概念化的现象是文学在具体的生存环境中必然出现的结果，但并不是文坛主导者所希望的结果。在当时的文艺政策的指导之下，它成为一个普遍的现象，但指导者并不希望这个现象产生。通过当时的报刊不难看到，当时文艺界的指导者对于这种现象并非没有及时注意，也并非没有努力解决，而且是一直试图解决它。早在1953年9月召开的中国文学艺术工作者第二次代表大会上，周扬在题为《为创造更多的优秀的文学艺术作品而奋斗》的报告中就指出："在文学艺术战线上，我们必须对资产阶级思想的各种表现继续进行批判的工作；比方，盲目崇拜西方资产阶级文化，轻视自己民族的传统，就是资产阶级思想的典型的表现之一，这种思想就是必须加以批判的。对资产阶级思想的斗争，是我们的一个长期的任务。同时另一方面，我们又必须反对文学艺术创作上存在的概念化、公式化及其他一切反现实主义的倾向；如果不克服这些倾向，我们的文学艺术就不能前进。"[②]这段话透露了当时人们对问题的认识：它是与反对资产阶级思想相伴随的；属于反现实主义倾向的一种表现。从这个意义上说，至少是周扬，对问题的认识不算不清楚。三年之后，1956年2月，中国作家协会第二次理事会扩大会议召开，会议的重要主题就是反对公式化和概念化的倾向。周扬在报告中再次

①茅盾：《〈地泉〉读后感》，华汉《地泉》，湖风书局1932年。

②周扬：《为创造更多的优秀的文学艺术作品而奋斗》，《文艺报》1953年第19期。

指出："我们一方面要和危害文学艺术发展的各种资产阶级唯心主义的、反人民的思想和倾向做斗争，另一方面要和我们的文艺创作成长过程中所产生的，相当普遍存在的最有害的毛病之一——公式化、概念化的倾向做斗争。"①他批评说，因为公式化和概念化倾向，许多作家把丰富多彩的现实生活描写得单调乏味，使文学缺少了鲜明生动的人物形象和引人入胜的情节，因而缺少应有的振动人心的力量。他仍然把概念化、公式化的问题归结为"反现实主义的倾向"，对其进行严厉的批评。在周扬等文艺界领导人的号召下，许多作家、批评家都对公式化和概念化进行过尖锐的批评。

但是，令后来的人们不能不感到奇怪的是，公式化、概念化的倾向却没有因为上下一致的口诛笔伐而消失，而是愈演愈烈，伴随着中国当代文学的发展一路走来，终于在"文革"文学中发展到顶峰，形成了一系列构思模式。比如："书记来引路，队长（厂长）犯错误，知识青年一时糊涂，揪出一个狗地主（特务）"；比如：无论助人为乐还是英勇抢救国家财产，英雄人物的耳边总是响起"伟大领袖毛主席的教导"……在50年代以后的文坛上，权威意识形态的力量历来是所向披靡，为什么对公式化和概念化的现象一筹莫展？其原因究竟何在？

二

对于公式化和概念化现象产生的原因，当时理论界一般的看法是"主观主义"和"脱离生活"。

在1953年，周扬作过这样的分析："主观主义的创作方法是严重存在的。有些作家在进行创作时，不从生活出发，而从概念出发，这些概念大多只是从书面的政策、指示和决定中得来的，并没有通过作家个人对群众生活的亲自体验、观察和研究，从而得到深刻的感受，变成作家的真正的灵感源泉和创作基础。这些作家不是严格地按照生活本身的发展规律，而是主观地按照预先设定的公式来描写生活。"②到了1956年，他仍然认为"这种倾向

①周扬：《建设社会主义文学的任务》，《文艺报》1956年第5—6期。

②周扬：《为创造更多的优秀的文学艺术作品而奋斗》，《文艺报》1953年第19期。

的产生，主要是由于青年的作家缺乏创作经验，而有经验的老作家对人民的新生活又还不熟悉；很多题材是新颖的，前人所没有写过的，作家不容易驾驭它们”[①]。对于文学艺术来说，周扬毕竟不是外行，可以说，他的分析基本不错。

茅盾在《新的现实和新的任务》中也说：“概念化和公式化都是主观主义的产物。它们是一对双生的兄弟。这种创作方法是违反现实主义的根本原则的，……它不是从客观的现实出发，而是从作者主观的概念出发，它把复杂而丰富的现实生活简单化为几个概念所构成的公式，其结构是所谓落后、对比、转变三段法，人物形象则有一定的几张‘脸谱’，不论所写的是工厂，或是农村，不论主题是增加生产，或是争取婚姻自由，都可套用这样的公式。这样的作品当然就不可能有真实性和具体性，当然也不会被群众所喜欢。这样作品之所以产生，根本的原因是作家脱离了人民群众的生活，用闭户造车的方法去写作。”[②]作为一个创作经验丰富的著名作家，茅盾说的也不是外行话。

应该承认，无论周扬还是茅盾，他们的看法并非没有触及问题的根本。公式化概念化倾向的确是一种反现实主义的倾向，它的根本症结的确在于作家的创作不是从生活中来的，不是从客观现实出发的，的确在于作家们脱离真实的生活而“闭户造车”。可是，作家为什么不从生活的客观现实出发而从概念出发呢？当时的理论家却没有触及。

作为克服这种倾向的方式，在长达几十年的历史上，人们开出的药方一直是“深入生活”。应该说，这个药方也不算错。因为生活本身是多姿多彩的，作家的感受也会有千差万别，只要深入生活，并且忠实于生活，把生活本来的面貌写出来，把作者对生活的真实感受写出来，作品怎么可能千篇一律呢！

可惜的是，“深入生活”的药方注定了不能解决问题。对于政治意识形态制约之下的文学来说，深入生活只能是一句空话，不可能付诸实践，因而不可能解决任何问题。因为人们不能不面对一个重要的矛盾：文学应该服从

①周扬：《建设社会主义文学的任务》，《文艺报》1956年第5—6期。

②茅盾：《新的现实和新的任务》，《文艺报》1953年第19期。

政治需要还是服从生活真实？应该坚持党性原则还是坚持现实主义原则？从抽象的理论出发，这似乎是可以解决的，比如“无产阶级的党性与客观真实性的统一”，但在实践中解决起来却并不容易。不愿完全放弃艺术的人们清楚地意识到艺术与政治的结合必须通过艺术自身的特殊性，然而，“过分强调特殊性，会引向脱离政治；一笔抹杀特殊性，结果只是取消艺术而已。”社会主义的文学不能脱离政治，但也不能取消艺术，因为取消艺术“对政治也仍然没有好处”[①]。政治家们只是对文学艺术提出为政治服务的要求，而很少考虑到艺术的特殊性。文艺界的一些领导人毕竟熟悉艺术，知道公式化和概念化的作品并不能很好地服务于政治，因此，为了让艺术更好地为政治服务，也要反对公式化和概念化。但是，在反对公式化和概念化的同时，却又生怕作家们放弃从概念出发去认识和表现生活的基本创作公式；在高喊深入生活的时候却生怕作家艺术家们真正深入生活去直面生活的全部真实。所以，文艺界的领导人往往一方面强调“必须从斗争中、生产中、工作中去建立和群众的真实的亲密的联系”，一方面又强调“必须学会以马克思列宁主义理论及党和国家的政策的观点来考察、估量和研究生活，免使自己掉在生活的大海里而迷失方向”[②]。

一方面大谈公式化和概念化问题之所以发生是因为作家和创作不是从客观生活出发而是从概念出发，一方面却不顾创作的实际而批评作家片面追求“外表的生活真实”，警告作家不要“因而就走向自然主义的道路”。这样，就使反对公式化和概念化的行为陷入了一个怪圈：一方面反对公式化和概念化，一方面必须坚持导致公式化和概念化的那些创作原则；一方面批评创作中的反现实主义倾向，一方面又要千方百计地对现实主义进行限制；一方面反对作家从概念出发，一方面又必须坚持那些概念；一方面号召作家深入生活，一方面又要警惕作家深入生活之后“迷失方向”。

而且，在当时的文艺规范之下，所谓反对主观主义，只是反对作家个人的主观主义。在克服个人的主观主义的同时，却是将文学艺术家统统纳入政治权威的主观主义。而公式化和概念化的根源恰恰在于作家丧失了个人主体

①《周扬文集》第1卷，人民文学出版社1984年，第387页。

②周扬：《为创造更多的优秀的文学艺术作品而奋斗》，《文艺报》1953年第19期。

性而必须服从政治权威的意志。丢掉个人的主观主义而服从权威的主观主义，必然是进一步克服作家对于自己理解生活、判断生活和表现生活能力的自信，因而更进一步地导致公式化和概念化。

三

更为重要的是，“深入生活”这一词语的使用本身就有其特定的背景和逻辑前提。从一般意义上说，每一个人都在生活之中，任何一个活着的人都不可能置身于生活之外，因此，每一个作家都必然有自己深入其中的生活。那么，作家怎么可能“没有生活”？“深入生活”又从何谈起？直到今天，这个口号仍然被常常使用，却很少有人思考过它的特定含义。其实，“深入生活”这一概念之所以具有实际意义，是建立在知识分子作家个体精神存在合法性丧失这一基础之上的，是与知识分子作家被改造的命运紧紧联系在一起的。它的逻辑前提是作家自己的生活已经不是生活，只有工农大众的生活才是生活。文学必须表现工农兵的生活，但作为知识分子的作家却对工农兵的生活不熟悉，对他们的思想和感情也不了解，因此，就必须到工厂、农村或部队去“深入生活”。

正因为这样，“深入生活”更注定了不能解决公式化和概念化的问题。

一个众所周知的常识是：文学创作需要自我生命的投入，需要真情实感和真实个性的自由飞翔，没有作家主体生命的真诚投入，就不可能产生有血有肉有个性的创作。然而，为政治服务的文学规范却要求作家表现工农兵的生活和思想感情。当然，如果一个作家本身就是真正的工农兵，这也许并不困难，那个时代有大批工农兵作者出现，与此密切相关。但是，作家们却大多数并非工农兵，尤其是那些从“五四”或30年代走来的作家，就其大多数而言，都与工农兵距离甚远。他们无论怎样努力，都很难真正在思想和感情上与工农兵完全一致。而大众化的方向却规定作为知识分子的作家必须实现与工农兵在思想感情上的一致。在这种情况下，他们唯一能做的就是按照政治的要求，在思想感情上放弃真实的自我，而勉强扮演工农大众。而且，当代文学史上还有一个奇怪的现象：革命队伍总是在改造既有的作家的同时努力培养自己的作家，但自己的作家却并不可靠。战争年代的“红小鬼”在成为作家之后，就往往因受“资产阶级思想侵蚀”而“蜕化变质”，成了“资产阶级”；工人的女儿或贫农的儿子只要上了学，接受了较多的学校教育，也似乎改变了固有的阶级成分，因而必须经过“再教育”才可以使用。因此，即使是工农兵出身的作家，只要成为作家，就仍然是需要改造的，仍然需要“深入生活”，根据某种概念“扮演”工农兵。

这就出现了演员与角色的矛盾。我把这种冲突称作“真实主体”与“模拟主体”的冲突。从革命文学运动开始，一些知识分子就非常自觉地代大众立言，心甘情愿地放弃自己的立场而努力获得大众意识，但是，他们虽然高喊着要做大众的留声机器，留声机里放出来的却并不是真正的大众的声音。人们意识到了非无产阶级作家表现无产阶级意识的困难，因而开始实施对创作主体的改造，但知识分子要彻底脱胎换骨并非容易的事。尽管作家们艰难地模拟大众的一切，但成功的经验的确不多。因为作家面临的另一重矛盾是：无论怎样深入生活，也注定了无法获得所谓“工农兵”或“人民大众”的思想感情。作家们虽然受命做人民大众的代言人，而且真诚地去深入生活以把握工农兵的生活以及他们的思想感情，但是，他们却陷入了一个迷阵：无论“人民”还是“大众”，都是一个宏大的能指，空泛而又抽象。严格地说，任何人都找不到“人民”和“大众”在哪里。人们可能熟悉人民大众的某些分子，却无法把握整体的人民大众。深入生活的作家遇到了带有普遍性的问题：对生活的真实描写往往被批判为歪曲现实，对大众思想感情的成功模拟常常被指责为别有用心。很多作品之所以受批判，不是因为作家没有深入生活，也不是因为作家没有获得大众的思想感情，而是恰恰因为对生活的深入了解和真实表现。然而，面对“不真实”或“歪曲生活”“丑化工农兵”之类的指责，作家们却无法为自身辩护，因为无论你怎样深入生活，所熟悉和把握的也只是大众生活的一小部分，你无法断定它究竟是不是能代表“大众”。在50年代到70年代，作家们纷纷响应号召到工厂和农村深入生活。如果一个作家因为深入生活而了解了工人和农民实际生活中的艰难和困苦，并且真实地写出来，就必然要受到严厉的批判，其罪名往往是“歪曲生活”、没有表现出生活的“主流”和“本质”。“深入生活”的药方不但不能解决问题，甚至给一些真诚的作家带来了更多的麻烦。

那么，如何解决这一问题？唯一的方式就是努力把握生活的“主流”和

"本质"。什么是生活的"主流"和"本质"？对于丧失了个人主体合法性的作家来说，当然无权做出判断，而只能到红头文件、报纸社论和领导讲话中去寻找。当所有的作家都到同一份文件中去寻找生活真实的时候，公式化和概念化怎么能够避免？

所以，这一问题的解决并不在于深入生活，也不在于克服主观主义，而在于确立作家个人主体性的合法地位，承认每一个作家独特的生命体验和对生活的理解和判断的合法性。半个多世纪的实践证明，作家无论自愿还是被迫，放弃自己的生活而去体验别人的生活，放弃自己的立场而去获得别人的立场，放弃自己的思想感情而去获得别人的思想感情，都必然导致文学作品失掉个性，也必然导致文学艺术作品的公式化和概念化。

“大跃进”民歌再审视

1958年，中国诗歌的河流上出现了一个史无前例而且影响深远的浪潮。它被称作“新民歌运动”或“‘大跃进’民歌运动”。从概念的明确性考虑，本文选用后者，将其称之为“‘大跃进’民歌运动”。这个运动及其产品在当时和其后的二十年间一直受到高度评价和热情赞美，二十年后，随着对那段历史的反思，对它的评价也发生了逆转，因而风光不再，逐渐被遗忘。但是，文学史的研究如果仅仅是跟随政治反思而进行某些改写，显然是不够的。作为重要的历史事件，也不应该被轻轻放过。“大跃进”民歌作为一种社会象征符号和时代文化标志，集中表现着那个年代的精神风貌和文化心理状态；作为中国当代诗歌发展过程中的一个重要环节，则决定了当时诗歌的走向，影响了其后相当长一段时间的诗歌面貌。因此，当我们获得了较为充分的审视条件之后，理应对其进行深入的审视和探讨。本文不打算对这场运动及其功过是非做过多的评判，而是仅就这一运动本身及其历史作用做一些力所能及的解释。

一、空前奇观留下的疑问

在这片辽阔的土地上，无论哪一个时代都有大量民歌。它是大众口头创作，主要以语言而非文字的形式在民间传播，完成着自生自灭的生产和消费过程。因为新的创作会随着生活的发展而不断出现，传播中的民歌也在不断更新，有的偶尔因为种种原因而被历史记载，而大多数作品则很快就在传播过程中消亡。这是艺术生产与消费的自然规律，一代又一代，民歌就是这样产生和消失着，很少引起人们的注意，更少被人为地繁荣和发展。

1958年，它却成了举国上下关注的热点，成了全党全军全国人民都在致力完成的一项“重要政治任务”。《人民日报》发表题为《大规模地收集全国民歌》的社论；中国文联、中国作家协会联合召开座谈会，进行“采风大军总动员”；各省市党委或宣传部迅速发出关于立即组织收集民歌的通知；各地迅速成立了采风组织和编造机构；报刊纷纷开辟民歌专栏发表“采风录”“新国风”……于是，就在全国范围内掀起了一个规模盛大的民歌运动。

它是一个收集民歌的运动，又是一个创作民歌的运动。从当时报刊的介绍可以看到那种空前热闹的景象：呼和浩特市决定三到五年内生产五十万吨钢，搜集五十万首民歌；肥东县半年创作民歌五十一万首，司集乡到年底还要创作六十万首；南京市五十天时间里产生了各种群众创作一百三十万件，常熟一县就有四十三万篇。河南省已有创作组三万零七百五十一个，创作量上千万……[①]与此同时，各种民歌集纷纷出版，据不完全统计，仅1958年下半年的大半年时间里，全国省市以上正式出版的集子就有近八百种，远远超过了自有新诗以来诗集出版量的总和。大量未经漂白而保有旧书字迹残骸的蓝灰色再生纸被用于印刷民歌。

这是一个空前的奇观。由于把收集民歌当作一项重要的政治任务来抓，层层组织动员，顷刻之间，中国似乎真正成了一个诗的大国，东西南北中，工农兵学商，干部群众，男女老幼，几乎人人都成了诗人。车间工棚，田间地头，哨所靶场，几乎到处都在写诗、赛诗。这是一个神奇的国度，遇到一个创造奇迹的时代，它使我们看到，这个民族任何一个方面的潜力都是不可估量的，只要调动起来，就会创造奇迹。1958年成功调动了这种潜力，并将其发挥到了极致。有些地方要求从七八岁的娃娃到七八十岁的老太太都必须完成收集和创作民歌的定额，有的地方提出了“村村要有李有才，社社要有王老九”的口号，有的地方则提出“县县要有郭沫若”。古今中外，有哪个民歌运动能够与此相比?!

---

①《东风吹得诗万篇》，《文艺报》1958年第15期。

众所周知，“大跃进”民歌运动之所以如此波澜壮阔、声势浩大，因为它是毛泽东亲自发动的。为此，毛泽东在1958年3月到4月，曾在中央最高会议上反复强调。因为毛泽东的地位和号召力，它成为一个大规模的运动，这不难理解，但是，究竟是什么原因促成了党和国家最高领导人对民歌如此关注？日理万机的伟大领袖有闲情逸致玩赏民歌吗？为发展民间文学值得如此兴师动众吗？……面对“大跃进”民歌运动，我们不能不产生一连串疑问。要回答这些疑问，需要进入“大跃进”民歌运动深处，进行深入剖析；也需要从中跳出来，远距离宏观审视。

二、颂歌大合唱：新中国成立初期诗歌创作规范的重振

众所周知，中华人民共和国建立之后，诗歌创作形成的第一个浪潮是颂歌。歌颂新中国，歌颂党，歌颂领袖，歌颂社会主义，歌颂刚刚开始的新生活，成为当时诗歌创作的中心主题。诗人们热烈欢呼，纵情歌唱，使颂歌成为诗歌创作的主旋律，甚至成为50年代初期诗坛唯一的声音。但是，1956年之后，“双百方针”提出，诗坛却与整个文坛一样，出现了一股以暴露社会阴暗面和直面人的复杂内心为特征的创作潮流，而且来势迅猛。《草木篇》《禽兽篇》《贾桂香》《据说开会就是工作，工作就是开会》《更相信人吧》……一系列作品的出现使诗歌创作形成了一个与颂歌完全相反的潮流。当然，刚刚建立的社会秩序并没有欢迎诗歌以尖锐的锋芒对自己评头论足的自信，它更需要的是诗人们歌唱现实生活以鼓舞人民的信心，所以，这股新浪潮很快就随着反右斗争的展开而平息。反抗者和探索者成为“右派”，从此离开文坛，一切复归平静，但这一事件却显示了文坛所奉行的创作规范的危机，昭示了诗歌创新的新意向，颂歌已经为知识分子诗人所厌倦，人们已经不愿反复演奏同一种音响。这是一个不容忽视的危机。

“大跃进”民歌的兴起，成为对这一危机的一种解救。它以强大的声势和群众运动的方式，完成了对“双百潮流”的反拨，并使在1956年至1957年被知识分子诗人冲破的创作规范得以修复，并普及到千家万户，在大众中得以巩固。

作为特殊年代里特殊的精神产品，“大跃进”民歌的精神内蕴也许并不

简单，但是，它的主题却非常明显。正如《红旗歌谣》卷首所说：“这是社会主义新时代的新国风，这是作了自己命运的主人的中国人民的欢乐之歌，勇敢之歌。他们歌颂祖国，歌颂自己的党和领袖；他们歌唱新生活，歌唱劳动和斗争中的英雄主义，歌唱他们对于更美好的未来的向往。”它全面发展了颂歌的基本主题，并将其推向了一个新的高度。《歌唱毛泽东》《毛主席像红太阳》等大量有影响的作品都沿用着50年代初常用的比喻歌唱领袖，歌唱巨人的伟大力量和他给予人民的无边恩情。毛泽东被比作太阳，给世间带来温暖和光明，带来幸福和希望，使鲜花盛开，使万物生长，“要想永世不受穷，永远跟着毛泽东”。《毛主席走遍全国》《举得起天提得起地》等作品以丰富的想象和大胆的夸张歌唱了毛泽东的伟大。在他面前，“峨眉举手献宝，黄河摇尾唱歌”；由于他的到来，“粮山棉山冲天，钢水铁水成河”；在他的领导下，“天有把，我们举得起；地有环，我们提得起”；他威力无边，无往而不胜，而且可以号令大自然：“毛主席向高山招招手，泉水就奔下来灌溉我们的花园。”毫无疑问，这种歌颂发展了《东方红》的模式。它是现实政治力量召唤出来的作品，同时又与我们这个民族的文化传统和心理素质密切相关，从被拯救者的角度表现着对大救星的感激之情。这种感情是50年代初颂歌中持续表现的，直到“双百方针”提出，才被诗人们所冷落。“大跃进”民歌对新生活的歌唱，对社会主义建设的歌唱，以及作为社会主义主人公的骄傲和自豪情绪，都与50年代前期的颂歌基本相同。

与颂歌主题相一致，50年代前期诗歌中常用的忆苦思甜的构思方式也在“大跃进”民歌中得到广泛运用。“奶奶用过这只篮，领着爸爸去讨饭。妈妈用过这只篮，篮篮野菜度荒年。嫂嫂用过这只篮，金黄窝头送田间。我今挎起这只篮，去到食堂领花卷。人民公社无限好，党的恩情大如天。”（《一只篮》）这正是几年前严阵的《老张的手》等作品所开创的思路，不同的只是随着生活的变化加进了人民公社大食堂的内容。联系那个年代的历史真实，人们很容易指出“去到食堂领花卷”等美好生活图景的虚假性，但这虚假性却是颂歌不可缺少的构成要素。

在传统民歌中，一直占有重要地位的情歌，也是“大跃进”民歌的重要构成。有些作品保持了民间创作的朴素和清新，如《锄麦草》：“低低叫声好哥哥，谢谢你呀不要瞧；莫为瞧我失了手，漏了杂草伤了苗。”但是，

“大跃进”民歌中的情歌也像50年代前期流行的那些作品一样，绝不描写爱情本身，而是把爱情引向对新生活的歌颂，使爱情与劳动、奉献结合在一起，通过爱情表现新人新事新风貌，从而完成对新时代的歌颂。《刘巧儿》中的“我爱你浑身是劲能劳动”，闻捷笔下的“要我嫁给你吗？你衣襟上少一枚奖章”，在“大跃进”民歌中被反复演绎。小伙子向姑娘表达感情，姑娘的回答是：“生产‘大跃进’中你得了第一，我的荷包自然送上。”姑娘到了该出嫁的年龄，但为了“大跃进”，却坚决地表示：“封不好山不出嫁，治不好水不出庄。”（《问姑娘》）至于《妹把红旗当嫁妆》等作品，从标题就可以看到它的内容。总之，它与“双百方针”提出之后出现的《迟开的蔷薇》《吻》等情诗完全不同，而与早几年的《吐鲁番情歌》等作品的模式一脉相承，只是没有那么精致，算是通俗普及版。

“大跃进”民歌对政治运动和中心工作的配合是出色的，尤为突出的是为了配合运动而可以不顾事实。历史已经证明，1958年的“大跃进”和公社化运动给国家和人民造成了严重危害，当时的民歌却热情歌颂了所有的错误和荒谬之处，对灾难进行了热情的呼唤与讴歌。无数作品在歌唱“大食堂”“小高炉”“卫星田”，在歌唱“人有多大胆，地有多高产”。有一首歌唱大食堂的民歌是这样写的：“食堂钢一般，暴雨淋不垮，狂风吹不散，越办人越欢。”它出现于大食堂已经被实践证明办不下去，因而纷纷倒闭的时刻，当时的中国人面对的是“代食品”和“水肿病”，是人口的急剧减少，大食堂倒闭之后的农民只有奔向田间地头，于寒风中寻找草根树皮等可以充饥之物。这位民歌作者显然感到了大食堂所面临的危机，却闭上眼睛高唱大食堂的颂歌，而对百姓的死活视而不见。这种作品的作用是显而易见的，政治工具职能发挥很到位，当然，它虽然以民歌的面目出现，却未必出自农民之手。在那个年代，政治对诗歌的要求是一心一意为其服务，诗人们虽然努力过，但结果显然并不令人满意，事实证明，“大跃进”民歌比诗人们的创作更能适应政治的要求。

行文至此，有必要指出50年代中期之后中国诗坛上知识分子作品与民间作品的差异。在知识分子诗人中，艾青、公木、公刘、邵燕祥、流沙河等一大批诗人，一方面厌倦了单调的重复，一方面认识到新生活存在的问题，因而歌功颂德的热情大大降低，为民请命的激情急剧增长。而一般民众，多数人却还沉浸在分得土地的幸福感和互助合作的新鲜感之中。因此，在知识者那里已经因厌倦而落潮的颂歌，在民间大众那里却仍然延续着。正因为这样，发展民歌，以民歌取代文人创作，就有了不同寻常的意义。

事实证明，民歌运动这场农村包围城市的文化运动非常有效，它不仅使反右运动之后萧条冷落的诗坛热闹非常，显示了文学的繁荣，而且成功地对诗歌发展趋势进行了反拨，修复和巩固了50年代前期的规范。

三、浪漫主义：困境中的通途

在从50年代到60年代诗歌发展的过程中，“大跃进”民歌还具有一种承前启后的作用。它不仅修复和重振了颂歌规范，而且为诗歌发展提供了启示，甚至可以说，正是“大跃进”民歌引导50年代末的诗歌走出了困境，并为60年代奠定了基础。

在此之前，当代诗歌创作与其他文艺创作一样，理论上强调的是现实主义，浪漫主义没有地位。但是，现实主义与政治要求并不总是和谐一致，有统一的一面，也有矛盾的一面。现实主义要求文学说真话，抒真情，真实反映社会生活，它的造型法则与批判精神无法剥离。当政治作为一种社会改革力量而致力于改造旧世界时，现实主义文学是政治力量的得力助手；当政治作为一种社会保守力量致力于稳定秩序和美化现实时，现实主义文学却难免与其发生抵触。因此，在当代文学的发展过程中，现实主义虽然在理论上一直被倡导，甚至常常使其处于独尊的地位，创作中却事实上难以实行。为防止现实主义精神的发扬，理论上就要有所限制，所以，在现实主义这一概念之前，一定要加上“革命的”或“社会主义的”。1956年至1957年间的文学思潮，更证实了对现实主义保持戒备的必要性。在反右运动中，受到严厉批判或被打成毒草的作品，多是直面生活的作品。文艺界的反右斗争，很大程度上是对现实主义精神的反击。1958年的“再批判”，意义也不在于清算历史旧账，而是温故知新，杜绝文学批判现实的精神。《现实主义——广阔的道路》这样的论文之所以受到严厉批判，也因为它试图让现实主义摆脱限制。

然而，对于文化事业，仅仅依靠政治批判、铲除毒草等手段是不够的。

什么样的创作方法可以使文学既关心社会、服务于政治、又免于滑入现实主义传统呢？50年代末的中国文坛需要这样一种新的创作方法。

就在这时候，“大跃进”民歌出现了。它所显示的最根本的特征就是所谓“革命浪漫主义”。这种浪漫主义以理想和豪情为基本内容，以想象和夸张为主要手段。尽管在此之前诗歌中已经具有理想和豪情的表现，但整体上却呈现出一种写实的风格。50年代前期的颂歌大都是通过对生活图景的描写完成的，新民歌仍然保留了那种方式，比如：“一片青来一片黄，黄是麦子青是秧，是谁绣出花世界，劳动人民手一双。”这是“大跃进”民歌中的上乘之作，却不是最能体现其精神面貌的代表之作。集中显示了新风貌的是这样的作品：“天上没有玉皇，地上没有龙王，我就是玉皇！我就是龙王！喝令三山五岳开道，我来了！”（《我来了》）“大红旗下逞英豪，端起巢湖当水瓢，不怕老天不下雨，哪方干旱哪方浇！”（《端起巢湖当水瓢》）这种壮志豪情感应着那个年代的政治狂热，体现了那个年代的特有心态。其中的骄傲和自豪已经远远超出了当年邵燕祥们《到远方去》等作品中的表现。那是一个政治家需要民众迷于理想的年代，也是政治家需要民众激昂豪迈的年代，“大跃进”民歌因为它的理想和豪情而备受青睐。

奇特的想象是“大跃进”民歌显示的新特色之一。富于理想的时代也罢，回避现实的时代也罢，都必然是富于想象的时代。吹牛撒谎更需要想象力。“大跃进”年代的中国人想象力是奇特的，大家都在做梦，都在说梦，各种梦话充斥报刊，并且画满了乡村土墙。架起梯子就能上天，土豆枝头结满西红柿，西红柿根下长满了土豆；把苹果嫁接到南瓜上，南瓜秧就结出南瓜一样大的苹果。人民公社成立了，农业必须大丰收，水稻收割之后，稻堆一定高入云，社员堆稻上了天，于是，奇妙的想象产生了：“撕片云彩擦擦汗，凑近太阳吸袋烟。”（《稻堆》）中国马上要实现共产主义了，中国的共产主义不像苏联，标志不是“土豆烧牛肉”，而是“楼上楼下，电灯电话”。于是，“月宫装上电话机，嫦娥悄声问织女：听说人间‘大跃进’，你可有心下凡去？”结果，嫦娥还是迟了一步，“织女含笑把话提，我与牛郎早商议：我进纱厂当女工，他去学开拖拉机！”（《月宫装上电话机》）对于政治来说，重要的是通过这种想象歌颂了“大跃进”。对于一般读者而言，这种想象增加了情趣。

在革命浪漫主义精神的指导下，生活实景的描写不再是诗的要求，通过想象和夸张而获得的理想之境成为民歌艺术的主要构成。“大跃进”民歌的夸张是空前的，写理想的理论为一切不符合客观实际的描写提供了合法性。配合着《人民日报》对各地“卫星”成果的报道，配合着小麦亩产三万斤、五万斤、十二万斤之类的大丰收喜讯，歌颂人民公社大丰收的作品也特别引人注目。写谷子大丰收：“一个谷穗不算长，黄河上面架桥梁，十辆卡车并排走，火车驶过不晃荡。”写玉米大丰收：“俺社玉米田，玉米长高钻上天，飞机不按航线行，碰断俺社玉米秆。”写小麦大丰收：“麦秸粗粗像大缸，麦芒尖尖到天上，一片麦壳一片瓦，一粒麦子三天粮。”写大白菜长得好：“爹推车子叶下过，我在叶上放风筝。”……这种创作，与生活中的“放卫星”极其相似，吹牛皮式的浮夸把艺术的想象与夸张变成了一种滑稽表演，并且成为普遍的风气。它是时代文化面貌的反映，也是大众精神的一种写照。既然社队干部上报粮食产量时能够把事实上的几百斤写成几千斤、几万斤，既然《人民日报》能够相信并报道这样的喜讯，麦秸粗得像大缸也就没有什么奇怪了。那是一个令后人难以理解的年代，是一个理性头脑被消灭之后全民狂热而不再思考的年代。在那样一个年代，中华民族表现出了无与伦比的想象力，而且失掉了区别幻象与真实的能力。经郭沫若改动而收入《红旗歌谣》的《百草万物也心欢》写总路线下达之后万物欢欣鼓舞，一定要写出“母鸡一听着了忙，一天下了三个蛋”这样的句子，因为只有这样，才算符合“大跃进”精神。

这些诗歌显然是荒唐的，但它为当时诗坛提供了启示：诗可以不写现实而只写理想形态，不写客观景物而只写壮志豪情。现实的缺陷是明显的，诗可以绕过现实的缺陷，通过想象和夸张创造美好的生活图景，照样可以起到积极的宣传鼓动作用。

这当然需要理论化，因为只有理论化才能指导整个文学创作。于是，两结合创作方法应运而生。两结合创作方法为中国当代文学创作带来了浪漫主义，而所谓浪漫主义，根据当时的理解，首先就是写理想。据周扬解释：“我们处在一个社会主义大革命的时代，劳动人民的物质生产力和精神生产力都获得了空前解放、共产主义精神生产力都获得了空前解放、共产主义精神空前高涨的时代。人民群众在革命和建设的斗争中，就是把实践的精神和远大的理想结合在一起的。没有高度的浪漫主义精神就不足以表现我们的时代，我们的人民，我们工人阶级的共产主义风格……”①通过两结合创作方法，“大跃进”民歌影响了50年代末之后的文坛，写理想，抒豪情，粉饰生活，回避矛盾，拔高人物，神化英雄，虚张声势等一系列特征都经由“大跃进”民歌而进一步发展开来。就诗歌而言，它直接推动了50年代写实风格向60年代政治抒情诗抒情言志风格的转化。而且，因为有了理论，吹牛撒谎，都不必再脸红。

四、方向与道路：“五四”新诗传统的惨败

“大跃进”民歌运动引发了一场关于诗歌发展道路问题的讨论。当时的讨论看上去没有多少政治干扰，甚至不同意见也可以发表。然而，这是中国当代诗歌发展中的一件大事，主导倾向非常明确。

由于民歌运动的具体氛围，讨论中绝大多数人都对民歌给予赞美，民歌被看作诗歌的主流，被看作中国诗歌发展的方向。只有何其芳、雁翼等少数人发出了不同的声音，争论在不成比例的双方进行。讨论涉及一系列问题：谁是新诗主流的问题，新诗发展的基础问题，民歌有无局限的问题，“五四”以来新诗的估价问题，新格律诗的问题，等等，其核心问题是走民歌的道路还是走“五四”以来新诗的道路。讨论中的主导倾向，显示着极端的民族化和大众化色彩。极端的民族化，表现为竭力排斥外来影响，把“五四”以后的新诗看作欧化的，因而要彻底告别，此后的中国诗歌，要排斥一切“洋”的因素，回归中国传统。极端的大众化，表现为竭力把知识分子与工农大众对立起来，要求诗歌摆脱知识分子，沿着民歌的道路走向大众。反对欧化，否定新诗，美化民歌，一切都围绕着一个目的：让中国新诗脱离“五四”新诗的道路而走新民歌的道路。

如此大势之下，何其芳、雁翼们的观点当然不合时宜。建立新格律诗的主张被认为是怀疑民歌、轻视民歌、否定民歌，因而被认为是“资产阶级的艺术趣味和个人主义倾向”，是“自觉不自觉地对知识分子诗人的彻底改造

①周扬：《新民歌开拓了诗歌的新道路》，1958年6月《红旗》创刊号。

或工人阶级化有所抵触”[①]，是要不要民族风格的问题，是“为什么人唱什么歌”的问题[②]。人们之所以对新格律诗进行讨伐，因为它是“洋”的，而不是“中”的，不是“土”的，因为它是知识者的而不是大众的，因为“在这些格律诗里，不仅思想感情上同劳动人民格格不入，同时，语言风格上或说话的腔调上，也同劳动人民是格格不入的”，“劳动人民从来不欣赏这类洋腔洋调的‘诗歌’”[③]。

由于这种倾向，民歌变得神圣不可侵犯。说民歌有局限性也动机可疑，难以容忍。有人警告说，企图脱离民歌而由文人学士们自己建立新诗的形式，那是行不通的。[④]有人严肃指出，说民歌有局限性，是“害怕新民歌有朝一日将以五言、七言的歌谣体统一天下”[⑤]，有人则把指出民歌的局限看作“利用我们的缺点，来作为反对民歌的借口”[⑥]。最终的结果，是没有人敢于反对民歌，诗人们则纷纷学写民歌体。

既然反对西化、反对洋化而走向传统，反对文人学士们的创作而走向民间大众的创作，“五四”以来的新诗自然在劫难逃。众所周知，“五四”新诗的确既是“舶来品”，又是文人学士们的创造。在讨论中，“五四”以来的新诗受到了各种指责。有人说：“新诗新民歌，好比两台戏，对台对唱对比：新民歌如同海起潮，新诗如同水在滴，你把几滴水来尝一尝，嘴里尝着碎玻璃。”[⑦]有人说：“‘五四’以来的新诗，本来是一次划时代的革命，可是这个革命，却越革越糊涂，越革越没有民族风格，越写越加脱离（不仅是脱离而且是远离）群众。”[⑧]新诗的主要缺陷，是学习外国，崇洋媚外，没有与劳动群众相结合，既没有民族化，又没有大众化。那些对“五四”新诗心

---

①曹子西：《为诗歌的发展开拓道路》，《文艺报》1958年第20期。

②李根宝：《不是形式限制问题》，《萌芽》1958年第24期。

③萧殷：《民歌应当是新诗发展的基础》，《诗刊》1958年第11期。

④张先箴：《谈新诗和民歌》，《处女地》1958年第10期。

⑤张光年：《从工人诗歌看诗歌的民族形式问题》，《红旗》1959年第1期。

⑥仇学宝：《不同意何其芳、卞之琳两同志的意见》，《萌芽》1958年第24期。

⑦《新诗歌的发展问题》第1集，第157页。

⑧欧外鸥：《也谈诗风的问题》，《诗刊》1958年第10期。

存留恋的人所能做的，不过是不作彻底否定而已。这场讨论告诉我们，中国新诗发展到1958年，终于重新选择道路，实现了向民间和传统的回归。此后，新诗只有在民歌和古典诗歌的基础上发展，这是无需讨论的，因为毛泽东指出：“中国诗的出路，第一条民歌，第二条古典，在这个基础上产生出新诗来。”

“大跃进”民歌运动及其随之而来的讨论，不仅意味着“五四”以来新诗发展方向的彻底逆转，而且显示了中国知识分子的彻底失落。在讨论中，何其芳试图为新诗辩护，摆出了工人已经开始接受新诗的事实，有人马上反驳说：“那些带有知识分子味的自由诗，大多是学生出身的青工写的。这些青工的思想感情、个性、爱好以及语言，都曾或多或少受过资产阶级知识分子的影响，他们正在党的教育下加强思想锻炼，清除这些坏影响。”①话已说得如此明白，新诗辩护者还有什么话可说?

这一切，不仅使本该多样化的诗歌更加单一，而且离开了“五四”新诗革命的路径，走向民间，返归传统。同时，这也意味着知识分子诗人在经历了思想改造之后，在诗歌形式和风格上也要向大众认同，从而完成与大众关系的彻底颠倒。

①宋垒：《分歧在这里》，《诗刊》1958年第12期。

“草原英雄小姐妹”背后的故事

1964年2月9日，一场罕见的暴风雪袭击了内蒙古达尔罕茂明安草原。就在这场风雪中，产生了一个后来在中国大陆可谓家喻户晓的故事和两个光彩夺目的小英雄——“草原英雄小姐妹”。经过报纸、杂志、舞台、银幕和课本的传播，英雄小姐妹的故事传遍长城内外、大江南北，影响了几代人。但是，多年之后，人们才知道这个故事背后还有鲜为人知的故事。我是在80年代就听说这件事的，但一直没有见到任何文字材料。后来看到一本内蒙古民族出版社1998年出版的《蒙古写意》，说到这故事背后的真相。我曾想为此写一点文字，但写了一半就放下了。直到今年5月的一天晚上，偶然打开电视，看到内蒙古卫视《北国纪事》栏目正在播放关于这个故事的访谈。当事人几乎都出现了，救她们的老人虽然已经去世，但也播出了照片，还有几年前有心人留下来的录像资料。它让人想起那个年代，想起那个年代的新闻报道和文学艺术。于是，我决定写完这篇文章。因为这个故事很有典型性，是研究中国当代文学史的人不应忽略的。

一

事情发生在达茂旗新宝力格公社日光大队。两个年幼的女孩——吴龙衣和吴玉荣，一个十一岁，一个九岁，在替父亲放羊的时候被卷进了突然到来的暴风雪。这是草原上常见的事，也是极为可怕的事。在风雪中，两个女孩紧紧跟着羊群，在摄氏零下37度的风雪中走了一天一夜，奔波了七十多里。2月10日早晨，妹妹玉荣已经走不动，倒在了冰雪中。姐姐龙衣拖着疲惫的身体，继续追赶着顺风狂奔的羊群。

就在姐姐龙衣也几乎挺不住的时候，一条铁路挡住了狂奔的羊群。更为幸运的是，风雪中出现了两个人，一个蒙古族中年男子和他的儿子——一个九岁的男孩。他们刚刚去白云鄂博车站送走了要回呼和浩特过年的朋友，正冒着暴风雪回家。他们在铁路边的低凹处发现了挤在一起避风的羊，还有那个追赶羊群而来的小女孩。小女孩用蒙语断断续续地说，她的妹妹找不到了，就在不远处的山上！中年男子拉起女孩穿过了铁路，把她安顿在铁路的扳道房，留下儿子照顾女孩，自己又急急忙忙到矿区打电话，找人前来寻找玉荣。几个小时之后，人们在山上找到了玉荣。

小姐妹被送进医院抢救。由于冻伤严重，妹妹双腿截肢，造成终身残疾；姐姐也失掉了脚趾。

小姐妹的事迹令人赞叹，因为她们用生命保护了公社的羊群。她们放的三百八十四只羊，只有三只被冻死，其余安然无恙，没有因为暴风雪而丢失。当她们在医院里醒来的时候，赶来看望的公社书记就是这样表扬她们的。

事情发生的时候，一位著名作家和一位新华社内蒙古分社的记者正好到白云鄂博采访。他们听说有两个小女孩在大风雪里跟着羊群跑而被冻伤的故事，马上进行采访。于是，1964年3月12日，《人民日报》发表了长篇通讯《暴风雪中一昼夜》。第二天，3月13日，时任国务院副总理、自治区党委书记的乌兰夫亲笔题词：“龙梅、玉荣小姊妹是牧区人民在毛泽东思想教育下成长起来的革命接班人。我区各族青少年努力学习她们的模范行为和高贵品质！”3月14日，《内蒙古日报》发表了长篇通讯《草原英雄小姐妹》。接着，内蒙古自治区党委做出决定，授予龙梅、玉荣“草原英雄小姐妹”光荣称号。此后，龙梅和玉荣的故事很快传遍大江南北。她们成为家喻户晓的“草原英雄小姐妹”，成为人们学习的榜样。她们的事迹不仅在报纸上被反复宣传，而且被搬上舞台，搬上银幕，画成连环画，编入课本。

在我的上述叙述中，细心的人们会发现一个问题：被表彰的“英雄小姐妹”与生活中保护羊群的小姐妹之间，名字并不相同。这是当时新闻报道的一个错误。小姐妹本来姓吴，姐姐叫吴龙衣，妹妹叫吴玉荣。她们的事迹被报道时，名字写错了。多年以后，玉荣在接受田炳信的采访时说："姐姐的名字搞错了，我叫吴玉荣，姐姐叫吴龙衣，见报后，姓不见了，姐姐龙衣变成龙梅了。"在人们的指导之下，小姐妹对此将错就错，从此之后，她们的名字没有了姓氏，吴龙衣干脆成了龙梅。新闻报道竟有如此力量，对于今天的许多人来说，大概是不可思议的。

但是，重要的误差还不在这里。

按照常理，这个故事中有两类英雄：一是保护公社羊群的英雄，二是救小姐妹的英雄。龙梅被发现时已经支撑不住，而她的妹妹玉荣早已倒在冰雪中。如果不是遇到这个中年男人，她们的结果可能就不仅仅是截肢。英雄小姐妹是那样光彩，救了英雄小姐妹的人当然同样光彩。那么，是谁救了两个小英雄？

在当时的宣传中，这个英雄是扳道工人王福臣，是他救了龙梅和玉荣。王福臣是铁路上的扳道工人。在中年男子带着已经冻坏的龙梅穿过铁道奔向扳道房的时候，他正在忙着迎接一列即将通过小站的火车。龙梅被送进了他的扳道房，因而他是龙梅获救的第一目击者。在所有的报道和宣传中，救了龙梅和玉荣的人，都是这个王福臣。关于英雄小姐妹的获救，当时的报道是这样描述的：

> 龙梅的身子也冻僵了。她挣扎着爬起来，踉踉跄跄地走向前去拦羊。"呜——呜——"一阵火车的鸣叫声传来。原来，他们已经走到了白云鄂博火车站。这时，他们已经走了七十多里了。
>
> 这时候，铁路工人王福臣叔叔发现了她，连忙把她带进屋里去，用雪搓她的双手。过了一会儿，龙梅暖和了些，才断断续续地吐出几个字来："公社的羊……还有妹妹……在山坡上……"①

但是，这不是事实。那个救了小姐妹的中年男人名叫哈斯朝鲁，男孩是他九岁的儿子那仁满都拉。这是所有当事人都清楚的，龙梅和玉荣清楚，王福臣清楚，参与寻找玉荣的工人们也清楚。然而，在当时所有的报

①《人民日报》1964年3月12日。

道与宣传中，哈斯朝鲁的名字被王福臣替代了，他应得的荣誉也都落到了王福臣的头上。

原因究竟何在？原来，哈斯朝鲁是一个被下放到这里来劳动改造的知识分子。他本来是内蒙古人民出版社的编辑，在1957年的那场运动中，被以莫须有的罪名划成了右派，然后被开除公职，送到达茂旗草原上劳动改造。1964年，正是那段高喊“千万不要忘记阶级斗争”的岁月。按照当时的政治逻辑，阶级敌人不能成为英雄的救命恩人，他所做的一切好事都必须彻底抹掉。而王福臣这位救人现场的目击者，不仅是工人阶级，而且是共产党员，当然有资格成为英雄。于是，为了政治的需要，王福臣被打扮成在风雪中救了小姐妹的英雄，并且多次受到表彰。

二

如果只是适应政治的需要而遮蔽和改写事实，救人者虽然无功，但也无过，哈斯朝鲁还可以继续他那虽然被改造却还算平静的生活。但不幸的是，哈斯朝鲁救了人，不但没有获得荣誉，而且因此而陷入更深的苦难。在把哈斯朝鲁推进苦难深渊的过程中，文学艺术发挥了特有的作用。

“草原英雄小姐妹”的故事不仅在报纸上广泛传播，而且被拍成电影，搬上舞台，谱成歌曲，写进课本，画成宣传画，成了对青少年进行英雄主义、集体主义和爱国主义教育的教材。然而，这个被无数记者、作家、诗人、编剧写过的故事，这个被无数人读过、讲过、唱过的故事，从新闻报道到文学艺术，又进一步发生了变化。无论在银幕上还是舞台上，故事都有改动，进一步进行了加工。

比如，在动画片中，有这样的一段对话：“苏格尔大叔，苏格尔大叔，我们队里有一只母羊早产，从下半夜到现在还没有生下来，哦？偏偏兽医又不在，只好麻烦你这接羔能手去跑一趟了。”“行啊，你先回去，我马上就到。龙梅，玉荣！……”父亲喊来女儿，吩咐她们替父亲去放羊。在多种文学艺术作品中，都是这样处理的：小姐妹的父亲吴添喜不再是去帮助邻居刷房子，而是为人民公社的羊羔接生。这个改动的意义在于把私事变成公事。因为按照当时的观念，小英雄的父亲之所以让两个孩子去放羊，只能是为公，而不能是为了邻里之间的私人关系。

更为严重的是，在那个强调“千万不要忘记”的背景上，内蒙古草原上这两位在天灾中出现的小英雄，有点不符合宣传的需要，因而必须进行处理，英雄小姐妹的对立面不能只是恶劣的自然天气，英雄故事必须体现出阶级斗争。因此，在几乎所有的文学艺术作品中，都加入了阶级斗争的内容。阶级敌人是谁呢？经过文学艺术家们的创作，敌人竟然就是把小姐妹从死亡线上救回来的哈斯朝鲁！他被写成了反面人物：“偷羊贼”、没有改造好的“反动牧主”“破坏分子”“凶恶的阶级敌人”。是他在暴风雪即将到来时故意打开羊栏，把羊群赶了出去，而且是企图杀害小姐妹。京剧《草原英雄小姐妹》，舞剧《草原儿女》，动画片《草原英雄小姐妹》，大都做了这样的处理。

这是那个时期文艺作品的一个特点，作品必须表现阶级斗争，否则就有违领袖的教导，就是宣扬阶级斗争熄灭论；有英雄人物，就应该有斗争的对象，否则就无法表现其阶级斗争觉悟。于是，在小英雄成为全国人民学习榜样的时候，哈斯朝鲁走向了更深的苦难。

在内蒙古卫视的节目中，有薛晓先在2004年拍摄的玉荣与哈斯朝鲁在一起的资料。说起当时的文艺作品，哈斯朝鲁说：“我是牧主白音老头，拿这么长的刀子，把龙梅玉荣家羊圈门的绳子砍开，把门打开，把羊赶走了。”玉荣也说：“还有中国舞剧院的舞剧，那里边也有，我看过。因为当时我们毕竟小，那时候还分不清黑白，后来逐渐长大了，明白了，老人确实二十多年受了很多委屈。”老人说：“没关系，是当时政治形势需要，让她们俩说我是什么坏人，不客气说是上边领导政治需要，让她们俩说我偷过她们的羊。当时是极‘左’路线，不怨她们。文艺作品里也需要阶级斗争。”

众所周知，艺术可以想象和夸张，也可以虚构，在一般情况下，人们不会对号入座。它也不一定对某个人构成伤害。可是，在那个年代，艺术想象与现实生活的界限早已非常模糊，艺术家的想象让哈斯朝鲁的生活雪上加霜。他被反复批斗，似乎真的做了坏事。1966年，他被关进了监狱，开始被关在当地监狱，后来又被送到内蒙古东部的库伦旗监狱，1972年因病提前获释回到了日光大队，一家八口却成了黑户，没有户口，没有口粮。从那个年代过来的人们都知道，在那时没有户口，将意味着什么。他们一家异常艰难地活了下来。

任何一个当事人都清楚当时的事实，却让哈斯朝鲁陷入那样的苦难。四十二年后，2006年3月10日，某电视台记者与当年那个九岁男孩那仁满都拉一起回到了达茂旗草原，对当事人进行了采访。年过七十的王福臣老人回忆起了当时的情况，毫不否认是哈斯朝鲁第一个发现了龙梅，并把她救进了扳道房，也正是哈斯朝鲁，放下龙梅又去找人救玉荣。对于当时的替代，王福臣没有办法拒绝，人们不准他说出真情。他曾经多次找过哈斯朝鲁，希望得到哈斯朝鲁的谅解和认可。作为一个普通工人，王福臣是有良知的。他受过多次表彰，报纸上有许多关于他的报道，但他没有保留那些记录虚假荣誉的材料。

从1964年起，哈斯朝鲁积累了大量关于英雄小姐妹的宣传材料。当知道自己救人不仅没有得到认可，还被写成反动牧主和坏分子时，哈斯朝鲁无法忍受了。他开始上访，开始申诉，但在那个年代，一个右派分子的上访和申诉，只能给自己带来更多的罪过。他说，他并不要求表扬和奖励，救人的时候什么都没想，只是觉得不能见死不救，但宣传不能颠倒是非，把功过完全颠倒。他只是要求实事求是，试图找回历史的公正。可是，在那个时期，一切都不会有结果。

直到“文革”结束之后，哈斯朝鲁的右派问题平反昭雪，恢复工作，从草原回到呼和浩特，继续反复上诉，这件事才终于引起了当时主持工作的胡耀邦的重视，批示“彻底甄别处理”。内蒙古党委于1985年做出了《转发关于〈谁是第一个抢救草原英雄小姐妹的人〉一案的情况和处理意见的报告的通知》，为哈斯朝鲁当年的义举做出了公正的结论。

三

至此，这个故事似乎已经画上了句号，我的文章也似乎已经写完。然而，一些事却让我久久不能释怀，觉得有必要写出来供读者思考：

首先是小姐妹父亲吴添喜的表现。据薛晓先的采访，当年吴添喜听说龙梅、玉荣找不到之后，就像疯了一样，留下一句“找不到俩孩子我也不回来了”的话，就骑上马不顾一切冲进了暴风雪。这很好理解，每一个父亲都疼爱自己的孩子。尽管这个父亲受到了乡亲们的指责：他不该在风雪天让小孩子去放羊。但是，从一般道理讲，哈斯朝鲁救了他的孩子，一个父亲不能不对孩子的救命恩人感恩戴德。可是，在漫长的岁月里，吴添喜一家一直不敢公开承认“管制分子”是他们的恩人。这或许是因为政治的压力，不愿找麻烦。因为陈长生就是例子，是他在山坡上找到了冻僵的玉荣，所以成了英雄，却因为替哈斯朝鲁说了句公道话，从此与荣誉再也无缘。但令人不解的是，在批斗哈斯朝鲁的时候，吴添喜竟然上台打了这个“破坏分子”。

如果是不知内情的外人，因为受报刊宣传的影响，对哈斯朝鲁这个“阶级敌人”充满仇恨，是可以理解的。如果是哈斯朝鲁的亲人，这样做或许也是可以理解的。因为在“文革”中，软弱的人们有种种无奈，为了表现自己的进步，或者仅仅是画清界线，咬牙殴打老师，忍心揭发父母，是并不罕见的。但是，吴添喜作为英雄小姐妹的父亲，不会受到逼迫，为什么要那样做？他真的忘记了事实是怎么回事吗？如果忘记了，他是怎么忘记的？如果没忘记，这种表现就更值得深思：是什么导致了如此精神现象？

其次是在公正的结论已经做出之后，谎言却仍然得不到纠正。在胡耀邦的亲自过问之下，事实早已得到澄清。但是，二十年过去了，故事的真相却依然少有人知。权威媒体回顾“历史上的今天”，对此仍然是这样说的：“1964年2月10日，龙梅和玉荣与暴风雪进行英勇的搏斗，保护了公社的羊群。……龙梅已冻僵了，她挣扎着向火车站走去。火车站扳道员王福臣看见了，赶忙把她带进扳道房，用雪替她搓揉冻僵的两只小手。龙梅断断续续吐出几个字来：‘我的妹妹，在石坡下……’铁路职工们发现小玉荣时，她的下半身已被大雪盖住了。姐妹俩就这样同风雪搏斗了一天一夜，走出了七十多里地。三百八十四只羊仅冻死三只……”

这或许不难理解，因为媒体的撰稿人并非对一切事件都能弄得清楚，沿袭旧说是常见的。包括一些教科书，对历史的叙述也常常是这样，明明已经有了新的结论，旧的说法却挥之不去，原因就在于编写者仍然不知情。制造冤案和平反冤案，力度是不对称的。旧的说法是以强大的宣传手段达到家喻户晓的，新的结论却只是一纸被装进档案袋的公文。因为这种传播上的不对称，一个时代留下的谎言，不知要多少年才能澄清。

更值得注意的是，“英雄小姐妹”的家乡有一个爱国主义教育展览，直到2006年3月（我不知道现在是否有所改变），里面的陈设和说明都没有改变，仍然沿袭着1964年的说法。如果说一般人沿袭旧说是因为不知情，那么，在最清楚事实的小英雄的家中，这些陈列版为什么仍然张冠李戴？他们不知道事实的本来面目吗？不知道中央有关部门为此做出的结论吗？不知道自治区党委为此而发出的通知吗？都不是。采访的记者感叹说：“由此看来，掩盖历史的真实不容易，而恢复历史的真实也不容易啊！”值得继续思考的，正是为什么不容易。

事实早已澄清，宣传为什么依然如故？是不是我们生活在谎言中已经太久，习以为常，司空见惯，根本不把它当成问题？还是我们早就习惯了事实是一回事，官样文章是另一回事，所以想不到陈列版需要修改？还是因为习惯了澄清历史、拨乱反正、平反冤案是一回事，而宣传和教育是另一回事，所以不知道那陈列版是否应该改动？无论哪一种情况，都是可怕的。一个民族如果面对谎言而无动于衷，什么精神文明建设、爱国主义教育，还谈得上吗？

第二辑

时代裂变中的辉煌崛起

——20世纪中国文学现代知识分子话语的诞生

20世纪的车轮即将走完最后的路程。在20世纪末的暮色中回顾百年文学的历史，现代知识分子话语的浮沉毫无疑问是一个让知识分子自身思之怅然的现象。重新认识百年风雨中走过的坎坷路程无疑是必要的。在知识分子话语又一次被时髦的批评抹得满脸污泥的今天，这种认识就更有必要。正是带着20世纪末文化语境所给予的复杂心情，我试图穿越百年的历史，沿着我的前辈和同辈渗着汗水、泪水和血迹的脚印作一次精神的旅行，考察这段艰难的历程。而要完成这百年长旅，就必须首先回到源头，面对它曾经有过的辉煌和与生俱来的艰难处境。

一

20世纪文学中的现代知识分子话语是在19、20世纪之交的思想启蒙运动中萌芽的。那场思想启蒙运动又是从传播西方思想文化开始的。鸦片战争之后中国的命运以铁的事实向人们昭示着落后。无论中国人多么喜欢抱怨外力而不喜欢反思自身，都不能不接受落后这一事实。所以，有志之士为民族富强而开始了向西方学习的艰难历程。坚船利炮，中体西用，药方有了一大堆，然而，等待中华民族的却是甲午海战的惨败。《马关条约》的签订使这个民族心头流血，也更坚定了一些知识分子变法图存的决心。于是，一场以西方思想文化改造中国传统思想文化的思想启蒙运动正式拉开了帷幕。

在19世纪末为引进西方文化而努力的知识分子中，首先值得注意的毫无疑问是严复。这位到英国学习了两年海军而在回国之后难展救国雄图的帝国末世知识分子，在甲午惨败之后连续发表《论世变之亟》《原强》《救亡决论》等文章，并开始大量翻译西方学术著作。他的论文通过比较而使人们看到东西方文化之优劣："中国最重三纲，而西人首明平等。中国亲亲，西人尚贤。中国以孝治天下，而西人以公治天下。中国尊主而西人隆民。其为学者，中国夸多识，而西人尊新知。其于祸灾也，中国委天数，而西人恃人力。"[①]他向国人介绍西方的民主与自由，介绍西方人"侵人自由，虽国君不能"的人权意识，介绍西方各种旨在保护公民权利的法律。他对比中国和西方的政治制度，告知国人："国者斯民之公产也，王侯将相，通国之公仆也"；"君也，臣也，刑也，兵也，皆缘卫民之事而后有也"[②]。他认识到了民主、自由与科学之间密不可分的关系："一理之明，一法之立，必验之物物事事而皆然，而后定之为不易。"[③]这种种思想的传播以极大的力量动摇着传统的意识形态，也奠定了20世纪思想启蒙运动的基础。

另一个对启蒙运动有着重大影响的人物是梁启超。这位以政治制度改革为目的的维新派主将在维新失败之后更清楚地认识到"欲新吾国，先新吾民"，"欲救今日之中国，莫急于以新学说变其思想"。他鼓吹新小说，介入诗界革命，积极参与文学理论与批评，正是看到了文学在改变人的思想意识方面的重要作用。

"五四"新文学运动中，鲁迅、胡适、钱玄同、陈独秀等人致力于改造国民性，正是严复"启民智""新民德"和梁启超"新民"事业的继续。也就是说，从严复、梁启超开始，中国知识分子已经充分注意到了改造国民性的重要意义。

然而，19世纪末和20世纪初中国的启蒙运动所面对的现实矛盾，却使知识分子很难一步跨入真正的现代知识分子行列，也很难迅速形成现代知识

①严复：《论世变之亟》，《直报》光绪二十一年正月初十至十一日（1895年2月4—5日）。

②严复：《辟韩》，《直报》光绪二十一年二月十七至十八日（1895年3月4—9日）。

③严复：《救亡决论》，《直报》光绪二十一年四月初七至十四日（1895年5月1—8日）。

分子话语。像西方18世纪的思想启蒙运动一样，中国的启蒙运动目的也在于以民主和科学冲破专制主义的枷锁，改变几千年的专制观念。然而，改变传统观念的运动却很不幸地在传统制度下进行。同时，民族的危机提醒着人们必须反对列强侵略以争取民族的解放和国家的独立。这就使一些知识分子在瓦解国家权威问题上有所顾虑。维护国家的安定团结与思想启蒙运动是矛盾的。牢固的国家观念使这一代知识分子首先考虑的是救亡图存而不是启蒙立人，是国家主权而不是国民人权，是民族的解放而不是个人的解放。梁启超在《新民说》中大讲自由，特别强调的却是“自由云者，团体之自由，非个人之自由也”。严复一再讲西方的天赋人权，但在《法意》18卷的译者按语中却说：“小己自由非今日之所急”，而“合力图强”才是“自存之至计”。康有为的《大同书》一直秘不示人，原因就是在他看来中国的国情还不能立即讲民权。他们一面传播新思想，一面又不愿意完全接受和立即实行。其中一个重要的原因就是他们都还在中国现实的体制之下来思考问题。他们都很重视中国国情，而国情就是专制制度，重视国情就是在承认专制制度的前提下思考问题。这就使他们的启蒙思想存在极大的局限。使独立的知识分子话语空间不可能在他们手中建成。

面对严复、梁启超的这种表现，人们往往习惯于从思想等方面寻找原因，其实，他们的认识并非不清，思考也并非不深，之所以如此，根本原因在于他们当时还不可能彻底离开传统知识分子几千年的一贯道路。没有获得独立地位的知识分子不可能完全获得独立意识。

现代知识分子话语的建立需要知识分子的独立为条件。考察20世纪中国知识分子独立地位的获得，我们不能不注意世纪门槛上发生的科举制度的废除这一大事。正是清王朝废除科举制度这一重大举措打破了传统知识分子的一贯道路。中国知识分子历来走的路是学而优则仕，这条路使他们皓首穷经而难以离经叛道，服从于科举的指挥棒而不能真正获得思想的自由和自我的解放。科举制度废除之后，他们在失落的同时获得了独立。他们中的许多人的确为此后的道路感到茫然，甚至为十年寒窗的奋斗目标消失而无比痛苦，但是，失落和痛苦却使他们从国家权威话语中解放了出来，他们不必再死守经典，不必再为生存而违心地接受国家权威话语所强加给的一切。

但是，科举制度的废除还不可能把知识分子完全解放出来，因为皇帝依然端坐龙庭，君主专制制度虽然已经腐朽得斑驳陆离，却仍然足以限制人的自由。从理论上说，真正独立的知识分子不可能是国家或者集团豢养的学子，只有自己支付学费者才可能是自由的人。国家公费派出的留学生理所当然要服从国家的需要。经济上的依附必然制约着人格的独立。完成传统知识分子最后之大解放的是辛亥革命。皇帝退位，帝制崩溃，即使习惯于依附而不愿意独立的人，也因找不到跪拜的地方而只好尴尬地站着。尽管有人因此而绝望自杀，有人因此而希望再有一个皇帝，但是，知识分子中的一大部分却在旧体制崩溃的条件下迅速地成长起来，成为独立的现代知识分子。最突出的代表就是五四新文化运动的倡导者们。他们是第一代完全获得独立的知识分子。他们独立地位的获得显然在于旧体制的崩溃。胡适是清王朝派出的留学生，如果清王朝不亡，他回国之后需要按照王朝的意志拿着王朝的俸禄履行自己的职责，但是，他生也有幸，不等学成归来，那个订购他的老板已经垮台，他因此而成了一个真正的自由知识分子。陈独秀本来在革命军中听令，如果二次革命成功，孙中山和他的党人能够建立起为自己所控制的国家机器，他也许只能是这架机器上的一个螺丝钉。但是，二次革命并没有使革命党人获得政权，他也就可以随时离开革命队伍而根据自己的意志选择自己的道路。与国家政府有点关系的倒是鲁迅。他是辛亥革命胜利果实的分享者，因革命的成功而供职于新政府教育当局，但是，由于现代政治制度的建立，国民的思想和议论自由得到了法律的保障，新的国家机构没有对其成员的思想和言论进行过多的控制。结果是政府发大洋养了鲁迅等这些在思想和行为上并不与之保持一致的人。新文化阵营的主将们都是这样一群在历史的急剧变革中获得独立的知识分子。高一涵、李大钊、钱玄同、刘半农、周作人……他们不再是以优异的学识服务于国家政权从而获取生存条件的群体，而成为一个依靠自己所掌握的学识与社会交换以谋生的群体。用一句当代中国人大都熟知的比喻说，他们不再是依附于国家权力这张皮上的毛。他们在学校任教，在报馆主笔，在市场上自由地出卖自己的劳动而没有被统购统销。

于是，在20世纪的曙色之中，独立的知识分子话语空间终于形成。五四新文化运动是现代知识分子话语诞生的庆典和阵容的首次大检阅。

二

传统知识分子在几千年中一直很难建立自己的话语。他们不是以优异的学识为王牧民，就是隐居山野融入民间。庙堂与民间是他们进退的两极，两极之间空间极小。20世纪的知识分子借助西方文化而在国家权威与民间之间开拓了他们的立身之地，建立起一个介于国家权力话语与民间大众话语之间的知识分子话语空间。他们高举科学和民主的旗帜，坚持启蒙主义立场，抨击旧的文化，倡导人的文学，完成了中国现代知识分子崭新的形象雕塑，以鲜明的特点显示了自身的独特存在价值。

他们在当时也许并无意于知识分子独特话语空间的建立，但是，他们的社会实践却使他们迅速确立了知识分子在社会中的新位置，明确了现代知识分子对历史的责任。考察“五四”时期文学中的知识分子话语，可以清楚地看到他们作为现代知识分子的鲜明特点：

首先，他们像传统知识分子一样关心国家和民族的命运，关心时政，忧国忧民，但是，他们却不再把委身权威去充当其奴仆作为自己的追求。他们大都密切地关注政治，因为既然关心民族的命运，而政治生活又最直接地影响着它，知识分子就必然要注视着政治生活中发生的每一件大事，并且发出自己的声音。在20世纪的中国，知识分子不关心政治是不正常的，由于社会政治的激烈动荡及其对人民生活的影响，我们无法想象一个不关心政治的人是真正的知识分子。然而，这种关心已经是知识分子式的关心，而不再是金殿对策或在皇帝面前跪读奏章。以鲁迅、胡适、陈独秀为代表的一代人为20世纪独立的知识分子找到了自己的位置和姿态。

其次，他们像历代同情劳苦大众的文人一样，揭露社会黑暗，反映人民疾苦，为下层劳动大众的苦难命运而呐喊，但是，他们不再与大众站在同一地平线上，而是在为民请命的同时以现代观念烛照其落后与愚昧，以“哀其不幸，怒其不争”的态度对其进行思想文化启蒙。“五四”新文学运动初期新文学阵营的主将们一再写人力车夫、写学徒、写各种下层人民的疾苦，文学研究会主张为人生的艺术，广泛揭示社会人生问题，这都显示着他们对劳苦大众的关注和同情。然而，同情的泪水已经模糊不了他们的双眼，而是在关注苦难命运的同时审视着受难者的人格弱点。因为这种态度，新文学有了阿Q、孔乙己、祥林嫂等一系列承载着同情和批判双重情感的形象。同情民众，又不在思想意识和感情上迁就民众，这是“五四”启蒙话语又一原则性的问题。以鲁迅和胡适为代表的知识分子认识是清醒的，在传统政治体制崩溃之后，国民性格中的传统文化积淀没有得到清理，这就需要改造国民性，需要启发民众获得人的意识，意识到人的价值与尊严，意识到个人那些不可剥夺的权利，意识到在这个新的国家，个人与国家的种种关系，从而真正站立起来，挺起腰杆做人。

启蒙包括对权威的反叛和对大众的启迪。新文学的知识分子话语因此而把自身从国家权威话语和民间大众话语中区分出来。他们是国家权威意识形态的监督者和批评者，是民众利益的守护者又是民众疾病的诊断者。他们的声音不是庙堂的声音，也不是民间大众的声音，而是新生的现代知识分子的声音。

从以上两点已经可以看到“五四”知识分子话语的基本定位，然而，更充分地显示其知识分子话语特色的还在于它的人本立场和启蒙目标。比较一下严复、康有为、梁启超这一代知识分子和鲁迅、胡适这一代知识分子，很容易发现二者大不相同。在严复们那里，人的解放还远远没有提上议事日程，而在胡适、鲁迅等人的观念中，人的地位迅速上升成为价值尺度和目的。他们的立场从神转向人，从群体转向个体。五四新文化运动的大旗上大书着科学与民主。科学意味着理性，意味着科学的思想和科学的态度，在当时的主要内容是进化论等西方新知识，这是严复时期已经获得的一种观念。它的现实功用是破除愚昧和迷信。新文化运动旗帜上的“民主”二字与我们今天的理解有点不同，它包括了天赋人权和个人自由。从陈独秀《〈新青年〉罪案之答辩书》可以看到：“要拥护那德先生（民主)，便不得不反对孔教，礼法，贞节，旧伦理，旧政治。”这里与民主相对的不仅仅是专制(旧政治)，还有束缚和扼杀人性的一切旧传统。民主不仅意味着专制制度的消灭，而且意味着人的解放。“五四”一代人呼唤“人的文学”，理直气壮地张扬个性，他们的思考问题的着眼点已经不是群体而是个体。鲁迅反对“爱国的自大”和“合群的自大”，而提倡“个人的自大”；胡适提倡“健全的个人主义”；周作人提倡“个人本位主义”，稍后崛起的创造社等新文化运动的追随者，在“五四”高潮中也无不高举着个性解放的大旗。清醒者接受个人主义的思想，不仅关心个人束缚的解除，而且在于社会发展依赖于个人的发展这一人本主义的基本观念。所以，人的解放与民族解放并不矛盾。新文化阵营的一个共识就是立国先立人。他们在这里找到了启蒙与救亡的统一。这是“五四”一代知识分子的一个根本特点，在他们那里，立人是根本，启蒙是必由之路，只有启蒙任务完成，实现人的解放，民族和国家才有希望。

关于启蒙与救亡的冲突，李泽厚的论述已过十年，但是，当前文坛很多人却把启蒙理解得过于宽泛，导致了许多理论和实践上的误区。包括一些否定“五四”启蒙主义的人，也往往是因为对启蒙的误解。因此，必须郑重申明：“五四”启蒙主义的核心就是人的解放。为人的解放而反抗黑暗统治，为人的解放而批判吃人的道德，为人的解放而批判国民性，为人的解放而张扬个性、表现自我。历史要进化取决于人的解放；民族要强盛取决于人的解放。在“五四”新文学中，它主要表现为两个方面：对外，反抗一切压迫和奴役，批判和否定从政治到文化各个领域、各个侧面的黑暗腐朽势力；对内，一方面表现自我、张扬个性，一方面反思国民的性格弱点以打破各种精神枷锁。不同的流派，不同的作家，致力的方向各有不同，但都统一于人的解放这一总的目标。正因为这样，“五四”文学才成为“人的文学”。那种教育人们守节、动员人们忠君、诱导人们牺牲和奉献或者意在让大众服从于某个集团需要而进行的说教，与其说是启蒙主义，不如说是愚民主义。其实，后来文学中的那些说教者本身也不承认自己是“五四”启蒙主义的继承者，他们自己已经与“五四”文学划清了界限，我们为什么一定要将其混为一谈？那些把“五四”和“文革”绑在一起进行批判的人们，如果不是国粹主义者，就是因为对“五四”一无所知，不了解“五四”启蒙主义的基本精神。因此，当前一个很重要的任务就是为“五四”正名，为“五四”新文学和新文化正名，为“五四”文学中的知识分子话语正名。

三

考察五四新文化运动中崛起的知识分子，会发现一个突出的特点：他们的政治倾向往往很不相同，独立意识却极为相似。无论选择什么道路，无论政治信仰如何，他们都不愿意放弃独立的人格和自由的思想。正是这种独立意识完成了他们先驱者的形象，也正是这种独立意识使现代知识分子话语能够独立存在。

作为新文化运动的主将和新文学的奠基者，胡适和鲁迅毫无疑问具有标本的意义。

胡适回国之初曾经声明二十年不谈政治，那时的他一心一意想从事文化教育事业。然而，一个独立的知识分子面对种种政治问题却不能不表现自己的态度，一个有责任感的知识分子面对社会问题和人生疾苦也不能不发出几声呐喊。众所周知，社会问题和人生疾苦往往与政治密切相关。因此，胡适后来没有回避对政治的关心和议论。但有一点应该注意，他虽然过问政治，却不做政治权威的幕僚。他性格温和，与人为善，广结人缘，却能做当权者的诤友。当诤友者，目的是保持自己的独立地位，不丧失平等地批评当权者的权利。考察胡适一生，他真正做的官就是出任中华民国驻美大使。然而，清楚那段历史的人决不会说胡适出任大使是卖身投靠。大战开始，国力匮乏，中美外交至关重要，环顾海内，别无良选，能担此重任者，唯一书生。因此，尽管亲朋劝阻，胡适还是慷慨赴任，去为生养自己的祖国做那永远做不完的讲演。他与蒋介石的关系的确非同一般，但他对蒋介石的态度也非同一般。他以对蒋公开批评而引起蒋的注意：大谈人权，批评政府，批评蒋介石，而且批评孙中山。这使蒋介石极为恼火，于是杂志被查封，胡适本人被教育部敕令警告。西方人本主义观念碰到了中国专制主义的铁拳，20世纪中国知识分子事实上一直面对着这种考验。当蒋介石召见“垂询政事”时，胡适却没有像一些人那样立即拜倒在权威脚下山呼万岁并且迅速铺垫上升的台阶，而是以现代知识分子的脊梁坚守了自己对政府和领袖进行批评的权利。这种权利的坚守并非易事，中国的当权者需要的是臣子的效忠而不是自由知识分子的批评。50年代，他支持雷震在台湾办《自由中国》，蒋介石政权将雷震判刑，事实上也是对胡适等自由知识分子的一种警告。考察胡适的一生，一直到死，都牢牢地坚守着“五四”精神，基本没有多少变化。在他影响下的派别和个人，介入政治者如傅斯年，不介入政治者如徐志摩、梁实秋等，也同样表现着“五四”一代知识分子的独立精神。

在政治倾向上，鲁迅与胡适明显不同，但在现代知识分子的独立意识方面，他们却流淌着同样的血液。关于鲁迅的独立人格与独立思想，大概没有多少人会有异议。就连毛泽东也赞美他没有奴颜媚骨。但是，有几个问题却是值得注意的。一是有人由于各种原因而片面地理解或片面地解释鲁迅自己所说“遵命文学”的含义。其实，鲁迅自己说得很清楚：“我所遵奉的是那时革命先驱者的命令，也是我自己所愿意遵奉的命令，决不是皇上的圣旨，也不是金元和真的指挥刀。”[①]即使是真的遵命，所遵的也是“我自己所愿意遵奉的命令”，更值得注意的是，这遵命之说本身就是一种艺术，遵谁的命令？在新文学运动的领袖集团中，陈独秀命令过鲁迅吗？胡适命令过鲁迅吗？命令过他的只有钱玄同，——请他出山为《新青年》写文章，那算什么命令?!

其次是关于鲁迅的转向以及与左联的关系。鲁迅是否有过转向，这是一个大题目，在此暂且不论。他参加左翼作家联盟，同情大众的解放事业，这是一个事实。然而，即使在左联中，我们也仍然能够看到他的独立精神和绝不盲从的各种表现。他从不参加左联搞的飞行集会，不赞成左联领导人的种种主张，不接受任何人试图强加给他的教导。当李立三要他发表文章直接骂国民党而支持共产党的时候，他的态度也是断然拒绝。他与周扬的冲突事实上也不仅仅在于两个口号的论争，而很重要的是他不愿意服从这位领导人的意志。其实，周扬对他已经算特别客气，鲁迅却仍然接受不了那种“工头”“元帅”式的作风。作为左联的成员，他的独立人格和独立精神使他不能无条件地服从组织。无论鲁迅后期的思想有什么变化，“五四”时期确立的启蒙主义立场都始终坚守着。当左联讨论文艺大众化的时候，他首先担心的是“若文艺设法俯就，就很容易流为迎合大众，媚悦大众”。他主张“应该多有为大众设想的作家，竭力来做浅显易解的作品，使大家能懂，爱看”，目的却仍然是“挤掉一些陈腐的劳什子”[②]。这与后来强调作家一定要在思想感情上与人民大众取得一致是不同的。

与胡适一样，鲁迅的嫡传弟子们继承了他的独立人格和自由思想。胡

---

①《鲁迅全集》第4卷，人民文学出版社1981年，第456页。

②《鲁迅全集》第7卷，人民文学出版社1981年，第349页。

风、萧军等都以自己的不幸命运为代价捍卫了自己的独立意志，昭示着现代知识分子话语的精髓。后来对“鲁迅派”作家的批判大多不得要领，但周扬在《文艺战线的一场大辩论》中将冯雪峰、丁玲们问题的根源归结为个人主义，可谓一箭中的。还是“五四”的个性主义！还是难以放弃的独立意识！还是知识分子的启蒙立场！可是，以当年鲁迅的地位和影响，“元帅”即使心中不快，也仍然要表现得客气一点，而他的弟子们在新的环境下却失掉了像他那样做人能够安然无恙的条件。知识分子都在改造中纷纷放弃自己的立场而服从权威，坚持者不过以自己的悲剧证明觉醒的知识分子并不都那么自愿自觉地放弃独立意识而重新回到依附的地位。这是后话。

四

现代知识分子话语在历史的急剧动荡中诞生。然而，它一开始就面临着各种尖锐而复杂的矛盾，这些矛盾注定了它不平坦的风雨之路。

从知识分子话语与其他话语关系的角度，可以说20世纪中国文学中存在着三种话语：除新兴的现代知识分子话语之外，还有两种话语力量：1. 国家权力话语，即国家权力所支持和倡导的以国家意识形态为核心的话语。2. 民间大众话语，即下层普通民众的话语。严格地说，真正意义上的民间大众话语在文学中是少见的，因为真正的工农兵在20世纪中国文学中仍然没有真正获得发出自己声音的空间，只有极个别的工农诗人、工农作家能够在文坛上发表他们的声音（且不管这声音是不是真正属于他们）。然而，20世纪一个重要的现象是一批知识分子以民间大众代言人自居，作为知识分子而通过所谓“深入生活”的方式努力操作民间话语。从40年代以降，大众文学创作正是这样做的一个结果。这种话语虽然并非真正的民间大众话语，但也不再是知识分子的声音。

在历史的发展中，这三种话语之间的关系在不断调整，自身也在不断发生变化，甚至这一阶段的民间话语在下一阶段可能成为国家权力话语；这一阶段的国家权力话语在下一阶段成为深隐于民间的东西。三种话语必然存在矛盾，而知识分子话语总是处于矛盾的中心。知识分子话语反传统，反权威，关心民众疾苦，揭露社会黑暗，唤醒民众反抗压迫和奴役，以争取做人的权利，因而受到国家权威话语的抵制。知识分子话语以西方文化批判传统文化，致力于民族文化的重建与民族性格的更新，揭露和批判国民的落后与愚昧，拒绝以赞美阿Q头上的秃疮而争取民众追随，因此，它必然受到民间大众的反感和拒绝。在整个20世纪文学的发展中，这三种话语在相互斗争和联合中矛盾运动着。正是这种运动造就了20世纪中国文学的各种景观。而且，在这种复杂的关系中，国家权威话语与民间大众话语的关系是极为微妙的，在政治上，由于统治与被统治的关系，它们往往是对立的，而在文化上，两者却是统一的，始终保持着高度的一致性。只有现代知识分子话语对双方都是陌生的异己。

然而，在“五四”时期，现代知识分子话语的胜利是明显的。先驱们在坎坷和泥泞中踩出了现代知识分子自己的道路，拓展了知识分子独立的话语空间。当然，对国家权力话语的胜利在很大程度上取决于制度环境。从根本上说，后来被称作“北洋军阀政府”的中华民国政府历届领导人是不怎么赞赏新文化运动的，但他们在文化领域却缺少有力的代理人，现代国家赋予公民的自由权利也使他们不能为所欲为。他们可以因煽动学生和市民闹事而逮捕陈独秀，却无力用文化的方式清除陈独秀思想的影响。他们可以查封报刊，却无力让自己的话语占领文化阵地。而且，共和的招牌在当时毕竟还没有扔掉，因而必然发挥着作用。不过，看一看当时守旧的报刊，我们也可以看到现代知识分子所走过的艰难路程。守旧的文人总是在卫道的同时与权力话语相认同，林琴南的小说《荆生》所表达的那种借助武力清除精神叛匪的愿望也不是个别的。但是，历史留给我们的光辉一幕，是政府没有满足林琴南们的愿望，而陈独秀、胡适、鲁迅等人也没有低下他们的头。

值得特别注意的是知识分子话语与民间大众话语的关系。“五四”文学革命是中国现代知识分子话语的一次大革命，但一开始就带有亲民间的色彩。考察“五四”文学运动文献，就不难发现《文学改良刍议》《文学革命论》等纲领性文件中为民间话语留下的生长空间。创作上俚语的采用，学徒、奶妈、人力车夫等题材的涌现，民歌的收集和通俗文学史的撰写，都是亲和民间的证明。然而，值得注意的是：面对民间而不走入民间，这是先驱们的共同选择。周作人最先提倡“平民文学”，但在《平民文学》一文中却特别强调：“平民文学不是专做给平民看的，乃是研究平民生活——人的生活——的文学。他的目的，并非要想将人类的思想趣味，竭力按下，同平民一样，乃是想将平民的生活提高，得到适当的一个地位。”[①]两年之后，他又特意写《贵族的与平民的》，把平民精神看作叔本华的求生意志，把贵族精神看作尼采的求胜意志。他说：“求生意志固然是生活的根据，但如没有求胜意志叫人努力地去求‘全而善美’的生活，则适应的生存容易是退化的而非进化的了。”[②]知识分子话语的开创者们清楚自己的根本立场。这种立场后来被看作是知识分子的局限，而百年风雨已经证明，它恰恰是“五四”文学的闪光之处。

“五四”高潮过后，一些知识分子开始一步步走向民族主义，走向国家政治中心，成为新的国家权威话语的追随者；一些知识分子则一步步走向民间，走向大众，谋求阶级的翻身和解放。在国家权力话语和民间大众话语的双重挤迫下，一些人放弃知识分子自己的话语，为20世纪文学留下的却是有目共睹的教训。

---

①《中国新文学大系·建设理论集》，上海良友图书公司1935年，第211—212页。

②《晨报副刊》1922年2月19日。

双重挤压中的艰难发展

——"五四"高潮过后中国文学中的知识分子话语

"五四"时期是中国现代知识分子话语的第一个辉煌时期。在新文化运动和文学革命的实践中，知识分子话语不仅得以建立，而且确立了文坛的中心地位。但是，诞生于现代与前现代交汇点上的知识分子话语一开始就注定了无法摆脱种种困境。就外部而言，由于知识分子话语的现代精神特质，注定了它必然面临着各种尖锐而复杂的矛盾：一、现代知识分子话语呼唤人的解放，坚持独立人格和自由思想，反抗传统，反抗权威，并揭露黑暗，唤醒民众去反抗压迫和奴役，因而受到没有现代化的国家权威话语的抵制。二、现代知识分子话语致力于现代化，反对旧道德，反对旧文化，揭露和批判国民的落后与愚昧，因而受到民间大众的抵制和拒绝。在整个20世纪文学的发展中，这三种话语在相互斗争和联合中矛盾运动着。

与此同时，"五四"知识分子话语自身也存在着种种潜在的矛盾和危机：一、"五四"文学革命从根本上说是中国现代知识分子为主导的一次革命，但革命本身却明显地表现了对于民间的特殊热情。就"五四"新文化阵营的领袖们来说，当时还没有意识到自己创建的现代知识分子话语与民间大众话语的矛盾。所以，陈独秀的《文学革命论》、胡适的《文学改良刍议》等文学革命纲领中，都留下了民间话语生长的广阔空间。创作中平民生活题材和白话俚语的采用，以及研究中通俗文学史的撰写和民歌的搜集，都打开了文学与民间文化的通路，为文学的发展提供了另一种可能。二、由于民族所面对的国际处境，"五四"一代知识分子不能不对国家和民族的命运给予特别的关注，在致力于思想启蒙的同时关心救亡，在致力于人的解放的同时关心民族的解放。我们习惯于把现代文学概括为“反帝反封建”的文学。如果借用这种概括，知识分子话语的核心内容是反封建（当然名实并不吻合），可是，由于民族的命运问题，它不能不同时致力于反对外来侵略和保卫国家独立的目的。这就给文学提供了发展的又一种可能。三、任何一种运动都有盲目追随者，一些人虽然参与新文学运动，却没有新文化运动的思想自觉和理论准备，甚至只因为新文化运动的某一点适应了他的需要而欣然相随，盲目地高喊几句个性解放、恋爱自由之类的口号，对新文化运动的目标并不理解。盲目的追随者自然缺少坚定的立场，所以一有风吹草动，他们就很容易叛逃而去。他们是善变的，很容易今是昨非，另觅新途。这种力量对运动成果是一种很大的威胁。

由于以上种种潜在的原因，加之社会发展的外在因素，“五四”高潮过去之后，知识分子话语开始走上了一条艰难的发展之路。

一

冲击首先来自走向民间、走向大众的倾向。由于新的社会思潮兴起，一些知识分子把目光投向民间和大众，继而纷纷从书斋走向街头，参加群众运动，或者直接到广州参加革命。这种活动使他们进一步看到了民间的力量，因而在文学活动中开始了民间大众话语空间的建立。

在这一方面，创造社的转向毫无疑问是一个有代表性的事件。在“五四”高潮中，创造社是以表现自我、张扬个性著称的。然而，在“五四”高潮过去之后，他们中的多数人却很快发生了转变。转变的开始是由表现自我到表现社会、由主张抒情到主张描写现实。但是，与关注苦难人生相伴随的，却是对自己在“五四”高潮中粗略接受的个性主义等观念的清算。清算的结果是对青年发出了新的呼唤：“青年！青年！我们现在处的环境是这样，处的时代是这样；你不为文学家则已，你们既要矢志为文学家，那你们赶快要把神经的弦索扣紧起来，赶快把时代的精神提着。我希望你们成为一个革命的文学家，不希望你们成为一个时代的落伍者。这也并不是在替你们打算，这是在替我们全体的民众打算。彻底的个人的自由，在现在的制度之下也是求不到的；你们不要以为多饮得几杯酒，便是什么浪漫的精神；多诌得几句歪诗，便是什么天才的作者。你们要把自己的生活坚实起来，你们要把文艺的主潮认定！你们应该到兵间去，民间去，工厂间去，革命的漩涡中去！你们要晓得我们所要求的文学，是表同情于无产阶级的社会主义的写实主义的文学；我们的要求已经和世界的要求是一致，他们昭告着我们，我们努力着向前猛进！”[①]郭沫若的这篇文章写于1926年春天。就在这个时候，他成为国民革命军总司令蒋介石麾下的政治部主任。他所说的“世界的要求”，也就是莫斯科的要求。如果我们考虑郭沫若的身份，很难断定他此时的话语是民间话语还是新的国家权力话语。但从文章的气势看，却不再有过去那种浪漫文人的丝毫痕迹。这种话语的变化，正是身份变化决定的。到了1928年，情况却已经发生了变化，创造社、太阳社的成员这回是真正无奈地到民间去了，他们与在南京刚刚建立的国家是对立的，但他们对国家权威话语的反抗却很少表现出来，而是纷纷发表文章，向“五四”新文学宣战。他们认定个人主义的文艺已经过时，继之而起的将是无产阶级的文艺，因此要“以农工大众作我们的对象”，“努力获得阶级意识”，并且在语言上“接近农工大众的用语”，去创造无产阶级的文学。[②]作为“五四”文坛上一个颇有影响的社团，创造社最先表现了一种背离知识分子话语而投向民间话语的倾向。

无须深入考察就可以发现，他们虽然大谈阶级斗争，但对于阶级斗争并不甚明了，虽然强调获得大众的意识，表现出来的却仍然是年轻的小知识分子浮躁的热情。经过大半个世纪的风风雨雨，我们终于清楚，知识分子要获得大众的意识从而创造真正属于大众的文学是不容易的，而这一点鲁迅当时就看得清楚。当无产阶级革命文学口号高涨之际，他说：“上海的文界今年是恭迎无产阶级文学使者，沸沸扬扬，说是要来了。问问黄包车夫，车夫说并未派遣。这车夫的本阶级意识形态不行，早被别阶级弄歪曲了罢。另外有人把握着，但不一定是工人。于是只好在大屋子里寻，在客店里寻，在洋人家里寻，在书铺子里寻，在咖啡馆里寻……”[③]显然，鲁迅讽刺的是他们并

①郭沫若：《革命与文学》，《创造月刊》1926年4月。

②成仿吾：《从文学革命到革命文学》，《创造月刊》1928年2月。

③《鲁迅全集》第4卷，第89页。

不能真正代表无产阶级发出声音，因为无论从大屋子里、洋人的家里、还是咖啡馆里，寻出来的都绝非无产阶级文学的全都。但是，这并不影响他们按照自己的理解去表现所谓“无产阶级意识”。其实，这正是大众文学和民间话语无法摆脱的命运，正如鲁迅所看到的，宣称代表无产阶级者往往本人并不是无产阶级；真正的无产阶级却往往被宣布不具有无产阶级意识。这很荒诞，但正是这种荒诞使得文人自命劳苦大众代言人而理直气壮。事实上，在整个20世纪文学中真正的民间大众话语都极为少见，因为劳动大众还没有能力在文坛上建立自己的话语空间。第四阶级的意识也好，民间大众话语也好，都还是别人代替表达的。但问题正在这里，既然大众的意识存在于理念之中，非大众的文人们便可以大胆地为之代言，放弃知识分子自身的话语而操作民间大众话语。

他们从个人主义走向了群体主义，从轻视大众走向崇拜大众，从人性论走向了阶级论。阶级意识在新文学中并不新鲜，工农崇拜倾向早在“五四”高潮中就已经出现，在这个问题上，创造社没有发明权，太阳社比他们早，而更早的是刘大白、沈玄庐和戴季陶等，他们多是国民党人。但创造社是值得注意的，因为他们不仅否定自我，而且否定“五四”新文学，否定新文学中的知识分子话语和启蒙精神。他们提出文学创作的“留声机器”论，要求作家做一台真实传达阶级意识的留声机，而不要表现自己的声音。这就从根本上要取消知识分子在创作中的主体地位。他们对“五四”文学革命予以全面的批判，宣判鲁迅为“文艺战线上的封建余孽”，“二重性的反革命的人物”，“不得志的Fascite（法西斯谛）”①，其后果就不仅仅是几个作家背离知识分子话语而走向民间大众话语的转向问题了。

这是对“五四”文学革命的一次再革命。再革命的主要内容就是对“五四”文学精神和现代知识分子话语的颠覆。从冯雪峰和周扬开始，大半个世纪的现代文学研究最不应该做的一件事就是努力抹平两者之间的裂痕。我们当然理解他们的良苦用心，这透露着他们不愿完全否定“五四”的复杂心理，但是，正是这种抹平掩盖了真相，导致了对许多问题认识模糊，反倒不如像瞿秋白等人那样把未经修补的历史留给人们，使我们看到二者之间的矛

①杜荃（郭沫若）：《文艺战线上的封建余孽》，《创造月刊》1928年8月。

盾和裂痕。

继之而起的左翼文艺运动基本保持了革命文学运动的这种倾向。左联的理论纲领宣布要“站在无产阶级的解放斗争的战线上”，“我们的艺术是反封建阶级的，反资产阶级的，又反对失掉地位的小资产阶级的倾向。我们不能不援助并且从事无产阶级艺术的产生”。[①]为此，左联要求作家向劳动大众学习，实现文艺的大众化。瞿秋白在《普罗大众文艺的现实问题》《“我们”是谁？》等一系列论文中反复强调的就是知识分子改造自我以适应大众。为此，他尖锐地批判知识分子作家轻视群众，只愿意做群众的先生而不愿意做群众的学生的态度。这种批评已经明确要求作家放弃自我，放弃真实的创作主体，放弃知识分子话语立场。当然，提倡大众文艺的人们见解并不一致。瞿秋白像创造社的革命文学运动一样，是在批判“五四”新文学的前提下倡导大众化的，而冯雪峰却在肯定“五四”新文学的前提下倡导大众化。前者对“五四”知识分子话语否定得相当彻底，后者为知识分子话语的存在留下了一定的空间，这正是在左翼文艺运动中知识分子话语因素没有完全消失的一个重要原因。然而，正因为这个狭窄空间的存在，使那些不愿意从根本上否定“五四”的人们能够接受大众化方向，从而比较顺利地瓦解着现代知识分子话语立场。

二

在面对民间大众话语挑战的同时，知识分子话语开始受到新的国家权威话语的挤压。“五四”时期那种由于民主共和的制度框架所决定的相对宽松的言论空间在20年代末终于萎缩。北伐的成功使中国出现了一个新的政权。新政权在取消三权分立和实行一党专政的同时，努力强化国家意识形态，试图以执政党的意识形态整合人们的思想，从而确立与之相适应的文化发展方向。它在文坛的主要表现就是“三民主义文艺”和“民族主义文艺”的兴起。

“三民主义文艺”无疑是党的文艺。“民族主义文艺”既有联系也有

①《中国左翼作家联盟理论纲领》，《拓荒者》1930年第3期。

根本的不同。它是一个被半个世纪以来的文学史叙述筛落的文学运动。由于阶级意识的作用，20世纪的学者对这个运动一直缺少研究。当代教科书把它作为反面材料一语带过，而研究者即使在进入新时期之后也没有表现出多少兴趣。但是，无论如何，它是一个非常值得注意的现象。它与左联一样，是30年代文坛上的一个重大事件。它的势力不小，影响也不算不广泛。它与左联同时出现于1930年，在上海出版了《前锋周报》《前锋月刊》等刊物。南京有“开展社”“流露社”“长风社”“线路社”等社团，出版了《开展》月刊、《橄榄》月刊、《流露》月刊和《长风》半月刊。《初阳》《黄钟》等刊物也在文坛不乏影响。采取视而不见或不承认的方式不仅无补于事，而且影响我们对20世纪中国文学的全面认识。把民族主义文艺运动简单地理解为国民党对左翼文艺运动的对抗和围剿之举是有背于历史真实的，把他们的成员都说成是国民党豢养的走狗也是一种过于简单的政治评价。与左翼文艺运动的发生有其历史的合理性一样，民族主义文艺运动的发生也有其历史的合理性。应该承认，20世纪中国由于民族危机，救亡是从国家权威话语到民间话语都同样重视的主题。一些成员之所以赞同并且参与民族文艺运动，并非因为被谁豢养，而是出于对民族命运的关心。他们当中不乏狭隘的民族主义者，不乏文化保守主义者，认定国家和民族的利益至上，但并不都是政府的爪牙。由于民族面临的危机，即使没有政府的支持，它的出现和发展也是必然的。

但是，民族主义文艺运动的出现的确意味着国家权力话语开始努力实现自身对文化的控制，意味着国家权力对与其意识形态不同的思想文化开始进行斗争。这大概从与之同处一条战线中的“三民主义文艺”的提倡中看得更清楚。当时的国家权威话语也是在两条战线作战，一方面要限制民间话语中政治反抗性的因素，所以它首先要应对宣扬阶级斗争并声称“武装保护苏联”而且试图以此颠覆国家政权的左翼文学运动；另一方面要防止知识分子话语对其剥夺国民自由民主权利的专制性和各种不合理现象的揭露和抨击。所以，在通缉鲁迅、打击左翼文坛的同时，他们警告胡适、查封《新月》，以国家意识形态所倚重的民族意识排斥人的意识，以主权挤压人权，以爱国主义排斥人道主义。他们竭力抢占“五四”以来由知识分子话语占有的市场，并与以阶级意识支撑的民间话语展开了激烈的争夺。从理论上讲，三民主义应该包括民主等知识分子关心的内容，但在实际的操作中，它却是一纸空话，而民族主义则成为国家权力努力倡导的并试图用以实现文化统一的思想。统治者试图在爱国主义和传统文化的旗帜下统一民众的思想，甚至毫不顾及知识分子对忠君等旧观念的批判和在这种批判中形成的以自由、民主、平等和人权为核心的现代文化传统。

民族主义文艺运动的倡导者们认为，文艺的最高使命就是弘扬民族精神。他们认为一切文学活动都应该以唤起民族意识为中心，促进民族向上发展的意志，唤起民族的情绪和斗志，鼓舞民族的自信心，而最终的目的是促进民族国家的完全独立。它体现着国家政治意识形态对文艺的倡导，同时，也表现了部分民间的愿望（因为民间话语一直是复杂的，有人追求国家富强和社会稳定，也有人致力希望打乱秩序而夺取政权）。这是一个很值得重新研究的文艺思潮，按照我们过去文学史的叙述，它好像时间不长就销声匿迹了，事实并非如此，而是作为一种话语中心，它不但没有消失，而且日益强大，迅速实现着对文坛的大面积覆盖，最终成为抗战文艺的先导。从某种意义上说，抗战文艺运动的兴起，意味着民族文艺运动的胜利。民族主义文艺运动的胜利则意味着国家权威话语的胜利。这与生活现实也是对应的，只有抗战开始之后，中华苏维埃共和国和工农红军才不复存在，蒋介石才真正成了至少在名义上被一致拥戴的国家领袖，并获得了至高无上的地位。

民族主义文艺运动的批判锋芒主要指向了左翼文学，在其宣言中就首先对左翼文艺运动进行批判，在其发展中也一直把左翼文艺作为斗争的对象。两股文艺运动的论争颇有看点，显示着当时这片国土上意识形态的分裂，也显示着国难当头之际致力于阶级斗争宣传的左翼文艺的尴尬。看一下当时民族主义文艺运动对左翼文艺运动的诘难吧：“亲爱的读者，大火烧上我们的眉毛了，……在这里，我很诚意地忠告着国内的一些左翼作家，暂时且停止你们那狭仄的阶级斗争吧。用你们的全心力去创造些与民族共存亡的作品吧。在这个年头儿！第二次世界大战的前夜，只有勇敢杀敌的进行曲才能够把握得住大众的心。不管他是哪一阶级的人，凡能忠勇卫国的都是值得我们敬爱的。……请暂且养息一下你的嗓子吧，把叫黄包车夫打他的坐客的功夫抽出一点去放到那挽救国家的危亡的上头。”[1]大概不能不承认，在民族危机日益深重的时候，这种诘难很容易唤起一般人的认同。正因为这样，在抗战前夕，左联的生存日益艰难，最后则不得不在莫斯科改变战略之际解散。因为在国难当头之际，如果继续鼓动阶级斗争，或者像《北斗》上发表的作品那样，认为中国与日本之间的战争是中国的大地主与日本的大地主之间的战争，与无产阶级无关，显然有点不得人心。

然而，民族主义文艺运动挫伤着以阶级意识为核心的普罗文艺运动，却并不助长知识分子话语。它不仅反对表现着政治反抗情绪的民间话语，同时也排斥以唤醒人的自觉以争取人的解放的知识分子话语。让我们看一看他们的呼唤吧：

> 文艺作品应该是集团之下的生活表现，决不是个人有福独享的单独行动。中国人的文艺作品，应该为全体中国人所利用，决不容许众人皆浊我独清的自由思想。……现在，中国文坛上正充满了反民族主义的，传统思想的，以个人为中心思想的文艺作品，受了宣传的中国民众，因此还是一盘散沙，还是一堆堆不可以用的垃圾。中国民众没有集团的力量，在国际上没有地位，都是文艺作品所宣传出来的结果。起来，宣传，我们从事文艺作品的人，请以民族意识为中心思想而上前去努力吧！[2]

这声音与“革命文学”运动的声音非常相似。他们都把文艺当作宣传工具，都以群体否定个人，而且都反对启蒙。双方的不同之处只在于：普罗文艺运动所张扬的是阶级的群体，而民族主义文艺运动所张扬的是民族的群体。他们否定人的文学，否定知识分子话语的人的解放的目标和人本立场，在这一点上是相同的，但一方试图把文学引导到谋取阶级翻身的普罗文艺运

①沙亚：《第二次世界大战爆发前的中国文学》，《民族文艺论文集》，杭州正中书局1934年，第130—131页。

②傅彦长：《以民族意识为中心的文艺运动》，《民族文艺论文集》，杭州正中书局1934年，第88页。

动中去，而另一方试图把文学统一到国家权力所赞赏的民族主义道路上。

总之，民族主义文学所祭起的民族救亡的武器不仅打击着以阶级意识为核心的大众文艺，同时也挤迫着知识分子话语令其归顺于国家意志。因为鼓动黄包车夫打他的坐客也好，支持娜拉出走也好，在需要团结一致抵抗外侮的时候，都不合国家权威话语的要求。

站在知识分子话语的角度回顾这段历史，我们看到的是，不管左翼文艺运动与民族主义文艺运动是如何相互对立，两派都同样排斥“五四”文学的启蒙主义，排斥知识分子的独立人格和自由思想，排斥高标人的个性和权利的文学。它使知识分子话语处于两面夹攻的处境。

三

轰轰烈烈的文学运动形成强大的理论攻势，造成巨大的社会影响，却不一定有优秀的成果。站在知识分子话语立场上考察这一阶段的文学，有一个现象很值得注意：普罗文艺运动与民族文艺运动，这两大文艺运动都搞得轰轰烈烈，但在创作上却都没有取得好成绩。文学创作的硕果仍然结在知识分子话语之树上。

从“革命文学”运动到左翼文艺运动，优秀作品的确不多，而且一开始就出现了直到后来也无法克服的公式化、概念化和标语口号化。他们的理论主张是很彻底的，实践结果却并不理想。即使那些立志要为民间大众说话的人毕竟也是与大众很不相同的知识分子，他们要很好地表现大众的声音，就必须深入生活，去体会大众的思想和感情，甚至要学习他们的语言。事实上，从革命文学运动到左翼文艺运动，都没有几个作家能这样做。他们的成果往往表现着与他们的理论主张很不一致的色彩，显示着创作中真实的主体与佯装的主体之间的各种矛盾。

这意味着知识分子不大可能主动改造成“留声机器”，非无产阶级作家要表现无产阶级意识并不容易。没有真正大众化的知识分子总是自觉不自觉地表现出自己的声音。或者在这一时刻压抑了自己的声音，在另一时刻却又稍不注意就说出了自己的话。丁玲就是一个突出的例子。她的《莎菲女士的日记》显然是一种自我表现，女主人公身上明显地表现着作者的思想和心理。参加左联后，丁玲写出了表现群体生活的《水》，受到左联的赞扬。冯雪峰特意写了《关于新的小说的诞生》赞美她从自我小天地走向了社会，从个人主义走向了工农大众的革命道路。然而，丁玲到了延安之后写出的是《我在霞村的时候》《在医院中》《三八节有感》这样的带有鲜明的知识分子话语特征的作品。丁玲当然只有再一次虚心地向人民大众学习，彻底地克服自己的知识分子立场和观点。但改造来改造去，最后还是没有避免被批判的命运。既然被批判，就意味着还是没有改造好。丁玲的遭遇显示了知识分子操作大众话语的艰难。

正因为这样，左翼文艺运动搞得轰轰烈烈，创造却冷冷清清，因此而在论战中一再被嘲笑。由于鲁迅的扶持，它出现了一些作品，看左联那些到今天仍然没有被完全忘记的作品，恰恰不是那些获得了大众意识的作品，而是那些知识分子话语精髓仍在的作品。柔石的《二月》，殷夫的诗，之所以有艺术魅力，不是因为它彻底放弃了知识分子的自我，而是因为它还没有能够克服作家真实的自我；不是因为他们获得了大众的思想感情和价值观念，而是因为表现了知识分子自己真实的思想情感。60年代根据《二月》改编的电影《早春二月》受到严厉的批判，就是因为它还没有抛弃知识分子的思想感情。无论那个时代的价值尺度多么荒谬，这种事实判断是正确的。它告诉我们什么是文学艺术的生命力之所在。

民族主义文艺运动同样没有出现多少佳作。他们的作品到今天已经鲜为人知，这当然首先是因为人为的遮蔽，在过去几十年的文学史上，民族主义文艺只在讲述文艺斗争过程时才作为靶子被提及，直到今天还从来没有哪一部文学史正面讲过其作家作品。但是，如果说过去它是因为非文学因素而受冷落的话，现在它仍然不被重新发现，原因却在于它本身艺术魅力的缺乏。从80年代开始，现代文学史上那些在过去因派别原因被否定的作家和作品一个个走红，从周作人、林语堂、梁实秋，一直到张爱玲，他们的作品摆满了书摊。但直到今天，还没有人炒卖《国门之战》和《黄人之血》。原因就在于即使印出来，恐怕也没多少人喜欢看。在我们这个时代，它的命运与蒋光慈等人的命运差不多。

如果考察这个时期的创作实际，人们大概能够取得某些共识。比如：本时期最优秀的作品是周作人、林语堂等人的散文，徐志摩、戴望舒等人的诗，巴金、沈从文等人的小说，曹禺等人的戏剧。很明显，他们既不在普罗文艺阵营，也不在民族文艺阵营，要么是在时代风雨中坚守“五四”知识分子话语精神，要么是远离派别之争而沿着“五四”新文化的路默默写作，而他们的作品之所以成功，就在于仍然在创作中实践着“五四”知识分子话语的精神，显示着知识分子话语的光彩。

语丝派的作家倾向和风格各不相同，有的讲考古，有的谈风月，有的议论国家大事，但大都保持着“五四”时期形成的知识分子独立的人格和精神。鲁迅说他们大致的目标是：“催促新的产生，对于有害于新的旧物，则竭力加以排击”[①]，这正是“五四”时期《新青年》所显示的风格。《语丝》发刊词提倡的是“自由思想，独立判断”，周作人在《答伏园论“语丝文体”》中说“不用别人的钱，不说别人的话”。看来，他们对这句话相当看重，因为在《论语》出版时发表的“同人戒条”中仍然是“不拿别人的钱，不说他人的话”，“不附庸风雅，更不附庸权贵”。他们始终认为文学是个人的，无法使自己放弃自我而表现抽象的民族或阶级的意识。这一点在侍桁等介入革命文学论争时的议论中也可以看到。他们在创作上仍然追求着个性的表现，仍然坚持着对旧思想、旧道德和旧文化的批判，致力于思想启蒙工作。周作人在编自己的散文《雨天的书》时说自己发现自己原来是道德家，原因是文章写来写去，大多都在批判旧道德。而这正是“五四”新文学留下来的传统。林语堂主张“独抒性灵”，这“性灵”就是自我，就是解放了的个性。他主张写“自己见到之景，自己心头之情，自己领会之事”（《记性灵》），要求文章的“真知灼见，亲感至诚”（《论文》）。事实上在强调着自己的话语权。人们对他的幽默多有非议，但如果把它看作为保卫“五四”之后觉醒的自我而采用的一种“自卫的聪明”，那是不应该受到太多非议的。

徐志摩等人的诗不必多说。新月派的态度无论多么复杂，其知识分子话语立场是非常鲜明的。徐志摩和稍后出现的戴望舒的诗毫无疑问是知识分子话语在诗歌创作中的典范之作。他们都往往陷入痛苦和惆怅的抒写，但那正是一个觉醒的知识分子在当时氛围中的真感受和真声音。重要的是诗情之中没有掺假，没有戴了面具呼叫和歌唱。而且，如果我们深入考察他们所抒写

①鲁迅：《我和〈语丝〉的始终》，《鲁迅全集》第4卷，第167页。

的痛苦情绪的深层内涵，就不难发现，那正是“五四”时期知识分子所建立的理想不能够实现而产生的痛苦的诗化反映。他们的诗也因此而具有了文化标本的意义。论及新月派和现代派的诗作，不能不同时注意他们的批评——梁实秋与“第三种人”苏汶。他们与左翼文学阵营发生的关于人性论的论战无需多叙，捍卫人性论和批判人性论是一个根本的分野。作为人的文学的“五四”新文学基础就是人本主义，就是人性论。虽然他们的人性论已经不完全等同于“五四”时期的人性论，但这种坚持仍然显示着他们对人的一种关注。他们不同意左联所宣扬的阶级论的观点，认为文学表现的应该是普遍的人性，而不应该仅仅着眼于第四阶级；认为文学本来就不是大多数人的，对文学的大众化表示反感。从某种意义上说，正是对“五四”知识分子话语的一种捍卫。鲁迅称梁实秋为“丧家的”“乏走狗”，充分显示了他的见解之深刻，因为梁实秋们的确没有依附哪一个主子。梁实秋与鲁迅，虽然在激烈论争，但一个是“丧家的资本家的乏走狗”，一个是勉强被认可的“同路人”，之所以无论做“战士”还是做“走狗”都不完全合格，就在于他们的知识分子话语立场。

巴金的小说毫无疑问显示着作者对“五四”精神的继承。他不是“五四”文学运动的过来人，也很少发表引起轰动的宣言，他默默地工作着，却一直坚持着自己的立场而不被东西南北风吹得东倒西歪。他在《写作生活底回顾》一文中曾经说过：“我的作品无论笔调怎样不同，而那贯穿全篇的基本思想却是一致的。自从我知道执笔以来我就没有停止过对我的敌人的攻击。我的敌人是什么？一切旧的传统观念，一切阻碍社会的进化和人性的发展的人为制度，一切摧残爱的努力，它们都是我的最大的敌人。”这是对“五四”知识分子话语的一种多么坚定而执着的坚守！经过半个世纪的风雨之后，巴金在80年代出版的《随想录》中再次表现了这种精神。由此可见，“五四”知识分子启蒙话语在巴金那里是多么根深蒂固。这样的作家当然不只巴金自己。曹禺《雷雨》《日出》以民主主义和人道主义以及女性解放意识所显示的“五四”精神特色更是显而易见的。

与文学运动所显示的面貌不同，创作显示的是知识分子话语并没有失落。更重要的是，这一现象告诉我们，知识分子自己的话语对于文学的成功是多么重要，无论走向民间代大众说话，还是走向庙堂代权力立言，都不如说自己的话更容易获得艺术上的成功。

1997年7月　曲阜

硝烟中的迷失
——抗战时期中国文学中的知识分子话语

抗战之前的知识分子话语虽然已经面对着国家权力话语和民间大众话语的双重挤压，却仍然在艰难地发展着，特别是那些优秀的创作，都比较多地继承着“五四”时期知识分子话语的基本精神。抗战爆发之后，知识分子话语却更进一步陷入困境，走过了一段艰难曲折的路程。

一、民族主义旗帜下的集结与陷落

考察当时文坛实际，我们没有理由不承认：抗战文学是在民族主义旗帜下集结的。

自从80年代中期以来，国内许多学人都用启蒙与救亡这两个概念来谈论20世纪中国文学。然而，20世纪中国文学和文化的发展并不仅仅是李泽厚所论述的启蒙与救亡的二重变奏，而是由启蒙、救亡和翻身所构成的三重变奏。由于历史的境遇，中国新文学从诞生的那一天起就同时并存着三种意识：人的意识、民族意识和阶级意识。三种意识分别产生了三个中心主题：启蒙、救亡、翻身。“五四”新文学以人的意识为主导，形成了启蒙文学主潮，虽然在整个“五四”时期三种意识基本能够和谐统一而没有表现出激烈的冲突，却已经隐含了各种矛盾。知识分子话语更关心人的解放，民间话语更看重阶级的翻身，而国家权威话语无论什么时候都更青睐于民族意识和与之密切相关的爱国主义。国家权威话语与民族意识的联系并不奇怪，按照马克思主义的解释，国家就是统治机器，而且只有国家权力更有条件宣称自身代表全民族的利益。30年代初期的中国文坛非常清楚地分出了几个阵营：民族主义文艺运动以民族意识为中心，主旨在民族国家的建立和巩固，更多地体现了国家权威话语的意愿。左翼文艺运动以阶级意识为中心，旨在阶级的翻身解放，更多地体现了民间大众话语。这两种力量尖锐地对立着，但就其文化性质来说二者之间大同小异。过去的研究由于视角的问题而过分夸大了二者之间的对立性，忽略了它们之间鲜明的共同性质和产生这共同性的同一文化价值基础。事实上，民族主义文学和左翼文学在文学观念、审美意识和对文学的具体要求等方面，都表现着高度的一致性。他们都否定“五四”新文学以人的解放为中心的启蒙主义，都反对个性主义而张扬群体意识。不同只在于前者所张扬的群体是民族，而后者所张扬的群体是阶级。在抗战之前，虽然双方都向现代知识分子话语精神发出挑战，但并未能够真正动摇文学主流发展的方向。双方都把文艺运动搞得轰轰烈烈，创作的园地里却成果稀少，真正显示着创作成就的是这两大阵营之外的作家和那些虽在集团之中而未被集团吞没的坚强个体。

在抗战前夕，随着民族危机的日益严重，文学已经向民族主义靠拢。左联的解散就是一个明显的标志。“两个口号”的论争虽然进行得非常激烈，但双方都提出了新文学必须为民族的解放与独立而斗争的目标和任务。它显示着30年代以阶级意识为基本点的左翼文学向民族意识的归顺。周扬等人主张“国防文学”，目的就是要求“文学上反帝反封建的运动集中到抗敌反汉奸的总流”。[①]虽然“民族革命战争的大众文学”仍然保存了“大众”的字样，意味着仍然存在阶级意识，但是，却也承认在新的形势下文学必然地要进入一个新的阶段，“在一切救亡运动解放运动里面，抗敌战争——民族革命战争的运动是一个共同的最高的要求”。[②]人们大都认为当时的中国文学不能不接受统一战线的号召，要求一切不愿当亡国奴的作家到统一战线的阵营里来，以便最大限度地动员文艺上一切力量，以争取民族的自由与解放。“统一战线”是一个非常模糊的概念，但无论怎样解释，都无法抹杀一个事

①《关于国防文学》，1936年6月《文学界》创刊号。

②胡风：《人民大众向文学要求什么?》，1936年5月《文学丛刊》第3期。

实：统一战线并不是乌合之众，它必然统一于某种权威。在民族主义旗帜下形成的统一战线必然服从于民族权威，在爱国主义旗帜下结成的统一战线必然要强化国家权力。强调民族中心意识意味着强调民族团结，而团结仍然不可避免地要团结在国家权力周围。从根本上讲，这是民间话语中的政治因素所不愿意接受的，也是知识分子话语的独立精神所不愿意接受的。但是，在特定的时代氛围中，这种矛盾却没有表现出来。甚至恰恰相反，我们看到的是那些昨日权威话语的激烈反对者对国家权威的顺从。“国防文学”的口号就是一个鲜明的标志。

抗战开始，意识形态和审美倾向上存在的矛盾都开始转入次要地位，一切服从抗战的要求。各派作家联合起来成立“中华全国文艺界抗敌协会”，其《简章》中明确地宣布着他们的宗旨：“以联合全国文艺家共同反对日本帝国主义的侵略，完成中国民族自由解放，建设中国民族革命的文艺。”在《告全世界的文艺家书》中，他们向全世界宣告：“我们是中国人，当此祖国阽危，全民族遭逢空前浩劫的时候，我们知道什么是我们的天职。我们是中国的文艺人，我们熟知我们历史上伟大的天才每一次临到民族对外作战以求生存的时候，是怎样做的，我们知道我们的责任所在！”当时的情形确如郭沫若在《抗战与文化问题》中所说：“‘八一三’以来，所有国内的种种颉颃状态几乎完全停止了，所有一切有利于抗战的力量也渐渐地集中了起来，就已感觉着有集中的必要。就简单拿文化问题来说吧，所有以前的本位文化或全盘欧化的那些空洞的论争，似乎早已是完全停止了。而在文化的分野里面受着鼓舞的，是抗战言论，抗战诗歌，抗战音乐，抗战戏剧，抗战漫画，抗战电影，抗战木刻……”左翼作家也不再把苏联放在自己祖国之上，更不再高唱“无祖国”之论。文学全力配合抗战，民族意识成为文学的中心意识。文学集结于民族主义的旗帜之下，民族主义文艺运动终于取得全面胜利。

无论我们如何理解这种选择，文学在民族主义旗帜下的集结给文学带来的结果都是不容忽视的。从理论上讲，我们完全可以证明伟大的卫国战争应该产生伟大的文学，但历史提供给我们的现实却不能不承认：置身于伟大的卫国战争中，作家却没有生产出伟大的文学。抗战初期的创作主要是报告、特写、通讯、墙头诗、街头剧等小型作品。尽管从当时到现在半个世纪以来一直有人论述那些作品的伟大之处，但文学艺术水平的降低却是一个无法否认的事实。公式化、概念化、标语口号化，大同小异的作品形成了“抗战八股”的不良景观。那些作品告诉我们，文学为抗战付出了代价。值得思考的是，战争对文学的影响不应该是负面的。世界各民族的文学史告诉我们，战争不是导致文学水平低落的原因。半个世纪之后回顾这个时期的文学，我以为，文学水平之所以降低，重要的原因在于文学在强化民族意识的同时出现了内容和形式双重的失落：一方面是陷入国家权力话语的重围而失落着真实的主体；另一方面是俯就大众而降低了艺术水平。双重失落的原因是中国知识分子因为未能完成自身人格的现代性转化，一旦置身于某种潮流之中，就容易失掉自我。创作上普遍的水平降落启示着后来者：即使作家有真挚的感情，一旦抛弃了自己的话语立场和话语形式，就很难写出成功的艺术佳作。

从当时的创作实际考察，一个明显的现象是作家们不再有自己思想和认识的独特性。这仅仅是因为战争吗？战争并不导致作家思想的消失。在战争中，知识分子当然要为自己的国家和民族而呐喊，但它应该仍然是独立的个体的呐喊，是带有自己独特个性色彩的思想和情感表达。然而，在中国的抗日战争中，作家们一旦服务于战争，却立即失掉了自己的声音，放弃知识分子的话语立场而完全淹没于国家权威话语之中。

这是一个值得充分注意的历史现象。它说明中国知识分子独立意识的欠缺。其实，这种欠缺在此之前早已暴露。早在20年代末30年代初，一大批经历过“五四”新文化精神洗礼的作家已经转变方向，背离“五四”新文学运动中建立的知识分子话语立场而走向了不同的政治利益群体。他们缺少强大的自我和坚强的个性，虽然追随过五四新文化运动潮流，但毕竟不像新文化运动倡导者那样具有坚实的根基，新潮浸染了他们的衣衫却未能使他们生长出独立支撑自己头颅的筋骨。所以，一旦大潮退去，他们必然立即到某个群体中去寻找依靠。无论普罗文学运动，还是民族主义文艺运动，都否定“五四”新文学，都反对个性主义而强调集体意识。其中表现的正是一些没有完成现代转化的知识分子的人格弱点。他们希望自身有所依附，希望集团作战，并且希望有人为自己做主或者指挥自己的行动。这种弱点在国难当头的时候更充分地表现了出来，不再要求创作自由，不再强调人格独立，而且主动要求组织的管理和纪律的约束。一些文学史著都曾经指出这一事实：

"从各地集中到武汉的作家，一致感到缺乏严密的组织和坚强的领导，以致影响到文艺工作者积极性和创造性的发挥，甚至文艺宣传、创作和出版往往形成自流，因此迫切要求文艺界应该建立一个统一的组织。"①如果与"五四"先驱相比，我们不能不怀疑：这是现代知识分子的状态吗？然而，这种描述是准确的，从《抗战文艺论集》保留的材料就可以看到，以群在抗战开始写的《关于抗战文艺活动》中认为当时的文艺活动有两项急迫的任务，其中之一就是文艺应该像军队一样有"健全的组织"，他说："全国的军队必须有统一的编制，统一的指挥，然后才能做到配备恰当，进退有序的地步，文艺作家也同样，必须自身有整齐严密的组织，然后才能有系统，有计划地执行自己的工作。"②半个世纪之后，读着这样的文章，我们可以设想，让文学家也像军队一样按照计划执行自己的写作任务，能够创作出什么样的作品呢？这种主张竟然由处于边缘的知识分子自己提出，更充分地说明着知识分子对自己话语立场的彻底放弃和在民族主义旗帜下的自我迷失。

一些人不仅自己放弃创作自由和精神独立，而且要求他人也统统照此办理，以达到步调一致。有两件事值得在此提及，一是所谓"与抗战无关论"引起的风波；一是所谓"反对作家从政论"导致的批判。其实，梁实秋并非主张文学与抗战无关，他的原话是"与抗战有关的材料，我们最为欢迎，但是与抗战无关的材料，只要真实流畅，也是好的"③。结果却引发了激烈的批判。反对者从根本上否认在抗战中有与抗战无关的材料，好像写作或者发表与抗战无关的作品就是对抗战的破坏，好像梁实秋成了反对文学服务于抗战的汉奸。沈从文这个自称"乡下人"的作家在这个特殊的岁月表现了知识分子的独立性。他在1939年发表文章《一般与特殊》，对一些作家投笔从政提出批评。因为在他看来，作家从政之后满足于一般宣传，是创作质量下降的原因。他并不反对文学创作为抗战服务，却实在看不起一些文人满足于风云际会，过去没有从政的机会，现在因国难而获得一官半职，就得意扬扬弹冠相庆。这种态度并不少见，冯雪峰也曾为此而一怒之下脱离了组织。值得

①蓝海：《中国抗战文艺史》，山东文艺出版社1984年，第31页。

②《抗战文艺论集》，上海书店1986年影印，第53页。

③《编者的话》，《中央日报》1938年12月1日。

注意的是沈从文的文章一发表就受到了激烈的批评，似乎他也是在蓄意破坏抗战。由此可见，当时的文坛已经容不得不同的声音。

经过历史的风雨，这些旧账已经越来越清楚。但需要注意的是，如此积极维护民族主义中心意识的却不是老牌的国民党政府御用文人，也不是民族文艺运动阵营中的老牌批评家，而是刚刚被大赦和招安的叛逆。他们接受了国家权威话语，并且迅速用这权威话语要求和训诫不愿意放弃知识分子独立人格和立场的作家。这种批判当然有旧日积怨在起作用。它让人想起梁山好汉们一旦仗朝廷之势去打方腊，那威风自然是今非昔比。昨天自己处于江湖，与异己的争吵也只能是村野的对骂。今日既然进入庙堂，便可以从指挥刀下骂下去，指责对方不忠不孝，借国家的权威打压异己。

回顾20世纪中国文坛，可以发现一个规律，无论哪一个阶段，做出贡献的往往是默默无闻埋头苦干的作家；那些总是活跃在文学运动浪尖上的人虽然以制造风波引人注目，但其作用却往往是建设性极小而破坏性极大。他们往往反叛也激烈，投降也容易，今天是叛逆，明天就成了教训叛逆的打手。他们常常反权威，但只要从权威那里获得一点儿甜头儿，马上就会匍匐在地山呼万岁。他们常常领导新潮流，并且用鞭子驱赶不愿追随的人们。这种行为对中国文学的危害极大，并且导致了知识分子话语及其承载的现代性的失落。

二、大众化传播中的沉没

文学服务于抗战，就要首先致力于唤起千百万民众的抗战热情。要唤起民众抗战的热情，就必须适应宣传对象的要求。于是，如何使文艺创作被大众所喜闻乐见，就成为文学的当务之急。在形式上，要为大众喜闻乐见，就不能不考虑旧形式的利用。因此，如何利用民族旧形式就成了一个实践中急需解决的问题。由此引起的关于民族形式的论争是20世纪文学史上一件值得注意的大事。它在理论上没有什么建树，但产生的影响是重要的，甚至改变了20世纪文学的发展道路。从某种意义上说，国家权威向文学提出服务于抗战的要求并没有使文学丧失自身，是由此而来的旧形式的利用和所谓民族化、大众化的运动使文学走向了丧失自身的道路。换句话说，知识分子话语在与权威话语的矛盾和斗争中没有完全失落，但在迁就和迎合民间话语的过程中却陷入了难以自拔的泥沼。

抗战一开始，文坛就响起了大众化的呼声。来自文坛内外的力量都纷纷呼吁文学走向民间，走向大众，实现大众化。我们知道，文艺大众化问题不是抗战开始后才提出来的，而是早在30年代初期上海的作家就讨论过这个问题。在大众化的讨论中，鲁迅曾经发表过很好的意见，提醒人们不要因此而俯就大众，成为“新国粹”和“大众的帮闲”。然而，抗战开始之后，文艺却迅速走向了鲁迅担心的道路。茅盾说：“本来文艺大众化运动应当和国语运动联系起来的。但是目前我们讲大众化，却不能拘泥于这个理论。我们现在十万火急地需要文艺来做发动民众的武器，我们不能等待到大众学会蓝青官话那一天。”“因为在全面抗战的今日，我们的作品如果还是只能达到最少数的知识青年群中，就是文艺这武器尚未充分发挥它的力量！”①

为了宣传而要求文艺通俗易懂以便能够被广大民众所接受，这是必然的，也是无可非议的。我们无法想象一个民族处于危急的关头而文学不在某种程度上发生变化，也无法想象作家们会完全拒绝为战争服务，更无法想象要服务而不接受通俗的形式。但是，值得注意的并不是委员长或者他的宣传部对文艺提出的战时要求，而是一些文人对文学提出的主张。一些人甚至认为：“在抽象的理论上，非大众的抗战文艺是不能存在的。抗战的文艺同时必然是大众的文艺。”②“现在，面对着这样紧张的局势，我们应该严重地提出：‘大众化’是一切文艺工作的总原则，所有的文艺工作者都必须沿着‘大众化’的路线进行，在文艺工作的范围内，应该没有非大众化的文艺工作，更没有反大众化的文艺工作。”③

要求文学全面大众化和利用旧形式的后果已经不必细说。民间旧形式的基础上产生不出现代的文学作品，它导致的必然是文学艺术水平的退步。这种退步在宣传性的作品中不可避免，任何人都不应该对其苛求，但为宣传而粗制滥造却不应该成为艺术的标准。文学应该努力向着高水平发展，不应该

①茅盾：《文艺大众化问题》，《抗战文艺论集》，第150—151页。

②周行：《我们需要开展一个抗战文艺运动》，《抗战文艺论集》，第10页。

③以群：《关于抗战文艺活动》，《抗战文艺论集》，第54—55页。

放弃对艺术水平的追求。然而，一些很有影响的人物却干脆主张彻底放弃文学的艺术要求，彻底放弃文学的思想性和艺术性，而单纯以服务于抗战宣传为标准，甚至直接反对对艺术水平和理论深度的追求。郭沫若在《抗战与文化问题》中说："抗战所必须的是大众动员，在动员大众上用不着有好高深的理论，用不着有好卓越的艺术——否，理论愈高深，艺术愈卓越，反而愈和大众绝缘，而减弱抗战的动力。"周扬在《新的现实与文学上的新的任务》中也说："我们现在所要求于作家的就是用这种大众化的小型作品敏速地去反映当前息息变化的实际情况，而不是离开实际，关起门来去创造什么'伟大的作品'。"虽然这时候的郭沫若已经是第三厅的厅长，与权威话语的合流使他不再是一般的知识分子，正如他在1926年穿着国民革命军的军装向青年发出做革命文学家的号召一样，本身已经不是知识分子的声音。然而，由于他的身份毕竟不同于张道藩等国民党官员，其消极作用是更明显的。

民族形式的讨论涉及的不仅仅是形式问题。文学要为大众所喜闻乐见，决不仅仅是形式问题的解决所能够达到的。要实现大众喜闻乐见的目标，就必然要迎合大众的价值观念、文化心理和审美习惯。而这样做的结果是必然导致文学现代性的丧失。在20世纪中国，文学大众化的要求与现代性的目标是相互矛盾的。原因很简单，由于中国的现代化是被动的，作为一种被动的现代化，其动因不是本土新的文化因素的生长而是外来文化的冲击，最先接受外来文化的是知识分子而不是民间大众。所以，现代性主要由知识分子话语承载而不是存在于民间文化之中。而且在相当长的时间内现代性没有在民间大众中扎根生长。从这个意义上说，知识分子话语与民间大众话语在文化性质上有着本质的差别。前者是外来的，后者是本土的；前者是现代的，后者是传统的。"五四"新文化之所以新，就新在它以西方思想武器反传统，新在它的非本土的现代性质。因此，要求民族化，就不能不意味着对知识分子话语的否定，就不能不意味着对现代性的否定和对传统即前现代性的弘扬，也就不能不意味着对五四新文化运动和新文学精神的背离。民族化和大众化是相互联系的，民族化不一定导致大众化，大众化却必然带来民族化，两者都可以导致传统的复归，导致"五四"知识分子话语精神的颠覆。

这不是逻辑推论，也不是主观臆测，而是民族形式讨论中已经表现出的倾向。最有代表性的是向林冰的观点。他对“五四”文学的否定和对传统的张扬无需在此重复，需要注意的是它事实上是30年代文艺大众化讨论中瞿秋白等人观点的继续。不同的是30年代的讨论因其集团的性质而只是一种自由言论的表达，不能构成对文学的全面影响，而在抗战的新形势下，它却借国家权威话语的力量对文学发出了号令。

其实不难明白，只要从政治和军事的实用主义出发，任何批判国民性的行为都是不明智的。任何一个实用主义的政治家和军事将领都不会面对即将奔赴前线的士兵批判他们的阿Q主义。这正是启蒙主义思想家和实用主义政治家的不同所在。由于抗战的时势，文学对民众落后性的表现已经不合时宜。陈伯达在《思想的自由与自由的思想》一文中说：“我们在文化上反对独断，反对迷信，但对于那迷信任何独断，迷信任何宗教的同胞，我们不但不应反对他们，而且要尽力避免刺激他们的宗教感情。”[①]在这种情况下，“大众喜欢”成了唯一的目标。如何讨大众欢心，顺应大众心理而鼓动他们的抗战热情和慷慨赴死的精神，成了艺术的全部奥秘。为了大众喜闻乐见，文学在形式和内容上全面地迁就和适应大众，不能适应大众的东西都要受到怀疑和批评。早在抗战开始不久，就有人指出老舍发表的京戏《忠烈图》中“讲到贞操观念的部分，虽然是对的，但是却容易引起大众的反感”。[②]文学不能让大众反感，当然无法再继续“五四”启蒙主义的精神。尽管洛蚀文等还没有忘记启蒙主义，还不愿意让文艺一味地迁就和迎合大众，但文艺迁就和迎合大众的趋势，却已经无法阻挡。尽管很多人对大众化的理解还不是迎合大众，还不是在思想感情上“化”得与大众完全一致，但在大众化的含义中硬要加上化大众的内容，不过是一些不愿意彻底放弃“五四”启蒙精神的文学家的一厢情愿。事实上，当大众化这一口号提出的时候，已经注定了它后来在半个世纪中流行的解释：“变得跟广大群众一致，适合广大群众需要。”这是至今流行的《现代汉语词典》中对“大众化”的解释。我们不必怀疑词典的解释是否正确，最流行的词典采用的必然是最流行的解释。半个世纪以来，每当强调文学的大众化的时候，总是要求文学实现这种解释。就

①洛蚀文：《论抗战文艺的新启蒙意义》，《抗战文艺论集》，第61页。

②洛蚀文：《关于文学大众化问题》，《抗战文艺论集》，第173页。

从词意上说，“大众化”这一概念本身就无法包容启蒙主义的“化大众”的内容。所以，这个问题必须清楚，大众化方向与启蒙主义方向是背道而驰的。可惜直到今天有些研究者仍然把大众化与启蒙作极为有害的混淆。

作为大众化的理论前提，一个重要问题是对当时大众／民族精神状态的认识。我还无法断定那些赞美是出于政治家为调动群众积极性而采取的策略，还是真的由于眼睛的问题而看到了虚幻的景象。但无论如何，这是一个带有根本性的症结——由于民众表现的热情，便声称民族的精神已经在战火中得到了彻底的洗礼，因而国民性已经改善。用一种相当普遍的表述方式就是：“战争使民族得到了新生，使人民大众广泛的觉醒。”[①]周扬说：

> 要描写抗战，首先就要描写在抗战的具体环境下行动着的一个个的中国人。而这是一个怎样变化万端令人惊异的环境啊！在这个环境之下，人又是变化得怎样的迅速啊！昨天还是落后的，今天变成了进步的；昨天还是愚蒙的，今天变成了觉醒的；昨天还是消极的，今天变成了积极的。革命时期必然地伴以人类心灵上的深刻剧烈的变化，只适合于社会停滞期的艺术家的那种静的看法现在是完全不适用了。我们的现实中正涌现着新的人，新的抗日英雄的典型。我们不能把他写成平时的人一样，因为抗战的不平凡的环境已经使他变质；……中国新文学中可以称为不朽的典型的，只有鲁迅的阿Q。在这个可笑又可悯的人物身上，反映出了中国农民的软弱的黑暗的一面，因为中国的农民性和落后性，他又被视为中国国民性的代表者。现在，阿Q们抬起头来了。关于觉醒了的阿Q，值得写一部更大的作品。[②]

阿Q既然已经觉醒，并且成为时代的英雄，当然不再需要鲁迅式的启蒙，当然不再需要知识分子去揭示他们的弱点。所以，虽然在理论上有时也谈及文艺教育大众，但在实际的操作中却已经是只有赞美和迎合。而且，这时的所谓教育也不再是启蒙主义所强调的使被教育者意识到自己作为个体的

①蓝海：《中国抗战文艺史》，山东文艺出版社1984年，第29页。

②周扬：《新的现实与文学上的新任务》，《抗战文艺论集》，第18页。

人的自由、权利和主体地位，而是教育他们如何服从战争的需要，鼓励他们如何英勇战斗而不怕牺牲。这样的教育是启蒙主义还是蒙昧主义是不难识别的。这时的文学家对于大众，就像做战前动员报告的将领对于他的士兵，说的都是鼓励的话，目的是让他们热血沸腾。

在大众化和民族形式的讨论中，国家权力话语和民间话语又一次联手扼制着知识分子话语。在其开始，是战争的要求使文学走向民间为战争服务，接着就是迅速生长的民间政治力量迫使知识分子向大众认同。国家权威力量和民间政治力量同时要求文学走向传统，也同时要求文学走向民间。不过，虽然要求相同，目的却绝不相同。占据国家权力地位的政治要求走向传统，去张扬传统的“忠孝仁爱信义和平”，去弘扬民族意识和爱国主义精神，这从张道藩《我们所需要的文艺政策》中即可看到；民间的政治力量希望文学表现统治者的腐败和大众的疾苦以助长反抗情绪，这可以从大量左翼理论批评可以看到。无论目的多么不同，都要求文学走向传统的同时走向民间，这导致了民族形式的胜利。民族形式的胜利从某种意义上说既是国家权力的胜利，也是民间大众话语的胜利。抗战前期真正胜利的是国家权威话语，而抗战后期真正胜利的是民间政治话语。前期是一场更大规模的民族主义文学运动，而后期是一场更大规模的大众文艺运动。这一切并不奇怪，文学上民族化与大众化的关系，就这样与不同的政治力量纠结在一起。

有必要注意国家权威话语与民间大众话语的联手这一20世纪文学史上的重要现象。在此之前，最为对立的是这两种话语。因为在这两种话语之间存在着两种政治力量的激烈较量。它们能够迅速统一起来，原因就在于两者之间本来就具有更多的可联合性。其对立主要是政治上的，虽然阶级立场对立，进行着压迫与反压迫、翻身与反翻身的较量，但在文化基础上，却都坚持本民族的文化传统而反抗来自西方的某些文化。所以，在反对“五四”和扼制知识分子话语方面，二者很容易地统一了起来。

三、坚守者的困境

战争的环境要求文学服从民族整体利益的需要，接受国家权力话语对文学进行整合。然而，知识分子是否就应该像士兵一样以服从为天职而放弃独立的思考？为了使文学更有效地服务于动员民众的任务，文学必须走向通俗。然而，文学是否就应该与大众认同以至迎合大众的观念和趣味？这是抗战文学在其发展过程中一直面临的问题。尽管国家权威话语和民间大众话语同时对知识分子发出各种传唤，知识分子仍然不可能彻底放弃自己的话语立场和话语形式。考察抗战时期的文学，我们可以看到知识分子话语对国家权威话语整合企图的反抗，也可以看到知识分子话语在大众化潮流中所做的艰苦守卫。

我把张天翼的小说《华威先生》的发表看作在民族意识中心和国家权威话语整合过程中的一个不和谐的音符。《华威先生》的确不同于当时的抗战文学，它没有满足于鼓动人们的抗战热情，也没有表现国家权威话语所要求的英雄主义，而是讽刺和揭露了抗战阵营中的官僚。小说发表之后，立即受到一些人的指责。理由就是抗战文学的揭露和讽刺的对象应该是日本侵略者和汉奸卖国贼，如果揭露抗日阵营中的黑暗和丑恶，只能有利于敌人。这种指责所展示的观念是重要的，从抗战开始到抗战结束，从重庆到延安，文学的批判精神一直受着这种观念的制扼。这种观念抑制着民间话语中的政治反叛意识，同时也抑制着知识分子对现实的批判。所以，这个作品才那么引人注目。辩护者认为，在抗战生活和抗日阵营的内部，既有光明也有黑暗，既有民族新生力量也有腐朽的旧势力，甚至有各种卑鄙无耻的恶棍，因此，文学不能忽视对抗战队伍中的恶劣分子的揭露。这种意见既表现着民间反抗力量的话语策略，也表现着知识分子话语对旧势力的批判意志。从文化思想上解剖旧社会，揭露黑暗，抨击腐朽，这是“五四”以来知识分子一直为之努力的任务。即使在战火之中，知识分子也仍然不因为共同对敌而对民族肌体上的毒疮视而不见。它意味着知识分子话语仍然要坚持自己独立的批判权，意味着他们不愿因为战争而无条件维护国家权威。各种现象告诉我们，尽管共赴国难，但知识分子并不愿放弃自己的话语权而对权威话语全面服从。作为具体的表现，是一些作家在沉默中保持着清醒，一些作家则在一阵从戎的激情之后很快开始进行反省，由单纯的吹奏抗战号角转向对旧势力的揭露和批判，重新操起了知识分子自己的武器。沙汀的《联保主任的消遣》《在其香居茶馆里》《淘金记》等小说都以对农村的旧势力和基层政权的腐败的揭露而获得了较高的价值。这些作品虽然大多来自左翼作家，但其意义却不只在于从某种政治目的出发而瓦解政府的威信。

随着时间的推移，作家的情感态度发生的变化是值得注意的。在抗战初期，允许与抗战无关的作品存在都是大逆不道；到抗战后期，作家们却纷纷从直接配合抗战宣传的战线上撤离，茅盾、巴金、老舍、曹禺……都以自己的创作显示了同一性质的转变。《寒夜》和《北京人》等作品都不再是直接配合抗战，而是重新回到了知识分子的话语立场。这意味着一种告别和疏离，却为这个时期的文学留下了比较优秀的篇章。所以，说这个时期的文学是“救亡压倒启蒙”虽然大致不错，但启蒙被完全灭绝，却并不发生在这个救亡高于一切的时期。

值得注意的另一现象是陈铨等人的“民族文学运动”受到的广泛抵制。30年代民族主义文艺运动之所以被知识分子话语和民间话语同时反对，原因是它倡导民族意识，弘扬民族精神，自觉不自觉地服务于国家权威话语，同时也因为民族危机在当时还没有后来那么紧迫。抗战开始之后，文学事实上已经走上了民族主义文艺运动的路，抗战当中，全国作家都围绕在民族救亡的旗帜之下，努力宣扬民族意识，然而，民族主义文学运动却仍然受到了严厉的批判和打击。如果只是从表面上看，这的确是一个奇怪的现象。具体地考察，原因当然也很复杂，但主要是这一时期民间大众话语、知识分子话语与国家权威话语的复杂关系。

冷静地回顾这段历史，我们不能不承认，虽然批判者都往往通过“法西斯主义”这一词语把民族主义文学与国家权力联系在一起，但陈铨等人并非御用文人。《战国策》的《本刊启事（代发刊词）》中宣布：他们“抱定非红非白，非左非右，民族至上，国家至上之宗旨，向吾国在世界大政治角逐中取得胜利之途迈进”。它所显示的是民族危难之秋一些知识分子面对现实而做出的一种选择。但是，这种选择受到批判却是必然的，因为虽然大家都聚集在救亡的大旗之下，却并非所有人都像他们那样愿意接受民族至上和国家至上的宗旨。在陈铨发表的理论文章中，最见水平的是《民族文学运动》。在这篇文章中，他说：“过去二十几年间，中国的思想界，从个人主义到社会主义，从社会主义到民族主义。中国现在的时代是民族主义的时代。我们政治上的先知先觉，虽然早已经提倡民族主义，然而真正民族意识强烈的发展，实在是近几年来的事情。政治和文学，是互相关联的。有政治没有文学，政治运动的力量不能加强；有文学没有政治，文学运动的成绩也不能伟大。现在政治上民族主义高涨，正是民族文学运动最好的机会；同时民族政治运动，也急需民族文学来帮助他，发扬他，推动他。”他虽然宣称“民族文学运动不是复古的文学运动”，宣称“民族文学运动不是排外的文学运动”，然而，他像30年代初的民族文学运动一样，特别强调“民族意识是民族文学的根基，民族文学又可以帮助加强民族意识”，“最大的使命就是要使中国四万万五千万人，感觉他们是一个特殊的政治集团。他们的利害相同，精神相通，他们需要共同努力奋斗……”这就使它像30年代初的民族主义文学运动一样使自己靠在了国家权威身上。这就必然使不忘初衷的左翼作家反感，而且为“五四”以来的自由知识分子所不屑。

更为重要的是，陈铨把“五四”之后的文学分为三个阶段，认为第一个阶段是个人主义的，第二个阶段是社会主义的，第三个阶段是民族主义的。应该承认这种划分基本是准确的，但是，他充分描述三个阶段的对立，而对前两个阶段的文学持否定态度，就不能不引起前两方面作家的强烈反感。他没有意识到，人们虽然集合在抗日救亡的旗帜之下，但追求人的解放和阶级翻身的目的并没有因为从事民族解放的斗争而彻底忘掉。所以，我们看到的是坚守知识分子立场的作家和带有政治色彩的持民间大众话语立场的作家一起对民族文艺运动进行了批判。

而且，正因为这种试图以民族主义取代个人主义和社会主义的倾向，导致了许多文学家对“五四”文学精神的重新认同。已经在故纸堆中沉醉多年的闻一多在《新文艺与文学遗产》中大声疾呼：“‘五四’的任务并没有完成，我们还要干！我们还要科学、要民主，要打倒孔家店和封建势力……”胡风说：“我们把‘五四’的新文学叫作‘革命文学’，我们骄傲这个革命传统，正是因为它代言了一个伟大的精神：不但用被知识分子发动了的人民的反帝国主义的意志和封建、买办的奴从帝国主义的意志相对立，而且要用‘科学’和‘民主’把亚细亚的封建残余摧毁。”[①]胡风是来自左翼的一员，但他与鲁迅一样，愿意以生命和鲜血为大众解放事业而努力，却不愿意在精

①胡风：《文学上的五四》，《胡风评论集》（中），人民文学出版社1984年，第122、124页。

神上认同大众和放弃对大众落后性的批判。他更不懂得为了赢得大众的追随和拥戴就去赞美他们的愚昧。在抗战前期，胡风没有参与对“与抗战无关论”的批判，这不是偶然的，从感情上说，他不可能倾向于梁实秋，但是，他却不赞同一些人紧密配合国家权威而忘记知识分子的独立人格，也不赞同昨天还针锋相对今天就无条件逢迎的灵活态度和滑稽表演。作为一个知识分子，他关心民族的命运，但也关心人的命运，关心文化和文学本身，所以他关心如何纠正公式化、概念化和“抗战八股”的问题，密切关注着文学界的“混乱”“危机”和“逆流”，他痛苦于“五四”文学传统得不到发扬，“战斗的东西被市侩的东西所淹没”。将自己的集子定名为《在混乱里》和《逆流的日子》，可见他当时的态度。

在抵抗民族主义整合的斗争中，知识分子话语与民间话语在某种程度上取得了一致，然而，面对大众化的传唤，知识分子话语却陷入了更艰难的境地。

抗战的特定背景，使作家们不再对文学为什么服务的说法反感，也逐渐习惯了通俗化到大众化的呼喊。从这个意义上说，正是抗战卫国的伟大战争的神圣性，为要求文学工具化和大众化的做法提供了重要任务。如果在“五四”时期和30年代，任何政治力量提出这处要求都是不可能的。

面对大众化的传唤导致的知识分子话语的失落，知识分子的反抗是有限的，声音是微弱的。尽管很多人不同意对“五四”的彻底否定，也有人试图把民族形式的讨论限制在形式上，但是，所做的多是有限的守卫。在讨论中，知识分子话语的捍卫者是葛一虹和胡风。葛一虹竭力反对旧传统的继承，捍卫“五四”文学，强调民间形式的陈旧性与“五四”文学的进步性，指出“五四”文学在其普遍性上不及旧形式的根本原因是“精神劳动与体力劳动长期分家以致造成一般人民大众的知识程度低下的缘故”。强调要在“五四”文学所完成的基础上完成“表现我们新思想新感情的形式”。这是对“五四”文学传统的捍卫，也是对“五四”知识分子话语的捍卫。胡风坚决反对那种认为“五四”新文学“割断了历史的优秀传统，割断了人民大众的联系”的观点，坚决反对以“民间文艺为中国文学正宗”的企图。他清楚地看到了“五四”新文学“不但和古文相对立，而且也和民间文艺相对立”。[①]所以对民间形式保持了足够的警惕。也许在这一点上胡风的表述不是太清楚，但他接触到了一个根本性的问题，即民间文艺与“五四”所否定的旧文艺在意识形态上没有什么不同。所以他拒绝向民间文艺投降，直到最后以自己的艺术生命为代价捍卫“五四”知识分子话语。然而，这种捍卫并不能改变知识分子话语继续跌落的时代命运。

对于多数人来说，他们对知识分子的独立人格和自由思想并非没有留恋，但是，无论为了民族的利益还是为了大众的解放，他们大都努力顺从而不再抗争。但是，对一些人来说，大众化的理论接受起来比较容易，创作的实践却困难重重。即使那些立志要做大众留声机器的人，毕竟也是与大众很不相同的知识分子，他们要很好地表现大众的声音，就必须深入生活，去努力体会大众的思想和感情，甚至要学习他们的语言。这意味着知识分子要放弃自己的主体而重新获得一个外在的主体。然而，事实证明，觉醒的知识分子不大可能主动改造成留声机，非大众作家要表现大众意识并不是一件容易事。没有真正大众化的知识分子总是难以很好地表现大众的思想感情，而且总自觉不自觉地表现自己的声音。他们有时能够成功地压抑自己的声音，有时却压抑不住或者不愿压抑而使它顽强地冒了出来。丁玲、萧军、王实味等人就是突出的例子。他们的思想和创作及其命运构成了40年代文学中最值得注意的一道风景。

丁玲到延安后写出的是《我在霞村的时候》《在医院中》这样的带有强烈的个性主义色彩的作品。女青年贞贞的遭遇使我们看到了旧思想旧观念对人的摧残和扼杀。围绕陆萍的矛盾使我们看到了医院中各种落后、愚昧的旧思想和旧意识。陆萍参加了革命队伍而仍然保持着自己鲜明的个性，事实上有点像丁玲。小说受批判时，陆萍被称作反党分子，因为她看到的是延安的黑暗而不是光明。问题就在这里，经过“五四”新文化擦洗的眼睛总是能够看到黑暗，因此这目光注定是要被改造的。在《我们需要杂文》中，丁玲说：“中国所有的几千年来的根深蒂固的封建恶习，是不容易铲除的，而所谓进步的地方，又非从天而降，它与中国的旧社会是相联结着的。”因此，

---

①胡风：《论民族形式问题》，《胡风评论集》（中），人民文学出版社1984年，第232页。

她呼唤杂文，呼唤“五四”文学精神，呼唤学习鲁迅。她说：“鲁迅先生死了，我们大家常说纪念他要如何如何，可是我们却缺乏学习他不怕麻烦的勇气，今天我以为最好是学习他的坚定的永远的面向着真理，为真理而敢说，不怕一切。我们的时代还需要杂文，我们不要放弃这个武器。”这不仅是丁玲个人的呼唤，文艺整风中被批判的作品告诉我们，即使在某种潮流中，即使在延安，也仍然有人试图守护“五四”精神，坚持着从“五四”获得的知识分子话语立场。总有那么一些知识分子拒绝改造，或者想改造也改造不好。像萧军那样，像王实味那样，脖子很硬，不肯轻易低头听命于权威，不想从众而说违心的话。他们坚持着自己对于生活进行独立观察和判断的权力，坚持着“五四”新文学对人的关心，为人的遭遇而发出呼号。他们有感于旧势力和各种传统观念的顽固，而仍然要致力于启蒙运动，仍然要发挥杂文的作用，揭露黑暗和愚昧，建设真正的人的生活……这其中所显示的是“五四”新文学中知识分子话语本质精神的继承和发扬。

严格地说，在这些人中，萧军可以说是鲁迅的嫡传弟子，丁玲、艾青等人都算不上，也不是现代知识分子话语的自觉捍卫者。但是，一个知识分子的个性和独立精神的追求，却使丁玲不自觉地踏上了“五四”的道路。受到“五四”精神影响较深的人很难完全屈从于权威，也很难向民间大众话语认同。在这一点上，突出的例子是王实味。读一读王实味的《政治家，艺术家》吧！他的全部的不合时宜之处就在于像高尔基《不合时宜的思想》一样不愿意放弃知识分子独立的话语，对自己赞同并为之献身的阶级和集团的弱点和阴暗面也给予揭露与批判。

然而，随着形势的发展，在民族形式讨论的基础上，大众化方向得以确立。抵制西化，复归传统，放弃启蒙，迎合大众，成为一种新的时代潮流。丁玲们只有再一次虚心向大众学习，彻底地克服自己的知识分子立场和观点，从思想观念到语言形式彻底向工农大众认同。知识分子改造的核心就是克服小资产阶级个人主义的思想感情，说到底也就是克服“五四”新文化在中国知识分子身上留下的痕迹。而改造的目标就是与工农大众一致，就是“知识分子出身的文艺工作者，要使自己的作品为群众所欢迎，就得把自己的思想感情来一个变化，来一番改造。”根据领袖的教导，工农群众“尽管他们手是黑的，脚上有牛屎，还是比资产阶级和小资产阶级知识分子都干净得多”[①]。

在这种情况下，坚持知识分子话语立场，坚持独立的人格和思想，保卫自己的个性，当然再也无从谈起。生活中要求组织纪律性，思想上要求保持一致，舆论要求统一，甚至理解的要执行，不理解的也要执行。接下来是工农本位的价值取向和知识分子的思想改造，是知识分子与工农大众之间的教育关系的逆转，是“臭老九”命运以及知识青年必须上山下乡接受贫下中农的再教育。

从40年代开始，中国文化从多元状态逐渐走向一元状态。作为民间状态的文化终于战胜旧的国家权威话语而占据了统治地位。在改造旧的社会结构和国家机器的同时进一步改造知识分子。知识分子终于完全丧失了自己的话语权。我愿意如此理解这段历史中知识分子话语的命运：为了民族的解放，为了劳苦大众的解放，中国知识分子以牺牲自我的方式付出了沉重的代价。代价之所以付出，一半是形势所迫，一半是自愿的选择。然而，这不是高尚的行为，因为现代化进程也因此而付出了沉重的代价。有一点应该清楚：现代知识分子话语与专制传统势不两立，知识分子话语的失落必然伴随着专制传统的复兴。是依附还是独立，有没有独立的批判精神，这是评价一个知识分子是否是现代知识分子的标准之一。是否承认个体的价值与尊严，是否允许知识分子独立人格和批判精神存在，则是衡量一个社会是否摆脱所谓封建专制主义笼罩的试金石。

1997年8月

①《毛泽东选集》，人民出版社1967年，第808页。

“早春天气”里的突围之梦

——50年代中国文学的知识分子话语

一、并不顺利的整合

在50年代文学中考察知识分子话语，要进行清晰的描述是困难的。因为它明显地处于一种被限制和覆盖的状态。当知识分子必须接受思想改造的时候，当文学家宣布自己的一切创作活动都在某一权威思想指导之下进行的时候，当文学创作必须为政治权力服务的时候，独立的知识分子话语当然无从谈起。然而，历史发展的复杂之处却在于，现代知识分子话语因为自身的生机而很难像雨水打湿的头发那样可以随着政治运动的梳理而立即理顺，它存在着，而且表现出相当大的强度和韧性。

一方面是，历史已经形成那样一种氛围，好像整个社会的命运和前途已经系于伟大领袖和他必然英明的决策，无论文学家还是其他知识分子，只需要在正确的思想指导下准确无误地听令而行已经足够，而不需要自己有任何思考，更不能有不同意见。这种思想文化状态必然极大地限制着知识分子思维的主动性，使其不再是知识分子，并限制着社会的活力。因此，这个时期的文学活动往往是被动的，机械的，因为创作不过是按照文学写作的表面形式而进行操作，写作者只需要技巧而不需要思想。作家当然要思考，但思考的内容是如何以生动的形式表现既定的权威话语。在意识到自我与权威话语的差别时，文学家只能否定自我，而不可能怀疑权威话语的正确性。作家们像其他知识分子一样以速成的形式学习和接受权威意识形态。当作品受到批评时则往往以“不理解”“学习不够”作为自我辩护的理由。仅这一点，就可以看到文学自由表现生活和表达见解的权利已经不具有合法性。丧失了个人话语表达权的知识分子已经不需要思考人类的前途和命运，也不需要思考民族的前途和命运，因为这一切有领袖的思考就足够了。社会改造的途径更不需要知识分子操心，伟大的蓝图早已画就，认真学习并深入理解以便有效地配合施工，是一切文学创作和学术研究的任务。

然而，问题的另一面是：知识分子独立的价值标准却没有随之完全消失。无论是在文学活动中还是在学术活动中，知识分子独立的价值标准仍然在以独特的形式存在着。如果认真考察就会发现，尽管新时代以强大的力量进行着价值观念的整合，知识分子却有一种牢固的价值观念使他们很难接受社会的一般价值标准。它是被彻底边缘化的，却深植于为数不少的知识分子内心深处。在学习总结和思想汇报中，知识分子除陈寅恪等极个别者之外，几乎毫无例外地表示积极改造和顺从的态度。但是，这一切并不完全真实，人们公开的表态和内心的真实存在很大的差距。这并不是说他们都在某种压力下阳奉阴违，而是他们内心世界早已存在着他们自己也未必能够认识到的矛盾。正如在科学家心中列宁、斯大林代替不了牛顿、爱因斯坦一样，在文学家和人文知识分子的心目中，政治英雄也代替不了文化巨人。对致力于思想统一与精神一致者来说，这似乎是一种分庭抗礼的力量，因此必然要努力铲平它。一些做法虽然让后人感到大可不必，但冷静地思考，却会发现经过“五四”新文化培养的知识分子话语的确对大一统社会的建构构成威胁。

这种威胁不仅在于一些所谓旧知识分子保持旧的世界观，而且在于革命队伍所受的“腐蚀”。那些从革命队伍走来的年轻作家政治上没有任何问题，却因为从事文学创作，成了作家和诗人，精神世界就发生了巨大变化。这是50年代和60年代的政治领袖总在致力于克服的一种“变质”现象。变质现象是多层面的，其他层面在此暂且不论，单就革命战士成为知识分子之后的变质而言，这是当时政治领袖们非常关注而未能深入思考的。他们清楚地看到了其他层面上的变质往往是由于“资产阶级的糖衣炮弹”，或者是由于革命者的意志衰退，等等，却没有看到革命战士成为知识分子之后“变质”的必然性。事实上，这种变质是不可避免的，也是无法防止的，除非让革命队伍内部的文学家都永远是纯粹的宣传工具而没有对文学艺术的追求，永远只有列兵本色而不具备知识分子的独立意识。否则，只要他一旦成为作家，就产生了与政治要求不完全一致的追求。纯粹的政治家和一切局外人都很难发现这里真正的诱惑力之所在。但明白人应该知道，那是一座座由大师们构成的思想和艺术的高峰。革命战士受它的影响，就像一颗行星的卫星遇到其他恒星时一样，难免因受吸引而偏离原来的轨道。

从某种意义上说，每一个学科，每一个行业，每一个人群都可能产生自己的崇拜偶像。文学界自然有这样的偶像。人们一旦真正进入文学殿堂，就要自觉不自觉地向大师看齐，就像在官场总是向成功的上峰看齐一样。而那些高峰之所以成为高峰，大师之所以成为大师，却并非由于顺从，并非由于守纪律和听从指挥，而是由于独立的人格和自由的思想，由于有一套属于自己的话语。于是，在他们接受这些文学大师的同时，观念世界就出现了另一个价值体系。尽管这些高峰也同样可以为权威话语所操作，比如通过选择和遮蔽而只留下鲁迅和高尔基。但是，一旦真正走近他们，却仍然会导致严重的危机：鲁迅、高尔基也并不完全是为适应政治需要而描绘的那种模样。

所以，政治上完全过硬的“红小鬼”，成了作家就开始变质；响当当的贫农子弟进了大学，就有了小资产阶级思想感情，甚至成了“资产阶级”在精神上的继承人。这导致了“防腐蚀”的运动，导致了“革命传统教育”运动，最后导致了“资产阶级知识分子统治我们学校的现象再也不能继续下去了”和“知识青年到农村去，接受贫下中农的再教育”的严重后果。工人的女儿和贫农的儿子之所以同样需要再教育，就因为这样一个逻辑：虽然他们本来是红的，可以信任的，但由于上了学，读了一些书，就改变了颜色，变成不可信任的了。学校之所以具有这种“染黑”功能，原因在于无产阶级虽然在政治革命中取得了胜利，但在思想文化和教育阵地却没有能够完成占领，学校仍然是资产阶级知识分子统治的地方，培养的是资产阶级的接班人而不是无产阶级的接班人。要使青年成为无产阶级的接班人，就需要通过工人和贫下中农的“再教育”，也就是把他们再争夺回来。

这似乎很荒谬，却是当时需要解决的实际问题。我们不能不承认政治领袖们非凡的头脑及其对问题的洞察能力。可是，此事的悲剧意味在于，这个问题是注定无法解决的。因为任何一个社会都没有能力也没有勇气拒绝接受人类历史所积累的文化成果。要与人性的正常要求和文明的必然走向对着干或拧着干，无论有多么大的雄心和魄力，都往往是枉费气力。所以，即使到了“文革”时期，闹来闹去，大学还是要办的。虽然毛泽东声明说他主要说的是理工科大学还要办，但最后却是文科大学也办了起来。不办文科大学而只办理工科大学的思路很值得注意，它可以理解为接受技术层面的知识而排斥与政治要求不相一致的价值体系的一种有效策略，但是，它没有能够成为现实。文学面对的是同样的情况，为了防止不良影响，无产阶级的文学曾经被筛选到只留下《国际歌》和“样板戏”，其他都成了“封资修”，但是，即使是刚刚培养起来的青年作家，也很少有人只崇拜欧仁·鲍狄埃和江青。那些被批判的文学大师和世界名著，仍然不时在他们心中闪光。这就无法根本上解决这个矛盾：无论政治上多么坚定的革命分子，只要成为知识的信徒，只要成为艺术的崇拜者，就不可避免地被知识分子的价值体系所改造。这是50年代到60年代政治权威一直努力解决而终于没有解决的问题。

50年代中国文坛最引人注目的是一系列的批判运动。批判《武训传》，批判萧也牧，批判新红学，批判胡适，批判胡风……每一次批判运动都是为摧毁知识分子独立的价值体系而展开的，每一次都意义重大而决非小题大做，它显示着权威话语的整合意向。如果我们回到那个年代权威立场上看问题，当时的知识分子的确让人头疼，他们就像一些不懂规矩而又不好好接受训练的士兵，让指挥官为之费尽苦心。文化界已经被认定为“文化战线”，这条战线与其他战线比起来情况特别复杂，其中虽然不乏来自革命队伍的久经训练者，但也有大批刚刚接受的新成员。新成员有各自的思想信仰和人生哲学，对于统一信仰、听从口令一时难以习惯，而久经训练的老成员也常常“旧病复发”。

对萧也牧的批判从作品的“小资产阶级观念、趣味”开始[①]，到批判其歪曲和嘲笑工农兵，最后让丁玲一语挑明：“这些东西，在前年文代会时曾被坚持毛泽东的工农兵方向的口号压下去了，这两年来，他们正想复活，正在嚷叫……”[②]《我们夫妇之间》的确不仅写了知识分子，而且以知识分子

①陈涌：《萧也牧创作的一些倾向》，《人民日报》1951年6月10日。

②丁玲：《作为一种倾向来看——给萧也牧的一封信》，1951年8月《文艺报》第4卷第8期。

的观念和趣味观察生活，评价生活。这个小说的确是配合知识分子改造的，但作者自作聪明，一厢情愿地创造了一种互相妥协和磨合的模式，在那些目光敏锐的人看来，这当然是对原则的严重背离，是绝对不能允许的。而这样的问题之所以发生，的确在于作者的“小资产阶级立场”。对电影《关连长》的批判是后人很难理解的。然而，只要进入那个年代，就会明白，作品之所以受到批判，原因也在于作者站在知识分子的价值立场上理解革命和歌颂革命。从知识分子的角度来说，写一个充满人道主义精神的连长是对革命军队的赞美，但是，被赞美者的头脑却不希望接受这样的赞美。尽管这种赞美会使更多的知识分子接受革命军队，但这时的革命军队却不希望依靠穿着知识分子为其缝制的服装而被接受，因为那将意味着革命军队将被知识分子重新塑造。《我们的力量是无敌的》《战斗到明天》等作品之所以受到批判，原因也多在知识分子的话语立场所显示的“资产阶级创作倾向”。

以批判俞平伯的《红楼梦研究》为起点，对新红学的批判迅速转向对胡适的批判，万炮齐发，矛头指向却只是胡适的“资产阶级唯心论”。其实，批判什么内容并不重要，重要的是必须推倒知识分子心目中的这尊偶像。在“五四”之后的知识分子心目中，鲁迅和胡适的地位是谁都无法忽视的。对于鲁迅，经过从30年代就开始的各种解释，已经使他从个人主义到集体主义，由进化论到阶级论，由批判国民性到歌颂人民大众，由孤独的精神战士到遵命创作的作家，由新文化运动的先驱成为无产阶级革命的马前卒……完全彻底地进行了一系列的转变，因而已经能够很好地为现实政治服务。胡适却因为远走美国而失去了检讨和改造的可能。虽然胡适其时在美国非常孤独地过着他的寓公生活，但现代文化领袖的地位却仍然没有从根本上动摇。如果我们考察当时大陆知识界的人才结构，尽管胡适嫡传弟子不少都已离开大陆，但留下来的，在文史哲各界的头面人物中，他的弟子和追随者仍然是一股不可忽视的力量。也就是说，胡适是一个不在场的领袖，以无形的力量影响着知识分子，对于知识分子的改造，显然是极为不利的。

如果说批判胡适的意义在于通过批判昔日精神领袖而清除思想文化大一统事业的障碍，那么，对胡风的批判就是对坚守鲁迅启蒙阵地的知识分子的一种警告。鲁迅虽然被改写，但改写自有其局限。它在名实之间做文章，高举其名而改写其实，这就无法避免真正走近的人发现其实，也无法避免人们在“名”的旗帜之下进行“实”的恢复。具体说，既然鲁迅精神是可以继承和发扬的，那么，胡风就可以在鲁迅精神的旗帜之下进行某种坚守，就可以把鲁迅被时代遮蔽的某些东西揭示出来。胡风的悲剧就在于他坚持鲁迅的启蒙立场，这种知识分子的立场使他不可能愉快地响应召唤而接受权威话语和权威话语支配下的民间大众话语，不可能放弃启蒙立场而去老老实实地接受工农兵的再教育。胡风是老牌的左翼知识分子，对他的批判从某种意义上说有点像40年代延安对丁玲、萧军等人的批判，即使以阶级斗争的观念看问题，它也构不成阶级斗争，不存在革命与反革命的对立关系。它的意义就在于铲除革命队伍内部的知识分子话语中坚。

从表面上看，整合工程进展顺利。作家、诗人们都迅速地响应号召而走向了民间生活，到工厂农村和部队去获得工农兵的思想感情，从贫下中农的立场体会获得土地之后的幸福感，从工人阶级的立场去体会当家做主之后的自豪感，从士兵的生活去获得战斗的激情。“深入生活”是这一时期文学创作必不可缺的环节，是一个非常重要的概念。从理论上讲，一个人只要活着就不可能外在于生活，只要不把自己完全封闭起来，就不可能外在于社会生活。但是，50年代之后的文学批评却常常出现“没有生活”“不熟悉生活”的问题。这是知识分子话语丢失的重要标志。它意味着知识分子自身的生活已经不是生活，或者说，知识分子自己的生活不是文学作品可以表现的生活。文学作品要表现的生活是工农兵的生活，知识分子如果不深入到工农兵的生活当中去，当然就不能熟悉他们的生活，不能获得他们的思想感情和生活感受。“深入生活”这个口号是适应新的形势出现的。它是知识分子获得工农兵的生活体验和思想感情的一种途径。它昭示着知识分子在创作中彻底放弃自己的话语立场和话语形式。

然而，需要注意的是，虽然诗坛泰斗郭沫若示范性地写出了《学科学》《学文化》《防治棉蚜歌》，高唱“学科学，学科学，科学人人都该学”和“毛主席告诉咱，咱们工人阶级当了家”，从内容到形式全面适应着权威的传唤，指示着文学发展的方向，但是，在知识分子中，文学却仍然有自身的标准。反对公式化、概念化和标语口号化，成了这个时期知识分子要求的一种曲折表达。真正与公式化、概念化、标语口号化相对立的是个性化和独创性。知识分子正是试图通过这一特点的获得而使文学保持知识分子话语的个性化表达，要求着知识分子话语的存在权和独立性。知识分子对公式化、概念化的声讨此伏彼起，非常激烈。当然，他们得到的回答是更进一步地“深入生活”。因为根据权威的解释，出现公式化、概念化的问题，并不是因为作家的创作受了限制，而是因为作家没有真正地深入生活，生活千姿百态，只要真正深入生活，忠实于生活，就可以避免公式化和概念化。但是，问题不仅在于他人的生活很难真正深入，而且在于即使你真正深入了工人或农民的生活，如果把它真实描写出来，大多要受到“歪曲生活”的批评和警告。所以，作家们最后能够做的，仍然是根据政策和文件理解生活，因为只有这样才能反映生活的“本质”与“主流”。这一切既不能让知识分子衷心认同，又不能满足知识分子的精神追求。越是被逼迫认同报纸社论中对生活的认识，知识分子获得自己话语权的愿望就越是强烈。实事求是地说，他们的努力所包含的反抗是有限的，它所反映的不过是现代知识分子对自身话语的一种留恋。

二、“早春天气”里的突围

无论文化掌控者是如何努力实现其精神一体化目的，知识分子的独立意志总是自觉不自觉地在寻找突围的机会。这个机会在1956年奇迹般地到来了。那个短暂的时光曾经被知识分子称作“早春天气”。

“早春天气”是“百花齐放，百家争鸣”的方针带来的。而这个被一再称道的“双百方针”之所以能够提出，却不是偶然的。它的出现有国际国内的各种复杂原因。当代文学研究对其原因的论述已经相当充分，但主要强调的还是国际上社会主义阵营出现的改革浪潮和国内社会主义建设的形势和要求等。如果换一个角度，大概还会发现这样两点：一是“双百方针”接受者的心理状态。这就是前面所说知识分子获得自身话语的梦想，正是这种梦想使他们为“双百方针”的提出而热烈欢呼，同时也赋予“双百方针”以更丰富的内容和意义。二是“双百方针”提出者的心理状态。这就是毛泽东当时心理上的自信。事实上，在中国这样的专制传统悠久而牢固的国家，自由言论往往出现于两种情况：一是权威话语失控；二是权威话语高度自信。在非失控的情况下，知识分子话语空间的大小往往取决于权威的自信或者不自信。当权威自信时文化环境就会宽松，当权威感觉面临某种危机而生恐惧时就特别警惕知识分子的自由言论。1956年，中国大陆社会发展情况足以使国家权威充满自信。社会主义改造的基本完成，社会主义建设高潮的掀起，肃反、镇反等一系列社会改造运动的实施，都给了政治权威以自信。大风大浪都已经过去，实在没有必要害怕知识分子文学创作上的自由发挥和学术讨论中的自由争鸣。经济建设和文化建设的需要使国家权威从实用的角度考虑调动知识分子的积极性，所以有了知识分子已经成为工人阶级一部分之说。虽然今天的年轻知识分子再也不会以成为工人阶级一分子为荣，甚至工人阶级也正在以各种方式把自己打扮成白领，但在50年代，这却意味着一种信任，一种被接纳的荣耀。国际的影响是重要的。从1956年4月《人民日报》发表的《关于无产阶级专政的历史经验》和《再论无产阶级专政的历史经验》等文章看，当时的中国权力高层对苏共二十大给予了相当高的评价，特别是反对个人迷信、反对教条主义，已经被充分注意到。这意味着要接受斯大林时代的某些教训。领导人开始以“人民内部的矛盾”的新思路来考虑问题，开始考虑以非暴力的方式处理和平建设时期的一些社会关系，从而稳定社会秩序，并在稳定中求得社会的发展。其实这是必然的，也是规律性的。一个社会不能总是轰轰烈烈地进行革命，一个新建立的政权如果总是依靠枪杆子来维持自身，那也太可悲了。尽管当时的人们还不可能从阶级斗争的思维模式中走出来，但不愿意再把一切都解释为阶级斗争，而开始思考一些并非你死我活的矛盾，却是一个新的动向。它反映着国家权威追求社会稳定和谐的一种愿望。无论什么时代，新的统治关系确立之后都必然希望稳定，任何一个自信的政权在建立自己的统治之后都会希望社会趋于安定团结。但这有一个条件，就是它必须坚信一些不和谐因素已经不足以从根本上破坏现有的秩序。1956年的国家权威已经有足够的理由建立这种自信。“双百方针”正是这种自信的体现。

“双百方针”至今缺少准确的解释。因为权威的解释有不同的版本。现在人们一般依据的是1957年5月26日中宣部部长陆定一的报告。他的讲话使我们看到它的基本点是在政治上分清敌我的同时在人民内部应该有足够的自由。这些自由包括：“有独立思考的自由，有辩论的自由，有创作和批评的自由，有发表自己的意见、坚持自己的意见和保留自己的意见的自由。”

今天我们面对“双百方针”的各种解释都可以看到，即使最理想化的解释，也决不是无限制地放松，但是，就是这样一种情况，已经使知识分子为之欣喜若狂。朱光潜曾经有过这样的表述：“在‘百家争鸣’的号召出来之前，有五六年的时间我没有写一篇学术性的文章，没有读一部像样的美学书籍，或者是就美学里的某个问题认真地作一番思考。其所以如此，并非由于我不愿，而是由于我不敢。……‘百家争鸣’的号召出来了，我就松了一大口气。不但是我一个人如此，凡是我所认识的有唯心主义烙印的旧知识分子一见面谈到这个‘福音’，没有一个不喜形于色的。”[①]大概无须通过统计数字就可以证明，“双百方针”提出之后，文艺界的思想是比较活跃的。很多人心情舒畅，不再顾忌，开始反映真实的生活，抒发自己的真实感情。甚至周扬都曾经为“双百方针”的提出而喜形于色。他看到对斯大林个人迷信的批判、对教条主义的批判和“双百方针”的提出，认为“对于我们个性的发展有很大的好处”。这大概并不奇怪，因为即使权威话语的传达者，知识分子的独立意志和自由之梦也并非能够完全消除。他们毕竟也经过新文化的一些洗礼，对自由不是没有留恋。

突围的努力主要集中于三个方面：

一、反对政治干涉和束缚，要求创作自由。大量文章对文学现状表示不满，其焦点在于政治对文学过多的干涉。文学呼唤创作自由而否定政治干预，这涉及对文学为政治服务的要求，涉及文学创作和批评中的教条主义。创作自由之所以有那么大的魅力，原因就在于可以通过它而重新获得知识分子在文学中的主体地位。在“双百方针”提出的“早春天气”里，被压抑的知识分子独立意志迅速膨胀。现代知识分子曾经拥有的一切都成为新的梦想，知识分子应该获得的一切权利都成为奋斗的目标。以“探求者”文学社为代表的同人团体和同人刊物的出现可以说是50年代文学知识分子话语突围中具有代表性的一个案例。它标志着那个时期知识分子获得独立话语空间的一种努力。同人团体和刊物这一在“五四”时期曾经那么辉煌的文学存在形态竟然让知识分子如此难以忘记！50年代这些年轻的知识分子并没有经历过那个年代，他们却试图通过自己的实践找回那种属于自己的话语阵地。

①朱光潜：《从切身的经验谈百家争鸣》，《文艺报》1957年第1期。

"探求者"文学社的《章程》和《启事》中闭口不谈文艺必须为政治服务，他们的口号是"大胆干预生活，严肃探讨人生"。这里显然隐含了某种摆脱控制的倾向。

二、争取独立的批判权。今天的文学史对"双百方针"提出之后的文学现象的描述一般都注意到现实主义精神的强化这一特点。现实主义与知识分子争取独立的批判权虽然密切关联但并不完全是一回事。在中国的历史上，无论什么时代，国家政治对批判权的问题都是敏感的，所以，对现存秩序的批判这一行为本身就具有一种精神独立的性质。但是，对现实的批判却并不一定都来自知识分子。因为权威话语自身也可能在某些方面进行自我批判。在1956年到1957年现实主义文学思潮中有两种批判话语，一种是知识分子的批判话语，一种是理想主义的少年布尔什维克的批判话语。前者更多地表现为对"五四"新文学批判传统的继承，更多地体现了对专制主义和旧传统的批判。后者多来自革命队伍内部，其根本问题是理想化的教育培养了他们的理想化的目光，他们用这种目光看待革命成功之后的现实，发现它并不像革命过程中向人们所描绘的那样美好。于是，他们就努力于这种美好理想而对不符合他们理想的现象进行揭露和批判。这种批判基本上是权威话语自身的批判，但是，过于理想化的目光却往往来自于革命队伍内部年轻幼稚的成员。所以，王蒙的《组织部新来的年轻人》引起争论的时候，就曾经有人指出：林震的目光即王蒙的目光，是小资产阶级的知识分子的目光。邵燕祥、公刘等人对现实的批判更多一些知识分子的话语立场。《贾桂香》等作品中所批判的官僚主义已经不是革命热情衰退或者满足于上传下达，而是他们身上的旧观念对人的幸福生活的破坏。这些作家和诗人差不多都来自革命队伍内部，他们的创作意味着这些本来应该一心一意服从纪律的战士不再简单地听从命令，他们重新认识战士的职责，把战士的职责与知识分子的使命结合在一起，找回了丢失的知识分子的使命意识。

三、复活文学的"人学"本性，重新确立人在文学中的中心地位，张扬人情、人性和人道主义。它的一个重要标志是重新提出了"文学是人学"的口号。"人的文学"是"五四"时期出现于中国文坛的，是中国现代知识分子话语最鲜明的标识，也是20世纪中国文学知识分子话语的一个中心命题。钱谷融在《论"文学是人学"》中强调："人是生活的主人，是社会现实的主体”，文学“必须从人出发，必须以人为注意的中心”[①]。当时的人们还不可能重提“五四”的“人的解放”的口号，但对人的重视本身已经意味着一种突破。“人的文学”与“文学是人学”虽然并不完全一致，但都以人为主体，以人为对象，用人道主义的精神去观照社会生活和各种生活现象。巴人在《论人情》中指出当时的文学“政治味太浓，人情味太少”。根据他的解释，“人情也就是人道主义”。他认为：“文学史上最伟大的作品，总是具有最充分的人道主义的作品。这种作品大都是鼓励人要从阶级束缚中解放出来。或悲愤大多数人民过着非人的生活，或反对社会的不合理、束缚人的才能智慧的发展，或希望有合理的人的生活，足以发扬人类本性。”[②]这已经完全是“五四”式的知识分子话语。在50年代的知识分子话语的突围中，理论上的呼唤最值得注意的是巴人的这篇《论人情》，它显示着那次突围所达到的深度。像当时的所有知识分子一样，要证明一个问题的正确性当然离不开马克思主义经典的支撑。巴人引用马克思关于异化的理论说明，“本来所谓阶级性，那是人类本性的‘自我异化’。”[③]这种观点与当时的权威话语反复强调阶级性的做法是格格不入的。

1956年到1957年一年间的中国文坛出现了不少反映爱情生活题材的作品。这些作品大多可以看作是对人的关心的结果。在刚刚过去的岁月里，人们往往根据政治的要求把革命事业和个人幸福对立起来，把政治原则和感情生活对立起来，个人的感情、个人的生活像个人的思想一样没有了合法的地位。在“双百方针”提出的时代背景上，这种状态终于被冲破。《红豆》等小说之所以引起广大知识分子的喜爱，并不仅仅由于其艺术性，也决不仅仅因为它写的是爱情，而是那种知识分子的个人情感在广大知识分子读者心中所产生的共鸣。作为知识分子读者，感觉到的是一种浓郁的属于自己的气息。其实，未必有人希望强化感情上的留恋而否定恋人之间因为政治方向不同而做出的选择。但是，选择归选择，感情是感情，政治上的分道扬镳未必导致感情上的义断情绝。只有在知识分子中，才愿意作这种区别对待。如果说以《红豆》为代表的一些爱情题材的作品的意义在于把被政治要求遮蔽的

①钱谷融：《论“文学是人学”》，《文艺月报》1957年5月号。

②③巴人：《论人情》，《新港》1957年1月号。

感情生活重新捧到了读者面前的话，杨履方发表于1957年第1期《剧本》的话剧《布谷鸟又叫了》则通过一个农村青年的爱情坎坷表现了丰富的社会生活内容。活泼开朗的农村少女童亚男是一只喜欢唱歌的“布谷鸟”。但是，她却突然再也唱不出幸福的歌。原因是她把美好的爱情给了团支部委员王必好，而王必好却试图剥夺她的自由，对她进行了种种限制。经过曲折的斗争，她终于获得了应有的自由而找到了自己美好的爱情。这个作品在后来的批判中被说成是“美化了资产阶级个人主义思想，丑化了农村中的党组织”，或者是“在关心人和妇女解放的帽子下面大肆宣扬资产阶级的个性解放思想”。因为那时候的人们认定童亚男“争取婚姻自由，实质上是资产阶级个人主义思想”[①]。著名剧作家陈白尘也认为这个戏有严重错误，因为它“在关心人和妇女解放的帽子下面大肆宣扬资产阶级的个性解放思想”[②]。应该承认，那些批判文章虽然水平很不一致，但发现的问题是准确的。这个剧本的真正意义显然就在人的解放和“反封建”主题。而这种主题正是当时极力限制的知识分子话语的中心命题。所以，当时敏感的批判者已经看到，童亚男是“穿着农村姑娘服装”，“拼命追求个人幸福的资产阶级知识分子的化身”[③]。

人格的独立、个性的自由和人的解放的主题在诗歌创作中得到了比较充分的表现。在艾青的《礁石》、流沙河的《草木篇》、公刘的《禽兽篇》等作品中，我们可以看到50年代的诗人关于独立人格的梦想。他们意识到除了作为阶级的一员之外，他们还是一个应该独立的个体。用一年多后批判他们的语言来说，他们的确是个人主义思想抬头。他们意识到自己的存在，意识到除了为革命而歌唱之外还应该为自己而歌唱。他们不再满足于作阶级的、人民的、政治权威的传声筒，而是要为自己表达一点声音。只有在“双百方针”提出之后我们才能够发现，50年代原来有那么多知识分子是那样地渴望个性的解放，那样地梦想着独立人格的实现。看《礁石》中那块礁石：“一个浪，一个浪／无休止地扑过来／每一个浪都在它的脚下／被打成碎末、散

①洪洋：《也谈〈布谷鸟又叫了〉——并与陈恭敏现场商榷》，《剧本》1959年第5期。

②陈白尘：《布谷鸟为什么要歌唱》，《剧本》1959年第6期。

③覃柯：《评〈布谷鸟又叫了〉及其评论》，《戏剧报》1958年第22期。

开……/它的脸上和身上/像刀砍过一样/但它依然站在那里/含着微笑，看着海洋……”；看流沙河《草木篇》里面那棵白杨，“她，一柄绿光闪闪的长剑，孤零零地立在平原，高指蓝天。也许，一场暴风会把她连根拔去。但，纵然死了吧，她的腰也不肯向谁弯一弯！”可以说，这不是50年代知识分子生活的写照，无论艾青还是流沙河，都很难表现出礁石或白杨的这种精神，但是，它却是中国知识分子心灵深处的声音，它透露的是知识分子的一种理想和向往，是知识分子人格独立的梦想。也许正因为在那种使知识分子丧失了全部独立人格的时代文化中，知识分子才如此赞美这顽强坚守而乐观的礁石，才如此赞美那纵然死了也不肯弯腰的白杨。正是这种知识分子独立的人格理想，使流沙河赞美不愿用媚笑引诱蝴蝶的梅花，赞美不想用鲜花向主人献媚而到沙漠里开花结果的仙人掌，而看不起依附于别人身上的藤。正是这种独立的人格理想，使长风在《我对着金丝笼看了好久》中对那只失掉了自由却非常满足的金丝雀发出深深的叹息。也正是这种独立的人格理想，使傅旭在《批评家的原则》中对人云亦云而没有自己声音的批评家发出叹息，使诗人们对风向针的随风转动，对作家的鹦鹉学舌等类似的行为表示深恶痛绝。这一切表现的不过是知识分子渴望独立的愿望，甚至这种愿望并不都是多么值得称道的，因为在这种独立意识中，我们不难闻到传统的知识分子的清高气息。因为知识分子毕竟也是环境的产物，时代的思想资源的贫困也必然地造就着知识分子的思想能力的纤弱。但是，它毕竟显示着现代知识分子的一种精神追求。

这一切显示了知识分子话语突围的方向。这个方向可以一言以蔽之：人格的独立和言论的自由。其实这不过是宪法明文规定的公民的权利。从1956年春天到1957年的春天，一年多的时间，知识分子沉浸在重新获得自己话语的梦中。然而，等待他们的却是更彻底的沉没。

三、梦的破灭与最后的陆沉

要求创作自由，争取人格独立，在当时的政治权威看来就是知识分子要摆脱政治的控制。允许不允许文学摆脱政治的支配和控制？允许不允许知识分子自由地发表自己的见解？在这个问题上，政治权威最后的表现是失掉了一年前的自信。于是，一场政治斗争终于平息了知识分子争取言论自由的浪潮。文学中知识分子话语的突围也在强大的权威力量之下宣告彻底破产。

1957年6月19日，毛泽东在2月27日最高国务会议上的讲话《关于正确处理人民内部矛盾的问题》发表，但敏感的人们普遍注意到，其中关于“百花齐放，百家争鸣”的内容作了很大的修改，并且增加了原讲话所没有的与整个讲话很不协调的内容。[①]在重新做出的解释中，“双百方针”似乎成了为锄掉毒草而“引蛇出洞”的策略。当然，毛泽东即使在加上六条政治标准的时候也没有说不要自由讨论，但是，这种限制却暴露了一种不自信。可以说，直到1957年春天，毛泽东仍然是自信的，但大鸣大放引发的全国局势，知识分子和大学生们纷纷发表的各种尖锐批评，尤其是民主党派领袖们的某些言论，显然是他没有预料到的。如果说在此之前毛泽东对知识分子接受新的政治权威话语的情况估计比较乐观的话，在这种情况下，他的估计就变得过于悲观。在关于正确处理人民内部矛盾的报告中，他对知识分子的估计是比较客观的，冷静的，虽然知道拥护者和反对者都是少数，多数是中间派，但是，他看到知识分子中的一大部分在努力学习马克思主义，在接受改造。可是，到了鸣放开始出现新的局势之后，他感觉知识分子学习马克思主义都是一种假象，根本就没有改造好。“过去七年，我们形式上有主动，实际上至少有一半是假主动。反动派是假投降，中间派的许多人也不心悦诚服。”[②]他看到的是有出匈牙利事件的危险。所以有了这样一种估计：“讲到教授、副教授，那就不同一些，大概有百分之十左右的右派。左派也有百分之十左右。这两方面旗鼓相当。中间派占百分之八十左右。”[③]知识分子改造运动惨淡经营七八年，可以信任的左派却不过知识分子的百分之十左右，这虽然不可怕，却足以让人伤心。于是，有了五十五万右派分子。在“双百方针”提出之后从各个方面进行突围的作家绝大多数成了右派，他们的作品一般都成了“反党反社会主义的

①魏绍馨：《当代中国文学思潮四十年》，华龄出版社1993年，第111—113页，对此有详细的比较和对照。

②《毛泽东选集》第5卷，人民出版社1977年，第432页。

③同上书，第441页。

大毒草”。政治的力量有力地摧毁了知识分子重新建立自己的话语空间的梦想。

对于文坛的知识分子话语来说，政治运动的毁灭性打击并不是事情的结束。反右运动之后紧接而来的一个大事件是“大跃进”民歌运动。50年代文学出现的知识分子话语的突围现象是从“双百方针”提出开始，而对它的扫荡是到“大跃进”民歌运动为止。这是一个完整的过程。真正导致知识分子最后领地之陆沉的不仅是反右和“再批判”，而且包括“大跃进”民歌运动。目前当代文学的教学和研究在谈这个时期的文学思潮时往往因为将其分别划入不同时期而人为地模糊了事物发展的全过程和相互之间的联系。事实上，“大跃进”民歌运动是有意识发动起来的一场意义重大的文化运动。它的意义在于：虽然反右斗争胜利了，但问题并没有从根本上得到解决。政治斗争代替不了文化争夺，右派分子虽然已经被有效地控制了起来，但占知识分子总数百分之八十的中间派却时时都有变成右派的可能。百分之十的左派力量不能保证知识分子话语不重新泛滥。所以，文学的问题必须以文学的方式解决，“大跃进”民歌运动事实上是解决反右之后的文学问题的重大环节。它的意义是多层次的：

一、以跃进的方式迅速进行的民歌创作以铺天盖地之势直接填补着反右之后文坛的荒芜场景。只有明白这一点，我们才能明白为什么要那样追求创作的数量，为什么要制订指标，规定任务，为什么从七八岁的孩子到七八十岁的老太太都要写诗，为什么从田间地头到部队营房，都要进行轰轰烈烈的民歌运动。我们才能理解为什么要那样十万火急地培养作家和艺术家。因为它可以告诉人们，反右之后文学创作不仅没有萧条，而且出现了蓬勃发展的新气象。这证明着反右斗争的正确性，抵挡着反右导致文坛荒芜的现实。

二、捍卫和修补了在40年代开始形成、在50年代发扬光大、在“双百方针”提出之后受到冲击的当代文学规范。毫无疑问，在“双百方针”提出之后，知识分子已经对公式化、概念化表示了充分的厌恶，对反复歌唱的颂歌表现出冷淡和背弃，它事实上已经宣告着颂歌主题的落潮（艾青、公刘、邵燕祥、王蒙等人的创作就是证明）。“大跃进”民歌运动在反右之后迅速对文学园地实行占领，歌颂党，歌颂领袖，歌颂美好的新生活，颂歌主题重新高扬，在知识分子的这种声音再也高涨不起来之后，来自民间大众的颂歌填补着这一空缺。它是对走向低谷的颂歌危机的一种拯救。因为当时的农民虽然已经面临着刚刚到手的土地重新失去的问题，但还没有认识到问题的严重性。他们更多的人还处于分得土地的幸福感和合作化道路的新鲜感之中。无论如何，农民远没有知识分子对社会问题的敏感。所以，这场农村包围城市的文化运动是成功的，它使颂歌重新成为文坛的主旋律，而且延续到70年代。

三、利用民间话语的形式对知识分子盘踞的诗坛和文学园地进行全面的包围、改造和占领。中国当代文学与“五四”新文学运动是分不开的。无论谈论20世纪文学还是谈论20世纪知识分子，“五四”已经是无法绕过的一个碑柱，在整个20世纪，具有自觉意识的现代知识分子非常自觉地把自己与“五四”挂接，他们的知识系统也的确大都来自“五四”。那么，要克服知识分子牢固的自我立场，就不能不否定“五四”传统。“大跃进”民歌与“五四”传统完全不同，它来自权威话语指导下的民间，没有“五四”新诗那些来自西方的现代性因素。它所引发的关于诗歌问题的讨论，主要特征就是对“五四”新诗传统的否定和重写。有人就说新诗自从“五四”以来的主流就是民歌，洋化的新诗只能是逆流。人们纷纷谈论“五四”之后新诗建设之不成功，而它之所以不成功，就在于它是知识分子的，没有很好地与广大群众相结合。

20世纪中国文学的知识分子话语与西方文化的影响是分不开的，它从严复、梁启超开始，经由陈独秀、胡适、鲁迅之手建成，很自然地打下了与中国传统相对立的西方现代文化色彩。而“大跃进”民歌运动的创作实践及其理论讨论首先是反对西化或者欧化，以民歌作为诗歌发展的方向，认为诗歌应该向民歌学习，向民歌靠拢，在民歌基础上去提高。继承“五四”新诗传统成为一种耻辱，借鉴西方经验就是崇洋媚外，诗人们纷纷放弃自己本来的艺术追求和已经形成的风格特色，而参与民歌的创作，或者说是以民歌体写他们的新诗。形式的问题从来就不仅仅是形式的问题，而是涉及诗歌发展的方向。诗歌发展的方向是什么？虽然人们仍在讨论，而且有不同的声音，但权威的结论已经做出：“中国诗的出路，第一条民歌，第二条古典，在这个基础上产生出新诗来。”这个方向不仅仅限于诗歌，而是适用于全部文学和文化。这个不容争辩的声音强调着民歌——民间文化，强调着古典——传统文化，却唯独没有来自西方的现代文化的位置。这一诗歌发展方向的确定把现代知识分子话语从诗歌创作中彻底地驱逐了出来。

围绕着民歌运动的讨论，可以明显看到的是消除文学的知识分子话语的努力。它是方向问题，而不是小事。讨论中虽然有并不完全相同的见解，但那是因为毛泽东的讲话当时还没有传达，人们不知道那是最高的权威声音，但许多人却是知道的，所以讨论的主导方向非常明确。这场讨论的焦点被认为是“一个谁跟谁走的问题”。当有人提出不同意见的时候，有人立即指出：“关于主流之争，实际上是知识分子要在诗歌战线争正统、争领导权的问题。”①

把这各个方面联系起来，我们就能够理解为什么国家领袖要亲自关心民歌的创作和搜集；为什么民歌创作竟然成了全党全军全国人民的政治任务；为什么“大跃进”还必须完成培养多少作家和诗人的指标。一切都不是无意义的。人人能写诗，人人能画画，“村村要有李有才，社社要有王老九”，不会写字的老太太成了诗人，没上过学的农民当了作家。全民办教育，各种“大学”遍布全国，一个县就办起一百多所大学，不识字的贫农老大娘当了“教授”。这一切有什么意义呢？那就是彻底打破知识分子在文化教育领域的一统天下。这与后来工农兵管理学校的思路是一致的。同时，指导文学创作的一个口号响亮地提了出来：“领导出思想，群众出生活，作家出技巧。”这种创作方式的意义也在于防止知识分子话语在作品中获得表现，使知识分子所掌握的技巧成为纯粹的工具而不能表达自己的思想。

由此可见，“大跃进”民歌运动是一个全面地推进民族化和大众化的运动，是权威话语借助民间话语全面覆盖知识分子话语的一个运动，是彻底否定“五四”新文学传统而回到民间传统的一个运动。它意味着知识分子被迫放弃自己的话语立场和话语形式而向民间大众话语无条件归顺。从这个意义上讲，“大跃进”民歌运动是权威话语支配下的民间文化的一次

①《新诗歌的发展问题》第1集，第176页。

盛典，也是对知识分子话语的一次彻底大扫除。

在这种情况下，中国大陆文学中的知识分子话语终于全面覆没。与此同时，20世纪中国文学中的启蒙精神终于彻底消失，20世纪中国文学的现代性追求终于全面中断。当它重新出现的时候，已经是二十年之后了。

1997年8月　曲阜

沉重的回归之旅

——1980年代中国文学的知识分子话语之一

“文革”结束之后，一些作品致力于为知识分子辩护和请命，虽然大都没有获得知识分子自己的话语，但一些作品已经摆脱权威话语的全面笼罩，显示了不同于权威叙述的新特征。当时的文坛存在着知识背景很不相同的三代作家。知识分子话语复苏受益于受过“五四”新文化影响的老一代，同时也受益于50年代那些“青年右派”昙花一现即被扼杀的声音。从不同话语之间的关系看，1980年代是中国当代文学史上三种话语配合最为默契的一个时期。知识分子不仅支持了改革开放的意识形态，而且成功地充当了大众代言人。随着改革开放的深入，从根本上决定着知识分子话语发展状况的因素已经不在外部，而在知识分子的角色意识和自觉程度。

对20世纪中国文学知识分子话语的考察是一次痛苦的精神长旅，面对历史风沙中被掩埋的前辈遗骨和零乱履痕，一种穿越墓地的压抑感使我一次次喘不过气来。直到进入这一地段——1980年代，我才终于长长地舒了一口气。因为在这里，历史终于出现了转机。

虽然一场史无前例的“文化大革命”对知识分子人格的扭曲和摧残都达到了登峰造极的地步，虽然像遇罗克那样的思想罪犯被一个个处以极刑，虽然历史生活的表层世界已经不再有知识分子的声音，而那些被称作“知识分子”的文人已在不断强化的改造过程中完全丧失主体性而变成权威话语的留声机器，然而，只要进入历史生活的深层就会发现：知识分子话语并没有像改造运动的发动者所预期的那样被彻底根除。一方面，承载着“五四”遗产的少量幸存者虽然沉默如大火过后的树桩，但根须并未死去，正所谓“人还在，心不死”；另一方面，虽有政治因素的强大威胁，但普遍存在的拙劣欺骗恰恰导致了新一代的觉醒。它告诉我们，无论怎样通过闭关锁国和涂抹历史的方式制造集体遗忘，也无论对知识分子进行怎样的改造，百分之百的成功都是不可能的。于是，一旦改革开放之风结束了严冬，在黑暗中伸展的根芽便要顽强地钻出地表。

当然，知识分子话语的复苏和重建不是顺利的。在其开始，它必然面对种种问题和矛盾，必然要经历一段沉重的回归之旅。

一、知识分子的归来

知识分子话语的复苏首先有赖于知识分子的回归。知识分子问题是20世纪中国文学发展中至关重要的一个问题。从“五四”时期以新文化运动宣告对人的解放和民族命运的独立承担，到“五四”落潮之后的大分化，再到战火中的沉没与改造运动中合法性的彻底丧失，中国现代知识分子写下的是一部主体性得而复失的历史。知识分子和他们所掌握的知识一样，曾经被认为是一种有害的元素，即使洗心革面，努力改造，也难以挤入正册。“四人帮”的“知识越多越反动”可谓一语道破天机。否则，我们就无法理解为什么本来是工人的儿子或者贫农的女儿，因为上了大学就改变了自己的阶级属性，也无法理解成千上万的青年仅仅因为上过中学，就成了不可信任的，必须上山下乡去接受贫下中农的“再教育”。显然，我们经历过一个仇视知识和理性的反智的时代。然而，知识分子问题却不仅仅是占人口比例极小的知识分子自身的问题，而是现代化这一只能拖延而无法避免的历史进程的关键之一。因此，“文革”结束之后中国的现代化重新启动，知识分子的问题重新提上了历史的议事日程。尽管当时计划实现的现代化只有四个，而稍具现代化常识的人们都绝不会天真地把四个现代化等同于现代化，但是，要实现四个现代化，也必须重视科学、技术和文化知识，只靠行政命令和作为保障措施的阶级斗争，显然无法实现这一增强国力之目的。于是，广义上的“知识分子”在经历了漫长的屈辱生活之后，终于从有害的变成了有用的。“知识越多越反动”的口号连同盛行了几十年的这类观念与“四人帮”一起受到了批判，国家要“落实知识分子政策”，知识分子不但不再因为拥有文化知识而被视为异己，而且因为拥有科学技术而成为必须依靠的力量。

尽管历史前进的脚步总是缓慢得令一切对美好未来怀有热望的人们难免产生焦躁，但是，如果考虑到历史的沉重和转向运行的难度，就应该承认“文革”结束之后历史前进的脚步是快捷的。不少人描绘过那个时期的时代情景：知识分子恢复名誉，大学恢复招生考试，科学大会的召开，文代大会的召开……与知识分子相关的每一件事都层层开启着知识分子身上的重重枷锁。中国知识分子在经过几十年被打入另册接受改造的生活之后，终于迎来了一个积雪难消却又充满暖意的春天。在一个漫长的冬夜刚刚过去的时候，久违的春阳让人感觉特别灿烂。以至二十年后仍然有人动情地写道：“1977年的中国没有冬天!”[①]

就在这个背景上，一批歌颂知识分子的作品出现了。《地质之光》《哥德巴赫猜想》《大雁情》《丹心谱》《天云山传奇》《人到中年》《灵与肉》……这些作品一般有两个主题，一是通过对知识分子不幸遭遇的诉说而反思当代历史的迷途；二是通过对苦难遭遇中的品格揭示而肯定知识分子自身。无论前者还是后者，都往往透露着为知识分子辩护和请命的动机。正如当时的评论家所指出的：这些作品“之所以能产生那么大的影响，从客观上来讲，因为它正好配合了党的知识分子政策的调整，配合了三中全会前后党为落实知识分子政策而采取的措施，而进行的斗争；从作品本身讲，又因为它表达了广大知识分子的心声……”[②]

但是，为知识分子辩护和请命的主题只是知识分子话语复苏的一个铺垫，当时反映知识分子生活的作品大都没有表达知识分子自己的话语。从《哥德巴赫猜想》《大雁情》等作品可以看到，作家们努力为知识分子洗掉脸上的泥污，为其辩护和请命，但依据的价值仍然不是知识分子的。作为从1930年代过来的知识分子，徐迟并非没有现代知识分子的生活记忆，更不是没有对独立人格和创作自由的梦想，但在写《哥德巴赫猜想》时却还未敢梦

①凌志军、马立诚：《呼喊》，广州出版社1999年，第13页。

②何西来：《深情的呼吁》，《长安》1984年第3期。

想恢复知识分子的主体地位，他所做的不过是让人们看到知识分子那种书呆子气中包含的并不都是毒素，希望人们对其给予理解和认可。作为点题之笔，这篇报告文学开头抄引的是《人民日报》1978年元旦社论中的句子："为革命钻研技术，分明是又红又专，却被他们攻击为'白专道路'。"在结尾之处，写下的又是这样的话："没有一定的世界观的转变，没有科学院这样的集体和党的关怀，他不可能对哥德巴赫猜想做出这巨大贡献。正是无产阶级'文革'不可抗拒地促使他突变。被冷酷地逐出世界的人，被强烈的生命召唤了回来。帮派体系打击迫害，更显出党的恩惠温暖。冲击对于他好像是坏事；也是好事，他得到了锻炼而成长了。没有无产阶级'文化大革命'，他不可能写出如此成熟的论文……"[①]从《哥德巴赫猜想》《大雁情》到《天云山传奇》《祖国高于一切》，作家们所希望的不过是打破对知识分子的偏见。一直到《人到中年》出现，绝大多数作品都在以生动的事实证明知识分子不但是有用的，而且品质优良，一片赤胆忠心，因而完全能够充当革命机器上的齿轮和螺丝钉。文学的努力不过是希望知识分子被承认和接纳。

争取"被接纳"这一环节非常复杂。它显示了知识分子作为一个群体普遍存在的精神奴役创伤，但又是知识分子话语复苏不可缺少的一步。正是在知识分子归来的前提下，文学中的知识分子话语开始悄悄萌芽。70年代末到80年代初的文学清楚地展示了从血泊中站立起来的知识分子对自身独立性的追求。虽然这种追求不可能是普遍的行为，因为长时间的禁锢已经使许多人习惯了驯服，甚至精神已经僵死，即使枷锁已经打开，也难以重新伸直自己的脊骨，更不敢发出自己的声音。但是，毕竟还有经过长期改造而没有泯灭自我的人。一旦历史出现转机，他们便站立起来，试图打破各种绳索实现自身的解放，试图重新获得独立的话语权。

二、知识分子话语的复苏

在"文革"结束后的创作中，刘心武的《班主任》是一个具有多重意义

①徐迟：《哥德巴赫猜想》，《人民文学》1978年第1期。

的标志。考察知识分子话语的萌芽，也无法不从它谈起。因为它虽然留有许多旧时代的胎痕，却毫无疑问具有了鲜明的启蒙意味。在这里，作为班主任的张俊石面对被时代精神污染的孩子的精神病态，自觉地承担起了启蒙的角色。值得注意的正是这种启蒙角色的重新认定。这是中国知识分子已经丢失几十年的角色。以“文革”为代表的文化形态有一个鲜明的标志：工农大众不需要知识分子启蒙，知识分子却必须接受工农大众的改造。权威意识形态一直在做的是如何防止教师把孩子们引向邪路，防止学生在学校受到“资产阶级思想的侵蚀”，当然，众所周知，关键在于防止怀疑精神和独立思考能力的产生。在相当长的时间里，这一目的被认定没有很好地实现，所以才有了接二连三的“教育革命”，直到工宣队进驻学校、贫下中农管理学校，以至受过学校教育的大学生和中学生都要上山下乡接受贫下中农的再教育。在“文革”时期，工农兵大学生进入学校的任务并不只是学习，而是上大学、管大学、改造大学。改造旧学校的重要内容就是对教师的改造。然而，在刘心武的小说中，教师却不再是被改造的对象，而是理直气壮地承担起了启蒙的责任。尽管在作品中张俊石首先被赋予某种可靠的身份，其思想和语言也绝不溢出权威话语的规范，但值得注意的是，谢惠敏形象所显示的精神危机并非来自权威话语的认识，而是来自启蒙知识分子的目光。谢惠敏根正苗红，品行端正，立场坚定，旗帜鲜明，坚持原则，积极向上，认真学习“两报一刊”和上级指示精神，因而正是那个年代优秀学生的典范。她之所以能够担任团支部书记，正是这种典范性的证明。然而，在刘心武的笔下，这个形象却显示了精神的病态。这种认识只能源于知识分子的启蒙立场。这种立场和观念正是此前几十年一次次思想改造运动所要清除的。从这个意义上说，《班主任》是知识分子独立的话语萌芽在地平线上的第一次公开显示。在国家权威话语还没有否定“文革”的情况下看到了“文革”的深层危机，面对神圣的革命规范的杰作而发出“救救孩子”的声音，它所显示的批判意识同时承载了人道情怀，这使它在走出权威话语的同时提供了新的价值立场。

紧接而来的是伤痕文学的部分作者。无论自觉还是不自觉，冯骥才的《啊!》等作品都已经明显地在努力摆脱权威话语的笼罩。这些小说更多地展示着人们的精神状态。它是为控诉“文革”而展示的，意义却不仅在于控诉，而是表达了中国知识分子关于人的解放的百年之梦和自身人格独立的愿望。因为在作家眼里，无论是王晓华的迷信、卢丹枫的狂热，还是吴仲义终日胆战心惊的政治惊恐症，都是一种病态。作家所叹息的不仅是政治对人的摧残和愚弄，而且是知识分子由于政治的迫害而形成的主体虚弱和人格萎缩。告别1980年代之后，有人开始对伤痕文学进行反省，不仅认为它存在一种被夸大了的伤感，而且认为这种对伤感的夸大是伤痕文学经常使用的叙事策略。“这一策略除了自怜的心理动因之外，与主流意识形态的引导也是密切关联的。”[①]当然，无论《班主任》《伤痕》还是《啊！》《枫》，都明显表达着一个政治批判主题，与改革开放的政治意识形态的要求是一致的。但是，必须注意的是，对“四人帮”及这一符号所代表的政治文化的清算并不只是政治意识形态的要求，而且是醒来的知识分子的强烈愿望。而且，知识分子的叙述已经显示了不同于权威叙述的特征，其思想文化努力已远远超越了现实的政治反拨需求。在当时对“文革”的批判中，有两种不同指认是值得注意的：有人把“文革”指认为无政府主义，有人把“文革”指认为封建专制主义。不同的指认显示着不同的立足点，前者的指控关键词是篡党夺权、制造动乱，破坏秩序、祸国殃民；后者的指控关键词是剥夺人权、扭曲人性、肆意践踏人的价值与尊严。这两种话语虽然相互渗透，但基本的分野非常明显。上述作品所显示的话语基点显然属于后者。

在这个历史转折的时刻，中国文坛存在着知识背景很不相同的三代作家。一是经历过“五四”或30年代的老一代，二是50年代成长起来的中年，三是在“文革”背景上成长的青年。一个现象应该有目共睹：在70年代末到80年代初的思想解放运动中，人们虽然往往以年龄为标志谈论所谓“代沟”问题，但思想最僵化的并不是最老的一代。因为最老的一代知道什么是独立人格，什么是自由思想，知道作家曾经以什么样的姿态听命于自我的召唤而不必服从权力的意志。所以，当改革开放之风吹来，他们的心情是舒展的，是他们播撒了当代文坛知识分子话语的种子，并以跨代承传的方式直接影响了年轻一代的精神立场。遗憾的是，这些作家大都已入垂暮之年，由于历史的教训，他们中的大多数迟迟没有发出内心的声音。在他们当中，

①孟繁华：《激情岁月》，山东教育出版社1998年，第57页。

艾青等人是引人注目的。早在50年代，他们已经对充当权威话语的传声筒而感到厌倦，渴望复归个人的主体而且得到一片表达的空间。结果，他们为此而付出了二十年的惨重代价。然而，劳动改造并不一定能够摧毁一个知识分子独立的意志和对自由的渴望。在“文革”结束之后，他们多年的思考得到了充分的表达。艾青的《光的赞歌》《古罗马的大斗技场》《盆景》以及牛汉、曾卓等人的作品显示了独立的知识分子的归来，表现了独立的愿望和不屈的精神。而巴金、萧乾等人则在时间的推移中日益显示出自己本来的面目和掩盖多年的光彩。

但是，70年代末到80年代初最活跃的作家已经不是老一代，而是50年代出现于文坛的一代人。在这一代作家中，最活跃的是1957年的“青年右派”。这批作家的情况非常复杂。他们之所以被划为右派，主要原因在于他们对当时权威话语的突破，他们因此而具有了知识分子话语的批判色彩。然而，批判并非知识分子所特有，政治派别之间也会有相互批判。更值得注意的是，这代作家成长的环境和知识资源使他们更习惯于充当集团的战士，而与独立的人格和自由的精神相去甚远。这一切在他们复出后的创作中都充分地表现了出来。他们中许多人都关注知识分子的生活，但多数人没有获得知识分子的立场。他们表达的往往是知识分子无论如何遭遇苦难，如何受到不公正的对待，都仍然忠心耿耿没有怨言。这种关于知识分子的叙事透露的往往是一种求得政治信任的赤诚表白。因此，他们往往是极“左”的政治话语的对抗者，却并非知识分子话语的建构者。在这一代人中，只有邵燕祥、公刘、白桦、流沙河等是少有的例外。他们的作品不仅显示着强烈的批判性，而且显示了知识分子的独立人格。在冲破极“左”政治话语束缚的时刻，他们充当了解放的先锋，强调独立的思考，抨击神的偶像，勇敢地冲破禁区，进行独立的批判。他们在精神上已经结束了依附的状态，以独立的人格站立在他们的作品之中。当然，他们也体现着独立的艰难，那就是他们往往需要从“人民”那里获得勇气和力量。

成长于“文革”年代的青年作家更严重地缺少知识分子独立人格和自由思想基础。因为他们从小所接受的教育就缺少这样的精神资源。由于历史知识一再被遮蔽和由此造成的精神承传的断裂，他们除了自己从鲁迅著作中触摸到一点反抗精神和独立人格之外，与真正的现代知识分子在精神上已经没有多少联系。但是，历史常常于荒谬中显示着微妙，“文革”时期复杂的政治风云使他们在痛苦中开始了独立思考。因为受愚弄而产生的怀疑精神使他们远离了权威，甚至远离了上一代人无法克服的工农崇拜和大众依赖。从朦胧诗的代表诗人们可以看到，他们已经不愿做任何机器的一个部件，而走上了孤独的探求之路。在一片没有路标的莽原上，精神的饥渴使他们拼命读禁书，现实的苦难使他们苦苦思索。正是在这个过程中，他们使自己变成了现代知识分子，并且以《回答》《结局或开始》《阳光中的向日葵》《生命幻想曲》《永别了，墓地》以及《纪念碑》《大雁塔》等作品显示了光彩。小说《公开的情书》显示了一代青年在告别权威意识形态之后的思索和寻找。《波动》中重要的不是杨讯和肖凌的悲剧命运与爱情故事的悲剧结局，而是肖凌的思考所构成的对于权威话语的挑战。她不仅怀疑流行的权威话语所给予的判断，而且对其生存方式表示不屑，对其价值观念提出了质疑。在《晚霞消失的时候》中，我们看到的不是权威历史解读的形象演绎，而是作者自己对文明与野蛮冲突的理解。这一冲突成为小说的主题，已经足以说明作家的知识分子话语立场。

面对知识分子话语复苏的历程，需要追问的是在思想禁锢的年代成长起来的知识分子是通过什么承传了知识分子的精神？我们不能不承认，在思想上，80年代的思想解放运动仍然得益于受过五四新文化运动和30年代文学活跃气氛影响的老一代。同时，也受益于50年代那些曾经得到短暂表达而又迅速被扼杀的声音。正是几代知识分子共同为80年代中国文学知识分子话语的重新出现保留了火种。

三、坎坷路上的沉重身影

需要指出的是：70年代末到80年代初，是中国现当代文学史上三种话语配合最为默契的一个时期。

首先，从知识分子话语与权威话语的关系看，当时的知识分子话语获得了一个良好的时机。在某些特定的历史时刻，权威话语并非永久如铁板一块。各种政治斗争必然伴随着不同的政治路线和思想路线。这些不同的政治路线和思想路线必然以不同的形式表现出来。“文革”之所以发生，无论原因多么复杂，都与上层的矛盾和冲突有关。它有一个直接的后果，就是使相当大的一批领导干部也像知识分子一样陷入了被批判和改造的地位。共同的命运产生了共同的感受，导致了某种程度的相互理解，而大量的冤案和民不聊生的现实则留下了解决问题的突破口。于是，当“文革”结束之后，这些干部重新走上领导岗位，权威话语的分化就成为不可避免的。在“文革”刚刚过去的时间里，被打倒的老干部重登政治舞台无疑是一件大事。因为正是那些在“文革”中遭受打击的领导人打开了某些枷锁，为思想解放运动创造了空间。这时候，文学非常有力地配合了政治生活中否定“文革”、批判极“左”路线和拨乱反正之举，直接支持了改革开放的路线方针，对农村土地承包的赞美和肯定，对经济体制和政治体制改革的呼唤，对改革阻力的揭示，都为推动改革开放发挥了积极的作用。在许多方面，知识分子的思考与国家权力结构中改革开放力量的思考是一致的。但需要指出的是，这种一致性已经不再像过去年代里那样以自我的丧失和对权威话语的绝对服从为代价，而是表现为在特定的时代条件下形成的同盟。就知识分子来说，由于自身多年被改造的地位，特别是十年“文革”中所遭受的苦难，使他们对“文革”及其象征的专制政治深恶痛绝，对导致贫困和苦难的计划经济体制深恶痛绝，因而变革的愿望异常强烈。所以，80年代初期权威话语的分化为他们所殷切关注，从权威话语中分化出来的改革开放的意识形态受到了知识分子的热烈支持。80年代初期几乎每一项重大的改革措施都受到知识分子的积极支持。

新时期知识分子话语在支持改革这一点上是始终如一的。文学曾经探索于改革开放的航船之前，为改革开放的意识形态充当了前锋。但是，80年代的权威话语在分裂之后并没有立即完成新旧更替，而是右与左、新与旧、改革与保守同时共存。这种状态必然伴随着矛盾，导致了新时期中国的许多问题，也造成了文化空气的阴晴难料和知识分子话语空间的时大时小，甚至导致了知识分子命运的起伏不定。这种情况进一步迫使知识分子对不同的权威话语有所选择。历史的事实是清楚的，尽管当代文人是一个复杂的群体，思想僵化是这个群体的时代共相，但是，绝大多数知识分子选择了改革开放的意识形态。而且，越是独立意识强的知识分子，越是自觉地选择了改革开放，并成为其积极的支持者，即使受到沉重的打击也决不后悔。保守的权威意识形态持守者则认定知识分子之所以支持改革开放，不过是借改革开放之名而行“自由化”之实，因而总要寻找机会对其进行打击。在这种复杂的矛盾中，改革开放的意识形态在某种程度上支持和保护了知识分子，而知识分子也更进一步地走近了改革开放的意识形态。80年代初期的中国知识分子相当普遍地关心政治，甚至关心着政治意识形态的复杂矛盾和微妙变动。这种对政治的关心不仅是由于习惯，而是因为政治脉搏的每一跳动都影响着他们的命运。旧的权威意识形态对知识分子的压制更进一步地坚定了知识分子的这种选择。一大批知识分子以各种形式直接间接地参与“左”与“右”、“改革”与“保守”的斗争。严格地说，当时的“左”“右”之争应该是体制内的派别之争。但是，80年代初期的知识分子介入了体制内的斗争，而且一些在精神上能够超越政治派别的知识分子也无保留地介入了这种斗争，并积极支持了对极“左”政治的清算和对改革开放的推进。

结束80年代之后，一些人对80年代知识分子的这种表现有所非议，并且试图以此否定80年代知识分子的独立性和现代品格。但是，参与政治和介入政治斗争并不影响知识分子的本质认定，因为知识分子并不拒绝对政治问题表态，更不拒绝对现实的政治路线和具体的政治方案有所选择。而且，无论在任何时候，知识分子都没有理由拒绝支持正义。当健康的政治力量与非健康的政治力量进行较量时，当正义与邪恶进行搏斗时，真正的知识分子没有理由袖手旁观。

其次，从知识分子话语与民间大众话语的关系看，这也是一个相对和谐的阶段。就民间大众话语来说，他们的声音仍然很少得到直接的表达，无论人们多么乐观地夸大时代的变化，都无法否认工农大众仍然是“沉默的大多数”。他们仍然需要有人为之代言，为之呐喊和请命。由于长期的政治运动和经济体制方面的根本缺陷，人民大众已经饱尝了改革开放之前的指令经济之苦，物质生活的极度贫困和自由权利的彻底丧失使他们对“文革”和极“左”政治产生了强烈的不满，因而殷切希望改变旧有的一切而走上一条富足之路。因此，无论否定“文革”还是拨乱反正，无论包产到户还是取消人民公社，都的确顺应了大多数人的心愿。这从安徽小岗村的一纸承包合同足可以得到证明。在这一点上，复苏的知识分子话语重新找回了为民请命的角色。对知识分子来说，为民请命只是一种道德行为，而不是必须履行的职责，然而，它是20世纪中国现代知识分子的光荣传统。在这一点上，需要区分的是民间大众自己的声音和知识分子为民请命的声音；需要注意的一个限度是知识分子在自己的立场上为民请命还是走向大众的立场去充当留声机器。80年代中国文学不乏来自大众的声音。因为知识分子话语的长期缺席，导致了一旦权威话语失去凝聚力，从依附中脱离出来的人们便自然地走向民间，站在大众的立场上代大众呐喊。同时，由于刚刚过去的历史长期存在的对真正的大众声音的漠视和篡改，醒来的知识分子也愿意为苦难的大众代言。所以，这期间知识分子话语与民间话语的关系是和谐的。知识分子成功地履行着为大众代言的职责，大量作品在民间获得强烈的反响正是和谐关系和代言成功的证明。

因此，这时期的知识分子不仅受到改革开放的意识形态的鼓励，而且受到大众的支持和拥戴。在70年代末和80年代初的中国，三种声音正是这样走到了一起，共同生成了以伤痕文学、反思文学和改革文学为主线的文学思潮。在特定的时代条件下，改革开放的意识形态需要、民间大众愿望和知识分子的意愿在文学中合而为一，新的权威话语、民间大众话语和知识分子话语在许多方面达成了一致。就在这样一个时刻，知识分子话语开始生长起来。

然而，矛盾毕竟是存在的。80年代中国知识分子话语的复苏面对着重重困难。虽然在分化中出现的新的权威话语能够给予文学更多的宽容，但由于历史的传统和现实的需要，禁区不可能一下子打破。知识分子话语虽然在许多方面与权威话语相一致，但观察问题和思考问题有不同的角度和特色。意识形态不仅一时难以放弃步调一致的要求，而且政治运作本身也常常需要一定的步骤和策略。而知识分子的努力却常常与步调一致的要求并不协调，出现一些与权威话语指向不同或有违实践策略的东西。比如，知识分子更关心人的独立人格，关心人的个性，更喜欢从人性、人道的立场上思考问题，致力于人的尊严和权利的获得，这一切表达出来，就出现了种种不和谐。这种不和谐主要表现在以下几个方面：一是独立批判的限度。新时期文学所进行的社会批判是一步步冲破禁区的。批判林彪、“四人帮”，批判“文革”前的极“左”路线，批判个人崇拜，这一切都并不顺利，但由于与改革开放的政治力量同行，来自旧意识形态的那些阻力最终没有从根本上影响批判的展开。然而，当批判的矛头指向“文革”结束之后的社会现实，涉及一些僵化体制和意识形态原则时，知识分子话语的表达就成了问题。受责难的作品往往因为超出要求而走得太远，或者走得太快而超前表达。二是人、人性与人道主义问题。80年代文学的知识分子话语是通过与改革开放的政治力量同行而站立起来的。它适应改革的需要而揭露“文革”、批判极“左”政治，却在这种批判过程中形成了以人为中心、以人为目的的价值观。正因为这样，在拨乱反正的过程中，知识分子话语与权威话语已经产生了批判对象相同而价值指向不一的现象。当人性、人道的努力发展到一定程度，它必然要独自前行，而且要面对重重矛盾。

然而，从根本上说，这种矛盾并没有从根本上影响知识分子话语的发展。一方面，正因为主流意识形态划定的界限，知识分子更清楚地意识到了差异。这种差异意识促进了知识分子话语进一步的独立。另一方面，从80年代开始，文坛出现了一个众所周知的现象：一个作家如果受到批判，就会获得巨大的声誉；一部作品如果被查禁，就会成为畅销书。这种“越批越香”的现象包含了复杂的内容，甚至使得管理部门改变策略，不再以组织批判的方式解决问题。它透露了文学自身独立于权威之外的价值观念的形成。

更重要的是，意识形态的宽松程度已经能够允许知识分子声音的存在，而且旧的意识形态也往往难以构成对创作自由的根本危害。伴随着伤痕文学和反思文学的发展一直不乏严厉的批评，一场场批判运动都曾经紧锣密鼓地拉开大幕，但后来的事实证明，那些被批判的作家大多并没有因此而失掉言说的权利。他们仍然在写作，而且可以继续发表作品。80年代文学的环境总是时松时紧，左右摇摆，但总的趋势却是一步步走向宽松。这从根本上为知识分子话语的生长提供了条件。

因此，80年代以来，从根本上决定着知识分子话语发展状况的因素已经不只是外部的限制，而是作家的主体意识和自觉程度。不幸的是，这恰恰是经历了多年政治运动和思想改造的中国知识分子所缺少的。有一个现象值得注意：80年代作家违心发表检讨的现象仍然不断出现。这固然展示着外部环境仍然存在的压力，但与作家人格独立的程度也不无关系。那些受批判的作家大多是具有独立见解的作家，但是，一旦面对强大的压力，其承受力却显示了精神上的脆弱。而考察这种脆弱的原因，一个重要的因素是必须注意的，那就是当时中国作家在经济上的依附性。生存所依赖的饭碗是重要的。正是这一点，从根本上限制了80年代文学的独立性和知识分子话语的发展。只有在市场经济打破了饭碗垄断之后，真正的创作自由才是可能的。

艰难的主体重建

——1980年代中国文学的知识分子话语之二

进入新时期以来，中国文学的知识分子话语开始了一个艰难的主体重建的过程。首先是在批判中寻找失落的主体性。当时的创作虽仍然表现着极强的政治性，但已不是追随权威话语而图解新的政治意识形态，而是试图独立地介入、寻求自己的表达。20世纪80年代中期，文坛出现了“忏悔”与“反省”的现象，文学开始更多地揭示知识分子的人格弱点。它不同于过去对知识分子的诋毁，而是标志着一种独立人格的觉醒，反省的过程也是知识分子独立人格的修复过程。在这个过程中，历史不应忘记文学批评与研究的积极参与。文学主体性的倡导、“回到鲁迅那里去”的呼唤、现代知识分子精神资源的重新发现，都发挥了积极的作用。遗憾的是，历史没有给知识分子话语的发展提供足够的空间，20世纪80年代末开始，它不得不面对各种反叛与挑战。

一、在批判中寻找失落的主体

结束“文革”而进入新的历史时期，文学首先显示的是批判职能的强化。20世纪70年代末和80年代初那股现实主义的文学潮流透露一个新的消息：文学开始追求独立的批判权。这种独立的批判权已经丢失多年，在“文革”后终于重新成为一些作家的追求。

在中国当代文学史上，现实主义早已是一个面目全非的概念。这一概念一直具有合法地位，甚至作为文学创作和批评的唯一尺度而神圣不可侵犯。但是，真正的现实主义精神却一直被弃置，难以贯彻于创作和批评实践中。当文学说真话的品格一步步丧失的时候，当然谈不到现实主义的批判本质。思想解放运动结束了一个旧时代而开启了一个新时代，一些作家开始努力找回现实主义的批判精神，强化文学的批判职能。文学通过批判极“左”政治、批判官僚主义、批判特权思想、批判偶像崇拜以及批判各种专制主义传统而充分显示出了批判的力量。当时的作家和理论家都曾为文学的真实性而大声疾呼。人们努力摆脱文学在权威话语的统一指挥下形成的虚假性和欺骗性，并对“假大空”给予了坚决的抨击。作家们努力突破各种题材禁区而真实地反映生活，无论回顾“文革”悲剧还是表现现实变革，都以真实作为首要的准则。理论家则呼唤说真话、抒真情、真实地反映社会生活。在那个特殊的时期，“真实”意味着决不回避刚刚经历的苦难，也意味着决不为现实涂脂抹粉。这一切努力都显示着文学审美追求的变化：努力摒弃“瞒和骗”，拒绝继续充当愚弄读者的工具。但是，真实性并不是关键所在，文学理论借真实性所强调和呼唤的是文学的批判精神。

考察20世纪80年代中国文学的批判性，就会发现它与政治的密切关系。文学仍然热切地关心政治，承载着各种政治命题，甚至直接参与政治斗争。这种现象不难理解，因为在当代中国，政治生活在人民生活中占有特别重要的地位，政治脉搏的每一次跳动都影响着亿万人的生活和命运。从以政治为中心的时代刚刚走过来的中国人不能不关心政治，作家的创作也不可能不关心政治。新时期之初的文学实践告诉我们，文学在努力挣脱政治的束缚，从权威话语中解放出来后，却不得不面对一个新的困境：从旧的权威话语中叛离出来之后，是否能够跳出新的权威话语的笼罩？伤痕文学、反思文学和改革文学等思潮的中心词常常被理解为否定“文革”、拨乱反正和改革开放，而这正是新的权威话语的中心词。从这个意义上说，最初的文学所表现的独立性往往只是相对于极“左”政治而言的。从《天云山传奇》《布礼》《蝴蝶》到《开拓者》等作品表现了可贵的勇气和独立思考的精神，但是，随着改革的政治力量对极“左”政治力量的胜利，它所表现的一切往往被淹没于权威话语之中，所以，过分夸大文学的解放和知识分子话语在这一时期的独立性是不恰当的。

但是，如果对中国作家话语独立的追求视而不见，把独立的话语实践活动看作依附于权威的政治宣传和图解，同样不符合历史事实。在思想解放运动的背景下，一些作家已经开始摆脱过去那种机械配合政治的方式，逐步获得了独立批判的主体性。在此前的几十年中，文学的规范是只能被动地配合政治运动而不能主动地探讨政治问题；只能机械地图解政治概念而不能自由地表达政治见解。甚至任何思想都必须是批发来的，而不能是自己产生的。所谓“领导出思想，群众出生活，作家出技巧”的三结合创作方式鲜明地标示了当时中国作家的尴尬地位。这种情况在20世纪70年代末终于开始改变。在变革刚刚起步的岁月，对过去观念和准则的任何怀疑都带有某种危险性，然而，从苦难中走来的作家还是表现了极大的勇气。他们密切关注社会生活中发生的一系列大事件，比如：关于真理标准的讨论，关于“四五”天安门事件，关于平反冤假错案，关于当代历史的认识，关于民主与专制，关于官僚特权、官场腐败，关于人情、人性、人道主义……这一切都在创作中得到了表现。一些作品在思想解放、拨乱反正等顺应人民意愿的大事件中起到了前哨的作用，对于冲破“左”的禁锢和推进改革开放发挥了积极的影响，为推动历史前进建立了不朽的功勋。

尤其需要指出的是，一些创作已经不是配合政治宣传，而是独立地介入政治批判；不是追随权威话语而图解新的政治意识形态，而是在政治话语还因为各种原因而难以公开表达的时候率先进行文学的表达。面对20世纪80年代知识分子进行的政治批判与权威意识形态的重合，应该看到它是知识分子话语与改革开放的政治权威话语的不谋而合，是知识分子与健康的政治力量在历史转折关头为重新启动中国的现代化而走到了一起，决不应该因为知识分子的某些思考能够被新的政治权威话语所吸纳，就无视知识分子在历史转折时刻已经显示的独立性。否则，我们就无法解释知识分子话语的进一步发展及其伴随的一系列矛盾。

二、在自省中寻求独立的人格

众所周知，巴金的一声“我忏悔！”在知识分子中激起了强烈的反响。这位在半个世纪之前曾经给中国文坛带来光彩的老作家在垂暮之年再次以自己的光辉照耀了文坛，——不是以他的小说创作（非常遗憾，他的小说创作过早结束了），而是以他的散文所表达的真诚忏悔。他痛苦地面对自己过去几十年踩下的脚印，看到了自己和同代人失掉独立人格的悲剧。他为此而一再大声疾呼：要找回自己的良知，要从假面中走出来，不再违心地说话，不再自欺欺人。巴金的声音是一种象征，它标志着中国知识分子的又一次觉醒，意味着老一代知识分子对自我的重新寻找。而他的作品能够受到热烈的欢迎，也意味着新一代作家的主体人格正在复苏，标志着中国文学知识分子话语开始通过自省而寻找久已失落的主体性。

新时期文学对知识分子的表现是从其苦难命运开始的，同时也是从发掘知识分子性格的光辉开始的。无论揭示其苦难命运还是揭示其闪光性格，主要意义都在于为其呐喊请命。作家们曾经千方百计地为知识分子擦洗历史强加在他们脸上的泥污，还其本来的清白，曾经努力渲染他们生活的窘困，以博得社会的同情。考察最初描写知识分子生活的作品，不难发现知识分子形象有两个重要的系列：一是“白专典型”系列（也可以说是书呆子系列）；一是“思想先驱”系列（也可以说是文化英雄系列）。在最初的作品中，知识分子形象往往呆头呆脑，不善言谈，甚至连谈情说爱的能力也没有，只是一心一意搞科研。他们是工具型的，与现代意义上的知识分子有很大差距。但是，当时的人们很少考虑知识分子的真正内涵，为了让社会接受知识分子，文学有意无意地强化了知识分子的工具性特征，其目的不过是要说明他们虽然不“红”，却“白得像仙鹤”[①]。其实，如果知识分子都是除了专业技术之外什么都不懂的书呆子，过去几十年就不必大张旗鼓地对其进行思想改造。大概连“四人帮”也懂得，知识分子的可怕之处并不在于“白专道路”，而是在于其独立人格、自由思想和对现实的批判态度。对于中国知识分子来说，这种态度经过几十年的改造已经消失得难以寻觅，只存活于一小部分知识分子的梦中。只有到了20世纪80年代，这个梦才得以重新逐步展开。

在20世纪70年代末到80年代初的作品中，曾经出现过一批带有英雄色彩的知识分子形象。从王蒙、从维熙、张贤亮等人的作品以及《天云山传

①徐迟：《哥德巴赫猜想》，《人民文学》1978年第1期。

奇》《土壤》《人到中年》等作品可以看到，那些被称为知识分子的人物并不是书呆子，他们往往历尽苦难而赤心不改，闪耀着英雄的光芒。罗群、钟亦成、许灵均、范汉儒是其代表。这些“受难的圣者”构成了当时知识分子形象的一个重要系列。这个形象系列明显带有被美化的痕迹，然而，因为人格理想等方面的原因，作家们在美化这些人物的时候往往又恰恰使其失掉了作为知识分子的根本特征。钟亦成、许灵均等形象受到批评，正是这种美化失败的证明。当然，从某种意义上说，这也是历史的真实，因为王蒙等人所熟悉的所谓知识分子早已经历了一个退化过程，他们身上已经少有现代知识分子的特征。但是，作为那个时期文学创作的共同现象，却有另一个重要原因：为完成请命之目的而按照某种标准对知识分子进行装扮。当时的社会正在重新认识知识分子，知识分子则迫切需要恢复被败坏的名誉并改变生活处境。这就导致了文学急于为之呐喊请命。写罗群式的知识分子，主要在于说明：他们之所以被打成右派，不是因为他们有错误，而是因为他们比别人更清醒，更有历史的责任感，也更能坚持正义；写许灵均式的知识分子，关键在于一种表白：他们虽然被冤屈，但仍然无限忠诚；写陆文婷式的知识分子，目的是希望社会认识知识分子的美好品质，改善他们的生存条件，不要使之因为不堪窘困和重负而跑掉或垮掉。正因为如此，文学在描写这些形象时，往往只说“长”而不道“短”。因为“好人受难”的故事自有其动人的力量，既可以完成批判和控诉，又有益于知识分子的社会解救。作家们所要努力表现的，也许是知识分子人格的美好与崇高，但客观效果却往往真实地暴露了一代知识分子主体意识的欠缺。由于这种欠缺，文学在表现知识分子的生活和命运时呼救的呐喊和乞怜的表白以及矫情的自我美化淹没了人格的自我审视和剖析，甚至在极力表现自身具备或者并不具备的所谓美德时恰恰赞美了病态人格。

从20世纪80年代中期开始，文学对知识分子自身的表现发生了一个变化：由发掘美德以歌唱其人格光辉，转向暴露缺陷以探讨其人格弱点；由呼吁改变知识分子的生活条件，转向致力于改变知识分子自身；由哀其不幸而为之请命，转向怒其不争而促其反省。从张贤亮的《浪漫的黑炮》、谌容的《献上一束夜来香》等作品可以清楚地看到这一转变。它意味着作家们开始关注中国知识分子主体人格泯灭的悲剧，也显示着中国知识分子人格的自觉；它不同于过去对知识分子的丑化和诋毁，而是觉醒的知识分子进行的自我省视。这是一次伟大的自我反省。反省的过程也是一个自我重新设计的过程。这种重新设计目的不是别的，而是现代知识分子独立人格的修复。

正因为这样，当有人仍然赞美“是全世界最听话的、最正派的、最肯自我牺牲的知识分子”时，得到的已经不是感激，而是“好在哪里”的质疑。因为他们看到了这种赞美的目的，仍然是要中国知识分子“正派”“听话”“肯于牺牲”，而所谓肯于自我牺牲，则意味着个人的权利、独立人格都被剥夺也绝无怨言。他们意识到：“没有自由思想，没有独立思考，这样的‘知识分子’，即使‘尊重’起来，‘尊重’下去，于社会于人民于科学文化又有多少实际的用处呢?”①

一个值得注意的现象是：人格反省本以强化知识分子独立人格为目的，但由于一些作家缺少知识分子的精神立场，便导致了像过去一样在非知识分子的立场上嘲弄和贬低知识分子的现象。一些人轻车熟路地开始了对知识分子的解构。这种现象在进入90年代之后进一步发展，并与所谓后现代的解构合流。

三、理论与批评的介入

在现代知识分子人格重建的过程中，历史不应忘记来自理论批评的促进。与作家相比，20世纪80年代中期的一些学者和批评家有着更清醒的自觉。“文革”后的文学创作虽迅速创造了此前几十年未有的辉煌，但应该承认，作家们的知识结构和精神资源仍然存在严重的欠缺。活跃在20世纪80年代中国文坛的作家主要有两部分：一是以“右派”为主的中年作家，一是以“知青”为主体的新一代。这两代作家的知识结构和精神资源都存在严重的先天不足。进入新时期之后，他们又往往忙于写作而难以扎实地补充。与他们的情况有所不同，一些从事批评和研究的人们则往往有较丰富的知识积累，并对20世纪中国历史特别是知识分子的精神历程有更透彻的了解。他们通过文学批评而积极参与了知识分子人格的重建。

①邵燕祥：《邵燕祥杂文自选集》，百花文艺出版社1996年版，第257页。

考察20世纪80年代文学理论和批评的建树，首先值得注意的就是对文学创作自由空间的竭力争取。其中一个强烈的愿望，就是使文学从政治的指挥棒下解放出来，让每一个作家都可以用自己的大脑进行思考。从“向内转”的倡导到“主体性”的张扬，就是这一愿望的不同表达。特别是1985年到1986年间，刘再复陆续发表《文学研究应以人为思维中心》和《论文学的主体性》等重要文章，要求在文学活动的各个环节中恢复人的主体地位。他希望构筑一个以人为思维中心的文学理论与文学史的研究系统，把主体作为中心来思考。他痛感于在过去岁月作家“丧失了选择、追求和创造的自由”，呼吁“给作家充分的内在自由”。[①]他认为，“作家的创作应当充分地发挥自己的主体力量，实现主体价值，而不是从外加的概念出发”，希望作家从工具和附庸的地位中解放出来。他强调，要把人当作实践的主体，即把实践中的人看作历史活动的轴心，而不是看作一般的物或者政治机器中的齿轮和螺丝钉。同时，要高度重视人的精神的主体性，给人以充分的内在自由。[②]从他对对象主体、作家主体和读者主体的论述之中，我们看到的是一个文学理论家对于文学活动的独立空间建构的努力。从思想传承和精神源流看，刘再复的文学主体性理论无疑与胡风的人本主义的现实主义理论有直接的关系。如果向历史的深处回顾，还会看到主体性理论也是“五四”文学精神的继承和发扬。在他的理论世界里，我们看到了一个大写的“人”字，他所努力张扬的，是人的思想情感的大解放。

主体性的理论也许并不完善，一些具体的论述也许难以令人信服，但是，它的意义是明显的。它强调着创作主体对社会人生的独立思考，强调着创作主体对艺术形式的自由选择，所以它必然地推动文学的知识分子话语的发展和壮大。

另一个值得注意的现象是，在20世纪80年代中国文学界，现当代文学的研究显示了空前的活力，一群青年学者迅速崛起于文坛和学院之中。他们当中的一些人通过学术研究回到已经被历史积尘遮蔽的“五四”精神，并且努力寻找和确立“五四”知识分子的价值立场。一些人热情地回顾中国现代

①刘再复：《文学研究应以人为思维中心》，《文汇报》1985年7月8日。

②刘再复：《论文学的主体性》，《文学评论》1985年第6期。

知识分子曾经拥有的辉煌岁月，谈到“五四”，就像回忆自己的伟大节日。从这代人身上，可以明显地看到从鲁迅等现代知识分子那里继承的精神资源。

1985年，王富仁在《文学评论》发表了他的博士论文的缩写本《〈呐喊〉〈彷徨〉综论》，在文坛产生了广泛影响。他的鲁迅研究冲破过去几十年权威话语对鲁迅的解释，旨在突出鲁迅作为一个伟大知识分子的历史作用和价值。他首先致力于区分政治革命和思想革命的差异，努力把思想革命的原则作为独立的原则从当时占据统治地位的以政治革命为核心的权威话语系统中独立出来，并充分强调其重要性。他为自己找到的理论支点和突破口是一个社会的变革不仅需要经济革命和政治革命，而且需要思想意识的革命，知识分子的神圣职责主要并不在于为政治革命服务，而是在于改变民族愚昧落后的精神文化状态。在这样一种思路引导之下，他笔下的鲁迅是作为思想家的鲁迅，而不是一个政治活动家的鲁迅。经过全面而具体的研究，王富仁得出这样的结论：“《呐喊》和《彷徨》首先是中国反封建思想革命的一面镜子，它深刻地表现了中国必须有一场深刻而广泛的思想革命，这个革命的主要任务是清除封建思想在以农民群众为中心的广大社会群众中的根深蒂固的影响，而它的重点应当是以封建等级观念为基础的残酷、虚伪和陈腐的封建伦理道德观念。在这个革命中，首先觉醒的知识分子是现代社会意识的代表者，但他们处于封建传统思想的汪洋大海之中，其斗争暂不可能取得实质性的胜利。”①虽然由于历史提供的条件使他的研究同样保留了旧的权威话语的影子，虽然理论上的反映论思维并不能很好地完成他的命题，虽然他是那样谨慎地强调思想革命与政治革命的密切关联而有意忽略鲁迅自身对文艺与政治歧途的论述，但是，他的贡献引人注目，他把鲁迅从政治革命的队伍中区分出来，认定鲁迅的意义并不在于政治革命，而在于思想革命，而且指出在中国反封建思想革命中具有关键意义的只有地主阶级、农民阶级和其他劳动群众、知识分子阶层，而面对这两个阶级和一个阶层，他沿着鲁迅的精神方向强调了农民阶级在思想革命中的消极作用，肯定了知识分子的历史位置和伟大而艰难的承担。

---

①王富仁：《〈呐喊〉〈彷徨〉综论》，《文学评论》1985年第3期。

非常明显，王富仁和他的同道们更明确地找回了五四新文化运动的精神。文坛没有忽视这种研究，因为它是对中国现代知识分子精神资源的重新发现，是对中国现代知识分子伟大传统的庄严寻根。它的意义不仅在于还鲁迅以本来面目，而且在于把鲁迅从权威话语中解放出来，成为知识分子自身话语建设的一块基石。任何一个时代的知识分子都不可能拒绝前人的精神遗产，刚刚从一个思想禁锢的时代走出而严重贫血的中国知识分子更没有理由对历史的尘埃下闪闪发光的精神遗产视而不见。考察当时的情况，特别应该注意的是处于萌芽状态的知识分子话语急需一个合法的基础。面对中国现代知识分子最辉煌的“五四”时代，人们理所当然地选择了鲁迅，因为选择鲁迅比选择胡适更具有现实的可能性。因此，当王富仁喊出“回到鲁迅那里去”的时候，立即赢得了广泛的认同。

在当代文学批评界，特别引人注目的是一些青年学者在知识分子问题上表现的清醒。经过“文革”而又进入历史沉思的青年学者很难对知识分子的悲剧命运视而不见。在80年代中期，他们普遍地显示了强烈的文化参与意识。在这种参与中，知识分子问题成为他们精神活动的一个敏感点。因此，当张贤亮的《绿化树》轰动一时的时候，年轻的学者们却相当普遍地对其进行挑剔。黄子平批评小说存在着“对苦难的‘神圣化’和对农民的‘神圣化’”倾向[①]。许子东探讨中国现代知识分子的忏悔主题，认为“这种根植于启蒙意识的惭愧变成尊敬变成崇拜甚至再变成某种‘恐惧’，‘忏悔’也就由内心观照上升为反省上升为自我批判再上升为精神自杀”[②]。在这些年轻学者中，王晓明不是最活跃的，但像许多青年学人一样，穿过历史的精神废墟找到了鲁迅作为知识分子的人格参照。面对鲁迅，他曾写下这样的句子：“他比那个时代的许多知识分子都更多地承受了那种先觉者的苦痛，在某种意义上，他简直是现代中国最痛苦的灵魂。但是他没有因此就停顿不前。当理性思考不足以支撑自己的时候，他就更多地依靠自己的人格，动员起全部的感情、气质和精神习惯，以整个灵魂来铸造呐喊的文字。……正是它赋予了鲁迅不朽的光荣。那些被乐观估计鼓舞着蜂拥上阵的信徒并不

①黄子平：《沉思的老树的精灵》，浙江文艺出版社1987年版，第152页。

②许子东：《在陀思妥耶夫斯基与张贤亮之间》，《文艺理论研究》1986年第1期。

能特别赢得今天的敬意，但一个凭人格力量向黑暗突击的战士却真正令人起敬。在前一种情况下，大多数人都能够气昂昂奋然前行，但遇到后一种情况，就有不少人会退缩不前。‘绝望的抗战’——我们中间有多少人能够长期承受这样的苦斗？一想到这些，我总忍不住要对自己说，仔细看看吧，这才是伟大的鲁迅！”[①]因此，面对新时期的创作，他有了不同一般的尺度，这个尺度是鲁迅那样的独立的现代知识分子和他们的话语立场。他从高晓声与其笔下的人物陈奂生过于接近的状态感觉到一种危机，意识到历史的苦难对这一代作家的影响的多重性。“苦难对他的摧残本来就是双重的，既泯灭他知识者的觉悟，又损害他艺术家的心境。”他为长期的改造使知识分子的思想感情完全实现了与大众的一致而叹息，反复谈论高晓声与陈奂生距离的远近与作品的得失。因此，当他在高晓声的中篇小说《糊涂》中发现“在那种陈奂生式的视角边上，又添了一个知识分子的新视角”时，表现得异常兴奋，因为“惟其如此，小说对那些乡村土皇帝的揭示就显然比在陈奂生的故事中更为细致，也更为犀利。这不奇怪，知识分子的眼光总要比农民的眼光锐利一些”[②]。这种见解显示了王晓明启蒙知识分子的话语立场。而他的评论正是这种知识分子批评话语的实践。

从知识分子自身的立场出发，他为张贤亮这样的作家能够以饱满的精力重返文坛而兴奋，又为他付出的惨重代价而惋惜：“他赢得了生存的胜利，却难免要付出心理变形的代价，这不是那种不知不觉的智力退化，而是有意为之的道德松弛，不是丧失人的自觉，而是放弃人的自持。”在当时的创作中，还没有多少人考虑知识分子人格自持的问题。王晓明想到了，并以此批评高晓声，又以此批评张贤亮。他不满于张贤亮借马樱花这种圣母形象表达对“人民”的忏悔，并且一针见血地指出：“不管他在那个男人的额头上添画多少道思考的皱纹，也无论给他多少篇幅，让他滔滔不绝地谈论国家大事，他其实并非知识分子的代表，更谈不上民族良知的体现。”因为在王晓明心中，有一个知识分子的光辉人格：“譬如鲁迅，惟其把不畏独战的启蒙知识分子看作是民族良知的代表，一直以启蒙者的眼光去审视人生，他才能

①王晓明：《所罗门的瓶子》，浙江文艺出版社1989年版，第30—31页。

②同上书，第127页。

形成那样冷峻深沉的艺术风格。可惜的是，愈益严酷的时代似乎不允许后来的作家再像前辈们那样独力去体会人类和善的特性，逼得他们按照一种固定的模式去设计自己的理想寄托物。”[①]他提出，“在现代中国，往往正是那些曾经深陷地狱而又未被阎罗王收编的人，会产生深沉的忏悔意识，可另一方面，那妨碍他们深入自剖，甚至促使他们自我掩盖的力量，又恰恰来自他们身上那股从地狱里带来的‘鬼气’。”显然，在他看来，知识分子要想站立起来，要想真正修复被摧残的艺术感知能力和表现能力，必须洗净从地狱里带来的“鬼气”[②]。毫无疑问，这些批评中闪烁的光彩意味着知识分子主体性的复苏。

在这样一个背景上，中国知识分子再次开始了人格的现代转变过程。

四、历史的遗憾：文化新潮与主体性危机

遗憾的是，历史并没有给知识分子话语的发展提供足够的空间，这次转变与“五四”时期的转变一样，很不整齐也很不彻底，当历史出现新的挫折和艰难的时候，那些没有完成这种人格转变的文人依然是回到传统的老路。知识分子话语在告别80年代后很快进入了一个低谷，开始面对反叛与挑战。反叛与挑战主要来自三个方面：

第一，一些所谓先锋作家对知识分子职责的逃避。在知识分子话语发展的过程中，文学必然随着自由的逐步获得而呈现多元化态势。多元化是文坛的幸事，也是知识分子努力的结果。但是，由于一代作家精神基础的空虚，却导致了在走向多元时缺少自觉的选择，听任习惯和感觉的支配，重新走上了精神下滑的路线。知识分子的主体性是建立在人格独立和思想自由基础上的，是以批判性和探索性为标志的。知识分子需要对现实密切关注和清醒把握，需要对现代理性的坚定信念。如果不能面对现实发言，知识分子自身就已经消失。如果没有现代理性作为依托，知识分子也就消解了自身。然而，在努力摆脱权威话语笼罩的同时，一些先锋作家一方面更多地体现了个体的

①王晓明：《所罗门的瓶子》，浙江文艺出版社1989年版，第145页。

②同上书，第150页。

独立性，一方面却因为理性的欠缺和历史承担的放弃而导致精神的苍白。他们开始更多地关注叙事形式，刻意进行文体实验，甚至为创新而创新，为写作而写作。一些人从反叛开始，最后却走向了无意义的语言游戏。他们成功地实现了反叛性的突围，但突围之后却成为一群游荡者，四处漂泊而找不到精神的支点，或者干脆不再寻找这种支点。他们的现代理性精神日益淡薄，主体日益虚空，甚至曾经获得的一点现代性也在语言狂欢中遗忘了。对知识分子主体性而言，没有承担就没有重量，也就失掉了它的意义。试想，如果独立的个体都是剔了骨头抽了筋的个体，都只能随地流淌而不能独自挺立，这样的主体性还有什么意义？

第二，一些新写实小说对主体的告别。新写实小说并非一个统一的整体，其主要代表人物表现很不一致。比如刘震云，他虽然写小人物的种种无奈，却并不愿意认同这种无奈，在其作品背后还有一个知识分子面对人们被动的生存状态而发出声声叹息。然而，一些作家却很不相同，他们迅速完成了立场的转换，放弃知识分子以现代性为目标的“宏大叙事”，超越知识分子从“五四”找回的人文理想，放弃人道主义的关于人的神话，不再追求超前的现代意识的传达。他们一反知识分子话语对现实秩序的怀疑和质问，而对现实秩序报以无奈的认同；一反知识分子话语对于人生疾苦的展示，而对大众给予催眠式的抚慰；一反知识分子话语的批判和启蒙姿态，而在精神上寻求与市民一致。他们不再涉足对现实的反抗与控诉，而且劝导读者接受生存第一、知足常乐的原则。在他们看来，生活中有许多烦恼，可是生活就是这样，个人无可奈何，因此，你不能异想天开地试图改变现实，而只能是适应环境而改变自己。在他们看来，把握人生的真谛就是不要太浪漫，不要理想化，因为人不可能活得纯粹……在80年代，知识分子的创作总是发现生活中非人的因素，并为人的价值、尊严与权利难以获得而痛心疾首。先锋小说虽然更多地走向形式，但也往往以隐喻的方式对人们关于传统秩序的美好想象进行着颠覆。但是，在一些新写实小说中，那种痛苦和焦虑平复了，作家们表现得心平气和，对于理想的追求让位于对生活的无奈的诉说和知足常乐的抚慰，带着无限温情看待苦难与愚昧，成了作家的合理选择。于是，在一些小说中，传统的苟活哲学迅速地弥漫开来，生存成为唯一的人生目的，阿Q的精神胜利法成为智者的选择，最后只有“热也好冷也好活着就好”。

第三，带有后现代色彩的创作与批评对知识分子精神立场的解构。王朔的出现是一个复杂的现象。在王朔刚刚出现的时候，曾经受到知识分子的鼓励与支持。这不是偶然的，而是由于王朔小说对陈旧的权威意识形态进行的嘲弄和解构。因此，在王朔走红的时候，知识分子没有抵制，而且还为之大声叫好。然而，王朔的解构却并不只是指向权威意识形态，而是构成了对知识分子话语精神的极大威胁。尽管王朔本人充满智慧，但他的成长背景却给了他某种反智的色彩。他记住了卑贱者最聪明、高贵者最愚蠢的权威论断，对知识分子缺乏应有的认识。他感觉自己不仅受着权威意识形态的压迫，而且受着知识分子的压迫。在80年代结束之际，王朔开始用尖刻而粗俗的语言挖苦知识分子，他的小说将调侃和嘲弄对准知识分子及其追求的文化目标。他对知识分子的清高、虚伪、自我膨胀的恶劣品质和承载的传统心理给予了无情的嘲弄，这也许有助于知识分子的自我反省和自我批判，但是，他把讽刺和嘲弄的锋芒指向了知识分子的现代性，对文学的主体精神进行了消解。

在谈论80年代知识分子主体价值失落时，论者多注目于商品经济的发展对知识分子的冲击。其实，现代知识分子话语与商品经济或者后来的市场经济并不是矛盾的。知识分子致力于人的自由与权利，因此就不能不呼唤自由市场和市场经济原则。当市场化大潮到来的时候，任何人都没有权力阻挡人们满足欲望的追求。即使闸门之下的逃出者欢呼着直奔欲望的满足而很少有人加入支撑闸门的行列，即使一些本来肩负闸门的人在狂欢的诱惑之下撒手而去，使少数坚持者感觉到沉重与孤独，从道理上讲，任何人都没有权利要求被解放者加入解放者的行列，否则就是新的专制者而非解放者。然而，在闸门需要进一步打开的时候，直奔游乐场的人们如果回过头来以蔑视的目光嘲笑负重者的艰难与疲惫，当然要使一些人难以心平气和。面对这种现象，我们只能说中国自觉承担现代性使命的人们的确太少。可是，从另一角度讲，无论什么时候，知识分子的价值追求都必然是孤立的。如果清楚地意识到这一点，知识分子就不应该幻想被大众簇拥前行，也不应该害怕探索之路上的孤独。

重返“人的文学”

——1980年代中国文学的知识分子话语之三

1980年代中国文学知识分子话语回归的过程同时也是一个重返“人的文学”的过程。最先的基本内容是对极“左”政治的控诉与批判，但一些作家已开始着眼于极“左”政治对人的压抑、扭曲和摧残，并开始呼唤人的价值、尊严和权利。控诉与呼唤的潮流虽然遭遇挫折，但文学的人道主义并没有因此而消失。一些作家走向了个人，展示和肯定人的个性。一些作家走向人的生命，呼唤人的自然权利。“性大潮”的出现是人的自然权利在文学中的一次回归。文学因此而对人的表现有了新的开拓，但也意味着一种退缩性的转向。重返“人的文学”的障碍不仅来自以阶级论为中心的旧的权威话语，而且同时来自海外引进的新思潮。80年代文学对此给予了有力的回答。

1980年代文学知识分子话语回归的过程，同时也是一个重返“人的文学”的过程。一个畸形的时代结束之后，文学呈现的新光彩首先并不在于它的艺术形式和表现技巧，而是在于它以空前的热忱呼唤着人情、人性、人道主义，呼唤人的价值、尊严与权利。自“五四”以来，知识分子似乎与“人”结下了不解之缘，文学的知识分子话语也与“人的文学”结下了不解之缘。“五四”新文学之所以是新的，主要并不在于它所具有的新的语言形式，而是在于它所特有的新的价值观念系统。这个价值观念系统的中心就是“人”。正是它使新文学告别“非人的文学”而走向“人的文学”。然而，这注定了是一个漫长而充满坎坷的过程。从周作人的“人的文学”，到钱谷融的“文学是人学”，再到刘再复的“文学主体性”，真可谓一路风雨、几经沉浮。每当知识分子被告别、被批判、被改造或解构的时候，“人的文学”就不再生长；同样，每当人情、人性、人道主义遭到猛烈批判的时候，知识分子也总是处于被批判、改造和嘲弄的地位。在经历了几十年的驱逐与掩埋之后，“人的文学”终于在进入1980年代之际与知识分子话语一起钻出了地表。它的崛起象征着中国作家内心未泯的人性呻吟和权利诉求，也意味着知识分子对放弃已久的人的解放主题的再次承担。正因为这样，伴随它的也不会是一路鸟语花香。

一、控诉与呼唤

以阶级斗争为纲的历史实践有一个重要的特征，就是把人视为斗争的工具或对象，而不承认人的价值和尊严，更不承认个人的权利。新时期“人的文学”复苏有两个不可忽视的背景：一是生活中人性的扭曲和权利的剥夺；二是文学中人性的变态和形象的虚假。在“文革”时期，这两者都已达到极致。以“文革”为代表的文化最显著的特点就是对人的价值、尊严和权利的漠视。批判人性论，批判人道主义，每一次批判都是对人性和人道的进一步扫荡，也是对文学艺术的进一步扭曲。极“左”政治对个人尊严的践踏和对个人权利的侵犯达到了无以复加的程度。虽然那个时代的作家不具有言说的权利，而且久久的压抑不但使萌芽窒息，甚至使种子也不再具有发芽的能力，但是，毕竟还有良知未泯的人们，没有熄灭像人一样生活的梦想。所以，当知识分子一旦获得言说的机会，文学立即出现了一个新的潮流。

在新时期之初，文学的基本内容是对极“左”政治的控诉和批判，但是，人道主义的基本立场已经呈现。一些作家不再满足于批判林彪、“四人帮”的“篡党夺权”，而是开始揭露和批判极“左”政治对人的压抑、扭曲和摧残，并开始呼唤人的价值、尊严和权利。考察当时的创作不难发现，随着刘心武的《班主任》、卢新华的《伤痕》等一系列作品的发表，文学出现了一种久违的目光。过去那个辉煌的世界倾倒了，不仅暴露了它的虚假性，而且显示了它空前的残酷性。人们终于意识到，那个时代最突出的特征就是把人不当人，最深刻的悲剧就是人的尊严被践踏、人的权利被剥夺、人的心灵被扭曲。因此，在回顾“文革”灾难和反思当代历史的时候，文坛立即出现了关于人的叹息、哭诉和呼唤。

在70年代末到80年代初的文学潮流中，首先引人注目的是时代的精神污染导致的心灵畸变。这种畸变表现为《班主任》中谢惠敏的思想觉悟和斗争观念，也表现为《伤痕》中王晓华与母亲彻底划清界限，表现为《淡淡的晨雾》中郭立枢因为所谓政治信仰而拒绝与“右派”父亲相认，也表现为《冬》中的刘小枫为了避免自己的沉沦而不惜出卖恋人。同时，《波动》《女贼》《在社会档案里》等作品使我们看到，那些被打入社会底层而失掉正常生活的人，那些长期被侮辱、被损害的人，终于在心灵上留下无法治愈的创伤，甚至成为小偷、骗子、流氓和罪犯。在这些作品中，无论人物和故事有多么不同，但有一点是共同的：他们的性格已经在一个荒谬的时代里被扭曲。是思想解放运动使一些作家从阶级斗争观念中突围而出，开始反抗政治对人的心灵的强行扭曲，试图抓住历史的转机争取早已丧失的思想自由和人格独立，争取个性健康发展的权利。鉴于刚刚过去的岁月里文明与理性一直被野蛮和蒙昧所压抑，知识分子一旦重返人道立场，首先面对的就是要反对偶像崇拜和由此造成的准宗教文化对人的戕害。从思想禁锢中冲出的作家特别渴望精神的自由。正是这一切，为当时文学重返“人的文学”提供了动力。我们在作品中所看到的，更多的是作家们对现实的沉痛思索和对理想的热切呼唤。

人的自由应该包括经济活动的自由，人的权利应该包括自主支配自己的劳动和劳动成果的权利。然而，众所周知，刚刚过去的那段历史却以长官意志消灭了市场，并且垄断了包括劳动力在内的全部生产资料，剥夺了人们为满足生存需要而自由劳动的权利，也剥夺了人们自由交换劳动产品的权利。因此，80年代中国知识分子不能不为市场经济而呼吁。那些反映改革的作品在今天已经被很多人看作是配合改革的政治意识形态而进行的政策图解和宣传，然而，从何士光的《乡场上》开始的改革文学传统却并不仅仅在为生活中已经出现的经济改革唱赞歌，而是在人的立场上理解土地承包对于人的解放的意义。在干部面前从来不敢挺起腰杆的冯幺爸，最终之所以能够勇敢地站立起来，就因为土地承包已经使他获得了人身的解放。他已经不是人民公社制度之下无法摆脱依附关系的社员，而是成为从锁链上解放出来的自耕农。正因为对这种解放意义的清醒认识，当经济改革向着商品经济和市场化方向发展的时候，在知识分子话语中得到了热情的肯定和积极的支持。当然，在现代农业的参照之下，每一个清醒的作家都会为像补丁一样零碎的土地和原始的耕种方式而感到悲哀，但是，他们把这理解为走向健康之路的第一步，看重的是这一步与他们所努力的目标的密切联系。这不仅在何士光的小说中可以看到，而且在高晓声、张一弓等一大批反映农村生活的作家那里都可以看到。如果说从《李顺大造屋》《犯人李铜钟的故事》《被爱情遗忘的角落》等作品中看到的是中国人最基本的生存权利被剥夺的悲剧的话，从《黑娃照相》《流星在寻找失去的轨迹》《河魂》《桃花湾的娘儿们》等一系列小说中，我们可以看到在土地承包和农村经济改革的背景上人的生存权利以及价值与尊严失而复得的艰辛过程。

80年代文学中人道主义的第一个高潮以《人啊，人!》《啊，人……》《女俘》《妙清》《离离原上草》的出现为标志。在这一潮流中，最有代表性的作品是戴厚英的长篇小说《人啊，人!》。在小说的《后记》中，戴厚英叙述了自己思想的历史：二十年前，她曾以战士的身份批判她的老师宣扬的人道主义；二十年后，她却要在小说中宣扬她曾经批判过的东西。因为她看到了各种灾难，并因此而清醒：“我认识到，我一直在以喜剧的形式扮演一个悲剧的角色：一个已经被剥夺了思想自由却又自以为是最自由的人；一个把精神的枷锁当作美丽的项圈去炫耀的人；一个活了大半辈子还没有认识自己、找到自己的人。我走出角色，发现了自己。原来，我是一个有血有肉、有爱有憎，有七情六欲和思维能力的人。我应该有自己的人的价值，而不应该被贬抑为‘驯服的工具’。”[①]正因为这种认识，小说围绕人性的命运展开了各种矛盾关系的描写，通过何荆夫、孙悦、赵振环、奚流、游若水等一系列人物的刻画，使读者看到了人性被压抑、扭曲和泯灭的一段历史，同时，也展示了人性在艰难环境中的复苏。正如作者所说：“我写人的血迹和泪痕，写被扭曲了的灵魂的痛苦的呻吟，写在黑暗中爆出的心灵的火花。我大声疾呼‘魂兮归来’，无限欣喜地记录人性的复苏。”[②]小说出版之后引起了

---

①戴厚英：《人啊，人!》，花城出版社1980年，第353页。

②同上。

持久的争论。从对这部小说的批评可以看到人道主义在当时的处境。

控诉与呼唤的潮流在1983年以有关作家纷纷在报刊上发表检讨而落潮。然而，文学创作中的人道主义精神并没有因此而消失。在一些作家以退却和迂回的方式走进新的探索领域的时候，另一些作家的人道激情却仍然不时表现于作品之中，并且从根本上决定着作品的面貌。《古船》使我们看到张炜等人是如何无法忘记民族的苦难，是如何痛苦于现代中国历史上的鲜血，并且苦苦地思索着如何走出这血流成河的历史轨道。人道的视角在80年代中后期的作品中更多地表现出来。张正隆的长篇报告文学《雪白血红》再现了东北决战的一个个战役，在写到长春之战时开篇即告诉人们：长春和广岛，死亡人数大致相等。作家以难以抑制的悲愤描写了长春变成“白骨之城”的悲惨景象，希望这种惨绝人寰的悲剧不再在我们的土地上重演。面对历史的种种惨剧，文学执着地思考着普通老百姓的人格、尊严、价值和权利。由此可见当时人道主义思潮的力量。

二、走向个体个性

文学既然关注人的价值与尊严，就不能只是面对抽象的人而忽视具体的人，也不可能只是关注群体的存在而漠视个体的存在。人道主义的基本原则是保卫个人自由。个人的价值、尊严和权利的神圣性是人道主义的核心。人是有社会性的，个人不可能完全离开社会而生存，而是需要通过社会满足自身的各种需要。然而，不能因此否认个人的权利，个性不应因社会性而被扼杀。在专制制度下，统治者往往因为自身的合法性不足而不敢承认个人权利的神圣性，希望无论在思想上还是行为上都能万众一心、步调一致，以便实现全面的操控。雅各布·布克哈特说过：“在中世纪，人类意识的两方面——内心自省和外界观察都一样——一直在一层共同的纱幕之下，处于睡眠或半醒状态。这层纱幕是由信仰、幻想和幼稚的偏见组成的，透过它向外看，世界和历史都罩上了一层奇怪的色彩。人类只有作为一个种族、民族、党派、家族或社团的一员——只是通过某些一般的范畴，而意识到自己。”①

①雅各布·布克哈特：《意大利文艺复兴时期的文化》，商务印书馆1979年，第125页。

在80年代的门槛上，中国人不得不再次进行撕破这层纱幕的斗争。作为人的外观，奇装异服出现了，整齐一致的“灰黄国度”变成了花花世界，姑娘们穿起了各色的裙子，小伙子也穿起了喇叭裤。尽管有人摇头叹息，以为国将不国，最终却也无可奈何。与此相伴随的，是年轻人的个性迅速生长，奴隶主义的驯服工具意识受到严重挑战。这是一个文化新时期的开始，显示了个性主义文化思潮的来临。

最先的努力不过是一些作家开始提醒人们尊重独特的个性。对灾难和社会病态的反思导致一种朴素的认识：人的个性各不相同，一个健康合理的社会应该尊重人的个性，允许个性的自由发展。因此，一些作家开始为独特的个性争取社会理解，并试图开拓出一个适宜于个性发展的空间。徐怀中的《西线轶事》中的刘毛妹，蒋子龙《赤橙黄绿青蓝紫》中的刘思佳，航鹰的《金鹿儿》中的金鹿儿，这些形象的出现使人们看到的是社会流行的价值观念对人的个性的不公。作者努力使人们看到，与其说他们有什么缺点，不如说是社会评价标准存在问题。《近的云》《一个星期六的晚上》《年轻的朋友们》《迷乱的星空》等作品所描写的人物虽然常常流于浅薄，但之所以受到批评，却正因为它们那种文化异己者的挑战姿态。那些作品的主人公往往不满于现实的清规戒律，挑战权威，怀疑经典，做出与众不同的选择，并且对自我选择充满自信。从《夏》到《无雾的冬天》，可以看到张抗抗笔下的岑朗总是敢于怀疑，勇于选择，蔑视世俗，我行我素，对自己的全部行为充满自信。从《黑骏马》到《北方的河》，可以看到张承志笔下的主人公所体现的个性主义理想精神。铁凝的《没有纽扣的红衬衫》更多地关注着个体个性与传统观念的冲突，在充分展示这种冲突的同时鲜明地肯定个性的价值。到了刘索拉的《你别无选择》、徐星的《无主题变奏》以及稍后出现的刘毅然的力作《摇滚青年》，个性意识已经发展到一种空前的高度。这些作品中的年轻人开始用自己的大脑进行思考，以自己的思考支配自己的行为。他们各有特点，但共同特点是与传统的行为模式和价值观念格格不入。他们反抗世俗，不愿随波逐流；反抗权威，勇于挣脱羁绊；旧有的道德观念和荣誉观念已经很难成为他们的笼头。他们有极强的批判意识，对传统和经典表示怀疑，对习惯势力采取不合作的态度。性格的怪异不羁，心理的骚动不安，对传统的反叛，对群体的抗争，以及对自我选择的坚信，形成这一形象系列的基本特征。

无论当时的作家们是否自觉，一种新的观念已经出现，并且使时代的审美倾向发生了深刻的裂变。那些唯唯诺诺没有独立见解的人物，那些循规蹈矩安分守己的人物，在大多数作家们的笔下不再是被热情赞美的对象，而成为被嘲讽、被怜悯、被批判和否定的对象。相反，那些性格独特富于个性的人物，那些内心骚动不安、富于创造活力的人物，那些所谓“奇人”和“怪人”，却常常成为被赞美、被歌颂、被肯定的对象。时代的英雄人物精神特征也发生了根本的变化，他们从集体理性的个别载体，转变为真正具有独特个性的个人。

这种思潮的出现是革命性的。从某种意义上说，中国文化是一种伦理文化，它的核心就是“礼”。“礼”的核心是一种等级隶属关系。这种隶属关系最集中的表现就是“三纲五常”。个人在家隶属于家长，在国隶属于国君，只有在这种隶属关系中才被确认。由于这种文化传统的长期熏陶，中国人无论是在心理上还是在行为上，都习惯了逆来顺受，随遇而安，泯灭自我，依附权威，忘记了自我作为个体的存在，更谈不到个人的价值与尊严。进入现代社会，这种民族性格的惰性显而易见，觉醒的人们决不会满足于这样一种状态。从80年代文学对个人自由的诉求，可以看到一种试图建立个人主义的社会伦理和价值标准的努力。这种个人主体性的努力的确并不新鲜。它是欧洲文艺复兴以来的人文思想在中国的再次生长。80年代中国文学知识分子话语的思想资源包括了从文艺复兴以来西方的全部思想，它非常明显地从文艺复兴和启蒙运动留下的遗产中汲取营养，同时也不拒绝20世纪的思想成果。众所周知，尼采的学说与启蒙哲学是存在矛盾的，但尼采对西方近代文化传统的批判却被忽略，他的个人主义和反权威的态度被抽象了出来。面对中国反传统和反专制的努力，他们被求同存异地编进了同一支队伍，服务于打破专制枷锁和实现人的解放。需要特别指出的是，虽然西方不断有人以个人的名义对理性发起批判和挑战，但在当时的中国文坛，人们还不糊涂，因为他们知道，西方从文艺复兴到启蒙运动形成的启蒙主义传统本身就不排斥个人的价值。正如20世纪初鲁迅对尼采的接受一样，80年代中国知识分子并没有因为接受尼采而批判西方的现代理性和启蒙传统。

需要指出的是，在80年代，个人本位的价值观一直没有在社会获得广泛的认可，人道主义往往被限定在道德范围之中。然而，在文学的知识分子话语中，它的地位已经确立。从80年代初期受批判的作品，到80年代末大量同类作品的流行，可以看到它不是权威原则所能抵制的。作家们以他们的虚拟世界鼓励个体实现其自身价值，认可个体欲求的合法性。在许多作品中，损害个人、限制自由、扭曲人性等都已成为罪恶，一切对个体价值的漠视、对个人权利的剥夺都受到了指控。同时，从那些作品中可以看到：个性决不是可怕的，因为个体的自主性是与社会责任感一致的。虽然在整个80年代文学知识分子话语的运行过程中总有人对个人主义抱有极大的警惕，并且时时谴责所谓极端个人主义，然而，考察当时的文学，无论作家们如何张扬个性主义，都没有忘记问题的另一面。他们知道理性是自由的保障，因此，在清醒的作家们笔下，对自由的呼唤始终伴随着对理性的张扬。

三、为了最基本的自然权利

在返归人学的过程中，文学开始把对人的关心推向每一个领域，注目于人在各个层面的欲求。以张洁的《爱，是不能忘记的》为代表的一些作品显示着中国作家首先关注的是人的情感世界。他们开始对一些不被传统观念认可的情感表现出同情和理解，并以沉重的叹息或急切的呼唤向人们宣示：人应该有爱和被爱的权利，应该有守护内心一片情感圣地的权利。评论家曾如此写道：“它向人们表明，人的基本情感是其他东西所不能代替的。对人的尊重，最根本的是对人的情感的尊重。人的解放，最根本的是人的情感的解放。因此，我们的作家开始踏进丰富的人性世界，努力展示这个世界的丰富性和无穷的差异性，许多作品都超越了狭隘的阶级斗争观念，而多方面地对人的内心世界进行考察，甚至把人性深处那些神秘的东西揭露出来。”[①]我不认为当时文学之所以走向情感领域是因为“人的解放，最根本的是人的情感的解放”，因为80年代人学主题之所以走向人的内部世界而没有更多地走向外部世界，其实是环境制约之下的选择，因为外部自由的获得远比内部自由的获得更艰难。但是，无论如何，文学走向人的情感领域，显示着一种巨大

①刘再复：《论中国文学》，作家出版社1988年，第288页。

的进步。它意味着人性的正常要求开始获得文学的关注。人，不再只是钢铁战士，不再只是被阶级斗争的工具，而是恢复了血肉之躯。这个血肉之躯有七情六欲，需要物质和精神各个层面的满足。

这不仅是艺术的变化，也是价值观念的变化。把人的权利还给人，这是文学争取人的自然权利的第一步，也是关键的一步。在进入新时期之际，由于希望之光的呈现，文学家纷纷表达对生活的诉求，其声音充满哀怨与悲愤。舒婷说："我通过我自己深深意识到，今天，人们迫切需要尊重、信任和温暖。我愿意尽可能地用诗来表现我对'人'的一种关切。"[①]她在《风暴过去之后》中对人的价值进行过一番思索与追问之后写道："我希望，汽笛召唤我时／妈妈不必为我牵挂忧虑／我希望，我受到的待遇／不要使孩子的心灵畸曲／我希望，我活着并且劳动／为了别人也为了自己。"北岛诗中的主人公更多显示着悲剧英雄的色彩，然而，却充满着这样的诗句："我是人／我需要爱／我渴望在情人的眼睛里／度过每个宁静的黄昏／在摇篮的晃动中／等待着儿子第一声呼唤……"（《结局或开始》）做人的渴望源于人不成其为人的生活现实。生活使人变成没有七情六欲的机器部件，"我是人"的呐喊就意味着把人应有的本性统统还给人。因为那段反人情、反人性、反人道的历史，新时期文学的知识分子话语一旦回归，就找到了一种新的立场：关心人，尊重人，以人为中心，并且以人的价值、尊严和权利为目的。因此，它就不能不特别关心人的各种最基本的权利。80年代中国文学的知识分子话语对人的关心是全面的，人的社会生活与家庭生活，人的物质需求与精神需求，人的内部自由与外部自由，都已进入文学的视野。

1985年前后，文坛出现了一股引人注目的"性大潮"。无论当时还是现在，人们对这一潮流都不会取得一致的认识，然而，无论对其如何评价，都应承认，它是人的自然权利在文学中的一次回归。文学以对人的本能的关注向人们宣告：人性是不可压抑的！满足正常欲望的权利是不可剥夺的！把人应该具有的统统还给人！文学对人的表现有了新的开拓：从人的社会属性转向人的自然属性；从人的理性内容转向非理性内容；从文明的人转向自然的人。对生命的关注必然带来了对人的原始生命力的关注。文学开始通过性意

①舒婷：《人啊，理解我吧》，《诗刊》1980年第10期。

识这一焦点透视人生，穿越文化铸造的人格表层而直达原始的生命冲动。

张贤亮的中篇小说《男人的一半是女人》不仅写了章永璘对女人的渴望，而且写了这个性饥渴者面对女人活生生的裸体而产生的性欲冲动，甚至写了他性功能丧失时的窘态和性功能恢复时的兴奋。小说的主题仍然是反思文学中已多次表现的中心主题——对极“左”政治路线的控诉与批判，不同之处是它为这种控诉提供了一个新的生命视角。接着令读者惊异的是女作家王安忆。她连续发表《小城之恋》《荒山之恋》《锦绣谷之恋》《岗上的世纪》等小说，以大量的篇幅把男女性爱描写得淋漓尽致，并且充分显示了人的性欲的力量。此后，贾平凹的《黑氏》、铁凝的《麦秸垛》、乔雪竹的《荨麻崖》、魏世祥的《火船》、刘恒的《伏羲伏羲》等大量作品都不约而同地在这一新的领域里进行了探索。与此同时，翟永明、唐亚平、伊蕾等人的诗则以更直接的形式发出了强烈的呼唤：她们喊出了中国人长期压抑的欲望，于人们司空见惯之中揭示了性压抑的残酷：“像需要呼吸，需要吃饭一样／我需要身体所需要的一切／我抑制得就要枯萎了／我必须离开既定的禁地／为了健康的生存／抛弃所有的奢求／我用尽人类高于动物的所有智慧／为了追求与动物同等的权利／悲哀呀，悲哀得没有眼泪。”（伊蕾：《流浪的恒星》）

在这些作品的影响之下，文学大踏步地走向了生命本能。在作家们的笔下，人性开始裸露出全部的自然内容。因此，文学而出现了一些新的特点。比如，在此之前，文学一直在呼唤文明。这是时代的现实要求，因为我们需要从野蛮和蒙昧中解放出来。在此之后，文学不再仅仅呼唤文明，而是同时热切地呼唤人的自然属性。在爱情和婚姻生活的表现中，作家们开始认识到，无论男人还是女人，在婚姻生活中如果只被当作性工具固然是一种悲剧，但如果只有精神上的满足而没有肉体上的满足，同样是一种悲剧。人们对爱情幸福有了新的理解，生理满足成为衡量爱情和婚姻是否美满的重要尺度，而影响这种满足的因素都成了文学批判和否定的对象。再比如，在此之前，文学作品中的人都被清醒的理智所支配；在此之后，文学更多地展示人的非理性的原始冲动的力量。《小城之恋》等作品展示的是人的性欲冲动不可压抑和不可驾驭的状态。《岗上的世纪》使人们看到，性的力量不仅可以像莎士比亚的《罗密欧与朱丽叶》中那样可以超越家族宿怨，不仅可以像苏联小说《第四十一个》中那样跨越民族的和阶级的壁垒，而且可以超越自身的恩怨，仇恨着的人也可以在性生活中相互得到满足，并且因此而化解仇恨。在这样一种认识作用下，文学开始把道德、感情、性区别开来，并且向人们宣示：本能的力量是强大的，理智和情感并不能够完全驾驭它。

与此同时，人的生命活力和强度受到了文学的热情赞美，与之相关的野性和强悍成为美好的东西。在一大批作家的笔下，使道学家们惶惶不可终日的情欲之火成了健全人性中不可缺少的珍贵元素，因为它常常是与生命力的自由状态连在一起的。这种审美选择带有某种返归自然和返归原始的倾向。但是，没有几个作家真正渴望返归自然，这种审美倾向只能说是对人性异化的一种反抗。文学因此而对人的表现有所拓展，但也显示着一种退缩性的转向。

四、理论资源及其他

理论上的突破首先是从对马克思主义的重新解读开始的。在结束“文革”之际，中国出现了一种“真正的马克思主义”思潮。事实上，这种“真正的马克思主义”可以称作“人道主义的马克思主义”，因为它最突出的特征是在马克思主义中放大和凸现其人道主义内容。这种方式并非中国知识分子的独创。在斯大林时代结束前后，东欧国家发生的一系列变化往往都是在人道主义的旗帜下进行的。尽管当时的人道主义在德国和法国早已受到结构主义和后结构主义的批判和质疑，但这并没有影响东欧思想家和社会活动家使用人道主义的武器批判专制主义和各种制造灾难的力量。虽然这些运动被正统派谴责为“修正主义”，但几乎整个社会主义阵营最终都没有避免这种“修正”。修正主义者们有一个共同的特点，就是把自己称为人道主义者，并且宣布他们信奉“一切为了人”的口号。这种人道主义复兴的重要契机首先是赫鲁晓夫对斯大林主义的严厉谴责，其次就是马克思《1844年经济学—哲学手稿》和他为写作《资本论》而准备的笔记的传播。当然，中国的情况很不相同。当东欧和苏联出现马克思主义的人道主义的时候，非正统的中国马克思主义者却扮演了保卫马克思主义的角色，以强烈的激情致力于对修正主义的批判。但在“文革”结束之后，中国的历史终于出现转折。尽管中国的现实环境不可能在一夜之间为人道主义的传播提供良好的条件，但一些知识分子还是迅速地成了人道主义的马克思主义者或者马克思主义的人道主义者。于是，马克思当年用以批判资本主义生产关系的异化理论在80年代中国知识分子中成为争取人的解放和自由的武器。

这种做法实在有些勉强，其学理也未必无懈可击。因为马克思晚年的确对自己青年时代的思想有所扬弃。人们努力把马克思打扮成一个人道主义者，将其努力的目标定位于人的解放，却有意回避那个能够与斯大林主义相联系的马克思，也闭口不谈那个能够与农民革命相结合的马克思。然而，无论如何，以人道主义解释马克思主义，是80年代体制内的知识分子进行的一种很有时代特色的努力。他们认为人道主义所强调的人的价值与尊严、自由与权利，并不只属于资产阶级，而是人类文明发展的共同成果，因而同样属于马克思主义。他们认为："当马克思开始作为一个共产主义者踏上自己的发展道路时，他最关心的也正是人的问题。他对资本主义社会里的人的处境和地位的深刻分析，以及对未来共产主义社会里的人的展望，都是贯穿着一种把人的价值放在第一位的人道主义精神。"他们认为，马克思主义"从诞生的第一天起，就把人的解放作为自己的最高目标"，作为社会主义革命的目的决不是以一个阶级的统治代替另一个阶级的统治，而是把一切人从阶级统治中解放出来。如果从马克思主义中抽掉了人道主义，它就可能走向反面，"变成目中无人的冷冰冰的僵死教条，甚至可能会成为统治人民的一种新的异化形式。"①1983年3月，为纪念马克思逝世100周年，一个学术报告会在北京举行，作为中宣部顾问的周扬作了一个让一些人非常恼火却使知识分子非常激动的报告。洋洋万余言的报告也许早已被人们所忘记，但论述人道主义和异化问题的一些段落却长久地留在了知识分子的记忆中："人是我们建设社会主义物质文明和精神文明的目的，也是我们一切工作的目的。生产本身不是目的，阶级斗争，人民民主专政本身也不是目的。过去，许多同志把这一点忘了。"②作为中宣部的顾问，周扬的讲话也许并不恰当，但是，它使我们看到了一个文化官员发生的某些变化。

这种努力是行之有效的，它使知识分子的言说在条件还并不十分具备的情况下获得了合法性。因而成为80年代思想解放运动的一个重要构成，在

①汝信：《人道主义就是修正主义吗?》，《人民日报》1980年8月15日。

②周扬：《关于马克思主义几个理论问题的探讨》，《人民日报》1983年3月7日。

对过去年代的控诉和否定中起到了极大的作用。

更值得注意的是，一些长期以来一直在沉默中坚持人道主义和人性论的理论家，较早地表现了鲜明的立场。他们的声音在当时没有引起足够的重视，因为当时人们的目光还被一些时髦的东西所吸引。然而，历史不会忘记，当理论界以解经的方式艰难地争取人道主义的合法地位的时候，他们已经在强调以人道主义为指导去描写人性，表现人情，并且认为这才是文学的根本特征，否则就不是真正意义上的文学。他们认为文学如果不表现人性，就不会有长久的生命力。朱光潜说，如果没有对人性的深刻理解和忠实的描绘，如果对人性望而生畏，就不可能有真正的文学艺术作品，要打破长期以来形成的公式化和概念化倾向，“首先就要打破‘人性论’这个禁区”。[①]钱谷融说：“文学既以人为对象，既以影响人、教育人为目的，就应该发扬人性、提高人性，就应该以合乎人道主义的精神为原则。”[②]他们的声音更集中地代表了知识分子的声音。他们在1957年曾经发出过这种声音，因而遭到批判。然而，由于上帝厚爱，他们活了下来，成为80年代知识分子话语的火种。这是一个至今缺少研究的现象：在他们的周围，一批年轻的学者成长起来，为80年代中国文学的知识分子话语增添了光彩。

正是由于这个中介，在进入80年代的时刻，中国文学重新走上了“五四”时期“人的解放”之路，并且以高涨的热情重演了欧洲文艺复兴和思想启蒙运动的主题。经过十年“文革”之后，人们更清醒地意识到那些未完成的历史课题的重要性。80年代的人道主义思潮对十年“文革”的批判主要指向了蒙昧和专制，因为当人们分析当代中国人的悲剧命运时，看到的是几千年的专制和迷信的幽灵。在80年代，知识分子相当普遍地支持改革开放。按照他们的看法，推动历史进步是知识分子的使命，而推动历史进步的现实实践就是推动中国的现代化。但是，他们对改革开放的支持已经不像过去那样只是对路线方针的盲目配合，更不是寻求新的依附，而是源于一种认识：只有改革开放才能接近现代化目标，而只有全面的现代化才能带来人的解

①朱光潜：《关于人性、人道主义、人情味和共同美的问题》，《文艺研究》1979年第3期。

②钱谷融：《〈论“文学是人学”〉一文的自我批判提纲》，《文艺研究》1980年第3期。

放。对于他们中的清醒者而言，目标非常明确，他们所追求的现代化也决非仅仅是当时权威话语所讲的四个。80年代的中国作家热切地呼唤民主、抨击专制，因为民主更能够保障人的权利。《人到中年》这部产生过广泛影响的小说，直接提出的是当时中国面临的一个重大问题——中年知识分子的超负荷运转和由此暴露的人才危机，直接的表达方式是为知识分子呐喊请命。然而，敏感的批评家已经指出：“这部引起巨大反响的作品提醒人们：人为社会尽义务，而社会也应当为人尽义务。社会主义人道主义，应当包括人的义务和人的权利。”①到了80年代中后期，《世界大串连》《旅美华人录像》等不少反映了出国热潮。在对去国者进行分析的时候，不少作品表达了一个共同的倾向：为了个人的自由而离开自己的国家，在文学中得到了同情和理解，而不再只是被批判和否定。80年代的中国知识分子已经不是狭隘的民族主义者，而是把人的权利看得更为重要。正因为这样，他们以人道批判现实与历史的不人道，以健康舒展的人性衡量被扭曲的人性，努力为重重束缚下的个性寻求解放，为个人应有的权利呐喊呼吁。他们虽然没有特色鲜明的旗帜，但是，仔细考察他们的精神基点，我们会看到他们的阵营中高高飘扬的旗帜上写着一个大写的“人”字。

但是，重返“人的文学”的路不是畅通无阻的。80年代中国文学重返“人的文学”的全过程都伴随着对它的批判和否定。

这种批判和否定首先来自于以阶级斗争为纲的观念。虽然人道主义问题能够提出，人的异化问题也可以讨论，但是，人道主义主题对旧规范的突围必然引起原有秩序的某些不适。文学在进行政治上的拨乱反正时与权威话语的关系是和谐的，而当人道主义作为一种潮流涌动时，与权威话语的关系就不再那么和谐。在这种情况下，知识分子话语虽然努力摆脱权威话语的笼罩，却表现得小心翼翼。而且无论如何小心，矛盾总是不可避免。在一些人那里，人道主义之所以被接纳，仅仅因为它是批判过去历史的一种武器。当文学真正获得人道主义的立场的时候，就变得不可接受了。那些与旧话语难以切断联系的人仍然习惯于谈论人道主义的局限性。它被认为是抽象的，虚伪的，不切实际的，因而不可能改变人的命运，更不能对社会有所救助。也

①刘再复：《论中国文学》，作家出版社1988年，第270页。

许，这些见解都有其道理，因为事实很明显，与血腥的暴力相比，人道主义的确软弱无力。但是，80年代新生的知识分子话语却并不希望中国历史再以血腥的暴力作简单的重复。

同时，它还面对着新潮的冲击。因为虽然中国人正在为人的解放而努力，但世界范围内的最新思潮却已经在解构人的神话。按照一些时髦的理论，人道主义早已过时，早已被超越。然而，这并没有从根本上影响80年代中国文学对人道主义的信仰，因为他们知道不同语境差距的存在。应该说，80年代中国文学的这种选择与世界潮流保持了一定的距离，但是，这种距离正是它的价值之所在。在世界最新潮流中正在以后结构主义消解人的神话和启蒙主义以及主体性概念的时候，从血泊中站起来的中国作家和他们的文学没有追赶最新的时髦，而是守护了文艺复兴和思想启蒙运动的思想成果，为启蒙、理性、科学、民主和所谓人的神话而努力。当然，科学、民主、理性、主体也许都并非绝对可靠，但是，相对于信仰与情感而言，人们只能选择理性；相对于迷信而言，人们只能选择科学；相对于专制而言，人们只能选择民主；相对于被动的工具性，人们只能选择主体性。因此，面对来自西方的新潮理论的挑战，人们做出了这样的回答："西方现在已处后现代化时期……而我们的国家刚刚要迈入前现代化时期，我们的历史任务是要充分尊重人，创造使人发挥潜在力量的文化条件，激发人的创造性、能动性和自主性，也就是主体性，从而发展高度的科学技术和公有制基础上的商品经济。这个时候，我们倒是需要讲科学、民主、自由、人道，这不仅没有过时，反而是很适时的。"[①]应该说，这样的回答是有力的。

遗憾的是，在80年代结束之后，由于种种复杂因素的影响，文学开始青睐于人的被动存在状态，认同种种丑陋、渺小、卑微和无奈，告别理想主义，解构"人的神话"……于是，"活着就好"和"千万别把我当人"成为流行语和关键词，"人的文学"似乎真的成了一个过时的概念。但是，常识告诉我们：中国人并非不需要自由、尊严和权利。

①刘再复：《论中国文学》，作家出版社1988年，第273页。

崎岖的启蒙之路
——1980年代中国文学的知识分子话语之四

文学的知识分子话语以启蒙作为自身的标志之一，1980年代，一些作家回到了“五四”启蒙之路。但是，启蒙之路荒芜已久，重新开拓并非易事；启蒙精神丢失已久，重新获得也非易事。在新时期之初，作家在大众面前往往是忏悔者而不是启蒙者。最先的启蒙者来自“文革”后期的地下文学。历史逼迫一些人成了真正的知识分子。觉醒者面对苦难和蒙昧走上了启蒙之路，自我反省是80年代启蒙文学的重要特点。文化批判在80年代中期形成大潮，它是启蒙文学受挫几十年之后的一次复兴。人们做出了一个选择：回归“五四”。其主要原因有二：一是历史上启蒙运动的夭折；二是现代化呼唤一场更加广泛的启蒙。90年代以来，启蒙文学受到种种指控，但只要人类历史还没有走到尽头，文学承担启蒙的使命就决非耻辱。

文学的知识分子话语以启蒙作为自身的标志之一，因此，要考察80年代中国文学知识分子话语，这是一个无法回避的话题。进入80年代之际，清醒的作家开始寻找知识分子话语自身的根本。经过艰苦的努力，他们回到了以鲁迅为代表的启蒙之路。但是，由于历史造就和种种原因，能够走上这条道路的只是一小部分人，而且，这条道路并不平坦。90年代以来一些论著中对80年代启蒙话语的描述往往是夸大、误解或歪曲的。

一、新的开端与旧的羁绊

对于“文革”结束后的文学而言，启蒙之路荒芜已久，要重新开拓并非易事。对于当时的作家而言，接受改造的时间已长，启蒙精神丢失已久，要重新获得启蒙立场，也非易事。作为文学创作主体，中国作家经过几十年的强化训练，早已习惯于听从号令而异口同声地按照政治需要重复权威话语；也早已习惯了虚心接受大众的改造，努力使自己的思想感情与工农大众保持一致。当然，任何人都知道，这个“工农大众”并非实际生活中的工农大众，而只是根据需要制造出来的抽象的符号，但是，它的意志是不能违背的。在过去几十年的历史上，已经没有人敢于把自己凌驾于工农大众之上。虽然政治权威从来没有放弃过教育和改造农民的努力，但作为知识分子，却没有人敢于公然对工农大众启蒙。因为：“尽管他们手是黑的，脚上有牛屎，还是比资产阶级和小资产阶级知识分子都干净。”知识分子出身的文艺工作者，必须“把自己的思想感情来一个变化，来一番改造”，“把立足点移过来”，走大众化的道路。而大众化并不像一些人一厢情愿理解的那样只是意味着通俗易懂，而是意味着作为知识分子的作者必须在思想感情上改变自身而向大众看齐。“许多同志爱说‘大众化’，但是什么叫作大众化呢？就是我们的文艺工作者的思想感情和工农大众的思想感情打成一片。”[①]根据流行辞书的解释，就是“变得跟广大群众一致”[②]。因此，在结束“文革”而进入80年代之际，要迅速回到启蒙之路，也异常艰难。这种艰难不仅源于外部制约，同时也源自作家自身。

在其开始，走在前列的作家们显示给人们的常常是这样一种情感立场：“我从土地来。／土地冰封了多少年，／我被封冻了多少年，／土地碾压了多少载，／我被碾压了多少载。／……土地哟！我只是比你多了一首急切的诗，／但这诗，也是你孕育的胚胎。”（杨牧《我从土地来》）“我长久地跪倒在这块土地上，／以一个农民的儿子血管里／固有的对泥土的爱，／久久

①《毛泽东选集》，人民出版社1967年，第808页。

②《现代汉语词典》，商务印书馆1996年，第200页。

地注视着捧在手中的黑土；／苦涩的眼泪和汗水，／带着火样的热情一起流进土里。”（雷抒雁《黑土地》）“我的诗行是／沙沙作响的相思树林／日夜向土地倾诉着／永不变质的爱情。”（舒婷《土地情诗》）这里所表现的，都是对人民大众的深情。

应该承认，这一立场的转换极为重要，因为在此之前，当代作家在写阶级之情、人民之情的要求之下实际上并没有传达出大众的声音。在大众生活苦不堪言的时候，文学却因为政治需要而制造大众的笑声；当大众因为痛苦而满怀悲愤的时候，文学却根据权威的要求而制造大众的赞颂。文学成为政治的奴仆，为政治权威代言而不能为大众代言。这是当代文学的悲剧，也是知识分子的悲剧。这使许多作家在那个岁月结束之后感觉惭愧。因此，当他们从苦难中走出之后，不仅要抒写自身经历的苦难，而且同时要找回为人民大众代言和请命的责任。于是，在拨乱反正的过程中，文学出现了一个重大的变化：无论抒情还是叙事，一些作家开始从国家权威的立场转向民间大众的立场。用诗人们的象征说法，就是从“太阳”转向了“大地”。几乎每一个诗人都曾宣称自己是大地的儿子，向大地倾诉着无限深情；几乎每一个作家都充分表达着对人民命运的关注，努力履行着“为人民鼓与呼”的崇高承担。从高晓声的《李顺大造屋》到李国文的《冬天里的春天》，从茹志鹃的《剪辑错了的故事》到张一弓的《犯人李铜钟的故事》，从叶文福的《将军，不能这样做》到熊召政的《请举起森林般的手，制止!》，大量作品表现着共同的观念：人民高于一切。从“归来”的作家到知青作家，都在反复表达着对人民的赞美和对忘恩负义者的谴责和鞭挞。正是在这个转变过程中，知识分子获得了一种“人民——上帝”的观念，并且成为人民大众的代言人。

然而，一个问题是明显的：崇高的情感遮住了理性的目光，热情的礼赞影响了冷静的审视，民间大众的出发点影响了知识分子立场的确立。在许多作家那里，甚至包括李国文的《月食》《冬天里的春天》、张贤亮的《灵与肉》《绿化树》等比较优秀的作品，都带有一种大众崇拜的倾向。他们往往把人民大众神圣化，把人民大众的形象具体化为伟大的圣母形象，而知识分子在其面前只是忏悔者，而不是启蒙者。

在90年代一些年轻学人的描述中，往往认为知识分子精英意识在80年代文学中独占了鳌头，甚至建立了话语霸权。其实，当时的知识分子话语不仅往往与权威话语纠结在一起，而且与民间大众话语的关系难舍难分。这是一个知识分子话语与权威话语携手前行的时期，也是知识分子话语与民间大众话语关系密切的时期。当时的知识分子话语最充分地体现了为民请命的精神，大量作品在大众中引起的轰动效应正是这种密切结合的证明。然而，这种密切关系却常常以牺牲知识分子自身为代价。哀其不幸的情感淹没了怒其不争的理性，深情的礼赞代替了冷峻的审视，这成为不少作家创作中存在的共同问题。特别是在鞭挞官僚主义者和各种忘恩负义者的同时，一些作家对人民大众的形象进行充分美化，使其闪耀着伟大与神圣的光彩。一些作家正是由于被笼罩于伟大与神圣的光环，才认同了大众与自身那种改造与被改造的关系。在关于《灵与肉》的通信中，张贤亮曾经如是说："和《灵与肉》中的许灵均一样，我出身资本家家庭，少年时期生活在十里洋场的上海，见过灯红酒绿的豪华场面；我文学修养的根基开始是扎在西欧古典文学和北美近代文学上的。那么，是什么使我的感情、生活习惯、幸福观和价值观念起了变化的呢？那就是体力劳动，以及作为一个普通的劳动者和劳动人民长期的相处。一个人没有多少二十二年。在这揉合着那么多辛酸、痛苦和欢乐的二十二年体力劳动中，我个人的心灵和肉体都有了深刻的、质的变化。……我接触过许多和我有同样经历的人，我们在受到不公正的待遇时是委屈的、不平的、愤懑的，但是这些幸存者中没有一个人（如果这个人是热爱生活、身体健康和意志坚强的话）不承认他在长期的体力劳动中，在大自然的怀抱里进行劳动与物质的变换中获得过某种满足和愉快，在与朴实的劳动人民的共同生活中治疗了自己精神的创伤，纠正了过去的偏见，甚至改变了旧的思想方法，从而使自己的心灵丰满起来的。"①

因为这样一种情感，便满足于赞美人民的伟大而难以对其进行冷静的审视。这也许是知识分子改造政策在其预期之外的另一种成功。它的成功就在于使一些作家由于苦难而感恩，由于感恩而彻底远离了启蒙，并且在苦难过去之后也很难获得启蒙精神。联系进入90年代之后对启蒙主义的批判，使人不能不想到这种改造力量的强大。因此，他们很难像鲁迅那样面对传统，也很难像鲁迅那样面对国民性。

---

①张贤亮：《心灵和肉体的变化》，《作品与争鸣》1981年第9期。

在这一代作家中，较早获得了国民性批判视角的是高晓声。他的陈奂生形象一直被作为新时期文学国民性批判的范本。然而，虽然他能够认识到中国农民如果都像陈奂生，就难免要出皇帝，但是，他与农民的感情联系却使他并没有多少自觉的启蒙精神。在《且说陈奂生》中，他曾经这样表示："我还要进一步说，我对陈奂生们的感情，决不是什么同情，而是一种敬仰，一种感激。这倒并非受过他们特殊的恩惠，也不是出于过分的钟情，而是我确确实实认识到，我能够正常地度过那么艰难困苦的二十多年岁月，主要是从他们身上得到的力量。正是他们在困难中表现出来的坚韧性和积极性成了我的精神支柱。和他们长久在一起使我常常这样想：'我有什么理由应该比他们生活得更好些呢?'是的，没有理由，没有任何理由。于是，我泰然了，觉得老天爷对我并无不公平，我也就没有什么可抱怨。于是，我就和他们融在一起，我就理解他们和我有一样丰富的精神，这精神支持了他们自己，支持了我，也支持了整个世界。"①

考察70年代末到80年代初的文坛，几乎没有一个作家理直气壮地表示自己在精神上高于大众，也没有一个作家理直气壮地显示知识分子的启蒙姿态。他们可以批判极"左"政治，批判过去的历史，批判某一个恶棍，却不曾想过可以批判以工农为主体的人民大众。当时的作家几乎都相信人民创造历史并且决定历史，却很少有人思考十年"文革"和时代的苦难到底是不是人民的选择。如果人民对历史无能为力，那么，人民的伟大与神圣何在？如果人民能够决定历史，那么，为什么自己选择了灾难？其实，这种观念不过是权威意识形态在他们头脑中刻下的一种印痕。因为那个岁月虽然使人民陷入深重的苦难，践踏其价值，剥夺其权利，却一直把抽象的"人民"大写在纸上。因此，我们不难理解那些作家对人民大众的崇拜。但是，从知识分子话语自身的发展看，这却是一个严重的制约。

二、最先的启蒙者

在"文革"结束之后的文坛上，最先显示了启蒙特色的是"文革"时期

①高晓声：《且说陈奂生》，《人民文学》1980年第6期。

的地下文学。在芒克的诗中，我们看到了由怀疑而滋长的觉醒与反叛。《阳光中的向日葵》写道："你看到了吗／你看到阳光中的那棵向日葵了吗／你看它，它没有低下头／而是把头转向身后／它把头转了过去／就好像是为了一口咬断／那套在它脖子上的／那牵在太阳手中的绳索。"在这里，我们已经看到了借反叛者的形象而进行的启蒙言说。这种精神在北岛的《回答》中转化为对历史真相的揭示和作为挑战者的自我形象对时代荒谬的质疑："冰川纪过去了，／为什么到处都是冰凌？／好望角发现了，／为什么死海里千帆相竞？／我来到这个世界上，／只带着纸、绳索和身影。／为了在宣判之前，／宣读那些被判决的声音：／告诉你吧，世界，／我——不——相——信！／如果你脚下有一千名挑战者，／那就把我算作第一千零一名。"早在1971年，他的《在扬子江上放歌》就这样写道："把我的话语传向四方吧，——长风的使者！我是那漆黑的午夜里／一把黎明的火。"应该说，这就是最先出现的启蒙姿态。

一个日子也许是不应忘记的：1978年12月23日。在这一天，《今天》诞生了。在当时人们的眼里，它是一本奇特的刊物，因为它是几个青年思想者和艺术追求者自己办的，它所显示的价值观念和艺术追求都与人们习惯的一切相去甚远。然而，它的价值正在这里。在客观上，它改变着人们的僵化思维和阅读趣味。尽管不同的作者有不同的探索，但正如赵振先在回忆文章中所说的："北岛是从自身的危机出发，把目光投向社会，投向世界，最后在诗歌之中实现了个人与他人的灵魂拯救；而多多一直扮演着一个超越者的角色，他仿佛从西方人的手里接过火炬从天而降，操起语言这把利剑在中国这块古老的土地上展开一场大批判。其实他们是殊途同归，最后唯有在语言中言说，用语言来改造中国人的言说方式，从而改造着中国人的国民性。"①无论北岛、芒克还是多多，都不曾以知识分子自居。因为他们的学历和职业在80年代的中国已经不被看作通常意义上的知识分子。然而，历史却以苦难的方式逼迫他们在痛苦的思考中成为真正的知识分子，而且选择了启蒙主义的立场，并最先在中国文坛上发出了启蒙知识分子的声音。

在小说创作中，《公开的情书》《波动》《晚霞消失的时候》等是值得

①赵振先：《〈今天〉忆往》，谢泳编《思想的时代》，吉林文史出版社2000年。

注意的。《公开的情书》虽然带有那个时代的一些色彩，但是，它已经显示了“文革”中一代年轻知识分子的探索和思考。这些思考虽然由于思想资源的欠缺而呈现着各种局限，但是，他们独立了，开始用自己的眼睛判断世界，不再相信传统的结论，要通过自己的思考重新认识真理。老嘎在致老久的信中写下了这样的感受：“在这笼子似的、静静的山谷里，栖息着十多只异乡的鸟：有北大的、清华的、南开的、武大的、川大的……他们生长在20世纪70年代，却又生活在刀耕火种的桃花源里，这是怎样一种‘再教育’啊。”从这些混杂着各种因素的感情抒发和思想表白中可以看到，老久、老邪门这些思想者的形象已经不再承认对知识分子进行再教育的合法性。他们冲破传统的教义，冲破各种政治偏见，走向了知识分子的精神探索之路。他们表示：“我们深深苦恼的是为什么年轻人的思想这么混乱，似乎理论的危机已使很多人从根本上对未来丧失了信心。但我们努力探索着，希望我们的工作成为茫茫大海中的一盏灯，给年轻的朋友们指明方向。我们坚持不懈地努力，不让奋斗精神丧失，不让热情的火花熄灭。我们决心走一条和许多年轻人不同的道路——在理论上进行探索的道路。我们希望我们的思考成果能成为扎在海底岩石之中的柱石，不管风暴多么猛，浪涛多么大，那些被巨风吹散的船只能靠到这里拴住它们的缆绳。”[①]从这里，我们可以看到“文革”当中一代青年知识分子保持独立的思考的历史。小说发表之后，有人批评小说中的人物：“一面宣称‘冲破宗教教义、偏见和各种传统观念’，一面又用救世主的口吻说教。他自以为在宣布一种新的科学思想，却不小心地说出了早已过时的陈腐观念。他的某些思想说教带的是20世纪资产阶级思想家的色彩”，并且批评他们“看不起群众，自以为比群众高明，把群众看作庸众”。[②]这种批评正好证明他的确是一个能够独立思考的青年知识分子。小说作者与老久、老邪门在精神上是一致的，同属那个年代通过痛苦的思考而站立起来的青年。正是这样的知识分子带来了“文革”后知识分子自我意识的觉醒，也带来了文学中知识分子启蒙话语的复苏。

因为中国人刚刚经历过一个以偶像崇拜为特征的文化蒙昧时代，因为偶

①靳凡：《公开的情书》，《十月》1980年第1期。

②《对小说〈公开的情书〉的不同看法》，《文汇报》1980年6月26日。

像的光环对人的残暴杀戮，新时期文学的启蒙主题首先集中于对偶像崇拜的揭露与批判。这成为70年代末到80年代初中国文学的一个中心主题。这一主题充分表现着启蒙主义的最初形态。觉醒者看到了在灾难的深渊中国人所显示的蒙昧状态，从而走上了启蒙主义的道路。对于偶像崇拜的揭示有两层意义，其一是控诉性的，它的批判锋芒指向崇拜的制造者，揭示他们对人们的愚弄而展示他们的罪恶。其二是悲悯的，面对那些个人崇拜中的牺牲品，一些作家表现出极大的悲悯，这种悲悯显示了启蒙主义者的目光，因为能够看透精神悲剧者正是清醒者。杨牧的《站起来，大伯》显示了一种启蒙主义的精神和以人为目标指向的主题。诗的小序写道："一个时代有一个时代的成因。据说，在三十年前的开国大典上，当工农兵队伍浩浩荡荡经过天安门时，一位从乡下来的饱经风霜的农民，热泪纵横，纳头便拜……"诗人从这里找到了个人崇拜和各种旧传统的根源，它的批判矛头指向的是当代政治迷信，目标指向是人的精神解放。

在告别80年代之后，中国后现代主义者常常描述80年代启蒙主义文学那种居高临下的姿态。他们往往通过这种姿态而把启蒙知识分子描绘为教训者，他们总是居高临下地面对大众，教训大众，批判大众，却从来不知道反省自己和批判自己。但是，只要了解80年代启蒙主义文学的真实状态，就不会赞同那种结论。80年代中国知识分子对大众的精神弱点的揭示更多地伴随着浓厚的同情。这从以上杨牧等人的作品中已经看到。同时，如果考察当时启蒙主义文学的表现形态，还会发现自我批判和反省也是启蒙文学的一种重要表现形式。雷抒雁的《小草在歌唱》是最早启蒙主义诗歌的杰作，而它的主要价值并不在于对一个具有独立见解的人物的歌唱，而在于唱出了一首觉醒之歌；不仅在于对邪恶的揭露和控诉，而且在于对迷信和愚昧中的自我精神状态进行反思，诗中最有力量的也正是这样的句子："我恨我自己，／竟睡得那样死，／像喝过魔鬼的迷魂汤，／让辚辚囚车，／碾过我僵死的心脏！／……昏睡的生活，／比死更可悲，／愚昧的日子，／比猪更肮脏！"

这种表现方式的选择也反映着历史的真实状态。因为80年代中国文学启蒙思潮兴起的时候，历史并没有为之准备下作为启蒙主体的知识分子队伍。知识分子作为启蒙的主体，同时也是启蒙的对象。启蒙思潮的壮大事实上伴随的是知识分子不断在自省中觉醒这一基本事实。正是由于知识分子的不断觉醒，才使得启蒙主义思潮得以发展。

三、文化批判的潮流

如果知识分子具有一定的独立性，就不可能与民间大众话语完全保持一致。当鲁迅面对祥林嫂、华老栓和阿Q们的时候，如果在思想感情上能够与之保持一致，也就不再有那些闪耀着启蒙光辉的作品。知识分子话语的发展不仅有赖于摆脱权威话语的笼罩，而且有赖于对大众所体现的国民性格的审视和反思的能力。

其实，这一切在进入80年代之际就已经开始了。面对“文革”中的灾难和灾难中的人格百态，文学不可能只关注其政治层面，而且，一些问题也绝不是依靠派别基础上的善恶之辨就可以认识的。苦难发生了，亿万人民都是受害者，但导致苦难的如果只是几个人，民众本身的问题就值得考虑了。正如高晓声的判断：“李顺大在十年浩劫中受尽了磨难，但是，当我探究中国历史上为什么会发生这样的浩劫时，我不禁想起李顺大这样的人是否也应该对这一段历史负一点责任。”[①]他清楚地看到，如果中国农民都像陈奂生，中国是要出皇帝的。国民的这种“劣根性”不仅是“文革”的土壤，同时也是现代化的阻力，而且直接阻碍着国民真正站立起来去争取或维护个人的自由、尊严和权利。叶之榛的《我们建国巷》、陈建功的《辘轳把胡同9号》以及冯骥才的《高女人和她的矮丈夫》等作品都比较早地找回了鲁迅小说的叙事视角，开始揭示国民性格的弱点。而高晓声的“陈奂生系列”更是以此引起了文坛的广泛关注，并成为80年代初期揭示国民性格所取得的成就的集中代表。在陈奂生身上，我们看到了未能站立起来的中国农民的精神状态。

到了80年代中期，随着文化批判意识的普遍萌发，文坛迎来了一个文化自觉的时代。反省文化自我和批判国民性的主题在文学创作中大量涌现。一些作家的艺术批判锋芒由极“左”政治转向文化心理。陆文夫的《井》所描写的徐丽莎在重见光明之后投井自杀，迫害者已不是政治，而是她所处的

①高晓声：《开拓眼界》，《小说林》1983年第7期。

那个文化环境。鲁彦周的《苦竹林，苦竹溪》中的尚文芬是一个历史冤案的受害者，但小说却无意写一个平反冤假错案的故事，而是着力揭示了她由文化传统造就的悲剧性格。王蒙的《活动变人形》以批判的目光审视着父辈的文化心态。谌容的《献上一束夜来香》以一个极小的事件批判了扼制人的主体意识觉醒的文化心理。李锐的《古墙》《厚土》、王兆军的《不老佬》、韩少功的《爸爸爸》、张炜的《古船》、张石山的《仇犹遗风录》以及话剧《狗儿爷涅槃》、川剧《潘金莲》……集中显示了这一思潮的蓬勃发展。

这股批判思潮的出现是五四新文化运动没有完成的历史任务在新时期的继续，是中国启蒙文学在受阻而停滞几十年之后的发展和深化。“五四”时期，为了使国人从传统的精神枷锁中解放出来，为了结束鲁迅所说的两样时代而迎来第三样时代，一些知识分子对传统文化进行了一次全面的批判。鲁迅以他不懈的上下求索的精神拓出了一条至今闪耀着光辉的路，为我们留下了《狂人日记》《药》《孔乙己》《阿Q正传》等光辉的篇章。但是，由于历史提供的条件限制，对旧文化的清算没有能够继续下去。由于与之俱来的民族矛盾和国内阶级矛盾的加剧，导致新文化阵营的分裂和新文学运动的转向，鲁迅的路后继乏人。当一场大灾难过去之后，人们透过血迹审视灾难的根源，首先发现的当然是灾难的直接制造者。但是，随着反思的逐步深化，文化传统和国民灵魂的问题不能不被发现。从政治反思到文化反思，这是一个必然的发展过程。

与“五四”不同的是，“五四”时期的文化批判是政治革命完成之后的一场文化补课，是在现代政治制度框架之下进行的。而80年代的文化批判条件很不相同，它是伴随经济和政治体制的改革而发生的，却又是变革发展途中的一种迂回。由于文学的政治批判遭遇挫折，文学开始告别急功近利的态度，从而做出了新的选择：更多地作用于文化而不是作用于政治。一些人以逃避的姿态重新为文学定位，因此而导致文学在80年代中期发生了一次较大的变化。在这种变化中，知识分子话语不仅疏远了权威话语，而且开始疏离民间大众。他们不再满足于为民请命，而开始进一步认识到自身与民间大众的不同，更多地承担起了启蒙的使命，走上了重铸国民灵魂的路程。一些人因此而对80年代的文化批判冷嘲热讽，但只要是当年的亲历者，只要对当年的情形不是一无所知，就应该知道这条道路的崎岖与沉重，也应该知道文化批判并没有远离现实，而是承担了为改革开路的使命。

同时，这股批判思潮表现着一种新的觉悟。自19世纪末叶以来，中国进步的知识分子总是谋求社会的变革，却也尝尽了失败的灰心。在这片古老的土地上，传统的种种惰性总是以各种不同的方式制约着变革。进入80年代之后，变革已经成为时代精神，改革大业逐步展开。但是，改革并非一帆风顺，更非一切都如人愿。使人产生痛苦思考的不仅是改革困难重重，社会的久症顽疴并非都能迎刃而解，而且还有那些“成功”之处播下龙种收获跳蚤的悲剧。现实的种种问题究竟源于何处？在一段时间里，人们曾经把社会存在的一切问题简单地归于“十年动乱”和“林彪、‘四人帮’的破坏”，而当时的现实是“四人帮”早已垮台，虽然其恶劣影响不可低估，但一些新的问题无法仍然记在林彪和“四人帮”的账上。在一段时间里，人们曾经常用政治路线上的“左”或“右”来解释一些问题，揭露和批判极“左”的政治路线曾是文学的一个中心主题，随着时间的推移，左的政治路线显然已经不再占有统治地位，一些新的问题并非用“左”或“右”能够解释清楚。由于这样一种现实背景，人们逐渐认识到，中国的改革不仅需要经济体制的改革和政治体制的改革，而且需要一场思想观念上的革命。人们因此而转向“五四”，注目鲁迅奋斗过的道路，选择了文化批判。

四、“回到‘五四’”的是与非

以上各种事实表明，进入80年代，从废墟上站起来的知识分子做出的一个重要选择就是回到“五四”、回到鲁迅那里去。

在这些作家和学者中，有老一代文坛宿将，也有中青年后起之秀。老一代之所以回到“五四”，因为他们有的是新文化运动的亲历者，有的是从30年代走来，多少都接受过新文化的洗礼，回到“五四”，对他们来说，可能是禁锢解除之后的精神还乡，也可能是梦醒之后的重新选择。中青年一代没有这样的经历，他们大都从“文革”走来，其思想资源和教育背景与“五四”新文化距离甚远。但是，一个不易为后人理解的现象是：在“文革”时期，尽管鲁迅早已经被打扮得面目全非，甚至成了用以打人的棍子，但他的影响仍然是多方面的。在思想资源极度欠缺的背景上，年轻的思考者通过自己的阅读而走近了鲁迅，为他的思想和批判精神所震撼，并因此而尊真正的鲁迅为精神导师。从这个意义上说，无论怎样被歪曲利用，鲁迅和他的著作能够得以保留，都是一件幸事。因为即使在最严格的文化控制之下，人们仍然可以公开阅读鲁迅。在阅读鲁迅的过程中，人们很容易接受鲁迅的独立人格和批判精神，而不是权威给予的解释。因此，在一个特殊的背景上，鲁迅培养了一代人。当这代人经过长长的暗夜走上文坛的时候，他们又通过鲁迅而走上“五四”之路，并且像当年的鲁迅一样，试图以批判中国传统和引进现代价值扫清现代化道路上的障碍。在这个过程中，作家与学者走到了一起。以刘再复为代表的文学理论，以王富仁、钱理群为代表的现代文学研究……都在文化批判的道路上对现代化的障碍进行着清理，并试图重建现代的价值系统。

1986年，李泽厚在《走向未来》创刊号发表题为《启蒙与救亡的双重变奏》的文章，在中国文学、学术和思想界产生了广泛的影响。该文梳理了中国现代史上救亡压倒启蒙的历史过程，揭示了因为启蒙任务被搁置而导致的思想文化状态。他指出，在五四新文化运动开始之际，陈独秀等人猛烈批判中国传统、积极引进西方文化，个性解放与政治批判携手同行，揭开了中国现代史的新一页。但是，在后来的历史行进过程中，“中国革命实质上是一场以农民为主力的革命战争。这场战争经过千辛万苦胜利了，而作为这场战争的好些领导者、参加者的知识分子们，也在现实中为这场战争所征服。具有长久传统的农民小生产者的某些意识形态和心理结构，不但挤走了原有那一点可怜的民主启蒙观念，而且这种农民意识和传统的文化心理结构还自觉不自觉渗进了刚学来的马克思主义思想中。”[①] “特别是从50年代中后期到‘文化大革命’，封建主义越来越凶猛地假借着社会主义的名义来大反资本主义，高扬虚伪的道德旗帜，大讲牺牲精神，宣称‘个人主义乃万恶之源’，要求人人‘斗私批修’作舜尧，这便终于把中国意识推到封建传统全面复活的绝境。以至‘四人帮’倒台之后，‘人的发现’‘人的觉醒’‘人的哲学’的呐喊又声震一时。”[②]

①李泽厚：《中国现代思想史论》，东方出版社1987年，第35页。

②同上书，第36页。

他认为："马克思主义本来诞生在西方近代民主主义和个人主义高度发展了的资本主义社会中，它吸取了资本主义自由、平等、民主、人道等一切优良的传统和思想。……但是，中国近代却没有这个资本主义历史前提，漫长的封建社会和半封建半殖民地社会之后，紧接着便是社会主义。无论在社会的政治经济结构上和人们的文化心理结构上，都并没有经过资本主义的洗礼。也就是说，长久封建社会产生的社会结构和心理结构并未遭受资本社会的民主主义和个人主义的冲毁，旧的习惯势力和观念思想仍然顽固地存在着，甚至渗透了人们的意识和无意识的底层深处。这就不难怪它们可以借着社会主义的集体主义衣装，在反对资本主义自由民主和个人主义的旗帜之下，在'文化大革命'中甚至以前，轻车熟路地进行各种复辟了。于是，'文革'之后人们便空前地怀念起'五四'，纪念起'五四'来。"[①]李泽厚不仅揭示了救亡压倒启蒙的过程，而且把它看作"回到'五四'"的根本动因，以此显示了启蒙思潮重新出现的现实意义和历史合理性。既然"五四"启蒙的任务没有完成，而且出现了各种复辟，人们当然要怀念"五四"、纪念"五四"，并且要回到"五四"去完成"五四"未完成的事业。

1988年，以"回到'五四'"为标志的启蒙思潮达到了它的顶峰。这个顶峰由《新启蒙》杂志的创办、电视片《河殇》的播出和对"龙文化"的批判等一系列事件组成。聚集在《新启蒙》周围的多是"人道主义的马克思主义者"。他们大多从70年代末思想解放潮流走来，经历了80年代中国文化思潮发展的全过程。在80年代末，他们打出新启蒙的旗帜，一方面以人道主义的马克思主义反对教条主义的马克思主义，一方面以"五四"精神反对新国粹主义，同时，又以理性主义反对非理性主义。批判"左"倾教条主义是他们从70年代末一直在努力的工作，而在80年代中期之后，新的形势使他们开始面对着多条战线。他们反对新儒学，因为他们知道新儒学虽然与旧儒学形式不同，但实质却都是以共性否定个性，以群体压抑个体，用结构限制动力，用义务来压制权利。他们反对非理性主义，因为他们感觉那些什么都不相信的人已经很多，而什么都不相信可能与盲目相信一样。他们致力于批判传统文化的固有偏见与从海外传入的似是而非的理论，肯定"五四"启蒙

①李泽厚：《中国现代思想史论》，东方出版社1987年，第37—38页。

运动中提出的人的觉醒、个性解放、人格独立和人道主义思想。他们看到了“五四”启蒙运动的中断，认为在80年代的新的形势下，中国的现代化需要一场比五四运动更加深刻更加广泛的文化启蒙运动。

当然，以《新启蒙》为中心聚集的人们很不齐整。他们中的一些人因为成长的背景等各种原因而缺乏坚实的思想根基，因而缺少思想守护的能力，很容易接受时髦的影响而顿感今是昨非，甚至在后退中感觉自己又有了进步。但是，他们中的确不乏思想的清醒者和精神的坚定者。在1988年纪念“五四”之际，邵燕祥指出：“我们的民族，要跻身于富强、文明、民主的现代国家之林，如果没有群众首先是知识分子在现代意义上的公民自觉，是不可能的，怎么能够设想背负着‘精神奴役的创伤’，没能摆脱传统的依附心理，只是作为不同程度的‘驯服工具’，而不是具有独立意识的‘人’，能够在现代化事业中真正发挥积极主动的创造精神，并具有长期建设的坚韧意志呢？”①在《梦醒后的启蒙》一文中，邵燕祥回顾了从文艺复兴到“五四”启蒙运动的历史，又想到了中国的现实：“经过半个世纪，特别是十年动乱，谁也不否认，又从一场噩梦中醒来。胡梦颠倒的残迹未消，懂得了鲁迅的深沉的悲哀。他说最大的悲哀是醒来后无路可走。我们已经醒来，但不能说无路可走；我们正在‘摸着石头过河’，但我们悲哀地发现自己脚步趔趄，口齿嗫嚅，我们的精神还没有摆脱有形无形的束缚……在新的时期提出新的启蒙的课题，重倡民主与科学，难道不是对症下药，胜过头疼医脚、脚疼医头多多么？”他谈到了启蒙的具体内容：原有结论的审视，传统观念的更新，旧的思维模式的超越，重新认识历史和现实、中国和世界以及各种主义。面对“谁启蒙？启谁的蒙？”这样的质问，邵燕祥说：“所有意识到启蒙的意义的人，都既是启蒙者，又是被启蒙者。不是少数自称‘精英’的人充当启蒙说教者，连这些自称‘精英’其实也同整个知识界一样身上带着老传统和新传统深深浅浅的戳记的人们，也要跟‘非精英’们一起接受时代的启蒙。”面对“淡化‘五四’”的主张，他说：“想起‘五四’，想起民主与科学，想起我是这个知识界的不争气的一员，想起为中国现代思想文化启蒙披荆斩棘以至牺牲者，我深感汗颜。但我不自弃，愿在新时代接受新启蒙，

①邵燕祥：《无可羡慕》，《解放日报》1988年4月27日。

庶几不愧为一个尚未麻木的人，一个走出壅塞蒙蔽的知识分子。”[①]由此，我们可以看到当时启蒙思想的基本状态和作家们对启蒙进行的思考。

90年代以来，为了适应某种需要，一些人从后殖民理论、依附／世界体系论或文化相对主义出发，对80年代中国作家和知识界的选择提出了种种指控。这种指控至今方兴未艾。他们之所以贬斥80年代文学，主要理由就是它重新走上了“五四”启蒙之路。作为对80年代文学／文化方向的一种反动，他们不赞同对“文革”的否定，更不赞同将其剔除出“现代”历史。他们中的一些人看到了“文革”与现代性的对立，却费尽心机地把它称作“反现代性的现代性”。于是，在他们批判现代性的时候，“文革”是反现代性的；在他们不得不涉及现代与前现代历史认定的时候，“文革”又是现代性的。总之，“文革”所代表的那种文化是不容否定的，这真是“反现代性的现代性”的中国式妙用。

为了守护他们心中那段不容否定的历史，他们反对“传统／现代”的二元对立格局，对80年代文学表现文明与愚昧的冲突不以为然。在他们看来，把批判传统作为现代化的前提是错误的，因为当下中国需要的不是批判传统，而是守护传统；不是追求现代性，而是批判现代性。与此同时，他们反对“中国／世界”的二元对立格局。因为无论“五四”还是80年代，用以批判专制传统和吃人文明的武器都来自西方，所以必须反对西方话语。作为一种策略，他们着力强调“五四”和80年代知识分子话语的西方属性，指责他们在中国／西方的二元对立格局中移植现代性规范。在一些人看来，无论是“五四”时期传统吃人的叙事，还是80年代对“文革”野蛮与愚昧的揭示，都不是历史本身的面目，而是接受殖民话语的结果。似乎一切野蛮、愚昧和落后，都不是自身固有的，而是西方价值尺度的过错。因此，他们对现代化理论极为反感，对国民性批判持否定态度，因为它不仅颠倒了“工农兵文艺”中农民的主体地位，而且隐藏着产生这种话语的“地缘政治”中的权力关系，在其背后是一个“西方他者”的目光。

他们似是而非的言说影响了一代年轻人，使得启蒙与科学、理性、民主、自由、人权甚至发展、进步和知识分子本身似乎都成了有害的东西。然

---

①《邵燕祥杂文自选集》，百花文艺出版社，1996年，第270—273页。

而，常识告诉我们，一个生活于穷乡僻壤和重重压迫之下的人之所以有了改变现状和追求权利的梦想，的确常常来自外面的诱惑，但无论帮忙的文人怎样提醒人们警惕邻居的恶意，要让苦难中的人们为自己的生活骄傲和自豪，都不是一件容易事。如果在“他者”的目光之下的野蛮、落后和痛苦到了“我们”的目光之下就是文明、先进和幸福，这个“我们”就值得怀疑了。

只要文明还需要发展，只要社会还需要完善，只要人类历史还没有走到尽头，只要还有某些力量在制造和巩固蒙昧和偏见，只要人的自由、尊严和权利还需要守护，对于文学来说，启蒙就仍然是应该承担的使命。因此，80年代文字的启蒙选择就决非耻辱。

第三辑

林语堂：不只是幽默大师

林语堂的著作，已由多家出版社出版过多种版本。仅是一本*My Country and My People*，我的书架上就有《吾国与吾民》《中国人的智慧》《中国人》等不同版本。但是，在林语堂一百二十周年诞辰之际，《纪念林语堂诞辰120周年私藏本》（新世界出版社）的出版，仍是令人高兴的事。因为林语堂的书值得一读，也值得全面了解。

三十年前，在国外享有盛誉的著名作家林语堂，对于国内绝大多数读者而言，还是一个陌生的名字。直到进入20世纪90年代，也许是为了纠正和抵消80年代的激进凌厉之气，时代的主流文化在大力弘扬儒道传统的同时，对“五四”以降的精神资源重新选择，才使林语堂这种不为革命文学史所认可的人物成为人们关注的热点。然而，就是这样一个走红的背景，林语堂也常被曲解和误解。

比如，林语堂只是一个“闲适”的作家，只是把玩“小摆设”或者“幽默”一下，等等。

其实，只要面对林语堂的全部，就会知道林语堂并不只是一个“闲适”的作家，也不只是幽默大师。他常常指点江山、痛陈时弊，既有慷慨激扬，也有深切焦虑。1932年10月，他就曾在《论语》发表题为《奉旨不哭不笑》的文章，开端即写道：“本年九一八，政府严禁纪念国耻，集会游行，双十，又下令停止国庆。于是两大节日，都平静无事过去了。这可以说是政府叫人民‘哭不得，笑不得’的两大政策，其目的在维持目前表面上之治安。”这样的文字，半个世纪之后的作家有几个能写得出？

林语堂对中国人的认识，对中国传统、国民性的认识，都是深刻的。比如，中国人在成功得意之时是孔教徒，而在遭受失败之后就会成了道教徒；中国没有固定的阶级；中国人之所以消极避世，是因为没有民权保障；中国人过了四十岁就变成一个无赖，岁数越大越不要脸；二十岁的姑娘很少为钱而嫁，四十岁的女人则少有不为钱而嫁的……这些话都是林语堂最先说出的。

他还说过许多尖锐而一语中的的话。比如，“这个国家充斥了道德高唱者，宣教说道已经两千余年，却未能自救其官僚阶级的贪污和无心肝地压迫人民。”“中国就有这么一群奇怪的人，本身是最底阶层，利益每天都在被损害，却具有统治阶级的意识。在动物世界里找这么弱智的东西都几乎不可能。”在《中国人之聪明》中，他说郑板桥“难得糊涂”是绝对聪明之语，中国人之精微处世哲学就是这种“聪明糊涂合一论”，也就是把人的全部聪明用来装糊涂。林语堂幽默地说，这种“以聪明抹杀聪明之聪明”，的确是中国人的特色，“仅见之吾国，而未见之西方，此种崇拜糊涂主义，即道家思想……《道德经》五千言亦世界第一等聪明哲学，然聪明至此，已近老猾巨奸之哲学”。由此可见，林语堂对中国传统，欣赏把玩的只是一些小玩意，而在大的方面是持批判态度的。

在写《苏东坡传》时，林语堂说：“知道一个人，或不知道一个人，与他是否为同代人，没有关系。主要的倒是对他是否有同情的了解。归根结底，我们只能知道自己真正了解的人，我们只能了解我们真正喜欢的人。”林语堂之所以写苏东坡，就是因为他喜欢苏东坡，了解苏东坡。所以，他写得很精彩，写出了一个活脱脱的苏东坡，使我们感到苏东坡并不只是生活在遥远的宋代，而是与我们生活在同时代，就在我们身边。眼下关于苏东坡的传记可谓多矣，我还是更喜欢林语堂这一本。

他的《京华烟云》是一部优秀的长篇小说，从中可以看到真实的而不是被符号化的中国人。姚木兰深爱一个人，却嫁给了另一个人，所嫁并非自己所爱，却过着举案齐眉的生活。置身这样的生活中，当事人并无抵抗和怨尤，这是今天的一些读者难以理解的，却是那个年代有教养的中国人的常态。优秀的青年常常有新潮思想，但只要出身于对子女负责任的人家，面临人生的选择，还是要听从家庭的安排。反抗家庭而追求爱情自由的，只是极少数，也极少能够获得幸福。姚木兰这个形象承载了林语堂本人的诸多故事和感情投射，性格、背景、面临的选择以及最后的取舍，都带有林语堂本人的影子。

林语堂值得一读，还因为他可以使我们看到那个时代读书人的襟怀和抱负。他们无论保守还是激进，积极还是消极，始终都在思考。因为他们认为自己有权利思考国家和民族的过去、现在和未来。

名作解读：流沙河的《草木篇》

由于“双百方针”的提出，1957年春天，诗歌园地出现了一片生机，似乎前景灿烂。尽管后人面对这段历史，知道等待这片生机的绝不是艳阳高照的春天，而是不久即将降临一场足以摧毁一切生机的风暴，但它至少使我们知道，在那短暂的春光里一些诗人做过怎样的努力，使我们知道，只要禁锢松动，诗歌就要努力自由生长。回顾1957年上半年的诗坛景观，流沙河和他的《草木篇》无疑是首先需要关注的。

《草木篇》是一个组诗，由五首散文诗构成：

白 杨

她，一柄绿光闪闪的长剑，孤零零地立在平原，高指蓝天。也许，一场暴风会把它连根拔去。但，纵然死了吧，她的腰也不肯向谁弯一弯！

藤

他纠缠着丁香，往上爬，爬，爬……终于把花挂上了树梢。丁香被缠死了，砍作柴烧。他倒在地上，喘着气，窥视着另一株树……

仙人掌

她不想用鲜花向主人献媚，遍身披上刺刀。主人把她逐出花园，也不给水喝。在野地里，在沙漠中，她活着，繁殖着儿女……

梅

在姐姐妹妹里，她的爱情来得最迟。春天，百花用媚笑引诱蝴蝶的时候，她把自己悄悄地许给了冬天的白雪。轻佻的蝴蝶是不配吻她的，正如别的花不配白雪的抚爱一样。在姐姐妹妹里，她笑得最晚，笑得最美。

毒 菌

在阳光照不到的河岸，他出现了。白天，用美丽的彩衣，黑夜，用暗绿的磷火，诱惑人类。然而，连三岁的孩子也不去采他。因为，妈妈说过，那是毒蛇的唾液……

诗人写了白杨、藤、仙人掌、梅、毒菌，这五种“草木”意象。很明显，诗人写的并不只是几种“草木”，而是几种不同的人格：纵然死了也不向谁弯腰的白杨；拼命攀附而往上爬的藤；不肯向主人献媚而被逐到沙漠中的仙人掌；把爱悄悄许给冬天的梅花；用各种方式诱惑人类的毒菌。作为咏物诗，它是拟人化的，写的是草木，表现的却是人格，体现着诗人强烈的主观情感。对这五种不同的人格，诗人的情感态度显而易见，有肯定也有否定，有赞美也有厌恶。

诗中被否定的形象是藤和毒菌。藤的特点是自己缺乏像树一样挺立的能力，而只有是攀附别人，拼命往上爬，“往上爬，爬，爬……”一棵树被缠死，就再“窥视着另一株树”；毒菌的特点则是“白天，用美丽的彩衣，黑夜，用暗绿的磷火”诱惑人，样子很美，却有毒。

诗中被肯定和赞美的形象是白杨、仙人掌和梅花。从三种被肯定和赞美的形象可以看到，白杨的特点是挺拔、直立，“纵然死了吧，她的腰也不肯向谁弯一弯”；仙人掌的特点是“不想用鲜花向主人献媚，遍身披上刺刀”，主人把她逐出花园，不给水喝，她在沙漠中照样繁殖着儿女；梅花的特点则是不到春天凑热闹，“百花用媚笑引诱蝴蝶的时候，她把自己悄悄地许给了冬天的白雪”。读者从中不难看出，诗人所肯定和赞美的，是某种独立、清高和孤傲。从某种意义上说，这种人格也许算不了什么，因为它是知识分子和正直之士常常具有的，甚至是一些并不正直之士也常常自诩的。但是，流沙河歌唱这种人格，却是在一个特殊的时代背景上，那就是经过知识分子改造等一系列政治运动，知识分子的独立、清高和孤傲被彻底打掉之际。所以，这种肯定和赞美就有了特定的意义：它意味着知识分子对自身某种正在被时代改造的特性的持守或留恋。用当时流行的话说，它意味着流沙河的知识分子立场还没有得到彻底改造。正因为这样，它虽然借着“双百方针”的东风而得以发表，但发表之后却必然立即受到批判。这种清高和孤傲在强调知识分子思想改造的年代是不合时宜的。

《草木篇》发表于《星星》诗刊创刊号，1957年1月出版。不到两个星期，《四川日报》就发表了批判它的文章。

值得注意的是，《草木篇》所表达的情感倾向，在“双百方针”带来的那股文艺思潮中并不是孤立的，不是个别现象，而是一个相当普遍的现象。从长风的《我对着金丝雀观看了好久》（《星星》1957年第2期）可以看到：关在笼中的金丝雀在反复歌唱自己的幸福生活，而诗人却为它的命运而感到悲哀。包括艾青的《礁石》，与《草木篇》也有相通之处。众所周知，艾青在进入1959年之后一直写不出满意的作品。他进行过种种努力，但歌唱新生活的作品几乎都没有成功。然而，他陆续写下的一些咏物抒怀的短章，当时没有发表，直到“双百方针”提出之后才发表出来。如《珠贝》《海带》《小兰花》《启明星》等。而其中最有代表性的就是《礁石》：

一个浪，一个浪
无休止地打过来
每一个浪都在它脚下
被打成碎末，散开……

它的脸上和身上
像刀砍过的一样
但它依然站在那里
含着微笑，看着海洋……

种种事实证明，艾青不是那块礁石，没有礁石的坚硬，但写出这样的诗，至少证明他仍然有这样的向往。与此同时，艾青又写了《小兰花》《启明星》《鸽哨》等。他歌唱小兰花：“小小的兰花，／是山野的微笑，／寂寞而又深情。”他歌唱启明星：“属于你的是／光明与黑暗交替／黑夜逃遁／白日追踪而至的时刻／／群星已经退隐／你依然站在那儿／期待着太阳上升……”这不是轰轰烈烈的背景，也不是兴高采烈地投入大合唱的诗人。

由此看来，向往独立，向往坚强，不愿献媚，不愿趋炎附势，是深植于知识分子诗人内心深处的一种情愫。时代要求诗人毫无保留地投入到政治指挥棒之下的大合唱之中，有人却很不甘心，仍然梦想独自站立，并且发出属于自己的声音。

当然，在50年代，这种梦想只能是昙花一现。随着反右运动的到来，这些作品必然要被作为“毒草”而铲除，直到“文革”结束进入新时期，它们才又作为“重放的鲜花”与被打倒的诗人一起归来。

名作解读：郭小川的《望星空》

《望星空》发表于《人民文学》1959年第11期，发表后不到一个月，即受到严厉的批评，被认为是“个人主义”“虚无主义”的东西，“是政治性的错误，令人不能容忍的”。“文革”结束之后，“拨乱反正”，“平反昭雪”，对《望星空》的评价开始反转，它由此而成了优秀作品，被选入各种版本的诗歌选和当代文学作品选。然而，这首诗本身所存在的矛盾，以及不同评价所涉及的问题，并没有完全解决，仍然值得进一步分析和认识。

一、《望星空》及其当时的批评

新中国成立十年，举国欢庆，新落成的人民大会堂金碧辉煌，长安街灯火璀璨。然而，作为参加革命和建立新中国的战士之一，作为中国作家协会的领导人之一，郭小川在诗中塑造的诗人自我形象，却不是像更多的诗人那样处于狂欢状态，而是独自一人站在街头，仰望星空，写下了一串串与“跃进”和“欢庆”的氛围极不和谐的诗行。

诗的开头就透露了诗人内心的矛盾：“今夜呀，／我站在北京的街头上，／向星空瞭望。／明天哟，／一个紧要任务，／又要放在我的双肩上……心房啊，／不许你这般激荡！／此刻啊，／最该是我沉着镇定的时光。”接下来，诗人仰望星空，感受它的安详、壮丽、浩大和神秘，发出了由衷的赞叹，甚至写下了这样的句子：“啊，星空，／只有你，称得起万寿无疆！”

更重要的是第二章，诗人面对浩瀚星空，进入关于人生和宇宙的思考，诗的抒情自我也突破长期形成的“大我”盔甲，显示了令人惊异的风采。郭小川似乎忘记了自己的身份和久已形成的抒情自我形象，没有首先去歌颂辉煌的事业，也没有发出战斗的呼号，而是回归到有限的生命个体，去面对星空，抒发自己的感受：

我爱人间，
我在人间生长，
但比起你来，
人间还远不辉煌。
走千山，
涉万水，
登不上你的殿堂。
过大海，
越重洋，
饮不到你的酒浆。
千堆火，
万盏灯，
不如一颗小小星光亮。
千条路，
万座桥，
不如银河一节长……

诗人感受到星空的浩瀚和宇宙的伟大，感受到自身的渺小和无奈，笔下出现了这样的问答：“远方的星星啊，／你看得见地球吗?”回答是：“一片迷茫。”“远方的陆地啊，你感觉到我们的存在吗?”回答是：“怎能想象。”作为生命个体，置身于浩瀚的苍穹，有谁能依然觉得自身强大呢？这时的郭小川，显示的是诗人本色，是一般的人之常情，所以，由此发出了这样的浩叹：

在伟大的宇宙的空间，
人生不过是流星般的闪光。
在无限的时间的河流里，
人生仅仅是微小又微小的波浪……

这是一种反省，是一个置身严密集体的诗人个人意识的偶尔觉醒，也是个人与宇宙的偶尔面对。当然，这种偶尔的面对，以及由此而来的惆怅之情和个人渺小感，决不是无缘无故的。就像面对满园春色而去歌唱梅花，或者置身杨柳岸而歌唱崖壁青松，在人们兴高采烈地欢呼和歌唱的时刻，一个诗人却离开人群而去仰望星空，肯定有内心深处的原因。

仰望星空，抒发种种感受和感悟，往往都与诗人的现实感受密切相关。这感受是否折射了生活中的种种严峻？是否体现了诗人内心所经历的挫折？这需要结合诗人的生活实际进行考证之后才能得出可靠的结论，但即使不作考证，也可以断言，一个积极向上、热情奔放、一直追随时代大潮而歌唱的诗人，突然在夜空下沉思，必然有心理和情感的逻辑。换句话说，一个冲锋的战士突然停下来仰望星空，一定是有什么事严重影响了他。

然而，《望星空》没有沿着这种感情的线索继续展开，而是在第三章出现了情感基调的急转弯，由对星空的浩叹转为对辉煌事业的歌颂，由自我的渺小感转为革命者改天换地的豪情壮志。显然，诗人着意找到了一个转换的基点，作为抗拒星空和支持信念的力量，因此，“我带着惆怅的心情，走向北京的心脏——”于是，“天黑了，星小了，高空显得暗淡无光……天窄了，星低了，星空不再辉煌。”是什么造成了这种突变？是“在天安门广场，升起了一座美妙的人民会堂”，是“在长安街上，挂出了长串的灯光”，是这一切使诗人看到了“地上的天堂”。所以，诗人开始谴责自己，批判和否定第一、二章中的情绪：“是谁说的呀——／星空比人间还要辉煌？／是什么人呀——／在星空下感到忧伤？……是的，我错了……”于是，革命者的人生又伟大起来，事业又辉煌壮丽起来，满怀豪情壮志，笔下就出现了这样的抒写：“我们要把长安街上的灯光，／延伸到远方；／让万里无云的夜空，／出现千千万万个太阳。／我们要把广漠的穹窿，／变成繁华的天安门广场……”

诗发表后，很快受到了严厉批评。华夫说："在一个不平凡的夜晚，诗人'站在北京的街头上，向星空瞭望'。我们红色首都的沸腾的生活，欢乐的人群，还有那灯火辉煌、红光灿烂的夜景，都不曾收入他的眼底，他看到的是：宇宙伟大，人间渺小。他带着无限惆怅，写出了这样的诗句：'在伟大的宇宙的空间，人生不过是流星般的闪光。在无限的时间的河流里，人生仅仅是微小的波浪……'劳动人民热烈庆祝我们革命事业的光辉成就，而郭小川同志却写出了这样极端荒谬的诗句；这是政治性的错误，令人不能容忍的。不错，《望星空》的后两章正是力图扭转这种极端错误、极端虚无主义的思想。可是，你既然在前面两章着力渲染了所谓'千堆火，万盏灯，不如一颗小小星光亮。千条路，万座桥，不如银河一节长'的观点，紧接着，你来歌颂天安门广场、人民大会堂、长安街的灯光和桥梁，这如何能够扭转'浮生若梦'的印象呢？所以，这首诗里的主导的东西，是个人主义，虚无主义的东西；它腐蚀了诗人自己的头脑，又在读者中间散发了腐蚀性的影响。"[①]萧三也说："《望星空》宣扬了'人生渺小、宇宙永恒'的意思，这完全不是马克思主义的宇宙观，而是一种资产阶级、小资产阶级的虚无主义。诗人的世界观完全脱离了马克思主义，脱离了斗争，于是既非崇高的理想主义，也非彻底的、积极的现实主义，因此唱出了一片悲观、低沉、泄气的调子。这和我们'大跃进'的时代精神，和人民群众改造自然、改造世界的雄心壮志，和向地球宣战、征服宇宙的战斗的乐观主义，是多么相悖啊！"[②]

应该承认，当时的批评者是敏感的，对问题的发现和把握也是准确的，这首诗的确夹带了与当时政治要求极不合拍的东西。但问题在于，与特定时期的政治要求合拍，未必是诗的成功；与特定时期的政治要求不合拍，也未必是诗的失败。那种要求诗歌必须与当时政治一致的批评，本身就很难经得住历史的检验。

---

①华夫：《评郭小川的〈望星空〉》，《文艺报》1959年第23期。

②萧三：《谈〈望星空〉》，《人民文学》1960年第1期。

二、二十年后的重新评价

果然，时间到了1979年，“文革”结束，拨乱反正，一大批在历次政治运动中被打倒的作家陆续归来，一大批被判为“毒草”的作品成为“重放的鲜花”。在这个背景上，批评家纷纷为《望星空》辩污和正名，要恢复它的名誉，重新确立它的地位。

最先公开提出为《望星空》恢复名誉的是诗人公刘。他在1979年《安徽文学》第9期发表文章，题目就是《理当为〈望星空〉恢复名誉——纪念〈望星空〉发表二十周年》。该文认为《望星空》是一首优秀的诗作，当年对它的批判是极不公正的，在历史的拨乱反正之际，理当为它恢复名誉。公刘在文章中满怀激情地赞美郭小川：“果然不同凡响！在中华人民共和国建国十周年大庆的一片‘莺歌燕舞’声中，能写下如此警句的诗人，岂仅有识，而且有胆！”面对当年的批评，公刘认为那些论断难以服人。他为郭小川辩护说：“诗人没有喝醉，他是清醒的，清醒的人往往是痛苦的。面对着当时的理想与实践相对峙的巨大峡谷，面对着当时的这一部分现实与那一部分现实相分裂的巨大断层，他在那儿大声疾呼：离我们面前不远，就有一条康庄大道！他决心要用他的诗去批驳悲观的和无所作为的观点，他用诗争辩着：我们的世界应该是美好的，比星空更美好，如果眼前还不够美好，将来也一定会变得美好。我以为，这才是被某些批评家撕成了碎片的《望星空》的主题。”①

紧接着，郭久麟在1979年11月发表题为《为〈望星空〉一辩》的文章，主旨也是为该诗辩护。文章对当年的批判文章进行了这样的反驳：“难道说承认人在宇宙中只不过是流星般的闪光，是时间长河里微小的波浪，就是‘丧失斗志’、就是‘幻灭’‘绝望’了吗？……我以为，郭小川同志在诗中表达的，正是后面这种马列主义的宇宙观和方法论，抒发的正是无产阶级顶天立地的豪情壮志。”②

---

①公刘：《理当为〈望星空〉恢复名誉》，《安徽文学》1979年第9期。

②郭久麟：《为〈望星空〉一辩》，《长春》1979年第11期。

此后，辩护和重评的文章纷纷出现，《星星》《诗探索》和一些大学的学报，都刊发了不少此类文章。马立诚的《重评〈望星空〉》一文发表于《星星》诗刊1980年第5期。在他看来，诗中那些所谓“虚无主义”的东西很正常，并不值得大惊小怪。面对宇宙伟大，人生渺小等诗句，他质问当年的批评者说：“这难道不是现代科学提供的基本事实吗？难道我们可以不承认宇宙在空间方面的无限吗？不要说一个想象力十分丰富的诗人，即便是一个稍具常识的普通人，当他有机会面对浩瀚的星空，想到宇宙的无限广大和绵远的时候，也会不期然而然地涌起类似的感触。这怎么会是极端荒谬呢？”[①]京宁的《诗，请“超脱些”！》认为：“从绝对真理的角度看，人定胜天是一条真理，但为什么一定要用它来理解《望星空》呢？革命英雄主义是一种可贵的气概，但为什么一定要诗人简单地公式化地表现它呢？我们为什么不能允许诗人在简单具体的理念上超脱些，试图去探求人在大自然面前更深刻些、更普通些的东西呢？《望星空》的前半部中表现的一种惆怅不是对花垂泪、望月伤心的闲愁，更不是精神无所寄托的苦闷。它是一个强者对生命的追求，是要战胜大自然的理想和一颗普通心灵的斗争。在这所谓的惆怅之中，有一般诗歌所不及的深度。可惜的是，诗人被自己的情绪吓了一跳，于是后半部分又回到了自己企图超越的具体简单的观念中。”[②]尹一之在《论郭小川的创作个性》一文中认为，《望星空》是“在新中国成立十周年的时候，歌颂我们党和国家十年来辉煌成就的颂诗”，“由于他所选择的是丰富多彩的生活的一个不同侧面，这就使那些只习惯于正面直说的表达方式的人看着碍眼。”“诗人在描写人与宇宙的关系时，写了人的渺小，宇宙的永恒；在描写人类和现实的关系时，则写了人类的伟大，现实的辉煌。诗中这种前后对比，是不能割裂开来的，即使分开来看，也要采取科学的态度。……这种把人和宇宙相比产生的微小感觉恰恰是为了突出后面对人类伟大的描写。”[③]

李元洛的《诗卷长留天地间》出版于1982年，是较早出现的研究郭小

---

①马立诚：《重评〈望星空〉》，《星星》1980年第5期。

②《诗探索》1981年第1辑。

③同上书，第2辑。

川的专著之一。该书说："《望星空》应该被看作是郭小川艺术个性特别鲜明的最富于创造性的力作之一。它艺术上想落天外，生面别开，在感情的抒发上不仅没有人云亦云，人感亦感，而是着意表现了他个人的独特的感受。"作者同样为诗人辩护，他说："是的，诗人抒写了他面对星空而兴起的惆怅之情，然而，革命者难道就法定了永远不能有'惆怅'之情吗？在特殊情景下的'惆怅'难道就注定了是一种不健康的情感吗？何况诗人在诗的后两部分里，着力赞美了人间的比星光还要灿烂的灯光，神采飞扬地抒写了对未来的憧憬和希望。"①

与这种辩护和重评相伴随的，是《望星空》成为优秀的诗作，被写入各种版本的《中国当代文学史》，被编入各种版本的《中国当代文学作品选》和《中国当代诗歌选》，进入大学课堂，成为影响广泛的名篇。

三、无法回避的问题

《望星空》受到高度重视，进入文学史，成为具有经典性的名篇，然而，诗作本身存在的问题是无法回避的：第一、二章与第三、四章之间很不和谐，前后之间有明显的裂纹，而且包含着一系列冲突。

关于这一点，当年从极"左"政治立场上批评郭小川的批评家们是看到了的："不错，《望星空》的后两章正是力图扭转这种极端错误、极端虚无主义的思想。可是，你既然在前面两章着力渲染了所谓'千堆火，万盏灯，不如一颗小小星光亮。千条路，万座桥，不如银河一节长'的观点，紧接着，你来歌颂天安门广场、人民大会堂、长安街的灯光和桥梁，这如何能够扭转'浮生若梦'的印象呢？所以，这首诗里的主导的东西，是个人主义，虚无主义的东西……"②萧三也认为第一、二章"消极地抒写了个人主义的幻灭情绪"，而到了第三、四章，"诗人企图转换情绪、改变气氛已属不可能了。然而又是不能不'转换'的，——我想，诗人自己也觉得，前两段太不像话，可是这样的转换，很明显，是上气不接下气，因而三、四两段成了

①李元洛：《诗卷长留天地间》，人民文学出版社1982年，第55—56页。

②华夫：《评郭小川的〈望星空〉》，《文艺报》1959年第23期。

僵硬的、干喊的部分。从一个悲观失望的调子，从一个低音陡然变成乐观高昂的音调，在一首诗里怎么可能呢？”①

后来为之辩护的批评家们，一般都不认同诗的主导思想是个人主义和虚无主义，但也大都看到了诗的前后之间存在裂纹。有人力图缝补这个裂纹，却也不得不承认这种“兴起于此而意归于彼”的方式虽然是一个显著的特色，却也带来了它的不足：“诗的后半部分，即歌颂我们的斗争生活的两章，和前面比起来，气势显得弱了一些。”②“诗中的两种感情交接处也似乎太突然，没有一个开阔、舒缓的镶接地带，使读者的思想感情一下子难以适应。”③

公刘反对把全诗前后割裂开来，但他之所以这样说，主要是针对当年那些极“左”的批评，他说：“说《望星空》的前后两部分是互相割裂的，据此，又进一步作‘诛心之论’，认为第三、第四章简直是为了第一、第二章打掩护。这种论断多么难以服人!”他认为《望星空》是一个整体，但他同时也已看到，这“是一个处在特殊的时间、特殊的地点被扭曲了的整体”。这个整体的扭曲何以生成？公刘指出：“组织纪律性、敌情观念和长期形成的近乎本能的信念，使郭小川固守着当时脱离了实际的‘理论’，而生活的力量和正直的品质又执拗地命令他面向现实。”④而这种矛盾恰恰体现在诗的前两部分与后两部分之间。

洪子诚在《论郭小川五十年代的诗歌创作》中指出：“在实际上，郭小川对我们国家和社会在当时出现的严重问题、错误和缺陷已有察觉，在思想情绪上表现了忧郁和痛苦——这种情绪反映到《望星空》中来，在灿烂无垠的星空面前，感到大地上的生活远不是那么辉煌。这本来并不是在写一种抽象的哲学思想，而是一种现实矛盾的反射。但是，诗人或者是自愿或者是被迫地后退了，以至于丧失了对自己观察思考的自信。他怀疑自己，责备自己，把这种思绪的产生，解释为一种不健康的情绪，一种个人主义的发作，

①萧三：《谈〈望星空〉》，《人民文学》1960年第1期。

②马立诚：《重评〈望星空〉》，《星星》1980年第5期。

③周丽雅等：《〈望星空〉重评》，《南宁师范学院学报》1982年第2期。

④公刘：《理当为〈望星空〉恢复名誉》，《安徽文学》1979年第9期。

一种虚无的人生观的泄露。于是，在长诗的第三部分，便举起诗的解剖刀来剖析自己……但是，如果诗人在前一部分的显得忧郁的感情，对现实的缺陷、错误的不满的情绪是真实生活的反映，他又如何能用有力的语言和形象对前者加以否定呢？"[①]

在诗的前半部分，诗人感到星空的浩瀚和宇宙的伟大，感到自身的渺小和无奈，写出了"走千山，／涉万水，／登不上你的殿堂。／过大海，／越重洋，／饮不到你的酒浆"的痛苦与无奈，写出了"在伟大的宇宙的空间，／人生不过是流星般的闪光。／在无限的时间的河流里，／人生仅仅是微小又微小的波浪"的惆怅之情。这时显示的是诗人本色，是诗人的真情实感，是很有时代内涵的情绪。然而，就在诗歌的抒情渐入佳境之际，却被诗人强行截断，扭转了方向。"我带着惆怅的心情，走向北京的心脏——"这是第二章的最后一句；而第三章的开头即是："忽然之间，壮丽的星空，一下子变了模样。天黑了，星小了，高空显得暗淡无光……天窄了，星低了，星空不再辉煌。"是什么造成了这突然的变化？原来是"在天安门广场，升起了一座美妙的人民会堂"，是"在长安街上，挂出了长串的灯光；就在那灯光之下，在北京的中心，架起了一座银河般的桥梁"。面对这"地上的天堂"，诗人开始谴责自己，批判、否定并扭转第一、二章中的情绪："是谁说的呀——／星空比人间还要辉煌？／是什么人呀——／在星空下感到忧伤？……我错了……"值得指出的是，"文革"结束之后对《望星空》进行重评的人们，都在努力为前半部分辩护，显示了对它的喜爱，而这首诗也是因为前半部分那些所谓"个人主义"和"虚无主义"情绪的抒写而赢得了人们的喜爱，成为中国当代诗歌的名篇。可是，一个无情的事实是，诗人自己在诗的后半部分却已经无情地否定了它。

更值得注意的是，《望星空》的第三、四章因为反省自己，检讨自己，对第一、二章进行了自我批判，所以革命者的人生又伟大起来，事业又辉煌起来，人间又壮丽起来："这是天上人间吗？／不，人间天上！／这是天堂中的大地吗？／不，大地上的天堂。／真实的世界啊，一点也不虚妄。／你朴质地描述吧，不需要半点夸张！"人们不禁要问：1959年10月的中国，真

---

①洪子诚：《论郭小川五十年代的诗歌创作》，《北京大学学报》1981年第6期。

是这样的吗？说那是人间天堂，真的一点也不虚妄，真的不需要半点夸张吗？众所周知的事实是，除了特殊的阶层之外，绝大多数的人正面临苦难的地狱。1959年的10月，一场持续三年多的大饥荒已经到来，千百万人已经在依靠草根和树皮与饥饿和死亡做斗争，许多人已经在死亡线上挣扎、死去。就此而言，郭小川在诗中的表现值得肯定和赞美吗？许多诗人和批评家都曾说过《望星空》是当时现实问题和矛盾的反射，从公刘那样的诗人，到洪子诚那样的批评家，都认为他看到了现实的严峻，所以才有了诗篇前半部分的痛苦和惆怅。然而，到了诗的后半部分，他却郑重地批判自己的清醒，批判自己来自现实的真情实感，并用空洞的口号把残酷的现实掩盖起来，用流行的谎言取代自己的真知灼见。看看后半部分那些句子吧——“我们要在地球与星空之间，／修建一条走廊，／把大地上的楼台殿阁，／移往辽阔的天堂。／我们要在无限的高空，／架起一座桥梁，／把人间的山珍海味，／送往迢遥的上苍。”“我们要把长安街上的灯火，／延伸到远方，／让万里无云的夜空，／出现千千万万个太阳。／我们要把广漠的穹窿，／变成繁华的天安门广场；／让满天星斗，／全成为人类的家乡。”……没有一句实在话，全是虚无缥缈的空话，就像“大跃进民歌”中那些“山也乐来水也乐”“月宫装上电话机”之类的想象一样，什么都敢想象和夸张，就是不敢触及严峻的现实。

这首诗的前后两部分之间，就是这样不同。作者虽然努力使二者和谐，但显然并未成功，因为这是办不到的。一个事实无法回避：前两章一气呵成，情真意切，真诚动人，带着诗人真实而独到的感受，带着诗人的内心的温度；后两章苍白而空洞，明显带有人为的痕迹，是多次修改的结果，而内容则是那个年代众所周知的流行口号。

在作品发表的年代，第一、二章那些真诚动人的内容，恰恰是不能被容忍的，所以遭到批判和否定；第三、四章那些空洞苍白的叫喊，才是可以肯定的。二十年后，情况发生了变化，第一、二章的真情实感被肯定了，第三、四章却也与整首诗一起被肯定下来，被广泛传播。事实上，清醒的读者所喜欢的，却只是半首诗；欣赏第一、二章的，一般不会欣赏第三、四章；喜欢第三、四章的，就不应该喜欢第一、二章。

四、必要的再认识

对于50年代到70年代的中国大陆诗人来说，要断定他们对政治的配合是否主动、要弄清他们所表现的思想感情是否发自内心，常常不太容易。因为在一种强大的时代氛围中，一代人都学会了用流行观念对自己的思想感情进行严格盘查。郭小川身为作家协会的领导，虽然有时也不能准确地把握边界，所以导致自己的作品受到批评，但一般地说，他应该比一般诗人更知道什么样的东西可以表现，什么样的东西不可以表现。不过，对于诗歌来说，如果感情是虚假的，故作热情地歌颂自己并不赞赏的事物，则无论如何都难以成功。这是从当时的许多诗人那里都可以看到的。郭小川比他们真诚，这主要得益于他从青年时代就受革命的教育，他的文学活动一开始就在新的规范之下，并且与政治密不可分，所以，他的知识结构和文学观念都使他对新时代的文学规范没有严重的不适应，也无须费心去假装忠诚。所以，他的诗能够适应那个时代。他的诗有强烈的政治性和时代色彩，并以战士的形象和斗争精神著称，像贺敬之等人一样，在那个时代有典范的意义。

然而，只要是一个真正的诗人，他就必然要遇到这些问题：小我与大我、个性与党性、诗与政治、诗与生活真实……郭小川是真正的诗人，他知道珍惜个人的风格、个人真情和个人的感受，但作为一个必须听从将令的战士，他却必须一切行动听指挥，服从抽象的阶级和组织的需要。在这个矛盾中，人们面临的事实上是非此即彼的选择：要么选择诗，却失掉发表的可能；要么选择战士，可以发声却写不出好诗。这就决定了郭小川的必然选择：限制个人思想感情的表露而努力充当工具。但是，郭小川却不死心，试图在充当工具的同时不失掉诗的品性。他说："抒情诗如果说难，就难在这里。没有情，就没有诗。可是，革命诗歌只能抒革命之情，抒人民之情，抒无产阶级之情。要抒革命之情、人民之情、无产阶级之情，就要作者自己心中有之，而且要很强烈，很丰富。"[①]要实现这一点，就必须使自己成为与"大我"完全一致的个体。

①郭小川：《谈诗》，上海文艺出版社1978年，第152页。

具有讽刺意味的是，他却常常陷入小我和大我的矛盾之中。他以听将令的战士自居，以自己的诗去抒发大我之情，努力适应政治的要求，但是，他的诗人气质，他没有丧失的感受和思考的能力，却使他的诗常常出现不合时代节拍的音响。作为战士，他常常出色地配合政治的需要而歌唱，满怀忠诚，绝无二心，但作为诗人，他自己的眼睛、自己的大脑却常常使他困惑、痛苦和惆怅。在一般情况下，他都相当成功地克服了自己不时冒出的各种“不健康”“不正确”的思想和感情。即使无法克服，也在创作中回避了它。当历史出现种种假象的时候，不是从生活实际中把握时代精神和时代的大我，而是通过报刊社论和上级文件中去把握时代的面貌和时代的大我，舍弃具体的实在而相信抽象的虚构，这就很难避免写出虚假的作品。郭小川的不少作品都存在这样的虚假，就像杨朔等人的散文一样，使后人无法通过他的作品认识历史。从这个意义上说，《一个和八个》和《望星空》都是例外。例外之所以发生，主要原因是作者的自我审查出现了偏差，或者在某些边界处的模糊地带做出了错误的判断。《望星空》是具有独特光彩的，但它的那些独特光彩，却只是诗人自我规约失败和自我审查出现偏差的结果，是他的“大我”打盹或手软而导致的“小我”的残存。它留给文学史的事实是：正是那些侥幸漏网的“小我”的感受，构成了《望星空》的特有的魅力。所以，它的成功并非来自作者的有意追求，而是由于作者的失误所致。

文章到此已经写完，我却想到了一个遗漏：《望星空》的写作背景。根据诗尾所注，该诗“1959年4月初稿，1959年8月第二次修改，1959年10月改成”，也就是说，它的创作、修改和发表都在1959年。这一年，至少有三件事非常重要：其一，1958年发动的“大跃进”和“人民公社”，恶果在这一年已经呈现，人们的异议日益增多，因而从这一年春季开始调整，但在夏季的庐山会议之后，以彭德怀为代表的持不同看法者被打倒，全国开始“反右倾”的运动。其二，1959年是中华人民共和国成立十周年，国家举行隆重的庆祝活动，按照安排，诗人们都向十年国庆献礼，纷纷奉上自己的颂歌。郭小川的这首诗，正是在这个大背景上出现的。其三，在全国农村，人民公社的大食堂在这一年陆续垮掉，持续三年的那场大饥荒已经开始，农民中“非正常死亡”的人数急剧上升。这些大事件，对官员是一种检验，对作家和诗人也是一种检验。

另外，对于这首诗，还有一个问题是我苦思而不得其解的：在诗的第一部分，诗人就写下了这样的句子："此刻啊，／最该是我沉着镇定的时光。"在诗的后半部，诗人又重复强调："今夜啊，／最该是我沉着镇定的时光。"是什么使诗人心情激荡又叮嘱自己镇定？诗中没说，诗人在别的地方也没有说，但这是很值得弄清的问题。

寻找刘明樾

一

对于一般读者来说，这大概是一个非常陌生的名字。

事实上，我对刘明樾教授同样非常陌生。我在曲阜师范大学学习工作二十年，对这位本系的前辈却几乎一无所知。由于时间的力量，年轻人当然很少有人知道他。那么，年长的先生们呢？当我到处询问关于刘明樾教授的情况时，才发现那些与他一起工作过的同事原来对他同样所知甚少。人们只知道他有些"反动言论"，知道他在"文革"中受过批判，知道他经不住批判而跑掉了，很长时间找不到下落……至于其他，则很少知道。最后，我只有让我的学生李钧到有关部门查他的档案，才知道了他的一些基本情况：

刘明樾，又名刘荣光，生于1902年，原籍吉林永吉，家庭住址北京，出身"自由职业者"，成分"教员"，1949年参加工作，从50年代中期开始，任曲阜师范学院中文系教授，社会兼职有山东省政协委员、山东省民盟常委等。1966年开始被批斗，1970年被定为"反革命"，但最后没有戴反革命分子帽子，文件上写的是："实属反革命性质，不戴反革命分子帽子。"刘明樾于1972年退休，退休后一直住在北京。1979年平反冤假错案时，曲阜师范学院向省里送交了《关于恢复刘明樾教授政治待遇的申请报告》，报告很快得到了批复，但仍然留了一个尾巴："反革命性质"改为

"犯有严重的政治错误"。……

注意刘明樾的诗，更是纯属偶然。从曲阜师大到吉林大学，因为搬家，也因为我的书房从三十平方米变成了十四平方米，我不得不用相当长的时间把一捆捆、一箱箱的书刊进行重新整理，以便分门别类地装箱或上架。就在重新收拾这些东西的时候，一份打印材料引起了我的注意：《刘明樾辩论材料》。印发时间是"1966年9月25日"，——正是这个时间引起了我的注意。

材料的第一页说明了印发的背景：1966年9月2日，曲阜师范学院毛泽东主义红卫兵在北京接受毛泽东接见之后，顺路抄了刘明樾教授在北京的家。看来，刘明樾已有准备，大量材料在红卫兵到来之前匆匆销毁，纸灰狼藉没有来得及打扫，被红卫兵拍照后作为刘明樾销毁罪证的证明。但是，不知是出于什么考虑，刘明樾没有销毁他的诗稿。也许是想销毁而没有来得及，也许是有点难以割舍，因为从他的诗中可以看到："烟能耗吾财，酒能伤我身，惟有一卷诗，时时皆可亲。"对诗情深如此，不到万不得已，大概真不忍心销毁自己的诗稿。无论出于什么原因，这些诗稿留下来了，而且被查抄了出来，成为刘明樾"反革命"的罪证。

真应该感谢当年的红卫兵——他们从刘明樾的诗稿中选出一部分打印成册，供"革命师生"批判，才使这样的作品得以保留下来，让我们能够在三十多年后通过阅读而了解当年中国知识分子的一些内心秘密，看到一个知识分子的清醒、由清醒而产生的痛苦、痛苦中的思考和呻吟。

二

我们早就习惯于主流文学史的历史叙述：鲜艳的五星红旗在天安门城楼上升起，中国知识分子与全国人民一样，迎来了一个光辉灿烂的新时代。他们欢欣鼓舞，放声歌唱，并且自觉接受教育和改造……在这种叙述中，历史没有不同的声音，知识分子没有不同的感受。然而，刘明樾教授的诗告诉我们：曾经有过另一种声音，虽然没有发表的空间，却记下了一些知识分子不同于主流的精神感受。面对学习和改造，面对社会的变化和知识分子的生存状态，他们的心情并不愉快，也没有放声歌唱的豪情。

1950年10月，刘明樾写下了《赴试》一诗：

行年五十尚称童，万卷罗胸愧此生。
来赴秋闱为建设，夙将敝屏视功名。
秋风凄厉吹人冷，佳菊灿烂照眼明。
如果孙山真落第，烟波照我一舟横。

诗的注释中说："童：童生也，昔时，应童子试者称童生，尚未入学也，我今年五十尤应童子试，有感方之。"这里记录的是一个知识分子的感受：没有解放感，没有阳光下的幸福感，更没有通过接受新思想而获得新生的喜悦。

如果说1950年的刘明樾对未来生存方式还抱有"烟波照我一舟横"的传统隐士幻想的话，到了1958年，这种幻想已经破灭。因为新时代一个突出的特点就是把每一个人都编入体制，使知识分子不再有"归隐"的可能。所以，在他的诗中，知识分子的清高、孤傲和由此而来的潇洒开始为痛苦的呻吟所取代。当主人公的自豪感全面覆盖文坛的时候，刘明樾反复哀叹自己"生不逢辰"，抒写着"只为五斗米，来作折腰人"的无奈。当高音喇叭反复高唱"东方红，太阳升"的时候，在刘明樾的笔下，却是："长夜何漫漫，思之一怆神"（《烈日下，冒暑赴校，途中有作》）。

1958年，在红旗招展凯歌震天的"大跃进"高潮中，在"新民歌"齐声高唱"三面红旗"和它带来的"美好生活"的时候，刘明樾写下了一些句子显示着诗思的锐利，是我们在既有的同类文字中很少见到的。不少人都曾为当代中国知识分子的人格而叹息，因为在相当长的一段时间里（尤其是在"大跃进"运动中），他们那些不光彩的行为的确令人无法为之辩护，面对苦难而高唱赞歌，吹牛撒谎而毫不脸红，全然失掉了起码的良知。考察1958年中国文坛的声音，以诗歌的形式为人民鼓与呼的竟然是戎马一生的彭大元帅，而我们的诗人却闭着眼睛高唱"小高炉"和"大食堂"的赞歌。凡有良知的知识分子都应该承认，这是一种无法洗雪的耻辱。然而，刘明樾的诗却使我们看到，中国知识分子并非都是如此。即使在1958年"大跃进"的社会背景之下，他们也并非万众一心地追潮逐浪、随风狂奔。他们之中仍然存在清醒者，面对时代的错误和人民的真实命运而进行过思考，有过叹息也有过呼号。虽然言论自由已经失去，他们的声音得不到传播，但在他们的笔记本上，在日记中，在书信中，却写下了他们的真诚，证实着知识分子的生命存在。这些文字告诉我们，即使在那样的年代里，真正的知识分子也没有丧失自己的本性。他们的声音被扼杀了，但是，他们是被扼杀者，而不是自我迷失者。他们的精神失踪是“他杀”而不是“自杀”。

面对那个时代的知识分子，我认为有必要区分“迷失者”“无奈者”和“守望者”三个不同的群体。因为我们无论如何都无法把郭沫若、冯友兰和顾准烩到同一口锅里。所谓“当代中国知识分子”并不是一个同质的整体，但由于自由言论空间的欠缺，一些声音得不到传播，历史留下的是严重的残缺。在此基础上形成的历史叙述当然是不可靠的。但是，在当前关于知识分子的反思中，一些人却往往以这种历史叙述作为基础，进行着简单的重新评价。似乎中国知识分子真的曾经一致地做出了某种选择，今天所要做的只不过是对他们的这种选择进行重新认识和评价。比如，过去说中国知识分子的那种共同选择是追求进步，无上光荣；现在说是精神迷失，时代局限。在这种目光之下，迷失是整体的迷失，狂热是整体的狂热，局限也是整体的局限，大家彼此彼此，失误人人有份。面对刘明樾的诗，我再次感觉到这种言说的不公正。因为当代中国并非没有清醒的声音，被封上嘴巴的人们没有义务承担“迷失”的责任。同时，我认为学界应该警惕，不要在旧的遮蔽之上再盖一层新的遮蔽，不要在旧泥沙之上浇灌一层新的混凝土。当一些基本的历史事实没有清楚的时候，学者应该警惕这样的“重写”。因为这种做法不仅在再评价的同时完成了某种历史确认，把残缺的历史误认为完整的历史，在无意中为虚假的历史进行了认证。而且把一部分人的选择解释为“集体”的选择和“时代”的选择，使一部分文坛痞棍和末流文人成为“知识分子”的合法代表，使真正的知识分子为他们的无耻或无知承担全部责任。

必须注意：虽然当代中国知识分子的确大面积地丧失了知识分子的本性，成为“文化人”或“脑力劳动者”，但毕竟不是全部。在“大多数”成为主流意识形态的传声筒而不再是知识分子的时候，真正的知识分子并未消失。他们虽然发不出声音，却没有丧失自己的立场，也没有停止自己的思考。当真正的知识分子被迫处于无声状态的时候，那些借助高音喇叭传播的声音不能代表知识分子的声音。当真正的知识分子被迫退场的时候，那些丢掉知识分子本性而活跃于文坛的人不能代表知识分子。在没有言论自由的空间里，主流的声音可以通过权力而扼杀另一种声音，但是，它无权代替另一种声音签署历史记录的最后文本。

在没有言论自由的空间里，可信的历史叙述只能是由主流的声音和那些被封锁了的声音共同构成的。因此，历史没有理由忽视这种声音。

三

在当代知识分子中，精神坚守者的情况很不相同。他们有的因为偶然的机会而发出了声音，比如1957年大鸣大放中的一些右派，他们的言论大多已经载入史册，因而不会永久埋没；有的则因为特殊的地位和影响而比较容易被发现，比如陈寅恪，只要是他写下的文字，终有一天会重见天日。然而，还有另一种情况，他们是默默生活着的知识分子，没有自己的集团，没有既有的特殊地位和声望，也没有引人注目的举动。他们保持着独立的人格和自由的思想，决不追随时代的浪花泡沫而人云亦云，但是，他们的声音在当时得不到传播，他们的思考只能写在黑暗之中，遗留在某个角落。然而，历史没有理由忽视他们的声音，后来者需要倾听他们的言说。那么，从黑暗的深处打捞出他们的声音，应该是学者的神圣职责。

这项工作显然是迫切的，事实上，应该是“抢救”。因为随着时间的推移，一代当事人正在陆续离开我们。他们的声音很容易在日记和书信中默默地存在若干年之后，又默默地永远消失。中国人经历了一段充满荒谬、血腥和罪恶的历史，承受了太多太多的苦难。这一切都需要永远地记住，需要不断地反思。责任者也不应该逃避历史的追问。但是，时间是一种可怕的力量，在遮蔽与遗忘之中，它可以消灭证据，掩盖真相。当作为历史见证的一代人消失之后，历史的真相何处寻找？只能依靠文字材料。但是，这种文字材料写下来的本来就很少。一些人直到现在也不愿意把几十年前自己不同于主流的思想形诸文字。即使当时写下来的，也往往难以保存下来。

在当年的险恶环境中，很多人都有把笔记本用塑料纸包起来埋藏的经历，但能够保存到最后的实在不多。也有人在危急的时刻（比如进学习班，比如被捕）把一些文字委托给亲人或朋友收藏，却往往是被亲人和朋友悄悄销毁的居多。

从这个意义上说，应该感谢当年“供批判用”的那些印刷品，也应该感谢公安机关那些“反革命言论”和“恶攻罪”的卷宗。如果没有这些抄家抄出而印刷了供批判用的文字材料和公安机关保存的案卷，后人也许将永远无法知道当代中国曾经存在的另一种声音。正因为这样，我曾更多地寄希望于公安机关的案卷。然而，最近才知道，关于这类材料，公安机关保存的已经不多。因为各种因思想和言论而判刑的“现行反革命”大都在70年代末已经平反，平反时往往同时当面销毁材料。而在当时，获得平反者大都生怕销毁不尽。一些重要的思想成果就这样永远消失了。

另一方面是，许多千方百计保留下来的东西最后往往也被悄悄销毁了。甚至直到“文革”结束之后，这样的文字也仍然继续被悄悄销毁。在80年代，我曾接触过这样的事：一位先生去世之后，他的夫人和儿女清理他的遗物，首先烧掉了他的日记。我不知道那些本子里面究竟写了些什么，但我知道，那是一个知识分子在艰难环境中心惊胆战地写下来，并费尽苦心保存了几十年的东西。它最终在夫人和子女的手里被付之一炬，原因是他们从中看到了其中的“反动思想”，生怕有损先生的“进步”形象，更怕影响自己的“政治前途”。这种事在我们的生活中大概并不少见。一些家属在写纪念文章的时候，总在努力地证明自己的先人如何与领袖的思想一致，如何自觉改造思想，甚至不惜为此而编造谎言，也是我们所常见的。一旦独立的思想意味着危险，谁能保证它不被亲人销毁呢?

正因为这样，那些能够保留到今天的，就更加值得珍惜。

正是由于这样一种想法，我萌生了一个强烈的念头：寻找刘明樾，寻找刘明樾的遗著。我打听到了刘先生当年在北京的住址：西单绒线胡同100号。但是，这里早已不是民居，没有人知道这里曾经住过一位姓刘的教授，甚至当地派出所也不知道曾经有过这样一位居民。

我知道刘先生已经去世，但刘先生有六个女儿，该不会全都离开大陆漂流异国吧？不会全都远离人文社会科学吧？文章写到这里，我仍然存有一个梦想，希望刘先生的女儿们能够看到这篇文字，希望她们中的某一位，能够保留着父亲的某个笔记本……

周克芹小传“疑点”的背后

众所周知，周克芹是新时期中国文坛上引人注目的作家，在“文革”后历史刚刚出现转机之际，他的长篇小说《许茂和他的女儿们》曾经轰动一时，并且获得首届茅盾文学奖。获奖当然并不说明什么，但是，在首届茅盾文学奖获奖作品中，古华的《芙蓉镇》和周克芹的《许茂和他的女儿们》，应该算是不太坏的。由于讲中国当代文学这门课，为了对得住学生，就需要尽可能地理解作品、了解作家。要了解作家，首先就要读传记。然而，周克芹的传记中却一开始就让我有些疑惑。

一般都是这样说的：

> 周克芹，1936年生，四川简阳人，原名周克勤，出身于贫苦农民家庭。1958年于四川成都农业技术学校毕业后，当过农民、生产队长、农业技术员、技师。1959年在《四川文艺》发表处女作《秀云和支书》。1980年和1981年创作的短篇小说《勿忘草》《山月不知心里事》分别获得这两个年度的优秀短篇小说奖。他的长篇小说《许茂和他的女儿们》发表于1979年，描写了十年动乱四川农村一位农民和他的几个女儿在生活道路上的坎坷，真实再现了极“左”路线给农村造成的巨大灾难。作品语言朴实，刻画人物内心细致，1982年荣获首届茅盾文学奖。

我的疑惑在于：在周克芹的经历中，有相当长的一段时间身份是农民，但根据他的情况，却不该是农民。他于1953年考入成都农业技术学校，

1958年毕业，有完整的中专学历，在那个年代，这个学历是很高的，也是相当稀缺的。按照规定，当时这个层次的毕业生由国家统一分配工作，周克芹怎么会毕业后回家当了农民呢?

那是80年代，周克芹还活着。我本可以直接找他问个清楚，但一来与他不熟，二来也没有重视这回事，机会就错过了。当我从四川朋友那里听到一些相关故事时，开始意识到这个疑点背后内容的重要，但是，周克芹却得了绝症，很快就去世了。他只活了五十四岁，是1990年8月5日去世的。

一晃十几年又过去了。感谢四川的朋友们——相识的与尚不相识的朋友，是他们的努力，终于解答了我的疑惑，也使一些历史细节明朗了起来。

原来，周克芹传记中的这个“疑点”有一个大背景，包含着他的一段心酸往事，也包含着许多人的悲惨故事——

1957年11月，全国的反右运动进入尾声，四川省委发出指示：寒假期间在全省集训高中应届毕业生和中等专业学校学生，“进行一次以系统地批判资产阶级观点和资产阶级教育思想为中心内容的社会主义教育运动”，采取大鸣大放、大字报、大辩论，“对于放出来的部分反动言论或反社会主义分子，要在学生中当作典型思想认真地加以批判”。按照当时的规定，中等学校学生中是不划右派的。所以指示说，在中学生中不进行反右派斗争，而只是把他们的表现“列为操行评语内容，作为这个学生升学、就业的材料”。黄一龙先生在《粤海风》第3期发表文章，详细回忆了当时的情况：

> ……对于这些只有十六七岁、平时沉溺于做题背书打球跳绳踢毽子的孩子，要他们“放出反动言论”，哪有那么容易！必须施以欺骗诱惑挑逗暗示误导唆使等全套功夫，生拉活扯拖人下水。省会成都市在这方面先走一步，于1月25日起集中全部高中应届毕业生两千九百八十人，分三个学部进行为期三个多星期的集训，事先对孩子们“按进步、中间、落后、反动四类进行政治排队”（并不断在“学习”过程中调整队列），然后大会报告小会动员个别谈心，宣布“这次社会主义教育的性质，是属于人民内部矛盾，不是反右”，“不抓右派，不扣帽子，不打棍子，不抓辫子，不装档案，说错了经过争论改过来就行了”。千方百计教唆他们特别是预先排为三、四类的孩子“解除怕当右派的顾虑”，

“大胆地放，坚决地放，彻底地放”。还安排“团员带头，引导三、四类学生深入鸣放”，对后两类学生“重点培养典型，个别发动”，“对方针、政策、政治生活方面的意见加以鼓励”。培养、发动、鼓励的办法繁多，从提供方便书写和张贴大字报，编印快报传播鸣放动态和大字报摘要，一直到各学部为“典型”学生组织讲演会，让他们登台批评“方针、政策、政治生活”，还给以全场热烈鼓掌的优待。其结果是孩子们挖空心思搜索枯肠，像做课外作业那样到处查资料剪报纸，连夜赶写大字报和发言提纲，拣大人爱听的“大胆地放”，越放越高兴，越高兴越放。据当时的简报记载，几天之后就造出“黑云乱翻，邪气上升，学生思想混乱，四类分子的反动面目更加暴露”的局面，一类、二类学生也纷纷倒戈，替他们喝彩鼓掌，学习以前的“排队”发生重大变化：四类即“坚决反对党的领导、反对社会主义”的“反动学生”竟从七十五人上升到二百三十三人；三类即“对党不满，对社会主义怀疑、在重大政策问题上持有相反的观点和立场”的“落后学生”（两个学部统计）也从三百三十六人上升到五百一十九人。二、三类学生（缺一个学部三类学生的数字）竟占四分之一强！造就了这么多三、四类学生以后，大人脸色一变，召开大会小会“专题鸣放”，组织尚未倒戈的一类学生对早已记录在案的“反动言论”“作典型思想批判”兼批斗“反动分子”。被批判的孩子一脸惶惑：不是说不扣帽子吗？回答说我们说的是不“乱”扣帽子；帽子有何可怕？只要扣得合适！小孩自然无法反驳，只得规规矩矩地交出自己的花样年华玫瑰美梦，去迎接历代少年从未经历过的集体灾难。中等专业学校由于按规定全校学生参加运动，受难学生的年龄就更小了。全川各地的办法与成都略同。据后来统计，划为三、四类的少年超过三千二百人，占当年全省高中和中专应届毕业生的百分之三十以上，有一个县甚至把运动扩大到初中学生，造出了全川最年幼的“反党分子”——年仅十三岁！落难的孩子们的确得到“不戴右派帽子”的待遇，却被加上更加奇怪的帽子，除“三类生”“四类生”以外，还有“这那生”“社会基础”，——分别是“有这样那样的问题的学生”和“反革命复辟的社会基础”的简称！所有少年“四类生”都被剥夺了升学资格，有的甚至被逮捕“劳教”，多数在社会上接受“群众专政”二十余年……

周克芹就是他们当中的一员。这位贫苦农民家庭的孩子，十五岁时走出山村来到成都，父母希望他学手艺挣钱，他却想上学读书。家中无钱供他，他就考了“不交饭钱，不收学费”的成都农业技术学校。在校期间，他学了各种农作物的栽培技艺，成绩优异，同时喜爱文学，开始写小说，并在报纸上发表过。然而，就在即将毕业之际，他遇到了上面的故事。在那场“社会主义教育运动”结束的时候，周克芹被划为“四类生”，开除团籍，回乡务农。

农村的日子很难。周克芹曾经不得不把家里的门板卸下来卖掉，因为怕见熟人，就扛着门板走小路，到偏远的集市去卖。人到了卖门板的地步，贫困和艰难就不必说了。刘锡诚曾经走访过周克芹在四川简阳乡下的住处，六平方米多点的一间房子，窗户被堵起来，室内阴暗无光，里面是一张床，一张小小的木桌，一只二十五瓦的灯泡。就是在这样的环境中，周克芹写出了《许茂和他的女儿们》。

我想，许茂和他女儿们的故事未必是周克芹最想写的。如果他能多活几年，也许能写出更好的作品！

《爱情新诗鉴赏词典》前言

大概从人成为人的那一天开始，爱情之根就早已深植于人们的心中了。因为它是生命得以绵延的根本，能给人带来幸福和快乐，所以它是顽强的，也是有力的，任何力量都难以将它所有制和铲除。

在《柏拉图文艺对话集》中，古希腊大喜剧家阿里斯多芬在谈到爱情的产生时讲了这样一个故事：人的形体本来是一个大圆团，有四只手，四只脚，头上有两个面孔朝着前后两个方向，因而可以眼观六路耳听八方，可以随意向前或向后运动。这种人体力强壮，精力旺盛，因此自高自大，连众神都不放在眼里。众神愤怒了。于是，宙斯为削弱他的力量而将他一劈两半，成了现在的样子。因为被切成了两半，人便进入这样的状态：这一半想那一半，那一半想这一半，总想寻找自己的那一半，重新合拢在一起……

这是一个美丽的神话，它却揭示了爱情在人的生命中的重要和永恒。

因为重要，所以它与诗歌结下了不解之缘。古今中外，没有哪个民族正常状态之下的诗歌不表现爱情，一代又一代诗人为爱情而写下了大量诗篇。中国是一个诗的国度，诗的长河源远流长，爱情诗同样源远流长。从《诗经》开始，几千年来，每个时代都不乏歌咏爱情的优秀篇章。但是，诗歌的历史告诉我们，随着专制制度的建立和完善，民族文化传统中禁欲的成分日益浓重。《国风》中那种热烈而自由的爱情诗逐渐消失了，取而代之的是在伦理和道德上无可挑剔的思妇诗。显然，这是由于生活中自由热烈的爱情受到了限制，或者是生活中仍然存在，而诗人们的表现受到了限制。再后来，主流诗坛表现男女之情的规矩越来越多，虽然是妓女们和宫女们都写下过一些作品，却只能是悄悄流传，而不能登大雅之堂。直到“五四”时期，新诗运动更新了诗的传统，诗歌面貌发生了深刻变化。新诗人追求自由，冲破了旧文化与旧道德的束缚，人的意识迅速觉醒，爱情在生活中得到了解放，也在诗歌中得到了解放。于是，爱情新诗如烂漫山花开放于诗歌的园地。

正如一个时代有一个时代的爱情观念和爱情方式一样，一个时代也有一个时代的爱情诗。爱情诗以表现爱情为主，但内容决不仅仅是爱情，而是从中可以看到社会的面影和时代的脚步。爱情新诗的历史从这个特殊的侧面构成了一部现代中国人的精神发展史，反映着七十年来中国人的精神发展和变迁。

五四新文化运动唤起了人的觉醒，觉醒的青年首先遇到的切身要事之一，就是爱情的自由和婚姻的自主。对爱情的大胆追求带来了对爱情的大胆歌唱。诗人们挣断枷锁，抛弃虚伪，用自己发自内心的声音真诚地歌唱爱情，表现自己对爱情的渴望和追求。“五四”时期的爱情诗是多元的，五彩纷呈的，因为“五四”时期的诗人是坦诚的，真实地表达自我，而不是按照某种套子写作，所以，对爱情的不同理解，追求爱情的不同形式，爱情中的不同表现，都形形色色地表现了出来，诗歌自然千姿百态。比如刘大白的《邮吻》：“我不是爱那一角模糊的邮印，／我不是爱那满幅精致的花纹，／只是缓缓地／轻轻地／很仔细地揭起那绿色的邮花，／我知道这邮花背后／藏着她秘密的一吻。”《邮吻》，是情之所至，也是诗之奇思，写出来即成杰作。在那个时代潮流中，出现了不少爱情诗杰作，而且出现了以写爱情诗著称的“湖畔”诗人群体。汪静之、潘漠华、应修人、冯雪峰等人的诗引人注目，因为它显示着对旧势力的批判和反抗，充满着对理想爱情的讴歌和追求，的确令人耳目一新。他们的诗充满活力，也成为对旧道德、旧文化的控诉与批判。正因为这样，他们受到旧堡垒的攻击，也得到新文化阵营的声援。“五四”时期的爱情诗，无论是胡适、鲁迅、郭沫若的作品，还是湖畔四诗人的作品，都体现着那个时代的精神。它的基本主题是呼唤爱情自由，歌唱爱情，对带有强烈禁欲色彩的旧伦理具有很大的冲击力。

30年代的爱情诗继承着“五四”的精神传统，徐志摩等人留下了大量优秀作品，但由于诗坛的分裂，民族主义文艺和普罗文艺都有点偏重于向大众呼喊，不屑于表现属于个人生活领域的爱情。所以，爱情诗调子显得低沉，成了时代角落的声音。这种变化是时代文化裂变所致，也是诗人们精神世界的一种折射。

50年代的爱情诗呈现着全新的面貌。其鲜明的特征是单纯明朗，爱情与劳动，爱情与政治理想，成为紧密结合的统一体。从闻捷等人的诗中可见，爱情都是在劳动中产生的，是劳动培育了爱情，爱情又使劳动洋溢着光辉。诗人们在歌唱爱情的时候，同时在歌唱创造新生活的劳动，歌唱理想和道德情操。这反映着那个年代的流行的美学理想和美学观念：爱情必须附丽于壮丽的事业，诗人只能在歌唱建设社会主义的劳动中谱写爱情篇章。这时期的爱情诗崇尚单纯高尚的爱情，背景阳光灿烂，洋溢着新生活的气息，没有阴云，更没有暴雨狂风。诗的风格乐观、明朗，30年代缠绵而惆怅的调子不复存在。显然，50年代的爱情诗常常为社会功利价值而忽视爱情自身，在崇尚劳动和政治理想的同时将爱情简单化。

"文革"十年，除了少量地下诗歌之外，公开发表的作品中没有爱情诗。只有到"文革"结束，进入新时期，爱情诗才又获得了长足发展，而且从表现技巧到爱情观念都发生了很大变化。林子的《给他》一部分写于50年代，但它显然不属于那个年代，而只能被新时期所选择，到新时期才得以发表。她的诗是爱的坦诚流露，不加任何伪饰和附加物，把一个真正的爱情的天国展示给人们。从舒婷的诗可以看到新时期爱情观念的发展。《致橡树》以现代的爱情观和强大的独立人格重塑了中国女性的形象。她歌唱的不是对男性的缠绵痴情，更不是奉献或攀附，而是"我必须是你近旁的一株木棉／作为树的形象和你站在一起"。这里作为女性是一个独立的个体，虽然"根，紧握在地下，／叶，相触在云里。每一阵风过／我们都相互致意"，但承认二者的差别"你有你的铜枝铁干／像刀，像剑，／也像戟；／我有我红硕的花朵／像沉重的叹息，／又像英勇的火炬"，而且决不为对方而消融自己。它无疑是现代女性人格独立的宣言。然而，舒婷并不崇尚女强人，对女性各种形式的英雄主义都没有多少兴趣，因为她知道，人更需要的是普通人实实在在的日常生活。因此，面对"神女峰"这一为世代人敬仰的忠贞爱情的象征，诗人看到的却是中国女性的悲剧："心，真能变成石头吗？／……与其在悬崖上展览千年／不如在爱人肩头痛哭一晚。"这是一种由人的观念衍生出的新的爱情观。

总之，从爱情诗可以看到七十年来爱情观念发展的一个大体轮廓。它为我们提供一些思想和文化方面的信息。

对于爱情诗，就像对爱情本身一样，历来有各种不同的态度。真假道学先生们总以为爱情诗有伤风化，败坏道德，因而千方百计给予扼制。几千年的历史不必说了，即使在新诗的历史上，从60年代到70年代，也曾有一段时间，爱情在生活中被遗忘，在文学中被驱逐，诗歌只能承担政治的使命，而不再表现和歌唱爱情。尽管实际生活中生儿育女的事仍在继续，一些人的作风败坏和性特权也有增无减，但美好的感情却被践踏，爱情在文学中成为禁地。失掉爱情的年代是黑暗的年代，没有爱情的生活是黯淡的生活，没有爱情的诗歌也难免枯槁，最终成为人们厌弃的假大空的标语口号。在那个年代里，“爱情”几乎成了流氓或坏人的专利，在小说和电影里，也只有坏人才那样“耍流氓”，而正面人物如李玉和、郭建光、杨子荣或阿庆嫂、李铁梅、江水英等，都不可能谈情说爱。爱情成了不健康的东西，至少是小资产阶级气味十足，诗人们当然不敢作爱情诗去当“毒害青少年”的教唆犯。但是，这样做的结果却没有使社会风气变得更好，而是恰恰相反，变得更加野蛮。一方面，由于使青年不知道爱情为何物，爱欲得不到正常的疏通渠道，造成种种悲剧，有的甚至道德败坏，堕落沉沦。另一方面，不承认爱情而只承认婚姻，使许许多多的婚姻没有爱情基础，造成许多社会问题。毫无疑问，在生活中抹杀爱情，在文学中驱逐爱情，这些做法不利于文化的健康发展，也不利于青少年的正常成长。

苏霍姆林斯基在他的《论爱情》一书中说过：“爱情属于人类最高尚的感情，对正在成长的年轻一代的道德教育的实质，就是培养和建立这种感情。一般说来，培养感情是培养人的精神面貌的最困难的任务之一。任何感情本质上都是道德因素和审美因素的统一，在爱情问题上，这种统一性达到了最高的程度。爱一个人，这首先就意味着要正确地评价他；对他，同时也对自己，不仅提出审美要求，而且也要有道德要求。真正的爱情能促进自我教育和不断进行自我完善，通过自我完善，人变得更纯洁、更高尚、更勇敢、更忠于人类的崇高理想。”那么，爱情诗对于培养这种感情的作用就不言而喻了。它可以通过审美过程而净化人们的灵魂，培养美好感情，使爱情不受污染、不被庸俗化，使青年畏畏缩缩的爱情生活更丰富、更充实，更美好。

正是基于这样的认识，我们编撰了这本《爱情新诗鉴赏词典》，本书共收入从1917年到1988年这七十多年中二百二十九位诗人的爱情诗作五百二十篇，其中包括台港地区五十二位诗人的诗作一百一十四篇。本书原则上一首诗一篇鉴赏文章。文章要求尽可能地借鉴和吸收中国现代诗歌研究的成果，本着百家争鸣的方针，作者充分表达自己的见解。鉴赏文章行文力求准确而生动，一般不作注释，必要的引用语句以及背景材料，均在文章中说明。

但愿我们的努力对精神文明建设和丰富人们的精神生活有所裨益。

《中国当代诗歌潮流》导言

一

文学不断地发展流变着，它因此而形成自己的历史。对历史的研究是一种回顾，呈现为向后看的姿态。这是人类的一个特点，在自身的发展过程中，常常不断回过头去看自己一步步走来留下的脚印。它常常是一种自恋和恋旧，许多人会流连忘返，迷失于其中。但是，真正的历史学家不会迷失于历史之中，因为回头看是为了向前走。

中国是一个诗的古国，诗的长河由几千年之前曲曲折折蜿蜒而来，景观壮丽而富于魅力。为了现在和未来，我们应该以现代人坚强的自我穿过时间隧道回到过去的年代，然后跟随诗歌发展的潮流返回。但是，在这本书中，我却不准备去得太远，而只准备考察中华人民共和国建立以来诗歌发展的历程。在这四十多年中，诗歌创作出现过一连串大大小小的现象。这些现象及其内在联系构成了中国当代诗歌发展的历史，同时，也为历史提供了当代中国人精神面貌和心理流变的标本。

对于当代诗歌发展的历史，人们可以从不同的角度进行描述，从而展示出不同的发展轨迹，在此，我所关注的是相继出现的一个个创作潮流，描绘的是诗歌主流的演进线索。新中国建立之后首先席卷全国诗坛的是颂歌浪潮，它是胜利者和被解放者的声音，热情欢快而自豪；它是延安新诗风在全国的发扬光大，与政治有着非同一般的密切关系，并显示着由知识者向工农大众、由西方向民族传统的又一次位移，因而单纯明朗粗糙浅直而缺少诗的含蓄意味和高深的情思。只要配合政治宣传而把某种占时代主导地位的声音大声喊出去，使不识字的农村大娘也听得明明白白、清清楚楚，就完成了诗的最高职责。这种欢呼和歌颂随着时间的推移而逐渐疲软，一来因为对于诗人来说反复重复着一种声音未免疲倦；二来现实生活中逐渐显示出来的问题和矛盾也使诗人的热情打了折扣。因此，在“双百方针”的召唤下，一个新的潮流勃然兴起，诗歌不再满足于歌颂，而是在“干预生活”口号的引导下走向社会生活的种种问题和阴暗面，同时走向复杂的情感深处。于是，诗的情感基调由热情昂扬走向深沉冷峻，这是新中国阳光下产生的一种新的情感形式，是少数敏感的知识者的声音。这种声音与现实政治的要求不甚吻合，因为新的社会秩序并不欢迎诗人以挑剔的目光评头论足，而是更欢迎以欢呼和歌颂鼓舞人们的热情和信心。因此，它只能是昙花一现，随着1957年反右运动的到来而宣告凄惨的终结。然而，它是一个信号，宣告了新中国成立初期诗歌模式和审美规范的危机，表现了诗歌解放和自主的要求，说明了思想文化发展的新动态。

1958年由党和国家领导人亲自发动的新民歌运动事实上是对这种面临危机的诗歌模式和审美规范的巩固，是对“双百方针”唤出的新潮流的反拨和回击。“大跃进”民歌在新中国成立初期诗歌的基础上发展起了豪情壮志以及非凡的想象和大胆的夸张，成为一种新范式的胚胎，并且带来了在此后二十年时间里决定着诗歌创作面貌的“革命浪漫主义”。这个诗歌运动无论对于诗坛还是对于生活，都带有提神壮阳的作用。更值得注意的是，它有效地推动诗歌进一步大众化，完成了新诗诞生以来向民间、向传统的最彻底的回归。然而，无论理论上怎样强调民歌方向，诗人们却似乎并不满足于对民歌的模仿，诗歌艺术仍在限定的空间里寻求发展。50年代末到60年代初，诗歌出现了一种刻意追求意境美的现象，诗人们纷纷致力于寻找和创造生活的诗情画意。这是一个必然的结果，既然直面现实和直面内心的路已经难于通行，那就只好在既定的主题和内容之下经营形式。所以，严格地说，那是一股形式主义的潮流，因为对那些诗来说，主题已经失掉了意义。它以各具特色的优美意境完成着共同的主题，诗人才华的高下只表现在形式上。在意境美的追求之中，透露的常常是古典的审美意识。然而，从1963年开始，这种优美和谐而轻盈秀丽的诗风又被热烈昂扬的政治抒情所取代。诗歌开始更直接地表现重大的政治命题，写实风格让位于抒情言志，优美意境让位于豪言壮语和斗争精神，颂歌基调中出现了强烈的战歌旋律，形成了一种新的抒情范式。政治抒情诗使诗歌更紧密地贴近政治，是诗歌在为政治服务的过程中寻找到的最有力的形式。因此，这种范式在“文革”开始以后不仅保留了下来，而且得以进一步发展，颂歌成为纯粹的“红太阳颂”，战歌走向大批判，在走向顶峰的同时走向末路。1976年的“四五”天安门诗歌所呈现的也主要是政治意义。因为它产生于政治斗争，仍然是政治斗争的工具，但它的出现意味着诗歌已不仅仅是政治统治的工具，而且可以是政治反抗的工具。因此，它宣告了一种诗歌创作道路的终结，也宣告了“文革”时期社会观念整合的破产，成为一个新时代现实主义诗歌潮流的序幕。

结束十年“文革”进入新的历史时期之后，诗歌潮流的发展运动主要出现了三次浪潮：现实主义诗歌的复兴、朦胧诗的崛起和朦胧诗后新生代的涌现。这三个浪潮依次出现，使“文革”之后的中国诗歌呈现出迅速发展的“三级跳”过程。但需要注意的是，这三者之间并不是取代与被取代的关系，而是相互并存、相互渗透、共同发展的。正因为这样，诗歌出现了百花齐放、五彩纷呈的多元格局。新时期现实主义的诗潮是二十多年前被扼制的现实主义诗歌潮流的复出，起主导作用的创作力量也是二十多年前被打成右派而在70年代末又重登诗坛的“归来的诗人”们。这股诗歌潮流恢复和发扬了“五四”以降现实主义诗歌的批判传统，以说真话、抒真情、真实反映社会生活和为民众立言为宗旨，具有强烈的忧患意识和社会责任感。它使当代诗歌的社会批判职能空前强化，也使当代诗歌的感情基调转向深沉，使情绪内涵变得复杂。朦胧诗属于“文革”中长大成人的一代年轻人，它于70年代末思想解放的社会文化背景上破土而出，萌芽却是“文革”后期一代青年觉醒后无路可走的苦闷时期。对于生活的怀疑态度，不满情绪和由此而产生的变革的愿望，对人道主义理想的执着追求，对自我内心的高度重视，以及对新的表现形式的探求，使这一诗潮显示了鲜明的文化反叛色彩。它体现着中国诗歌和中国文化的又一次裂变和重新选择。新生代诗歌是改革开放背景上成长起来的最为年轻的一代人的声音。

它显示了这一代人在艺术以至在文化上选择的多向性，这一潮流旗号林立，社团众多，各有自己的理论主张，但明显表现为两大不同的团块：一部分走向远古，走向原始生命，走向古老的民族传统深处，是“寻根思潮”在诗歌中的表现；另一部分更多表现出某种后现代主义的文化色彩，或者反英雄、反崇高、反典雅，或者以漫不经心的“叙述流”表现平凡琐细的“生活流”，使诗歌远离崇高神圣和优雅的殿堂而走向世俗化。这种种价值取向不同的诗歌同时发展着，展示了80年代中国大陆多元的文化景观，显示了诗歌发展的多种可能性和几十年中未有的自由状态。

这是一个艰难曲折的发展过程，其艰难曲折不是如此简单的回顾可以描述的。

实事求是地说，当代诗歌艺术成就远不辉煌，但发展过程中的艰难曲折却使它获得了相当高的研究价值。同时，因为它历尽曲折之后终于进入比较宽阔的地带，已经成为一段完整的历史。无论当代诗歌今后怎样发展和流变，它都可以独立存在，有单独研究的价值。

面对这段历史，我为自己的研究设立了双重目标：一个目标是通过对当代诗歌发展过程中主要潮流和运动的探讨，勾画出当代诗歌四十年发展流变的轨迹，展示当代诗歌艺术的生命形态和生存状态，从中发现一些诗歌内部的和外部的规律性的东西；另一个目标是通过诗歌这种精神产品及其创作主体和接受主体审美意识的流变，勾画这四十年中国大陆精神面貌和文化心理的轮廓，从诗歌切入文化历史。当然，要揭示一个个诗歌现象的全部内涵是困难的，准确地把握现象之间的根本关联也不容易，但只要深入其中，并不断拂去眼前那些不断涌上眼帘的云雾，就不难看到一些深隐于历史表象背后的东西，从而对一些现象产生新的理解；就不难看出某种诗歌范式从发生发展到衰亡的过程所蕴含的历史奥秘；就不难发现诗歌发展深层那左右着诗歌起伏奔突、不断挣扎、于险阻之中寻找通途、拓宽道路、确立自我的力量；也就不难意识到正是这种源于人这一审美主体和历史主体最深处的力量不仅决定着诗歌必然的归宿，也决定着人类文明发展的总趋向。

二

回顾当代诗歌四十年发展的曲折历史，我们很容易发现前三十年和后十年诗歌的发展状态和艺术形态都显示着极不相同的特征。从1949年到1978年，这三十年诗歌发展的道路是狭窄的，而且异常艰难曲折。诗歌作品尽管风格、体裁、形式也各有差别，但在题材、主题、形象和整体风格特征及价值取向上却呈现着高度的一致性。1979年开始，诗歌逐步走上了比较宽广的道路，虽然曲折和艰难仍然存在，但诗歌毕竟获得了解放，找回了自身，并且出现了五彩纷呈的繁荣局面。回顾当代诗歌的长期困顿，反思其枯荣与穷通，有许多问题值得认真研究，有不少经验教训值得认真总结。就整体而言，直接严重影响着诗歌创作的根本问题有以下几个方面:

一、工具化

从40年代末到70年代，中国诗歌经历了一个政治工具化的过程。诗歌继承抗战以来特别是40年代延安诗歌的传统，在为政治服务的轨道上超常运行。诗歌被认为是鼓舞人民、教育人民、打击敌人的武器，是旗帜和炸弹，是阶级斗争的工具，因而必须无条件地服从政治的需要，配合一个个具体的政治运动，完全彻底地为其服务。在从40年代到70年代的三十年中，这种诗歌观念一步步强化，成为人们对于诗歌的共同的理解和追求，成为占统治地位的文学观念，成为无需怀疑也不容怀疑的唯一的价值目标。这种对诗歌的政治工具职能的高度重视决定了当代文学前三十年的基本面貌，导致了诗歌内容的高度政治化，几乎所有的作品都要有政治意义，没有政治意义的作品就不是好作品，诗的宣传教育职能得到了充分的发挥，诗与政治建立了超常的密切关系。

这一切都是可以理解的。诗歌职能的高度政治化有其历史的必然性。新文学诞生于中华民族多灾多难的时代，从它产生的那一天起，就注定了与政治的复杂关系。由于民族难以摆脱的苦难，由于中国知识分子浓重的民族忧患意识和社会责任感，由于政治与民族命运的密切关联，诗歌就不可能远离社会政治而进入纯审美的艺术之塔。随着现代历史的发展，中国知识分子的政治意识一步步强化，也许由于对民族苦难的深深感受，投身于政治斗争以谋求民族的解放和阶级的解放成为绝大多数知识分子的自觉追求。那么，文学成为斗争的武器，对于寄热望于通过政治斗争以拯救民族于苦难深渊的知识分子来说，绝不意味着文学自身价值的失落，而是意味着文学自身价值的充分实现。

但是，在承担政治宣传和教育使命的过程中，诗歌却一步步丧失了自身，而彻底沦为政治的工具和附庸。诗歌以诗人的独特感受和真知灼见获得生命，最忌人云亦云的概念化说教，但在长达三十年的历史上，诗人们却无法表达自己独到的情感和见解，而是必须按照统一口径发出声音。诗成为政治宣传的一种形式，成为执政者方针政策或宣传文件的情感化诠释和生动宣讲，一切独到的感受和见解都窒息于千篇一律的宣传需要之中。诗人们养成了在政治指挥棒之下齐声合唱的习惯，一方面是环境要求必须步调一致听指挥，一方面是多数诗人很快丧失了独立思考和歌唱的能力，诗的独特个性也就不存在了。由于反复强调诗人应该是阶级的、人民的代言人，应该是正确思想、先进思想的承载者和传播者，而知识分子固有的思想又是不正确、不先进、需要不断改造的，这就使绝大多数诗人对真实的自我缺乏自信，自觉或不自觉地躲避和排斥自己真实的感受和见解，而到领导讲话、文件精神、报纸社论中去寻找对生活的理解，去寻找文学作品的主题。在这种情况下，如果政治路线和方针政策是正确的，文学虽然充当其工具也限制了自身的发展，但还没有太大的社会危害，如果政治路线和方针政策出现偏差，文学机械配合的危害性就显而易见了。众所周知，从50年代到70年代，政治路线屡次出现偏差，而文学却不能表现自己可能有的正确见解而必须表现错误的东西，这种教训应该是深刻的，值得我们牢牢记取的。

二、虚假化

从理论上讲，当代诗坛一直在呼唤着诗歌的真实性，强调真实地反映现实生活、真实地表现时代、真实地抒发人民的心声。谁也不曾公开反对过诗歌对现实生活的真实反映。50年代诗歌在写法上非常鲜明地表现着写实的倾向，即使“文革”时期，基本理论也仍然是反映论。但是，一个现象却无法回避：尽管人们一再强调诗歌要真实地反映现实生活，诗人也非常普遍地接受了现实主义的反映论的诗歌观念，但诗歌的真实性却始终是一个难以实现的目标。在前三十年的诗歌中，对社会生活和人民心声的表现是很不够的。在广度上，诗歌被限制于相当狭窄的领域之中；在深度上，它的表现相当浮浅。面对丰富而复杂的社会生活，诗歌往往视而不见，反映出的社会生活往往是经过提纯和粉饰的，抒发的感情也往往是经过过滤和文饰的。从40年代到70年代，诗歌创作一步步虚假化，远离生活的真实，远离情感的真实，在一种有力的倡导之下形成了一种单纯明朗而乐观昂扬的美学风格。生活的复杂性被单纯明朗所净化，生活的艰难和沉重被乐观昂扬所掩盖，文学不能真实地反映生活，而是以虚假的想象和对生活的粉饰代替了真实的生活图景，以豪情壮志代替了悲伤和忧虑。历史上的一串串的历史事件都没有能够在文学中得到及时的反映，如反右斗争扩大化、“大跃进”、三年困难时期……一场又一场的灾难在诗人笔下表现出来却往往是艳阳高照下的十里桃花十里杨柳，是跃进的锣鼓和火红的战旗，读一下“文革”时期的那些作品，看当时那份繁荣富强和幸福欢乐，以及改天换地的革命壮志，对照生活的实际，人们都会有许多感慨。

与政治工具化不同，文学的虚假化不是文学家们自觉追求的结果，而是源于极“左”政治对文学的干预。中国知识分子有一种强烈的社会忧患意识，有在人民疾苦面前不愿闭上眼睛的社会良知，这种传统根深蒂固，当社会问题呈现于作家面前时，作家们总是要努力去表现它，“双百方针”提出后出现的“干预生活”的创作潮流正是这样出现的，但它立即被扼杀了。这一现象是必然的，因为现实主义在极“左”政治下不可能有生存和发展的空间。历史的规律证明，现实主义文学与政治的关系是复杂的，一般说来，在政治作为一种革命力量而致力于社会变革的时候，现实主义文学与政治的关系是和谐的，而且往往成为变革社会的重要力量；当政治作为一种保守力量致力于美化现实以巩固社会秩序而不思变革的时候，现实主义文学的批判性灵魂就与政治的要求不一致了，因而它往往成为政治所警惕和戒备的对象。对于自身并不完美的社会来说，现实主义文学的真实性原则必然导致把现实生活中的善恶美丑光明阴暗和盘托出，这并不是任何社会力量都承受得了的。任何社会都难免存在弊端，但政治权力的握有者却并不一定欢迎文学对其进行揭示和批评。对于一个存在弊端而不思变革甚至希望靠粉饰和欺骗实现稳定的社会来说，现实主义自然是非常讨厌的东西。当代极“左”政治一个突出的特征就是弄虚作假欺骗人民，因此，当代文学中的现实主义就常常找不到立足之地。考察当代文学的历史，不难发现这样一个规律：现实主义总是伴随着社会的变革而得以发展和前进；而弄虚作假歌舞升平的文风总是与极“左”政治结伴而行的。文学中对浪漫主义的强调开始于“左”倾思潮泛滥的“大跃进”之中，而在“文革”之中则到处都是豪迈的谎言。

由此，我们可以辨识一些政治高调的真伪。

三、民族化

在当代文学发展的过程之中，民族化一直是诗歌发展中的一个重要问题。它对诗歌的发展方向、进程及其基本面貌都发生着重大的影响。

在当今世界上，任何一个民族的任何一种艺术形式都难以仅仅靠继承本民族传统而得到大的发展。所以，“五四”先驱们借鉴外国文学而发动了新文学运动，使中国文学的历史揭开了新的一页。新文学的建设与世界文学的影响有着千丝万缕的联系，新文学的发展和繁荣也难以离开世界文学而走自我封闭的道路。但是，我们这个民族的文化自大心理是难以克服的。从新文学出现的那一天起，新文学的尝试者们就受到了来自“国粹”守卫者们的种种指责。对此，新文学阵营曾经给予坚决的反击和批驳，新文学终于在风风雨雨中成长了起来。然而，文化自大和排外心理由于历史的原因不可能在短期内消除，而且中国的现代命运极不利于这种不健康的心理的克服，抵御帝国主义军事侵略的斗争不断强化着这种文化排外心理。因此，经过抗日战争进入40年代之后，民族化成为一个响亮的口号。并且一步步成为文学创作必须遵循的方向和原则。“西化”“欧化”成为一种贬斥的用语。对外国文学尤其是西方发达国家的文学的学习借鉴在40年代之后就基本停止了。50年代末之后，文学事实上只能在民族传统和民间传统的基础上发展。到了“文革”时期，学习借鉴西方的东西就理所当然是“崇洋媚外”，甚至是“里通外国”。诗歌不能接受任何外来影响，因而完成了彻底的自我封闭。

这一现象的发生有其政治和文化的双重原因，由于40年代西方国家与中国不同政治派别之间的关系，由于50年代中国向苏联的一边倒和西方列强对新中国的封锁，由于60年代初与苏联老大哥的反目成仇，中国一步步与世界失掉联系，失掉联系的同时一步步完成着自我心理的强化。中国成为世界革命的中心，光荣而自豪地反对帝国主义、修正主义和世界各国反动派，由于意识形态方面的敌对，中国对世界主要国家和地区的文化都抱有一种高度的警惕。既然文学被理解为阶级斗争的工具，它的使命是宣传教育，既然文学属于意识形态，而国门之外大多是帝国主义、修正主义和反动派，世界文学也就自然地被看作主要是反动意识形态的载体。那么，向外国文学学习就有可能威胁到社会主义文学的纯洁性。这种政治思想和意识形态上的排外与民族文化传统中的“华夏文化中心”的自大心理一拍即合。近代中国遭受外侮的不幸命运带给中国人的心理重负使它带有了爱国主义的光荣色彩，批判“封、资、修”和反对“帝、修、反”的斗争又为它穿上了一层革命的外衣。于是，彻底的民族化成为人们自觉遵循的创作道路。

但是，这一道路的确立却极大地妨碍了文学的健康发展，它阻扼了文学对世界各民族文学的学习和借鉴，使文学长期生长于封闭的环境中而自绝于世界。它使文学失去了与世界潮流同步并在全人类高度上发展的可能。这不能不说是一个惨重的损失和巨大的教训。

四、大众化

与民族化一样，大众化在中国新文学发展中也是一个原则问题和方向问题。大众化的含义主要有两层：一是通俗易懂能够被大众所接受，这是一般人的一般理解；一是创作主体的思想感情与大众达成一致，这是它的精神主旨。

从新文学的发展历史看，大众化是五四运动落潮以后新文学运动发生逆转的产物。它萌芽于五四运动落潮以后，确立于40年代。20年代初，关于“民众文学”的讨论和“到民间去”的口号所要努力克服的主要是文学与大众隔绝的状态，它的目的是促进作品通俗易懂，从而更有效地完成启蒙的使命。正因为这样，当时不仅俞平伯等人反对“把诗思去依从一般的民众”，反对少数人跟着多数人跑，还主张“少数人领着多数人跑”（《诗底进化的还原论》），而且成仿吾等人也认为如果要艺术去“低就民众”，“不啻是艺术的自灭”（《民众的艺术》）。但是，后来的情况发生了变化，一些年轻的知识分子满怀革命的热情激烈而浮躁地寻求新的超越，开始对

“五四”开拓者们的道路进行批判和否定。他们指责“五四”以降的新诗非大众化、非民族化，而对民间旧形式表示崇拜。有些观点貌似激进，但在深处却生长在五四新文化运动所要否定的旧文化的基础上。

进入当代之后，大众化道路开始为诗人们所普遍遵循。通俗易懂、明白晓畅成为诗人们的共同追求。诗歌必须为大众所喜闻乐见，因而民歌形式和民间语言被广泛采用。对于服务于政治宣传的诗歌来说，这自然增加了它的有效性，但是，诗歌的直露浅白就不可避免了，它使诗歌失掉了诗意的含蓄，降低了艺术品位。

不仅如此，更值得注意的是大众化所包含的把诗人化为大众之意。据权威的解释：“什么叫大众化呢？就是我们的文艺工作者的思想感情和工农大众的思想感情打成一片”，而“打成一片”用后来流行的解释就是“变得跟广大群众一致，适合广大群众需要”。这就意味着作为知识分子的诗人要彻底改造自己，在思想和感情上向大众认同。从政治上讲，这是中国国情决定的中国革命在战争年代的需要。从文化心理上讲，这是中国弱小的知识阶层向大众寻求精神依归的一种必然结果。一切都是可以理解的，但由于大众化的要求本来负有启蒙使命的知识分子不能再以自己的思想教育和影响大众，而开始老老实实向大众学习，去迎合和迁就大众的思想感情、审美心理和审美习惯。这意味着知识分子与大众之间教育与被教育关系的根本颠倒。它与当代知识分子被改造的命运是分不开的。到了50年代末之后，甚至关于民歌形式的争论被认为是“一个谁跟谁走的问题”，“关于谁是主流之争，实质上是知识分子要在诗歌战线争正统、争领导权的问题”。问题如此严重，当然没有人再表示异议。

但是，知识分子地位的彻底失落却使诗歌失掉了真实而独具个性的抒情主体。诗人需要在思想感情上与大众一致，要抒发大众之情而不能抒发自己的真情实感，这就无法避免诗歌的虚假和千篇一律，它直接导致了诗歌的苍白、单调和浅薄。

以上问题是当代诗歌前三十年存在的主要问题，也是后十年诗歌努力冲破和重新思考的问题。它是前三十年诗歌发展的主要障碍，而后十年的诗歌发展也无不与这些障碍的消除有关。新时期诗歌终于摆脱了政治附庸的地位而寻找回了失落的自身，走出工具的束缚而获得了发展的自由；终于寻回了说真话、抒真情、直面真实的社会人生的权利，尽管步履艰难却一步步走出虚假，终于冲出了极端民族化的樊篱，面对广阔的世界大胆借鉴，努力置身于世界诗歌的潮流之中，终于找回了失落的抒情主体，无需再改造自己以向大众的思想感情认同。这一切大大地解放了诗歌的艺术生产力。

虽然问题和矛盾依然存在，但历史的发展是值得庆幸的。

三

纯粹客观的历史著作是不存在的，史家无需做那种枉费精神的追求。一切历史都是我们认识到的历史，它都会打着我们主观的印记。但是，这决不意味着人们可以随意编造历史。尽管不同的史学家可以写出不同的历史，而且历史可以不断地重写，但一些重要的历史现象毕竟发生了，并且有序地排列在那里，众所周知。面对这些事件和它自然生成的秩序，史家没有漠视它的权力。文学史与一切历史著作一样，无法回避史家的主体性与历史的客观存在之间的矛盾，而真正的史学著作应该是二者的完美统一。没有史家的思想作为灵魂的史著只是某种资料长编，充其量不能超过柯林武德所说的“剪刀加糨糊”式的史学；而不尊重历史基本的客观事件的史著只能是史家的抒情言志之作，因而大可不必通过治史的形式加以表达。我认为，史家的主体性大概主要表现于三个方面：选择、解释、判断。在解释和判断方面，史家应该充分发挥其主体性，而在对历史现象和历史事件的选择取舍中，却应该对自己的主观感情有足够的戒备，对主体性有所限制。只有这样，才可以避免由于史家的主观好恶而掩盖或阉割历史。

事实上，每一部文学史著作都体现着文学史家由于某种“史识”而对“史料”的选择。一代又一代重写文学史，往往首先就是对史料的重新选择。但是，这种选择却常常由于各种原因而表现出小儿游戏般的滑稽，大大破坏了文学史研究的信誉。比如，在过去相当长的一段时间里出版的中国现代当代文学史中，革命作家占有重要的位置，非革命作家则只能是陪衬，被认为是反动的作家则在文学史中没有地位。某作家被打成右派，便从文学史中删除，待平反昭雪之后，则又重新给予重要的章节。这种做法至今仍未结束。这当然是可以理解的，它是站在革命立场上，以政治的价值尺度对作家作品衡量和选择的结果。这种文学史也不失为一种文学史，只是它应该称作革命文学史，而不应冠以中国现代文学史的名目。

这里涉及文学史研究和撰写中的价值尺度问题。80年代以来，人们已经相当普遍地超越了那种政治标准第一的价值观，而把目光转向审美价值。这是文学史研究的可喜进步。但是，如果以纯审美的价值尺度衡量文学现象，因某些现象审美价值不高而闭口不谈，却也会给文学史造成新的残缺。按照我的理解，文学史属于历史学科，而不是艺术鉴赏。它应该完整地展示文学发展中的起伏消长和承转行滞，而不应该是优秀作家作品的罗列。凡历史上出现过并有影响的创作现象或文学运动，都有丰富的历史内涵，却并非都有较高的审美价值。文学史往往由这样一些价值不同的现象组成，无论它有无审美价值，都有其存在的理由，而且与其他文学现象构成不可分割的整体。

在当代诗歌史上，不少创作曾经轰动一时，但其艺术生命力却极为短暂。一些作品甚至是特别的艺术，比如以假大空为主要特征的标语口号诗、1958年的“大跃进”民歌等，如果我们为艺术鉴赏而选编一部中国当代优秀诗歌作品集，可以毫不犹豫地将其舍弃，但如果是一部中国当代诗歌史，却不应对其视而不见或有意排斥。因为我们面对的应该是完整的历史，如果只挑选某类作品，必然导致对历史的遮盖和歪曲。因为在那种种反常之中，在那简单的模式和千篇一律的空洞叫喊中，透露了丰富的社会历史内容。在那或许荒唐的审美规范中，集中地体现着时代的风尚。因为只有那些作品，才真正代表着那个时代的诗歌艺术，体现着那个时代压倒一切的精神，并体现着时代的诸因素对诗歌的制作和选择。直到今天，不少大学课堂和绝大多数的文学史著在谈到“文革”时期的文学时都一笔带过，甚至称之为“一片空白”。但我们只要尊重事实并认真思考，就会承认，历史没有留下空白，也永远不会留下空白。因为凤凰死了有山鸡，雄鹰灭绝有麻雀，无论淘汰出的是什么物种，都会各领一个时代的风骚。所以，我们必须充分认识到，那个时代那些被当下学者们不屑一顾的作品，其实是很重要的。因为离开了对“‘文革’文学”的把握，既无法把握此前的“十七年文学”，也无法把握此后的“新时期文学”。

作为文学史家，进行一定的发掘和钩沉工作是必要的，历史在制造一系列轰动效应和热点时常常像一个粗心的孩子一样有所遗漏。但是，应该首先注意的仍然是那些当时曾经轰动过的现象，并且对其做出充分的解释。因为轰动意味着当时的选择。面对历史上发生的影响重大的事件而不谈，却去发掘当时没有产生任何影响的作品写入史著，这种做法不应一概否定，但如果不加必要的说明，而把它作为那个时代的代表作品而加以论述，那就是对历史的篡改。因为被冷落的作品无法代表那个时代，它与那个时代的审美意识是另一种关系。那些产生轰动效应的作品即使非常糟糕，毫无思想价值和审美价值，也是某种时代精神、情绪和心理的嫡出产儿，血管里流淌着真正属于那个时代的精神血液，集中体现着那个时代群体的审美心理和文化精神。文学史应该老老实实地承认它的存在，尊重它的历史地位而给予分析和评判。在分析与评判的天地里，史家有充分的自由，但面对史实叙述，史家不应有过多的自由。花园里有一百朵玫瑰，九十九朵是灰暗的和畸形的，角落里有一朵是鲜艳的，面对这样的事实，如果只是以那一朵为据讲述这个花园，无论有意还是无意，都是对人们的欺骗。

无论整体的现象还是具体的作品，都常常会有虚假和荒谬，但虚假和荒谬现象本身却是历史的真实。比如，一代诗人为什么集体说谎？男男女女为什么都成了白痴？这无疑是更有意义的研究对象。因此，文学史家应该力求不留空白，展示那些现象，并对它进行力所能及的剖析。当然，这并不意味着把一切存在的看作合理的，也不意味着把它看作历史的必然，更不意味着对它没有评判。

四

文学是一种社会现象，它不仅属于创造它的个体，而且属于特定的群体。文学也是一种历史现象，审美意识总是以一定的方式与时代一起发展流变着。特定时期诗歌创作风貌的形成和流变，都与那个时期的审美理想、审美趣味直接关联。而直接影响和制约着审美理想和审美趣味的，却是那个时期政治、意识形态和经济生活所制造的精神时尚和文化心理。无论自觉还是不自觉，无论创作的自由程度如何，诗歌都是特定时空精神文化的载体，负载着属于那个特定的时空的政治信仰、道德情感、生活方式、风俗习惯和整个价值观念系统。无论处于什么样的时代环境中，诗人的声音都是有意义的标本。他的审美理想和趣味体现着他的文化心理结构。而文化心理结构的形成虽然与自身气质和个性不无关系，更主要的却来源于传统和时代的文化环境。诗人的声音往往非常集中地体现着一个时代的文化选择，体现着一个时期的精神和心理趋向。因此，我认为，探讨一个个历史时期的精神面貌和心理奥秘，把握时代现实的文化意蕴和心理内涵，是文学史研究不可推卸的责任。一方面，透过诗歌现象及其发展流变展示的文化心理状态及其裂变与重铸的轨迹，有益于中华民族现代化的进程；另一方面，只有具体而深刻地把握一个时代的文化意蕴和精神状态，才能深刻地理解那个时代群体的审美理想和审美情感方式，才能充分把握诗歌创作现象的更迭与消长。因此，本书致力的是从文化的角度探讨诗歌潮流的消长和演变，揭示文化背景、文化氛围和文化精神对诗歌潮流的影响和制约，以文化的目光对诗人诗作给以剖析，考察其在历史发展中自觉或不自觉的文化选择。当然，由于当代诗歌及它所产生的这段历史的强烈而浓郁的政治气息，我们不可能避开那一个个特定时期流行的政治概念和术语，因为政治斗争成为社会生活的中心并深入每一个普通人的日常生活，这本身就是一种文化现象。

直到今天，多数人还能信奉文学是人学的观念。既然文学是人学，文学史也就应该是人学的历史，正如勃兰兑斯所说，“研究人的灵魂，是灵魂的历史”[①]。那么，研究作为人学的文学，最适用的方法是什么？根据卡西尔的看法，人是文化的动物，对人的研究必须从对人类文化的研究着手，那么，从文化角度写文学史，大概不是一条死胡同。然而，我却不愿让它成为西方文化人类学的那种研究，而让它与社会学和历史学的研究保持密切关系。这也许非驴非马，但不妨称之为社会—文化—历史学研究。

从这个角度看文学，它既是社会生活的反映，又是主体的表现与创

①勃兰兑斯：《十九世纪文学主流》第一分册，人民文学出版社1980年，第2页。

造，因为这一切都不重要，从认识论意义上的反映也罢，审美心理学意义上的主观臆想也罢，它都是艺术化的社会象征符号系统，都是一定时期社会观念和社会情绪的形象编码。最客观的社会生活摹写和最荒谬的想象，都同样传递着他所隶属的那个民族和时代的文化信息。作品形象世界可以还原为社会文化形态，也可以还原为作家内心世界。作家内心世界又可以还原为社会文化形态。作品的形象世界常常出现虚假，但谎话是虚假的，说谎本身却是历史的真实，透过这种虚假中的真实更容易把握其时代的文化心理。同时，以文化历史学的方法研究文学史，可以避免内容和形式的二元分离，而使其成为一个统一的整体。因为无论作品所表现的社会观念系统，还是作品的艺术思维方式、结构模式、情感基调和语言风格，都同样是特定文化环境的产物，都同样蕴含着丰富的文化历史内容。无论艺术象征符号，还是其构成方式，都能反映出它所产生的那个时空的精神文化。

这些想法也许有助于对本书的整体把握。

《现代中国文学（1949—2008）》绪论

一

本书所讲述的，是1949年以来的中国文学，也就是长期以来一般所说的“中国当代文学”。我们之所以不再使用“中国当代文学”这个概念，主要原因有二：一是作为20世纪50年代特定背景上临时采用的一个概念，它并不适用于文学史对一个历史阶段的命名。原因众所周知，所谓当代，即当下的时代，是眼下正处其中而尚未过去的时代，但时光流逝，当代的具体时间所指无时不在更替之中，因而很快就会成为过去，而与当代渐行渐远。从这个意义上说，当代文学这个概念在开始使用时是适用的，因为它所指称的对象那时刚刚发生，不过几年的历史，的确是当下的文学，但在六十年之后的今天，仍把半个世纪之前的文学称作“当代文学”，就多少有些勉强。作为一门课程或一个研究方向，如果说这个概念现在还勉强可用的话，再过几十年，把一百年前的文学称作当代文学，就更说不通了。所以，这个命名迟早是要改变的。二是根据过去对于中国当代文学性质的规定，它已经不能容纳今天我们所必须面对的全部内容。在20世纪50年代，1949年之后的文学被定名为中国当代文学，是从它所显示的不同于现代文学的新的性质着眼的，也是与当时意识形态建构的要求相一致的，所以，所谓当代文学，也被称作“新中国文学”或“社会主义文学”，其具体特点就是文学为无产阶级政治服务、为工农兵服务，坚持民族化和大众化的方向。这种性质持续了大约三十年，但在结束“文革”而进入改革开放的新时期之后，文学自身和外部环境却已发生了很大改变，如果固守中国当代文学的性质和特点认定，改革开放三十年来的“新时期文学”大多会无处容身。而且，按照过去对中国当代文学性质的认定，它既然是“新中国”的文学或“社会主义”的文学，当然不包括台湾文学、香港文学和澳门文学在内。而在今天，虽然台湾文学和港澳文学并未改变它自身的性质，我们却已经没有理由继续把它排除在中国文学之外。根据“一国两制”的思路，既然人民不能因为处于不同制度之下而妨碍国族认同，香港和澳门可以在不改变社会性质的前提下回归，文学史也没有理由拒绝接受那里产生的文学艺术。也就是说，无论其意识形态是三民主义还是自由主义，都不妨碍它是这个时期的中国文学。时代所发生的这一系列变化，要求文学史必须做出相应的调整。

早在20世纪80年代，学界就提出了“20世纪中国文学”的概念，试图把所谓“现代文学”“当代文学”和部分“近代文学”纳入同一框架论述。这种新思路一度被广泛接受，出现了一系列冠以“20世纪”的著作和课程设置，并且出现了以此为框架的文学史著作。这是重写文学史的一个良好开端，结束了以政治标准切割文学史的做法，开始了文学史的整体化历程。但是，这个命名适用性却也存在问题：它以自然的世纪百年为基本单位为文学史分期和命名，是对历史的人为切割，而不是依据文学自身发展变化所形成的不同形态来划分。在20世纪开始之际，文学并没有显示出与19世纪末不同的面貌；在20世纪结束而进入21世纪之际，文学也未发生重大变化。那么，所谓20世纪文学，作为独立的研究对象固无不可，却不适宜于作为文学史的阶段性命名。原因众所周知：以“19世纪中国文学”“20世纪中国文学”“21世纪中国文学”作为框架编撰文学史当然没什么不可以，却已失掉了历史分期的意义。而作为试图包括并替代“现代”“当代”的概念，随着21世纪的到来，显然已不再适用。

在这种情况下，与其对文学史重新命名，或者重新解释“当代文学”这个并不科学的概念，赋予它新的性质，不如着眼长久，使已有六十年历史的“中国当代文学”尽早归位，进入中国现代文学史。正是由于这样的考虑，我们把过去所谓中国当代文学史直接续入中国现代文学史，成为继“五四”时期、30年代、抗战时期等历史阶段之后的一个新阶段。

至于“中国现代文学”的命名，虽然也要面临现代性的认定，但国内外学界已有共识，根据世界的普遍情况，除极少数国家之外，现代化都是一个漫长的过程，没有几个国家的现代史是从现代性完成之日算起的，而是多从现代化开始或现代文明在政治、经济等某个方面的重要标志出现算起。那么，就中国而言，无论从经济和技术层面的现代化（洋务运动）开始，还是从政治制度层面的现代化（百日维新、清末新政或辛亥革命）开始，还是从文化层面的现代化（五四新文化运动）开始，都是可以成立的。尽管中国的现代化步履艰难，但毫无疑问，无论哪一个不同的地区，也无论经历怎样的挫折，都处于现代化的过程之中。而且，20世纪初的一系列文学变化，尤其是“五四”新文学运动，已经开启了文学的现代化之路，以创作实绩做出了宣告。因此，把这个时期的文学作为中国“现代文学”的一个阶段，应是顺理成章的事。

二

在中国现代文学史上，这无疑是一个特殊的阶段，也是一个发展道路异常曲折的阶段。但历史上发生的一切都不是孤立的，而是相互存在着复杂的内在关联。所以一切并不突然，而是此前文学演变和分化的一个结果。

许多问题都需要从“五四”说起。对于“五四”文学，人们大多赞同“人的文学”这一基本认定。但是，在“五四”时期，文学面对的问题是复杂的：一、作为个人，正如鲁迅所说：“中国人向来就没有争到过‘人’的价格，至多不过是奴隶。”[①]二、作为国家，中国积贫积弱，不但不能并列于世界之林，而且大有国将不国之势。三、国内贫富悬殊，劳苦大众极度贫困，社会存在严重不公。不同的问题滋生着不同的意识：人的意识、民族意识、阶级意识。这三种意识产生着三种文学不同的价值追求：启蒙、救亡、革命。在“五四”文坛上，新文学的主将们以人为目标，以人为最高价值尺度，从个人权利出发参与民族救亡运动，从人道主义出发为劳苦大众鸣不平，使三个主题得到了暂时的统一。但在事实上，启蒙、救亡、革命之间是

①《鲁迅全集》第1卷，人民文学出版社1981年，第212页。

存在矛盾的：启蒙的出发点是个人，强调的是个人的自主、个性的解放，最终目的是人的解放和权利保障；救亡的出发点是国家，强调国家和民族的利益高于一切，目的是民族的独立和国家的富强；革命从阶级立场出发，目标是无产阶级或劳苦大众翻身求解放。这些不同的追求最终必然要发生矛盾。在政治上，它表现为自由主义、民族主义和社会主义，而渗透于文学，也演化为不同的派别。中国现代文学的最初的大分裂发生于20年代末，“革命文学”运动的发生是一个重要转折。根据革命文学倡导者所宣称的，它革命的对象就是“五四”新文学。创造社和太阳社的人们在当时几乎是全盘扫荡“五四”新文学的，除自己的领袖人物之外，“五四”作家大多受到了无情批判。由于国民革命和北伐战争的政治遗产，在进入30年代之际，“五四”新文学的主题逐步淡化和边缘化，随之而起的是民族文艺和普罗文艺，它虽然并未完成对“五四”新文学价值取向的取代，却带来了文坛鼎足三立的基本格局，大面积地确立了“五四”一代人所不具有的基于民族或阶级立场的集体主义。抗战开始，全国作家聚集到抗日救亡的民族主义旗帜之下，一些左翼作家的立场转换尤其引人注目，对“与抗战无关论”的批判就是突出的例子。但在事实上，统一战线的形成并没有改变各自的立场，文坛的基本矛盾依然存在。在特定的背景上，民族化和大众化成为共同的要求，追求文学的通俗易懂，能为大众喜闻乐见，以利于文学服务于大众动员。但是，同样是着眼于群众，同样是强调民族化和大众化，站在民族国家的立场还是站在阶级的立场，很难求得一致。正是在这一背景上，出现了重庆主流文学与延安文学的不同模式。

就像重庆主流文学延续着30年代民族主义文艺传统一样，延安文学与30年代的左翼文学密切相关。不过，40年代的延安文艺与30年代左翼文艺并不完全相同。除了来自上海的左翼文艺传统之外，延安文艺的形成还有两个重要因素：一是江西苏区的文艺，它产生于30年代的中华苏维埃，是一种政治化的民间文艺；二是陕北当地的民间文艺，它是千古流传的民间文艺，但在红军长征到达陕北之后迅速开始了政治化的历程。江西苏区的文艺传统与陕北当地的民间文艺相结合，加上来自上海的左翼文艺传统，三者合而为一，发展为1942年以前的延安文艺。在这其中，来自上海等地的左翼作家显然是重要的，因为创作队伍主要由他们构成。但是，对于30年代的左翼作家而言，虽然长期接受革命思想的教育和熏陶，但许多人头脑中仍然保留了“五四”的影响痕迹。他们向往新的天地，因而奔赴延安，但思想中仍保存了一些个人主义和自由主义的因素，而且保留着个人自由、社会平等、政治民主等“五四”的理想。因此，无论置身于何地，都很难完全满足于现实，更不愿放弃对现实的批判。革命队伍的现实并非完美无缺，这就带来了新的矛盾。更为重要的是，革命队伍要求思想统一、步调一致、一切行动听指挥，而不欢迎计划之外的不同声音扰乱人心。正是由于这些矛盾，最后导致了文艺整风。毛泽东在延安文艺座谈会上发表讲话，为文学确立了新的规范：文艺必须为无产阶级政治报务，必须为工农兵服务，知识分子必须改变自己，在思想感情上与工农大众取得一致。在新的规范之下，延安很快形成了新的文学范式。1949年之后，这种新的范式迅速在大陆推广和普及，完成了全面取代。

本卷所讲述正是由此开始的一个新阶段的文学。

这是一个非常特殊的文学发展时期。“秧歌扭到天安门”之后，大陆文坛呈现的是一片欢呼声。它是胜利者的声音，热情欢快而充满自豪。它是延安文学范式的发扬光大，因而与政治有着严格的从属关系，并显示着文学由知识者向工农大众、由西方向苏联和之相适应的民族传统的一次位移。文学，只要能够有效地配合政治宣传，只要把意识形态化为生动的形象，只要把占历史主导地位的声音大声喊出去，使工农大众听得明白，就是完成了最高职责，实现了最高价值。然而，这种欢呼和歌颂随着时间的推移很快出现了疲软状态。原因不难理解：一是作家们对于千篇一律的表达难免产生厌倦；二是现实生活逐渐显示的问题使作家和诗人的热情开始有所折扣。所以，在“双百方针”提出之后，一个新的潮流勃然兴起，文学不再满足于歌颂，而是在“干预生活”口号的引导下走向了社会生活的阴暗面，走向了人的内心世界的复杂深处，文学基调也由热情昂扬走向深沉冷峻。这个新的潮流与现实政治的要求距离甚远，所以只能是昙花一现，随着1957年反右运动的到来和一大批作家被划为“右派分子”，迅速风平浪息。但它是一个信号，宣告了一种文学模式和审美规范的危机，显示了文学自身追求解放和自主的要求，也透露了社会文化潜在的新动态。

1958年由党和国家领导人亲自发动的新民歌运动和文艺“大跃进”在文

学史上常常被忽略，并且在一些论著中显示着荒诞的面目。但在事实上，它在50年代文学流变中的地位非常重要，因为它是面临危机的文学模式和审美规范进行修复和巩固的一种特殊形式，也是对“双百方针”唤出的创作新潮的反拨。正是“大跃进”民歌运动，以民间大众的创作取代了知识分子的创作，以热烈的歌颂再次取代了暴露，也正是“大跃进”民歌运动，提供了以大胆的想象和夸张书写豪情壮志的新经验，从而带来了“革命浪漫主义”和“两结合创作方法”。所以，1958年的“大跃进”民歌运动和由此开始的文艺“大跃进”运动，无论对于生活还是对于文坛，都有极为重要的提神作用。

然而，无论理论上怎样强调大众化方向，真正的文学家都不会满足于直白和粗俗。在有限的空间里，文学仍在寻求发展。50年代末到60年代初，创作中出现了一种刻意追求意境美的现象；以严阵等人为代表的一些诗人纷纷致力于寻找和创造生活的诗情画意；以杨朔为代表的一些散文作家也在远离现实的抒写中建构优美的意境；小说中所出现的，则是茹志鹃的《百合花》所显示的美的探寻。这是一个必然的结果，既然直面现实和直面内心的路已经红灯闪闪，就只有在既定的主题和内容之下经营形式。所以，这是一股形式主义的潮流，因为对于这些作品而言，主题是固定的，没有任何独创性的意义。人们以各具特色的意境创造完成着共同的主题，作家才华的高下已经不在于对生活的发现和思考，而只是表现在形式上。与此同时，在意境美的追求中，透露的往往是接近古典的审美意识。这也不奇怪，因为此时的大陆文学已经断绝了与西方文学的联系，可借鉴的外来资源已经极少。当人们寻求艺术性的时候，只有把目光投向古代。

但是，这种倾向很快即停止发展，因为从1963年开始，优美和谐或轻盈秀丽的风格开始被热烈昂扬的政治抒情和斗争故事所取代。文学开始更直接地表现重大的政治命题，开始强调“千万不要忘记阶级斗争”，与此相伴随的，是写实风格让位于抒情言志，优美意境让位于豪言壮语，好人好事让位于尖锐的阶级矛盾和冲突，颂歌基调中出现了激烈的战斗旋律。文学更紧密地贴近政治，寻找为政治服务的最有力的形式。这种范式在“文革”开始以后被保留了下来，而且得到进一步发展，成为“文革”文学的基础。“文革”文学把它推向了顶峰，同时，也使它走向末路。

结束十年“文革”，大陆文学进入一个新的历史时期。作为文学的主流，首先出现的是现实主义的复兴，接着出现的是现代派文学的崛起，然后是新生代文学的涌现。这三个浪潮依次出现，使“文革”之后的中国文学呈现出迅速发展的“三级跳”。但需要注意的是，这三者之间并不是取代与被取代的关系，而是相互并存、相互渗透、共同发展的。正因为这样，80年代文学逐步出现了百花齐放、五彩纷呈的多元格局。其现实主义文学是二十多年前受挫的现实主义文学潮流的复出，起主导作用的创作力量也是二十多年前被迫离开文坛而在“文革”结束之后“归来”的作家。这股新的文学潮流努力恢复中国现代文学的批判传统，以说真话、抒真情、真实反映社会生活和为人民大众代言为宗旨，具有强烈的忧患意识和社会责任感。它使当代文学的社会批判职能迅速恢复并空前强化，也使当代文学的感情基调转向深沉，使情绪内涵变得复杂。现代主义文学最先引人注目的是朦胧诗。它产生于“文革”中长大成人的一代青年，于“文革”结束之后思想解放的背景上破土而出。对于生活的怀疑态度、不满情绪和由此而产生的变革愿望，对人道主义理想的执着追求，对自我内心的高度重视，以及对新的表现形式的探求，使这一诗潮显示了鲜明的文化反叛色彩。它体现着中国文学和中国文化的又一次裂变和重新选择。接着出现的是现代派小说和现代派戏剧。随着国门的逐步打开，中国文学开始重新建立与世界文学的联系，并且开始广泛地吸取西方现代资源。正是在这样一个背景上，以王蒙等人为代表的一些作家进行了各种新的探索，使小说和戏剧出现了各种新的现象。到80年代中期，中国文学终于迎来一个初步多元共存的景观。这种多元景观在90年代在市场经济的背景上进一步发展开来。

在这个发展过程中，中国文学与世界文学建立了密切联系。人类进入现代之后，任何一个民族的文化都不可能孤立地发展。在“文革”结束之前的近三十年，中国文学的发展是比较孤立的，“文革”前的十几年虽然向西方世界关上了大门，但毕竟还有来自苏联以及东欧国家的交流，作家可以从苏联文学获取营养。到了“文革”前夕，中国大陆文学的发展完全进入封闭状态，在全面批判“封、资、修”的背景上，只能完全封闭地“创造人类文化的新纪元”。它的结果，就是十亿人看八个样板戏。而在“文革”结束之后，改革开放，文学终于得以重新面向世界，逐步加大交流，接受世界各民族文化的滋养。80年代以来文学的发展和初步繁荣，与这种滋养无法分开。

实事求是地说，从20世纪50年代到21世纪，这半个多世纪的文学成就远不辉煌，但文学史的价值并不只是取决于优秀作品的多少。文学发展过程中的艰难曲折，经验和教训，无疑使它获得了特有的研究价值。文学历尽曲折而终于进入一个比较宽阔的地带，也给后人带来许多启示。面对这段历史，我们的研究设立了这样两个目标：一是通过对文学发展过程的探讨，勾画出六十年来文学发展流变的轨迹，展示其艺术生存状态，从中发现一些文学内部的和外部的规律；二是通过文学这种精神产品及其创作主体审美意识的流变，勾画时代的精神面貌和文化心理轮廓，由文学切入文化历史。当然，要揭示一个个文学现象的全部内涵是困难的，准确地把握现象之间的根本关联也不容易，但只要深入其中，并不断拂去积尘和云雾，就不难看到一些深隐于历史表象背后的东西，从而对文学现象产生新的理解。同时，也不难看出某种文学范式从发生发展到衰亡的过程所蕴含的历史奥秘；不难发现文学深层那左右着文学起伏奔突、不断挣扎、寻找通途、拓宽道路、确立自我的力量；也就不难意识到正是这种源于人这一审美主体和历史主体最深处的力量不仅决定着文学必然的归宿，也决定着人类文明发展的趋向。

从1949年至今，文学已走过了六十年的路程。为了清晰地显示这个发展变化过程，有必要进行必要的分期。文学史的分期需要根据几个方面：一、文学内部要素的变化，它包括文学观念、审美追求、作家关注热点等方面的变化；二、文学外部条件的变化，它包括制度影响、外力干预、传播方式、读者趣味等方面的变化。关于这个时期文学的阶段划分，过去最常见的有三种：一是“三分法”，即把六十年分为三个阶段：第一阶段（1949—1966），一般称作“十七年文学”；第二阶段（1966—1976），一般称作“‘文革’文学”；第三阶段（1976年至今），一般称作“新时期文学”。二是“二分法”，即把“三分法”的第一、二两个阶段合而为一。三是“四分法”。“四分法”又有两种：一是在“三分法”的基础上再以1957年为界把十七年分为两个时期，即第一阶段是1949—1957；第二阶段是1957—1966；二是在“三分法”的基础上再把80年代与90年代以后的文学划分为两个不同的阶段，即“新时期”与“后新时期”。在这里，我们采用的是比较简单的二分法，但不以1976年为界，而是以1978年为界，把这六十年的文学划分为前后两个三十年。1949—1978年，是政治控制之下的一元发展阶段；1978年至今，是改革开放背景上的多元发展时期。

三

我们知道，现在来撰写这个时期的文学史，可能是一件吃力不讨好的事。主要原因有二：一是写出全面、客观之史的条件尚未成熟，比如，称作中国现代文学史，就应该包括海峡两岸，而不应该把台湾和港澳舍弃，或只是作为某种点缀，但是，尽管人们正在致力于国家的统一，努力实现民族和国家认同，但写一部共同的文学史，却还面临着种种困难。其二，这六十年是一个非常复杂的阶段，文学与现实、与政治关系异常密切，形成了各种纠葛和关联，虽然人们的认识在不断深入，但只是在某些领域，而全面的认识尚有待时日。而且，由于离现实太近，所谓批评和研究无法避免各种复杂因素的干扰，社会腐败导致的廉价吹捧，市场化带来的炒作现象，都在制造种种假象。这些假象很难在短期内弄清。

尽管如此，我们还是决定编写这部文学史，原因主要在于，条件虽未成熟，但一些事情不能等待完全成熟之后开始。成熟的中国现代文学史肯定是在一代又一代不断积累的基础上形成的。与其等待最后集大成，不如及时提供几片砖瓦。更为重要的是，这是现实的教学所需要的。拿一本陈旧的教材上课，一边讲授一边增补和批驳，这对教师来说，是很方便的，更有利于显示教师的主动性，但对学生来说，却是不公正的，既然教师已经掌握一些新的材料，既然学界已经有了更为科学的结论，既然知识的更新已经向前推进，为什么不把它及时地写到教材之中以便于学生了解和掌握呢？正是基于这样的考虑，我们才决定编写这部肯定尚未成熟的文学史。

作为编写者，我们不打算立异，也不想刻意创新，而是想实实在在地为本学科的教材建设打下一个牢固的基础。为此，有几点是我们有意识追求的：

一、回到文学的历史现场，直面文学的客观存在。虽然新历史主义和各种后现代主义理论都在努力否定历史的客观真实，但我们认为，作为历史叙述，仍然应该以历史的客观存在作为基础，而且要面对历史，尊重历史，力求实现最大限度的真实。毫无疑问，我们所面对的这段历史，尤其是20世纪50年代到70年代的历史，旧有的叙述往往是不可靠的，而文学发展的真相又常常在历史的阴影之中。我们将努力走出阴影的遮蔽，回到文学的历史现场，努力面对各种复杂的存在，思考那些被遮蔽的东西，修复由于各种原因而形成的历史残缺，尽可能还原一个比较全面、客观的文学场景，以求呈现一部较少遮蔽和残缺的文学史，把历史本相和文学发展变化的真谛展示出来。因此，我们的工作首先是一个正本清源、还原和修复的基础工作。

文学史与各种专题史一样，既然是历史的一个组成部分，就有不以后人意志为转移的客观性。因此，面对并尊重这种客观性，而且进一步走近这种客观性，是文学史叙述的目标之一。换句话说，也就是要尽可能地呈现历史的真实面貌。当下学界流行一种时髦的理论，强调历史不可能复原，一切史书都是后人的叙事，所以无法避免叙事人的虚构和想象。这种说法有一定的道理，它指出了一个基本事实：史书并不可靠，因为它渗透着编撰者的趣味和意图，从《春秋》《左传》到二十四史，无一不是如此。但是，面对这样的事实，史家却有不同的选择。我们所赞同的是：正因为历史叙述的不可靠，学者才不断地探寻和发现，不断用新的材料去补充和订正它，不断用更为科学的方法和手段去获得更加贴近事实的结论，而不是因此而放弃对历史的严肃态度。换句话说，一切历史叙述都无法避免主观性，这并不等于一切历史叙述都是不可信的，也不能成为可以随意歪曲历史的口实，更不能成为替不公正的历史叙述辩护的理由。因为面对虚假的历史叙事，就把一切历史叙述都说成虚假的、不可信的，这种做法是不公道的，也是不足取的。

文学的阐释与研究是有主观性的。面对同一部作品，可能会仁者见仁，智者见智。就像《红楼梦》那样，“单是命意，就因读者的眼光而有种种：经学家看见《易》，道学家看见淫，才子看见缠绵，革命家看见排满，流言家看见宫闱秘事……”[①]这是无法避免的。但作为文学史家，主观随意性却是不足称道的。因为文学作品在它出世之时，就已具有其自在性。虽然作品的内涵可能是模糊的、隐晦的，也可能是复杂的，但作者的本意是无法抹杀的。文学史应该尊重作品的自在性，尊重作家的本意，而不应主观臆断或望

①《鲁迅全集》第8卷，人民文学出版社1981年，第145页。

文生义，更不应为适应某种理论而阉割作品。这就需要实事求是地解读作品，老实地走近文学生长的物质、制度和精神环境，认真考察各种关系。既然是史，其基础工作就是搜集、整理和辨析史料。因为文学史不是作品读后感，不是理论想象，而是要把文学还原到它生长的时代环境中，依据可靠的史料进行叙述和说明。文学史与其他历史一样，其最主要的特征是实证。

二、校正文学评判尺度，努力做出公正的判断。在面对全部文学存在的基础上，我们将努力保持一份清醒，不忘审视和清理我们自身评判文学的标准。这是一种调整价值尺度的工作。历史无可避讳，我们曾经有过价值颠倒的年代，真善美与假恶丑曾经出现严重的混乱和颠倒，甚至把美的看作丑的，把丑的看作美的，这种遗留至今仍然严重存在于我们的头脑中，并且严重影响了我们对于文学的认识和评价，也影响了我们的文学走向世界。在这种情况下，我们必须重新审查我们所习用的文学标准，以补正我们过去由于种种原因而导致的评价的偏颇，争取对作家、作品和文学现象做出比较公正的评价。当然，任何评价都无法避免主观性，所谓普遍共识是难以实现的。但我们将努力克服自身遗留或新生的种种褊狭，贴近人类对于文学的基本共识，贴近世界共奉的文学评价标准。在无力进行评价之时，我们宁愿只是展示而放弃评价，尽量不作苟且之论。

我们反对价值标准的褊狭化，因为它对文学的繁荣是有害的，但我们不能不重视一些基本的尺度。比如，代表"'文革'文学"成就的"革命样板戏"和《金光大道》，本是特定历史时期的样板，它的反现代、反人性是有目共睹的，所以，随着"文革"的结束和思想文化领域的拨乱反正，必然要被否定。但是，喜欢它、留恋它、努力保卫和弘扬它的人一直存在。这原因是复杂的：其一，历史的客观存在不容忽视，它毕竟是文化贫困的年代里一代人享用过的仅有的精神食粮，所以深植于一代人的记忆，成为与青春、热血、爱情、生命结为一体的存在。加之人们的思想观念在"文革"结束之后并未清场，一般人的思想观念和审美意识很容易继续在旧轨道上滑行。其二，无论什么年代，人们都不可能生活于同一平台。面对同样的历史事物，处境不同的人会有不同的感受。一些人记忆中的"十年浩劫"，在另一些人记忆中可能是"峥嵘岁月"，即使同样吃不饱肚子，专政者与被专政者也有不同的感受。这一切都是可以理解的历史现象，但面对种种分歧，文学史却不能没有基本的判断，更不能在价值尺度上远离人类文明的共识而滑入反文明、反人道的歧途。在遥远的古代，各民族相互隔绝，文学的孤立发展或许是可能的，各执标准也是可能的。但在进入现代之后，如果一定要关起门来自成体系，孤芳自赏，当然不是不可以，却不能埋怨世界文学的排斥和歧视。众所周知，不按照一定卫生标准生产的食品，在世界市场上是不能畅销的，甚至不能进入市场。把执行卫生标准看作是排斥和歧视，也并非没有道理，但不合卫生标准的食品即使供自己人食用，也是不利于健康的。

三、高度关注生态环境对文学发展和变化的影响。任何事物都有造就它的具体环境，生态环境的变化导致物种更新和变异。这是生态学带给我们的启示。事实上，文学也是这样。有什么样的环境条件，就会产生什么样的物种，伴随着生态环境的变化，文学作品也必然要发生相应的变化。多雨的季节易生霉菌，风沙过大胡杨树变形。而且，物种之间也是相互制约的，粮田如果杂草丛生，很难保证稻麦丰收；红高粱如果密不透风，奇花异草就不会生长。事实上，每一个时期的文学面貌，都与它的生态环境有关。

因此，面对文学现象，我们必须正视它的各方面关联。“文革”结束以来，为了摆脱政治的束缚，文学界和学术界一直回响着远离政治、回到文学或学术自身的呼声。这是对多年以来政治实用主义的一种反拨，是学术与政治关系的一次调整。这种调整无疑有助于学术在某种程度上的独立，营造自己的空间，但是，这种调整却也导致了学术远离政治，远离现实，而且造成了文学研究的新的盲点。作为文学史，特别是与政治关系极为密切的一段文学史，面对作家和作品所涉及的政治内容，闭口不谈，一律回避，显然是不现实的，也是不必要的，而且很容易给历史裹上一层云雾。

其实，无论文学还是学术，在大半个世纪中，与政治的关系一直没有处理好。开始是文学和学术沦为政治的附庸，完全成为工具，唯政治的指挥棒是从；后来是远离政治，关注文学自身，而且强调文学就是文学，结果却是自我放逐。文学完全成为政治工具当然是悲剧，但完全放弃对政治的思考和参与，也未尝不是悲剧。因为人是离不开政治的，既然政治生活是人类生活的重要内容，既然政治的变动直接影响着人的生活和命运，文学和学术又怎么可能不闻不问呢？这里的关键在于文学或学术以什么样的姿态与政治发生关系，自身是否具有主体性，是否能够以独立的思考去表达对政治生活的关切。如果失掉主体性，沦为政治附庸，当然是无可称道的，但作家如果以独立的人格和自由的思想去关心政治，对政治进行批判和探讨，则未必是文学之累。作为文学史家，没有理由忽略作家这样的思考。

除此之外，涉及文学史观，还需要说明的是：

第一，文学史不是作家作品论的排列，也不是优秀和重要作品的排行榜。虽然作家作品是文学史关注的主体，但文学史的任务主要并不是选出几个重要作家进行论述。由“本纪”“世家”“列传”构成的历史叙述模式与中国几千年专制社会所形成的传统是密切相关的，也是与古代英雄史观联系在一起的，这早已是史家共识。在古代，它自有其合理性，因为无论哪一个朝代，帝王、后妃和大臣名将都是历史的主角，所谓一个朝代的历史，不过是一个帝王家族及其追随者的历史，所以首先要写的，自然是帝王的本纪，然后是后妃和王公大臣，小人物并无位置。但作为现代文学史，主要目的却不是为大人物或成功者塑像。尤其是面对从“大众化”到“大众文化”兴起这个没有巨匠、没有大师的年代，更无须人为地派定某个人做一代人或一个群体的代表。在代表合法性不足的情况下，让一个作家代表其他作家出现在文学史中，仍然是首领意识和造神传统的遗留，而且是极不公正的。因此，虽然任何叙述都无法避免挑选代表者并把目光集中在代表者身上，但文学史本身的现代性要求我们，必须把作家作品放回到他们存在的序列和环境中，通过对那种艺术形式自身的传承以及它与社会政治、经济、文化等各方面关系的揭示，显示一个现象的变化，从而总结文学发展的经验和教训。文学史需要更多地关注历史，而不是有限的作家个人。那种把一段文学史简化为几个作家论的做法，对历史是不公正的。在没有大师的时代，我们更无意于通过文学史而制造大师偶像，也无意于为各路英雄排座次。

第二，文学史不需要以补缺的方式制造虚假的繁荣景象。眼下有一种流行的做法是：“既不想承认那些在极‘左’路线下被吹得很‘红’的作品的文学价值，又不甘心面对被历史之筛筛过之后的文学史的空白、贫乏与单调，便想尽办法，另辟蹊径，多方为历史‘补缺’。”[①]于是，就要通过各式各样的发掘和重新解释，使贫乏而单调的文学史“丰富”和“多元”起来。

①董健等：《关于中国当代文学史研究的思考》，《天津社会科学》2006年第1期。

本书拒绝这种做法，面对全部的繁华和萧条，尊重一切“丰年”或“赚年”的本来面目，所以，不拿被扼于母腹的“地下文学”为不准它出生的那个年代装点门面。因为被压抑和扼杀的东西，因不准出生而被迫处于地下的东西，不应成为那个时代的光彩。这也涉及我们的文学史观：研究一个时代的文学史，首先应该关注的是那个时代最为流行的现象，是最受追捧的作家和文本，因为只有在当时最流行的作品才真正代表着那个时代，而那些被扼制于地下不准生长的东西，与那个时代的审美规范是矛盾的。它虽然能够幸存下来，被后人所知，但在性质上，却不能与那个时代相混淆。

第三，史家不是和事佬，应该正视矛盾和差别，不应致力于“调和”与“抹平”。当下中国流行各种“抹平主义”，其主要特征是混淆是非界限，抹平高低优劣；其客观效果是把历史搅成一锅粥。文学史上存在一些矛盾和差异，无论是文学思潮、创作倾向，还是作家观念、创作追求及其作品的品位，都存在着精神境界和艺术水平的高下和优劣。不同派别之间存在矛盾和冲突，有的涉及大是大非，关系到人们的命运。但在抹平主义者那里，却往往是另一种情景，要么是你好我好他也好，一厢情愿地硬把敌对的力量按到同一条板凳上就座；要么是大家都是一丘之貉，彼此都被涂抹成了三花脸。所有的理想、激情、崇高、神圣都成了破坏人们生活的坏东西。这种抹平甚至扩展到现代性，比如，给“文革”挂上现代性招牌，于是，否定“文革”者连同现代性一起否定，肯定现代性者又会连同“文革”的罪恶一同肯定。与此同时，抹平主义者还抹杀文学史发展不同阶段的差异性，把功过是非和优劣高下通通抹平，并以此重新肯定某些已被历史否定的东西。那种把朦胧诗与样板戏装进一只筐的做法，那种把“文革”文学与80年代绑在一起的做法，都是这种抹平的表现。在这种抹平处理之下，歌颂“文革”的文学与控诉“文革”的文学是一样的，批判者与被批判者是一样的，历史不再有正义和是非。然而，历史并非一桶无是非的糨糊。

第四，史家应警惕高度抽象和超越性的概括。每一个作家、每一部作品，都是具体时空的产生，所关心的问题和做出的判断都首先是具体的、与产生它的具体环境紧密关联的。面对中国作家笔下的处于具体时间和场景中的人物，进行高度抽象的概括，比如，把林彪、“四人帮”党羽的罪恶概括为人性之恶，把极“左”政治的疯狂概括为人类理性之不可靠，把专制与恐怖之下的心理变态概括为人类的弱点，等等，看上去是在“提高认识”，发现了作品的“普遍意义”，却抽掉了具体的历史内容，歪曲了作者的原意，而且使作品本来具有的现实批判性得以消解。面对作家所表现的问题，追根溯源是必要的，但如果追到了极为抽象之处，比如人性，比如命运，就会使作家的努力面对无物之阵，使其意义化为乌有。因此，我们警惕这种超越，不把具体时空中的问题说成是全人类的问题，也不把作家所描写的某个人群的苦难说成是人类不可避免的命运。为此，我们将高度重视作品所表达的生活世界的具体规定性，对其不作过度的抽象化处理。

当然，需要说明的是，我们所追求的，未必是我们所能达到的。不足之处，只能有待于将来改正和弥补。

80年代文学历程扫描

在对新时期文学的观念形态进行专题扫描之后，有必要对这个时期文学发展的基本历程有一个基本的描述。虽然任何描述都无法避免偏颇和遗漏，但历史发生过的基本事实有其发展的基本线索，人们可以对它做出各自不同的解释，却不能无视它本身的客观存在。因此，历史学家的任务也许很多，比如发现被遮蔽的史实、对众所周知的史实做出新的解释和判断等等，但无论如何，都必须首先清楚他所面对的基本事实。

一

1976年10月，活跃于中国政治舞台十年之久的极“左”政治力量的代表“四人帮”垮台。以这一政治事件为标志，进行了十年的“文革”宣告结束，中国进入了一个新的历史时期。虽然历史的发展是艰难而缓慢的，社会生活不可能在一夜之间呈现出全新的面貌，文学也不可能立即开始一个新时期，但是，生活毕竟发生了变化，并且进一步变化着。

因此，文学也不可能在原有的轨道上靠惯性滑行太久。

这一天的到来是一年之后。1977年末，新的文学思潮开始萌动。刘心武的《班主任》是这一文学思潮的潮头作。尽管它在思想上和艺术上都明显地带有旧时代的痕迹，却仍然是一篇划时代的作品，标志着中国当代文学的一个新开端，显示了文学发展的新道路。小说描写的宋宝琦和谢惠敏这两个学生表现绝然不同：一个是屡次被拘留的小流氓，一个是被认为思想进步、品行端正的团支部书记。但在作者的笔下，他们却都是“文革”的受害者。特别是对于谢惠敏的描写，刘心武第一次在当代文学中剥开“进步”“红色”“积极”等时代外表，而揭示出她的无知、僵化和愚昧，反映了极“左”政治对青少年严重的愚弄和毒害。

1978年秋天，卢新华的小说《伤痕》带来了文学新潮的滚滚波涛。这篇发表之后立即遭到一些人严厉批判的小说写的是这样一种悲剧：在“文革”中，十五岁的女中学生王晓华因母亲被打成“叛徒”而与母亲划清界限，提前下乡接受贫下中农的再教育。小说表现了两个层面上的悲剧：从王晓华的命运看，她与母亲断绝一切关系，但“狗崽子”的命运却仍然牢牢地跟着她，使她受尽痛苦的折磨，甚至失掉了爱的权利。从王晓华的灵魂看，她是那样相信社会政治对母亲的裁定，而不相信自己母亲的诉说，弃一般伦常而不顾，拒绝给母亲回信，拒绝接收母亲寄给她的物品，展示了心灵的严重扭曲。最后，母亲带着再也见不到女儿的痛苦死去，女儿的悔恨也再无法与母亲诉说。小说通过这样的描写揭露了“文革”中残酷的“阶级斗争”和“血统论”给人们心灵上造成的重大伤痕。

在《伤痕》的带动下，这种描写“文革”伤痕的作品如雨后春笋般地出现了。小说方面影响较大的有孔捷生的《姻缘》、陈国凯的《我应该怎么办》、冯骥才的《啊!》、莫应丰的《将军吟》、周克芹的《许茂和他的女儿们》等，诗歌中出现了李发模的叙事诗《呼声》、流沙河的《故园六咏》等，戏剧创作出现了影响广泛的话剧《报春花》《权与法》《救救她》等。报告文学中出现了遇罗克、张志新等因进行不合于当时政治要求的思考而惨遭杀害的故事。这些作品被称作“伤痕文学”。它所表现的是“文革”给中华民族造成的各种创伤。伤痕文学蓬勃发展的时间是1978年到1980年。

在所谓“伤痕文学”方兴未艾的时候，一种更新的现象出现了：一些作品超越“文革”题材而对“文革”之前的社会生活进行反思，展示了极“左”政治之下各种不同的社会悲剧。这些作品仍然写“文革”，但侧重点在于对中国当代历史进行反思，所以，批评界把它称作“反思文学”。

反思文学是伤痕文学深入发展的必然结果。从政治背景看，1978年12月，中国共产党召开了第十一届三中全会。它巩固了已经进行的思想解放运动的成果，又推动了思想解放运动的深入发展。政治生活中开始拨乱反正，平反冤假错案，清理极“左”政治路线的危害。在这个背景上，一大批早在二十年前以大胆的思考和对现实生活的批评而被打成“右派”的作家重返文坛。他们的到来为文学的新突破提供了一支极有动力的生力军。文学不再满足于对十年“文革”和对林彪、“四人帮”的揭露和鞭挞，而是开始把笔锋伸到“文革”之前的岁月，对极“左”路线追根溯源，寻找十年灾难的来龙去脉，总结更长时期内的经验教训。从表现伤痕到进行反思，体现着新时期文学发展的必然逻辑。作家们面对“文革”的悲剧，不能不思考悲剧的成因。历史的大灾难是从天上突然掉下来的吗？显然不是。那么，人们很自然地就要去寻找它发生发展的过程。

反思文学最早的代表作是鲁彦周的《天云山传奇》、茹志鹃的《剪辑错了的故事》、高晓声的《李顺大造屋》、张一弓的《犯人李铜钟的故事》、张弦的《记忆》等。鲁彦周的《天云山传奇》最先对1957年的反右运动进行了反思，在“右派”问题还没有解决之前，把历来在文学中被作为反面人物处理的“右派分子”写成了英雄形象。《剪辑错了的故事》第一次在当代文学中真实地揭示了1958年的“大跃进”运动给中国农民带来的严重危害，并且提出了干部与人民的关系在革命胜利之后的变化问题。张一弓的《犯人李铜钟的故事》对“三年困难时期”做了真实的反映。小说以空前的勇气去掉了一切虚假的粉饰，把那场大灾难的惨状及其发生的根源暴露了出来。因为1960年前后那三年大饥荒在当时是没有任何报道的，后来的历史叙述也对此讳莫如深，但过来人却都有惨痛的记忆，所以，这部小说的发表一下子唤醒了人们惨痛的记忆，在社会引起了强烈反响。这部小说之所以能够发表，甚至获奖，固然与当时刊物的编辑、主编和评论家的情感共鸣有关，但同时也得益于小说在描写饥饿惨象的同时写出了一个为救民于死亡线上而甘愿自我牺牲的党的干部形象。与上述作品大致相同，高晓声的《李顺大造屋》虽然是一个短篇小说，却通过一个普通的中国农民李顺大在长达二十多年的时间里竭尽全力建造住房而总是不能成功的经历，反映了极“左”政治路线对农民利益的严重侵害和对农民心灵的严重创伤。张弦的《记忆》写的是早在“文革”之前就存在的领袖崇拜和个人迷信对人的摧残，十八岁的女放映员方丽茹因为刚刚收到一封求爱信而在心慌意乱中挂倒了片子，使伟大领袖的形象头朝下脚朝上放映了出来，只有几秒钟，却无法挽回，因而被开除公职、戴上反革命分子帽子下放农村劳动改造。而这种冤案在“文革”结束之后却仍然难以平反，只有在“文革”中也有同样遭遇的宣传部部长秦慕平为之呐喊呼吁。古华的长篇小说《芙蓉镇》、王蒙的《蝴蝶》、张贤亮的《灵与肉》和后来的《绿化树》、李国文的《月食》和《冬天里的春天》等都是反思小说中的优秀作品。

在诗歌中，反思的主题事实上比小说出现还要早一些，因为诗人对于生活更加敏感。白桦的《春潮在望》、张志民的《祖国，我对你说》、叶文福的《祖国啊，我要燃烧》、未央的《假如我重活一次》、林希的《无名河》、杨牧的《站起来，大伯》……都以深沉的感情对当代历史做了沉重的回顾。

反思文学显示了新时期文学的迅速进步。它不再像伤痕文学那样激情有余而理性不足，历史空间的开阔使内容也更为丰富，并且有了一定的纵深感。

伤痕文学与反思文学是不可分割的。因为它的区别主要是题材范围的扩大。所以，我倾向于把它们放在一起统称为反思文学，因为它们都是对当代社会生活的反思，无论回顾“文革”还是回顾反右和“大跃进”，其主题指向也是一致的。题材上的拓展虽然带来了一些新的因素，但就创作本身来看，回顾“文革”与回顾“文革”之前的十七年的社会生活也往往是紧密结合在一起的。

在对历史进行反思的同时，作家们开始思考现实生活中存在的问题。这是一个题材扩大的过程，也是一个主题开拓的过程，同时也是一个突破禁区的过程。“文革”后文学突破禁区的第一步是表现“文革”的悲剧，第二步是表现“文革”之前的问题。这两步迈出之后，一个问题必然摆在了面前：“文革”结束之后现实生活中仍然存在的问题能不能写？文学以前所未有的勇气又一次完成了突破。诗歌《将军，不能这样做》（叶文福）、《请举起森林般的手，制止！》（熊召政），剧本《假如我是真的》，小说《人到中年》（谌容）、《人生》（路遥）、《夏》（张抗抗）、《赤橙黄绿青蓝紫》（蒋子龙）、《没有纽扣的红衬衫》（铁凝）、《未亡人》（张弦）、《方舟》（张洁）等毫无疑问是这个思潮最主要的代表作品。这些作品事实上已经透露出一种信息，改革已经成为当时中国社会的一种呼声，作家们对社会问题的反映表达着一种鲜明的思变情绪和意向。

对社会问题的揭示和思考必然导致改革的呼唤。同时，现实生活中的改革也已经开始。这就为改革文学的出现提供了坚实基础。“文革”后的文学从反映伤痕开始，继而历史地反思伤痕的成因和来龙去脉，然后进入改革的呼唤和反映，这是一个自然的发展过程。因为无论对历史的反思还是对现实的考察，都必然得出一个共同的结论：我们的现实必须改革！所以，改革文学应运而生，成为80年代初期文学的主潮。开改革文学之先声的作品是蒋子龙的《乔厂长上任记》。接着出现的是柯云路的《三千万》。这两篇小说和它所代表的一些作品中描写的改革者形象，事实上还是一些整顿者，因为他们的所谓改革，只是整顿被十年浩劫破坏的生产秩序。这些作品有一个共同的特点：所有的改革者都坚定果敢，能够力挽狂澜，敢于向现状挑战，敢于大刀阔斧地进行他的改革，但是，结局却都以失败告终。改革者是现实生活中的失败者，却是道义上的胜利者。这大概是时代生活的真实所致。

接着，小说《祸起萧墙》（水运宪）、《赵镢头的遗嘱》（张一弓），话剧《灰色王国的黎明》（中杰英）、《血，总是热的》（贺国甫）等更充分地表现了改革事业的艰难。张洁的《沉重的翅膀》、李国文的《花园街五号》、柯云路的《新星》在表现改革的必要性和迫切性以及改革的目标和方向方面是突出的。《花园街五号》以历史的晓喻之法反映改革的必要性和必然性，提出改革的核心应该是把权力真正交给人民，使历史的发展不受阻挡。它显示了改革文学对于改革所进行的理论思考所达到的高度。柯云路的《新星》系统而全面地展示了中国改革的历史画面，小说虽然写了一个既有雄心也有能力而且有背景的“青天”县委书记李向南，但使我们看到的是改革步履的艰难。

在改革文学创作中，反映农村改革的作品是值得注意的。最早为改革大唱赞歌而引人注目的是何士光的短篇小说《乡场上》和《种苞谷的老人》。前者通过一个过去在干部面前从来直不起腰的小人物冯幺爸因土地承包和自由市场的开放而终于站立起来的心路历程；后者通过一个老人在土地承包之后艰辛劳作为多年前出嫁的女儿补一份嫁妆的描写，揭示了过去年代极“左”政治使农民极度贫穷留下的内心伤痛，也揭示了农村所发生的改革的伟大意义。这些作品使人们看到，土地承包不仅解放了生产力，而且有助于人的解放。

农村改革绝不只是实行生产承包责任制以调动农民的生产积极性，而是需要从传统的小农经济中走出，改变经济结构，拓宽农村发展的道路。在这一方面，张一弓的中篇小说《火神》比较早地发现了这种规律：郭亮被逼上绝路之后反而找到了农民致富之路。对农村经济的这种转变大唱赞歌并影响较大的作品是矫健的长篇小说《河魂》和蒋子龙的中篇小说《燕赵悲歌》。前者通过农村几十年的历史曲折反映了这种转变的合理性和必然性。后者写出了拓宽道路之后农民的生活条件和精神素质所发生的巨大变化，展示了一条农村发展之路，也展示了农村改革的光辉前景。

生产方式和经济结构的变革必然引起生活方式和意识形态特别是道德观念的变化。面对这种裂变，一些作品以不同的艺术形式进行了揭示。贾平凹的《小月前本》《鸡窝洼的人家》，楚良的《玛丽娜一世》等是突出的代表。与此同时，另一些作品对改革带来的一些变化表示了更多的忧虑和困惑。韩静霆的《市场角落的“皇帝”》、王润滋的《鲁班的子孙》等作品是有代表性的。

农村改革在80年代初期就顺利地推行开来。但是，改革之后农民的情况如何？矫健的《老人仓》、张炜的《秋天的思索》《秋天的愤怒》使人们看到，这两位作家显然并不像何士光以及蒋子龙等人那样乐观。因为在他们眼前出现的现实是：改革已经进行了，土地承包了，葡萄园也承包了，但人民却没有在这场改革中站立起来，而是过去的土皇帝仍然骑在群众头上作威作福，以新的形式压迫和奴役农民群众。也许正因为生活中这样的现象并非个别和偶然，所以张映泉的《桃花湾的娘儿们》所描写的改革和呈现给读者面前的改革者的形象就呈现了一种可贵的理想化：梁厚民不是为民做主的青天大老爷，不是包打天下的铁腕英雄，他所进行的改革是努力使桃花湾的娘儿们恢复人的意识，建立人的自尊，自己站立起来创造自己的美好生活。

从伤痕文学到改革文学，文学更多地表现的是一种政治经济意识和关于道德的思考。文学追求的主要还是社会功能，它的主旨所在是服务于社会变革，它的历史功绩也在这里。在这个发展过程中，有三种因素是特别值得注意的：一、现实主义精神得以恢复和发扬，文学重新走上现实主义的道路，找回了丢失已久的独立批判职能。在过去的几十年中，文学的主体性早已彻底丧失，文学从属于政治，是阶级斗争和路线斗争的工具，作家没有自己的思想和见解，只能在改造思想和深入生活的同时以艺术形象图解政治概念和来自权威的思想和观点，因此，作家的个人主体性已经不复存在，独立的批判和质疑也无从谈起。进入新时期，在反思与批判的过程中，独立批判的职能正在逐步恢复。二、以“人民——上帝”观念为标志的民本思想获得了迅速的发展，并且成为作家价值观念中重要的内容。在许多作家的思想中，人民是至高无上的，作家们非常自觉地获得了一种人民大众的立场。在共和国的传统理论中，干部与群众、人民大众与领导者是完全一致的。但是，80年代的中国文学却有意忽略了这种一致性，使官僚和特权拥有者成为与人民大众相对的一方。一大批作家把自己的立场移到了人民大众。三、人道主义思想的崛起。在中国，人道主义是“五四”时期从西方文艺复兴和启蒙运动思想资源中拿来的，“五四”时期，曾经出现过一个以人为本，张扬个性，张扬人道的时期，后来，这一切都在历史的风雨中丢失了。“文革”结束之后，文学在回归“五四”的同时找回了丢失已久的人道主义。

伴随着对灾难的反思和思想解放的深入，中国人越来越清楚地意识到，极“左”政治之所以给中国人带来如此深重的灾难，其根本原因就在于它的反人道性质。极“左”政治的一个重要表现，就是漠视人的价值，亵渎人的尊严，扭曲人性，与人道精神为敌。“文革”对人的残酷迫害并不是偶然的，是极“左”政治统治之下长期不讲人性而大批人性论，不讲人道而反其道而行之的一个必然结果。于是，一些作家在批判极“左”政治的同时，就开始了对人道主义的呼唤。这种呼唤在80年代发展成为一股人的文学的大潮。

无论从什么角度看，在新时期中国文坛上，朦胧诗都是重要的，它所具有的先锋性以及它所达到的高度使新时期文学因此而生辉。朦胧诗带有鲜明的现代主义色彩，但是，考察其价值层面，它的怀疑主义与个性主义以及强烈的人道精神使其成为人的文学潮流的最初浪潮，成为植根于人道主义的启蒙文学复苏的重要标志。

朦胧诗最早出现于民间刊物。1978年底，油印诗歌刊物《今天》在北京诞生，它虽然是一份小小的油印刊物，却拉开了一场诗歌革命的大幕。以《今天》为中心，新的诗人队伍开始集结。北岛、江河、顾城、芒克、舒婷等都以各自的艺术光彩从这里升起。与此同时，在恢复高考之后的大学校园里各种刊物如雨后春笋般出现，带来了新诗歌潮流的迅速壮大。徐敬亚、王小妮、王家新等就是从校园走向朦胧诗阵营的。1979年3月，《诗刊》发表北岛的《回答》，使这股诗潮第一次在公开刊物上正式亮相。接着，舒婷的《致橡树》《这也是一切》《祖国啊，我亲爱的祖国》，顾城的《无名的小花》（组诗），梁小斌的《雪白的墙》《中国，我的钥匙丢了》，江河的《纪念碑》等陆续在公开刊物上发表。到1980年，它已经形成一股不可遏制的潮流，席卷了大学校园和青年诗歌界。

朦胧诗是荒谬的时代生活在一代青年心灵上留下的投影和引发的回声。十年浩劫使一代青年人的心灵经历了一声特殊的洗礼，于狂热之后的冷静中萌生了强烈的悲愤和浓重的哀怨。理想被撕碎之后的失落感和不堪回首的生活使他们情感低沉、痛苦、迷惘，但是，年轻的心里却仍然有执着的追求和不可泯灭的希望。社会的动荡，人生的浮沉，生活中的悲喜剧，政界骗子的种种表演，使他们学会了用自己的头脑进行独立的思考。他们的思索、苦闷、不满和愤怒无法宣泄，于是纷纷拿起诗笔，以诗的形式抒发内心的感受。但是，一方面是前景的迷茫和思想的困惑，一方面是出于政治上的警惕与戒备，他们无法把自己全部的思想感情坦率地公之于世，而往往采用种种不确定的隐喻和象征，忐忑不安地传达着自己朦胧的内心体验，曲折隐晦地表现自己对于世界的认知。孙绍振曾经指出，他们的美学原则与传统的美学原则的分歧“实质是人的价值标准的分歧。在年轻的革新者看来，个人在社会中应该有一种更高的地位”，并且说，“当社会、阶级、时代逐渐不再成为个人的统治力量的时候，在诗歌中所谓个人的感情、个人的悲欢、个人的心灵世界便自然会提高其存在的价值。社会战胜野蛮，使人性复归，自然会导致艺术中人性的复归。”①

朦胧诗首先引人注目的是抒情个性的强化和诗人真实主体的回归。在过去相当长的一段时间里，随着诗歌为政治服务的片面强调和对诗的社会作用的褊狭理解，诗人真实的自我被一步步驱逐，以所谓阶级和人民的“大我”代替诗人真实的自我，并由此导致了诗歌创作说假话、空话、大话，堆砌标语口号，而远离真实的思想感情；千篇一律，千人一面，缺乏艺术个性。朦

①孙绍振：《新的美学原则的崛起》，《诗刊》1981年第3期。

胧诗潮的出现给当代诗歌带来了抒情个性的强化。一代年轻诗人努力凸现自我，张扬个性，强调抒情主体的独立性和独特性。年轻的诗人们自觉或不自觉地完成了具有现代意识的自我形象的塑造，展示了一代人重新找回的个体自信，展示了当代诗歌前所未有的独特风采。

由于时代的造就，朦胧诗的抒情主人公形象虽然各有不同，但却呈现着大致相同的特征。他们大都带有怀疑的精神和探索的精神，有着时代所给予的悲愤或哀怨。他们有痛苦，有迷惘，却又往往展示着英雄主义的精神。由于历史给一代人心头留下的累累创伤，由于思索和理想追求的重重艰难，朦胧诗在情感基调上不再像60年代政治抒情诗那样热烈和高昂，而是呈现着普遍的深沉化。朦胧诗强化着个体主体，努力追求着个体的高度和重量，而不是满足于抒写庸常的自我。他们有很强的历史责任感和民族忧患意识，有比较明确的理想追求和努力方向。虽然由于文化环境和各种原因使他们在表达自己的追求时往往并不十分明晰，但从他们的一些言论和创作，仍然可以看到他们的期待、寻找和选择，看到他们的批判精神和探索精神以及对自己使命选择和承担所具有的圣洁感情。因为他们认为“诗人应该通过作品建立一个自己的世界，这是一个真诚而独特的世界，正直的世界，正义和人性的世界”①。为了这个世界，他们常常表现出很强的责任感和悲壮的牺牲精神。对人的价值和尊严的关切，对人的心灵和生命的尊重，这是灾难在这一代人心中换得的最珍贵的收获。他们反抗迷信，反抗专制，反抗野蛮和愚昧，体现着中国当代诗歌已经久违的启蒙理性精神。他们往往对历史和现实进行控诉和诘问，而在这种控诉和诘问中，表现的是对自由人格的追求和对个体生命价值的高度肯定。他们为人性的泯灭和扭曲而痛苦，为自我的丧失而忧伤，对压抑人性的各种力量表示抗议。他们热切呼唤的是正义和人性。正是这种人的意识使朦胧诗与“五四”时期诗歌的人道主义和个性主义实现了遥远的对接，在当代诗坛上找回了丧失已久的人本主义精神。

在小说创作中，这种探讨是在不同层面上进行的。伤痕文学的许多作品展示的都是人生悲剧，作家所控诉的是极“左”政治对人的扼杀和践踏。在宗璞的小说《我是谁》中，备受摧残的女知识分子韦弥感觉自己和周围的知

①《青年诗人谈诗》，北京大学五四文学社1985年编印，第2页。

识分子都成了大大小小的毒虫，当她在夜色中投湖自尽时，在黑色的夜空发现了一个由大雁组成的“人”字。小说使人们看到，在一个人性泯灭的时代里，人们对人性和人的尊严的神往和殷切呼唤。在伤痕文学中，我们到处可以听到人性的呻吟，看到人性的血泪控诉。同时，又可以看到在黑暗的背景上不泯的人性仍然闪耀着灿烂的光辉。刘心武的《如意》以老校工石义海和一个末代格格金绮纹两人没有如意的爱情故事为线索，揭示了极“左”政治对人的压抑和摧残，开掘了存在于普通劳动者身上的美好人性与人情。在这一方面，靳凡的《公开的情书》、宗璞的《三生石》等都是优秀的代表。反思文学致力回顾历史的教训。在对历史曲折路程的回顾中，一些作家进一步把目光投向了人性，并且进一步获得了人的立场。因此，文学中出现了一股人性复苏的热潮。人们不仅重新确立了文学是人学的观念，并且以艺术形式进行了关于人性、人道主义和异化问题的探讨。

继人性悲剧的展示之后，文学开始广泛地表现人生问题。这不奇怪，因为既然文学是人学，既然文学要表现人，人生问题就必然受到普遍的关注。因此，爱情开始进入文学的视野，并且迅速成为重要的题材。刘心武的《爱情的位置》可以说是新时期文学关于爱情的第一声呼唤。虽然它所呼唤的仅仅是给爱情一点位置，却立即带来了一股不可遏制的洪流。接着，张洁的《爱，是不能忘记的》等作品出现，开始探讨更为复杂的爱情问题。继之而起的是陈可雄的《杜鹃啼归》、陆星儿的《美的结构》、尤凤伟的《因为我爱你》等反映爱情矛盾的作品。然后，张洁的《方舟》《七巧板》和《祖母绿》，张弦的《被爱情遗忘的角落》《挣不断的红丝线》《未忘人》《银杏树》等系列作品，谌容的《杨月月与萨特之研究》和《错，错，错》，航鹰的《东方女性》和《枫林晚》，问彬的《心祭》，路遥的《人生》，都以对人生问题的探讨引起了人们的注意。这些作品虽然大都具有当代政治生活背景，因而同时进行着政治反思，但是，作家思考的重点却已经不是政治，而是比政治更为丰富也更为复杂的人生。作家们往往从伦理道德和人生价值角度进行描写，关注着人的爱情与婚姻、爱情与事业、爱情与人生价值，思考着爱的自由与道德规范、婚姻的责任与义务、两性关系中的感情与理智，以及灵与肉、性与情、情欲与道德等等。这些作品大多不再以政治作为批判重点对象，而是把矛头指向了生活中那些反人道和压抑人性的观念和行为，呼唤着人们对人性的尊重和对人的正常生活欲望的认可。

对爱情婚姻和家庭生活进行思考的同时，文学开始思考更广泛的人生问题，并且更明确地呼唤人道主义。作家们或者反思历史的灾难，或者审视现实的人生，却都发出了人道主义的呼唤。在这些作品中，最引人注目的是戴厚英的《人啊，人!》。这部小说以大学生活为背景，通过男女主人公何荆夫和孙悦曲折的爱情故事以及命运的坎坷及他们周围一群知识分子的悲欢离合，控诉了极“左”政治给人们带来的深重灾难。但是，小说却没有停留于政治批判，而是进入人的内心深处，展示了从50年代的反右斗争到“文革”结束这段时间里一代知识分子的痛苦和追求。作品针对极“左”政治摧残人才、扼杀人性的事实，发出了尊重人、尊重人性的呐喊。作者在《后记》中说：“在二十年前，她曾经以‘战士’的身份批判她的老师宣扬人道主义，二十年后，她自己却在小说中宣扬人道主义。”因为各种经历使她清醒了，“一支久已被唾弃、被遗忘的歌冲出了我的喉咙：人性、人情、人道主义!”虽然作家把人道主义看作可以改善现实的良方不免显得无力，但作者对人道主义的呼唤精神是可贵的。它透露了80年代中国作家的一种理想和努力。

当作家把目光投向人生的时候，人的个性必然是无法回避的。人的解放必然首先指向个性的解放。人的文学必然包括了个性主义文学。在中国，人的个性处于压抑之中是一个不争的事实。这一事实必然作为一种动力推动着作家的创作。在这一方面，刘心武的《我爱每一片绿叶》又一次较早地提出了应该正确对待个性和个人生活的问题。与此同时，张抗抗的《夏》和《北极光》，陈建功的《迷乱的星空》与《飘逝的花头巾》，张辛欣的《在同一地平线上》与《我们这个年纪的梦》，更多地展示了一代年轻人的精神世界以及他们的个性追求。作品通过不同类型的年轻人各自不同的生活展示了他们的人生观、人生态度和人生选择，并且由此发出了尊重人的个性的呼吁。这一现象是普遍的，包括徐怀中的《西线轶事》、蒋子龙的《赤橙黄绿青蓝紫》、航鹰的《金鹿儿》等，都开始为人的个性而辩护，为个性受到不公正的对待而鸣不平。这些作品使我们看到了个性主义在“文革”留下的废墟上的增长，看到了一代年轻人对旧价值的怀疑和对自我选择的自信。

80年代的个性主义思潮在文学中有多种不同的表现，但简单概括可以划分为客观派和主观派。客观派偏重于对青年人个性及其遭遇的反映，主观派偏重于个性主义精神的直接抒写。在主观派中，需要注意的是北岛等人的诗歌和张承志等人的小说。在张承志的《黑骏马》和《北方的河》中，我们看到的是个性主义精神的高度张扬。评论家蔡翔在读过《北方的河》后曾经写道："这是一个河的世界。到处是生命的喧嚣……这个世界征服了我们，我们开始感到不安，心里总是在渴望着什么。我们想为自己的生活找到某种意义，这种意义远远高于我们在日常生活中小有成功后而体验到的那种安定感和成就感。我们想要知道自己正在走向哪里，为什么要为到达那里而艰苦奋斗。这就产生了一种渴望。因此，当我们追踪着'他'的脚步时，感受到的，正是这样一种精神漫游，一种对于他所要委身的价值的上下求索。"①这种认识是准确的。张承志的小说的确显示了一种特殊的精神特色。他笔下的人物总是处于一种无休止地寻找和追求之中，而不满足于平静的日常生活。为此，他的作品展示的环境也多是草原、大河、戈壁，正是这种环境的选择，为他的精神跋涉者提供了自由驰骋的空间。他善于把他的人物安放在这样一种环境里，在苍凉的背景上，展示着理想主义者的自信、热情和对生命终极目标的不懈求索。

二

1985年前后，文学发生了一个极大的变化。文学的主流消失，呈现出多元发展、五彩缤纷、百花齐放的新局面。在这个转换时期，文学获得了一系列新的因素：文化意识、生命意识、现代观念。这是当代中国文学空前繁荣的一个时期，一个值得骄傲的时期。

在这个狂飙突进的时期，中国文坛出现了一个个新的潮流：

一、寻根运动与文化意识

1984年开始，韩少功、阿城、郑万隆、李杭育等纷纷撰写文章发表新的文学见解，提出新的理论主张。韩少功说："文学之根应该深植于民族传统文化的土壤里，根不深，则叶难茂。""我们有民族的自我，我们的责任是

①蔡翔：《一个理想主义者的精神漫游》，浙江文艺出版社1987年，第53页。

释放现代观念的热能，来重铸和镀亮这种自我。”（《文学的根》）阿城说：“文化是一个绝大的命题。文学不认真对待这个高于自己的命题，不会有出息。”（《文化制约着人类》）郑万隆说：“独特的地理环境有着独特的文化”，“每一个作家都应该开掘自己脚下的‘文化岩层’”（《我的“根”》）。接着，李杭育等连续发表文章，认为我们民族文化之精华更多地保留在中原规范之外，规范的传统的根大都枯死，规范之外的才是我们需要的根。他说：“我们的民族个性在一天天地削弱，民族意识是愈来愈淡薄了”，所以，他强调要“重新认识自己的文化，不做假洋鬼子”（《文化的尴尬》）。《文艺报》等报刊立即就这个问题展开了讨论，在讨论中寻根文学的影响日益扩大，很快成为一个遍及全国的文学思潮。

事实上，寻根文学运动不是突然发生的。在文学经历了伤痕和反思以后，文学的历史感和文化因素以及民俗学价值已经越来越强。江河、杨炼等朦胧诗的中坚诗人在80年代初就开始由历史进入文化，去探寻生活更为深层的意蕴。从杨炼的《乌篷船》《大雁塔》到江河的《太阳和它的反光》，再到廖亦武等人的诗，我们可以看到诗人们的目光早在寻根运动发起之前已经从政治热点转向了文化。同时，邓友梅、汪曾祺、刘绍棠、陆文夫等已经较早地注意到了风俗民情和地方文化岩层的开掘。邓友梅的《那五》《烟壶》、刘绍棠的《蒲柳人家》、汪曾祺的《受戒》《大淖纪事》和陆文夫的《美食家》等都表现了对文化传统和文化心理的关注。1984年，刘心武的《钟鼓楼》发表，通过衣食住行和风俗习惯的描写反映了北京市民的种种文化心理状态。这些作品对寻根作家都有不可忽视的影响。

寻根运动显然有两个层次上的意义：一是文学的意义，为文学而寻根，认为文学应该植根于文化之中，因而为文学而走向了文化；二是文化的意义，认为民族文化传统已经断裂，或者正统文化之根已经枯死，所以要向历史或者民间寻找民族文化之根。这二者的出发点是不同的，但归宿却非常一致，都走向了文化。

文学走向文化，首先是回归文学自身和寻求超越的结果。从文学本身来看，它是文学主体意识觉醒之后的必然选择。在过去相当长的一段时间内，我们只强调文学的社会政治内容而往往忽视其文化内容。进入新时期，虽然我们在理论上力争文学不再从属于政治，但创作实践中所依恃的却仍然是一种特定的社会变革时期的政治热情。尤其是那些曾经产生广泛影响的作品，几乎无一不是政治激情与文学形式的结合。我们当然不能磨灭这些作品的价值和意义，但也无需讳言，有相当多的作品，离开特定时期读者的政治热情就失去了艺术魅力。作家们清楚地看到了这种作品的命运，努力寻求超越，很自然地会从政治进入文化。也无需讳言，我们的文学在饱满的政治激情的作用下进行创作，却也常常因为政治激情而带来麻烦，从这个意义上说，寻根又是文学对政治的一种逃避性的超越。从艺术上看，拉美作家寻根的成果也对中国作家产生了很大的诱惑。

然而，从更广阔的背景看，寻根运动是中国社会变革和中西文化撞击的产物。一方面，中国的现代化在80年代重新启动。现代化作为人类文明史上的一个概念，指代一个艰巨而复杂的系统工程，它决不仅指物质文明，无法只在某个方面实现，而必须是系统地全面推进，即包括经济结构、政治结构和文化结构的全面现代化。在一个社会内部，经济、政治和文化三者如鼎之三足，必须保持平衡和谐，社会才能稳定。否则社会就会出现危机。中国的改革是从经济开始的，经济改革的步伐虽然也很不轻松，但毕竟迈出了重要的一步，而其他方面的改革却比经济改革更加艰难，远远不能适应已经启动的经济改革带来的社会发展的要求。80年代中国的文化热在很大意义上正是这种危机面前的一种反应。从政治反思到文化反思，从历史批判到文化批判，时代的反思必然地使人们把目光投向了文化。另一方面，由于历史的教训，特别是十年“文革”对文明的破坏，在中国大地上唤起了一股文化怀旧思潮。人们由对“文革”文化的厌恶而怀念传统文化，试图以传统文化救治当下文化的各种不堪。与此同时，恰逢海外新儒学的活跃和亚洲四小龙的经济腾飞。就新儒学而言，杜维明等人对于中国文化传统的张扬在国内产生了极大影响。就四小龙而言，既然在传统的东方文化模式之下取得了经济的迅速发展，当然可以用以证明中国古老的文化传统与经济的繁荣和国家的富强并不矛盾。这使寻求出路的一些中国人对自己固有的文化产生了浓厚的兴趣，并且迅速形成了一种带有复古倾向的文化热潮。

非常明显，文化热的两个不同源头产生的力量在面对中国传统文化时形成了鲜明的对立。随着人们现代化要求的日益迫切，现代观念与传统文化之间的冲突日益尖锐。在冲突面前，作家们必然要做出他们的选择。在进行选择的过程中，由于见解的不同，作家们表现出了相当大的差距，出现了三种选择：

（一）走向传统，进行文化寻根，以文学形式推动传统文化的复归。80年代的中国开始对外开放，西方的各种思潮都在影响着中国社会。现代文明的种种弊病使得一些西方学者注目于古老的东方文化。在西方弊病和海外游子特有心态的作用下，东方文化显示出特有的光彩。国外有人预言，未来的世界，将有儒学的再次复兴。这股浪潮又以回潮的形式拍击着亚洲大陆，引起学者们对自己固有文化的重新思考，不少人试图以传统文化精华救治现代社会的弊病。这两种倾向虽然相互矛盾，但却都与我们时代的变革密切相关。

（二）回归"五四"，进行文化批判，以文学形式推动传统的变革。80年代中期，中国的改革大业已经逐步展开并且初获成效。但是，历史遗留的久症顽疴却并非都能迎刃而解。在此之前，人们常把社会存在的问题简单地归于"十年动乱"和"左"倾政治路线。随着"左"的政治路线的溃败和改革中新矛盾的出现，人们逐渐认识到，一些问题的存在，并不仅仅在于政治路线和方针政策，而是还在于文化传统。中国现代历史的变迁更容易给人以如此的启示，一次又一次的革命为什么总是难以达到预期的目的？因此，人们的目光转向了鲁迅当年曾经探索过的国民性问题，对民族文化传统和心理素质进行冷静的思考。

（三）走向原始，张扬生命，以野性对抗文化的束缚。这是走得最远的一支。他们有感于当下文化对人的压抑和窒息，有感于人的个性和生命力的萎缩，在远离都市、远离文明中心的半原始生存状态中发现了旺盛活泼的生命力，并且给予张扬。

寻根文学运动的最突出的贡献是给文学创作带来了强烈的文化意识，使在此之前还比较淡薄的文化意识空前地浓郁了起来。从此之后，作家们在表现生活时不再只满足于对生活作政治的或道德的思考，而开始以文化的目光给以观照，在理解和评判生活时，不再只是给予政治的和道德的评判，而是从文化的角度作深层的理解。这一变化是重要的，以文化的目光看问题，文学有了更多的发现，而且超越了政治视角。比如：如果用阶级论的目光看地主与贫农的关系，看到的是阶级地位的悬殊和关系的对立，看到的是二者之间绝然不同的一面，但是，如果以文化的目光去看，二者的价值观念、思维方式和心理结构却大致是相同的。也许，寻根文学运动本身并没有产生多少优秀的文本，但是，它带来的文化意识的强化对文学的影响是积极而深远的。一些作家并没有加入寻根运动，但是，由于文化意识与本来的政治反思相结合，使自己的创作呈现了新的面貌。如刘心武的《钟鼓楼》、王兆军的《拂晓前的葬礼》、张炜的《古船》、王蒙的《活动变人形》、李锐的《厚土》系列、张石山的《仇犹遗风录》、朱小平的《桑树坪纪事》、锦云的话剧《狗儿爷涅槃》等，都充分显示了在政治反思的基础上强化文化意识之后所产生的光彩。

二、性大潮与生命意识

1985年前后，随着文学对人性探索的深入，文学在表现人的时候出现了一种新的现象：从人的社会属性转向人的自然属性；从人的理性内容转向非理性内容；从文明的人转向自然的人。作家们对人的关注不再仅仅是关注政治、经济、道德等方面，而是以极大的热忱开始关注人的生命——生命力和生命状态。对生命的关注必然地带来了对人的原始生命力、人的性欲冲动的关注。在对人的描写中，文学不再回避性行为和性心理，开始表现炽烈的性欲冲动。小说开始通过性意识这一焦点透视人生，跨越文明铸造的人格表层而直达生命冲动和原始本能。这种新的潮流使中国当代文学创作发生了巨大的变化，改变了文学的整体风貌。

最先引人注目的是张贤亮，因为他的中篇小说《男人的一半是女人》不仅写了章永璘被窝里对女人的幻想，而且写了这个性饥渴者面对女人活生生的裸体而产生的性欲冲动，甚至写了他性功能丧失时的窘态和性功能恢复时的兴奋。这部小说的主题仍然是反思文学中已经多次表现的中心主题——对极“左”的政治路线的控诉与批判，但是，它第一个给新时期小说带来了大胆而生动的性心理描写。在表现性行为时，张贤亮的表现还相当含蓄而隐晦，面对男女的性行为，还很有点怀抱琵琶半遮面的姿态。接着令广大读者惊异并使整个文坛为之瞩目的是女作家王安忆，这位善于描写“雯雯的情绪天地”的年轻女作家连续发表《小城之恋》《荒山之恋》《锦绣谷之恋》三部中篇小说。这些小说与以往的作品大不相同，它以大量的篇幅淋漓尽致地描写男人和女人的性爱。那些在过去为人们所羞于谈论的两性生活内容在作品中得到了充分表现。在这股表现人的生命原欲的潮流中，女诗人表现是突出的。她们从女性生命出发，以独特的生命体验发出了中国诗坛从未出现过的陌生声音。如果说瞿永明还主要是面对女性不幸的宿命而叹息的话，唐亚平和伊蕾更充分地表现了女性以自然的生命欲望对社会的禁欲文化传统的反抗。唐亚平声称“只愿做一个浑身是肉的女人”，写出了“弄一个男人来折磨”，“女人发情的步履浪荡黑夜／只有欲望猩红”这样的句子。伊蕾的诗写出了女人生命深处的渴望。她高呼“情欲的洪水已漫过了围墙”，高声发问“我在为谁恪守戒律”，声称“这里是一片焦土”，呼唤“把你野性的风暴摔在我身上”。她在《给我的读者》一诗中说：“你是一个身体健康、精神正常的人吗？／那么你可以做我的读者／我所诉说的你一定能够知道／……我们都是被压抑了这么久／我们的悔恨和绝望重于泰山／朋友，我要告诉你／你的一切渴望都是天经地义的。”此后，贾平凹的《黑氏》、铁凝的《麦秸垛》、乔雪竹的《荨麻崖》、魏世祥的《火船》、刘恒的《伏羲伏羲》《白涡》等大量作品，都不约而同地在这一新的领域里进行了探索。

在这些作品的影响之下，文学大踏步地走向了生命本能，文明的面纱在作家们的笔下被一层层撕得粉碎，人，裸露出了全部的自然内容和属性。这些作品发表之后立即引起了强烈的反响，并且引发了热烈的争论。对于文学中的性意识，人们的看法很不相同，有人热情肯定，极力赞美，有人则竭力反对，给予贬斥。但是，就在这种讨论中，性意识迅速向着各种题材和主题的作品渗透，并完成了对整个文学创作的占领，文学创作中的性意识空前强化。

在这股性思潮的影响下，中国文学发生了一系列变化，出现了一系列新的特点。

首先是从文明走向自然。在此之前的文学一直在呼唤文明。呼唤文明是中国现代文学的一个中心主题，也是中国社会现实的迫切要求，因为我们要从野蛮和愚昧中解放出来，显然是一个艰难的过程，历史总是不断地以事实提醒人们野蛮与愚昧的顽固存在。然而，性意识高涨之后，文学的呼唤发生了逆转，不再仅仅呼唤文明，而是热切地呼唤人的自然属性。在一些作品中，人的动物本能和生理需求获得了应有的地位。作家们似乎已经认识到，中国人应该克服的不仅是愚昧和野蛮，而且也应该注意解放被愚昧和野蛮扭曲了的自然生命。大量作品都鲜明地宣告和呼唤着：把人应有的还给人！

其次是从人的理性内容走向非理性内容。在过去的文学中，人是理性的。人的行为都能够为清醒的理性所支配。在1985年以后的作品中，这种情形大大改变了。文学开始充分强调人的非理性内容，强调原始冲动的强大力量。以王安忆的“三恋”和《岗上的世纪》为代表的作品展示了人的性欲冲动的不可压抑和不可驾驭的状态。使人看到，性欲的力量不仅可以像《罗密欧与朱丽叶》中那样可以超越家族宿怨，像《第四十一个》中那样跨越民族的和阶级的壁垒，而且可以超越自身的恩怨，仇恨着的人也可以在性生活中相互得到满足，并且因此而化解仇恨。在这样一种认识作用下，文学开始把道德、感情和性区别开来，道德不再总是能够有效地驾驭性的冲动，感情也不再总是起着决定作用。理智、感情和性是不同的事物，它们各有自己的法则。一些作品比较充分地表现了女性理智支配下的行为与生命深处的欲望的复杂矛盾。这些小说都向人们宣示：本能的力量是强大的，理性并不能够时刻成功地驾驭它。

再次，文学的审美意识发生了明显的变化。人的生命活力和生命强力受到了文学的热情赞美，与之相关的野性、粗犷和强悍成为非常美好的东西。文学时时为都市文明所造就的心态弱化而叹息，处于半原始状态的粗野汉子和女人以及他们远离文明的性爱方式受到了文学家们青睐。当代文学第一次出现了强烈的酒神精神。在一大批作家的笔下，不仅使道学家们惶惶不可终日的情欲之火成了健全人性中不可缺少的珍贵元素，而且文明常常是与生命力的衰退和人性的压抑连在一起的。一些过去的恶行，如对异性的粗暴攻击和非法占有等，在作品中往往不再受到指责，而是得到审美肯定。我们习惯的表达男女之情的复杂方式也变得不合时宜，文学呈现更多的是大胆、热烈、毫无掩饰的简化方式。文学用一种新的目光去理解爱情，猛烈的不可抗拒的冲动和燃烧倍受青睐，悠悠情怀和缠绵爱意连同它的温馨和深沉都失去了它往日的光彩。文质彬彬与羞羞答答被贴上“古典式”的标签而送进了历史的陈列室。在异性面前的畏缩、怯懦和犹豫徘徊成为不可原谅的缺陷。文学的这种审美选择带有某种返归自然和返归原始的倾向。

毫无疑问，性意识在文学中的高扬和由此产生的文学面貌的变化是一个内容复杂的文化现象。它的产生显然与弗洛伊德学说在中国的广泛传播有密切的关系，也显然与西方现代文学尤其是劳伦斯等人的小说的影响不无关系。但是，如果把文学创作的这一重要现象仅仅归结为弗洛伊德与西方文学的影响是远远不够的。性意识在文学创作中的呈现是中国人在新的历史时期对于人自身认识的一种文学表现。这一现象的直接孕育者是当代中国的时代条件和文化氛围。除复杂深远的种种因素之外，一个最为明显也与文学关系最为密切的因素就是80年代中国人对人的认识的深化。随着思想解放运动的深入，社会生活发生着深刻变化，人们的观念世界也发生着深刻变化。在高扬人道主义精神的同时，人们对正常的人性要求开始给予充分的肯定。人的情感与欲望，人的价值与尊严都得到了前所未有的确认。在这样一个大背景上，“文学是人学”的观念开始为大多数作家所接受，对人性的探索开始步步深入。对人性逐步深入的探讨必然地导致了对人的性欲的关注。仅就文学对爱情的表现而言，性意识的高扬也似乎是一个必然的产物。当爱情在文学中争得了地位之后，当它对“文革”时期的极“左”政治进行一系列的血泪控诉之后，当它在道德的框架中艰难挣扎并且一步步冲破一些陈旧道德观念的束缚之后，获得了相对自由的爱情之神必然地意识到自己虽然获得了一定的位置，而自身却是残缺的、不完整的，作为男女之间相爱的生理基础的重要因素几乎被文学遗忘了。获得解放的文学不能不为其表现对象——人找回失落的内容。

因此，这一新的潮流的出现其意义是深刻的，其影响是巨大的。

首先，它毫无疑问是对使人异化的文明的一种反抗。我们不能不承认，人类在一步步走向文明的同时也在一步步失掉自身。人类迅速发展着种种技巧、智慧和心计、谋略，为自己的生存创造了良好的条件，同时却也使自己更为虚弱，失掉了本来具有的强大生命力。更为可悲的是，人类创造种种文明的本来目的都是为了自身利益，但是，人类却往往被自己的创造物所奴役，甚至让其成为沉重的枷锁而扼杀活生生的生命。从这个意义上说，小说创作中的性思潮是一股抗拒异化的潮流。80年代文学作为“人的文学”，开始寻找的是失去的人的自然本质，呼唤的是被忽略的自然本性。不过，在高扬人的自然本质的时候，产生于中国的这股文学思潮所反抗的不是工业文明，而是传统理性，特别是封建的禁欲主义的文化传统。因此，它不单是一种浪漫幻想，也不单是一种逃避方式，而是一种富于现实意义的选择和富于冲击力的进攻方式。

文学创作中性意识的觉醒毫无疑问具有不可磨灭的开拓意义。在价值观念上，它肯定了人的正常性欲，恢复了性生活在人生特别是爱情婚姻生活中的位置，并对扼杀正常人性的种种因素给予了审美的否定，有力地纠正着被颠倒的善恶观念，不再把人的自然本能看作罪恶，使这一人性的重要内容得到了解放，高扬酒神精神，给禁欲文化以有力的抨击，推动着恩格斯所期望于德国社会主义者和德国工人的“从容地谈论他们自己白天或夜间所做的事情，谈论那些自然的、必须的和非常惬意的事情”的愿望在中国的进程。在艺术上，性意识的觉醒和迅速强化给中国当代文学带来了一个新的视角，开拓了人的意识深层这一宽阔而神秘的艺术表现领域，辟出了一片新的文学疆土。对于文学深入地探讨人性有重要的积极作用。文学开始强调人的自然属性，这似乎是一种品位上的降低，但是，人性是什么？人性是人的自然属性与社会属性的统一。在人性结构中，人的自然属性是先天的、遗传的、最基础最内在的因素，而社会属性则是后天的、外加的、变化的因素。人性最本质的基础是动物性。社会性只是对动物性的某种添加和改造，却终不能彻底改变人的自然属性。探讨人的自然属性，以性意识写人，使人的形象在文学中更为完整、更为丰富、也更为真实、更为立体化。

当然，这一现象也带来了一定的不良影响和后果。首先，有些作品明显地表现出某种性崇拜的倾向，在对人的表现中片面地夸大性欲的力量，造成了新的片面表现，结果使人变成了动物，难以很好地表现人性。其次，在一些描写男女爱情生活的小说中，只一味描写性欲冲动和性行为而忽视或者有意识略掉了对人的感情的充分表现，造成了以性代情的偏颇，使文学中的爱情生活失掉了应有的完整性和美感。此外，片面追求感官刺激，迎合读者低级趣味的作品也在这一思潮中进一步泛滥，它极大地败坏了性意识的名声。这一切当然无助于小说更好地发展。

三

中国文学的“现代派”无疑是在西方现代派文学影响之下发展起来的。不管它增添了多少民族性的因素，其基本精神仍与西方现代主义文学有着不可切断的血脉。

西方现代主义思潮在长达半个多世纪的发展历程中，产生过众多的流派（如象征主义、结构主义、达达主义、荒诞派、黑色幽默等），流派与流派之间尽管互相对立，意见相左，但对传统社会的挑战姿态是一致的。现代社会的发展的确并没有把它许诺的天堂带给人间。随着社会财富的日益增长和科学技术的日益进步，人反而日益显得可怜而渺小，人与人之间关系越来越冷漠。特别是两次大战之后，一股怀疑主义思潮在西方社会弥漫开来。文学艺术的各种既定模式在怀疑反叛中被冲得七零八散。不可否认，西方社会的胜利建立在传统人道主义和理性主义的思想基础之上，而现代主义怀疑和反叛也正在这里。怀疑和反叛总要有所依托，现代主义的依托就是非理性主义和个性主义。柏格森的生命哲学、叔本华和尼采的唯意志论，弗洛伊德主义以及稍后出现的存在主义等。无疑为现代主义提供了新的理论支撑。

现代主义思潮在中国一直缺少适宜的生长土壤，但是，在80年代，却再次出现了新的涌动。这无疑和文学自身发展的需要有着内在联系。现代派小说是以反传统的姿态登上文坛的，走过了一条虽然不算漫长但也足够曲折的发展道路。

1979年到1980年，王蒙借鉴意识流表现手法连续创作了《夜的眼》《布礼》《春之声》等一批与传统现实主义小说大异其趣的作品，在文艺界引起广泛的关注。1980年，《文艺报》第9、12期开辟“文学表现手法探索笔谈”专栏，结合创作中的新探索，就一些重要的文学观念进行讨论，王蒙发表《对一些文学观念的探讨》，从人物、主题、结构等方面对传统小说观提出质疑。关于写人，他认为，文学要写人，但人不一定就等于“人物”或性格，“我们可以着重写人的命运、遭际——故事；也可以着重写人的感情、心理”。关于主题，传统理论要求主题简单明了、鲜明集中；但形象大于思想，文学通过形象反映生活，因此作品的思想“可以更含蓄、更立体化，更具有多义性一些”。关于结构，过去是单线，最多是合股线。今天生活复杂化，节奏加快了，“表现在结构上，反映这样的生活，就会有复线或者放射线的结构，表现在节奏上就会有跳跃、有切入。”李陀、宗璞、张洁等一批富有探索精神的作家也纷纷撰写文章，为现代派文学的东渐鸣锣开道。这次讨论，对于改变对现代派文学的片面观点，迈出了虽然谨慎但却是相当重要的一步。由于王蒙的探索获得一定成就，意识流开始在小说中得到广泛应用，不少作品还采用了象征、怪诞等其他现代派常用手法，从而形成现代主义全面推进的态势。与此同时，对现代派文学的介绍和研究也大大加强，1981年高行健出版《现代小说技巧初探》，受到王蒙、刘心武等一批潮头作家的热情支持，在文艺界产生了极广泛的影响。1982年，徐迟在《外国文艺》第1期发表文章《现代化与现代派》。《文艺报》于同年第11期辟“讨论会”专栏，此后一年多的时间，先后发表了大量争论文章。这些讨论无疑进一步推动了现代派文学在中国的发展。

然而，现代派文学在80年代初期一直是边缘的，非正统的。除朦胧诗等个别现象之外，其自身也往往表现为不健全的形态。

1985年文学新潮到来从某种意义上说意味着现代主义向文学的全面渗透，同时也意味着中国现代派文学走向成熟。这一年，刘索拉的《你别无选择》和徐星的《无主题变奏》相继问世，使中国小说的发展进入一个新阶段。刘索拉和徐星引起的震动还没有消逝，莫言的《透明的红萝卜》《红高粱》，残雪的荒诞小说再次引起社会震动。同时，一个现代派小说创作的青年群体开始形成，除刘索拉、徐星、残雪外，蒋子丹、陈村、陈染等都成了这个群体的重要成员。现代派小说无疑进入了它的黄金季节。《你别无选择》以蒙太奇式的快速转换和自由拼接的方式，描写了80年代中国一所音乐学院中的生活。当变革的时代已经开始，新的观念涌入大学校园，年轻的生命试图自由伸展，而学校却仍然坚守着一套固定的程式，严重压抑着学生的个性，因而矛盾和冲突是不可避免的。年轻人的自由个性及探索精神与学校的僵化体制及陈旧观念的冲突是小说的基本冲突。在变化的生活与僵化的原则之间，在旧的体制与自由的个性之间，在继承传统与探索创新之间，作者显然倾向于后者。对传统文化规范的挑战和对自我价值的寻找构成了这部小说最基本的主题。《无主题变奏》的主人公是一个追求个性自由而特立独行的青年。他考上大学而不上，偏偏到饭店去端盘子。偶然的机会与女大学生谈起了恋爱，最后却因为价值观念不同而只好分手。通过一系列的细节，小说使人看到，所谓“高雅”的圈子里的人们无一不是丑陋而可怜的。写诗的无病呻吟，唱歌的只等着分红，名作家其实是流氓，热心帮人改稿的编辑也是骗子，生活中到处是无聊和丑陋。最后，他终于与女大学生老Q分手，因为已经无法忍受她对他的人生的庸俗设计。他的反问是值得注意的："我总该有选择自己生活道路和保持自己个性的权利吧！"个性主义的价值观使他在抗拒社会对人的异化时展示了强大的个性，但是，却又使他充分地感到了现代人的孤独和空虚。莫言的《红高粱》等作品借助作者超常的感觉能力和想象能力而充分张扬了人的原始生命力，对人性中各种复杂的构成进行了生动的揭示。他对中国人"种的退化"的思考，对人性丑恶的揭示，以及某种非理性色彩，都给他的作品带来了独特性。在80年代中期的现代派小说家中，残雪是应该重视的。她的《山上的小屋》《苍老的浮云》《黄泥街》等小说展示的是一个当代中国读者非常陌生的世界。在她的作品中，我们看到的是一个阴暗而丑恶的世界，在这里，世界是丑恶的，人性也是丑恶的。生活中的人时时处于怀疑、恐惧、仇视和痛苦之中。人与人之间只有怀疑、戒备与仇视，而不可能有理解、信任与温情，甚至在亲人之间也无不如此。在她的作品中，母亲总是在窥视和算计女儿，甚至"一直打主意要弄断我的胳臂"，父亲每天夜里就变成一只狼。男女之间也没有美好的爱情，有的只是丑陋的兽性。这一切都表现着作家对世界和人生的理解，体现着某种哲学观念。

中国现代派文学是在西方现代主义思潮有影响下形成和发展起来的，无需讳言它与西方现代主义的精神联系。它又是中国土壤中成长的，所以必然显示着与西方现代派文学不同的色彩。无论如何，它的出现为中国文学的发展提供了新经验和新活力，促进了文学观念的更新和文学的现代化进程。在当今时代世界一体化的总体进程中，任何一个民族都无法闭关自守。借鉴其他民族的文学经验无疑是文学发展的必由之路。中国现代派文学显然是奉行"拿来主义"的结果，在反对陈旧僵硬的文学传统和文化观念中，一些作家借用现代主义的怀疑主义、非理性主义、个性主义，但对其虚无思想和极端个人主义观念却始终保持警惕。王蒙的意识流小说和时代的改革精神同频共振。莫言的《红高粱》小说张扬一种昂扬向上的生命精神。刘索拉、徐星、的小说在嘲讽庸俗的同时也渴望着个人价值的升华。残雪的那些荒诞小说虽然揭示着社会和人生的荒诞，却并未把荒诞看作存在的本体性特征。西方现代主义小说多以疯狂、病态、荒诞的人生世相为描写的对象，又由于其思维往往向着矛盾的极端伸展，其叙述和描写便往往向着抽象化、超验化、玄秘化、怪诞化方向发展，甚至有人主张不要任何理性控制的无意识写作。因此，其艺术表现世界更呈现一种阴暗、混乱而又令人悲观失望的状态，其叙述亦显得晦涩、滞闷。很多作品不但使一般读者望而生畏，就连专业批评家也难以解读，文学便日益向着一个封闭狭窄的个人内心世界退缩。中国现代派小说虽然都给人耳目一新之感，但与那种极端美学总是大异其趣的，怀疑主义、非理性主义虽然给人以反抗的自由，但中国作家对这种自由的运用是审慎的、节制的。以意识流小说为例，中国作家一直不主张让意识任意流淌，而主张流出情节来，流入人物性格逻辑轨道。时间的切割、重叠也都能给人以依稀可辨的痕迹或路标。这样，它既向阅读提出挑战，同时又刺激了阅读，提高了文学自身的审美品格。

在出现热潮的同时，现代派文学开始分化。有三个现象是需要注意的：一是“第三代诗歌”；二是马原、洪峰、余华、格非等人的小说；三是以王朔为代表的创作现象。

第三代诗歌是一个相当壮观又相当杂乱的诗歌浪潮。它以群体的形式和挑战的姿态崛起于诗坛，为当代诗歌带来了空前的开放景观，并透露了一种新的文化精神。在关于朦胧诗的论争激烈相持因而朦胧诗的地位尚不确定的时候，第三代诗人中相当大的一部分在大学校园里接受了朦胧诗，并且成为朦胧诗坚定的拥护者和热情的读者。他们曾经模仿朦胧诗而进行自己的创作，但是，朦胧诗人在他们心中树立的偶像只是暂时的。北岛们以反传统的英雄姿态崛起，的确充当了人道主义美学回归的先驱，并创造了以人文精神为特征的诗美的高峰。而这一切在新生代诗人看来已经过于传统、过于古典。朦胧诗人那种强烈的批判意识、忧患意识和英雄主义倾向在他们面前也无疑显示了别人难以企及的贵族化气息。更重要的是，这一代人没有朦胧诗人那种对于苦难历史的切身体验，没有那些由痛苦经历所酿造而成的诗情。因而，他们无法理解和接受朦胧诗人那种责任感，那种启蒙主义的立场和悲壮的承担。于是，他们高呼着“打倒北岛”“告别舒婷”的口号，宣告“北岛、舒婷的时代已经Pass（过去）”。他们把朦胧诗作为对立的参照，开始挣脱朦胧诗的创作程式而寻找新的艺术规范，开辟自己的艺术疆域。1986年，安徽的《诗歌报》和《深圳青年报》联合举办“中国诗坛1986现代群体大展”，全景式地展现了其流派林立的纷纭景观和前倾姿势。以此为标志，第三代诗群以不可遏制的生机和漫山遍野的气势正式完成了对诗坛的“圈地运动”式的占领。从此，朦胧诗被挤到了诗坛的一隅，而第三代诗歌成为新的主潮。

第三代诗歌以对朦胧诗的挑战显示出不同于朦胧诗的美学品格。它在创作上的主要标志表现为这样两个方面：一是“反英雄”“反崇高”的价值观念；一是“反意象”“反优雅”的艺术观念。正是这两点构成了新生代诗歌的基本内涵，同时也决定了它的基本价值。

首先，新生代诗人在题材上告别了英雄及其光辉业绩或者传奇故事，而把目光投向了普通小人物的日常生活。他们在告别英雄主义的同时也告别了崇高和神圣。这一选择必然地导致了“平民化”和“世俗化”的倾向。他们反对那种布道的教诲和高尚道德的渲染，强化平民意识而淡化英雄意识。他们以凡夫俗子的平民日常情绪取代英雄的崇高感，用一种非悲非喜无怨无愤的玩世态度来表现自我，人——连同诗人自己，在世界上不再高大无比地俯瞰一切，而是表现为对一切都无能为力和无可奈何。这从《有关大雁塔》可见一斑。他们宣称：“诗人不是先知，不是布道者，不是头上有一圈灵光的圣人。诗人是凡夫俗子，他想凡夫俗子们所想，行凡夫俗子们所行……因为我们是人。我们固然对太阳、星星、大海、青山、永恒和神圣感兴趣，但我们孜孜以求，毕竟是吃饭以前有一杯酒喝，皮鞋是最新式的，晚上亲亲一个异性的嘴，苍蝇最好是全部死光，父亲是好朋友而不是专制暴君。”（伊甸《生活流的若干招式》）

在告别英雄主义和崇高美学规范的同时，他们告别了启蒙主义的立场，不再扮演文化英雄，也不再追求作品的深度。作为对启蒙主义的反叛，年轻的诗人不再以严肃的思考者的面目出现，而是广泛地以调侃和嘲讽的语气面对读者。尤其值得注意的是他们不仅嘲弄别人、嘲弄生活，同时也嘲弄自己，抒情主体已经没有任何神圣性可言。

第三代诗歌以“反意象”和“反优雅”实现了对朦胧诗表现方式和语言风格的反叛。几十年的当代诗歌一直是通俗易懂的大白话。朦胧诗一反过去直白的议论和抒情，着意将历史内容和生活哲理化为含蓄的意象，将真挚而多层次的情感寄寓于象征与暗示之中，并以创作主体的意识流动来映现现实的时空秩序，从而创造了以繁复的意象群落的营建为中心的表现模式。第三代诗人对朦胧诗繁复的意象和晦涩的象征、隐喻表示反感。他们以漫不经心的“叙述流”写偶然琐碎的“生活流”，以冷态的生命体验展示实际的生存状态。因此，在语言操作上他们强调口语化而淡化意象，走出优雅而走向粗俗。他们广泛采用日常生活口语中那些粗野、鄙俗的语言，因为那被认为显示着一种力度，能给诗家带来阳刚之气。读他们的作品，可以感到他们再不必为寻找语言而绞尽脑汁，话怎么说诗就怎么写。地地道道的口语，朴素的叙事语言，不带任何修饰，拒绝了传统诗歌语言的诗化处理。诗歌语言在平民化、通俗化、口语化的过程中走向粗俗。粗俗的语言和调侃的语气结合形成了第三代诗歌的一大特色，并且构成了对语言规范的反叛。

80年代中后期，马原、洪峰、余华、苏童、格非、叶兆言、孙甘露、北村等连续推出一大批颇具怪异意味的小说。对这股小说潮流，评论界曾给以不同的名称，如探索小说、新潮小说、实验小说、先锋小说、后新潮小说、后现代派小说、结构主义小说等等。尽管名目繁多、着眼点不同，但在以下这点上认识却是一致的：这类小说探索的主要方向也在于小说的形式方面，追求的不是“写什么”，而是“怎么写”。其主要特点表现在以下几个方面：

首先是意义的消解。我们过去的作品注重的是价值层面，形式是为内容服务的。马原等人的作品表现了相反的态度。马原的《拉萨河女神》首先向传统阅读开了一个不小的玩笑，其中的“女神”不过就是人们用泥沙堆积的一个初具女性特征的雕像，而整篇小说也不过叙述十来位青年在拉萨河边的一天的生活和几个互不相关的故事。洪峰的《极地之侧》虽然一连叙述了七个关于死亡的故事，但每叙述完一个就立即推翻，使小说的意义不断构成又不断消解。这些年轻的作家喜欢嘲弄意义。他们认为，不但代表着理性主义和终极价值的上帝已经死去，就连由普通人所拥有的这个平凡的世界也是不确定的、混乱的、无意义的。在他们的眼里，世界不再是有序的、合理的，而是无序的、荒诞的。人在世界中不再拥有一个固定的崇高位置。因此，世界不再有深度，现象不再是纵深的“本质”或“目的”的呈现形式，而只是它本身。虽然对于中国80年代的这群年轻作家来说，消解意义并非消解所有的意义，而主要是消解那些被传统文化和意识形态赋予的虚伪而凝固的意义，捣毁被污染的历史意识，颠覆苍白的价值体系，但其结果，却往往是从根本上嘲弄了人的理想、精神和理性追求。

其次是重视现象和个人体验。“现象”是这些作家理论中的一个极其重要的范畴。从某种意义上来说，后新潮小说理论的整个大厦都建立在这块基石之上。唯物哲学中现象是作为本质的表征而存在的，对现象的描写即意味着向本质的掘进。后新潮小说家们所推崇的现象是指确证主客观关系的意识现象。在他们看来，无论是客观外在世界还是主观心理世界，都混乱不堪，没有意义，没有深度，不可确证，唯一可以确证的只有感性个体对世界的感受、体验、回忆、想象、直觉、感情。这种感觉体验就是现象，它不仅是联系主客观世界的唯一通道，而且是个体把握世界和把握自我的唯一真实。因此，他们不再热衷于宏大叙事，而热衷于个人的体验，无论这体验是多么的琐碎和平庸，他们都津津乐道，原因就在于除此之外一切都是可疑的。

再次是对艺术形式的极端化强调。任何一种新的思想观念和情感体验的表现都要寻找相应的艺术形式。这些新潮作家为了传达他们的新体验并有意造成对传统意识形态的疏离，把形式创造提升到小说本体论的地位来对待。他们的形式探索首先表现在小说虚构观念的更新。一般说来，传统小说也不讳言虚构，但它的虚构是有限的，人物性格、故事情节、小说结构秩序都必须遵循生活本身的逻辑。在马原等人看来，既然世界的确定性、统一性和必然性已不存在，小说创作又何必缩手缩脚地遵循逻辑规范？既然小说本质上就是虚构，又何不大大方方地编造？他们故意拆解事物的逻辑关系，故意使小说的文脉、文气、文意断裂、错位、短路、跳跃及前后矛盾，以造成一种叙述的迷宫和语言和魔方。他们不再恪守外界的秩序，自由地结构自己的世界，创作主体的种种感觉体验按照生命自身的节律在文本中涌现，并营造出一种神秘的氛围。形式探索的第二个特点是叙述意识的强化和叙述方式的变异。小说怎样叙述，便产生一个怎样的世界。按照他们的理论，叙述自然高于故事，叙述的过程高于叙述的结局。叙述的表达方式中，抒情和议论分别处于两极，前者偏于主观、个别，而后者偏于客观、一般，而叙述才是一种中性语言，它既摆脱了主观的干扰，又挣脱了客观的纠缠，正可以逼近联系着主观世界和客观世界的情感体验，所以叙述语言必然在小说中具有本体地位。为了保持叙述的纯粹性，小说家们总是努力保持一种平静的心态和冷静客观的语调，这就使小说的叙述呈现出一种冷漠化倾向。叙述方式的变异主要集中在以下几个方面：（一）叙述者与作者的分离，叙述人由导演化转为角色化，避免了作者的直接介入。（二）叙述视角局部化和多样化。作者们普遍抛弃了那种“叙述者 > 人物”的全知全能的叙述视角，而采用“叙述者≤人物”的局部视角。这当然容易造成视野狭窄和单调，为了补救这一缺陷，他们往往在采用局部视角时，又注意了叙述视角的多样化，不是由一个人而是几个人轮流任视角人物。（三）在叙述秩序的安排上，抛弃了传统小说按生活本身的秩序或认识的逻辑顺序安排结构的手法，依据感觉和体验的不确定性、瞬间性等特点，不仅把单向性叙述改为多向性叙述，把顺叙、预叙、插叙、倒叙等交织在一起，不仅使体验尽可能保持其原生状态，而且也拓展了艺术的时空。

在形式主义小说家们的心目中，体验—叙述—语言三位一体，是他们的生命世界和艺术世界在几个不同层次的展开。由于任何一种审美意识都必须经过一个物化过程才能凝定为某种审美形态，小说的种种形式实验最终也必须落实到语言实验上来。所以，形式主义小说对语言实验表现出比任何一个小说流派、小说思潮都要高涨的热情。事实上，正是在语言实验上他们表现出一个挑战者的姿态。它们的语言实验表现为互相联系的两个向度。冷漠的、心不在焉的语调叙述一次奔丧过程，目的就在于达到一种反讽效果，揭破被古老的丧仪掩盖着的人与人之间的虚伪关系，表现人的真实存在。或是无限地向对象切近，使语言与感觉处于一种临界状态。他们往往把小说写作说成是操作语言。他们不满足于语言的线性结构对复杂多样的世界的强行塑造，而试图开辟出一条使叙述主体化的道路；他们也不满足于语词的能指与所指之间的固定关系，试图通过对这种关系的拆解与重构使能指向多方扩散；他们不满足于语言本身的自为状态，而试图通过某些语言成分的强行楔入，使意义重新确定或增多。

王朔的小说是80年代末出现的一个重要现象。王朔早在70年代末就开始了创作，但作品引起人们的注意却是80年代后期。在他众多的作品中，最引人注目并且显示着独特风格的是《顽主》《玩的就是心跳》《一点正经都没有》《千万别把我当人》等作品。这些小说展示了一个独特的世界——顽主们的世界。这个世界中的化合物大多是一些城市中的“顽主”“痞子”“混混”和“多余人”。从精神特征上看，他们与徐星《无主题变奏》中的“我”等青年有着血缘关系。反抗和寻找是他们精神的起点。但是，在王朔的小说中，那些努力寻找自身位置的青年已经由于疲惫与无奈而改变了生活态度。他们对周围的一切感到不满，却对其无能为力。既然没有力量改变现实的一切，似乎反抗和追求就是自讨苦吃。于是，他们就以玩世不恭的态度对待一切。他们不再严肃地对待生活，因为生活本身非常荒诞。他们随波逐流，在荒诞的生活中寻找短暂的轻松和快乐。张承志笔下的人物为寻找某种终极价值而痛苦，刘索拉笔下的青年学生为寻找自我价值而焦躁不安。在王朔的笔下，那些青年似乎已经看透，不再为此而折磨自己，而是以混世的态度轻松而麻木地活着。他们学会了调侃和嘲弄，嘲弄社会，也嘲弄自己，的确“一点正经也没有”。这些人们不正经的故事在王朔的笔下表现出来，产生了一种特殊的艺术效果，赢得了广大读者的喜爱。

从艺术上考察，王朔小说多以第一人称叙述，即以顽主们自身作为叙述的视角。这样做的结果是一切都在顽主的视野里更加荒诞化和戏剧化。这些顽主的行为和态度构成了对社会和传统中不合理现象的否定，因为他们貌似极不认真的调侃常常是一针见血的。然而，如果把小说世界中的顽主看作王朔的化身，大概是不恰当的，因为在顽主们的表演背后，还有一个隐蔽的作者在冷漠地看着他笔下的人物，而且常常对其构成另一层次上的否定。因此，王朔小说呈现给我们的是一个充满艺术张力的世界，一个相当复杂的价值网络，任何简单的评价都会导致偏差。

值得注意的是王朔对社会、对传统、对权威意识形态进行的半真半假的调侃和嘲讽。他往往真真假假，不露声色，在油腔滑调之中表现着机智和锋利，产生一种特殊的反讽效果。王朔的嘲讽一般不指向个别的人格或品行，而是指向一些喜剧化的社会习俗或者社会观念，指向那些在生活中已经逐渐为人们所抛弃而在权威话语场中却仍然以神圣的面目存在的观念和话语。在这一方面，他很善于化神圣为滑稽。这是王朔非常重要的艺术手段。这种手段具有极强的消解力量。

不过，王朔的消解是多方面的。他不仅消解陈旧的权威意识形态，而且也极力消解知识分子的精英意识和启蒙话语。因为他对一切崇高、神圣和理性都持嘲弄的态度。作为作家，王朔拒绝充当人类灵魂的工程师，而是以“玩文学”和“码字工”自居。他拒绝一般的启蒙文学所要求的深刻。因为他认为人已活得不易，文学不应该再把人往深层引，那样太累了。他要做的，就是为人们逗乐解闷，让人活得轻松些。[①]由此，我们可以看到王朔对于文学的功能的理解和作为一个作家的自我定位。

应该注意的是上述创作现象中的后现代主义倾向。作为80年代的作家，他们是更为年轻的一代，却是更为世故的一代，他们逐步远离了理想和激情，对于一切外在于个体感性生命的东西都用怀疑的眼光去打量，牢牢守住的是人生的此在，唯一认定的是个人体验的真实。因此，建立在传统人道主义基础上的崇高、优美等审美范畴都渐渐失去了光辉，而关于个人存在的焦虑、痛苦、恐惧、烦恼等等心理体验自然也就作为新的审美范畴扩散开来。他们告别理性，告别启蒙精神，一步步告别所谓“人的神话”。这一切，在新写实文学中也同样表现着，而且在进入90年代之后迅速发展了起来。

四

作为一个创作现象，新写实主义文学出现于1987年之后，在80年代与90年代之交成为文学创作的主潮。新写实小说的出现，意味着80年代中国文学的一次大转变。80年代中叶以来，随着改革开放的深入，商品大潮的兴起，西方思潮的涌入以及社会的一系列改革，中国文坛呈现出一种价值多元的状态，统一的文学写作规范被冲破，启蒙主义文学所推崇的人的理想也已黯然失色。在这种情况下，一些作家重新调整与现实的关系及话语方式。先锋小说为守自身而遁入了形式，却因过于晦涩而疏远了读者。新写实小说以一种面对现实、入世随俗的心态选择了自己的话语。价值的多元和混乱无疑是80年代末中国文坛新现实的一个基本特征。人的生存问题在一些作家的笔下突现出来，人的光彩因为缺少现实生活的依托而逐渐暗淡。同时，由于改革的进程中的现实，各种无奈感迅速地生长着，重要的是，最大多数的普通百姓注定了不可能先富起来，他们怀着各种卑微的希望承受现实的重负，像祖祖辈辈一样韧性地生活着。面对这种新现实，一些作家感觉到了生活的

①江汛：《“顽主”王朔》，《文学报》1992年5月14日。

沉重与无奈，并且以为认识了生活的真正本质，从而做出了新的选择。新的选择形成了新写实文学潮流。

它的出现同样具有适宜于它的时代文化背景：

伴随着新写实主义文学的出现同时出现的现象是探索者的疲惫和探索精神的退却。从某种意义上说，新写实文学有点像西方的自然主义。如果参照西方文学的发展，我们可以发现，中国文学从现实主义走向现代主义的过程中缺少了自然主义这一环节。由于特定的土壤，尽管现代主义文学的探索者们的前驱位置是不容否定的，但是，他们的确还是一些孤独的探索者，他们的作品在中国还不可能得到最大的读者群体。中国人的物质生活水平和精神生活水平决定了大多数的国人还不可能关心人的终极问题。为衣食而苦苦劳作的人们很难去思考为什么活着和值得不值得活着的问题。他们也不可能苦苦地追问我从哪里来，到哪里去。他们所面对的现实是怎样吃饱穿暖而活下去。从这个意义上说，新写实小说是对现代主义文学的一种矫正，也是一种反冒进式的退缩。但需要注意的是，他们没有退到现实主义的道路上来，而是退到了自然主义。从现代主义退回到自然主义，也是一种历史的补课。

与现代主义文学相比，新写实文学有各种优势。它不回避现实生活的种种矛盾和缺陷，刻意逼近生活的真相，重视普通人的生存状态，状写芸芸众生的生活烦恼，这一切都使它获得了更多的读者。同时，它一般不涉及敏感的重大题材，所以又为自身创造了足够的生存空间。特别是在艺术表现手法上，开放性和包容性给它带来了新的生命力。新写实主义小说不是在对现代主义小说的排斥中崛起的，而是在广泛地吸收各类新潮小说之长的基础上形成的。它与新时期文学中出现的一个个潮流都存在着密切的联系。如：它不同于寻根文学，但却获得了寻根文学带来的文化意识，带有鲜明的文化反思的特点；它不是着重表现性和生命的文学，但却牢牢地占有了80年代中期性大潮所带来的性意识，在表现人的时候不回避人的性生活内容和复杂的性心理；它不是80年代初期社会问题小说的承续，却不回避一般社会问题的反映。大概正因为这样，它比较好地表现了当代中国人的生存状态和命运，具有了强烈的现实感又具有鲜明的时代色彩。

现代主义文学有两个基本特征，就是怀疑主义和个性主义。怀疑主义和个性主义促使信服者没边没际地反抗和没完没了地寻找，这不是一般人能够承受的。尤其在一个注重实惠的时代，一些人很快便在这种搏斗中耗尽了体力，显示出精神的内虚，因而也急于冲出那个怪圈似的跑道。现代派小说的反抗尽管是悲剧性的，但它为文学提供的从人的内部观察人的心理视角以及不回避的现实的勇气是可贵的。在新写实小说中，方方和池莉都曾写作过浪漫的青春故事，都曾一度往现代派领域里探头探脑，但她们却很快抽身而去。现代派的文学规范让她们望而生畏。

新写实小说带着种种新潮的审美品格而又从原有的文学话语中心逃逸出来，与它以前的小说相比，它更具有兼容并包的综合趋势和更大的开放性。新写实小说的这种综合性体现在它的诸种审美特征之中。

一、审美对象的整体性转移：远离英雄和英雄业绩，面向普通人的无奈人生。写普通人的日常生活琐事，写普通人日常生活中遇到的各种烦恼，是新写实小说的题材选择。新写实小说在告别英雄和英雄业绩的同时也告别了理想主义而变得非常实际，走向了世俗。在许多作品中，人物都非常实际，决不做浪漫的梦。他们都是现实主义者，每天为之苦恼的都是普通的日常生活琐事。《烦恼人生》中的印家厚的烦恼便代表了一部分新写实小说家的现实选择。少年的梦总是有着浓厚的理想色彩，一进入成年便无形中被瓦解了。印家厚随着整个社会流动而追求：关心中国足球队是否进军墨西哥；关心中越边境状况；关心“生物导弹”治疗癌症的效果；关心火柴几分钱一盒……他几乎从来没有想到是否该为少年的梦感叹。他只是十分明智地知道自己是个普通的男人，靠劳动拿工资而生活，没有工夫去想入非非。面对人生烦恼，拒绝虚幻的理想，承认现实的无奈，这是新写实小说的一种态度。一旦确立了这种态度，他们就自然找到了自己的话语内容：《烦恼人生》《一地鸡毛》……同时，也就找到了自己的叙述态度：《不谈爱情》《热也好冷也好活着就好》。

无论是立足于现实主义范畴的反思小说，还是立足于现代主义范畴的现代派小说，面对的其实都是一种有限的现实，它们虽然写的是人、人生、人性，却不是面对人生的整体。而是经过过滤和净化的人生。在新写实小说家看来，对生存的个体生命来说，生活是一个复杂的难以说清的整体。《烦恼人生》的主人公印家厚曾在渡船上与他的朋友们严肃地讨论过这个问题，他们的结论是：生活是网，纵横交错，密不可分；生活是梦，支离破碎，千变万化。你不能把网中的任何一根经纬当作网本身，也不能把梦中的任何片断当作梦本身。对于混沌一体的生活来说，你根本不能用是非、善恶、美丑来简单地区分和判断它。生活是一个过程，是同无数日常的身边琐事，最基本的人生问题，不可分割的。文学不应该将这些日常琐事过滤掉和净化掉。因此，新写实小说对传统的净化倾向采取了坚决的反抗态度，使用所谓“中止判断”的还原方法，生活呈现出本来的原生状态，还原其多元并存、浑然一体的本来面目。于是，小说逼近了最基本、最凡俗、最现实的人生世相。于是，衣食住行、娶妻生子、婆媳口角、邻里纠纷、住房紧张、交通拥挤等等，一齐进入了小说。那些刚刚踏进生活的门槛、承担起生活的责任、领略到生活的艰难的新婚夫妇、年轻父母成了小说的主角。作家们往往由一筐烂梨，一块馊豆腐，一堆大白菜，写出了小人物最具体的生活烦恼和人与人之间最原始的矛盾纠葛。尽管新写实小说并不以提出各种各样的社会问题为旨归，但它却并不回避诸如政治、道德、文化这些问题，因而，像婚姻、家庭、住房、交通、政治、经济、伦理、道德问题还是以极自然的方式拥进小说，使我们得以看到我们这个大时代的真实面影。

二、叙事态度的转变：告别理想、激情与诗意，走向冷静的低调叙述。新写实文学不再致力于寻找生活的诗意，不再美化生活，不再热衷于表现理想，不再在现实人生中寻找理想的天国，彻底摒弃理想化，写实实在在的人生，展示生活的原生态，而不愿再作任何提纯，这是新写实作家的叙事态度。同时，新写实小说失去了激情，变得非常冷静，呈现为一种冷叙述或“感情的0度介入”。失去激情是因为失去了方向，引导生活首先需要作家心中有个目标，而新写实作家表现出一种没有目标的状态，所以，激情就无从谈起。作家在写作时“0度介入”事实上是不可能做到的。能够做到的不过是尽量按事物本身的样式去呈现事物，按生活本身的样式理解生活。如果从这个角度看新写实小说，就可以发现，冷静客观的低调叙述，正构成它最基本的叙述态度。新写实小说所追求的客观，就是尽量剥离各种文化的政治的油彩和虚幻的理论光晕，但由于每个人的生活经历，周围环境都各不相同，叙述态度也各有不同。如池莉笔下呈现的是一种暖色调的平凡生活流程，刘震云让我们看到的是生活中那一地鸡毛似的琐碎细节；池莉更多的是无奈中的认同；刘震云却更多无奈的悲凉。

三、价值取向的转移：疏离英雄主义和理想主义，走向世俗关怀。新写实小说告别了一切他们认为是虚幻的理想，告别了一切他们认为不可企及的东西。新写实小说把忧、烦、苦、累当作人生的主旋律，将其视为主体存在的本体性特征并从中参悟出某种存在主义哲学的意味。但是这与海德格尔的存在哲学不同，它并没把存在的价值设定在理想和未来的世界，而是在这生活的真实中体验人生意义。在现实中，烦恼给人以实实在在的感觉，给人以心劲和力量。正是在这生生不息的成熟和失落、沉沦和升腾中，才实现着人生价值的转换和无数卑微的价值的不断实现。印家厚虽然失去了往日的恋人又拒绝了今日的情人，整天在烦恼人生中挣扎，但他一天天更成熟，成为一个合格的丈夫和父亲、工厂里铁骨铮铮的顶梁柱，庄建非经过一场爱情风波，终于还是接回了小市民妻子吉玲，他以个人的委屈换取的是家庭生活的和谐、出国竞争的胜利和事业的成功。在《太阳出世》中，那个取名为朝阳的婴儿，实则代表了他们的生存理想。新写实小说赋予理想以新的本质和形态。在它的艺术世界里，理想不再是脱离主体生命体验的、先在的、外加的某种理念或信仰，而是从自身生命历程、生存矛盾中生长起来的期待和向往；理想不再是和现实对立的，而是和现实融为一体的，作为直接推动力量的生命意向。

新写实文学的缺陷是明显的。首先，它把个体生存领域作为审美对象，这对于解放艺术思维无疑是具有极大的进步作用，但是，他们的艺术光圈对准的只是市民社会的平凡人生，是最基本的生存需要，对一些重大社会变革，历史事件等等则取了有意回避的态度。其次，面对生存困境时的平静达观、苦涩无奈却又乐天知命，认同以求夹缝中生存的人生哲学，这事实上显示着一种生存的困惑。在新写实文学的世界里，明天的太阳不知道在什么地方。一切预言都意味着欺骗，人们拥有的就是这样的日子。这是命运，一切都无能为力，那就只能老实地过这样的日子。这日子充满烦恼，使人窒息，简直是在地狱中煎熬，但我们除此之外别无所有，那就只有心平气和地过这无聊的日子，热也好，冷也好，活着就好。

这就是新写实小说，这就是它所代表的80年代末到90年代初的文学精神形态。80年代中国文学从血泊中站起，以痛苦的呐喊培养了理想和希望，而最后却以无奈的叹息完成了一条令人伤感的抛物线。这条线索是重要的。

因为它同时也是80年代中国文化现代之旅的运行轨迹。进入90年代之后，文坛出现的一切现象都是沿着这条抛物线的指向运行的。不同之处是文坛的矛盾运动状态更为复杂。

1993年2月

关于现代性的几点常识

在当前中国知识界，“现代性”已成为一个常用词，讨论也很热闹。但是，阅读那些论著，大概多数人都会坠入十里雾中。本来很清楚的问题，也往往被弄成了一团迷雾。为适应某种需要，一些人颇费心思，千方百计巧用外来资源，把问题搅混，把概念弄脏，从而使其不再具有本来的感召力，所以也不再有本来的除旧布新威力。对于这样一种努力，我们无话可说。但不幸的是，一些年轻学人往往并不知道理论的用意所在，误以为它是新的，而且是外来的，便轻易追随而去，最后迷失于歧途。陆续看过一些这样的文字，真让人感慨万端。中国学界跟随西方思想界进行一些讨论，与世界接轨，本不算坏事，但中国与西方毕竟不同，问题的基础和讨论的前提往往差异甚大，于是，这种讨论就不仅常常是鹦鹉学舌，而且具有特别的妙用。近几年来，一些有识之士强调普及常识。我想，面对被制造的那些“现代性”迷雾，更不要忘记基本常识。置身于现代社会的西方思想家们，不可能重视那些常识，而我们，正在向现代艰难迈进的人们，却不应该忽视那些常识。

一、关于现代、现代化、现代性的理解

首先是相关的一串概念：现代、现代化、现代性，不知从什么时候开始，它的意义已经模糊不清，成了需要反复解释的问题。其实，这不应该成为问题。

所谓现代（Modern），是人类社会的一种类型，也是人类文明史的一个

阶段，它是与前现代比较而言的，也就是与中世纪或所谓封建时代比较而言的。有人把它与传统对立，这是不恰当的，因为传统是流动的，并非固定不变。如果站在西方说话，近三百年的传统恰恰就是现代。如果站在尚未进入现代社会的地方说话，现代尚未到来，所以置身其中的传统自然是古老的前现代传统。所以，与“现代”形成对立和比较的，不是“传统”，而是“前现代”或“后现代”。说到现代，需要注意的是人类并不是同时进入现代的，各个国家和地区进入现代的时间不同，各国都有自己的“现代史”，那些不同的起点及其标志性事件是值得充分注意的。考察世界各国的现代史起点，考察那些标志性的事件，可以帮助我们明白什么是现代、什么不是现代、现代社会的根本何在。

虽然帕森斯关于传统与现代的划分受到一些批评，被看作一种二元对立的模式，但这一模式划出了一条基本界线，不仅为现代化问题的分析提供了便利，而且可以避免像当下一些人那样把各种东西一锅烩。只要我们把他的“传统社会”理解为“前现代社会”，一些问题就不容易混淆。在帕森斯的基础上，一些学者把社会的这个发展过程分为传统、现代化和现代三个阶段。正如伦纳德·宾德尔所指出的：“在历史过程中，有一个中心点，自此点后，事情始有歧异发生。此点可称为起点，它可视为一个单一事件或一大堆历史事件。透过历史，不同国家在不同的时期经过此点，有些国家迅速，有些国家缓慢，有些国家甚至倒退，有些国家似乎毫无希望地停滞不前。假如起点被视为正合时宜的一点，则将从此点划分传统与现代两个阶段，并以此种二分法原理来理解此世界。假如此点是一个历史阶段，则它提供给我们另一种理解的原理：传统、现代化和现代三分法。”[①]这里虽然仍然使用了并不确切的传统一词，但多数人都赞成这种三阶段的划分，因为中间这个作为过渡阶段的现代化阶段非常重要。在一些国家，它可能很快完成；在另一些国家，它可能是一个艰难曲折而漫长的过程。在一些国家，它可能全方位同时启动；在另一些国家，可能因为遇到不同阻力而只能实现某些方面的现代化。正因为这样，对于世界来说，有的国家已经进入现代，有的仍然处于前现代，有的则是处于现代化过程中，矛盾也会异常复杂。

①陈鸿瑜：《政治发展理论》，台北桂冠图书公司1982年，第34页。

所谓现代化（Modernization），就是人类文明摆脱前现代而进入现代的演化过程，也就是现代性的追求和确立过程。它是一个世界性的历史现象，是人类文明的一次全方位的变革，体现在物质基础、制度规范、价值取向、文化心理等各个领域。像人类文明史上任何一次重大的整体变迁一样，这个过程不是全世界同步的，而是首先在某个国家或地区发生，然后不断扩展，最终在全世界完成。现代化最先发生于西方，但并不只是西方的事，而是人类文明史上的一次重要变迁。就像人类直立行走、创造工具、创造文字一样，是任何民族都不可避免的一个过程。如果最后仍然有某个国家或地区能够自外于这个潮流，结果就会像进化过程中拒绝直立行走的猿，创造出一种具有差异性的特殊形态。因为现代化必然改变着人们的价值观念和生活方式，改变着人与人、人与群体、人与社会的关系，带来经济生活、政治生活和意识形态领域的深刻变革，所以，它必然是一方面受到欢迎，一方面受到抵制。这不难理解，因为生活秩序的任何变化都可能损害既得利益者的部分利益，所以欢迎和抵抗必然会同时出现。一般说来，物质和技术层面上的现代化很少受到抵抗，因为人们很容易知道电灯比油灯明亮、汽车比马车跑得快，所以专制君主也喜欢电灯和汽车。如果他尚有爱民如子的品性，就可能不愿独享现代文明，恩准百姓装电灯或买汽车。在世界的许多地方，物质层面的现代化正是这样一步步实现的。但在制度和规范层面，情况却大不相同，因为涉及集团利益，而且是涉及某些集团的子子孙孙的根本利益，比如结束集团世袭等，前现代社会资源的占有者就总是要以各种形式抵抗，以保护其非法占有的一切。所以，一些国家的现代化进程很慢，并且出现片面的、畸形的发展状态，使全面的现代化迟迟不能实现。

所谓现代性（Modernity），其实也是非常简单明了的东西。只要知道了什么是现代，知道了现代化所“化”的那些内容，还不明白什么是现代性吗？如果要下定义，大概可以这样：现代性就是人类文明在告别前现代而进入现代这一过程中所创造和衍生出来的那些新的状态和特性。布莱克说过：“从上一代人开始，‘现代性’逐渐被广泛地运用于表述那些在技术、政治、经济和社会发展诸方面处于最先进水平的国家所共有的特征。”[①]我们把

①C.E.布莱克：《现代化的动力》，周风铭等译，四川人民出版社1984年，第5页。

那些共有的特征归纳起来，也就是现代文明的特征，也就是现代性的主要内容。在这一点上，当代西方学人的一些著作很容易产生误导，因为在现代性已经基本确立的地方，常识无需言说，他们的言说已经进入一些较深的层面，或者是偏僻领域，讨论的往往是枝节的细部问题。因为普遍的、根本的问题大多已经得到解决，他们对社会的关心只有转向同性恋者的权利、精神病患者的权利、汽车排量对百合花的危害之类。而在后发达国家，值得关心的却不只是这些问题。

一般说来，现代性是不受民族、地域限制的，因为无论哪一个国家哪一个地区的人民都希望获得较好的生存状态。但是，变革会威胁到旧秩序，而任何旧秩序都有既得利益者或既得利益集团。因此，对现代性的批判、抵制和改造是必然要发生的。既然有人渴望现代性，有人部分地害怕现代性，围绕现代性的矛盾和对立也就不可避免。同时，现代性不仅意味着人的生存条件和环境的改善水平，而且意味着人的生存的新的标尺。因为标尺的改变，人们必然要有进一步的权利要求。对旧统治者而言，这常常是一种威胁。因为在前现代社会，统治者的权力并非公民选票赋予的，甚至是建立在对被统治者权利的剥夺这一基础之上的。因此，人们逐渐生长的权利要求必然要与既得利益集团维护特权的意图相冲突。这是现代性实现过程中不可避免的冲突，也是研究现代性问题不可忽视的重点。

二、关于现代性的结构和现代化的系统性

无论现代化还是现代性，都包含一系列内容。它涵盖文明的各个方面，包括物质层面、制度层面和精神层面，涉及经济、政治、社会、文化等各个领域，是一个整体结构。尽管现代性的结构可能还处于一个开放的演化过程之中。但要认识现代性，就不能不分析这个整体结构。

事实上，人们对现代性和现代化的论述早已涉及这一结构：为了分析方便，人们常常把现代化分解为经济、政治、社会、文化等几个方面。布莱克分理智、政治、经济、社会和心理方面论述。亨廷顿从心理、智力、人口、社会、经济、政治等方面来论述。美国社会学家阿力克斯·英格尔斯在《迈向现代：六个发展中国家个人的变化》一书中认为，如果没有从心理、思想

和行为方式上实现由传统人到现代人的转变，使之具备现代人的人格与品质，就不能成功地使后发展国家迈向现代化。因为现代化既是经济发展，也是政治、文化和精神发展。这些论述无论有多么大的不同，都离不开政治、经济、社会和文化几个主要方面。日本学者富永健一虽然只分“产业化”和“近代化”两个方面，但事实上也包括这些内容：“产业化”概括经济领域发生的重大变革，而主要标志是工业化；“近代化”概括了社会政治领域和思想文化领域发生的重大变革，主要内容是政治上的民主化和意识形态上的个人主义。[①]

特洛尔奇的《现代世界》的导论部分努力对现代结构的形态和品质进行全景性的描述。根据他的研究，中世纪的文化和社会形态总体上是教会权威式的文化，现代文化和社会的基本性质却恰恰相反，知识学的理性主义取代教义神学；人的自律取代超自然的他律；历史相对主义取代绝对的启示真理；世俗的国家理念取代神权国家理念；国家式的宽容取代教会式的不宽容；冲动的内在世界取代禁欲的彼岸世界；进步的乐观论取代原罪的悲观论……他把现代结构的本质归结为两个主要原则：世俗理性化的个体主义和神性的内在论。毫无疑问，个人主义对现代品格来说，是决定性的。大多数的学者都会承认，现代性的根本标志是个人权利和工具理性。在近期中国学界，工具理性也与自由、平等、科学、民主一样被涂抹得很不光彩，但根据我们的现状，却不得不承认，工具理性其实是个好东西。即使需要批判，最好也要等一些神圣之物成为个体公民的实用工具之后。

在这个结构中，可以划分为几个大的层面：一是物质供给层面，科学技术的发达和工业化，居住条件的改变，衣食住行等器物层面上的进步；二是制度层面，国家性质和功能的改变，社会组织形式、政治、经济制度方面的改变，以及这些制度所依据的理念的变化；三是文化层面，知识学、文学、艺术、哲学、道德和宗教方面的变化。现代化就是这各个层面向着现代转化。在物质供给层面，工业化当然具有重要的地位，因为它意味着人类由以体力从事劳动到用机械代替体力的过程。但是，经济领域里的现代化并不仅仅是工业化。工业化主要是指生产力的进步，经济的现代化不只是生产力的

①罗荣渠：《现代化新论》，北京大学出版社1993年，第8—15页。

现代化，同时还应该包括生产关系、产品分配和交换的现代化。它的主要标志是市场化和个人对财产的控制权。在政治方面，现代性的标志就是民主。是专制还是民主，划开了前现代与现代在政治方面的界线。所以，如果说经济的现代化就是经济活动的市场化和产权的明晰化，那么，政治的现代化就是民主化。在文化方面，现代性的标志是个体的自由选择和自由创造。思想信仰的自由选择，文化的自由创造，是现代社会文化的主要特征。社会方面的宗教裁判，舆论封锁，统一意志，个人精神方面的依附心理，奴才观念，都是尚未进入现代的表现。

在一些地方，现代化常常被描述为一个经济发展和技术进步的过程，似乎现代化就意味着经济上的增长和技术的进步，物质文明的成就成了现代化的标志。这是一种误解。只要稍微有一点现代社会理论的知识，就应该知道：现代化是一个系统工程，其内部各项因素有机关联，一方面是一个因素的变迁最终必然要引起其他因素的变迁；一方面是某些方面如果不能同时变迁，最终将影响和牵制整体的变迁。这种理论的确存在一个问题：似乎现代化的整体结构系统是不能拆解的。但历史实践已经告诉我们，它并非不能拆解。恰恰相反，在某些情况下，它是可以根据需要而取舍和组合的。比如，现代技术本来是与现代经济和现代政治体制连在一起的，但在事实上，现代技术完全可以单独被抽取，用于监控大臣和管理太监。经济发展也可以无需其他系统配合，资本并不一定属于资本主义，而是也可以使慈禧太后的生日过得更排场，为御前侍卫配备新的武器。所以，现代化的系统性和整体性和系统性必然受到怀疑，基于这种理论基础的乐观主义将遭遇强大的挑战，因此而产生的悲观也将被化解，带着胜利的喜悦松一口气。

不过，现代化一旦被强行肢解和重新组合，它必然是畸形的，后果难以设想。越来越多的经验证明，如果忽视了现代化的系统性，片面追求物质发展而忽视与之相适应的制度建设和精神建设，社会就会畸形，甚至给全人类带来灾难。纳粹德国就是突出的例子。

三、关于现代性的核心

在现代性各个方面的核心，有一个根本的东西：个人的自由、尊严和权利。其他各个因素，都是为它服务的，因它而获得价值。

任何结构都有一个核心，有一个构成这个结构的根本。毫无疑问，现代性结构的根本就是个人。学者们一般都承认，现代性无法回避个体与群体关系的设定。在传统社会，可以无视个人的权利，但在现代社会，却必须尊重个人的权利。前现代国家属于君主，属于一个家族或一个集团，并非全体国民所有，所以，百姓与国家主权无关。现代国家建立在个体公民的契约之上，在国家法理上，它只是公民为保护个人权利而创造的工具；政府只是公民雇佣来管理事务的经理，必须对作为个体的公民负责。国家如此，其他任何社会组织都需要建立在这种基础之上，不能危害个人权利。国内许多学者也都承认，“个体的生成可以视为现代性的标志”[①]。还应该注意的是，个人的解放程度和个人权利的保障程度是现代化程度的主要标志。所谓现代，区别于前现代的，最根本的标志就是个人的解放和权利的获得。

这个标志是现代性的根本，也是鉴别一个社会是否进入现代的主要指标。

当然，直到今天，还有一些地方不具备这些。这不奇怪，因为现代化不是在全世界范围内同时启动的，人类也不可能同时进入现代。有的国家和地区早一点，有的国家和地区晚一点，这是文明发展的正常现象。面对这一现象，需要注意的是两种不同的态度。一种是努力赶上去，争取以最快的速度改善人们的生存条件和生存状况。另一种则是以掩耳盗铃的方式拒绝承认自身与世界存在的差距，为保存某些不利于人的生存的前现代制度遗留寻找理论根据。因为自身未达到现代性的某些指标，不是努力赶上，而是采用修改指标的方式，提出“现代性是一个不确定的概念”之类的说法，或者努力论证“多元现代性”“另一种现代性”“反现代性的现代性”之类，甚至把“文革”也看作现代性的一种模式。这就不仅是自欺欺人了。因为那正是打着“现代化”或“现代性”的旗帜而阻挡一个民族真正进入现代的常用手法。所以，“现代化没有固定的路径”，或许是对的，起点不同，路径自然有异。“现代性是一个不确定的概念”，却是一种值得警惕的说法。如果后退一步，承认这种说法，就应该加以补充：无论现代性这一概念多么不确定，也无论现代性有多少不同模式，都不能偏离个人权利这个中心。凡是漠

①刘小枫：《现代性社会理论绪论》，上海三联书店1998年，第22页。

视或践踏个人权利的模式，都不得假冒现代性之名。它们所导致的一切，也不应记在现代性的账上。

四、对现代性的两种不同批判

从20世纪末开始，批判现代性在中国成了时髦，影响了一代年轻作家和学人。批判现代性有种种不同的说法，比如“反思现代性”“反省现代性”或“现代性反思”，等等，但众所周知，中国人的语言艺术本来就有这样的特点，实际的态度并不表现于字面上是否温和。所以，对批判现代的言论需要辨析，辨析也需要相关的常识。

只要不是眼睛只盯着经过主流挑选而引进的几本外国理论译著，就应该知道，对现代性的批判是伴随着现代性的萌芽开始的。关于现代性起源的时间，学界的认识很不一致，但多数人都能接受从文艺复兴或启蒙运动开始的观点。那么，历史提供的图景是：现代性最先的批判者是维护封建专制和教会特权的人们。文艺复兴运动的反对派，宗教改革中的反对派，思想启蒙运动的反对派，法国大革命中的复辟势力和极端分子，以及这一系列变革中的旧道德和旧观念的迷恋者，都是现代性的批判者。在现代性基本确立而又不断扩展和推进的过程中，也仍然伴随着批判者，以美国为例，从反对废奴的人到反对给予女性选举权的人和坚持种族歧视的人，也是现代性的局部批判者。说他们是“现代性的局部批判者”，是因为他们可能不反对个人权利的现代基本原则，却不愿意把这种权利给予奴隶；可能并不反对民主这一现代政治原则，却不愿把这种权利给予女性。不过，有点奇怪的是，从西方到东方，今天那些批判现代性的人，大多不愿引他们为自己的鼻祖或先驱，更不愿承认自己与他们之间的精神血缘关系，而是推出一些面目颇新的人们作为代表。这样的做法可以有效地淡化批判现代性的完整历史的本来面目，使人误以为批判现代性是前沿的东西。

因此，面对现代性批判的浪潮，需要有一个基本的鉴别，看它是来自旧世界的抵制，还是来自现代性自身的反省。前者可以称为抵制性的批判，后者可以称作反省性的批判，两种批判出发点不同，目的指向也不同。

根据以上所言，无论文艺复兴运动的反对派，还是宗教改革的反对派，无论启蒙运动的反对派，还是法国大革命中的复辟势力，他们对现代性的批判都谈不到“反思”或“反省”，而只能是“抵制”或“反抗”。艾恺告诉人们，最早现代化的英国和法国都出现过反现代化思潮。在被迫现代化的德国，反现代化的声音则更为强烈。从18世纪的哲学家赫德对启蒙运动的批评，到了19世纪费希特对经济现代化带来的社会变迁的憎恶，经由一系列思想和社会事件，直到纳粹的出现，都体现着对现代性的拒绝和抵抗。[①]根据金雁的研究，俄国从19世纪中期就开始了现代化历程，然而，像一些后发达国家的现代化历程一样，出现了影响巨大的曲折和反复。在从斯托雷平改革到1917年的革命之间，俄国各派力量的矛盾令人眼花缭乱。在坚持俄国的公社制度方面，极“左”与极右两种力量离奇地结合了起来，都在大力鼓吹集体主义、公社制和“共耕制”，极力抵制个人主义与财产私有，都在努力维护俄罗斯传统而反对“西方瘟疫”。所谓自由派以依附于专制统治为条件推行其经济自由主义，因而无法真正实现现代化，所谓民主派则是代表村社农民的民粹主义者，看上去坚决反对专制主义和农奴制残余，似乎是一股现代化力量，但从价值取向看，却带有浓重的专制宗法心理，习惯于依附于共同体。正因为这样，俄国现代化过程中出现了一个“西方文化东方化”的过程。正因为这个过程，俄国的历史出现了曲折。“正因为俄国革命是马克思主义、传统民主主义联盟反对自由主义、传统专制主义联盟的革命，所以从民主革命（反对专制主义）到社会主义（反对自由主义）的转变就出奇得顺利。而在这一转变中列宁主义与传统民主主义的结合后来发展到这样的程度——社会革命党根据民粹主义理论制定的、以全国村社化为主要内容的土地纲领为布尔什维克完全接受，并领导农民在十月革命中把它付诸实施，而社会革命党本身却因其自由主义（而不是民粹主义）倾向‘背叛了自己的纲领’，从而为农民所抛弃。……十月革命的胜利一方面是无产阶级、社会主义、列宁主义的胜利，另一方面也是村社制度前所未有的复兴、俄国传统文化的复兴、‘新民粹主义’（不仅作为一个学术流派，更重要的是作为一种文化心态）的复兴。”[②]

①艾恺：《世界范围内的反现代化思潮》，贵州人民出版社1991年，第19—86页。

②金雁：《苏俄现代化与改革研究》，广东教育出版社1999年，第135—147页。

所谓反省性的现代性批判，是适应现代性的完善、扩展和深化而发生的，目的和客观效果是现代性的改进和修正，因而在事实上不具有“反现代性”的性质。西方对现代性的反省起源于何时，学界认识并不一致，原因在于对一些现象究竟是自我“反省”还是异己“抵抗”的不同认识。从马克思、波德莱尔、尼采、海德格尔，到法兰克福学派和所谓“批判的知识分子”，构成了一个批判潮流，其中杂质不容易清晰辨认，但精神根植于新世界还是旧世界，却不难看清。反省式的批判是可能的。一是现代性自身有许多相互冲突的因素，比如自由与民主、自由与平等之间的紧张，国家权力范围的弹性，现代体制的相互制约关系导致的摩擦，等等，都必然带来批判和论争，但它是现代社会自身的矛盾，任何一方都不是反现代的。二是现代性的扩展和深化过程必然伴随着对自身的反思与批判。公共事务中性别歧视、种族歧视现象的缩小和消除，同性恋者婚姻的被尊重，监狱生活的不断改善，对弱势群体的实际帮助，都是在这种不断自我反思和批判中推进的。现代文明不是一开始就十全十美的，而是需要一个不断改进和完善的过程，这个过程依靠的就是不断反思与批判。这种批判与抵抗性批判的主要不同点在于，它来自现代性自身，目的是为了现代性更加完善，所以不带敌意。

总之，两种不同的批判来源不同：一是来自现代性自身；一是来自现代性所冲击的旧势力。其行为性质也不相同：一种是改进性的，或反思性的；一种是抵抗性的，或反扑性的。涉及“现代性批判”，不能不注意这二者的不同。一个明显的现实是：在后发现代化国家的现代化尚未完成之际，对现代性的批判往往主要不是来自现代性自身，而是更多地代表着历史的惯性力量。这并不奇怪，在现代文明取代前现代文明的过程中，前现代力量虽然步步败退，却又步步设防、步步抵抗，不甘退出历史舞台。但需要注意的是，这种抵抗带来的问题不能称作“现代性问题”，因此，对它的探讨是认识现代化障碍的问题，与“现代性反思”无涉。

在这一点上，西方许多学人都是不清醒的，这并不奇怪，因为20世纪西方知识分子的思想能力处于持续退化之中。越是后来者，就越容易犯糊涂。比如奥斯维辛，它的出现并不奇怪，更无需因此而对现代文明产生怀疑。因为文明都不可能纯粹，人类在走向善的时候总是无力摆脱恶的纠缠。何况，人类的某些精神变态是至今无力解决的，许多影响历史的大人物事实上都存在严重的心理疾患。对于他们，人类至今没有找到完全有效的应对方式，所以要加强制度建设，以防拥有核武器国家的领袖们神经失控而启动发射按钮。反民主的人喜欢强调希特勒是人民选出来的，反现代性的人喜欢把纳粹说成现代文明的产物，反启蒙的人又喜欢把希特勒说成是启蒙运动的结果，其实都是站不住脚的。因为一个问题不难明白：在希特勒与罗斯福之间，到底谁更能代表现代文明？多数人的答案肯定是后者。至于一定要把奥斯维辛、古拉格群岛、红色高棉说成是现代性的，其实不过是要把水搅混，让善与恶、美与丑、文明与野蛮变得彼此彼此，以便为后者辩护。

还有一个问题是，任何人都不会否认现代化带来了一些负效果，可是，世间哪一种新事物没有负作用呢？不谈其正面价值，专谈其负面作用，如果是在现代性已经基本确立的西方，是正常的，也是有益的；如果在现代性难以着陆的地区，这种强调的目的和功能就值得警惕了。人类的一切努力都有负效应：为吃水而挖井，导致了孩子掉到井里；为方便旅行而发明车辆，导致了车祸频频发生；为发展经济而开发资源，导致了自然生态被破坏……面对这一切，一些提醒无疑是善意的，甚至体现着智者的深谋远虑。但一些言说并非如此，面对饥饿的人们对食物的呼唤而批判美食，理由是美食导致肥胖，出发点仍然可能是善意的，但如果是为了在饥荒中帮助权势者实现食物禁运和垄断，就只能被绑在历史的耻辱柱上。